Melissa C. Feurer

Die Fischerkinder

Melissa C. Feurer

Die Fischerkinder

Das verbotene Buch

Roman

Brendow
Verlag | Alles, was Sinn macht!

Für Jonathan, der von Anfang an
an diese Geschichte geglaubt hat.

Bibliografische Information der Deutschen Nationalbibliothek
Die Deutsche Nationalbibliothek verzeichnet diese Publikation in der Deutschen Nationalbibliografie; detaillierte bibliografische Daten sind im Internet über http://dnb.d-nb.de abrufbar.

ISBN 978-3-86506-756-2

Einbandgestaltung: **sprenger**bleilevens intergalactic GmbH, Duisburg
Satz: Brendow Web & Print, Moers
Druck und Verarbeitung: CPI – Clausen & Bosse, Leck
Printed in Germany

www.brendow-verlag.de

Kapitel 1

Das Buch

Mit einem Buch fing es an. Einem Buch, für das schon Menschen ihr Leben gegeben hatten, wegen dem andere verfolgt worden waren und durch das ein eigentlich recht gewöhnliches Mädchen eines Sommerabends zur Diebin wurde.

Nichts an diesem Abend deutete darauf hin, dass er in irgendeiner Weise anders war als die vorhergehenden. Eigentlich war es die Dämmerung eines geradezu leidig normalen Tages, an dem Mira Robins die Buchhandlung „Porters Höhle" betrat. Vielleicht war sie unterwegs einem Wachposten mehr als sonst begegnet, hatte vielleicht ein paar Mal öfter als gewöhnlich innegehalten, um hier oder dort einen Nachbarn zu begrüßen und vielleicht kam sie deshalb ein paar Minuten später als sonst bei der Buchhandlung an. Vielleicht deutete aber auch rein gar nichts darauf hin, dass dieser Abend sich von allen vorherigen unterschied. Mira konnte, während sie in das schummerige Licht des kleinen Ladens trat, vermutlich wirklich nicht ahnen, dass sie noch heute zur Gesetzesbrecherin und schließlich zur Verräterin werden würde.

„Herein", ertönte eine gemächliche Bassstimme aus dem Inneren einer Pfeifenrauchwolke, die einen staubigen Ohrensessel in der Ecke des Ladens einhüllte. „So später Besuch. Das kann nur Mira sein." Edmund Porter löschte seine Pfeife und erhob sich. „Das Buch schon wieder ausgelesen? Ich könnte schwören, dass du erst gestern hier gewesen bist."

Mira sah zu Edmund hinauf, der nun kaum einen Meter vor ihr stand und immer noch nach süßem Tabak roch. „Beinahe", sagte sie. „Es war vorgestern."

„Dann willst du es wohl zurückbringen."

Mira nickte, holte das Buch vorsichtig unter ihrer Jacke hervor und hielt es ihm entgegen. Es war ein schon vertrauter Schmerz, als Edmund Porter es ihr abnahm und der glatte Einband unter ihren Fingern wegglitt. Was für ein unvorstellbarer Reichtum, eine oder sogar mehrere von diesen papierenen Welten sein Eigen zu nennen! Aber wer konnte es sich heutzutage schon leisten, ein Buch zu besitzen? Miras Familie war gewiss nicht arm. Doch die hart verdienten Rationskarten in etwas so Nutzloses wie einen Abenteuerroman zu investieren, wäre Miras Vater nie in den Sinn gekommen. Es gehörte sich auch nicht. Was für ein falsches Bild hätte das von ihrer anständigen, rechtschaffenen Familie gegeben, wenn sie sich solch bedenkliche, ja fast unanständige Auswüchse wilder Fantasie zu Hause ins Wohnzimmer gestellt hätten?! Als wäre es noch nicht Aufsehen erregend genug, dass Mira so regelmäßig in „Porters Höhle" anzutreffen war!

„Und was darf es heute sein?" Edmund Porter schob seine schlichte, runde Brille zur Nasenwurzel und musterte seine Kundin erwartungsvoll. Rein gar nichts an ihm erschien ihr zwielichtig oder anstößig – vielleicht, weil sie auch an den Büchern nichts Verwerfliches fand, egal was ihr Vater davon halten mochte. Für Mira waren sie nur ein unermesslicher Reichtum, zu groß, als dass ein Mensch ihn hätte fassen können. Und fast schien es Mira auch, als besäße Edmund Porter die Bücher gar nicht wirklich, sondern verwalte sie nur. Als hüte er die niedergeschriebenen Abenteuer und Geschichten und insgeheim vielleicht einen noch viel größeren Schatz.

„Ich weiß nicht." Mira ging hinüber zu einem der deckenhohen Regale und strich mit der Hand über die Rücken der Bücher, die dort feinsäuberlich aufgereiht standen. „Etwas Spannendes. Eine andere Welt."

Edmund Porter nickte. „Da wirst du hier fündig werden. Sieh dich nur in aller Ruhe um, ob du noch ein Buch findest, das du noch nicht gelesen hast.“ Kurz warf er einen sehnsuchtsvollen Blick zu seinem Ohrensessel, als hätte er sich gerne wieder dort niedergelassen, mit seiner Pfeife und dem Buch, das auf der Armlehne lag.

„Ist es gut?“, fragte Mira, die seinem Blick gefolgt war.

Der Buchhändler sah sie eine ganze Weile nur nachdenklich an. „Aber ja“, erwiderte er dann. „Meisterhaft. Voller Abenteuer und Weisheit. Doch im Augenblick lese ich es selbst.“ Er wog das Buch, das Mira ihm zurückgegeben hatte, in den Händen. „Du entschuldigst mich“, bat er und verschwand mit einem letzten Blick zu seinem Sessel im Hinterzimmer, um das wiedergebrachte Exemplar in eine seiner endlosen Listen einzutragen.

Mira blieb allein in der Stille und Wärme der Buchhandlung zurück. Erst jetzt wurde ihr bewusst, dass doch etwas anders war als sonst: Kein Wachposten sah ihr beim Stöbern in den hohen Regalen über die Schulter. Sie war so an den Anblick eines uniformierten Beobachters gewöhnt, dass es sich beinahe falsch anfühlte, so alleine in der Buchhandlung zu sein.

Die Luft roch nach Edmund Porters süßem Tabak, Druckerschwärze und altem Papier. Mira sog den vertrauten Duft tief in ihre Lungen und trat langsam an eines der zahlreichen Regale, die mit Büchern aus allen Epochen gefüllt waren. Am meisten lockten Mira die alten, ledergebundenen, denen man ihr Alter von weit her ansah. Es war seltsam: Jede Zeit hatte ihre Bücher anders gekleidet. Von Leineneinbänden mit goldener Prägung bis zu grellbunten Hüllen aus bedrucktem Papier. Mira fragte sich, wie die Bücher heute wohl aussähen, wenn es noch Verlagshäuser gäbe, die sie drucken würden. Aber das war ja absurd.

Nachdenklich ging sie am Schreibtisch und dem großen Ohrensessel vorbei, und ihr Blick streifte das dort aufgeschlagen liegende Buch. Es war klein und ledergebunden, mit goldenen Seitenrändern und abblätterndem Titel. Es sah gar nicht so aus, als berge es Abenteuer und Weisheit, doch wie es da so aufgeschlagen lag, zog es Mira wie magisch an. Sie war neugierig, aus welcher fernen Welt sie Edmund Porter mit ihrem Eintreten gerissen hatte. Er hatte ganz den Eindruck gemacht, als lasse er sie nur ungern zurück.

Sie blieb stehen und strich behutsam über den Einband. Er war rau und arg mitgenommen und die Seiten dazwischen zerfleddert. Edmund Porter pflegte seine Schätze sehr sorgfältig; alle anderen Bücher in „Porters Höhle" waren in makellosem Zustand. Ganz sicher hatte Mira dieses Buch noch nie in einem der Regale stehen sehen, die sie beinahe in- und auswendig kannte. Warum mochte er es versteckt gehalten haben?

Hitze kroch über Miras Haut. Sie riss den Blick von dem Buch los und sah sich nach der Tür zum Hinterzimmer um. Von Edmund Porter keine Spur.

Was Mira dann tat, hatte sie sich nicht vorher überlegt. Es war nicht so, als hätte sie beschlossen, das Buch zu stehlen. Aber eine plötzliche Unruhe drängte ihre Hände dazu, es aufzuheben und unter ihre Jacke zu schieben. Sie stahl es ja auch nicht wirklich. Genau wie jedes andere Buch würde sie es nach dem Lesen zu seinem rechtmäßigen Besitzer – nein, Verwalter – zurückbringen.

Schon wenige Minuten später, als sie keuchend und nach Atem ringend zu Hause in den Flur schlüpfte und sich gegen die Haustür lehnte, hätte sie nicht mehr erklären können, was sie dazu gebracht hatte, das Buch mitzunehmen. Ihr Herz galoppierte wie ein durchgegangenes Pferd in ihrer Brust. Sie hatte nicht die Gelegenheit, ihren Puls oder Atem unter Kontrolle, geschweige denn ihr Diebesgut in Sicherheit zu bringen, denn vom Geräusch der zuschlagenden Tür aufgeschreckt, stürmte ihr Vater in den Flur.

„Bei der Verfassung!“, entfuhr es ihm, als er in Miras erhitztes Gesicht sah. „Es ist schon drei nach neun, und da besitzt du die Nerven, noch draußen herumzuschleichen! Wo um alles in der Welt warst du?“ Sein Gesicht war vor Zorn genauso rot wie das seiner Tochter geworden, die immer noch nach Atem rang und nicht antworten konnte.

„Wieder in dieser Buchhandlung?“, setzte ihr Vater die Befragung fort. Er hatte sich bei Miras Eintreten die schwarze Anzugjacke mit den Orden über den Schlafanzug geworfen, als hätte er sich schon halb für den Fall gewappnet, dass seine Tochter von einem Wachmann zu ihm gebracht wurde.

Mira war sich fast sicher, dass man sie nicht einfach verhaften würde, sollte man sie in der Sperrstunde draußen aufgreifen. Wenn die Wachmänner Mira erst einmal anhand des Ausweisbandes an ihrem Handgelenk als Gerald Robins‘ Tochter identifiziert hätten, würden sie ihn vermutlich fragen, wie in ihrem Fall vorzugehen war. Immerhin war er ihr Vorgesetzter. Die Frage war, ob das nicht schlimmer gewesen wäre, als ohne großes Federlesen ins Gefängnis geworfen zu werden.

„Hat jemand sie gesehen?“ Miras Mutter war aus dem Wohnzimmer und zu ihrem Mann getreten. „Ein Wachposten oder ... einer der Nachbarn?“

Das sah ihnen ähnlich. Lieber wüssten sie ihre Tochter in Schwierigkeiten, ja sogar lieber unter Arrest als in Verruf. Der Meinung der Nachbarn galt die oberste Sorge in diesem Haus. Jedenfalls gleich nach dem Befolgen des Gesetzes. Und das eine war durchaus eng mit dem anderen verknüpft, denn wenn sie einen Ruf bei ihren Nachbarn zu verlieren hatten, dann den, durch und durch rechtschaffene, pflichtbewusste und gesetzestreue Bürger zu sein.

„Ruhig, Rose“, wehrte Miras Vater ab. „Wenn ein Wachposten sie gesehen hätte, stünde sie nicht hier.“

Durch den Körper von Miras Mutter ging ein erleichtertes Schaudern. „Gut. Das ist gut", sagte sie, wie um sich selbst zu beruhigen. „Es ist ja auch erst drei nach neun." Hastig klappte sie den Mund zu und machte den Eindruck, als hätte sie ihre Worte gerne augenblicklich zurückgenommen.

Die Reaktion ihres Mannes folgte postwendend. „*Erst* drei nach neun?", brüllte er. „Drei Minuten. Drei Minuten Gesetzlosigkeit. Drei Minuten Gelegenheit für jedermann, sie da draußen zu sehen. In der Sperrstunde!"

„Nur für jedermann, der selbst um diese Zeit noch nicht dort ist, wo er sein sollte", wagte Mira zu entgegnen, als sie endlich wieder genug Luft bekam, um zu sprechen.

Ihr Vater bedachte sie mit einem Blick, den er sich sonst vermutlich für die Verbrecher aufhob, mit denen er beruflich zuhauf zu tun hatte. „Junges Fräulein." Er tippte an einen seiner Orden – das silberne Abzeichen des Gerichts, das ihn als Justizstaatsbeamten auszeichnete. „Ich bin ein wichtiger Mann in dieser Stadt. Ich bin ein Hüter des Gesetzes. Und ich prophezeie dir, dass es mit dir noch ein böses Ende nehmen wird, wenn du weiterhin diese gedankenlose Einstellung an den Tag legst."

Mira wagte nicht mehr, zu widersprechen. Immer noch in ihre Jacke eingepackt, stand sie vor ihren Eltern, und eine unnatürliche Wärme kroch durch ihren Körper. Ging die Hitze von ihrem Diebesgut aus, oder war es die Angst, damit ertappt zu werden? Ihr Vater, der wegen eines dreiminütigen Verstoßes gegen die Ausgangssperre so außer sich war ... sie mochte sich nicht ausmalen, was er zu dem gestohlenen Buch sagen würde.

„Du gefährdest meinen Ruf", fuhr er hitzig fort, „und das ist der Ruf dieser Familie und damit dieses Staates. Du gehst jetzt auf dein Zimmer, ehe ich mich vergesse! Und ab sofort zollst du dem Staat, der dich erhält und dich mit Regelungen wie der Sperrstunde zu schützen versucht, ein bisschen mehr Respekt."

Noch während Mira seinem Befehl folgte und sich nach oben in ihr Zimmer zurückzog, hörte sie ihn im Erdgeschoss wüten. Mira war es nur recht, dass er sie weggeschickt hatte. Unter ihrer Jacke war ihr mittlerweile unerträglich warm geworden, aber mit einem darunter versteckten Buch, das seine Verbotenheit geradezu herausschrie, hatte sie es nicht gewagt, sie abzunehmen.

Jetzt riss sie sich die Jacke vom Körper, und das gestohlene Buch fiel auf den Boden. Harmlos lag es da, mit seinen vergoldeten Seitenrändern und dem rissigen Ledereinband. Es schien nichtssagend, so alt und abgenutzt.

Aber vielleicht war es gerade das. Zerlesen sah es aus, geliebt und vielleicht ein wenig wie etwas, das schon oft hastig unter einem Stapel Notizen oder zwischen den Sesselpolstern versteckt worden war, damit es nicht entdeckt würde.

Noch in Stoffhosen und der kratzigen Bluse, setzte Mira sich auf ihr Bett und hob das Büchlein auf. Der Titel war nicht mehr zu lesen, nur abblätternde Reste der goldenen Prägung waren davon übrig geblieben.

Mira beschloss, sich nicht weiter mit dem Äußeren des Buches aufzuhalten. Sie schlug es auf, blätterte die ersten hauchdünnen Seiten um und begann zu lesen.

Der Strom war längst für die Nacht abgeschaltet worden. Mira las bei Taschenlampenlicht und mit zugezogenen Vorhängen. Der Nachbarn wegen. Die Frage, was sie wohl denken mochten, war ihr so in Fleisch und Blut übergegangen, dass ihr Vater gar nicht leibhaftig neben ihr stehen musste, damit sie seine mahnende Stimme hörte: „Wonach sieht das aus, wenn mitten in der Nacht ein kleiner Lichtkegel durchs Zimmer hüpft? Als täten wir hier drinnen etwas Verbotenes!"

Mira tat wahrhaftig etwas Verbotenes, das ihre Taschenlampe den Nachbarn hätte verraten können. So viel hatte sie beim

Lesen begriffen. Es war nicht erlaubt, dieses Buch zu lesen, und vor allem war es nicht erlaubt, es zu besitzen. Es war nicht wie die anderen Bücher in „Porters Höhle“, verpönt, aber akzeptiert, sondern ein Gegenstand, der Edmund Porter, sollte er je entdeckt werden, ans Messer liefern konnte.

Vielleicht würde sie eines Abends vergeblich an der Tür zu seinem kleinen Buchladen rütteln, und es wäre abgeschlossen. Der nach süßem Tabak riechende Mann mit dem runden Bauch und dem grau melierten Haar wäre einfach verschwunden.

Mira hatte Menschen auf diese Art verschwinden sehen. Da waren Nachbarn gewesen, mit deren Töchtern sie schon im staatlichen Erziehungshaus gespielt hatte. Später hatten sie die gleiche Klasse besucht, und manchmal, an Nachmittagen, an denen ihre beste Freundin Vera keine Zeit gehabt hatte, hatte sie mit ihnen im Garten gespielt. Eines Morgens waren sie wie vom Erdboden verschluckt gewesen. Das Haus verlassen, die Vorhänge zugezogen, das Ringewerfspiel noch im Vorgarten liegend, als warte es nur auf seine sommersprossigen, ungestümen Besitzerinnen. Und keiner wagte zu fragen, wo sie waren. Da hatte Mira begriffen, dass das Bestürzende, Schreckliche als normal hingenommen wurde, weil man nicht der Nächste sein wollte, der ein leeres Haus mit zugezogenen Vorhängen zurückließ.

Aber so würde sie Edmund Porters Buchladen nicht vorfinden. Zumindest vorerst nicht. Denn das Buch, das sein Verschwinden hätte auslösen können, lag hier, aufgeschlagen auf ihrem Kopfkissen.

Zuerst war es ihr ausgesprochen langweilig vorgekommen. Die alte, schwerfällige Sprache, die vielen Namen, die winzige Schrift auf den durchscheinend dünnen Seiten. Aber dann war *er* aufgetreten. Dieser Mann, dieser seltsame Protagonist, der Mira zugleich fasziniert und irritiert hatte. Fast wie den Figuren dieser sonderbaren Geschichte war es ihr ergangen, von denen die einen ihn als Anführer liebten und die anderen ihn so abgrundtief hassten, dass sie ihn töten wollten.

Sein sanfter und zugleich so bestimmter Charakter brachte sie dazu, gespannt weiterzulesen, so unerhört die Geschehnisse in diesem Buch auch wurden. Mira hätte keinen Staatsbeamten zum Vater haben müssen, um zu wissen, dass sie ein Buch, in dem solch ungeheuerliche Dinge geschahen, umgehend hätte melden müssen. Menschen, die sich ohne Zuhilfenahme technischer Mittel über die Naturgewalten hinwegsetzten, ja sie gar lenkten, Menschen, die, ohne Ärzte zu sein oder Medikamente zu verabreichen, Kranke heilten. Und vor allem: ein Mann, der Nachfolger um sich scharte, obwohl ein anderer König herrschte ... Mira wusste, was ihr Vater mit diesem Buch getan hätte.

Und genau deshalb brachte sie es ihm nicht. Denn wie hätte sie je herausfinden sollen, was mit diesem seltsamen Mann mit den Wunderkräften und seinen Freunden geschah, wenn sie das getan hätte, was richtig gewesen wäre? Vielleicht hätte sie Edmund Porter schützen können, indem sie behauptet hätte, das Buch auf der Straße gefunden zu haben. Aber das Buch und seine verbotene Geschichte wären verloren gewesen.

Also blieb Mira, wo sie war, und verschlang Seite um Seite. Begierig, herauszufinden, wie der Protagonist seine Feinde am Ende doch noch besiegen würde.

Die Wanduhr zeigte elf Uhr, als Mira verwirrt innehielt. Der Grund dafür war, dass die Geschichte mit einem Mal endete.

Eben hatten seine Widersacher den Protagonisten in eine hinterhältige Falle gelockt und alle gegen ihn aufgehetzt, seine Freunde hatten ihn im Stich gelassen, und man hatte ihn grausam hinrichten lassen. Und dann war da nichts mehr. Die folgenden Seiten fehlten. Sorgfältig und gerade waren sie aus dem Buch herausgetrennt worden. Nur ein golden schimmernder Rest zeugte noch davon, dass es sie gegeben hatte. Die letzte Seite Text endete mitten im Satz. Rechts daneben begann eine neue Geschichte.

„Markus", stand darüber. Was interessierte Mira Markus? Sie wollte wissen, wie die Geschichte endete. Ob der Mann wirklich tot war, ob seine Feinde tatsächlich triumphierten. Welcher Schriftsteller dachte sich denn so ein grauenhaftes Ende aus?

Sie blätterte zurück, las die letzten Seiten noch einmal, schürte verzweifelt die Hoffnung, sich getäuscht zu haben. Doch kein Zweifel: Der Protagonist – dieser beunruhigend besondere Mann – war tot.

Wütend über beides – die Wendung, welche die Handlung genommen hatte, und die fehlenden Seiten –, klappte Mira das Buch zu und zwängte es in ihren Kissenbezug. Sie rieb sich die müde gewordenen Augen und stellte erschrocken fest, dass ihr Tränen über die Wangen liefen. Sie konnte gar nicht recht sagen, ob wegen des Todes des Protagonisten oder wegen der Anspannung, die sie ergriffen hatte. Da saß sie mit einem verbotenen Buch in ihrem Zimmer und wusste nicht, was sie tun sollte. War ihr der Tag noch am Abend leidig gewöhnlich vorgekommen, so hatte sie jetzt eine schreckliche Vorahnung, ihr Leben würde nach der heutigen Nacht nie wieder das Gleiche sein wie zuvor.

Sie hatte eine der verbotenen Schriften gelesen, und das Schlimmste war, dass die Geschichte sie ganz und gar gefangen genommen hatte. Mira konnte sich nicht vorstellen, dass das Schicksal dieses Mannes und seiner Freunde sie je loslassen würde, solange sie nicht das Ende lesen konnte.

„Bei der Verfassung, Miriam!" Aus dem Munde ihrer Mutter klang dieser Ausruf nicht sonderlich einschüchternd. Sie hatte ihn sich von ihrem Mann abgeschaut, aber ohne schwarzen Anzug, ohne Abzeichen an der Brust und ohne die gestrafften Schultern war es einfach nicht das Gleiche.

Statt dieser für Gerald Robins typischen Attribute hatte Rose Robins an diesem Morgen eine weiße Bluse, Hausschuhe und roten Lippenstift aufzuweisen. Dieser rote Lippenstift machte ihren mahnenden Ausruf besonders lächerlich, weil Gerald Robins ganz bestimmt noch viel erboster über ihn gewesen wäre als über Miras dreiminütiges Zuspätkommen am Vorabend.

Nicht nur dass es völlig unnötig war, nein, es war auch im höchsten Maße erniedrigend für eine Frau, ihre Weiblichkeit so unverschämt zu betonen. Männer beschmierten sich die Gesichter nun einmal auch nicht mit Farbe, und keine Frau, die etwas auf sich hielt, stellte ihre weiblichen Reize auf diese altmodische Art zur Schau.

Keine, außer Rose Robins.

Mira kannte dieses kleine Geheimnis ihrer Mutter schon seit Kindertagen: Am Wochenende, wenn sie zu Hause war und Miras Vater für gewöhnlich arbeitete, kramte sie das hinter den Handtüchern versteckte Make-up heraus und trug es mit größter Sorgfalt auf.

Mira hätte es abstoßen müssen, aber der Anblick ihrer Mutter mit leuchtend roten Lippen war ihr so vertraut wie der ihres Vaters in schwarzem Beamtenanzug mit Abzeichen. Genau wie Miras Liebe zu Abenteuerromanen war es nur ein kleines, lieb gewonnenes Schlupfloch aus dem sonst eintönigen Alltag. Nichts, was irgendjemanden verletzte oder aufhetzte.

„Liegst du etwa noch im Bett?" Rose Robins stand mit gerunzelter Stirn im Türrahmen.

Mira befreite sich mühsam von der dünnen Bettdecke und strich sich mit beiden Händen durch das nur wenige Zentimeter lange, braune Haar. Ihre Augen schmerzten, und sie konnte sie kaum offen halten. Das war eine Nacht gewesen! Lange hatte sie noch in die Dunkelheit gestarrt, und als sie endlich eingeschlafen war, hatte sie Grauenhaftes geträumt von diesem ...

Hektisch tastete Mira mit den Händen nach dem Kopfkissenbezug, in dem das Buch versteckt war, während ihre Mutter an ihr vorbeischritt und die Vorhänge aufzog. Offene Vorhänge. Sie waren noch da. Sie waren rechtschaffene Bürger, deren Haus ganz gewiss nie – niemals – mit zugezogenen Vorhängen und verlassenen Räumen vorgefunden werden würde. Miras Mutter stand vor Sonnenaufgang gemeinsam mit ihrem Mann auf, wenn dieser zur Arbeit ging, und noch lange bevor auch sie das Haus verließ, öffnete sie alle Vorhänge, damit, wenn die Nachbarn erwachten, auch ja kein Zweifel bestand: Familie Robins war noch da, und daran würde, daran konnte sich auch niemals etwas ändern.

„Hast du etwa die halbe Nacht gelesen?" Ihre Mutter schürzte die Lippen, und als Mira ihrem Blick folgte, sah sie, dass das kleine ledergebundene Buch sich aus dem Kopfkissenbezug befreit hatte und neben ihr auf der Matratze lag. In ihren Augen sah es, jetzt, da sie den Inhalt kannte, nicht mehr im Geringsten harmlos oder nichtssagend aus.

„Miriam, was soll nur aus dir werden?", seufzte ihre Mutter. „Was, wenn einer der Nachbarn in der Nacht das Licht gesehen hat?"

„Was, wenn einer der Nachbarn deinen Lippenstift sieht?" Mira packte mit klopfendem Herzen das Buch und überlegte fieberhaft, was sie damit anstellen sollte. Wenn sie es wieder in den Kissenbezug steckte, würde ihre Mutter stutzig werden. Aber so offen konnte sie ihr gefährliches Diebesgut auch nicht herumliegen lassen.

Das Gesicht ihrer Mutter lief über und über rot an. Nicht vor Zorn wie bei Miras Vater, sondern vor Scham. „Aber das ... das ist doch etwas ganz anderes", wehrte sie ab und fuhr sich durch den ordentlichen Kurzhaarschnitt, zu dem der Lippenstift besonders unpassend wirkte. Die Heldinnen in Miras Büchern mochten langes, im Wind wehendes Haar oder ungestüme Locken haben. Spannend klang das und irgendwie wild. Aber nicht einmal Mira hätte sich mit einer solchen Frisur auf die Straße getraut. Männer wie Frauen ließen sich das Haar kurz schneiden – gleiche Rechte, gleiche Regeln. Langes, offenes Haar bei Frauen war genau wie roter Lippenstift eine unnötige Betonung von Geschlechtsunterschieden. Was für einen Eindruck das vermittelte, war kein Geheimnis: Frauen, die sich verkauften, liefen so herum, aber keine rechtschaffenen Bürger, die Wert auf das legten, was die Nachbarn dachten.

Ohne großes Federlesen zog Miras Mutter ihr die Bettdecke weg. „Ich verlasse das Haus ja nicht", erklärte sie mit Nachdruck. „Niemand wird es je ... Niemand wird mich so sehen."

Aber vor ihrer Tochter verbarg sie es nicht. Einen winzigen Moment lang überlegte Mira, ob sie ihre Mutter einweihen, ob sie ihr von dieser ungeheuerlichen Geschichte erzählen sollte. Seit vielen Jahren schon teilten sie das Geheimnis des roten Lippenstiftes. Warum nicht auch ein zweites?

„Gleich kommt Iliona zum Putzen", sagte allerdings ihre Mutter, ehe Mira sich entscheiden konnte. „Wie sieht das denn aus, wenn du noch im Bett liegst!"

Iliona war neben Mira der einzige Mensch, der Rose Robins je in diesem anzüglichen Aufzug, mit rot bemalten Lippen, gesehen hatte. Aber Iliona kam aus den Armenvierteln und zählte deshalb eigentlich gar nicht. Sie würde kein Wort darüber verlieren. Weder gegenüber Gerald Robins noch gegenüber irgendjemand anderem, egal ob Innen- oder Außenstädter. Sie war etwa in Miras Alter, vaterlos und auf die Rationskarten angewiesen, die sie für die Arbeit im Haus von Miras Familie bekam. Nur hohe Staatsbeamte konnten es sich leisten, eine Bedienstete aus den Außenvierteln einzustellen, und die Posten waren begehrt, weil sie ordentlich bezahlt und verhältnismäßig angenehm waren. Angenehmer jedenfalls als die Arbeit in den Fabriken. Über seinen innenstädtischen Arbeitgeber redete man nicht schlecht, wenn man seine Stelle behalten wollte.

„Ich steh schon auf." Mira presste das Buch fester an ihren Körper. Sie konnte ihrer Mutter nicht von ihrem Geheimnis erzählen, roter Lippenstift hin oder her. Ihr war klar, dass es einen Unterschied gab zwischen der kleinen Rebellion unschicklicher Farbe auf den Lippen und dem abgrundtiefen Verrat eines verbotenen Buches. Einen gewaltigen Unterschied. Den Unterschied zwischen Leben und Tod.

Vielleicht sah man es ihr an. Mira betrachtete ihr Spiegelbild kritisch. Nicht etwa um die tiefen Schatten unter ihren Augen zu ergründen oder um zu überprüfen, ob ihr Haar die Zehn-Zentimeter-Marke überschritten hatte und damit zu lang war. Nein, sie suchte nach einem verräterischen Anzeichen für das Geheimnis, das sie seit dieser Nacht wahrte.

Sie fand es in ihren Augen. Ein fiebriges Glitzern, vielleicht die Angst vor dem Entdecktwerden, vielleicht die Unruhe, die sie ergriffen hatte, der Drang, herauszufinden, wie die Geschichte endete. Wenn sie an den grausamen Hinrichtungstod des Protagonisten dachte, krampften sich ihre Eingeweide schmerzhaft zusammen. Er war nicht einfach gestorben – er war verspottet, misshandelt und brutal ermordet worden.

Da war so vieles gewesen, das sie nicht verstanden hatte. Aber eines wusste sie mit Gewissheit: Jesus von Nazareth war der außergewöhnlichste Romanheld, von dem sie je gelesen hatte, seine Geschichte die verwirrendste und wunderbarste, die ihr je untergekommen war, und ihr Ende das grässlichste, das sie sich hätte ausmalen können.

Obwohl die letzten Seiten fehlten, bestand kein Zweifel: Er war gestorben. Für ihn war es zu spät. Doch was mit seinen

Freunden geschah – diese Frage konnte sie nicht abschütteln. Sie waren geflohen, sie hatten ihn verraten, verleugnet, im Stich gelassen. Was würden sie jetzt tun, da er tot war?

Die Tür wurde von außen aufgestoßen, und Mira machte vor Schreck einen Satz rückwärts. „Hast du mich ...", setzte sie an, verstummte aber, als sie nicht in das mit rotem Lippenstift bemalte Gesicht ihrer Mutter sah, sondern in das von Iliona.

„Entschuldigung ... ich wollte das Badezimmer putzen ... ich dachte ... ich ... bitte entschuldigen Sie", stammelte das Mädchen verschreckt. Sie war zurückgewichen und machte bereits Anstalten, die Tür zu schließen.

„Ich hab dir doch gesagt, dass du mich nicht zu siezen brauchst", sagte Mira, und als sie sich bewusst wurde, wie harsch ihre Worte klangen, fügte sie freundlicher hinzu: „Ich bin hier fertig." Sie trat zur Seite, aber offenbar wagte Iliona es nicht, einzutreten. In ihrer längst nicht mehr weißen Bluse und der viel zu großen Schürze sah sie schmächtig und verloren aus. Wenn Mira nicht gewusst hätte, dass Iliona beinahe so alt war wie sie, hätte sie das Mädchen für höchstens dreizehn gehalten.

„Ich wollte Sie nicht stören", sagte Iliona. „Ich ..."

„Du musst mich nicht siezen. Ich bin Mira. So nennen mich ..."

„... meine Freunde", hatte sie sagen wollen, aber sie kam nicht dazu, weil ihre Mutter in diesem Moment die Treppe hinaufkam.

„Hast du noch immer nicht angefangen?" Sie schnalzte ungeduldig mit der Zunge, und Iliona schien, sofern das überhaupt möglich war, noch kleiner zu werden. „Für zwei Brotrationen die Woche erwarte ich, dass du deine Arbeit zügig und ordentlich erledigst. Das wirst du verstehen, nicht wahr?" Das hätte nachsichtig klingen können, wenn sie nicht so missbilligend auf Iliona herabgeblickt hätte.

„Ja, Frau Robins", erwiderte das Mädchen, ohne etwas zu seiner Verteidigung vorzubringen.

Mira überlegte, ob es an ihr wäre, ihrer Mutter die Situation zu erklären, doch sie tat es nicht. Sie hatte gestern Abend schon den Ärger ihrer Eltern auf sich gezogen, indem sie zu spät nach Hause gekommen war. Und wenn sie bedachte, welch gefährliches Diebesgut unter ihrer Bluse steckte, hielt sie es für klüger, sich möglichst unauffällig zu verhalten.

Mira warf einen letzten Blick auf ihr müdes Gesicht im Spiegel. Dank des kurzen Haarschnitts sahen eigentlich alle Mädchen in ihrer Klasse mehr oder weniger gleich aus. Abgesehen vielleicht von Daphné Baron, deren honigblonder Schopf dafür sorgte, dass sie alle anderen überstrahlte. Miras Haar war dunkelbraun – nichts Besonderes, auch wenn ihr der warme Farbton nicht unlieb war. Weiche, fast noch ein bisschen kindliche Züge und große Augen. Grün waren sie immerhin. Die Farbe der Hoffnung – das gefiel Mira.

Sie fuhr sich durch das Haar und wandte sich vom Spiegel ab. Unter ihrer Bluse rieb das kleine Buch mit seinem rauen Ledereinband bei jeder Bewegung über ihre nackte Haut. Sie spürte es deutlich, als sie sich an Iliona vorbeischob und in den Flur zu ihrer Mutter trat.

„Und hast du nichts zu tun?“, wandte diese sich nun an sie, und Iliona atmete deutlich hörbar auf und schlüpfte ins Badezimmer, um sich an die Arbeit zu machen.

„Musst du nicht lernen? Hausaufgaben machen?“

Mira fühlte, wie sich der Gedanke an mathematische Formeln und Staatsgeschichte schwer auf ihre Schultern legte. Sie wusste, dass ihr Land Fachkräfte brauchte. Dass es ein Vorrecht und gleichsam ihre Aufgabe war, sich ausbilden zu lassen, um den Staat aus der wirtschaftlichen Krise zu führen. Damit sie eigenständig bleiben konnten und nicht auf Import angewiesen waren.

„Ihr, du und deine Altersgenossen, seid die Zukunft, Miriam“, proklamierte ihr Vater regelmäßig. „Unser Staat braucht Landwirte, Ingenieure, Lehrer – jeden klugen Kopf und jede starke Hand, um das Wohl unseres Landes zu garantieren. Wir haben es in der Hand, Miriam! Unsere Zukunft liegt nicht mehr in den Händen anderer Nationen und diffuser Bündnisse. Wir können für uns selbst sorgen. Das ist unser Privileg und unsere Pflicht."

Also lernte Mira mit mehr Eifer als all ihre Mitschüler. Staatsgeschichte war ihr bestes Fach. Sie konnte alles auswendig: die Jahreszahlen von Anbeginn ihres Staates an. Jahr 0, Gründung. März 98, das Krönungsjahr ihres ersten Königs, des ehemaligen Präsidenten Nicholas Auttenberg. Sein größter Verdienst, die Beendigung jeglichen Imports im Oktober 107. Die Ernten waren ausgezeichnet gewesen, ein guter Zeitpunkt. Natürlich kämpften sie auch jetzt, eineinhalb Jahre später, noch für die Eigenständigkeit ihrer Versorgung. Es war noch ein weiter Weg, bis alle Ressourcen so genutzt wurden, dass alle Bürgerinnen und Bürger gut versorgt waren. Aber diese Übergangszeit war notwendig, und wenn sie nur alle mit anpackten, ihren Beitrag leisteten, dann würde König Auttenbergs große Entscheidung sie in ein paradiesisches Reich des Wohlstands und der Unabhängigkeit führen.

Mira hatte glänzende Noten im Staatsgeschichtsunterricht. Immerhin war die glorreiche Geschichte ihres Heimatlandes neben dem Gesetz und der Meinung der Nachbarn eines der Lieblingsthemen ihres Vaters. Wenn sie ihm zuhörte, dann erfüllte es Mira mit Stolz, hier leben und ihren Teil zum Gedeihen des Landes beitragen zu dürfen. Und so sollte es sein, fand ihr Vater. Sie sollten alle stolz auf das sein, was sie schon erreicht hatten. Ihre Unabhängigkeit, den über hundertjährigen Frieden. Stundenlang konnte ihr Vater darüber reden.

Kaum etwas musste Frau Dr. Steinlein Mira noch beibringen, und nur einmal hatte sie die Lehrerin verärgert, indem sie gefragt hatte, wann sie sich der älteren Geschichte, der Welt vor dem Jahr 0, widmen würden. Sie hatte keine Antwort, dafür aber eine schriftliche Mitteilung an ihren Vater bekommen, der sich bei seinem mahnenden Vortrag beim Abendessen so in Rage geredet hatte, dass er sich an einer Forellengräte verschluckt hatte.

Alles, wirklich alles, was sie über diese grausige, dunkle Zeit wissen müsse, hatte er ihr eingeschärft und sie mehrmals wiederholen lassen, sei die Tatsache, dass es furchtbar gewesen sei. Kriege und Korruption, Intrigen und Betrug. Kein Land ohne horrende Schulden, der internationale Markt ein einziges Druckmittel, Import und Export bis zum Ruin. Mit immer größeren Bündnissen hätten sich die Länder abzusichern versucht, wollten sich in Sicherheit wiegen. Aber dann hätten eben die Bündnisse gegeneinander Krieg geführt statt der einzelnen Länder.

„Alles, wirklich alles, was du wissen musst", hatte er seinen Vortrag nach einem heftigen Hustenanfall beendet, „ist, dass wir es nun besser haben. Wir sind eigenständig. Wir sind in keinen Bündnissen gefangen und nicht von Importen abhängig. Dass du in der Sicherheit dieses Staates aufwächst und nicht in der Welt dort draußen, ist ein Privileg, und es sollte dein oberstes Ziel sein, diesen Staat zu unterstützen. Wiederhol es!"

„Es sollte mein oberstes Ziel sein, unseren Staat zu unterstützen", hatte Mira sich beeilt, aufzusagen, damit er nur nicht wieder zu husten und zu schimpfen anfing.

Ihr oberstes Ziel, der Grund, warum sie sich ausbilden ließ und fleißiger als all ihre Mitschüler lernte. Natürlich wollte sie ihren Beitrag leisten. Aber heute hatte sie andere Dinge im Kopf. Dinge, die mit der Staatsgeschichte nicht zu vereinbaren waren und die für mathematische Formeln keinen Platz in ihren Gedanken ließen. Jesus von Nazareth. Seine Freunde. Die fehlenden Seiten. Das fehlende Ende. Sie konnte sich jetzt nicht hinsetzen und lernen.

„Ich gehe zu Vera." Mira wandte Iliona und ihrer Mutter den Rücken zu und ging zur Treppe. Trotzdem konnte sie sich rege vorstellen, wie ihre Mutter die rot bemalten Lippen schürzte.

„Es gibt da ein Staatsgeschichtsprojekt, an dem ich mit ihr arbeiten will", fügte sie erklärend hinzu. Das war eine Lüge, aber doch war auch etwas Wahres daran. Es gab da etwas, an dem sie arbeitete. Etwas, wofür sie die Hilfe ihrer Freundin brauchte. Und Vera, die ganz gut in ihre liebenswerte, aber chaotische Familie passte, wäre froh darüber, dass es sich nicht um ein Schulprojekt handelte. Sie war nicht besonders gut in Staatsgeschichte und auch nicht in den anderen Fächern.

Dafür genoss Vera die Freiheit, zu gehen, wohin sie wollte, und zu tun, was auch immer sie wollte, weil ohnehin keiner danach fragte. Schon deshalb hätte Mira manchmal gerne mit Vera getauscht. Weil in ihrer Familie nicht alles, was Spaß machte, verboten war und weil man sich um die Meinung der Nachbarn oder um etwaige Spitzel unter ihnen herzlich wenig scherte. Und weil Mira sich bei den Petersens auf eine seltsame Art zu Hause fühlte. Obwohl sie so wenig pflichtbewusst und organisiert waren. Oder gerade deshalb.

Natürlich sagte man derlei Dinge nicht laut. Die Petersens wären gute Kandidaten dafür gewesen, eines Nachts spurlos zu verschwinden, wenn nicht zwei der Familienmitglieder für den Staat arbeiten würden.

„Dann sieh zu, dass du aus dem Haus kommst", mahnte Miras Mutter, vom Wort „Staatsgeschichte" schon versöhnlicher gestimmt. „Es ist nett von dir, dass du mit Vera Petersen zusammenarbeitest. Von ihren Eltern bekommt das Mädchen nun einmal nicht die Unterstützung, die sie für ein erfolgreiches Durchlaufen ihrer Ausbildung bräuchte."

Mira schluckte jede Erwiderung zur Verteidigung von Veras Familie hinunter. Jetzt war nicht der richtige Zeitpunkt für eine

Diskussion. Was zählte, war, dass ihre Mutter den Plänen, die sich in ihrem Kopf formten, nicht im Weg stand.

Stattdessen nutzte sie die kurze Stille, um hinzuzufügen: „Es könnte sein, dass es später wird. Was meinst du, kann ich nicht einfach über Nacht bei Vera bleiben? Immerhin ist Wochenende."

Ihr Vater hätte womöglich länger gezögert, doch ihre Mutter stimmte sofort zu. „Mach das. Nur vergesst über eurem Projekt nicht das Schlafen." Wahrscheinlich ahnte sie, dass im Haus der Petersens niemand ein Auge darauf haben würde, ob sie zu angemessener Zeit zu Bett gingen oder nicht. Seufzend fuhr Miras Mutter fort: „Es ist traurig, was diese Frau aus Simon Petersen gemacht hat. Früher ist er ein ehrgeiziger Staatsbeamter gewesen. Genau wie sein Sohn Filip."

Mira verdrehte die Augen. An Veras Bruder Filip hatten ihre Eltern einen Narren gefressen. Nicht weil er nett war, manchmal sogar ein bisschen zu nett, sondern weil er dem Staat treu ergeben war.

„Für ihn hoffe ich das Beste", fuhr ihre Mutter fort, während sie Mira die Treppe hinunter und zur Haustür folgte. „Er ist ein anständiger junger Mann, der sich seine Eltern nicht ausgesucht hat."

Das konnte ja bekanntlich niemand. Auch Mira hatte es sich nicht ausgesucht, einen Staatsbeamten zum Vater zu haben. Bisher hatte es ihr auch nie etwas ausgemacht. Es brachte gewisse Privilegien und Ansehen mit sich. Aber während ihr Plan langsam Gestalt annahm und ins Rollen geriet, wünschte sie sich, sie hätte eine weniger pflichtbewusste und gesetzestreue Familie. Eine für ihr Vorhaben weniger gefährliche.

Kapitel 2

Familie Petersen

Miras Familie hielt nicht viel von den Petersens. So wie jeder, der etwas auf sich selbst hielt, nicht viel von dieser sonderbaren Familie halten *konnte.* Herr Petersen war wohl einmal ein hohes Tier im Staatsdienst gewesen – in seinen Blütetagen, als seine beiden Kinder, Filip und Vera, noch ganz klein gewesen waren.

Heute war Herr Petersen in erster Linie eines: hektisch. Den größten Teil seiner Zeit verbrachte er außer Haus, und wenn er einmal da war, dann verließ er sein Arbeitszimmer nur, um im Chaos seines Zuhauses verloren gegangene Dinge zu suchen. Seitdem er wegen eines peinlichen und deshalb totgeschwiegenen Vorfalls aus dem höheren Dienst entlassen worden war, setzte die Regierung der Stadt ihn als Springer ein, der mal hier, mal da aushalf, mal hierhin, mal dorthin reiste und mal mehr, mal weniger gut verdiente.

Mira mochte ihn gerne. Er erinnerte sie mit seinem schütter gewordenen grauen Haar, das vielleicht einmal vom gleichen rötlichen Blond wie das seiner Kinder gewesen war, an den zerstreuten Professor aus einem der Bücher, die sie gelesen hatte, und sie freute sich stets, ihm zu begegnen, was aber nicht oft vorkam.

Frau Petersen bekam sie ebenfalls nur selten zu Gesicht, obwohl sie viele Nachmittage bei Vera und ihrer Familie verbrachte. Meist schlief sie – „am helllichten Tag!“, entsetzte sich Miras Mutter –, und auch wenn sie wach war, erinnerte sie an eine Schlafwandlerin. Mira schien sie sehr weit weg, aber sie hatte Vera noch nie danach zu fragen gewagt, ob sie in ihrem Kopf vielleicht tatsächlich an einem ganz anderen Ort war.

Mira war den ganzen Weg zum Haus der Petersens gerannt und musste erst einmal zu Atem kommen und das Buch wieder sicher unter ihrer Bluse verstauen, als sie schließlich vor der wurmstichigen Eingangstür stand. Das ganze Haus hätte eine Renovierung bitter nötig gehabt, ein wenig Putz, eine Menge Farbe und frisches Holz. Aber das traf auf die meisten Häuser zu, wenn Mira auch zugeben musste, dass das Haus der Petersens besonders schäbig aussah.

In einigen Räumen waren die Vorhänge zugezogen – ein Missstand, den Miras Mutter nie geduldet hätte –, darunter auch das Elternschlafzimmer, das Refugium von Veras Mutter. Wie ein Bär hielt sie dort ihren immerwährenden Winterschlaf und quälte sich nur gelegentlich für kurze Ausflüge an das grelle Tageslicht, wobei sie die Augen fest zukniff, als wären sie nicht mehr an die Helligkeit gewöhnt.

Kaum hatte Vera die Tür geöffnet und Mira in den Flur treten lassen, legte sie schon einen Finger an die Lippen und wisperte kaum hörbar: „Wir müssen leise sein. Meine Mutter schläft."

Das war nichts Neues für Mira. Eigentlich war es sogar der Normalzustand im Haus der Petersens, sich auf Zehenspitzen fortzubewegen, um Veras Mutter nicht zu wecken.

Insgeheim fragte Mira sich häufig, ob ihre Krankheit wohl tödlich war. Als sie Frau Petersen zuletzt gesehen hatte, hatte sie ausgesehen wie ein Geist. Die spröde Haut beinahe vom gleichen gräulichen Weißton wie das Nachthemd, das spitze Gesicht hinter einem fast kinnlangen Vorhang aus hellblondem Haar verborgen. So musste jemand aussehen, der im Sterben lag.

Ob ihr Mann und ihre Kinder und auch sonst jeder, den Mira kannte, deshalb so beharrlich darüber schwieg, was ihr fehlte? Mira hatte sie oft Medikamente nehmen sehen. Ein einziges Mal hatte sie Vera gefragt, wozu sie gut waren. Ihre Freundin hatte derart barsch reagiert, dass Mira es danach nie wieder gewagt hatte.

Mira folgte Vera durch den Flur, an Frau Petersens nur angelehnter Tür vorbei und ins Wohnzimmer. Es war das Herz des Hauses; von dort führte eine stets offene Tür in die Küche und eine Holztreppe ins Obergeschoss. Den meisten Raum nahm der große, runde Esstisch ein.

Schmutziges Geschirr von mehreren Tagen stapelte sich darauf, und der Geruch von etwas Angebranntem lag in der Luft. Die Petersens hatten keine Bedienstete aus den Armenvierteln, und abgesehen von Vera hatte Mira hier noch niemals jemanden putzen, spülen oder Staub wischen sehen. Und das, obwohl Veras Mutter nicht einmal berufstätig war!

Wie gut, dass Miras Eltern den Zustand von Veras Zuhause nicht sahen. Sie hätten auf der Stelle vorgeschlagen, Vera zurück in eines der Erziehungshäuser zu bringen, damit man sich dort „anständig um sie kümmerte". Dass zumindest die ersten Jahre der Erziehung Sache des Staates waren, hielt ihr Vater in Fällen wie dem der Petersens für lebensrettend. Ihre Mutter fand es grausam; sie hätte Mira gerne von klein auf bei sich gehabt und nicht erst zu ihrem dritten Geburtstag – zumindest für die meiste Zeit – nach Hause geholt. Aber das war natürlich ihr Geheimnis, denn man widersprach den Regeln des Staates nun einmal nicht.

Im Gegensatz zu ihrem Bruder Filip sah man Vera ihre Herkunft an. Zwar achtete Filip darauf, dass ihre Kleidung ordentlich und ihr Haar kurz war, doch war eben nichts gegen nachlässig in die Hosen gesteckte Blusen, unheimlich schnell herauswachsende Ponyfransen und schlichtweg fehlendes Talent für Staatsgeschichte zu machen. Letzteres war besonders verdächtig. Vera konnte sich einfach keine Zahlen merken und hatte zudem ein Talent, die falschen Fragen zu stellen. Aber sie hatte die für jemanden ihrer Herkunft wertvolle Begabung, unauffällig zu sein. Bisher hatte sie es noch immer in die nächste Klassenstufe geschafft, indem sie einfach im Durchschnitt versunken war und es anderen überlassen hatte, sich positiv oder negativ hervorzutun. Klein, zierlich und schüchtern, wie sie war, konnte man sie manchmal tatsächlich fast übersehen.

„Geht es deiner Mutter wieder –" Mira kam nicht dazu, die Frage zu beenden, weil trotz ihrer Bemühungen, leise zu sein, eine dünne Stimme aus dem Schlafzimmer drang: „Vera?"

Vera blieb wie angewurzelt stehen und bedeutete Mira, still zu sein. Sie lauschte, ob ihre Mutter noch einmal etwas sagen würde oder ob sie bereits wieder eingeschlafen war.

„Meine Tabletten", krächzte Frau Petersens Stimme von drinnen. „Ich brauche ... meine Tabletten."

Vera schluckte hörbar, dann zog sie die Tür auf und schlüpfte in das abgedunkelte Schlafzimmer. „Nein, Mutter", hörte Mira sie leise erwidern. „Du hast deine Medikamente vorhin schon genommen."

„Aber es ... tut so weh", stöhnte Frau Petersen. Eine Weile atmete sie nur gequält ein und aus.

„Trink etwas." Das Geräusch einer Flüssigkeit, die in ein Glas gegossen wurde, war zu hören, kurz darauf das Husten von Frau Petersen. Mira nahm an, dass Vera versuchte, ihrer Mutter ein wenig Wasser einzuflößen, und sie musste den Kloß in ihrem Hals hinunterschlucken. Ihre Eltern mochten nicht perfekt sein; ihr Vater war ein Kontrollfanatiker, der seine Familie als eine Art Vorzeigemodell der Gesetzestreue betrachtete, und ihre Mutter eine heimliche Rebellin, deren größte Sorge die Meinung der Nachbarn war. Aber Mira musste doch zugeben, dass sie zu Hause stets gut umsorgt und aufgehoben gewesen war. Nicht wie Vera, die nicht nur für sich selbst, sondern auch für ihre kranke Mutter sorgen musste, wenn Vater und Bruder im Dienst des Staates außer Haus waren.

Veras Schritte näherten sich bereits wieder der Tür, als Frau Petersen noch einmal das Wort ergriff. „Sag ... sag es nicht Filip. Sag ihm nicht, dass ich ... von meinem Zustand“, flehte sie schwach. „Hörst du, Vera? Sag ihm nichts. Er ... er regt sich immer so auf.“

Mira konnte nicht hören, ob Vera es ihr tatsächlich versprach, weil in diesem Moment die Haustür aufgeschlossen wurde und kein anderer als Filip den Flur betrat.

Er war das genaue Gegenteil von Vera: groß, beherrscht und stets sehr exakt. Sein rotblondes Haar war einwandfrei geschnitten und betonte seine kantigen Züge, seine Kleidung war sauber, und an seiner blauen Uniformjacke prangten bereits die ersten beiden Abzeichen, auf die Filip mächtig stolz war. Bis vor Kurzem hatte er Orden nur dann aus der Nähe gesehen, wenn seine Vorgesetzten sie ihm zum Polieren überlassen hatten.

Filips gepflegtes Äußeres und seine nur zu deutlich zutage tretende Gesinnung waren es, die ihn in den Augen von Gerald und Rose Robins trotz seiner zweifelhaften Herkunft zu einem rechtschaffenen Bürger und durchaus vorstellbaren zukünftigen Schwiegersohn machten. Jedenfalls wurde Miras Mutter nicht müde, das zu betonen.

„Du beehrst uns auch wieder?“, begrüßte er Mira mit gewichtiger Miene. Filip Petersen hätte sich lieber die Zunge abgebissen, als nicht freundlich zur Tochter seines großzügigen Gönners und Vorgesetzten Gerald Robins zu sein. Trotzdem wurde Mira das Gefühl nicht los, dass er manchmal nicht allzu erfreut war, sie zu sehen.

„Wenn mich nicht alles täuscht“, fuhr er fort, nachdem sie sich die Hände geschüttelt hatten, „dann sitzt Vera über ihren Hausaufgaben. Vielleicht möchtest du später wieder ...“

In diesem Moment hörte er Veras sanft flüsternde Stimme und das Rascheln von Laken, und Mira konnte regelrecht zusehen, wie das Lächeln aus seinem Gesicht purzelte. „Ist es Mutter?“

In Miras Bauch machte sich ein Eisklumpen breit. Mit seinen glänzenden Orden und der tiefblauen Uniform mochte Filip ein Wachmann sein. Genauso kalt und pflichtversessen wie all seine Kollegen und Vorgesetzten auch. Aber hier in seinem unordentlichen und etwas schäbigen Zuhause mit den niemals ganz geöffneten Vorhängen war er in erster Linie ein Sohn, der eine viel zu große Last zu tragen hatte.

„Ich ...", stotterte Mira. „Ich glaube, es geht ihr heute sehr schlecht."

Filip presste die Lippen zusammen. Innerlich schien er sich für das Schlimmste zu wappnen, und Mira fragte sich einmal mehr, ob Frau Petersen wohl tatsächlich im Sterben lag. Ohne ein weiteres Wort schob Filip sich an Mira vorbei, doch in der Tür zum Schlafzimmer hielt Vera ihn auf.

„Schon gut", versicherte sie hastig. „Alles ist gut. Sie schläft jetzt."

„Hat sie Tabletten genommen?", fragte Filip in einem Ton, den Mira nur als barsch bezeichnen konnte.

„Heute Morgen. Lass sie schlafen, bitte, Filip. Komm doch mit uns nach oben."

Filips Blick wanderte von der Schlafzimmertür zu Mira. Einen Wachmann – und sei es Veras Bruder Filip – dabeizuhaben war nicht unbedingt eine Freude, selbst wenn man kein verbotenes Buch unter der Bluse stecken hatte und darauf brannte, es hervorzuholen. Aber Vera hing nun einmal an ihrem Bruder und wollte ihn offenbar auf andere Gedanken bringen. Also rang Mira sich zu einem, so hoffte sie, aufmunternden Lächeln durch. Filip stieß die Luft aus und ließ sich von seiner kleinen, zierlichen Schwester durch das Wohnzimmer zur Treppe schieben.

„Wird sie wieder gesund werden?", platzte Mira heraus, als sie Veras Zimmertür erreichten. Veras Blick huschte zu Filip, ehe sie zu einer Antwort ansetzte. „Nein. Mira, weißt du ..."

Aber Filip fiel ihr ins Wort: „Ich würde einen Themenwechsel sehr willkommen heißen." Umständlich dirigierte er die beiden in Veras Zimmer, wo sie sich auf das nicht gemachte Bett setzten. Auch hier waren die Vorhänge nur halb aufgezogen. Im gedämpften Tageslicht sah Mira einen Stapel Schulunterlagen, einen benutzten Teller und ein Paar Socken auf dem Boden liegen. Filip nahm die Unordnung mit gekräuselter Nase zur Kenntnis, sagte jedoch nichts.

„Wie sieht es aus?", fragte Vera, während Filip weiterhin schweigend auf das Chaos starrte. „Hast du wieder etwas dabei?"

Miras Herz begann schneller zu schlagen, als sie an das Buch dachte, das unter ihrer Kleidung verborgen war. Aber natürlich musste es in Filips Anwesenheit dortbleiben. Genau wie ihr Vater war Filip geradezu besessen von der Verfassung und jedem Gesetz, das seit Staatsgründung erlassen worden war.

Und natürlich meinte Vera auch keineswegs das Buch unter Miras Bluse. „Kekse? Gummitierchen? Ersatzschokolade?", fuhr sie hoffnungsvoll fort und bekam hinter ihrem zu langen, rotblonden Pony ganz große Augen. Vera liebte Süßes.

„Oh", machte Mira. „Das habe ich ganz vergessen." Ihr Vater machte sich nicht viel aus den Zusatzprodukten, die man nur für die wertvollen Sonderrationskarten bekommen konnte. Für den Großteil der Bevölkerung rückten Dinge wie Süßigkeiten, Schmuck oder Tabak damit in unerreichbare Ferne. Nur Staatsbeamte und Wachmänner verfügten über ein monatliches Kontingent solcher Karten.

Gerald Robins, der von keinem dieser Luxusartikel viel hielt, überließ seine Sonderrationen meist Mira. Und die suchte mit Vorliebe nach etwas, das sie mit ihrer Freundin teilen konnte. Gebackene Kekse mit einer dünnen Schicht Ersatzschokolade, geröstete Sonnenblumenkerne in Honig oder die zähen Gummitierchen, die Vera besonders gerne naschte.

„Wie um alles in der Welt kann man Süßigkeiten vergessen!“, entsetzte sich Vera und schüttelte ungläubig den Kopf. „Wenn wir solche Schätze zu Hause hätten, würde ich den ganzen Tag an nichts anderes denken!“

„Glaub mir“, schaltete Filip sich ein, der stocksteif auf der Bettkante saß, „du würdest nicht nur an sie denken, sondern den lieben, langen Tag nichts anderes tun, als zu essen!“

Er machte ein verdutztes Gesicht, als Mira in Lachen ausbrach, stimmte dann aber sogar ein klein wenig mit ein.

„Du lässt mich von deinen Sonderrationen ja nie Süßigkeiten aussuchen“, schmollte Vera.

„Und gewiss muss ich dir nicht die Gründe dafür darlegen. Mir steht lediglich eine einzige Sonderration im Monat zu, und die benötigen wir für Mutters Tabletten.“

Schuldbewusst senkte Vera den Kopf, und während auch sie so nachdenklich dreinschaute, sah sie ihrem ernsten Bruder sehr ähnlich. Mira konnte es nicht erwarten, Vera von dem Buch zu erzählen. Ein Geheimnis würde Vera aufheitern. Eines, das sogar spannender war als unzugängliche Lebensmittel.

Aber noch war Filip da und machte ihr das Sprechen unmöglich, obwohl Mira zugeben musste, dass auch er dringend eine Aufmunterung hätte gebrauchen können. Seine Miene versteinerte endgültig, als Vera irgendwann aufstand, um nach ihrer Mutter zu sehen, und Mira fühlte sich unbehaglich, mit ihm alleine zu sein. Filip konnte stundenlang schweigen, und wenn er sprach, dann oft so gewählt und umständlich, dass einem vom bloßen Zuhören schwindlig wurde. Vera sagte, das sei nur der Stress und die viele Verantwortung, aber Mira wurde den Gedanken nicht los, dass ihr Vater und seine Kollegen einen schlechten Einfluss auf Filip hatten. Bevor er in den Staatsdienst getreten war, war er eigentlich recht unbekümmert gewesen, und sie hatten sein breites, zähneblitzendes Lächeln viel öfter zu Gesicht bekommen.

„Kann man denn wirklich gar nichts machen?“, rang Mira sich zu einer Frage durch, weil sie das Gefühl hatte, von Filips eisernem Schweigen geradezu taub zu werden. Aber der schüttelte nur starr den Kopf.

„Ich könnte meinen Vater –“

„Nein, Mira“, unterbrach Filip sie. Wenigstens sprach er jetzt. „Du weißt, ich halte große Stücke auf deinen Vater. Aber in diesem Fall ...“ Er stockte. „In diesem Fall sind auch ihm die Hände gebunden. Ich sollte aufbrechen“, fügte er im gleichen Atemzug hinzu und sprang auf, kaum war Vera wieder ins Zimmer getreten. „Ich erwarte, dass du dich um Mutter kümmerst. Ich habe Nachtschicht.“

Egal, wie schweigsam und ernst er war, konnte Mira es sich nur schwerlich vorstellen, dass ausgerechnet Filip einer der Wachmänner sein sollte, die des Nachts durch die Straßen patrouillierten. Sie kamen ihr, wohl auch wegen der regelmäßigen Mahnungen ihres Vaters, Angst einflößend und Respekt heischend vor. Filip, mit seinem rötlichen Haar und der gestelzten Ausdrucksweise, war keines von beidem. Sie hätte ihn sich gut als Rationenverteiler oder als Verwaltungsangestellten vorstellen können. Aber ihr Vater hatte ihm die Stelle in der Rechtsabteilung vermittelt und machte keinen Hehl daraus, dass er Filip, machte dieser seine Sache gut, auch weitere Türen im Staatsdienst öffnen würde. Türen zu höheren Posten, zu wichtigeren Aufgaben und zu größerem Ansehen.

„Jemand muss sich des Jungens annehmen“, wehrte er brüsk ab, wenn seine Frau ihn für sein fürsorgliches Verhalten rühmte. „Sein eigener Vater ist dazu ja nicht imstande.“

Dass ihr Vater so über Herrn Petersen sprach, missfiel Mira. Aber sie war auch froh, dass er zumindest eine so hohe Meinung von *einem* Mitglied der Familie Petersen – und sei es nur Filip – hatte. Deshalb beschwerte sie sich nicht.

Herr Petersen war vielleicht ein komischer Kauz, aber er war auch einer der nettesten Menschen, denen Mira je begegnet war. Und heute zählte Mira sogar auf seine Zerstreutheit, die sich für ihren Plan als ausgesprochen praktisch erweisen konnte, denn Herr Petersen bekam beinahe ebenso wenig von dem mit, was um ihn herum geschah, wie seine meist schlafende Frau.

Erst einmal war Mira jedoch, nachdem Filip zum Dienst aufgebrochen war, mit Vera alleine. Kaum war die Haustür hinter ihrem Bruder ins Schloss gefallen, fragte diese: „Sagst du mir jetzt, was dir auf der Zunge brennt?"

Mira sog überrascht die Luft ein, und das raue Leder des Buches stieß dabei gegen ihren Bauch. Die meiste Zeit hatte sie es deutlich in seinem Versteck fühlen können.

Vera pustete sich die Ponyfransen aus der Stirn und lachte. „Wusste ich es doch, dass du ein Geheimnis hast! Wenn man dich kennt, bist du ein offenes Buch, Mira."

Auf dieses Stichwort hin zog Mira ihre Bluse aus der Hose und ließ das kleine Büchlein auf die Bettdecke fallen. Vera sah ihr zuerst verwirrt, dann mit geweiteten Augen dabei zu. „Mira", wisperte sie. „Ich werd verrückt! Sag nicht, dass das eine der verbotenen Schriften ist!" Sie schien hin und her gerissen zwischen dem Wunsch, das Buch zu berühren, und dem Impuls, möglichst weit von dem verbotenen Gegenstand wegzurutschen, der da auf ihrem Bett lag. Sie entschied sich dafür, wie versteinert dazusitzen und ihn anzustarren. „Wo hast du das her?" Ihr Blick war fest auf das Buch geheftet.

Mira senkte die Stimme. Nur für den Fall, dass jemand sie belauschte. „Das kann ich dir hier nicht sagen." Mira konnte an Veras Reaktion ablesen, dass ihr Misstrauen sie verletzte, deshalb fuhr sie hastig fort. „Aber ich kann es dir zeigen. Ich muss noch einmal dorthin. Die letzten Seiten der Geschichte fehlen."

Vera nickte langsam, und Mira fügte schnell den Rest ihres Plans hinzu: „Heute Nacht." Sie konnte Edmund Porter nicht auf ein verbotenes Buch ansprechen, während ein Wachmann in der Buchhandlung herumlungerte.

„Und da willst du, dass ich ... nein, Mira. Ich kann nicht mitkommen!" Vera wandte sich von dem Buch ab und sah Mira mit aufgerissenen Augen an. „Was ist mit der Ausgangssperre? Was ist mit meinen Eltern? Und meinem Bruder?"

„Filip arbeitet." Mira hatte sich alles genau überlegt. „Deine Mutter wird schlafen wie ein Stein, und dein Vater ..." Sie verstummte.

Vera nickte grimmig und sah wieder das Buch an. „Mein Vater interessiert sich kein bisschen dafür, ob wir uns nachts rausschleichen. Sag es ruhig. Es stimmt ja. Er wird es nicht einmal bemerken." Sie stieß die Luft aus. „Aber trotzdem, Mira, was ist mit den Wachposten? Es ist verboten, nachts draußen herumzuschleichen. Weißt du, was sie mit Leuten machen, die nach Ausgangssperre draußen erwischt werden?"

Es war kein Geheimnis, dass Vera nicht mutig war. Aber sie war auch eine zu treue Freundin, um Mira allein gehen zu lassen.

„Mit diesem Buch spielt es keine große Rolle, ob wir am Tag oder in der Nacht erwischt werden", erwiderte Mira brüsk, aber auch ihr Herz klopfte bei dem Gedanken an die nächtlichen Straßen wie wild. Sie war, abgesehen von wenigen, kaum nennenswerten Minuten, noch nie innerhalb der Sperrstunde draußen gewesen. „Es ist eine der alten Geschichten. Du müsstest sie lesen! Sie ist ..."

„... so was von verboten!", ergänzte Vera und hielt sich die Ohren zu, als Mira Luft holte. „Nein! Nein, nein, nein! Du musst mir wenigstens die Wahl lassen, ehe du mich da mit hineinziehst!"

Mira verstummte. „Oh ... okay. Ähm ... möchtest du mit hineingezogen werden?", fragte sie leichthin.

„Mira!“, rief Vera aus – ein bisschen belustigt, aber größtenteils entsetzt. „Du redest darüber, als ginge es nur um verbotene Ersatzschokoladenkekse!“

Sie hatte recht: Mira versuchte, die Angelegenheit so harmlos wie möglich klingen zu lassen. Vera musste einfach mitkommen. Mira war nicht sicher, ob sie alleine den Mut aufbringen würde.

„Das ist viel besser als verbotene Kekse“, beharrte sie, immer noch flüsternd.

„Und gefährlich ist es obendrein“, entgegnete Vera. „Dein Vater würde ...“

„Mein Vater hat damit überhaupt nichts zu tun“, fiel Mira ihr ins Wort. Sie wollte, während sie hier mit Vera und einem verbotenen Buch auf einem zerwühlten Bett saß, nicht einmal an ihn denken. Er hielt nichts von Büchern jedweder Art, und obwohl er wusste, wie gerne seine Tochter las, würde er sie nie für fähig halten, den Staat so zu hintergehen. Er wäre maßlos von ihr enttäuscht. Und wütend. Mira wusste nicht, was schlimmer war.

„Lass mich dir davon erzählen.“ Mira schob den Gedanken an ihren Vater so weit weg wie irgendwie möglich. „Dieses Buch ist ...“

Doch Vera sollte vorerst nicht herausfinden, was an diesem Buch so besonders war und warum ihre Freundin dafür Kopf und Kragen riskieren wollte, denn Mira verstummte schlagartig, als sich ein schütterer, grauer Haarschopf und Bart samt dem dazugehörigen Kopf durch den Türspalt schoben. Der Körper, zu dem dieser Kopf gehörte, blieb hinter der Tür verborgen, war aber vermutlich genauso nachlässig gekleidet wie immer. Was Flecken, Risse und andere Makel an seiner Kleidung anging, schien Herr Petersen mit Blindheit geschlagen.

„Hallo, Mira“, begrüßte er sie. Im Gegensatz zu ihren eigenen Eltern nannte Herr Petersen Mira bei dem Namen, den sie sich selbst gewählt hatte. Mira gefiel das, und obwohl sie insgeheim vermutete, dass die Petersens schlichtweg nicht wussten, dass sie eigentlich Miriam hieß, erfüllte es sie mit dem warmen, heimeligen Gefühl des Willkommenseins.

„Ihr habt nicht rein zufällig meine Brille gesehen?" Herr Petersen rieb sich die Nasenwurzel.

Vera schüttelte den Kopf und versuchte unauffällig so weit nach rechts zu rutschen, dass sie auf dem Buch saß, das immer noch zwischen ihnen auf der Bettdecke lag.

Herr Petersen zuckte die Schultern. „Sie ist nicht im Badezimmer, auch nicht im Kühlfach, und sie sitzt nicht auf meiner Nase", zählte er auf. „Aber unter diesen Umständen will ich eure hochgeheimen Mädchengespräche nicht weiter stören." Er gluckste, und Vera sprang auf.

„Komm, Mira, lass uns meinem Vater helfen, seine Brille zu suchen. Sie könnte ja auch im Schlüsselkasten hängen. Da war sie letztes Mal", plapperte sie, ohne auch nur ein einziges Mal Luft zu holen.

„Oh, lasst nur", winkte Herr Petersen ab und zog schon den Kopf durch den Türspalt zurück. „Im Schlüsselkasten habe ich zuallererst nachgesehen. Aber weit kann sie nicht sein. So ein Haus verliert nichts." Seine Stimme entfernte sich bereits.

Vera stand noch einen Moment mit am ganzen Körper angespannten Muskeln in der Zimmermitte, ehe sie sich neben Mira und das verbotene Buch auf das Bett fallen ließ und sich den Pony aus der Stirn wischte. „Meine Güte, ich weiß noch nicht einmal, was in diesem Ding steht, und schon bringt es mich in Schwierigkeiten!"

„Dann lass mich dir die Geschichte erzählen", nutzte Mira ihre Chance. „Bitte, Vera. Danach kannst du immer noch entscheiden, ob sie das Risiko wert ist."

„Nichts ist dieses Risiko wert", erwiderte Vera. Aber sie verschränkte die Arme vor der Brust und bedeutete Mira, zu erzählen.

Zum Abendessen setzte Herr Petersen ihnen gebratenes Brot und lauwarme Milch vor. Mira war nicht sicher, ob das ein Zeichen für die beschränkten Möglichkeiten einer Familie ohne nennenswerte Sonderrationen war oder schlicht darauf hinwies, dass es früher Frau Petersen gewesen war, die gekocht hatte.

Vera und Mira verschlangen das leicht angebrannte Mahl ohne Beschwerden und erklärten sich nur allzu übereifrig dazu bereit, den Abwasch zu übernehmen, damit Herr Petersen sich in sein Büro zurückziehen konnte. Keiner wusste so recht, was er darin eigentlich tat, aber Vera konnte versichern, dass er am Abend für gewöhnlich an seinem Schreibtisch einschlief.

„Und ihr kommt wirklich ganz und gar alleine zurecht?“, fragte er, nahm seine Brille – er hatte sie im Brotkorb wiedergefunden – ab und drehte sie in den Händen. Seine Nachfrage entsprang purer Freundlichkeit: Niemand hätte beim Anblick des sich türmenden Geschirrs von scheinbar mehreren Tagen Hilfe abgelehnt. Niemand, außer zwei Mädchen, die nur zu offensichtlich etwas im Schilde führten. Doch Herr Petersen atmete nur erleichtert auf, fischte ihnen einen frischen Lappen aus dem Putzschrank und stahl sich in sein Büro davon.

Kapitel 3

Porters Höhle

„Wir werden erwischt, wir werden erwischt, wir werden erwischt", flüsterte Vera unablässig, während sie um kurz nach zwölf in dieser Nacht die Straße vor Veras Haus hinabschlichen.

Mira war vor Aufregung ganz schlecht, und sie war nicht in der Stimmung, Vera zu beruhigen. „Wenn du noch ein bisschen lauter sprichst, dann ganz bestimmt", zischte sie nur und presste das Buch, das wieder unter ihrer Bluse steckte, so fest an sich, wie sie nur konnte. Sie war sich nicht mehr so sicher, ob es das Risiko wirklich wert war. Es schien ihr nahezu unmöglich, ungesehen zu „Porters Höhle" zu gelangen.

Veras Flüstern ging in ein ängstliches Wimmern über, das einzige Geräusch, das, abgesehen von ihren verdächtig lauten Schritten, noch zu hören war. Mira hatte geglaubt, ihr Vorhaben sehr sorgfältig geplant zu haben, doch nun, da sie tatsächlich unterwegs waren, musste sie sich eingestehen, dass sie das größte Hindernis gründlich unterschätzt hatte. Sie hatte sich so sorgsam überlegt, wie sie sich aus dem Haus schleichen konnten und was sie Edmund Porter fragen wollte, wenn sie ihm schließlich gegenüberstand, dass ihr der Weg dorthin wie das geringste Problem erschienen war.

„Warum gehen wir noch einmal mitten in der Nacht?", wisperte Vera, die Mira ganz nervös machte, indem sie sich alle zwei Schritte nach links und rechts und hinten umsah.

„Weil sie die Buchhandlung überwachen", gab Mira wie die beiden vorangegangenen Male zur Antwort. „Sie dürfen uns nicht belauschen. Sonst wissen sie, dass Herr Porter eine verbotene Schrift besitzt und dass ich sie gelesen habe." Es war nicht erlaubt, während der Ausgangssperre draußen unterwegs zu sein. Wen sie erwischten, den stellten sie unter Arrest oder kürzten seine Rationen. Aber eine verbotene Schrift zu besitzen oder auch nur gelesen zu haben war schlimmer. Mit einer Gefängnisstrafe oder einer Rationskürzung käme man dabei nicht davon.

„Es wird schon gut gehen", versicherte Mira ihnen beiden leise.

Sich aus dem Haus der Petersens zu schleichen war beinahe lächerlich einfach gewesen. Veras Mutter hatten sie den ganzen Abend nicht zu Gesicht bekommen, und ihr Vater war lange vor Mitternacht über seinen Unterlagen eingenickt. Vera hatte nach ihm gesehen und das Licht gelöscht, ihn aber schlafen lassen. Er hatte nichts von alledem – und auch nichts von ihrem Gehen – mitbekommen.

Obwohl ihnen beiden das Herz bis zum Hals schlug, kamen sie ohne größere Zwischenfälle bis in den Kern der Innenstadt. Sie begegneten niemandem, nur einmal hörten sie in der Ferne die Schritte eines Wachpostens. Als sie „Porters Höhle" schon am jenseitigen Straßenende sehen konnten, hatten sie sich ein wenig entspannt und waren vielleicht auch ein bisschen unvorsichtig geworden.

Sie beschleunigten ihre Schritte, die hämmernd wie ein Herzschlag von den Wänden der umstehenden Häuser widerhallten. Erst im letzten Moment sahen sie den Lichtkegel der Taschenlampe, der sich aus einer Seitengasse näherte, während der Rest der Stadt in tiefster Dunkelheit lag, nachdem der Strom in den Privathaushalten schon vor Stunden für die Nacht abgeschaltet worden war. Eine Stimme bellte in die Stille der Nacht: „Wer ist da?"

Vera fuhr zusammen und bremste ihre Schritte, aber Mira erfasste die Situation schneller. Innerhalb von Sekunden packte sie Vera am Arm und rannte blindlings geradeaus los.

„Stehen bleiben!", schrie die Stimme, und die Schritte ihres Verfolgers waren nun, da sie ihn bemerkt hatten, auf dem harten Kopfsteinpflaster deutlich zu hören. Sie kamen rasend schnell näher.

Die Eingangstür zu „Porters Höhle" war verschlossen, die Fenster allesamt stockfinster. Das heißt ... nein, in einem Fenster, das auf den Hinterhof hinausblickte, schimmerte ein blasses Lichtchen. Ein kleiner, tastender Lichtkegel, wie der, der Mira schon so oft hätte verraten können, wenn sie heimlich in ihrem dunklen Zimmer gelesen hatte.

„Hier rüber!", flüsterte sie so laut, wie ihre zugeschnürte Kehle es zuließ. Sie zerrte Vera über das Mäuerchen und sprang mehr gegen die Fensterscheibe, als dass sie dagegenklopfte. Den heimlichen Leser dahinter erschreckte sie wahrscheinlich halb zu Tode. Die Taschenlampe erlosch schlagartig.

Der andere Lichtkegel hingegen hatte sie fast erreicht. Vera und Mira blieb keine andere Wahl, als sich bäuchlings hinter dem Mäuerchen auf den Boden zu pressen. Zwischen dem staubigen Pflaster und ihrem hämmernden Herzen spürte Mira das Buch, das ihr das alles eingebrockt hatte. Es drückte seine Lederstruktur in ihre schweißnasse Haut und erinnerte sie daran, wie schlecht es um sie stand, wenn der Mann mit den schweren Stiefeln, die nun unweit von ihnen innehielten, sie bemerkte. Sie waren keine normalen Ausreißer oder Leute, die verbotenerweise nach der Sperrstunde draußen herumwanderten. Mit einem Buch wie dem unter Miras Bluse kam man nicht mit einem Arrest oder einer Verwarnung davon.

Die Stiefel des Mannes knirschten bei jedem nun vorsichtiger gesetzten Schritt auf dem steinernen Grund. Der Lichtkegel tastete weiter über die Straße und in die Hauseingänge. Die weiße Wand von „Porters Höhle" warf den Schein zurück auf den Mann, und Vera entfuhr ein Quieken.

Miras Hand schnellte über die Schulter ihrer Freundin und legte sich über deren Mund, während ihr Arm sie fest auf den Boden presste. Sie hatte gesehen, was Vera gesehen hatte: Es war Filip. Aber heute, hier, in dieser Situation änderte diese Tatsache rein gar nichts. Er war ein Wachmann, und sie waren Straftäter – Bruder und Schwester hin oder her.

Filip musste Vera gehört haben, denn er schnellte herum und hob die Taschenlampe höher, sodass sie nun über sie hinweg den hinteren Teil des Hofes beleuchtete. Mira glaubte fast, die Hitze des Lichts zu spüren, während es sich näher und näher tastete. Es hatte die beiden im Schmutz liegenden Mädchen fast erreicht.

Ein jähes Geräusch, nicht weit von ihnen, ließ den Lichtkegel zurückjagen. Mira hatte keine Ahnung, was Filip darin sah, aber es schien von größerem Interesse zu sein als der Rest des Hinterhofes.

„Hoppla", ertönte ein tiefer Bass hinter ihr, und der Geruch von süßem Tabak ließ Mira das Herz in die Hose sinken. Nun war das Chaos komplett. Edmund Porter hatte sein Haus verlassen und stand nur wenige Meter hinter ihnen. Ihm allein musste sich die ganze Szene auf einen Blick erschließen. Filip mit Uniform, Abzeichen und Taschenlampe und zwei Mädchen, die sich in der Dunkelheit seines Hinterhofes auf den Boden pressten, als hinge ihr Leben davon ab. „Mir war doch, als hätte ich hier draußen einen Lichtschein gesehen", sagte er nach kurzem Zögern.

„Edmund Porter." Filip tippte sich an den Hut. „Es ist spät. Sie sollten das Haus nicht verlassen." Seine knappen Feststellungen erinnerten nicht einmal entfernt an die umständliche Ausdrucksweise, die Mira von ihm kannte.

„Oh, das hatte ich doch nicht vor", versicherte Edmund Porter ruhig. Vielleicht, überlegte Mira, konnte er sie gar nicht sehen. Vielleicht verbarg der Schatten des Mäuerchens sie auch vor ihm. „Ich bin nur ein neugieriger alter Mann, der nicht schlafen kann und beim Lesen einen Lichtschein in seinem Hof gesehen hat."

„Das war ich. Sie können wieder hineingehen", sagte Filip schroff. „Ich habe etwas gehört."

„Und das wiederum könnte dann wohl ich gewesen sein", erwiderte Edmund Porter, der keineswegs wieder nach drinnen gegangen war. „Sehen Sie, ich füttere die streunenden Katzen in der Nachbarschaft, und erst eben habe ich ihnen diese Schüssel nach draußen gestellt."

Der Lichtkegel bewegte sich. Vermutlich leuchtete Filip in die von Edmund Porter gewiesene Richtung, und aufgeschreckt von der Helligkeit, stoben in der Tat zwei oder drei Straßenkatzen davon.

Filip zuckte zurück und richtete den Lichtkegel wieder auf Edmund Porter. „Streuner also." Seiner Stimme fehlte jede Herzlichkeit. „Ich schlage vor, dass Sie trotzdem wieder nach drinnen gehen. Und sich den Straßenkatzen in Zukunft besser am Tage erkenntlich zeigen. Sie bringen sich noch in ernste Schwierigkeiten."

„Verzeihung", sagte Edmund Porter, und dann herrschte Stille. Die Tür fiel ins Schloss, der Lichtkegel erzitterte ein wenig, dann zog er sich zurück und begleitete Filip die Straße hinab.

Als Vera sie zwickte, wurde Mira sich bewusst, dass sie ihr immer noch mit aller Kraft die Hand auf den Mund presste. Rasch ließ sie los und spürte, wie ein Kribbeln durch ihren vor Anspannung steif gewordenen Arm wanderte. Ihr ganzer Körper fühlte sich verkrampft an, und plötzlich war sie furchtbar erschöpft.

Ein Klicken ließ sie beide zusammenfahren. Die Tür hinter ihnen war aufgesprungen. „Schsch", ertönte eine tiefe Stimme aus der Dunkelheit dahinter. „Hier rein. Schnell."

Das ließen sich die Mädchen nicht zweimal sagen.

Mira hatte noch nie das Gesetz gebrochen. Mit einem Staatsbeamten zum Vater hatte sie dazu auch reichlich wenig Gelegenheit gehabt. Gerald Robins hatte stets zwei besonders wachsame Augen darauf gehabt, dass seine Tochter auf dem rechten Weg war und blieb.

Aber nach dem Diebstahl des Buches hatte eines zum anderen geführt. Innerhalb von kaum mehr als vierundzwanzig Stunden hatte sie gestohlen, eine verbotene Schrift gelesen, ihre Freundin zu einer Straftat angestiftet und die Ausgangssperre missachtet. Im blassen Licht einer Taschenlampe inmitten der Regale von „Porters Höhle" zu stehen erinnerte sie einmal mehr daran, wie verboten es war, hier zu sein. Und wie unfassbar gefährlich.

Die Beleuchtung reichte gerade einmal aus, die Konturen der Einrichtung sichtbar zu machen und ihre Gesichter zu erhellen. Mira fragte sich, ob sie genauso verängstigt aussah wie Vera, deren Miene schreckensstarr war. Ihr Haar war staubig, und der Abdruck des Kiesbodens prangte auf ihrer Wange. Das Ausweisbändchen an ihrem Arm hatte auch ordentlich etwas abbekommen: Mitten durch den neunstelligen Code zog sich ein scharfer Knick.

Edmund Porter war die Ruhe selbst. Er zog die Vorhänge zu, zündete eine Kerze an, verstaute die Taschenlampe in einer Schublade und setzte sich in seinen Ohrensessel. „Es ist gefährlich", sagte er dann, „um diese Zeit unterwegs zu sein."

Vera stieß die Luft aus, als wollte sie ein sarkastisches „Wem sagen Sie das?" loswerden. Doch außer dem Schnauben kam kein Laut über ihre Lippen. Überhaupt sah sie so aus, als wäre sie nicht fähig, jemals wieder ein Wort zu sagen.

„Uns zu helfen war ebenfalls sehr gefährlich." Mira straffte die Schultern. Edmund Porter hatte ihnen nicht den Hals gerettet, um sie nun ans Messer zu liefern. Und auch seine Ermahnung schien nicht wirklich von Herzen zu kommen. Mira wurde das Gefühl nicht los, dass er sie *erwartet* hatte. Vielleicht nicht jetzt, nicht mitten in der Nacht ... aber doch erwartet.

Sie nestelte am Bund ihrer Bluse herum und zog schließlich das ledergebundene Buch hervor. „Es tut mir leid“, sagte sie aufrichtig. „Ich habe das hier gestern mitgenommen.“

„Ich weiß.“ Edmund Porter war nun dazu übergegangen, seine Pfeife zu stopfen. „Ich wusste, dass du dir kein Buch entgehen lassen würdest, das du noch nicht kennst. Schon gar keines voller Abenteuer und Weisheit.“ In seinen Augen glitzerte die Heiterkeit. Mira konnte es nicht fassen, wie gelassen er es hinnahm, dass sie mitten in der Nacht in seinem Laden stand und zugab, eines seiner Bücher gestohlen zu haben. Noch dazu ein so gefährliches.

„Es ist verboten“, würgte Vera schließlich heraus. „Dieses Buch müsste gemeldet werden!“ In ihrer Stimme vibrierte die Angst.

Edmund Porter nahm den ersten Zug von seiner Pfeife. „Zwei Mädchen, die des Nachts durch die Straßen wandern, müssten auch gemeldet werden.“

Vera sog die Luft ein und sah sich panisch um, als suche sie einen Fluchtweg.

„Ich habe kein Interesse daran, jemanden in Schwierigkeiten zu bringen. Aber dass ihr hier seid – noch dazu um diese Zeit –, zeigt mir, dass ihr das Risiko nicht scheut.“ Er stieß den Rauch aus. Nach wie vor machte er keine Anstalten, Mira das Buch abzunehmen. „Das ist gut. Dieses Buch bringt viele Probleme mit sich.“

Das erinnerte Mira an den eigentlichen Grund ihres Kommens. Sie holte tief Luft und fragte geradeheraus: „Wo ist der Rest der Geschichte?“

Vera neben ihr keuchte erschrocken. Wie zwei grüne Laternen flackerten ihre angsterfüllten Augen im Kerzenlicht.

„Ich konnte es nicht zu Ende lesen, weil die Seiten herausgerissen wurden. Das Ende fehlt.“

Edmund Porter nahm einen weiteren tiefen Zug von seiner Pfeife. „Ah. Ja." Er lächelte. „Matthäus. Du hast längst nicht alles herausgefunden."

Es ärgerte Mira, dass er sie vergnügt anlächelte, so als wäre ihr etwas ungemein Wichtiges entgangen. Vera stand immer noch wie versteinert da und war auch keine besonders große Hilfe. „Das Ende", fuhr Edmund Porter jetzt fort, „fehlt nur bei Matthäus."

„Die anderen Geschichten interessieren mich nicht", entgegnete Mira ärgerlich. Die Anspannung in ihr stieg ins Unermessliche. Sie war so kurz davor, das Geheimnis zu lüften und den Rest der Geschichte zu erfahren. „Ich will wissen, was mit seinen Freunden passiert. Können Sie es mir erzählen? Bitte", fügte sie hastig hinzu, weil sie feststellte, dass ihre Frage mehr wie ein Befehl geklungen hatte.

„Natürlich kann ich. Aber ich bin fast ein wenig enttäuscht, dass du nach Matthäus aufgegeben hast. Markus und Lukas hätten dir alles verraten. Und Johannes."

„Sie meinen, die gleiche Geschichte ist mehr als einmal in diesem Buch?", fragte Mira.

„Viermal, um genau zu sein."

Ein Kribbeln machte sich in Miras Bauch bemerkbar. Nun war auch bei Vera die Neugier der Angst über den Kopf gewachsen. „Aber wie können vier Schriftsteller die gleiche Geschichte aufschreiben?", fragte sie.

„Ja, das scheint ungewöhnlich", erwiderte Edmund Porter immer noch völlig entspannt. Wie er da in seinem Sessel lehnte, hätte man leicht meinen können, es wäre nicht mitten in der Nacht und sie sprächen nicht bei einem äußerst verbotenen Treffen über eine äußerst verbotene Geschichte.

Mira atmete tief ein. Die Luft roch nach süßem Tabak und der Kälte der Nacht. „Das alles ist wirklich passiert, nicht wahr?"

Irgendwie hatte sie es die ganze Zeit geahnt. Schon als sie tränenüberströmt die letzte grausige Szene gelesen hatte.

Edmund Porter löschte sorgfältig seine Pfeife, legte sie weg und stand auf. Jede Heiterkeit war aus seinem Gesicht gewichen. Seine Stirn lag in sorgenvollen Falten. „Wäre diese Geschichte ein Märchen“, sagte er, als er dicht vor ihnen stand, „hätte man sie nie verboten. Der Staat könnte nicht tun, was er tut, wenn die Leute um die Wahrheiten in diesem Buch wüssten.“

Vera gab ein Wimmern von sich, und auch in Mira regte sich bei diesen Worten Unbehagen. Beide waren sie dazu erzogen worden, den Staat und das, was er tat, nicht zu hinterfragen oder gar zu kritisieren. Man hatte es ihnen in den Erziehungshäusern, zu Hause und im Unterricht regelrecht eingeimpft.

Edmund Porter sah nicht aus wie ein Rebell. Natürlich, er besaß einen ganzen Laden voller Bücher, und das machte ihn nicht gerade zu einem vorbildlichen Staatsbürger. Aber ansonsten erschien er Mira recht friedlich. Er war doch nur ein ergrauter Mann mit rundem Bauch und Brille. Mira wollte hören, was er zu sagen hatte. Sie wollte das Ende der Geschichte erfahren. Deshalb schluckte sie ihre Beklommenheit hinunter.

„Du hast gelesen, wie Jesus starb?“

Mira nickte angespannt.

„Dann will ich dir erzählen, wie er auferstand“, sagte Edmund Porter.

„Aufer- was?“, fragte Vera.

Mira griff nach der zur Faust verkrampften Hand ihrer Freundin und drückte sie fest. Veras Panik durfte Edmund Porter nicht davon abhalten, die Geschichte zu Ende zu erzählen. „Das ist, wenn jemand Gestorbenes wieder ins Leben zurückkommt“, flüsterte sie hastig.

Vera starrte Mira an und stieß dann ein nervöses Lachen aus. „Das glaubst du aber nicht wirklich, oder?“

Sie sahen beide zu Edmund Porter, über dessen Gesicht ein Lächeln huschte. Ihr Entsetzen schien ihn zu amüsieren. „Es war am dritten Tag nach der Kreuzigung", ergriff er wieder das Wort „als zwei Frauen zu seinem Grab kamen. Es war leer."

„Vielleicht hat ihn einfach jemand gestohlen", sagte Vera schnell. Sie hatte ihre Bewegungslosigkeit überwunden und zerrte an Miras Arm. „Komm schon, jetzt lass uns endlich gehen. Diese ganze Sache ist zu gefährlich! Nur wegen einer blöden Geschichte ..."

„Gestohlen", wiederholte Edmund Porter nachdenklich. „Ja, das haben einige böse Zungen damals auch behauptet. Aber die beiden Frauen berichteten des Weiteren, sie wären ihm begegnet. Und was deine ursprüngliche Frage angeht, Mira: Jesus traf auch noch einmal seine Freunde und sprach mit ihnen. Dann ging er zu Gott zurück."

„Gott?", echote Vera. Sie hatte die Augen weit aufgerissen und schien einem hysterischen Anfall nahe.

„Das ist sein Vater", erklärte Mira. „Und er ist wohl so was wie ein ... König?" Sie sah mit gehobenen Brauen zu Edmund Porter.

Er lächelte. „Es ist doch alles recht viel, um es sofort zu begreifen", sagte er ruhig. „Ich will nicht, dass auch nur eine eurer Fragen unbeantwortet bleibt. Aber dafür gibt es einen besseren Ort und ganz gewiss einen besseren Zeitpunkt als mitten in der Nacht."

Nun schließlich nahm er Mira das Buch doch noch ab, und mehr denn je schmerzte es sie. Sie wollte es festhalten, es ihm nicht geben. Aber es glitt aus ihrer Hand, ohne dass sie Widerstand leistete.

„Du wirst alles erfahren", versicherte Edmund Porter mit seiner ruhigen, fast trägen Stimme. „Kommt am Montag wieder, dann lasse ich euch Zeit und Treffpunkt wissen. Ich denke, ich brauche euch nicht zu sagen, dass alles, was wir innerhalb dieser vier Wände besprochen haben, unter uns bleiben muss. Das habt ihr verstanden, nicht wahr?"

Mira bejahte und sah zu Vera, die zögerlich nickte.

„Und jetzt geht. Nehmt den Weg durch die Kirschgasse – dort gibt es keinen Wachposten." Sie fragten nicht, woher er das wusste. Wenn sie eines begriffen hatten, dann dass der freundliche Buchladenbesitzer nicht der gesetzestreue und harmlose Mann war, der er zu sein vorgab.

Am Montag im Unterricht saß Mira wie auf Kohlen. Eigentlich hätte sie von den vergangenen Nächten übermüdet sein müssen, doch sie war hellwach und aufgedreht wie eine Spieluhr. Allerdings fiel es ihr schwer, diese Wachheit in Konzentration auf Staatswirtschaft umzuwandeln.

Professor Winkelbauer ließ sie Essays über die Fortschritte der Landwirtschaft schreiben. Während sie über ihren Heften brüteten, ging er mit kritischer Miene durch die Reihen und brachte die Schüler aus dem Konzept, indem er über ihre Schulter starrte und mitlas.

Staatswirtschaft war nicht gerade Miras Lieblingsfach, aber sie schlug sich doch ganz gut. Nur heute kam sie nicht recht voran, und während Professor Winkelbauer ihr zusah, konnte sie ihre Hand kaum dazu bewegen, auch nur ein einziges Wort zu Papier zu bringen. Minutenlang starrte sie auf ihren halb fertigen Satz: „Obwohl die Versorgung der Bevölkerung mit Grundnahrungsmitteln derzeit noch nicht zu hundert Prozent gewährleistet ist, machen sich auch in der Landwirtschaft die positiven Auswirkungen von König Auttenbergs Gesetz zur Einstellung des Imports bemerkbar, wo die Erträge dank der Reduktion minderwertiger Fremdware und ..."

Vera hatte wohl etwas Ähnliches geschrieben. Allerdings hatte sie nicht ein ganz so glückliches Händchen für klangvolle Formulierungen wie Mira. Bei ihr hinterließ die ganze Geschichte einen etwas anderen Eindruck.

„... gibt es seit dem Importverbot nach wie vor nicht genug Essen für die Bevölkerung." Professor Winkelbauer war einen Platz weitergegangen und las über Veras Schulter hinweg mit gekräuselten Lippen laut vor. „Obwohl alle Lebensmittel rationiert wurden, ist es den Landwirten bisher nicht gelungen, genug anzubauen, um alle Bürger zu versorgen. Was, wenn ich fragen darf, soll das heißen, Frau Petersen?"

Vera starrte auf ihr Heft und drückte den Kugelschreiber in ihrer Hand so fest, dass Mira befürchtete, er könnte jeden Moment zerspringen und seine Feder quer durch den Klassenraum schießen.

„Frau Petersen", wiederholte Professor Winkelbauer. „Was wollen Sie damit sagen? Etwa, dass unser Staat nicht imstande ist, seine Bürger zu versorgen?"

„Nein, Professor", murmelte Vera, aber der Lehrer hörte ihr gar nicht zu.

„Oder dass unsere Landwirte nicht hart genug arbeiten?", fuhr er fort. „Ist es das, was Sie mit Ihrer kleinen Hetzschrift zum Ausdruck bringen wollen?"

„Nein, Professor Winkelbauer", quiekte Vera ängstlich. Sie war in sich zusammengesunken und schon halb hinter der Tischplatte verschwunden. Mittlerweile hörte die ganze Klasse zu; manche betroffen, andere erleichtert, dass es nicht sie getroffen hatte, und wieder andere hämisch grinsend. Daphné Baron hatte ihren Stift weggelegt und sich zurückgelehnt, um ja nichts zu verpassen – eine Dreistigkeit, die abgesehen von ihr keiner gewagt hätte. Herr Baron war ein Arbeitskollege von Miras Vater im Gericht.

„Haben Sie schon einmal die Bedingungen gesehen, unter denen unsere Landwirte arbeiten?" Professor Winkelbauer war noch längst nicht fertig. Sein krauser Schnurrbart vibrierte bei jedem Wort. „Waren Sie jemals dort draußen auf den Feldern und haben die Knochenarbeit gesehen, die unsere Arbeiter Tag für Tag verrichten, um diesem Volk ein Leben in Unabhängigkeit zu ermöglichen? Nun antworten Sie schon!"

„N... nein, Professor", Vera schien nun den Tränen nahe. So aufgelöst war sie nicht einmal Samstagnacht gewesen, als sie beinahe nach Ausgangssperre mit einer verbotenen Schrift draußen auf der Straße erwischt worden wären. Alle hatten Respekt vor Professor Winkelbauer, doch Vera schien ihn regelrecht zu fürchten.

Kein Wunder; bei ihr schlug er einen ganz anderen Umgangston an als bei seinen übrigen Schülern. Rotgesichtig schritt er hinter Vera auf und ab, während er einen Vortrag über die harte Arbeit der Landwirte und ihre beeindruckenden Errungenschaften hielt. Vera wagte nicht, sich zu ihm umzudrehen, aber wahrscheinlich musste sie weder seine Gesichtsfarbe noch seine Miene sehen, um zu wissen, dass er kurz vor einer Explosion stand.

„Ich denke", schloss der Professor schließlich und klang jetzt regelrecht gehässig, „dass es Ihnen nicht schaden könnte, ein zusätzliches Referat zu diesem Thema vorzubereiten. Ich erwarte es in einer Woche schriftlich auf meinem Schreibtisch und lasse Sie wissen, wann Sie Ihre gesamte Klasse mit Ihren Gedanken über die derzeitige Landwirtschaft beglücken können."

Ein paar verhaltene Lacher lenkten ihn von Vera ab. „Wer hat Ihnen allen eigentlich erlaubt, mit dem Schreiben aufzuhören?", blaffte er und beobachtete, wie sich die Schüler – abgesehen von Daphné Baron – wieder über ihre Arbeiten beugten. Aber Mira war sich fast sicher, dass er nicht erst jetzt bemerkt hatte, dass alle Anwesenden zuhörten, wie er wieder einmal Vera Petersen schikanierte.

„Ich komme nicht mit", eröffnete Vera, als sie am frühen Nachmittag die Schule verließen. Es war Mitte März, und ein kühler Wind fegte durch die Straßen.

„Was?" Mira musste sich beeilen, um mit Veras Tempo Schritt zu halten. Sie machte nicht gerade den Eindruck, als wolle sie hierbleiben. Hier, in der Schule, am Ort zahlreicher Demütigungen und Anfeindungen. „Der Unterricht ist vorbei", setzte Mira an, aber Vera – fast einen Meter vor ihr – schnaubte.

„Bitte, Mira, stell dich jetzt nicht dumm. Ich sagte, ich komme nicht mit", erklärte sie mit mehr Nachdruck, als Mira jemals in Veras dünner Stimme gehört hatte. „Nicht mit du-weißt-schon-wohin."

„Was ... doch!" Mira verfiel in einen leichten Trab, um zu Vera aufzuschließen. „Doch, Vera, natürlich kommst du mit zu ‚Porters Höhle'. Du musst einfach!"

„Ich muss genug andere Dinge", entgegnete Vera. „Zum Beispiel dieses irrsinnige Referat vorbereiten. Als hätten wir mit den Hausaufgaben und dem Lernen nicht schon mehr als genug zu tun! Und vor der ganzen Klasse diesen Seiltanz vollführen, mich an die Fakten zu halten und es Winkelbauer recht zu machen. Und das alles, während Daphné Baron mich feixend beobachtet und zu Hause jedes falsche Wort, das ich gesagt habe, ihrem Vater erzählt, der es dann an Filip auslässt und es ihm im Staatsdienst noch schwerer macht. Das muss ich, und das reicht mir völlig. Ich kann nicht noch mehr Schwierigkeiten gebrauchen, Mira!"

Ihre Stimme überschlug sich, während das alles aus ihr heraussprudelte. Ein paar Mitschüler, die vor ihnen liefen, drehten sich nach ihnen um, aber Mira verzichtete darauf, Vera zu ermahnen, ihr Geheimnis nicht so herumzuposaunen. Sie wussten beide ganz genau, wie gefährlich diese Geschichte war. Wenn Mira sie dabeihaben wollte, durfte sie Vera nicht auch noch daran erinnern.

„Unsere Familien arbeiten im Staatsdienst.“, fuhr Vera leiser fort. „Und wir können froh darüber sein. Den Leuten draußen in den Armenvierteln geht es nicht so gut wie uns.“ Sie machte eine ungenaue Geste in Richtung Stadtmauer, welche die Innenstadt von den äußeren Bezirken trennte. „Willst du das alles wirklich für ein Buch aufs Spiel setzen?“

„Nein, aber ... Vera, ich muss wissen, warum sie diese Geschichte verboten haben. Ich sehe nichts Gefährliches an einem Mann, der Kranke gesund gemacht und Menschen geholfen hat.“

„Dann vielleicht an einem Mann, der angeblich zuerst tot und dann wieder lebendig war?“, flüsterte Vera heiser. „Mira, bitte! Es ist nicht unsere Aufgabe, zu entscheiden, was gut für uns ist und was nicht. Das Komitee für verbotene Schriften wird schon wissen, warum sie dieses Buch nicht erlauben.“

Bis vor wenigen Tagen hätte Mira ihr zugestimmt. Ein bisschen wehmütig, weil sie zu gerne gewusst hätte, was es mit den verbotenen Schriften auf sich hatte, aber doch im festen Glauben, dass der Staat hier und in allem anderen im Recht war. Aber dieses Buch. Dieser Mann, dieser Jesus. Wie konnte Mira jetzt, wo sie seine Geschichte kannte, zur Normalität zurückkehren und es einfach so hinnehmen, dass er und seine wundersame Geschichte verboten waren?

„Was, wenn sie keinen guten Grund haben?“ Mira ballte die Hände zu Fäusten. „Oder einen Grund, mit dem ich nicht einverstanden bin? Was, wenn sie uns nur etwas vorenthalten wollen, das ihnen nicht gefällt?“

„Mira!“ Vera sah aus, als würde sie ihr am liebsten den Mund zuhalten. Sie blickte panisch nach links und rechts, ob jemand Miras aufbrausende Rede gehört hatte. „So kannst du nicht reden. Das kostet dich Kopf und Kragen. Und mich auch. Und deine Familie! Dein Vater arbeitet für den Staat, den du da hintergehst. Was meinst du, was sie mit ihm machen, wenn seine

Tochter zur Gesetzesbrecherin wird? Bestenfalls verliert er nur seinen Job und nicht seinen Kopf."

Mira schluckte. „Jetzt mach mal –"

„Halblang? Mira, schau dir meinen Vater an. Schau, was ihm passiert ist und was das mit meiner Familie gemacht hat." Auch Vera hatte die Fäuste geballt. Mira war nicht sicher, aber es hatte fast den Anschein, als schimmerten Tränen in ihren Augen.

„Filip hat so hart gearbeitet, um trotz der Fehler, die mein Vater gemacht hat, eine gute Stelle zu bekommen. Ich kann nicht alles riskieren, was er erreicht hat, nur um mir verbotene Geschichten anzuhören!"

Mira dachte an Filip, der so pflichtbewusst und so verbissen arbeitete, und daran, wie er manchmal völlig übermüdet von seinen zahlreichen Doppelschichten zurückkam, wenn sie und Vera gerade über ihren Hausaufgaben am Esstisch im Wohnzimmer der Petersens saßen. Sie dachte daran, wie er nach Dienstschluss Papierkram für die Staatsbeamten in der Verwaltung sortierte oder gar Orden polierte, um sich mit ihnen gutzustellen, und sie schämte sich dafür, dass sie ihn für seine Unterwürfigkeit verachtet hatte. „Du hast recht", flüsterte sie traurig. „Das kannst du ihm nicht antun."

Vera sah überrascht auf. Hinter ihren Ponyfransen glitzerten ihre Augen immer noch verdächtig. Fast glaubte Mira, ihre Freundin hätte darauf gehofft, sie würde sie überreden. Jedenfalls hatte sie nicht damit gerechnet, dass Mira nachgab.

„Es ist in Ordnung. Du musst tun, was du für richtig hältst. Aber ich muss auch tun, was *ich* für richtig halte. Und ich glaube, ich muss mir zumindest anhören, was Herr Porter zu sagen hat."

Kapitel 4

Der verbotene Turm

Das winzige Glöckchen bimmelte, als Mira die Tür zu „Porters Höhle" aufstieß. Das schrille Geräusch war ihr nie so bewusst aufgefallen wie heute. Ihre Nerven lagen blank, und ein inneres Zittern schüttelte sie.

Edmund Porter war am Tresen beschäftigt. Außer ihm befanden sich noch drei weitere Leute in der Buchhandlung. Ein hagerer Mann in blauer Uniform inspizierte diejenigen Buchreihen, die auf seiner Augenhöhe waren, als ließe seine steife Haltung es nicht zu, den Kopf in den Nacken zu legen oder sich gar zu bücken. Im linken Flügel des Ladens blätterte ein knapp eineinhalb Meter großer, dunkelhäutiger Junge in einem dicken Wälzer, während ein anderer, der wie eine etwas kleinere Ausgabe von ihm aussah, unablässig an seinem Ärmel zupfte und „Nathaniel, komm schon, Nathaniel" jammerte. Beide hatten sie krauses, schwarzes Haar und Haut, die an die Farbe von Schokolade erinnerte. Nicht an die gelbliche Ersatzschokolade, sondern an richtige, echte Schokolade, wie es sie früher gegeben hatte. Mira hatte Bilder davon gesehen.

„Mira Robins", begrüße Edmund Porter sie, und der blau uniformierte Wachmann drehte sich um und nickte ihr flüchtig zu. Vielleicht gehörte er zur Einheit ihres Vaters. Miras Herz flatterte noch ein wenig aufgeregter. „Wieder ein neues Buch?", fragte Edmund Porter mit strahlendem Lächeln. „Sieh dich nur um."

Mira machte den Mund auf, sagte aber nichts. Sie wusste nicht, wie sie sich verhalten sollte. Wie um alles in der Welt wollte Edmund Porter ihr irgendwelche Informationen geben, während es in seinem Laden vor Kunden wimmelte und ein Wachmann durch die Regalreihen streifte und jedes Wort hören konnte, das sie sprachen?

Widerstrebend sah Mira sich nach einem Regal um, das sie durchkämmen konnte. Sie fand, dass es das Beste war, sich ganz normal zu verhalten. So wie an jedem anderen Tag, an dem sie ein Buch aus „Porters Höhle" geliehen hatte.

Während sie mit den Fingerkuppen an den Buchrücken entlangstrich und nur recht selten ein Exemplar aus den Reihen zog, spürte sie, wie Edmund Porter sie beobachtete. Sie las nicht einmal die Titel, sondern lauschte auf die Geräusche im Laden. Edmund Porter notierte mit kratzendem Stift etwas auf Papier, der Wachmann studierte völlig geräuschlos Buchrücken, und einer der beiden Jungen tippelte mit den Füßen auf dem abgewetzten Holzboden. „Können wir jetzt gehen?"

Mira sah vorsichtig über ihre Schulter. Wenn die beiden Jungen gingen, wäre sie alleine mit Edmund Porter und dem steifen Wachmann. Doch sie bezweifelte, dass er den Laden zeitnah verlassen würde, auch wenn sein Interesse sich sichtlich in Grenzen zu halten schien. Er studierte die staubigen Buchrücken mit einer Mischung aus Neugier und Ekel.

„Pscht, Theodore." Der ältere Junge blätterte mit seiner dunklen Hand die blassen Buchseiten um. Das Rascheln des Papiers war für einen Moment das einzige Geräusch, dann drohte der kleinere Junge ungeduldig: „Dann geh ich alleine."

Mira ließ sich in die Hocke sinken und zog ein großes, schweres Buch mit einem eingeprägten Elefanten auf dem Einband heraus. Sie konnte es ebenso gut aufschlagen und vorgeben, zu lesen.

„Die schimpfen, wenn du mich alleine gehen lässt", erklärte der Junge vernehmlich.

„Dich, nicht mich", gab sein großer Bruder zurück, aber Mira konnte hören, wie er das sperrige Buch zuschlug. Über die Seiten des Elefantenbuches hinweg sah sie zu, wie er es ins Regal zurückstellte und stattdessen scheinbar wahllos ein handlicheres Büchlein herauszog. Er brachte es geradewegs zu Edmund Porter an den Tresen.

„Ah“, sagte dieser lächelnd. „Eine gute Wahl. Ihr entschuldigt mich einen Moment.“ Er schob seine runde Brille zurecht. „Ihr wisst, die Listen ... nichts geht hier ohne Listen.“ Er verschwand mit dem Buch im Hinterzimmer. Theodore, der jüngere der beiden Brüder, vergaß ganz sein ungeduldiges Auf-und-ab-Wippen. Er starrte Edmund Porter nach, bis Nathaniel ihn mit dem Ellbogen anstieß und er seine Aufmerksamkeit wieder den Regalen um sich herum zuwandte. Als er bemerkte, dass Mira sie beobachtete, zuckte er zusammen, entblößte dann aber hastig seine blitzweißen Zähne zu einem Grinsen.

Schnell senkte Mira ihren Blick wieder auf ihr Buch. Hinter ihr ging der Wachmann quer durch den Raum und betrachtete jetzt ein anderes Regal eingehend.

„Hier, bitte schön.“ Edmund Porter war zurückgekehrt und reichte Nathaniel und Theodore ihr Buch. „Ich wünsche viel Freude damit.“

„Danke.“ Der Kleinere schnappte sich das Buch, und seinem älteren Bruder blieb nichts anderes übrig, als Edmund schnell eine kleine, ausgestanzte Rationskarte auf den Tresen zu werfen und dem Jüngeren hinterherzueilen. Das Glöckchen bimmelte, und Mira sah den beiden durch die Glastür nach. Nathaniel hatte seinen Bruder eingeholt, nahm ihm das Buch ab und begann mit ziemlich ärgerlicher Miene auf ihn einzureden. Mira beobachtete ihren verbalen Schlagabtausch, bis sie außer Sichtweite waren.

Edmund Porter nahm die Rationskarte und steckte sie in seine Tasche. Er hatte sie nicht einmal angesehen, um etwa zu überprüfen, ob sie eine angemessene Bezahlung für ein geliehenes Buch war. Vielleicht gehörten die beiden Jungen genau wie Mira zu Edmunds Stammkunden und genossen eine gewisse Sonderbehandlung. Vielleicht war Edmund Porter aber auch einfach insgesamt nachlässig mit dem Entgegennehmen seines Lohns. Mira hatte oft gesehen, wie er im Tausch für ein Buch Verbrauchswaren statt Rationskarten angenommen hatte; Butter und Eier etwa oder den süßen Tabak, den er regelmäßig in seiner Pfeife rauchte. Auch besaß er nicht einmal einen der kleinen, silbernen Scanner, unter die man in jedem anderen Geschäft, das Mira kannte, sein Armband mit der neunstelligen Identifikationsnummer halten musste. Für jeden anderen Handel musste sie sich auf diese Art ausweisen, selbst wenn sie nur einen halben Laib Brot kaufen wollte.

„Nun?" Sie zuckte zusammen, als Edmund Porters warme Bassstimme plötzlich dicht neben ihr erklang. „Du bist auch fündig geworden?"

„Ähm ..." Mira sah auf das Elefantenbuch hinunter. Sie hatte noch keinen vollständigen Satz gelesen. Vorsichtig hielt sie über die Schulter nach dem Uniformträger Ausschau. Er stand nahe genug, um jedes Wort zu hören, das sie mit Edmund wechselte.

Ohne jedoch eine Antwort abzuwarten, riss Edmund Porter ihr das Buch aus den Händen. „Ich trage es für dich ein", erklärte er freundlich.

Ein leichter Anflug von Ärger breitete sich in Mira aus. Sie hatte den ganzen Tag darauf gewartet, hierherzukommen. Und jetzt komplementierte Edmund Porter sie einfach so wieder hinaus. Dabei hätte er sich denken können, dass ein Wachmann hier sein würde. Sie hatten ein sehr aufmerksames Auge auf die Buchhandlung und die Menschen, die hierherkamen. Er hätte wissen müssen, dass er Mira hier keine Informationen würde geben können.

Frustriert wartete sie auf seine Rückkehr und nahm ohne große Begeisterung das Buch mit dem Elefanten entgegen. Sie vergaß sogar ganz, Edmund dafür die Brotrationskarte zu überreichen, die sie mitgebracht hatte. Brotrationen gab ihr Vater nur selten und sehr ungern her. Meist bezahlte Mira Edmund mit den Sonderrationen, die Gerald Robins ihr ohne große Nachfragen überließ, und die waren so wertvoll, dass sie danach für eine ganze Weile nichts mehr mitzubringen brauchte.

„Ich möchte wetten", lächelte Edmund Porter, als hätte er ihre missmutige Miene gar nicht bemerkt, „dass wir uns spätestens übermorgen wiedersehen."

Mira sah von dem Elefanten zu Edmund Porter, der ihr für den Bruchteil einer Sekunde verschwörerisch zublinzelte. Dann wandte er sich dem Wachmann zu, der immer noch die Regale inspizierte: „Und kann ich Ihnen vielleicht auch behilflich sein?"

„Danke", erwiderte der Mann so steif, wie er sich bewegte. „Ich sehe mich nur um." Natürlich tat er das. Allerdings gewiss nicht, um sich ein Buch zu leihen. Er war einzig und allein hierher beordert worden, um einen Laden, in dem mit so fragwürdiger Ware wie Büchern gehandelt wurde, im Auge zu behalten.

„Aber vielleicht kann ich Ihnen etwas empfehlen." Edmund Porter nickte Mira zu und ließ sie stehen. „Manchen dieser Bücher sieht man gar nicht an, was in ihnen steckt, ehe man sie nicht geöffnet hat."

Obwohl er sie bei diesen Worten keines Blickes würdigte, fühlte Mira Aufregung in sich aufsteigen. Mit einem kurzen Blick vergewisserte sie sich, dass der Wachmann beschäftigt war, dann klappte sie den Deckel des schweren Buches in ihren Händen auf. Und tatsächlich: Auf der ersten gelblichen Seite lag ein kleiner, weißer Zettel, auf dem nur eine einzige Zeile notiert war: ein Tag, eine Uhrzeit und ein Ort.

Als sie an diesem Abend mit ihren Eltern zu Abend aß, fiel es Mira schwer, an etwas anderes zu denken als an die handschriftliche Notiz, die sie in ihrem geliehenen Buch gefunden hatte. Das war besonders gefährlich, weil ihre Aufmerksamkeit gefragt war. Ihr Vater fragte sie über den Abendbrottisch hinweg in Staatsgeschichte ab, während ihre Mutter sicherzustellen versuchte, dass Mira genug aß. Im Hintergrund schrubbte Iliona die Anrichte und behielt dabei Teller und Gläser der Familie im Auge, um rechtzeitig Nachschub zu bringen.

„Wem haben wir den Erlass zum Verbot konspirativer Kleinstgruppen zu verdanken?", fragte Miras Vater zwischen zwei Bissen Schwarzbrot mit dünnen Schinkenscheiben, die ihre Mutter diese Woche von den Fleischrationskarten gekauft hatte.

„Joachim Burkhardt. Burkhardthausen ist nach ihm benannt", antwortete Mira, konnte ihre Gedanken aber nicht von dem kleinen Zettel losreißen. „Mittwoch, 18:00 Uhr, Westturm", hatte auf dem Papier gestanden, das Edmund Porter in den dicken Wälzer gelegt hatte, der das erste Buch sein würde, das Mira ungelesen zurückbrachte.

Mira hatte gewusst, dass sie unter der ständigen Überwachung und dem Schutz ihrer Eltern aufgewachsen war. Aber die Erwähnung des Westturms hatte ihr verdeutlicht, wie behütet sie wirklich lebte. Sie hatte das sichere Innenstadtviertel noch nie verlassen und war deshalb niemals auch nur in die Nähe des Westturms am Stadtrand gekommen. Er lag zwischen den Randvierteln und den Feldern. Niemals hätten ihre Eltern sie einen Fuß in eine solche Gegend setzen lassen.

Ihre Mutter, die schon eine Weile dabei zugesehen hatte, wie Mira ihr Brot auf dem Teller hin und her schob, runzelte die Stirn. „Iss endlich dein Schinkenbrot, Miriam. Du bist schon ganz schmal."

„Zu welchem Zweck?", fragte Miras Vater.

„Weil es ungesund ist, sich nicht ausgewogen und ausreichend zu ernähren!", rief ihre Mutter, die Mira immer noch musterte, als könne sie jeden Moment aufgrund von Mangelernährung ohnmächtig oder tot vom Stuhl kippen.

„Meine Güte, Rose!" Gerald Robins schüttelte unwillig den Kopf und nahm sich noch eine Scheibe Schinken. „Zu welchem Zweck das Verbot erlassen wurde."

Mira antwortete lieber, als zu essen. Sie hatte beim Gedanken an Mittwochabend einen dicken Kloß im Hals und befürchtete, keinen Bissen hinunterzubekommen.

„Kleinstgruppen sind Minderheiten, deren Einstellungen nicht mit den Grundfesten unseres Staates einhergehen", antwortete sie, als hätte sie das Staatsgeschichtsbuch verschluckt. „Gibt man solchen Gruppen die Gelegenheit, sich im Privaten zu treffen, ist das Risiko eines Aufstandes groß."

„Was sind die Merkmale solcher Gruppen?", fragte Gerald Robins weiter, was bedeutete, dass er mit Miras Antwort zufrieden war. Wenn er nicht nachhakte, war das meist ein Zeichen seiner Zustimmung.

„Kritik an Staat und König, regelmäßige Zusammenkünfte", zählte Mira auf.

„Das Schinkenbrot", erinnerte ihre Mutter und lehnte sich zurück, damit Iliona ihr Glas mit mehr trübem Apfelsaft füllen konnte.

„Unsinn, Rose! Was hat denn nun das Schinkenbrot damit zu tun?"

„Internationalitätsgedanken, Rituale, traditionelles Lied- und Schriftgut", ratterte Mira weiter herunter. „Aufstellen eigener Anführer und Verehren anderer Autoritäten als dem König. Warum ist es eigentlich verboten, in die Außenviertel zu gehen?", fragte sie dann, ohne Atem zu holen, möglichst beiläufig.

Iliona hielt beim Nachschenken inne, und ihr Vater ließ sein Schinkenbrot sinken. „Hat das etwas mit Staatsgeschichte zu tun?", fragte er misstrauisch.

„Nein", gab Mira zu. „Mir ist nur aufgefallen, dass ich noch nie dort draußen war."

„Über welch unnütze Dinge du dir Gedanken machst, Miriam. Wozu solltest du dich denn dort draußen herumtreiben wollen?" Er hob sein Schinkenbrot wieder an, als wäre die Sache damit erledigt.

„Es gibt sogar eine Mauer. Und Wachposten, die verhindern, dass jemand sich nach dort draußen verirrt", beharrte Mira.

„Die Mauer", sagte ihr Vater und fixierte Mira über den Tisch hinweg mit einem durchdringenden Blick, „ist in erster Linie dazu da, die Außenstädter davon abzuhalten, in die Innenstadt zu kommen, und nicht umgekehrt." Sein Blick wanderte zu Iliona, die das Glas hastig bis zum Rand füllte und sich dann wieder hinter die Anrichte zurückzog.

„Iliona kommt aus den Außenvierteln!", stellte Mira fest, und das Mädchen zuckte beim Klang ihres eigenen Namens ertappt zusammen.

„Iliona arbeitet in der Innenstadt", entgegnete ihr Vater. „Sie hat einen Passierschein."

„Und den braucht man nur, wenn man von draußen hineinwill?" Mira nahm den ersten richtigen Bissen von ihrem Schinkenbrot, um der Frage damit etwas Beiläufiges zu geben.

Ihr Vater seufzte. „Den brauchen nur die Außenstädter. Die Innenstädter haben überhaupt keinen Grund, nach dort draußen zu gehen."

„Es ist ja auch viel zu gefährlich", schaltete sich Miras Mutter ein.

„Muss man sein Ausweisband scannen, wenn man hinausgeht?", fragte Mira, ohne mit der Wimper zu zucken. Sie durfte sich nicht anmerken lassen, wie viel von der Antwort auf diese Frage abhing. Wenn sie ihre Identifikationsnummer brauchte, um das Stadttor zu passieren, konnte sie ihrem Vater ebenso gut gleich Bericht erstatten, wohin sie ging. Alle Daten wurden gesammelt – wer wann wie viele Rationskarten erhielt, gegen Lebensmittel oder Kleidung eintauschte, zur Arbeit oder zur Schule ging oder sich etwas zuschulden kommen ließ. Ihr Code würde eine nur allzu leicht verfolgbare Spur hinterlassen.

„Nein", sagte ihr Vater jedoch. „Was für eine Verschwendung wertvoller Technik. Die Innenstädter gehen nicht nach dort draußen. Sie haben in den Außenvierteln nichts zu suchen, und kein Wachmann, der noch ganz bei Verstand ist, würde jemanden ohne einen sehr guten Grund passieren lassen."

Unwillkürlich huschte Miras Blick zu Iliona, die den Lappen so fest umklammerte, dass ihre Fingerknöchel weiß hervortraten. Dabei wagte sie nicht ein einziges Mal, den Blick zu heben. Vielleicht, weil sie nicht wollte, dass jemand die zornigen Tränen sah, die sich bei Gerald Robins abfälligen Worten in ihren Augen angesammelt hatten.

Mira versuchte mühsam, das Stückchen Brot, auf dem sie seit geraumer Zeit herumkaute, hinunterzuschlucken. Es kratzte in ihrer trocken gewordenen Kehle. Sie hustete und hätte am liebsten gefragt, was mit den Menschen in den Armenvierteln so verkehrt war. Immerhin war auch Miras Familie nicht sonderlich reich. Niemand war das. Sie alle waren auf die Rationen angewiesen, die ihnen vom Staat zugeteilt wurden. Und Miras Familie beschäftigte doch selbst jemanden aus den Außenvierteln.

Aber solche Fragen konnte Mira nicht stellen. Auch dann nicht, als sie den Bissen endlich hinuntergeschluckt hatte und wieder genug Luft bekam. Wenn sie ihrem Vorhaben für Mittwochabend keine Steine in den Weg legen wollte, war es sicher nicht klug, weiterhin so reges Interesse an den Armenvierteln zu äußern.

Am Dienstagmorgen im Unterricht studierte Mira ihr Staatswirtschaftsbuch besonders genau. Im hinteren Teil des Buches waren verschiedene Landkarten und Stadtpläne abgedruckt, darunter auch einer ihrer Heimatstadt Leonardsburg. Mira war weiterhin wild entschlossen, morgen Abend um sechs Uhr zum Westturm zu gehen, was auch immer sie dort erwartete. Was ihr noch fehlte, war ein handfester Plan, wie sie unbemerkt an den Wachposten vorbeikommen sollte, die an den Stadttoren stationiert waren.

„Wir sind auf Seite 93", raunte Vera ihr zu, die sie aus dem Augenwinkel beobachtete. Sie hatte mit keinem Wort nach ihrem gestrigen Besuch in „Porters Höhle" gefragt, und so hatte Mira Mittwochabend und den Westturm auch mit keinem Wort erwähnt. Je weniger Leute davon wussten, desto besser. Außerdem war es Veras eigene Schuld; sie hatte sich entschlossen, nicht mitzukommen.

„Ich weiß", flüsterte Mira zurück und studierte weiter den Stadtplan. Die Innenstadt von Leonardsburg war ein ovaler Kern, der vor allem im Norden und Westen von einem breiten Band aus Randvierteln gesäumt war. Dahinter kamen nur noch Felder und dann brachliegendes Land.

„Ich meine nur", wisperte Vera hinter vorgehaltener Hand, „weil du auf Seite 148 bist. Aber wir sind auf Seite –"

„Sie halten es nicht für nötig, meinem Unterricht zu folgen – nicht wahr, Frau Petersen?"

Vera sank beim Klang von Professor Winkelbauers Stimme in sich zusammen.

„Sie beherrschen Staatswirtschaft bereits aus dem Effeff. Ist dem nicht so?", fragte Winkelbauer boshaft. „Weshalb Sie mir gewiss auch sagen können, welche Güter man jahrhundertelang unnütz importiert hat, obwohl man sie problemlos ersetzen oder hier anbauen kann." Er wandte sich zur Tafel um und schrieb:

„Unnütze Importe."

Vera schluckte vernehmlich. „Ja", brachte sie dann heraus und starrte Winkelbauers knochigen Rücken an, den er ihnen beim Schreiben zuwandte. „Ähm ... das Erdöl und ..." Sie sah Hilfe suchend zu Mira.

„Baumwolle", wisperte diese. „Tabak. Kaffee. Kakao und Zucker."

Vera schüttelte panisch den Kopf und formte ein „Was?" mit den Lippen.

Winkelbauer wandte sich wieder zu ihnen um, und sein Mund kräuselte sich zu einem gehässigen Lächeln. „Das ist alles?"

Schnell griff Mira in ihre Tasche und zog eine winzige Packung Ersatzschokoladenkekse heraus. „Kakao und Zucker", flüsterte sie und deutete unter dem Tisch auf die Süßigkeit.

Vera wagte kaum, einen kurzen Blick zu Mira zu werfen. Dann zwang sie sich sichtlich dazu, sich zu entspannen, und sagte mit lauter und bemüht fester Stimme: „Ersatzschokoladenkekse."

Daphné, die sich umgedreht hatte, um Vera besser im Blick zu haben, prustete los. Professor Winkelbauer fand Veras Antwort jedoch gar nicht lustig. „Zählen die ... Ersatzschokoladenkekse" – er zog das Wort mit herablassender Stimme in die Länge – „Ihrer Meinung nach zu den primären oder den sekundären Rohstoffen?"

Vera wurde tiefrot und machte den Eindruck, als wäre sie nicht sicher, ob Winkelbauer eine Antwort erwartete oder nicht.

„Wir sprechen uns nach der Stunde", fuhr er jedoch schon fort und wandte sich wieder seiner Tafelanschrift zu, als wäre Vera auch nicht eine einzige weitere Sekunde wertvoller Unterrichtszeit wert. „Frau Baron, seien Sie so freundlich."

Daphné fuhr sich durch das honigblonde Haar und wandte sich provokativ langsam wieder nach vorne. Offenbar war sie enttäuscht, dass die Vorstellung schon beendet war.

„Günstige, baumwollfreie Stoffe gehören schon lange zur Standardherstellung in der Textilindustrie", sagte sie langsam und deutlich. „Zuckerrüben zählen neben rund fünf verschiedenen Getreidesorten zum Hauptertrag unserer Landwirtschaft."

„In der Tat." Winkelbauer notierte die Schlagworte und drehte sich wieder zur Klasse. „Auch Tabak kann in unseren Breitengraden angebaut werden und ist ohnehin genau wie Kaffee und Kakao ein völlig unnützer Luxusartikel. Dennoch", seine Lippen kräuselten sich gehässig, „stellen wir Ersatzkakao auf Haferbasis her, der sich in der Tat auch in Ersatzschokoladenkeksen befindet."

Ein paar Mitschüler lachten verhalten, und Vera sah aus, als würde sie am liebsten im Erdboden versinken. Trotzdem stand sie bemerkenswert aufrecht, als sie nach der Stunde an Winkelbauers Schreibtisch trat. Mira hatte absichtlich lange mit dem Einpacken ihrer Sachen herumgetrödelt und war, abgesehen von Winkelbauer und Vera, die letzte Person im Raum.

„Sie haben sich heute selbst übertroffen." Winkelbauer verstaute seine Unterlagen sorgfältig in der schwarzen Ledertasche, ohne dabei auch nur zu seinem Gegenüber aufzusehen. „Ich würde an Ihre Eltern schreiben, wenn ich nicht wüsste, dass das bei Ihrer Familie vollkommen nutzlos ist."

Mira war fertig mit dem Einpacken, und ihr gingen die Entschuldigungen aus, warum sie den Raum noch nicht verlassen hatte. Aber bei so viel Boshaftigkeit, der Vera dort vorne ausgesetzt war, wagte sie nicht, einfach zu gehen. Sie klappte ihre Box mit Stiften vorsichtig auf und warf einen kurzen Blick zu Winkelbauer und Vera. Es schepperte gewaltig, als die Dose auf dem Boden aufschlug und die Stifte in alle Richtungen flogen.

Vera fuhr vor Schreck zusammen. Winkelbauer warf Mira einen finsteren Blick zu. „Jetzt aber schnell, Frau Robins", mahnte er, hatte für seine Einserschülerin aber keinen bissigen Kommentar übrig.

Stattdessen wandte er sich wieder an Vera: „Ich will Ihnen eine Chance geben, Ihre erbärmlichen Leistungen in Staatswirtschaft zu verbessern. Nicht, dass Sie es verdient hätten." Er schnaubte. „Ein befreundeter Landwirt erwartet Sie morgen um vier Uhr, damit Sie ihn für Ihr Referat befragen können. Und ich bitte Sie inständig, Frau Petersen, *blamieren* Sie mich nicht mit dummen Fragen." Seine Stimme triefte nur so vor Zynismus, aber Vera nickte tapfer. „Vier Uhr, pünktlich. Er trifft Sie direkt an seinen Feldern am westlichen Stadtrand."

Mira, die unter den Tischen über den Boden robbte und ihre Stifte einsammelte, zuckte zusammen. Der westliche Stadtrand. Die Felder hinter den Armenvierteln. Irgendwo dort draußen musste auch der Turm sein.

„Und jetzt sehen Sie zu, dass Sie wegkommen", beendete Winkelbauer das Gespräch. „Und Sie auch, Frau Robins. Wie lange kann man brauchen, um eine Handvoll Stifte aufzuheben?"

„Lange genug", dachte Mira mit klopfendem Herzen, „um den Schlüssel zum Westturm auf dem Silbertablett serviert zu bekommen."

Kapitel 5

Eine andere Welt

Vera, die ohnehin eher schüchtern und still war, gab sich an diesem Tag besonders grüblerisch und in sich gekehrt. Wie automatisch ging sie neben Mira her zum Ausgang des Staatsgebäudes, in dem der Unterricht stattfand. An der Tür hatte sich wie immer eine kleine Schlange gebildet. Ärmel wurden zurückgeschoben und Armbänder unter den Scanner gehalten. Kein staatliches Gebäude durfte von jemandem ohne das Bändchen mit dem neunstelligen Identifikationscode betreten oder verlassen werden.

„Du hättest es wirklich schlimmer treffen können“, erklärte Mira betont vergnügt, während Vera ihr seit dem nächtlichen Ausflug übel zerknicktes Bändchen unter dem Scanner hin und her drehte. „Ein Interview mit einem Fachmann ... ich meine, das ist spannend, oder?“

Veras sarkastisches Schnauben stand dem von Professor Winkelbauer in nichts nach.

„Ich würde das alles ja zu gerne einmal sehen“, fuhr Mira fort. Hinter ihnen reckten ihre Mitschüler schon die Hälse, um zu sehen, wer den Strom nach draußen so lange aufhielt. Endlich gelang es Vera, das ramponierte Band mit der freien Hand zu glätten und die Drehtür zu passieren. Hastig streckte Mira ihren eigenen Arm unter die blaue Lichtschranke und folgte ihrer Freundin.

„Wir können gerne tauschen“, brummte Vera.

Der Himmel über der Stadt war verhangen, und der Geruch drohenden Regens lag in der Luft. Die Kälte des Winters war endgültig verflogen, aber noch gab es nur wenige Vorboten des nahenden Sommers. Die Blumen in den Vorgärten und in den

Kübeln vor so manchem Fenster hatten heute ihre Kelche geschlossen, und Mira fröstelte in ihrer dünnen Bluse.

„Warst du schon mal draußen auf den Feldern?", fragte sie im Plauderton, damit Vera ihr die Anspannung nicht anmerkte.

„Klar. Als Kinder haben Filip und ich uns manchmal hinausgeschlichen und da draußen gespielt." Widerwillig wandte Vera sich Mira zu. „Wir wussten nicht, dass es verboten ist, sich dort draußen herumzutreiben", setzte sie nach, als müsse sie sich rechtfertigen. Dabei war kein Wort des Tadels oder der Missbilligung über Miras Lippen gekommen. Im Gegenteil: Sie staunte. Aber mit einem Staatsbeamten als Vater hätte sie wahrscheinlich entsetzt sein müssen, dass Veras Eltern ihren Kindern nicht verboten hatten, dort draußen herumzustreunen.

„Die Leute sind arm dort", fuhr Vera fort. „Sie tragen zerlumpte Kleider und strecken das Mehl mit Laub oder Stroh, weil sie nicht genug davon haben. Staatliche Erziehungshäuser gibt es nicht, aber dafür jede Menge Kinder. Sie spielen den ganzen Tag auf der Straße."

Mira hing an Veras Lippen. „Das wusste ich nicht", gestand sie. „Ich dachte, alle Kinder wachsen in Erziehungshäusern auf. Wie machen die Eltern das dort?"

„Die Mütter arbeiten nicht. Sie kümmern sich um die kleinen Kinder, aber für die größeren hat keiner Zeit. Sie hängen auf der Straße herum und gründen Banden."

Miras lebhafte Fantasie malte ihr sofort eine wilde Szene vor Augen, in der einige nachlässig gekleidete Jugendliche mit schmutziger Haut und zu langem Haar einen Kampf mit aus Scherben gebastelten Waffen austrugen. „Woher weißt du das alles?", fragte sie und schob den erschütternden Gedanken beiseite.

„Wir hatten Freunde unter den Jüngeren. Sie haben mit uns auf den Feldern gespielt." Sie hatten das Haus der Petersens erreicht, und Vera schloss die Tür auf. „Leider hilft mir solches

Wissen nicht im Unterricht. Winkelbauer macht nichts lieber, als mich vor der versammelten Klasse zu schikanieren. Und die anderen genießen es."

„Daphné genießt es", sagte Mira. „Und Daphné ist nicht ‚die anderen'."

„Daphné ist so etwas wie die Klassenkönigin. Mit einem Justizstaatsbeamten als Vater ist sie wie geboren für diese Rolle." Vera warf ihre Schuhe auf einen chaotischen Haufen aus Zeitungen, Schuhen und Mänteln unter dem Garderobenhaken.

Mira stellte ihre daneben. „Mein Vater ist auch ein Justizstaatsbeamter."

Nun sah Vera auf. „Ich weiß", sagte sie, aber ihre Miene strafte sie Lügen. Für einen Moment schien sie es tatsächlich vergessen zu haben. Ausgelöscht, dass ihre beste Freundin eine von denen war. Dass Mira prädestiniert dafür war, an Daphné Barons Seite die weniger Angesehenen zu drangsalieren. Dass Mira und Daphné ein Herz und eine Seele sein könnten. Ihre Väter hatten sich das vom ersten Schultag an gewünscht. Aber Mira hatte sich eine andere Freundin gewählt. Eine, die nicht so gut zum Ruf ihrer Familie passte, die aber viel ehrlicher und vertrauenswürdiger war, als Daphné Baron es je sein würde.

„Lass die kleine Baronesse doch spotten, so viel sie will." Mira zuckte die Achseln. „Und ihrem Vater soll sie doch über dich erzählen, was auch immer ihr einfällt. Er ist nicht mal Filips Vorgesetzter." Genau wie Miras Vater hatte Baron eine Einheit Wachleute unter sich, die ihm auf Gedeih und Verderb folgen mussten. Aber Filip gehörte zur Einheit von Gerald Robins.

„Außerdem werden Winkelbauer und Daphné gar nichts gegen dich in der Hand haben. Mit einem Fachmann als Quelle wirst du ihnen überhaupt keine Gelegenheit zu spotten geben."

Vera warf ihre Tasche in eine Ecke und nahm zwei Gläser aus dem fast leeren Küchenschrank. Das meiste Geschirr türmte sich schon wieder schmutzig am Spülbeckenrand. „Als würde Winkelbauer nicht trotzdem etwas finden, was ihm an meinem Vortrag nicht passt."

„Nicht mit mir als Ghostwriter. Ich könnte das Referat für dich schreiben."

Vera blieb der Mund offen stehen. „Du willst Winkelbauer hintergehen?"

Mira zuckte die Schultern, als sei nichts weiter dabei. „Wenn ich dir damit helfen kann." Sie zögerte gerade lange genug, um den Nachsatz nicht übereilt wirken zu lassen: „Natürlich müsste ich mit auf die Felder kommen. Morgen Nachmittag, wenn du den Landwirt triffst."

Sie beäugte Vera aus dem Augenwinkel und fragte sich, ob sie wohl Verdacht schöpfte. Aber Vera war nicht misstrauisch, und das verursachte Mira fast ein schlechtes Gewissen. Stattdessen fiel ihre Freundin ihr um den Hals: „Ich will sowieso auf keinen Fall allein dorthin!"

Miras Angebot hatte Veras Stimmung erheblich gebessert. Sie kochten sich Nudeln zu Mittag, die sie aus Mangel an weiteren Zutaten mit einer Prise wertvollem Zucker verspeisten, den Vera erst am Vortag gegen gleich drei Rationskarten eingetauscht hatte.

Anschließend klappten sie ihre Schulbücher auf und machten sich an die Staatsgeschichtshausaufgaben. Immerhin verlangte Frau Dr. Steinlein nur selten Essays von ihnen. Die eigene Meinung hatte, wie sie stets betonte, im Staatsgeschichtsunterricht nichts verloren. Hier drehe sich alles um Fakten, Fakten und nochmals Fakten.

Stattdessen ließ sie die Schüler zu Hause ellenlange Texte lesen und zusammenfassen oder gab ihnen Rechercheaufgaben. Der heutige Text erstreckte sich über vierundzwanzig Buchseiten und war nur gelegentlich durch Fotografien wichtiger Dokumente und Personen unterbrochen. Bei solcherlei Aufgaben war es Mira und nicht Vera, die heilfroh war, dass sie die Hausaufgabe meist zusammen erledigten. Vera machte es nichts aus, laut vorzulesen, und Mira hörte ihr zur Hälfte zu und ließ zur anderen Hälfte ihre Gedanken schweifen, weil das meiste dank der regelmäßigen Vorträge ihres Vaters ohnehin nicht neu für sie war.

„... nach Nicholas Auttenbergs Krönung unklar, ob die in der Verfassung grundgelegte Erbmonarchie in Kraft treten kann, da der Verbleib seines einzigen Sohnes, Carl Auttenberg, weiterhin unbekannt ist. Um die Zukunft der Monarchie zu sichern –"

„Das ist doch nicht zu fassen!" Mira hatte die Knie angewinkelt und die Fersen auf die Stuhlkante gestützt, während sie sich mit den Knien vom Tisch wegdrückte, sodass ihr Stuhl gefährlich auf den beiden Hinterbeinen wankte. Jetzt ließ sie ihn so heftig nach vorne fallen, dass Vera vor Schreck das Buch zuklappte.

„Was ist nicht zu fassen?", fragte sie atemlos, während sie die Seite wiederzufinden versuchte. Wahrscheinlich hatte auch sie begonnen, mit ihren Gedanken ein wenig abzuschweifen, doch jetzt waren sie beide hellwach.

„Dass sie dieses Thema wieder einmal nur anreißen!", erwiderte Mira hitzig. „Weißt du noch, als ich Frau Dr. Steinlein damals gefragt habe, wie es sein kann, dass der Kronprinz eines Landes einfach so mir nichts, dir nichts verschwindet?" Mira schlug mit der flachen Hand auf den Tisch, und Vera verlor abermals die Seite, die sie eben erst wiedergefunden hatte. „Sie hat gesagt: Frau Robins, dieses Thema behandeln wir ein andermal zu geeigneterem Zeitpunkt. Und seitdem? Nichts, gar nichts!"

„Warum interessiert es dich denn so brennend?" Vera ließ das Buch nun einfach zugeklappt auf dem Tisch liegen.

„Na, hör mal", rief Mira aus. „Das lädt ja geradezu zu Spekulationen ein! Ist er tot? Hat er sich einer konspirativen Kleinstgruppe angeschlossen und bekämpft sein eigenes Land als gesuchter Rebell? Hat sein eigener Vater ihn vielleicht verschleppen oder hinrichten lassen? An die Theorie mit der Entführung glaube ich jedenfalls nicht. Warum sollte ein anderes Land unseren Thronfolger entführen? Dann krönen wir eben einen anderen. Damit ist doch keinem geholfen!"

Vera pustete sich die Ponyfransen aus der Stirn und beobachtete Mira eingehend. Insgeheim interessierte es Vera bestimmt ebenso brennend wie Mira, was mit ihrem Thronfolger geschehen war. Aber Vera hatte gelernt, den Mund zu halten und sich nicht mit übermäßiger Neugier in Schwierigkeiten zu bringen. Ganz anders als Mira, mit der manchmal die Fantasie durchging.

„Überleg doch mal!", ereiferte sie sich. „Wer weiß, was sie uns da verschweigen. Man findet ja kaum Informationen über ihn. Und wenn du mich fragst, ist das ganz schön verdächtig! Noch nicht einmal ein Foto haben sie uns je gezeigt!"

Nun begann Vera doch wieder, zu blättern. „Es gibt ein Foto. Hier in genau diesem Text."

Sie beugten sich beide darüber und betrachteten die winzige Kopie eines Familienportraits, das Nicholas Auttenberg mit Frau und Sohn zeigte. Sie war blond und mager, Vater und Sohn hatten tiefschwarzes Haar in militärisch kurzem Schnitt und beide den gleichen harten Zug um den Mund.

„Hm ... wie ein Rebell sieht er nicht gerade aus", lenkte Mira ein. Zugegeben, er hatte schöne Augen. Dunkle Wimpern, wie die seiner Mutter, und einen nach innen gekehrten Blick, als wäre er in Gedanken ganz woanders. Aber Haltung, Kleidung und Gebaren erinnerten unverkennbar an seinen steifen Vater. Als König wurde Nicholas Auttenberg verehrt, aber insgeheim konnte Mira sich nicht vorstellen, dass irgendjemand ihn besonders gut leiden konnte. Eiskalt war er und reichlich wenig menschlich, nach allem, was man so hörte. Einer, der dazu geboren war, Befehle zu geben und im Reichtum zu leben, während sein Volk ums Überleben kämpfte.

„Auttenberg traue ich es trotzdem zu, seinen eigenen Sohn verschleppen zu lassen", sagte sie entschieden. „Wenn es um den Thron geht, ist Blut bestimmt nicht dicker als Wasser. Und stell dir nur vor, wenn Carl Auttenberg andere Ansichten hatte als sein Vater. Da hätte der doch –"

Sie war gezwungen, ihre Ausführungen zu unterbrechen, weil Schritte im Flur ankündigten, dass sie nicht mehr alleine waren. Aber es war zu Miras Leidwesen nicht nur Veras liebenswerter, zerstreuter Vater, der sich zu ihnen gesellte, sondern auch Filip mit Uniform und Abzeichen.

„Dennoch heißt Pflichtbewusstsein nicht, dass man es jedem recht machen muss", sagte Herr Petersen gerade, verstummte aber schlagartig, als er die Tür aufschwang und in die erstaunten Gesichter von Vera und Mira blickte.

Eisern schweigend zog er seine abzeichenlose Jacke aus, hängte sie auf und sah Vera eine Weile beim Lesen über die Schulter. Mit dem lauten Lesen und vor allem dem Debattieren über den Verbleib von Kronprinz Carl Auttenberg war es nun natürlich vorbei. Vera und Mira beugten sich still über ihre Bücher.

Filip holte unter lautem Poltern das Bügelbrett aus der Besenkammer und stellte es neben ihnen auf. Mira starrte noch eine Weile auf das Foto der Königsfamilie, ehe sie wieder zu lesen begann. Das Schweigen füllte jeden Winkel des Raumes. Nur hin und wieder ein Seitenrascheln, das Zischen des heiß werdenden Bügeleisens und Herrn Petersens schweres Atmen waren zu hören.

„Was machst du da?", fragte er schließlich Filip, der eben ein schwarzes Jackett auf dem Bügelbrett ausbreitete.

„Antoine Herder hat mich gebeten, seinen Anzug in eine anständige Form zu bringen", entgegnete er, ohne auch nur von seiner Arbeit aufzusehen. Mira dagegen hatte ihr Staatsgeschichtsbuch schnell vergessen. Sie sah zu Vera, die sich mit zusammengekniffenen Lippen unnötig tief über ihr Buch beugte. Ihre Nasenspitze berührte fast die Seiten.

„Seinen Anzug in eine anständige Form zu bringen“, echote Herr Petersen. Er stand immer noch hinter ihnen, weshalb Mira ihn nicht sehen konnte. Aber seiner Stimme nach zu urteilen, missfiel ihm, was er hörte. Sie war mit einem Mal entsetzlich dankbar, dass sich Iliona um die Wäsche, und damit auch um die Anzüge ihres Vaters, kümmerte. Sie würde sich in Grund und Boden schämen, wenn Filip eines Nachmittags das Jackett ihres Vaters mitbrächte, um es für ihn zu bügeln.

„Du bist jetzt ein Wachmann“, sagte Herr Petersen tonlos. „Kein Handlanger mehr. Sie können dich nicht mehr zwingen –“

„Keiner zwingt mich, Vater. Es handelt sich nur um eine Gefälligkeit.“

Mira beobachtete Filip unauffällig über ihr Buch hinweg. Er sah seinen Vater nicht einmal an, sondern pflügte nur weiter mit dem dampfenden Bügeleisen über den schwarzen Stoff.

„Antoine Herder kann seinen Anzug selbst bügeln“, sagte Herr Petersen mit Nachdruck. „Du bist nicht sein Diener. Was kommt als Nächstes? Dass du ihm die schmutzigen Stiefel putzt?“

Filips Gesicht nahm die rötliche Farbe seines Haars an, und er tat es Vera gleich, sich über seine Arbeit zu lehnen, als nehme er nichts um sich herum wahr.

„Um alles in der Welt!“, entfuhr es Herrn Petersen. „Sag, dass das nicht wahr ist!“

Nun stellte Filip das Bügeleisen doch zur Seite. Angriffslustig funkelte er seinen Vater über das Brett hinweg an. „Ich werde mir sicher keinen meiner Vorgesetzten zum Feind machen, weil ich mir zu schade dafür bin, seinen Anzug aufzubügeln.“ Er sah seinen Vater unverwandt an. „Und es wäre mir lieber, du hieltest dich heraus. Du hast deine Arbeitsmoral und ich meine. Und wir wissen alle, wohin deine dich geführt hat."

Mira konnte nicht anders: Sie wandte sich zu Herrn Petersen um. Er hatte die Brille abgenommen und sah seinen Sohn an. Auf seiner gerunzelten Stirn standen die Schweißtropfen. Langsam nickte er. Dann legte er Vera, die ebenfalls gewagt hatte, den Kopf zu heben, die Hand auf die Schulter und sagte mit belegter Stimme: „Lern nur fleißig", ehe er aus dem Zimmer schritt.

Mira begegnete Filips zornfunkelndem Blick und konzentrierte sich wieder auf ihre Hausaufgabe. Sie fühlte sich wie ein ungebetener Eindringling, nachdem sie diesen Streit im Haus der Petersens mitbekommen hatte. Normalerweise herrschte hier eine heimelige, friedliche Atmosphäre. Auf ihren Staatsgeschichtstext konnte sie sich nun natürlich nicht mehr konzentrieren, und als sie einmal zu Vera blinzelte, sah sie, dass auch sie auf die Buchseite starrte, ohne die Augen zu bewegen.

„Warum lässt Filip das mit sich machen?", fragte sie ihre Freundin, als diese sie später zur Tür brachte.

Vera tat zuerst so, als wisse sie nicht, wovon Mira redete, dann jedoch ergriff sie schnell Partei: „Er hat ja keine Wahl." Sie sah Mira nicht an, während sie sprach. „Wenn er es im Staatsdienst zu etwas bringen will, muss er tun, was man ihm sagt."

„Aber dein Vater hat recht!", protestierte Mira. „Es ist nicht fair, dass sie von Filip verlangen, dass er –"

„Mein Vater hat seinen Posten und seinen Ruf schon vor Jahren verloren. Filip versucht nur, es besser zu machen. Um für uns zu sorgen. Von Vaters Rationen könnten wir gerade so überleben. Und das auch nur, wenn Mutter nicht ... wenn wir nicht die Tabletten für sie bräuchten."

Mira klappte den Mund auf, um abermals zu widersprechen, doch Vera schüttelte niedergeschlagen den Kopf. „Wir alle müssen tun, was man von uns verlangt. Filip muss Anzüge bügeln, und ich muss ein Zusatzreferat in Staatswirtschaft halten. Jemand mit unserem Ruf kann nicht so wählerisch sein wie ..." Sie verstummte schlagartig.

„Wie ich, meinst du." Mira umklammerte den Schulterriemen ihrer Tasche fester und sah Vera herausfordernd ins Gesicht. Aber Vera war niemand, der sich leicht provozieren ließ. Lieber nahm sie alle Schuld auf sich, als Feindseligkeit oder Streit in Kauf zu nehmen.

„Entschuldige", murmelte sie. „Weißt du ... ich rechne es dir hoch an, dass du mich morgen auf die Felder begleiten willst. Du müsstest das genauso wenig tun wie Filip das Bügeln dieser Anzüge."

„Das ist doch etwas ganz anderes", wehrte Mira ab, doch Vera schüttelte den Kopf. „Ich weiß, du tust es nicht nur für eine Beförderung oder eine gute Note. Sondern für mich. Und dafür bin dir sehr dankbar, Mira."

Mira wusste, dass Veras Worte dazu dienen sollten, ihr schlechtes Gewissen wegen des scharfen Kommentars zu beruhigen. Dass sie Miras damit nur noch schürte, konnte Vera ja nicht ahnen.

Ihre Eltern waren nicht begeistert davon, dass Mira mit Vera hinaus auf die Felder gehen wollte. „Was denkt sich dieser Professor nur dabei, zwei Schülerinnen quer durch die Armenviertel zu schicken!" Aber weil es sich um Staatswirtschaft handelte und das fast genauso wichtig war wie Staatsgeschichte, ließen sie Mira gehen. Ihre Mutter wies Iliona sogar an, ein paar belegte Brote und eine Packung Ersatzschokoladenkekse für Mira einzupacken. Falls es später werden sollte. Mira hatte mehrfach betont, dass sie zum Abendessen bestimmt nicht zurück sein würde.

„Die Landwirtschaft ist in der Tat eine spannende Angelegenheit", lenkte ihr Vater ein, während ihre Mutter protestierte.

„Ein Einblick in unser aufblühendes Versorgungssystem ist mit Sicherheit wichtiger als das Abendessen."

Vera hatte zu Hause erst gar nichts von dem Referat erzählt. Ihre Mutter, so argumentierte sie, würde sich nur aufregen, und ihr Vater interessierte sich nicht dafür, mit welchen Lehrern Vera aus welchen Gründen aneinandergeriet.

Filip freilich wäre außer sich gewesen. Aber der schob mal wieder Überstunden im Staatsdienst.

So war Veras und Miras Aufbruch in Richtung Stadtrand doch recht unspektakulär. Mira tat ihr Bestes, ihre Nervosität zu verbergen. Immerhin hatte Vera keine Ahnung, warum sie wirklich so erpicht darauf gewesen war, sie zu ihrem Treffen mit dem Landwirt zu begleiten.

„Ich würde sagen, du stellst die Fragen und ich mache Notizen", erklärte Mira fachmännisch. „Dann kann ich die Informationen gleich in Formulierungen bringen, die Winkelbauer entgegenkommen."

„Und ich kann mich mit meinen dummen Fragen blamieren." Vera – ohnehin schon deutlich kleiner als Mira – sank sichtlich in sich zusammen. Mira musste wirklich geschickte Formulierungen finden, um Winkelbauer daran zu hindern, ihre Freundin vor versammelter Klasse vorzuführen.

„Winkelbauer hört am liebsten seine eigene Meinung", erklärte Mira aufmunternd. „Wenn du ihn dann noch Glauben machst, du wärst selbst drauf gekommen, hast du schon fast gewonnen."

Vera erwiderte nichts. Mit hängenden Schultern trottete sie vor sich hin, und Mira folgte ihr, während sie versuchte, sich eine gute Ausrede zu überlegen, sich in den Armenvierteln von Vera zu trennen. Nach dem Vortrag natürlich. Auch wenn sie aus eigennützigen Gründen mitgekommen war, wollte sie ihre Freundin nicht im Stich lassen.

Sie durchquerten das Zentrum von Leonardsburg, passierten „Porters Höhle“ und die Staatsgebäude: Schule, Rathaus und Gericht. Mira war schon viele Dutzend Male hier gewesen, und auch die Siedlung dahinter war ihr vage bekannt. Aber dann folgte sie Vera durch einen Torbogen in eine gepflasterte Gasse, und sofort war ihr klar, dass sie den Stadtkern hinter sich gelassen hatten.

Die Hausfassaden waren heruntergekommener, die Straßen schmaler, und ein Wachposten stand wie eine Statue auf der anderen Seite des Tores.

Augenblicklich versperrte er ihnen den Weg. „Ihr habt euch wohl verlaufen. Zwei junge Mädchen wie ihr!“ Er musterte sie von oben bis unten. „Ihr habt hier draußen nichts verloren.“

Obwohl sie einen guten Grund für ihren Spaziergang hatten, schlug Mira das Herz bis zum Hals, und die ihr von klein auf eingeimpfte Angst vor den städtischen Wachposten machte es ihr beinahe unmöglich, dem Mann in die Augen zu sehen. Auch Vera, der sie stattdessen einen Hilfe suchenden Blick zuwarf, starrte auf ihre Füße und machte nicht den Eindruck, als habe sie vor, zu antworten.

„Wir haben einen Termin.“ Mira reckte den Hals und zwang sich, dem Wachmann ins Gesicht zu sehen. Er konnte kaum älter als Filip sein, und das beruhigte Miras rasenden Herzschlag ein wenig. Vielleicht hatte auch dieser Mann Geschwister in ihrem Alter, und da war es doch natürlich, dass er sich um zwei Mädchen sorgte, die den sicheren Stadtkern verließen. Filip hätte Vera jedenfalls bestimmt nicht gerne hier draußen gewusst.

„Was für ein Termin soll das sein?“, fragte der Wachmann schroff, und Mira musste sich nun ernstlich bemühen, sein offensichtliches Misstrauen noch als Fürsorge zu entschuldigen.

„Herr Professor Winkelbauer“ – sie betonte den Namen mit Nachdruck – „schickt uns aus Recherchegründen zu einem Landwirt auf die Felder.“

Sie konnte sehen, wie der Wachmann beim Namen des Professors die Schultern noch ein wenig fester anspannte. Wahrscheinlich hatte er vor gar nicht allzu langer Zeit selbst bei Winkelbauer im Unterricht gesessen und wusste, dass man besser tat, was er einem auftrug.

„Viel zu gefährlich", konstatierte er jedoch nach kurzem Ringen mit sich selbst. „Die Felder liegen jenseits der Armenviertel." Zwischen seinen buschigen Augenbrauen hatte sich eine steile Falte gebildet, und er wollte nicht aufhören, sie zu mustern. „Ohne eine erwachsene Begleitperson kann ich euch unmöglich passieren lassen."

Miras Herz drohte ihr in die Hose zu rutschen. Aber nur für einen Moment. Dann straffte auch sie die Schultern und sagte langsam, als denke sie ernsthaft darüber nach: „Dann bleibt uns wohl nichts anderes übrig, als Herrn Professor Winkelbauer zu bitten, uns zu begleiten."

Veras Augen weiteten sich vor Entsetzen. Aus Angst, sie könne ausgerechnet jetzt ihre Sprache wiederfinden, legte Mira noch nach: „Oh, Vera, das wird ihm aber gar nicht gefallen, wenn wir ihn damit belästigen."

Nun endlich flackerte Verstehen in Veras Augen auf, und mit etwas zittriger Stimme fiel sie in das Spiel ein: „Wo er doch immer so viel zu tun hat."

Der junge Wachmann schien nun ernsthaft in der Zwickmühle zu stecken. Seine linke Augenbraue zuckte, während er von Mira zu Vera und wieder zurücksah. Offenbar hatte Winkelbauer selbst bei einem Schüler, dessen Noten gut genug gewesen waren, um in den Staatsdienst zu treten, einen bleibenden Eindruck hinterlassen. „Ich könnte euch wohl ein Stückchen begleiten. Um Herrn Professor Winkelbauer ein wenig Arbeit abzunehmen."

Und so machten sie es. Der junge Wachmann begleitete sie energischen Schrittes die Straße hinab, während die Häuser zu beiden Seiten immer kleiner und immer schäbiger wurden.

„Ein Glück, dass dieses Staatswirtschaftsprojekt wirklich existiert!", raunte Mira Vera zu. Sie gingen einige Schritte voraus. „Ich wäre vor Panik, aufzufliegen, gestorben, wenn ich einen Wachmann hätte anlügen müssen."

Vera runzelte die Stirn, und Mira hätte sich auf die Zunge beißen können. „Wenn es das Referat nicht gäbe, hätten wir doch gar keinen Grund, hier herauszukommen."

„Stimmt!" Mira lachte leise auf, in einer Tonlage, die – wie sie hoffte – befreit und nicht hysterisch klang.

Je weiter sie sich von der Mauer, welche die Innenstadt säumte, entfernten, desto mehr Menschen tummelten sich in den schmalen Gassen. Je mehr Menschen, desto schäbiger sahen sie aus. Und je schäbiger sie aussahen, desto argwöhnischer betrachteten sie die beiden Mädchen in Begleitung eines blau uniformierten Wachpostens.

Zu Beginn bemühte Mira sich noch, den Blick gesenkt zu halten, doch schon bald sah sie sich ungeniert um und versuchte, jedes noch so kleine Detail der ungewohnten Umgebung in sich aufzusaugen.

Die Häuser standen dicht gedrängt; einen Garten hatte keines, dafür hingen schiefe Balkone an etlichen Stockwerken und von deren Geländern wiederum trockene Pflanzen. Vorhänge, die man hätte geschlossen lassen können, gab es hinter kaum einem Fenster. Frauen in gelblichen Schürzen fegten Vortreppen, ein bärtiger Mann bot lauthals Ware von einem klapperigen Wagen voller Krimskrams an. Ein Fahrradreifen war darunter, ein abgenutztes Schachbrett ohne Figuren und zahlreiche Töpfe und Pfannen mit Rostflecken.

„Günstige Gebrauchsware!", rief er, als er sie erblickte. „Der Herr, die Damen, Töpfe heute im Sonderangebot! Oder eine Spieluhr für die jungen Damen!"

Mira hätte sich den Stand gerne angesehen. Nicht dass sie Rationskarten oder irgendetwas zum Tauschen gehabt hätte – außer der Notiz aus „Porters Höhle" trug sie nichts bei sich. Aber sie war neugierig und überwältigt von all den fremden Eindrücken in dieser sonderbaren Welt, die jahrelang ohne ihr Wissen Seite an Seite mit der vertrauten Umgebung der Innenstadt existiert hatte. Es roch sogar anders als im Stadtkern: Eine Mischung aus feinem Staub, dem Duft, der durch unzählige offene Küchenfenster wehte, und dem salzigen Geruch von Schweiß lag in der Luft.

Sie überquerten eine hölzerne Brücke über einem Rinnsal von einem Fluss, wichen einer Horde von Kindern aus, die einem zerfledderten Ball nachjagten, und stiegen über zerbeulte Mülltonnen, die umgefallen waren und über die Straßen rollten.

„Kein Platz für Jugendliche wie euch", sagte der Wachmann gerade, als aus einer Seitengasse ein greller Schrei ertönte: „Stehen bleiben! So halte jemand den Dieb auf!"

Ein Junge mit tiefschwarzen Locken stürmte die Straße entlang, die sich mit der kreuzte, auf der sie gingen. Unter einem Arm trug er ein winziges, braunes Bündel, während er mit dem anderen heftig ruderte, als könne er sich selbst dadurch antreiben, noch schneller zu rennen. Immer wieder wandte er den Kopf nach hinten, um die zeternde Frau im Auge zu behalten, die seine Verfolgung aufgenommen hatte. Er war so beschäftigt mit ihr, dass er Mira, Vera und den Wachmann gar nicht bemerkte und beinahe direkt auf Vera knallte, die ihm am nächsten stand.

Bevor das jedoch passieren konnte, machte der Wachmann einen Satz und packte den Jungen am Kragen. Sofort begann dieser, wild um sich zu schlagen. Das braune Bündel fiel zu Boden, und Mira hob es auf. Es war ein Laib Brot.

„Habe ich dich", lachte der Wachmann, der offenbar eine diebische Freude verspürte, zur rechten Zeit am rechten Ort gewesen zu sein. Weniger glücklich war die Frau, die in diesem Augenblick zu ihnen aufschloss. Sie riss Mira das Brot aus der Hand und begann, damit auf den Jungen, der wehrlos im Griff des Wachmanns festsaß, einzuprügeln.

„Du Rotzlöffel! Brot aus meinem Laden zu stehlen! Brot, das ich im Schweiße meines Angesichts gebacken habe!"

„Hören Sie sofort auf!" Miras Einschreiten geschah so abrupt, dass nicht nur die Frau zurückwich, sondern auch der Wachmann den Griff um den Hemdkragen des Jungen lockerte. Das Kind stolperte einen Schritt zurück und geradewegs in Veras Arme, die in die Hocke gesunken war und es schnell an den Handgelenken festhielt. Intuitiv trat Mira halb zwischen die beiden und die aufgebrachte Frau.

„Schon gut", beruhigte Vera hinter ihr den Jungen mit ihrer leisen Stimme. „Dir geschieht nichts. Es war ja nur ein Laib Brot. Du hast Hunger, was?"

„Nur ein Laib Brot!", kreischte die Bestohlene. Mira fiel auf, dass sie keine verfärbte Schürze trug wie die anderen Frauen, die sie gesehen hatten. Überhaupt sah sie, bis auf ein paar Mehlspuren im dunklen Haar und den hochroten Kopf, sehr gepflegt aus. Sie trug eine weiße Bluse, deren Ärmel sie hochgekrempelt hatte, und unverkennbar glänzend neue Schuhe. Die meisten Menschen, denen Mira hier draußen begegnet war – einschließlich des schwarz gelockten Jungen neben Vera – trugen überhaupt keine Schuhe. Dabei war erst Frühjahr und das Wetter zwar trocken, aber kühl.

„Jedes einzelne Körnchen Getreide hat mein Mann eigenhändig auf den Feldern angebaut, geerntet und gemahlen!", wetterte die Frau nun an den Wachmann gewandt. „Und nun ist das Brot nutzlos. Ich kann es nicht verkaufen, nachdem der da es mit seinen schmutzigen Händen angefasst hat!" Angewidert nickte sie in Richtung des Kindes, über dessen staubige Wangen jetzt Tränen liefen. Trotzdem hatte sein Blick etwas unbestreitbar Trotziges. Mira ahnte, dass der Junge auf und davon wäre, sobald Vera ihn losließe. Fast wünschte sie, ihre Freundin täte es.

„Nur gut, dass ein Wachposten alles mitbekommen hat!", fuhr die Frau fort. „In der Innenstadt verhängen sie lange Gefängnisstrafen für Diebstahl."

„Aber er ist doch nur ein Kind!" Miras entsetzter Ausruf wurde von einer Frauenstimme übertönt, die markerschütternd „Ari!" schrie. Innerhalb von Sekunden war sie zu ihnen gestürzt.

Vera landete auf dem Hosenboden, so ungestüm fiel die Frau neben ihr auf die Knie und zog den Jungen an sich. Sie hatte die gleichen schwarzen Locken wie er, und ihre Kleidung war zerschlissen. In einem Tuch hatte sie sich einen Säugling umgebunden, der wie am Spieß brüllte.

„Ihr Sohn wurde auf frischer Tat beim Stehlen erwischt", schaltete nun der Wachmann sich ein, während die Mutter ihr Gesicht in das zerzauste Haar des Jungen drückte und wehklagte. „Was machst du nur, Ari? Was machst du nur? Fünf Söhne, nichts als Sorgen! Nicht weinen. Es ist gut. Keiner darf dir wehtun, hörst du? Mama kümmert sich um alles."

„Ich muss ihn mit in die Stadt nehmen", sagte der Wachmann, als hätte er nichts von alledem mitbekommen, und griff nach Ari. Doch die Umklammerung der Mutter war stärker.

„Nein!" Sie erhob sich und schob das Kind hinter ihren Rücken. „Nicht meinen Jungen mitnehmen. Ich zahle zurück, was er gestohlen hat. Ich verspreche es."

„Zurückzahlen?" Die Bestohlene bleckte die Zähne. „Richtiges Brot, ohne Laub oder Stroh, könntest du dir gar nicht leisten!"

Als wäre ihre kleine Menschenansammlung nicht schon aufsehenerregend genug gewesen, stieß in diesem Moment ein dickbäuchiger Mann zu ihnen. „Aber, aber", sagte er und legte der Frau mit dem Brotlaib eine massige Hand auf den Rücken. „Was ist geschehen, Liebes? Warum bist du nicht in deinem Laden?"

„Wir wurden schon wieder bestohlen, Othmar." Seine Frau straffte die Schultern und hielt ihm anklagend das Brot entgegen. „Seit Monaten geht das nun so. Und immerzu sage ich dir, du musst härter durchgreifen. Aber dieses Mal ..." Sie sah zu Ari, der ihren Blick verbissen erwiderte. Die Tränen hatten glänzende Linien auf seinem schmutzigen Gesicht hinterlassen. „... dieses Mal kommen sie damit nicht davon."

„Sie wollen doch nicht etwa die Mutter dieser beiden Kinder mitnehmen?", wandte der Dickbäuchige sich an den Wachmann.

„Den Jungen", erwiderte dieser mit militärischer Knappheit. Die Frau quittierte dies mit einem grimmigen Nicken, und Aris Mutter begann wieder zu schluchzen, kniete neben ihrem Sohn nieder und drückte ihn so fest an sich, dass der Säugling zwischen ihnen noch lauter schrie.

„Meine Güte, wem ist denn damit gedient?", entfuhr es Othmar. „Arbeitet dein Mann nicht auf meinen Feldern?" Er wandte sich an die auf dem Boden kniende Mutter. Diese nickte mit steinerner Miene.

„Er soll die nächste Woche unentgeltlich arbeiten, und ich will die Sache vergessen."

„Aber Othmar!", protestierte seine Frau, doch er hatte schon ein ledergebundenes Notizbuch aus einer unter seinem mächtigen Bauch verborgenen Hosentasche gezogen und schrieb etwas darin auf.

„Ich wollte dich fragen, ob du Hilfe im Laden brauchst", wandte Othmar sich schließlich wieder an seine Frau, als hätte er den Zwischenfall bereits vergessen. „Aber daraus wird nun nichts mehr. Ich muss schon in fünf Minuten wieder an der Scheune sein und Professor Winkelbauers Schülerin treffen."

Mira riss den Blick von Ari und seiner Mutter los und besah sich Othmar genauer. Er trug Hemd und Stoffhosen wie jeder andere auch. Zwar zierten große Schweißflecken den Stoff unter seinen Armen, doch war er ansonsten kaum weniger gepflegt als jeder Staatsbeamte in der Innenstadt. Wie ein Landwirt sah er rein gar nicht aus.

„Das sind wir", sagte Mira jedoch und streckte ihm die Hand entgegen. „Wir sind Professor Winkelbauers Schülerinnen."

Othmar führte Vera und Mira durch eine Gasse, an deren Ende ein massiges Holzgebäude stand. Es hatte kein zweites Stockwerk, war dafür aber mehr als zehnmal so breit wie hoch. Neben den schmalen Häusern, die sich dicht an dicht in den Straßen des Armenviertels drängten, wirkte es geradezu lächerlich groß.

„Da wären wir." Othmar öffnete ein schweres Schiebetor und ließ sie in das Halbdunkel dahinter treten. Es handelte sich um einen Lagerraum. Leinensäcke, vermutlich voller Getreide, stapelten sich bis an die niedrige Decke; Fässer, Eimer, Bewässerungsschläuche und allerlei Gerätschaften lagen in gut sortiertem Chaos bereit. Alles sah ungeheuer alt und abgenutzt aus, abgesehen von dem blitzsauberen, silbernen Scanner neben der Hintertür und einem Schreibtisch, der in einer Ecke zu ihrer Rechten auf einem Teppich stand und nicht so recht zum Rest der Einrichtung passen wollte.

„Ich wusste nicht, dass ihr zu zweit kommt." Othmar ging geradewegs zu dem Tisch, auf dem Unterlagen zu ordentlichen Türmen gestapelt waren.

„Ich begleite Vera", beeilte Mira sich zu erklären und versuchte, zu wiederholen, was ihr Vater gesagt hatte: „Die Landwirtschaft halte ich für eine spannende Sache. Ein Einblick in das aufblühende Versorgungssystem unseres Staates k-“

„Schon gut!“ Othmar lachte. „Ich dachte, die Jugend interessiere sich nicht für die Landwirtschaft. Aber wenn ihr das alles für so spannend haltet, will ich euch erst einmal herumführen.“ Er zerrte das ledergebundene Notizbuch aus seiner Hosentasche und legte es auf seinen Schreibtisch. „Muss mir alles aufschreiben“, meinte er, als er den Blicken der beiden Mädchen folgte. „Der Kopf ist das reinste Sieb. Wahrscheinlich würde ich am Morgen vergessen, zur Arbeit zu gehen, wenn ich es mir nicht notieren würde.“ Lachend tätschelte er das Notizbuch und kam schließlich um den Schreibtisch herum zu Mira und Vera. „Dann wollen wir mal!“

Sie folgten Othmar durch den Lagerraum und zur Hintertür. Mira staunte, als er die Torflügel aufschwang und stolz nach draußen wies. Aber es war kein gutes, beeindrucktes Staunen, auch wenn Othmar ihren Blick hoffentlich so deutete, sondern eines, das sich mit Entsetzen mischte.

Leonardsburg lag hinter ihnen. Auf der anderen Seite des Gebäudes erstreckten sich nur noch die Felder. Hellbraune, dunkelbraune, grüne und gelbliche Quadrate, die sich wie ein Flickenteppich bis zum Horizont aneinanderreihten. Kein Strauch, kein Baum, nichts, das in den heißen Sommermonaten Schatten spenden konnte oder bei Regen Schutz vor Wind und Wetter bot.

Nun wusste Mira auch, warum Othmar nicht aussah, wie sie sich einen Mann vorgestellt hatte, der sommers wie winters draußen auf den Feldern arbeitete, pflügte, pflanzte, pflegte, bewässerte und erntete. Die Wahrheit war, dass Othmar vermutlich einen Großteil seiner Zeit am Schreibtisch verbrachte und andere für sich schuften ließ.

Sie beugten die Rücken über ihre Arbeit. Ganze Reihen von ihnen tummelten sich dort draußen. Von Hand lockerten die einen mit kleinen Harken die Erde auf, während andere Unkraut ausrissen und in große Körbe warfen, die sie bei sich trugen. Mit Sensen wurden Wiesen gemäht, aus schwarzen Säcken Dünger verteilt und mit monströsen Spritzen winzige, grüne Pflänzchen mit Insektiziden besprüht.

„Wir sind eines der größten Unternehmen der Region", erklärte Othmar stolz, „das fast zu hundert Prozent ohne Fahrzeuge auskommt. Es gibt Firmen, die alte Düngerstreuer, Mähdrescher und Traktoren zu Elektrofahrzeugen umbauen. Aber Strom ist teuer. Ich spare eine Menge durch die billigen Arbeitskräfte aus den Armenvierteln." Er lachte, sodass sein dicker Bauch wackelte. „Es gibt so viele, die Arbeit suchen, dass ich gar nicht alle einstellen kann. Und genügsame Menschen sind das. Verlangen nicht viel für ihre Arbeit."

„Oder gar nichts", überlegte Mira bitter und dachte an Aris Vater, der in der nächsten Woche umsonst hier draußen würde arbeiten müssen. Was würde aus der Familie werden, wenn er eine ganze Woche lang keine Rationskarten nach Hause brachte? Ari hatte einen Laib Brot gestohlen - sicher kein Lausbubenstreich. Wahrscheinlich reichten die Rationen, die Aris Vater für seine Arbeit auf den Feldern zugeteilt bekam, schon so kaum zum Leben.

Vera schien Ähnliches durch den Kopf zu gehen. Mit offensichtlicher Bestürzung beobachtete sie die Menschen, die Othmar für sich auf den Feldern schuften ließ. Sie sahen nicht einmal von ihrer Arbeit auf, gönnten sich kein Innehalten und keine Unterbrechung. In ewig gleichbleibenden Bewegungen verrichteten sie ihre mühsame Tätigkeit.

Wenn Othmar Vera ins Gesicht sah, würde er dort nichts sehen, das regem Interesse an seiner Arbeit auch nur nahekam. Und wenn er wirklich Winkelbauers Freund war, dann war es alles andere als ratsam, sich ihn zum Feind zu machen.

Mira gab sich einen Ruck. „Welche Getreidesorten bauen Sie an?“, fragte sie so interessiert wie möglich. „Und wann ist Zeit für die Ernte? Wie viele Bürger können Ihre Erträge mit Brot versorgen?“ Es spielte keine Rolle mehr, dass sie Vera die Aufgabe zugewiesen hatte, die Fragen zu stellen. Sie waren beide nicht auf das hier gefasst gewesen.

Nur allzu bereitwillig gab Othmar Auskunft. Er erklärte so ausführlich und redete so viel, dass er gar keine Gelegenheit hatte, den Blick zu bemerken, mit dem Vera immer noch seine Arbeiter musterte, oder mitzubekommen, wie sie angeekelt zur Seite trat, als der Wind eine feuchte, scharf riechende Wolke Insektizide in ihre Richtung wehte.

„... arbeiten ganzjährig hier. Dazu kommen im Sommer über hundert Erntehelfer.“

„Und wie viele von ihnen lassen Sie umsonst für Sie arbeiten?“, fragte Vera unvermittelt.

Mira, die Othmars Antworten in Kurzform notierte, glaubte einen Moment, sich verhört zu haben. Othmar schien es ähnlich zu gehen.

„Umsonst?“, fragte er irritiert und sah Vera mit schief gelegtem Kopf an. „Ich sagte, die Leute aus den Armenvierteln verlangen nicht viel. Natürlich bekommen sie Lohn für jeden Arbeitstag.“ Er nickte durch das geöffnete Tor zum Ausweisscanner an der Wand. „Jeden Abend werden ihre Arbeitsstunden verbucht und an die Zuteilungsstelle für Rationen übermittelt.“

Ehe Vera an den Vorfall mit Ari und dem gestohlenen Brot erinnern konnte, platzte Mira mit der nächstbesten Frage heraus, die ihr einfiel: „Was machen die Sommerarbeiter im Winter, wenn Sie nichts für sie zu tun haben?“

„Sie suchen sich anderswo Arbeit“, erwiderte Othmar, warf Mira aber nur einen Seitenblick zu, während er weiterhin Vera musterte, die seinen Blick so fest erwiderte wie Ari vorhin den der wütenden Frau. So verbissen kannte Mira sie gar nicht. Vera musste ernstlich erschüttert sein über das, was sie hier sahen.

„Es gibt genügend Fabriken“, fuhr Othmar fort. „Auch wenn die Stellen dort nicht so beliebt sind wie die auf den Feldern. Fabrikarbeit ist undankbar. Vieles, was früher automatisch ablief, muss heute mühsam von Hand erledigt werden. Und manche der Arbeiter sehen nie etwas von ihrem Lohn.“ Er zuckte die Schultern. „Immerhin werden sie, wenn sie eine Stelle haben, in die Zuteilungslisten für die Grundrationen aufgenommen. Das sichert vielen Familien das Überleben.“

„Sie meinen, wer keine Stelle hat, bekommt auch keine Rationen?“

Othmar runzelte die Stirn. „Natürlich nicht. Warum sollte der Staat für jemanden aufkommen, der nichts zu seinem Erhalt beiträgt?“

„Aber was machen diese Leute?“

„Ich dachte, euch interessiert die Landwirtschaft“, sagte Othmar und erinnerte Mira wieder daran, dass er mit Winkelbauer unter einer Decke steckte und dass mit ihm deshalb – auch wenn er wesentlich freundlicher als der boshafte Staatswirtschaftslehrer schien – nicht zu spaßen war. Die falschen Fragen zu stellen konnte gefährlich sein; möglicherweise nicht nur für ihre Note in Staatswirtschaft.

Sie gaben sich wirklich Mühe. Vera kehrte zu ihrer gewohnten Schüchternheit zurück, doch wenn man sie so gut kannte wie Mira, konnte man in ihren Blicken und Gesten die Feindseligkeit erkennen, die sie dem Landwirt entgegenbrachte. Es war nicht schwer zu erraten, woran sie dachte: Sie konnte es nicht ertragen, welches Unrecht diesen Menschen, insbesondere Ari und seiner Familie, geschah.

Sie war ganz still geworden, als sie sich schließlich mit drei Seiten handschriftlichen Notizen und schwirrenden Köpfen von

Othmar verabschiedeten. Er brachte sie zur hinteren Lagertür zurück, öffnete sie ihnen und verabschiedete sich herzlich, aber knapp. „Ihr findet den Weg alleine, nicht wahr?“, fragte er mit einem Blick auf seine schuftenden Angestellten. „Euer Professor meinte, ich könnte euch vielleicht jemanden mitschicken, der euch zum Rand der Innenstadt begleitet ...“

Er verstummte, und Mira ergriff die Gelegenheit beim Schopf. „Aber nein“, winkte sie ab. „Sie brauchen vermutlich all Ihre Leute hier draußen auf den Feldern. Wir haben ja gesehen, wie beschäftigt alle sind. Den Weg zu finden ist kein Problem.“

Othmar schien das nur gelegen zu kommen. Kaum einige Sekunden später war er davongeeilt, so schnell sein Bauch es zuließ, und Mira und Vera fanden sich alleine im Lagerraum wieder.

Das Tor auf der anderen Seite ließ sich nur schwer öffnen. Mira musste sich mit aller Kraft dagegenstemmen. In Gedanken war sie bereits dabei, sich eine Ausrede zurechtzulegen, warum sie nicht mit Vera in die Innenstadt zurückging. Ihr Gespräch mit dem Landwirt hatte länger gedauert, als sie erwartet hatte. Mittlerweile war es halb sechs, und die Sonne stand tief. Draußen auf den Feldern hatten sie zusehen können, wie sie sich dem Flickenteppich aus verschiedenfarbigen Flächen genähert hatte.

„Warum hilfst du mir denn nicht?“ Mira, die sich immer noch mit der Tür abmühte, sah sich ärgerlich nach Vera um. Doch die war nicht wie vermutet direkt neben ihr. Ein paar Meter hinter Mira war sie stehen geblieben und starrte auf den Schreibtisch in der Scheunenecke, der so furchtbar deplatziert aussah. Othmars kleines Notizbuch lag zuoberst.

„Oh nein, denk nicht mal daran!“, flüsterte Mira. Ärger konnte sie jetzt wirklich nicht gebrauchen. In einer halben Stunde musste sie am Westturm sein, um mehr über das verbotene Buch herauszufinden. Vera durfte diesen Plan unter keinen Umständen durchkreuzen.

„Was soll aus Ari und seinen Geschwistern werden, wenn sein Vater nicht einmal den Lohn für seine harte Arbeit nach Hause bringt?", fragte Vera. „Das alles ist eine schreiende Ungerechtigkeit! Wenn ein Kind so hungrig ist, dass es Brot stiehlt –"

„Was sollen wir denn machen?"

Vera schluckte hörbar und starrte wie gebannt auf den Schreibtisch. „Er hat gesagt, ohne sein Notizbuch kann er sich nichts merken."

„Wir können es aber doch nicht einfach stehlen!", sträubte sich Mira. „Ich weigere mich, sein Buch zu –" Sie verstummte. Immerhin wäre das Notizbuch des Landwirts nicht ihr erstes gestohlenes Buch. Und Vera wusste das genau.

„Na schön!" Sie ging an ihrer Freundin vorbei. Selbst würde diese ja doch nicht den Mut haben, sich dem Schreibtisch auch nur einen einzigen weiteren Schritt zu nähern. Sie keuchte bereits entsetzt auf, als Mira nach dem Büchlein griff und es aufklappte. Das Leder unter ihren Fingern fühlte sich samtig und teuer an. Wie alles an Othmar und seiner Frau passte es nicht in die karge Umgebung der Armenviertel.

Othmar schien sich tatsächlich einfach alles zu notieren: die Zeit des Abendessens, die Mengen an Saatgut und Insektiziden, die wann von wo geliefert wurden, und solche Dinge wie: „Rasieren und Haare kürzen."

Auf der letzten Seite standen lediglich ein Termin mit einem anderen Landwirt und die Erinnerung, Aris Vater für die kommende Woche den Lohn zu streichen. Ohne länger zu zögern, packte Mira das dicke Papier und riss es mit einem lauten Ratschen aus dem Büchlein.

„So", sagte sie zufrieden zu Vera und legte das kleine Buch wieder auf den Schreibtisch. Aber Vera schüttelte nur den Kopf und legte den Finger an die Lippen.

Wie erstarrt stand Mira auf dem weichen Teppich, der unter dem Schreibtisch verlegt war. Jetzt hörte sie es auch: die sich nähernden Schritte von der jenseitigen Hallenhälfte.

Wie auf ein unsichtbares Zeichen rannten sie beide los. Zu zweit und in Panik ließ sich das Tor beinahe mühelos aufschieben, und schon Sekunden später stürmten sie die Straße hinab.

„Du bist mir etwas schuldig", keuchte Mira, als sie zwei Gassen weiter zum Stehen kamen und sich vorlehnten, um nach Luft zu schnappen. Sie hatte die Hände auf die Knie gestützt und sog die kühl gewordene Abendluft in ihre Lungen, bis ihr Atem wieder langsamer ging. Nur ihr Herzschlag wollte sich nicht beruhigen. „Ich habe Kopf und Kragen riskiert, um etwas zu tun, das dir am Herzen liegt." Sie sah Vera an, der die Ponyfransen an der Stirn klebten. In ihrem Blick lag etwas Ahnungsvolles, gemischt mit ein bisschen Furcht. „Jetzt", sagte Mira jedoch ruhig, als hätte sie davon nichts bemerkt, „bist du an der Reihe."

Kapitel 6

Im Inneren des Berges

Vera machte ein missmutiges Gesicht, während sie mit Mira im Schatten des Westturmes ausharrte. Mira konnte es ihr kaum verübeln – sie hatte sie ziemlich überrumpelt. Wahrscheinlich hatte es auch wenig Sinn, jetzt mit ihr darüber zu diskutieren oder sich gar zu entschuldigen. Mira war ohnehin vollauf damit beschäftigt, nach Edmund Porter Ausschau zu halten.

Sie starrte noch die Straße vor ihnen hinab, als unvermittelt jemand neben sie trat. „Ihr seht immens verdächtig aus, wie ihr hier herumlungert“, knurrte er, und Mira machte einen kleinen Satz zur Seite, so heftig fuhr sie zusammen.

Auch Vera riss die Augen auf und erstarrte zu Eis. Mira fuhr herum und erwartete felsenfest, sich Auge in Auge mit einem blau uniformierten Wachmann wiederzufinden. Ihr Gegenüber war tatsächlich im gleichen Alter wie die meisten Wachposten – vielleicht Anfang 20, gerade die Ausbildung beendet und ehrgeizig, spätestens bis zu seinem dreißigsten Geburtstag ein höheres Amt errungen zu haben. Allerdings trug er Hemd und Stoffhosen und einen Haarschnitt, der so raspelkurz und so hell war, dass er ebenso gut eine Glatze hätte haben können.

„Los, wir haben keine Zeit zu verlieren“, kommandierte er, ohne sich mit einer Begrüßung aufzuhalten. „Viel auffälliger, als hier herumzustehen, geht es ja fast nicht mehr.“ Er wollte sich in Bewegung setzen, aber Mira hielt ihn auf. „Wer bist du?“, fragte sie. Ehe er sich nicht wenigstens vorstellte, war sie nicht bereit, ihm auch nur einen einzigen Schritt zu folgen. Vera zu überreden, sie zu begleiten, und sie dann in eine Falle zu locken – das konnte sie nicht riskieren.

Der Angesprochene drehte sich um und funkelte Mira an, als wäre sie ihm geradewegs in den Rücken gefallen. „Ben“, sagte er knapp.

„Schön.“ Mira ließ sich nicht einschüchtern. Das wäre ja gelacht! Nur weil er ein paar Jahre älter war und einen Befehlston wie die städtischen Wachmänner beherrschte, würde sie sich nicht alles gefallen lassen. „Das ist Vera. Und ich bin Mira –“

„Miriam Robins“, erwiderte er ungeduldig. „Ich weiß schon. Tochter eines erfolgreichen Staatsbeamten.“ Er verdrehte die Augen und sah dann mit wachsamem Blick die leere Straße hinab. „Und Vera Petersen. Tochter eines *ehemals* erfolgreichen Staatsbeamten. Können wir jetzt endlich gehen?“

„Wohin?“, fragte Vera und sah nun ihrerseits die Gasse hinab. Es war offensichtlich, dass sie nicht freiwillig hier war. Aber Ben hätte sich nicht weniger dafür interessieren können.

„Das werdet ihr schon sehen“, sagte er und setzte sich in Bewegung. Er war groß gewachsen und mit seinen langen Beinen so schnell, dass die beiden Mädchen in einen leichten Trab verfallen mussten, um zu ihm aufzuschließen. „Es ist ein Stück zu laufen, und ich schlage vor, dass ihr euch so still und unauffällig wie möglich verhaltet“, setzte Ben über die Schulter gewandt hinzu.

Er versprach nicht zu viel: Sie liefen eine ganze Weile und auf seinen Wunsch hin in absolutem Schweigen. Nur als sie die letzten Häuser der Stadt hinter sich ließen, wagte Mira die Frage: „Treffen wir Edmund Porter draußen auf den Feldern? Er hat dich doch geschickt, oder?“

Ben quittierte ihr Misstrauen mit einem genervten Blick und einer Geste, die sie zum Stillsein ermahnte. Also trottete Mira wortlos hinter ihm her und beschloss, es darauf ankommen zu lassen, ihm zu vertrauen. Trotz seines barschen Auftretens hatte er etwas an sich, dass es ihr abwegig erscheinen ließ, dass er sie hinters Licht führte.

Sie folgten einer Straße, bogen rechts in einen Feldweg ein, gingen eine Weile hügelaufwärts, dann über einen schmäler werdenden Pfad wieder hinab. Der Himmel über ihren Köpfen verlor zunehmend an Helligkeit. Schon war aus dem fast wolkenlosen Blau ein samtenes Lila geworden, und Mira konnte bereits den ersten Stern erspähen. Zu ihrer Linken erhob sich der felsige Grundriss des Klippenberges. Er überragte die hügelige Landschaft hier draußen ein gutes Stückchen. Mira erkannte ihn an seinen zerklüfteten Kanten, die man sogar von manchen höher gelegenen Punkten in der Innenstadt sehen konnte. Das Grau des Felsens hob sich in den Abendstunden nur noch schwach vom Dunkel des Himmels ab.

Wenn Ben sie hier zurückließe, würden sie sehen müssen, wie sie zurück in die Stadt fanden. Und das vor Beginn der Ausgangssperre in kaum drei Stunden. Vielleicht war es ein Fehler gewesen, ihm zu vertrauen. Ja, vielleicht hätte sie erst gar nicht zu diesem ominösen Treffen am Westturm kommen dürfen. Schon gar nicht mit Vera, die eigentlich gar nicht hier sein wollte. Neben sich hörte Mira sie schnell und regelmäßig atmen. Ein Atemzug pro Schritt.

Als Ben plötzlich stehen blieb, rannte Mira fast in ihn hinein.

„Hört zu." Offenbar war das Redeverbot aufgehoben. Er gab sich nicht einmal sonderlich große Mühe, leise zu sprechen. „Sobald ihr einen Fuß in unser Hauptquartier setzt, gehört ihr genauso zu den Fischerkindern wie wir alle."

„Hauptquartier?", wiederholte Mira, und Vera fragte alarmiert: „Wer sind die Fischerkinder?"

Aber Ben dachte gar nicht daran, ihnen zu antworten.

„Es hat keinen Sinn, uns zu verraten. Sie lassen niemanden davonkommen, der mit drinsteckt, auch nicht wenn er den Rest der Gruppe persönlich ans Messer liefert."

Nun endlich dämmerte es Mira, und ihr Magen zog sich mit einem heftigen Ruck zusammen. „Ihr seid eine konspirative Kleinstgruppe."

Ben schnaubte. „Schön gesagt", meinte er sarkastisch. „Hast du den Rest auch verstanden?" Er sah zuerst Mira, dann Vera an und warf schließlich einen Blick über die Schulter. „Es hat keinen Sinn, uns –"

„Wir haben nicht vor, euch zu verraten", erwiderte Mira ruppig. Bens Misstrauen begann, ihr gehörig auf die Nerven zu gehen. „Ich bin hier, um mehr über das Buch zu erfahren."

„Und sie?" Ben nickte zu Vera, die stumm neben ihnen stand.

„Für Vera lege ich meine Hand ins Feuer", wehrte Mira ab, ehe diese selbst das Wort ergreifen konnte. Vera und sie verraten ... sie waren Freunde seit der Zeit der Nachmittagsbetreuung im staatlichen Erziehungshaus, und die Jahre hatten sie zusammengeschweißt.

„Na, da bin ich ja beruhigt", knurrte Ben, ließ sie aber endlich in Frieden und wandte sich um. Sie befanden sich jetzt am Fuße des Klippenberges. Die ersten Meter konnte man mit ein wenig Anstrengung bergan laufen, doch schon bald wurde der Hang so steil, dass es einer Kletterausrüstung bedurft hätte, um den Weg fortzusetzen. Der einzige halbwegs begehbare Pfad endete an der Tür einer Bruchbude von einer Hütte, die noch schäbiger aussah als die Behausungen in den Armenvierteln.

Ben steuerte direkt darauf zu. Mira konnte nichts Außergewöhnliches an dem winzigen Steinhäuschen finden. Es war moosbewachsen und windschief. Hinter dem einzigen Fenster klemmte etwas Schwarzes und versperrte ihnen die Sicht ins Innere.

Das konnte ja wohl unmöglich der geheime Treffpunkt sein! Niemand, der noch ganz bei Trost war, konnte auf die Idee kommen, ein verbotenes Treffen so offensichtlich abzuhalten. Eine

Hütte außerhalb der Stadt war das letzte Versteck, das Mira zu einem solchen Zweck gewählt hätte. Selbst Edmund Porters Buchhandlung schien ihr ungefährlicher.

Daran änderten auch die Sicherheitsvorkehrungen nichts, die man offenbar getroffen hatte. Ben klopfte in einem geradezu lächerlich einprägsamen Rhythmus an die hölzerne Tür, und schon Sekunden später ließ eine Stimme von drinnen vernehmen: „Credo in unum Deum."

Mira warf einen Blick zu Vera, um zu sehen, ob sie das Gesprochene verstanden hatte, doch ihre ängstlich geweiteten Augen ließen das Gegenteil vermuten.

Ben jedoch zögerte nicht einmal. „Et in unum Dominum Jesum Christum", erwiderte er laut und deutlich.

Mira lauschte angestrengt, und das vertraute Wort ließ ihr Herz einen kleinen Hüpfer machen: Die Rede war von Jesus. Hatte in ihr noch irgendein Zweifel bestanden, ob sie Ben trauen konnte, hatte er sich nun in Luft aufgelöst. Unbestreitbar hatte Edmund Porter ihn geschickt, um sie abzuholen und hierher zu bringen.

Deshalb vergeudete Mira auch keine Zeit, als schließlich und endlich die Tür aufschwang. Direkt hinter Ben trat sie ein.

Der Innenraum der Hütte war winzig. Selbst ihr unscheinbares Äußeres strafte er Lügen. Von außen hatte es so ausgesehen, als könnten, dicht gedrängt, vielleicht acht oder neun Leute darin Platz finden. Doch als Vera sich als Letzte hineinzwängte, konnten sie sich kaum mehr rühren. Den meisten Platz brauchten ein rechteckiger Holztisch und Edmund Porter, der ihnen geöffnet hatte.

Mira war enttäuscht. Sicher, es hatte sie erschreckt, herauszufinden, dass sie sich auf dem Weg zum geheimen Treffen einer verbotenen Kleinstgruppe befanden; aber der Gedanke hatte auch etwas ungemein Spannendes und Anziehendes gehabt. Wie die Abenteuer in den Büchern, die sie gelesen hatte, war es gefährlich und aufregend zugleich. Dass die Gruppe lediglich aus Edmund Porter und dem unfreundlichen Ben bestand, entsprach rein gar nicht ihren Erwartungen.

„Mira Robins", begrüßte Edmund Porter sie jedoch mit einem Schulterklopfen und so warmherzig, dass sie ihren Unmut hinunterschluckte. „Und Vera Petersen. Es ist gut, zu sehen, dass ihr sicher hier angekommen seid."

Ben, der sorgfältig die Tür hinter ihnen verriegelt hatte, wandte sich zu ihnen um. Er stieß dabei an Mira und fegte mit dem Ellbogen beinahe eine flackernde Öllampe vom Tisch, deren Licht der schwarze Stoff schluckte, der in den Fensterrahmen geklebt war. Sie kam bedenklich ins Wackeln, aber Ben nahm sich kaum die Zeit, sie wieder in die Tischmitte zu schieben. „Bist du sicher, dass du ausgerechnet –", setzte er an, doch Edmund Porter fiel ihm ins Wort: „Ganz und gar sicher. Ich vertraue ihr."

„Das ist dein Problem", brummte Ben. „Du verschenkst dein Vertrauen viel zu leichtfertig, Vater."

„Vater?" Mira sah im schwachen Licht der Öllampe von Ben zu Edmund Porter. Die dichten Brauen – bei Ben freilich in blond und nicht in grau – und die hellblauen Augen. Vielleicht noch die gerade, schmale Nase. Das waren die einzigen Ähnlichkeiten zwischen Edmund Porter und Ben.

„Also hat sich mein Sohn gar nicht vorgestellt", seufzte Edmund Porter. „Nun, aber zum Kennenlernen ist heute Abend noch genug Zeit. Ihr wart die Letzten, also können wir gehen."

Als Edmund Porter sich bückte und den Teppich aufzurollen begann, musste Mira einen Schritt zurücktreten. Sie versuchte, Ben nicht allzu nahe zu kommen – mit dem einzigen Ergebnis, dass sie ihm auf den Fuß trat und sich letzten Endes doch dicht an ihn pressen musste, um Edmund Porter Platz zu machen. Sie vermied es, Ben anzusehen, und beobachtete stattdessen jede von Edmund Porters geübten Bewegungen. Unter dem Teppich befand sich eine Falltür. Ein runder Metallgriff war mit einem Stück Schnur mit dem Läufer verbunden, und Mira ahnte, dass sie ihn über die verräterische Klappe ziehen würde, wenn man diese ruckartig genug zuzog.

Edmund Porter schloss sie auf und hob den Deckel an. Dahinter herrschte die schwärzeste Dunkelheit, die Mira je gesehen hatte. Zwei Leitersprossen waren im Schein der Öllampe zu erkennen, darunter verlor sich alles in bleierner Finsternis. Edmund Porter kletterte als Erster hinab, und das mit solcher Behändigkeit, wie man sie einem Mann in seinem Alter und mit seiner Statur niemals zugetraut hätte. Sie hörten seine Schritte auf den Leiterstufen, auch als sie ihn längst nicht mehr sehen konnten.

Mira wurde flau im Bauch. Der Schacht, der kaum breit genug für den rundlichen Mann gewesen war, schien weit in die Tiefe hinabzuführen. Irgendwo dort unten, in der dumpfen Enge eines unterirdischen Raumes, endete er. Sie musste zugeben, dass ein Versteck unter der Erdoberfläche geradezu genial war – wesentlich sicherer als die Hütte am Fuß des Klippenberges. Aber der Gedanke, metertief unter dem Berg festzusitzen, während die Luft immer dünner wurde und die Wände immer näher kamen, verursachte ihr einen leichten Anflug von Panik.

„Das Treffen findet doch nicht etwa da unten statt?" In Veras Stimme klang die gleiche Beklommenheit, die Mira verspürte.

„Ich dachte, ihr wollt mehr über das Buch erfahren?", fragte Ben. „Dafür gibt es keinen sichereren Ort als ein von vielen Metern massivem Felsen umgebenes Quartier." Er grinste. „Los jetzt! Ich kann die Falltür ja nicht ewig offen lassen."

Weil er ungeduldig war und Mira sich nicht die Blöße geben wollte, ihre Angst zu zeigen, gab sie sich einen Ruck und setzte den ersten Fuß auf die Leiter. Schritt für Schritt, Handgriff für Handgriff arbeitete sie sich nach unten vor, während die Luft um sie herum immer kühler wurde und immer modriger roch. Viel früher als gedacht, fühlte sie festen Boden unter ihren Füßen.

„Sehr schön!" Edmund Porter sorgte dafür, dass Mira Platz für Vera machte, die ihr flink und nahezu lautlos gefolgt war. Wahrscheinlich hatte sie ihre Scheu vor dem dunklen Schacht nur deshalb so schnell überwunden, weil sie nicht alleine mit Ben hatte bleiben wollen.

Als dieser ihnen folgte, verlosch das Licht, das durch das Quadrat über ihnen fiel, und schließlich klappte auch die Falltür mit ohrenbetäubendem Lärm zu. Der Knall hallte von den Wänden wider und machte Mira bewusst, wie nahe diese waren. Sie streckte die Hand aus und berührte beinahe sofort schroffen Stein.

Ben knipste eine Taschenlampe an, und zu Miras Erleichterung fiel der Schein nicht zu allen Seiten auf Wände, sondern hinter Edmund Porter auch in die Öffnung eines weitläufigen Tunnels. Die Wände waren nackter Fels, und Feuchtigkeit glänzte auf ihnen. Auch die Luft war feucht und schwer. Sie legte sich auf Miras Gesicht und trieb ihr trotz der Kühle den Schweiß aus den Poren, kaum setzten sie sich in Bewegung.

Sie ging dicht neben Vera, und jeder Schritt schnürte ihr mehr die Luft ab. Wie lange würde dieses Treffen wohl dauern? Eine Stunde, vielleicht zwei? Mira war nicht sicher, ob sie es so lange in der Enge des unterirdischen Geheimverstecks aushalten würde. Schon jetzt hatte sie das Gefühl, nicht ausreichend Luft zu bekommen. Sie war heilfroh, dass sie nichts zu Abend gegessen hatte. Allein der muffige Geruch dieses finsteren Verlieses ließ die Galle in ihrem Hals aufsteigen.

Niemals würde sie es länger hier unten – tief, unendlich tief unter der Erde – aushalten. Ihre Brust fühlte sich an wie zugeschnürt, und trotz der Kälte legte sich eine Hitze auf ihr Gesicht, die ihr schwindlig werden ließ. Ihre eigenen Schritte hallten wie aus weiter Ferne in ihren Ohren.

Sie musste Edmund Porter auf sich aufmerksam machen, musste ihn bitten, sie zurück zur Falltür zu bringen. Doch da spürte sie, wie der Weg sich nach oben neigte; zuerst kaum merklich, dann stetiger, bis sie die Knie ordentlich anheben musste, um das letzte Stück Hang zu bewältigen. Ihr ganzer Körper war schweißgebadet, und sie zuckte zusammen, als plötzlich eine sachte Brise ihre Haut kühlte.

„Was ist ..."

„Willkommen in Klein-Ararat!" Edmund Porter trat vor ihnen zur Seite, und als sein breiter Rücken die Sicht freigab, blieb Mira wie angewurzelt stehen. Sie befanden sich nicht mehr im Untergrund. Auch nicht in einer unterirdischen Kammer oder einem Kerker, wie sie es mit mulmigem Gefühl im Bauch erwartet hatte. Edmund Porter voran, waren sie geradewegs auf eine Grasfläche getreten. Die Halme neigten sich im Wind, und Abendlicht beleuchtete die Szene. Im Violett der Dämmerung sah Edmund Porter trotz des grauen Haars nicht mehr alt und gedrungen aus. Seine Silhouette hob sich kräftig wie die eines Bären vom halbdunklen Hintergrund ab. Stolz schwellte er die Brust, während Mira und Vera aus dem Tunnel ins Freie traten.

Sogar Ben konnte sich ein Grinsen nicht verkneifen. Mira hätte ihm am liebsten einen Stoß in die Rippen versetzt, wenn sie daran dachte, dass er sie absichtlich in dem Glauben gelassen hatte, das Treffen würde in einem finsteren, in den Fels gehauenen Kerker stattfinden.

Aber ihr Marsch war noch nicht beendet. Staunend sahen sie sich um, während sie Edmund und Ben Porter über die von Bäumen gesäumte Wiese folgten. Als sie ihren Rand erreichten, verschluckte das Dickicht sie, doch Mira bemerkte sehr wohl, dass es für Edmund keiner Anstrengung bedurfte, die Äste und Ranken aus dem Weg zu räumen. Er musste einem vorbereiteten Pfad folgen. Und tatsächlich: Schon nach kaum einer Minute lichtete sich das Unterholz, und außer des Dämmerlichts schimmerte ein flackernder Feuerschein durch das Geäst.

Miras Angst war wie weggeblasen. Sie konnte die Umgebung gar nicht so schnell mit den Augen erfassen, wie sie gerne wollte, und als sie einen raschen Blick zu Vera warf, sah sie, dass auch ihre Freundin aus dem Staunen nicht mehr herauskam. Mit aufgerissenen Augen folgte sie dem Geschehen, und als sie aus dem Dickicht auf eine weitere Lichtung traten, ergriff sie Miras Hand.

Vor ihnen erstreckte sich eine gewaltige freie Fläche aus teils niedergetrampeltem und teils wehendem Gras. Nicht weit von ihnen, zu ihrer Linken, ragte eine Gruppe kleiner Häuschen empor. Hinter bunten Vorhängen flackerte Kerzenlicht, auf einer winzigen, holzumzäunten Veranda schaukelte Wäsche an einer Leine, und zwischen den Hütten sprang der schemenhafte Schatten eines großen Hundes herum und schnappte nach ein paar Glühwürmchen.

„Hier wohnen Menschen?" Mira drückte vor Überraschung Veras Hand, die sich immer noch an die ihre klammerte. Zu ihrer Rechten, gut fünfzig Meter entfernt, loderte das Feuer, dessen Schein sie durch die Äste des Wäldchens gesehen hatten. Ob man den Rauch in der Stadt nicht sehen konnte? Verlor er sich, oder war der Berg einfach zu weit entfernt, sodass sie es wagen konnten, ein solch loderndes Feuer zu entfachen?

Die Flammen züngelten in der Mitte eines Kreises aus Felsbrocken, auf denen Menschen saßen. Viele Menschen. Mira versuchte, sie wortlos mit den Augen zu zählen, aber ihr Blick wurde von etwas anderem angezogen. Hinter dem Lagerfeuer erhob sich steil und schroff eine Felswand.

Die ganze Zeit über hatte Mira die Frage auf der Zunge gelegen, ob sie den Berg durchquert hatten und sich nun auf dessen anderer Seite befanden. Aber nun sackte die Wahrheit wie ein

Packen Eis in ihren Bauch. Sie befanden sich nicht jenseits des Berges. Jedenfalls nicht des gesamten Berges.

„Wir sind *im* Berg“, keuchte sie und rief sich Bens Worte ins Gedächtnis: „Dafür gibt es keinen sichereren Ort als ein von vielen Metern massivem Felsen umgebenes Quartier.“ Er hatte die Wahrheit gesagt. Mira drehte sich um ihre eigene Achse und folgte mit den Augen der gezackten Linie, wo sich, hoch über ihren Köpfen, das Grau des Gesteins vom Violett des Abendhimmels abhob. Sie waren tatsächlich von massivem Felsen umgeben. Von allen Seiten. Außer, in der Tat, von oben. Dort spannte sich ein wolkenloser Himmel, und der Wind pfiff leise über die kantigen Spitzen des Berges, der sie sicher vor allen Blicken abschirmte.

„Er ist hohl“, verkündete Edmund Porter so stolz, als hätte er die kesselförmige Auswölbung im Inneren des Berges eigenhändig in den Fels gegraben. „Das dort“ – er wies zu ihrer Linken auf das Hüttendorf – „ist das Zuhause der Vergessenen. Dort drüben sind die anderen Fischerkinder. Und das ...“ Edmund Porter lachte brummig und so befreit, wie Mira es in den vier Wänden seiner kleinen Buchhandlung nie gehört hatte, „... das müssen Eloise, Stella und Luna sein. Sie lieben Neulinge.“

Mira sah in die Richtung, in die er wies, und erkannte drei Gestalten, die sich ihnen näherten. Als sie schließlich vor ihnen zum Stehen kamen, war sie überrascht. Sie hatte geglaubt, sie wären weiter entfernt – so klein, wie sie ausgesehen hatten. Aber jetzt stellte sie erstaunt fest, dass es Kinder waren. Drei blonde Mädchen; das größte reichte ihr gerade bis zu den Schultern.

„Sind sie das? Die besonderen Gäste, von denen du erzählt hast?“, fragte die Mittlere, der das wellige Haar bis zur Hüfte reichte. Glänzend wie Elfenbein glitt es ihr über die Schultern. Auch die Haare der beiden anderen hatten die Zehnzentimetermarke bei Weitem überschritten: Das der Größten hatte die Farbe von Honig und war zu einem dicken Zopf geflochten. Das der Kleinsten, so hell, dass es fast weiß schimmerte, fiel ihr über die staunend aufgerissenen Augen, und die Spitzen kringelten sich in Höhe der Stupsnase.

„Können wir ihnen unser Haus zeigen?" Sie kräuselte die Nase, weil die Strähnen sie beim Sprechen zu kitzeln schienen.

„Oh ja, bitte, Edmund. Wir bringen sie danach auch zurück zum Treffplatz!", versprach die Größte, als wäre sie viel älter und Mira und Vera zwei kleine Kinder, die ohne ihre Obhut vielleicht verloren gehen würden.

„Ja, wir bringen sie wieder zurück."

„Pünktlich zum Treffen, versprochen."

„Ach, bitte, bitte, Edmund!"

Edmund sah nicht gerade so aus, als könne er diesem Ansturm von Bitten standhalten oder den dreien überhaupt einen Wunsch abschlagen. Die Kleinste ergriff bereits Veras freie Hand.

Mit der anderen hielt Vera, wie Mira mit einem Mal bewusst wurde, immer noch ihre Finger umklammert. Wie immer, wenn sie aufgeregt war, war Vera vollkommen verstummt. Seit sie in den unterirdischen Gang geklettert waren, hatte sie kein einziges Wort gesprochen.

Je näher sie dem Hüttendorf kamen, desto mehr Details konnte Mira trotz des Dämmerlichts erkennen. Aufgestickte Muster auf dem Vorhangstoff in einem Fenster, hinter dem Kerzenlicht brannte. Zum Trocknen aufgehängte Kräuter, zu Büscheln geschnürt vom Dachfirst baumelnd. Ihr würziger Duft raubte Mira den Atem. Nie zuvor hatte sie etwas so Intensives gerochen – vielleicht einmal abgesehen von Edmund Porters süßem Tabak.

Auf einem Dach steckte ein metallener Wetterhahn, vor einem anderen klirrten die hölzernen Stäbe eines Windspiels in der abendlichen Brise. Insgesamt zählte Mira fünf Hütten mit größtenteils dunklen Fenstern. Eloise, Stella und Luna, sie hatte keine Ahnung, welche von ihnen wer war, führten sie zu der mit dem Wetterhahn.

Die Tür hatte kein Schloss. Mühelos stieß die Jüngste sie auf und zog Vera mit hinein. Mira wollte ihnen folgen, aber ein Geräusch unmittelbar hinter ihr ließ sie innehalten. Ihr war, als hätte sie jemanden husten gehört. Und dieser Jemand musste sich sehr nahe bei ihr befinden; irgendwo zwischen den Holzhütten mit ihren Terrassen und spitzen Dächern. Mira tastete ihre Umgebung mit den Augen ab, das Gebüsch hinter den Hütten, die Freiräume zwischen ihnen. Doch da zerriss ein Schrei die Stille: „Bei Fuß, Skive!"

Noch bevor die Besitzerin der Stimme in ihr Blickfeld trat, preschte ein sich beinahe überschlagender Fellball auf sie zu und sprang geradewegs an Mira hoch, die so überrascht war, dass sie vom unerwarteten Gewicht des Hundes zu Boden gerissen wurde.

„Aus, Skive, aus!" Ein Mädchen sprintete dem Tier hinterher auf sie zu. Nicht nur ihr Haar, sondern – Mira stockte der Atem – auch ein Rock, der so lang war, dass er das hohe Gras streifte, flatterte beim Rennen im Wind. Bisher hatte Mira solche Kleidungsstücke nur auf alten Bildern, niemals aber in Wirklichkeit gesehen. Röcke waren eine geradezu peinliche Art der Herabsetzung. Nicht umsonst hatte man früher Männer als diejenigen bezeichnet, die „die Hosen anhatten". Aber heute war es doch selbstverständlich, dass beide – Männer und Frauen – Hosen und Verantwortung trugen.

Aber hier, in Klein-Ararat, schien nichts so zu sein, wie Mira es gewohnt war.

„Pfui, Skive", schimpfte das Mädchen, während es den Hund an seinem grünen Halstuch von Mira herunterzerrte, sank aber, noch ehe sie das Wort an sie richtete, neben dem bärenhaften Tier in die Hocke und kraulte ihm beruhigend beide Ohren.

Mira lag immer noch auf dem Rücken, und das Herz schlug ihr bis zum Hals. Hinter sich hörte sie ein leises Glucksen und riss den Kopf herum. Vera war längst mit den drei jüngeren Mädchen in der Hütte verschwunden, aber ihr Blick fiel auf einen Jungen, der auf dem Geländer einer benachbarten Veranda hockte, ein Buch auf den angewinkelten Beinen ruhend. Vermutlich hatte er im spärlichen Dämmerlicht gelesen, bis Miras Begegnung mit dem stürmischen Hund ihn abgelenkt hatte. Jedenfalls musste er schon die ganze Zeit dort gesessen haben, und wahrscheinlich war es auch er gewesen, der gehustet hatte.

Mira starrte ihn an. Er verschmolz mit seinen dunklen Stoffhosen und dem längst nicht mehr weißen Hemd nahezu nahtlos mit dem Zwielicht der Dämmerung. Nur das Lachen hatte ihr verraten, dass er dort saß und sie beobachtete. Sie fragte sich, wie er bei der einbrechenden Dunkelheit überhaupt hatte lesen können. Das musste ja ein unheimlich spannendes Buch sein!

Erinnerungen an Geschichten, die unter dem Lichtkegel ihrer Taschenlampe, des nachts unter der Bettdecke, real wurden, huschten durch Miras Gedanken. Geschichten, die sie bis in die Morgenstunden wachgehalten hatten, weil immer und immer noch eine einzige Seite sie davon zu trennen schien, endlich in ihrer Neugier befriedigt zu sein und das Buch zur Seite legen zu können.

Mira starrte den Jungen mit dem Buch an, bis sein Blick dem ihren begegnete. Jäh wurde ihr bewusst, dass sie nach wie vor auf dem Boden lag. Sie rappelte sich auf und klopfte sich beschämt Blütenstaub und trockenes Gras von der Hose. Das Mädchen verharrte neben ihrem Hund in der Hocke. Er überragte sie um einige Zentimeter.

„Skive bekommt nicht oft neue Leute zu riechen", erklärte sie entschuldigend. „Ich bin übrigens Happy. Und du bist eine der Neuen. Vera Petersen oder Miriam Robins – Staatsbeamtentöchter", fügte sie mit einem Schulterzucken hinzu. „Ben konnte es kaum erwarten, dass ihr zu uns stoßt." Sie lachte leise. Nur kurz sah sie zu Mira auf, während sie weiter den Hund kraulte.

„Er kann uns nicht leiden", platzte Mira heraus und meinte eigentlich: Er kann *mich* nicht leiden. Veras Vater mochte in der Stadt sein Ansehen verloren haben, aber das machte ihn für die Fischerkinder wohl auch weniger gefährlich als Gerald Robins, den vorbildlichen Justizstaatsbeamten.

„Er kann Neue nicht leiden", korrigierte Happy. „Er ist misstrauisch, weißt du ..." Sie zog die runden Augenbrauen hoch. „Bist du Miriam oder Vera?"

„Mira. Einfach nur Mira."

„Also, Einfach-nur-Mira: Ben ist misstrauisch. Wir alle sind misstrauisch. Na ja, Ben ganz besonders. Aber wir alle sind vorsichtig, wenn es um Neue geht. Jeder, der einen Fuß ins Innere dieses Berges setzt, hält unser Leben in der Hand. Jetzt übrigens auch deines." Sie hatte aufgehört, Skive zu streicheln, erhob sich und wischte mit ihren Handflächen über ihren langen Rock. „Keiner will, dass so etwas wie vor elf Jahren noch einmal passiert."

„Warum? Was war denn vor elf Jahren?"

Happy musterte Mira, als überlege sie, ob man ihr trauen könnte. „Hässliche Geschichte", sagte sie dann. „Wahrscheinlich fragst du besser Edmund oder Lia. Sie sind die Einzigen von uns, die damals schon dabei waren. Ben und die Tau-Brüder ausgenommen, aber die waren ja noch Kinder. Eddie und Lia waren es auch, die den Geheimbund vor drei Jahren wiedergegründet haben. Trotz allem, was war." Sie fasste nach Skives Halstuch. „Tja, wir sehen uns gleich beim Treffen!", rief sie, ehe sie mit ihrem Hund davonpreschte.

Mira stand wie vom Donner gerührt im Gras und sah ihr nach. Was für eine sonderbare, fremde Welt, die sie hier im Inneren des Berges vorgefunden hatte. Noch sonderbarer als die der Armenviertel. Aber, nach allem, was Mira von Happy gehört hatte, ebenfalls keine heile Welt, in der sie alle da lebten. Der argwöhnische Ben, die drei blonden Mädchen, Happy und Skive und der Junge im Zwielicht.

Als sie sich an ihren heimlichen Beobachter erinnerte, fuhr Mira herum. Doch die Veranda war leer, der Platz, auf dem er gesessen und gelesen hatte, verlassen. Nur das Windspiel, das in der spitzen Überdachung der Veranda baumelte, klimperte in der Abendbrise. Es war aus Schilfrohr gefertigt und mit Schnitzereien verziert. Der hohle, hölzerne Klang hatte etwas Sehnsüchtiges.

Mit einem benommenen Gefühl betrat Mira die Hütte von Eloise, Stella und Luna. Der warme Schein einer Öllampe empfing sie, und vielstimmiges Lachen holte sie aus ihren Gedanken in die Wirklichkeit zurück.

Es gab nicht viel Einrichtung in der kleinen Behausung: ein niedriges Stockbett und eine auf dem Boden liegende Matratze, ein dreibeiniger Tisch ohne Stühle und ein einzelnes Regalbrett. Aber liebevolle Einzelheiten machten ein Zuhause aus diesem Ort. Ein ausgefranster Teppich bedeckte den knarrenden Holzboden, gepresstes Herbstlaub in allen Farben war auf Papier geklebt und an die Wände gehängt worden, ein Sammelsurium aus verschiedenfarbiger Bettwäsche lag auf den Schlafplätzen, und ein Mobile aus Glasscherben reflektierte das Licht der Öllampe und warf tanzende Lichtpunkte auf Wände und Einrichtung.

„Ist das nicht wunderschön?“ Vera hockte im Schneidersitz in der oberen Stockbettkoje, wohin offenbar das kleinste der Mädchen sie gezerrt hatte. Sie kniete neben ihr und hatte den Inhalt einer kleinen Holztruhe auf der Bettdecke ausgeleert. Mira konnte noch mehr funkelnde Scherben, ein paar Federn, Spielsteine und einige Buntstifte erkennen.

„Wohnt ihr hier?“, fragte Mira. „Ich meine, so richtig?“

„Na klar“, sagte das Mädchen mit dem honigblonden Zopf. Im Öllampenschein erinnerte ihr Haar an flüssiges Gold. Mira hätte es am liebsten berührt. Noch nie hatte sie jemanden mit so langem Haar gesehen. Natürlich gab es Leute, die sich nicht so peinlich genau an die Zehnzentimetervorschrift hielten wie ihre Familie. Frau Petersen zum Beispiel oder die Menschen in den Armenvierteln. Aber bei ihnen hatten die langen Strähnen immer ungepflegt ausgesehen. Herausgewachsen und zerzaust. Nicht wie schimmernde Goldfäden, die zu einem kunstvollen Zopf geflochten waren.

„Ganz alleine?“ Mira sah sich immer noch fassungslos in der Hütte um. Das hier war keine Notunterkunft, sondern eine heimelige, dauerhafte Bleibe. „Was ist mit euren Eltern?“

Die Mittlere zuckte die Schultern. „Wir sind nicht allein. Happy und Chas sind auch hier. Und Paul und Lia.“

„Lia passt auf uns auf“, pflichtete die Kleinste bei.

„Sie ist ein Drache.“

„Aber ein liebenswürdiger.“

Die Mädchen lachten, und Vera stimmte mit ein. Mira hatte nicht gewusst, dass ihre Freundin Kinder so gerne hatte. In der Nachmittagsbetreuung im Erziehungshaus hatte sie oft mit den Jüngeren gespielt, aber seitdem hatte sie selten die Gelegenheit gehabt, sich mit Kleineren abzugeben.

„Und was ist mit dem Unterricht? Jeder registrierte Bürger muss doch eine Ausbildung absolvieren.“ Aber in diesem Aufzug, mit langem Haar und verschlissener Kleidung, hätten sie sich in den Schulen der Innenstadt nicht blicken lassen brauchen. Vielleicht in denen im Armenviertel – aber niemand, der dort ausgebildet wurde, schaffte es jemals in den Staatsdienst. Man lernte dort nur das Nötigste und auch das nicht gründlich.

„Wir gehen nicht zum Unterricht“, sagte eines der Mädchen, und ein anderes ergänzte: „Wir sind nicht registriert. Deshalb heißen wir ja Vergessene. Genau genommen gibt es uns gar nicht."

Mira wollte nachhaken, doch ein lauter Pfiff erinnerte sie daran, dass Edmund Porter auf sie wartete. Das kleinste der Mädchen kletterte flink wie ein Äffchen vom Stockbett und rannte voran. Vera und Mira hatten Mühe, den dreien zu folgen.

„Meine Güte, ist das alles verwirrend." Mira schwirrte der Kopf von all dem Neuen, und es schien nicht so, als hätten sie auch nur die Hälfte des Geheimbundes kennengelernt. Auf den runden Felsbrocken scharten sich die Fischerkinder um das Feuer. Mira versuchte, sie zu zählen, aber die zunehmende Dunkelheit ließ es nicht zu.

„Ich hatte keine Ahnung, dass sie so viele sind", flüsterte auch Vera. Sie schien fasziniert und erschrocken zugleich.

Mira fühlte die gleiche seltsame Mischung aus widersprüchlichen Empfindungen in sich. Sie war aufgeregt und neugierig auf das, was auf sie wartete, aber ihre Nerven waren auch zum Zerreißen angespannt. Diese Leute hier hielten ein verbotenes Treffen ab, und sie wussten es genau. Sie waren Aufständische, die Mira eigentlich hätte melden müssen. Wie konnten sie sich so sicher sein, dass sie nicht genau das tun würde? Ihr Vater war ein Justizstaatsbeamter. Ben und Happy waren sich dessen bewusst: Ihrer aller Leben stand auf dem Spiel, wenn sie der falschen Person vertrauten.

Und dennoch legten sie eine Ausgelassenheit an den Tag, welche die Gefahr, in der sie sich unbestreitbar befanden, Lügen strafte. Mira zögerte, sich der lebhaft schwatzenden Gruppe zu nähern. Sie erinnerte mit den vielen durcheinandersprechenden Stimmen an einen aufgeregten Bienenstock. Es war ganz anders, als Mira erwartet hatte.

„Das sind Urs und Biene –"

„– Nathaniel und Theodore –"

„– Paul“, plapperten ihre drei Begleiterinnen durcheinander.

Mira konnte kaum so schnell mit den Augen folgen, wie sie auf ein aneinandergeschmiegtes Pärchen, die beiden dunkelhäutigen Brüder aus „Porters Höhle“ und einen kleinen, pausbackigen Jungen zeigten.

„Wir wissen noch nicht einmal, welche von ihnen welche ist“, flüsterte Mira Vera zu.

Überrascht sah Vera sie an. „Aber klar. Die Große ist Eloise, die Mittlere Stella, und das hier“ – sie hob die Hand, an die sich nun wieder die Kleinste klammerte – „ist Luna.“

Mira blieb keine Zeit zu staunen, weil in diesem Moment Luna zu Edmund und einer reichlich kräftigen Frau mit rotbraunem Haar deutete. „Und das da ist Lia.“ Mira betrachtete die Frau eingehend. Wie ein Drache sah sie nicht aus. Im Gegenteil, sie lachte mit in den Nacken gelegtem Kopf und berührte dabei vertraulich Edmunds Arm. Die beiden waren mit Abstand die Ältesten in der Runde. In der Tat handelte es sich bei allen anderen Anwesenden um Kinder und Jugendliche.

Nicht weit von Mira kabbelten sich die zwei Jungen aus „Porters Höhle“ um eine Taschenlampe. Im Gegensatz zu Eloise, Stella und Luna trugen die beiden die übliche Kleidung: dunkle Stoffhosen und Hemden in einem Ton, der mehr oder weniger weiß war. Ihr krauses Haar war kurz geschnitten und die Hemden ordentlich in die Hosen gesteckt.

„Wie kann das sein?“, flüsterte Mira Vera zu. „Welche Eltern lassen so kleine Kinder alleine durch die Gegend streunen? Wenn sie wüssten, wo die beiden sind –“

„Redest du von Nathaniel und Theodore Tau?“ Eloise, das Älteste der Mädchen, lächelte Mira scheu zu. „Die wohnen im staatlichen Erziehungshaus, und da haben sie alle Hände voll mit den Säuglingen zu tun.“

Mira warf den beiden Jungen einen flüchtigen Blick zu. Der Jüngere hatte den Kampf um die Taschenlampe offenbar gewonnen und schaltete sie jetzt im Sekundentakt ein und aus. „Im Erziehungshaus?", fragte Mira gedämpft.

Säuglinge und Kleinkinder lebten dort, ehe sie mit drei Jahren den Eltern anvertraut wurden. Auch danach verbrachten sie die Vormittage dort, und nach Schuleintritt erledigten die Jüngeren ihre Hausaufgaben unter der Betreuung staatlicher Erzieher. Ältere Kinder nahmen Sie nur auf, wenn sie keine Eltern mehr hatten oder wenn der Staat diese für unfähig hielt, ihre Kinder selbst großzuziehen.

„Was ist mit ihren Eltern?", erkundigte sie sich neugierig. „Wo sind sie?"

Eloise zuckte die Schultern. „Das weiß keiner. Theodore erinnert sich nicht mal an sie."

Verschwundene. Mira dachte an die Vorhänge, die ihre Mutter am Morgen so energisch aufzog, und musste schlucken. Nathaniel und Theodore würden verschwinden wie ihre Eltern, wenn jemand herausfand, wo sie sich in diesem Moment befanden. Und das Gleiche galt für Mira selbst.

Mit dem dumpfen Gefühl aufsteigender Übelkeit in der Magengrube folgte sie Vera und Luna näher zum Lagerfeuer und setzte sich auf einen der vom Feuer aufgeheizten Steine. Von der Kühle des Abends war hier keine Spur. Mira fühlte die Hitze auf ihrem Gesicht, während sie sich staunend umsah.

Alle Gespräche verstummten schlagartig, als Lia sich setzte und Edmund vortrat. Ohne Frage war er der Anführer der Gruppe. Mira hätte den rundbäuchigen, kleinen Mann nie für einen solchen gehalten. Er hatte etwas Großväterliches und Vertrauenerweckendes an sich und strahlte Behaglichkeit und Rechtschaffenheit aus. Als Führer einer aufständischen Gruppe hätte sie sich jemand Verwegeneres vorgestellt. Aber vielleicht war gerade seine Unscheinbarkeit Edmund Porters größter Vorzug. Jemandem, der im Untergrund arbeitete, gab sie Sicherheit.

„Willkommen“, sagte er mit kräftiger Stimme und sah in die Runde. An Mira und Vera blieb sein Blick einen Moment länger hängen als an den anderen. Im Feuerschein gruben sich die Fältchen um seine Augen tief in seine Haut, als er sie anlächelte. Mira war es unangenehm, dass er sie so anstarrte. So als wäre sie bereits eine von ihnen, ein Teil dieser verbotenen Gruppe.

„Wieder einmal habt ihr alle den Weg hierher gewagt. Manche zum ersten Mal.“

Einige streckten sich oder verdrehten die Hälse in Miras und Veras Richtung, aber Edmund Porter fuhr bereits fort. „Ihr alle riskiert viel, indem ihr immer und immer wieder hierherkommt, um zu hören, was ich alter Mann zu sagen habe.“

Eloise zu Miras Linken kicherte verhalten, ansonsten herrschte gebanntes Schweigen. Edmund Porter genoss das Ansehen der Kinder und Jugendlichen, das war unverkennbar. „Aufstellen eigener Anführer und Verehren anderer Autoritäten als dem König“, schoss es Mira durch den Kopf. Ein Merkmal konspirativer Kleinstgruppen. Ein Leiter, dem solche Anerkennung wie Edmund Porter zuteilwurde, konnte die ganze Gruppe unschuldiger Jugendlicher und Kinder verführen und gegen den Staat aufbringen. Er konnte eine Armee aufstellen, wenn er wollte. Mira hatte das ungute Gefühl, dass die Bewunderung der Fischerkinder für Edmund Porter so weit gehen würde. Deswegen, das hatten ihr Vater und Frau Dr. Steinlein wieder und wieder erklärt, waren solche Gruppen so gefährlich. Weil sie blindlings ihrem selbsterwählten Anführer nachliefen.

„Ich brauche euch nicht zu sagen, dass wir in düsteren Zeiten leben.“

Niemand protestierte. Nur in Mira sträubte sich Widerspruch gegen seine Worte. Ihr Vater wurde niemals müde, zu beteuern, in welch glorreichen, welch goldenen Zeiten des Umsturzes und des Neuaufbaus sie lebten. „Generation um Generation wird sich an uns erinnern“, pflegte er zu sagen. „Als das Zeitalter, das durch Verzicht und harte Arbeit die Unabhängigkeit unseres Landes erkämpft hat. Nach uns kommt das Paradies, aber auch wenn noch viel getan werden muss, bricht es hier und heute schon an.“

Düster nannte Edmund Porter die Zeiten. Und vielleicht waren sie es, wenn man nicht in der behüteten Welt der Innenstadt aufwuchs. Mira hatte heute so viel gesehen. Bettelarme Familien, Kinder, die vor Hunger zu Dieben wurden, und Menschen, die sich in aller Heimlichkeit treffen mussten, weil das, worüber sie sprachen, ihnen verboten war. Ja, Jugendliche, die untergetaucht waren, vergessen vom Staat, ausgelöscht, inexistent.

„Es war nicht immer so.“ Edmund Porter ging hinter dem Feuer jeweils ein paar Schritte vor und zurück. Die Flammen erhellten sein Gesicht, ließen die Falten Schatten werfen und die hellblauen Augen verschwörerisch funkeln. „Es gab eine Zeit, in der allerorts Menschen zusammenkamen, um über Jesus von Nazareth zu sprechen. So wie wir hier und heute. Nur dass sie es nicht heimlich tun mussten, sondern sich in aller Offenheit trafen. Sie bauten Gebäude für ihre Zusammenkünfte, in denen sie die verbotene Schrift lasen, Gott Lieder sangen und mit ihm sprachen. Sie unterrichteten ihre Kinder in staatlichen Schulen über Jesus, sie konnten sich auf offener Straße treffen und von ihm erzählen. Sie reisten sogar in andere Länder, um seine Geschichte zu verbreiten.“

Mira warf Vera einen Seitenblick zu, um herauszufinden, ob es dieser ebenso ging wie ihr. Welche Zeiten sollten das gewesen sein? In keinem Staatsgeschichtsbuch war die Rede davon, in keiner Unterrichtsstunde war etwas Derartiges erwähnt worden, und niemals hatte ihr Vater auch nur etwas dieser Art angedeutet.

„Dann kam das Jahr 0", sagte Edmund Porter. Seine Stimme war leiser geworden. Mira kroch eine Gänsehaut, die nichts mit der abendlichen Kühle zu tun hatte, über die Arme. Die Zeit vor dem Jahr 0. Jener Teil der Geschichte, über den Frau Dr. Steinlein so beharrlich schwieg und von dem ihr Vater nur behauptete, er sei so finster, dass sie nichts, aber auch gar nichts darüber wissen müsse.

„Die Gebäude wurden eingerissen, die Schriften gesammelt. Man verbot uns das Zusammentreffen in Gruppen." Edmund Porters Schilderungen hatten etwas Bedrohliches, etwas Düsteres angenommen. Sie verursachten Mira ein klammes Gefühl des Beobachtetseins, ließen sie wegen der irrsinnigsten Dinge, wie einem Schatten oder dem Knistern des Lagerfeuers, zusammenzucken. Sie wollte gar nicht daran denken, was mit ihnen allen geschähe, würden sie entdeckt. Sie wären im Kessel des Berginneren gefangen. Es gäbe kein Entrinnen. Für niemanden. Auch nicht für Mira mit dem einflussreichen Vater.

Sie könnte beteuern, dass sie zum ersten Mal hier war. Dass sie nie vorgehabt hätte, sich ihnen anzuschließen. Dass sie nur als Spitzel hier war und ihrem Vater Bericht erstatten wollte.

Aber ob sie ihr zuhören, ihr glauben würden? Alle Ausreden würden die Tatsache nicht auslöschen, dass Mira sich mitten im Hauptquartier einer aufständischen Kleinstgruppe befand. Natürlich würde es so aussehen, als stecke sie mit ihnen unter einer Decke.

Eine Bewegung zu ihrer Rechten ließ sie zusammenfahren. Sie saß mit Vera und den drei Mädchen am Rand der Gruppe und den Schatten, die der Feuerschein nicht erreichte, am nächsten. Mit den Augen suchte Mira die Dunkelheit ab. Immer wieder flackerte ihr Blick zu den Leuten um sie herum, auf der Suche nach einem Anzeichen von Panik in ihren Gesichtern. Doch sie hingen alle an Edmund Porters Lippen. In Miras Ohren dagegen war seine Stimme plötzlich weit weg. Sie starrte in die Nacht, und das Gefühl, beobachtet zu werden, verstärkte sich. Sie wollte eben Vera antippen, als ein schmaler Schatten sich aus der Dunkelheit löste und ins orangefarbene Licht der Flammen trat. Gerade nahe genug, um ein wenig Helligkeit auf sein Gesicht fallen zu lassen. Ein dunkler Bartschatten gab der weichen Kinnlinie Kontur, das schwarze Haar war zu lang. Es kringelte sich im Nacken. Ohne das spöttische Lachen war seine Miene kalt und verschlossen.

Mira überlief ein Schauer, als ihr bewusst wurde, dass er ihren Blick erwiderte. Unverwandt starrte er sie an, während er sich an Ort und Stelle im Schneidersitz auf den Boden sinken ließ. Sein Gesichtsausdruck war nicht besonders wohlwollend. Für einen Moment fragte Mira sich, ob auch der fremde Junge ihr misstraute, einfach nur weil sie neu hier war, weil er sie nicht kannte und weil sie im Gegensatz zu ihm unverkennbar die makellose Kleidung einer Innenstädterin trug. Aber das war es nicht. In seinen Augen lag – wenn überhaupt irgendetwas, das Mira benennen konnte – Neugier. Fast war ihr, als versuche er bei ihrem Anblick, sich etwas ins Gedächtnis zu rufen. Als überlege er, wo er sie vielleicht schon einmal gesehen hatte.

Ihr Blick huschte noch einmal über sein Gesicht. Obwohl er etwas beinahe Vertrautes an sich hatte, war Mira sich ganz sicher, ihm noch nie begegnet zu sein. Ihr Vater hatte stets recht sorgfältig darauf geachtet, dass sie mit anständigen Leuten verkehrte. Vera mit der zweifelhaften Familie war in der Tat die einzige Ausnahme. Mit Leuten wie denen, die Mira hier im Berg bisher über den Weg gelaufen waren, hatte sie nie zu tun gehabt.

Sich bewusst werdend, dass sie ihn genauso unverhohlen betrachtete wie er sie, wandte Mira sich ab und heftete ihren Blick wieder auf Edmund. Seine Augen waren in Richtung des Neuankömmlings gerichtet, auch wenn man ihm keinerlei Ärger über dessen Zuspätkommen anmerkte, während er fortfuhr: „Ich habe die Menschen vor dem Jahre 0 mitunter beneidet. Sie waren so unendlich frei." Immer noch hielt er den Blick des Jungen fest, der im Schneidersitz im Halbschatten saß. „Jedenfalls stelle ich mir Freiheit so vor. Damals haben sie sich wahrscheinlich dennoch nicht frei gefühlt. Auch die Angst kann einen Menschen in Ketten legen. Die Angst vor Spott, vor Ausgrenzung und Anfeindung."

Edmund Porter setzte sich mit einem tiefen Seufzen auf einen der massigen, grauen Felsbrocken und stützte die Ellbogen auf die Knie. „Ich will euch eine Geschichte von einem Volk erzählen, das von Gott in die Freiheit geführt wurde. Sie steht" – Mira glaubte zu sehen, wie er ihr flüchtig zuzwinkerte, „natürlich in einer der verbotenen Schriften. Unser Staat mag gerne unabhängig sein, aber von der Freiheit weiß er nicht viel."

Kritik am Staat. Noch ein Merkmal konspirativer Kleinstgruppen. Ein weiterer Grund, warum diese Fischerkinder gefährlich waren, egal wie harmlos sie hier beisammensaßen.

Auch Vera neben ihr versteifte sich. Wieder einmal hatte sie diesen ängstlichen Ausdruck auf dem Gesicht: die aufgerissenen Augen, die gespitzten Lippen. Mira hätte Vera nicht von Kindheit an kennen müssen, um ihre Gedanken in diesem Moment zu lesen: Man sprach nicht so über den Staat wie Edmund Porter. Wer es doch tat, der lief Gefahr, ein verlassenes Haus mit zugezogenen Vorhängen zurückzulassen.

Daran brauchten sie einander nicht zu erinnern. Sie hatten auch keine Gelegenheit dazu, denn Edmund Porter begann, seine Geschichte zu erzählen. Sie handelte von einem Volk, das sich Gottes Volk nannte. Aber sie lebten in einem fernen Land und waren Gefangene dort, Sklaven, die für ihre Herren schuften mussten.

Mira hatte eine ausgeprägte Fantasie. Doch zu dieser Geschichte wollten sich in ihrem Kopf einfach keine erfundenen

Bilder formen. Stattdessen sah sie die Feldarbeiter auf Othmars Acker, wie sie nicht von ihrer Tätigkeit aufzusehen wagten und nur stumm die Rücken darüber beugten, als existiere nichts und niemand anderes. Sie sah Aris schmutz- und tränenverschmiertes Gesicht und den trotzigen Blick, mit dem er den Wachmann und Othmars Frau angestarrt hatte. Mutig und verzweifelt. Und seine Mutter sah sie, die sich an ihn klammerte und flehte, ihr den Sohn nicht wegzunehmen.

Edmund erzählte davon, wie dieses Volk Gott um Hilfe gebeten hatte und wie Gott dafür gesorgt hatte, dass sie das fremde Land verlassen durften. Er erzählte von Heuschreckenplagen und Viehpest, von Hagel und Finsternis und von Todesfällen, die letzten Endes dafür sorgten, dass sie weggeschickt wurden. Es war keine schöne Geschichte. Mira war sofort klar, warum sie auf der Liste der verbotenen Schriften stand. Ein unterdrücktes Volk wendet sich an eine andere Autorität als den König. Daraufhin widerfährt den Unterdrückern ein Unheil nach dem anderen, und schließlich verlässt das Volk das Land.

„Gott wollte, dass sein Volk frei ist", schloss Edmund. Das Feuer war mittlerweile heruntergebrannt. In der Mitte loderte es noch, doch außenherum flackerte nur noch dunkelrote Glut. „Auch wir sind von ihm zur Freiheit berufen. Sogar heute. Wir müssen uns verstecken, aber in Jesus können wir Freiheit finden."

Mira schweifte ab. Aufrührerisch war das, was Edmund Porter da sagte. Rebellion stiftend und zum Aufstand inspirierend. Sie wusste, dass sie nicht hier sein sollte. Unter keinen Umständen durfte sie wiederkommen und sich mehr von diesem vergifteten Gedankengut anhören. Und dennoch konnte Mira sich nicht gegen das leise Gefühl der Hoffnung wehren: Wenn nur die Menschen auf Othmars Feldern auch so befreit werden könnten! Wenn dieser Gott Hagel und Viehpest schicken konnte, dann war es ihm wohl auch möglich, dafür zu sorgen, dass auf den

Feldern nichts mehr wuchs. Dass Dunkelheit herrschte und die Wachposten deshalb mit Blindheit geschlagen waren. Dass all die armen Arbeiter fliehen und an einen Ort gehen konnten, an dem es ihnen besser erging.

Sie war so versunken in diese Fantasien, dass der Rest von Edmund Porters Ausführungen über sie hinwegschwappte. Doch dann tat er etwas so Ungeheuerliches, dass sie es gar nicht übersehen konnte. Er wandte seinen Blick von den Kindern und Jugendlichen, die an seinen Lippen gehangen hatten, ab und legte den Kopf in den Nacken, sodass er dem dunkel gewordenen Himmel über den Bergwänden zugewandt sprach. „Herr Jesus Christus." Mira zuckte zusammen und folgte seinem Blick, aber außer der Schwärze der Nacht konnte sie über ihnen nichts sehen. „Ich danke dir, dass du uns zur Freiheit berufen hast", fuhr Edmund Porter fort, als spräche er mit einem leibhaftigen Gegenüber. „Auch heute in diesen finsteren Zeiten. Lass uns Freiheit in dir finden, egal, wie es um uns herum aussieht. Amen."

Anschließend sangen die Fischerkinder. Jemand hatte eine Gitarre dabei, und die vollen, melodischen Klänge vibrierender Saiten und lauter Stimmen erfüllten die Luft. Sie schienen sich hier ganz und gar sicher zu fühlen, im Schutz des kesselförmigen Berges unweit der Stadt. Mira lauschte nur, und trotz ihres Argwohns durchflutete sie eine sonderbare Sehnsucht. Der Drang, ebenso frei und furchtlos die Stimme zu erheben und aus voller Kehle zu singen. Zu tanzen oder wie Edmund Porter mit Jesus zu sprechen, auch wenn sie ihn nirgendwo gesehen hatte.

Mittlerweile war die Nacht hereingebrochen. Als das letzte Lied verklungen war, kam Happy zu ihnen. Ihr Rock war im Feuerschein von einem dunklen Grün, und in ihrem langen Haar glitzerten bunte Glasperlen. Ihr Hund Skive folgte ihr auf Schritt und Tritt. „Na, hat es euch gefallen?", fragte sie fröhlich und setzte sich ihnen gegenüber ins Gras. Mira, die immer noch auf dem Stein hockte, sah Hilfe suchend zu Vera, ob diese nicht antworten wollte, und streckte selbst die Hand nach Skive aus, um ihn zu kraulen. Er beschnupperte sie und ließ es sich gefallen.

„Ich ...", setzte Vera kläglich an, doch Happy lachte. „Es ist alles grauenhaft viel am Anfang", stimmte sie zu. „Als ich zum ersten Mal hier war, habe ich kein Wort von dem, was Eddie sagte, verstanden. Aber das wird besser, je öfter ihr kommt. Er hat sich aber auch ein besonders schwieriges Thema für euren ersten Besuch ausgesucht." Die Perlen in ihrem Haar klimperten, als sie den Kopf schüttelte, und das immerwährende Lächeln in ihrem Gesicht wollte nicht zu ihren Worten passen. „Freiheit. Wer weiß denn heute schon noch, was das ist?"

Happy redete genau wie Edmund. „Von Freiheit weiß unser Staat nicht viel", hatte er gesagt. Er brachte die Jugendlichen gegen den Staat auf. Angriffslustig fragte Mira: „Weißt du es denn?" Was hielt Happy für Freiheit? Etwa, hier drinnen im Inneren des Berges zu leben und offiziell gar nicht zu existieren?

„Meine Familie stammt aus Dänemark. Da waren sie frei. Meine Eltern haben viel davon erzählt."

„Und wo sind sie jetzt?", fragte Vera betroffen.

Happy zuckte die Schultern. „Zurück in Dänemark. Sie wollten immer hier weg. Aber an der Landesgrenze haben sie uns abgefangen. Mein Vater konnte meine Mutter befreien, obwohl sie auf ihn geschossen haben. Aber ich ..." Sie zögerte, und kurz verschwand auch ihr Lächeln. „Ich hatte Glück, dass der Mann, der uns über die Grenze bringen sollte, mich vor den Wachposten erwischt hat. Er hat mir das Leben gerettet."

Betretenes Schweigen breitete sich zwischen ihnen aus, während um sie herum zahlreiche Gespräche summten. Mira wagte nicht zu fragen, wie Happy so sicher sein konnte, dass ihre Eltern es nach Dänemark geschafft hatten. Plötzlich taten die herausfordernden Worte ihr leid, und sie wollte etwas Freundliches zu Happy sagen.

„Wenn Gott Hagel und Finsternis schickt und uns befreit, kannst du ja zu ihnen nach Dänemark gehen“, murmelte sie.

Zu ihrem Erstaunen lachte Happy. „Was Jesus uns gibt, das ist eine innere Freiheit. Keine Freiheit, die uns erlaubt, dieses Land zu verlassen.“

„Was soll das heißen?“, fragte Mira verwirrt.

„Hast du von Jesus gelesen?“

Mira nickte.

„Damals dachten die Leute auch, er wäre gekommen, um den Kaiser zu stürzen und einen politischen Umbruch anzuzetteln. Aber was hat Jesus getan? Er starb am Kreuz für seine Freunde. Um ihnen innere Freiheit zu geben.“

„Was ist das? Innere Freiheit?“

„Na ja ...“, zögerte Happy. „Da drin eben.“ Sie drückte die Handfläche auf Miras Herz und stand auf. „Wirst du schon noch alles verstehen. Gib dir ein bisschen mehr Zeit.“ Damit bückte sie sich, hob einen Zweig auf und schleuderte ihn in die Nacht. Skive schüttelte Miras Hand ab und setzte dem Wurfobjekt nach, Happy dicht auf den Fersen.

Kapitel 7

Gegen das Gesetz

Der Abend in Klein-Ararat hatte alles verändert. Mira war nicht mehr die brave Staatsbeamtentochter, die außer Abenteuerromanen und einer regen Fantasie keinerlei Flausen im Kopf hatte.

Am Morgen öffnete sie eigenhändig gleich nach dem Aufstehen ihre Vorhänge, heilfroh, das Abenteuer des vergangenen Tages überstanden zu haben und noch hier zu sein. Ben hatte sie zurück in die Innenstadt gebracht. Er hatte ihnen erklärt, dass die Wachen an den Toren zwischen Innen- und Außenstadt kurz vor Einbruch der Sperrstunde abgezogen wurden und stattdessen anfingen, durch die Straßen zu patrouillieren, um sicherzustellen, dass jedermann in seinen Häusern verschwand, wo er hingehörte.

Und er hatte recht behalten. Sie waren völlig unbehelligt in die Innenstadt gelangt, und kurz vor Anbruch der Sperrstunde war Mira in der Sicherheit ihres Zuhauses angekommen. Ihre Mutter hatte sich sehr über Professor Winkelbauer geärgert, und ihr Vater hatte sie mit einer Litanei an Fragen noch lange davon abgehalten, das Erlebte still und für sich zu verarbeiten.

Er hatte alles über Othmar und seine Äcker wissen wollen. Über die Getreidesorten, die er anbaute, und über die Spritzmittel, die er verwendete. Nur nicht über die Arbeiter, die für ihn schufteten. Die hatten ihn in der Tat wenig interessiert.

Mira dagegen waren sie noch lange durch den Kopf gegangen. Sie und die Vergessenen in ihrem Hüttendorf im Inneren des Berges. Wenn dieser Jesus ihnen innere Freiheit gab, müssten sich dann die einen wie bisher für ihren Arbeitgeber auf dem Feld abmühen und die anderen im Unterschlupf bleiben? Müssten Mira und ihre Familie weiterhin in Angst vor den Blicken der

Nachbarn und dem wachsamen Auge des Staates leben? Oder würde dann alles anders werden?

„Bist du krank?“, fragte ihre Mutter am Frühstückstisch mit Sorgenfalten auf der Stirn. Wie immer wachte sie darüber, dass Mira genug aß, und was sie sah, gefiel ihr gar nicht: Miras Schüssel mit Haferflocken war noch fast voll. Dabei hatten sie diese Woche einige Sonderrationskarten eingetauscht und konnten sich neben Zucker und ein wenig Milch sogar Rosinen schmecken lassen. Aber in Miras Mund schmeckte alles fahl, wenn sie an Ari und das gestohlene Brot dachte.

„Nur müde.“ Sie schob eine Rosine auf dem schier unbezwingbaren Berg aus mit Milch vollgesaugten Haferflocken hin und her. Über ihre Schüssel hinweg beobachtete sie Iliona, die schon Gemüse für das Mittagessen schnitt. Sie hatte sich nie Gedanken darüber gemacht, warum Iliona eigentlich nicht zur Schule ging, warum sie Zeit hatte, mitten unter der Woche für Miras Familie zu arbeiten. Nun schämte sie sich, dass sie kaum jemals mehr als einen Gedanken an das fast gleichaltrige Mädchen verschwendet hatte.

Reichten die Rationskarten, die sie von Miras Familie bekam, aus, um ihre Familie zu versorgen? Die Bezahlung in der Innenstadt galt als gut. Aber rettete sie Iliona und ihre Angehörigen gerade so vor dem Verhungern, oder sorgte sie dafür, dass sie ein menschenwürdiges Leben führen konnten? Anders als Aris Familie.

„Aber etwas stimmt doch nicht mit dir.“

Mira zuckte beim Klang der Stimme ihrer Mutter zusammen und wurde sich bewusst, dass sie seit einer ganzen Weile regungslos vor ihrem kaum angerührten Frühstück saß.

Mira riss den Blick hastig von Iliona los. „Mir ist heute einfach gar nicht nach Unterricht.“

Die Falten auf der Stirn ihrer Mutter vertieften sich. „Ist etwas vorgefallen?“, fragte sie, und auch Miras Vater ließ den Löffel sinken. Allerdings weniger besorgt als drohend. Keine Lust auf den staatlichen Unterricht zu haben war bestimmt irgendwo in einem mehrbändigen Gesetzbuch als Straftat aufgeführt.

„Ach", druckste Mira herum und drückte die Rosine tief in die weichen Flocken. „Winkelbauer drangsaliert Vera so. Ich glaube, es liegt am Ruf ihrer Familie, und irgendwie ist das doch nicht gerecht. Sie kann ja nichts dafür, dass –"

„*Professor* Winkelbauer", unterbrach ihr Vater sie mit Betonung auf dem akademischen Titel, „bewertet seine Schüler mit Gewissheit nicht nach ihrem Ruf, sondern nach ihrer Leistung. Wenn diese bei deiner Freundin zu wünschen übrig lässt, ist das nicht seine Schuld." Demonstrativ schaufelte er eine große Ladung Haferflocken auf seinen Löffel und führte ihn zum Mund.

„Ja, aber doch nur, weil sie Angst vor ihm hat", widersprach Mira und legte den Löffel nun endgültig auf dem Tisch ab. Die Rosine war mittlerweile versunken. „Wink-, Professor Winkelbauer schüchtert sie völlig ein. Er ist ein richtiger Tyrann."

Ihr Vater klappte im letzten Moment den Mund zu und ließ den Löffel so abrupt sinken, dass nasse Haferflocken in alle Richtungen stoben. „So. Reden. Wir. Nicht. Über. Einen. Beamten. Des. Staates", sagte er abgehackt. „Professor Winkelbauer arbeitet für den Staat und damit zum Wohle aller. Du kritisierst ihn nicht, verstanden?"

In seinem Blick loderte es so wütend, dass Mira ohne zu zögern bejahte.

„Ich will solch rebellisches Gerede unter diesem Dach nie, nie wieder hören. Haben wir uns verstanden?"

Mira nickte. Der Appetit war ihr endgültig vergangen, und selbst nachdem ihr Vater gegangen war, brachte sie keinen Bissen mehr hinunter.

„Miriam, Miriam", seufzte ihre Mutter, als sie schließlich alleine waren. Jedenfalls wenn man Iliona nicht mitzählte, die immer noch Gemüse klein schnitt. „Was soll nur aus dir werden? Du hinterfragst zu viel. Du *denkst* zu viel!"

Sie sagte das, als wäre Denken etwas Schlechtes. Aber nach allem, was Mira gestern erlebt hatte, wusste sie nicht, wie sie jemals aufhören sollte, darüber nachzugrübeln. Sie fühlte mit Ari und seiner Familie. Und mit den Fischerkindern war es wie mit der verbotenen Schrift. Sie wusste um die Gefahr und dass sie sie hätte melden müssen. Sie wusste, dass es ihre Pflicht war, diesem aufrührerischen Treiben Einhalt zu gebieten. Aber etwas hielt sie davon ab. So wie ihre eigene Neugier sie davon abgehalten hatte, das Buch zu ihrem Vater zu bringen, weil sie die Vorstellung nicht ertragen hatte, es könne vernichtet werden. Ihre Neugier war noch nicht befriedigt. Sie wollte mehr über die Fischerkinder herausfinden und über das, was Edmund Porter zu sagen hatte.

Bedeutete das, dass er auch ihre Gedanken bereits vergiftete, sie bereits zum Unrecht verführt hatte? Und musste sie dann nicht erst recht dafür sorgen, dass ...

„Ergeht es Vera wirklich so schlimm?", fragte ihre Mutter, weil Mira beharrlich schwieg und in ihre Haferflockenschale starrte. „Ich war natürlich nicht dabei ... doch dein Vater hat recht, Miriam. Professor Winkelbauer ist ein Staatsbeamter. Er behandelt die Leute nicht nach ihrem Ruf. Und gegen Herrn Petersen hat er gewiss nichts. Immerhin waren sie früher Kollegen."

„Kollegen?" Mira wurde hellhörig. „Veras Vater war Lehrer?"

„Aber natürlich. Er gab Grammatikunterricht, bis ... nun, bis man ihn versetzte."

„Warum haben sie ihn aus dem Schuldienst entlassen?" Dieses Thema war so lange gemieden worden. Nun witterte Mira ihre Chance auf Antworten.

Doch ihre Mutter erhob sich. „Meine Güte, wie die Zeit vergeht, wenn man plaudert. Dabei muss ich längst zur Arbeit. Und du zum Unterricht", setzte sie mahnend hinzu, während sie ein paar Dinge in ihre flache schwarze Tasche steckte.

„Was hat Herr Petersen denn getan?"

„Miriam, manche Fragen stellt man nicht. Das musst du dir merken." Ihre Mutter hielt beim Packen inne und sah ihre einzige Tochter ernst und sorgenvoll an. „Sei vorsichtig mit deiner Neugier. Ich will nicht, dass dir etwas zustößt."

Im Staatsgeschichtsunterricht war Mira mit ihren Gedanken im Inneren des Berges. Sie konnte ihr Gehirn einfach nicht dazu bringen, Zahlen und Fakten zum Aufstieg ihres Staates aufzunehmen, während es vor lauter Nachdenken schon zu zerplatzen drohte. Sie hätte ihrer Mutter heute Morgen alles gestehen können, und ihre Vernunft sagte ihr, dass sie es hätte tun müssen. Dass sie ihre Eltern belog, zeigte nur, wie tief sie bereits in dieser ganzen Sache steckte. Aber vielleicht wenn sie Reue zeigte und dabei half, das Treiben dieser Gruppe zu beenden, käme sie noch ungeschoren davon.

Sie versuchte sogar, einen Brief an ihre Mutter zu schreiben, in dem sie alles zugab. Doch nach wenigen Zeilen zerriss sie ihn in kleine Fetzen. Sie konnte es nicht. Sie konnte die ungestüme Happy und ihren noch ungestümeren Hund, den Jungen aus dem Schatten, die Mädchen und all die anderen nicht verraten und dann so weiterleben, als wäre all das nie geschehen.

Es waren ja noch Kinder, manche von ihnen weit jünger als sie selbst. Und die Vergessenen, die im Inneren des Berges wohnten, hatten vermutlich niemanden außer Edmund und Lia.

Mira fragte sich, wie es so weit gekommen war, dass sie alle im Geheimversteck in Klein-Ararat lebten. Wie konnte es geschehen, dass ein Mensch einfach aufhörte, zu existieren? Wie konnte jemand untertauchen und nicht wiedergefunden werden? Und warum sollte ein Mensch wollen, dass seine Existenz für immer verlosch? Happy war ganz auf sich allein gestellt. Ihre Eltern hatten das Land verlassen – wenn sie Glück gehabt hatten. Vielleicht waren sie auch tot. Selbst wenn sie am Leben waren, konnten sie niemals zu ihrer Tochter zurückkommen, nachdem sie das Land verlassen hatten. Die Ausreise war seit Jahren verboten, die Überschreitung der Grenze galt als Landesverrat.

Mira warf einen verstohlenen Blick zu Vera. Sie hatten bisher keinerlei Gelegenheit gehabt, über ihre Erlebnisse des Vortages zu sprechen, doch das heimlich geteilte Wissen verband sie wie ein unsichtbares Seil. Der kurze Augenkontakt reichte, um Miras Herz in Erinnerung an ihr geheimes Abenteuer davongaloppieren zu lassen. Heftig hämmerte es in ihrer Brust.

Mit einer kaum merklichen Bewegung schob Vera das Blatt, auf dem sie bis eben eifrig mitgeschrieben hatte, in Miras Richtung. Mira beugte sich darüber, scheinbar neugierig auf die Mitschrift ihrer Freundin. Nur dass sich auf dem Papier gar keine Notizen zu Frau Dr. Steinleins Monolog über die Unzurechnungsfähigkeit der Länder, denen ihr Territorium einmal angehört hatte, befanden, sondern eine Zeichnung. Ein flaues Gefühl breitete sich in Miras Bauch aus. Dünne Bleistiftlinien skizzierten drei strahlende Mädchengesichter, die von langem Haar umrahmt wurden. Mira konnte das schimmernde Blond trotz der Farblosigkeit der Zeichnung beinahe sehen. Eloises weiser Blick, Stellas nachdenkliche Augen und Lunas freche Stupsnase.

Mira streckte die Hand aus, um das Bild zu berühren, was deshalb gut war, weil in diesem Moment Frau Dr. Steinlein zu ihnen trat und Mira es gerade noch schaffte, die Zeichnung unter ihrem Block verschwinden zu lassen. In der gleichen Bewegung griff sie nach ihrem Stift und notierte sich wahllos das erste Wort, das sie aufschnappte: „Unabhängigkeit".

„Nur die vollkommene Loslösung von allen Bündnissen", erklärte Frau Dr. Steinlein gewichtig, „kann uns die solche garantieren. Der Frieden, in dem wir seit nunmehr über hundert Jahren leben –"

Sie hielt inne und musterte Mira, die zögerlich ihre Hand erhoben hatte. „Frau Robins?" Es missfiel ihr sichtlich, unterbrochen zu werden. Weil es sich jedoch um Mira handelte und deren Vater einer der wichtigsten Staatsbeamten von ganz Leonardsburg war, nickte sie ihr auffordernd zu.

„Sie erwähnten eben die Unabhängigkeit, welche die Bündnislosigkeit unserem Land gebracht hat", sagte Mira schnell, ehe der Mut sie verlassen konnte. „Ich habe mich gefragt, wie man diesen Begriff definieren könnte und ob er in etwa das Gleiche bedeutet wie Freiheit."

„Freiheit." Frau Dr. Steinlein runzelte die Stirn, sodass ihr fast die Brille von der Nase rutschte. „Das scheint mir ein recht archaisches Wort mit einer ... ein wenig negativeren Konnotation." Sie nickte zu ihren eigenen Worten. „Wenn es auch im Grunde etwas Ähnliches bedeutet wie Unabhängigkeit. Was nun diese angeht: Sie beschreibt wohl in erster Linie die Losgelöstheit unserer Nation von äußeren Einflüssen. Kein Bündnis und keine finanziellen Belange können uns zu Handlungen zwingen oder in einen Krieg verwickeln, wenn nicht wir selbst es so wollen."

„Also würden Sie sagen, Unabhängigkeit umfasst Handlungsfreiheit?", fragte Mira.

„Aber ja", bestätigte Frau Dr. Steinlein nickend. Sie schien mit dem Verständnis ihrer Schülerin äußerst zufrieden.

Mira notierte sich „Handlungsfreiheit" unter das Wort „Unabhängigkeit" und starrte nachdenklich darauf, während Frau Dr. Steinlein ihren Vortrag fortsetzte. Ihre Definition hatte einleuchtend geklungen, nur ein Gedanke ließ Mira keine Ruhe: Frau Dr. Steinlein hatte nicht erwähnt, dass diese Freiheit, eigene Entscheidungen zu treffen und unbeeinflusst zu handeln, auch für den Einzelnen galt.

Winkelbauer kam die ganze Woche lang nicht auf das Referat zu sprechen, und Vera hütete sich davor, ihn daran zu erinnern. Mira, die um die Wut wusste, die in Vera kochte, seit sie die Umstände gesehen hatten, unter denen die Leute in den Armenvierteln lebten und arbeiteten, war dankbar dafür. Vera über die Feldarbeit sprechen zu lassen wäre schlimmer, als Öl in loderndes Feuer zu gießen.

Auch im Laufe des Wochenendes kühlte ihr Zorn über die Ungerechtigkeit nicht ab, und sie kannte kaum mehr ein anderes Thema. Dabei war es ohnehin schwierig, auch nur einen einzigen unbelauschten Moment zu finden, an dem sie darüber entscheiden konnten, ob sie ein weiteres Mal zum Treffen im Inneren des Berges gehen wollten oder nicht. Vor allem, weil Filip das ganze Wochenende zu Hause war und sie sich die meiste Zeit pflichtbewusst über ihre Schulbücher beugen mussten.

Als sie am Montag nach dem Unterricht zu „Porters Höhle" gingen, war Mira noch immer nicht sicher, was stärker war: ihre Neugier oder ihre Vernunft, die ihr sagte, dass sie sich von der Buchhandlung, und vor allem vom Berg außerhalb der Stadt, fernhalten musste.

„Wir können uns wenigstens den Zettel holen", redete sie Vera und ein bisschen auch sich selbst gut zu. „Deshalb müssen wir ja noch lange nicht hingehen." Im Gegenteil: Tag und Zeit zu wissen ließ doch alle Optionen offen, sogar die, diese wichtigen Informationen an ihren Vater weiterzugeben und der Versuchung, zu einem dieser Treffen zu gehen, damit ein für alle Mal ein Ende zu bereiten.

Vera sagte sie von diesen Überlegungen natürlich kein Wort. Ihre Freundin war ohnehin mit einer neuerlichen flammenden Rede über die Zustände in den Außenvierteln beschäftigt.

„Das können sie einfach nicht machen", schimpfte sie und dämpfte die Stimme nur, als sie an der Wachfrau vorbeiging, die vor der Tür von „Porters Höhle“ stand. Der Laden war an diesem Nachmittag gut besucht, obwohl er erst seit einer knappen Stunde geöffnet hatte. Zwei ältere Damen stöberten durch die Reihen, ein hübsches Mädchen mit kurzen, schwarzen Locken lehnte an einem Regal und las, während sie Ben Porter, der heute anstelle seines Vaters hinter dem Tresen stand, unauffällig im Auge behielt.

Mira zerrte Vera geradewegs zu einem Regal und nahm zielstrebig ein Buch heraus, das sie schon mehrmals gelesen hatte.

„Hier.“ Sie drückte es ihrer Freundin in die Hand, als hätten sie die ganze Zeit von nichts anderem als diesem Buch gesprochen. „Es ist wirklich gut.“

Vera nickte pflichtschuldig und starrte auf den rauen Einband. „Wir sind alle mit schuldig, wenn wir nichts dagegen unternehmen“, erzählte sie an das Buch gewandt. „Alle. Nicht nur Othmar, weil er diese Leute versklavt. Auch wir, weil wir ihn machen lassen und sie nicht befreien.“

„Was sollen wir denn tun?“, flüsterte Mira. Sie war auf der Hut, obwohl sie sich im Inneren von „Porters Höhle“ relativ sicher glaubte. Die beiden Frauen auf der gegenüberliegenden Raumseite waren ganz in ein leises Gespräch vertieft, und so wie die Dunkelhaarige Ben beäugte, musste sie Bescheid wissen. Sie tat ausgesprochen geheimnistuerisch und beugte sich jedes Mal eiligst über ihr Buch, wenn jemand in ihre Richtung sah.

„Wollen wir das Buch mitnehmen?“, fragte Mira, als hätte sie Veras Ausführungen gar nicht bemerkt.

„Na, von mir aus. Lassen wir uns den Zettel geben. Aber mir platzt der Kragen, wenn ich daran denke, dass –“

Sie verstummte, als sie Ben Porters finsterem Blick begegnete und fast zeitgleich Miras Ellbogen in die Seite gestoßen bekam. Auch sie hatte bemerkt, dass Ben sie beobachtete, und das nicht gerade wohlwollend. Doch genau genommen war das nichts Neues. Er schien ihnen immer noch gründlich zu misstrauen. Und mit einem Wachposten direkt vor der Tür konnte Mira es ihm nicht einmal übel nehmen, auch wenn die Wachfrau reichlich gelangweilt wirkte und keine Anstalten machte, das Geschäft zu betreten. Wahrscheinlich war das Überwachen einer Buchhandlung, egal wie verrufen die alten Geschichten waren, keine besonders hochrangige Aufgabe und nichts, womit man sich einen Orden verdiente. Und was wirklich in „Porters Höhle" vorging, schien niemand zu ahnen. Jedenfalls hoffte Mira das.

„Hör zu", sagte Mira bedeutend leiser. „Ich habe noch ein paar Rationskarten von meinem Vater. Wir könnten etwas Brot besorgen und es auf dem Weg zum Klippenberg jemandem in den Armenvierteln geben."

Vera sagte nichts, doch der Vorschlag schien sie zu besänftigen. Widerstandslos ließ sie sich von Mira zum Tresen ziehen, wo Ben ihnen das Buch abnahm.

Es war zu schade, dass heute nur er und nicht Edmund Porter selbst die Geschäfte im Buchladen abwickelte. Er zeigte nicht die Spur eines Lächelns, während er das Buch entgegennahm und es ins Hinterzimmer brachte, um es in die Listen seines Vaters einzutragen. Mira fragte sich, warum sie ihm bisher niemals begegnet war. Aber, überlegte sie verdrießlich, wahrscheinlich ließ Edmund Porter ihn nur selten die Arbeit im Buchladen übernehmen. Wenn Ben gegenüber jedem so misstrauisch war, würde er ihm bestimmt nur die Kundschaft vergraulen.

Direkt hinter ihnen hatte die Dunkelhaarige ihr Buch zugeklappt und beobachtete Mira und Vera, die auf Ben warteten. Mira vermutete, dass auch sie so schnell wie möglich den Zettel mit Tag und Uhrzeit des nächsten Treffens bekommen und dann wieder verschwinden wollte.

Sie lächelte, als Ben endlich zurückkam.

„Danke." Mira nahm das Buch entgegen und schob Ben eine Sonderrationskarte über den Tresen. „Dann sehen wir uns ..." Sie klopfte auf das Buchcover, hinter dem sich vermutlich der gleiche kleine Zettel wie vor einer Woche befand, „... na ja, bald. Wir treffen uns dieses Mal direkt an der Hütte, oder?"

Ben hätte sie wahrscheinlich mit seinem Blick erdolcht, wenn nicht etwas anderes seine Aufmerksamkeit gefordert hätte. Die dunkelhaarige Schönheit knallte ihr Buch auf den Tresen links neben ihnen und verließ den Laden. Die Tür fiel unter lautem Gebimmel hinter ihr ins Schloss. Die Wachfrau sah ihr mit mäßigem Interesse nach.

„Was in aller Welt ist denn in die ...", setzte Vera an, doch Bens Blick brachte sie zum Verstummen.

„Wollt ihr es vielleicht gleich noch der Wachfrau vor der Tür erzählen? Oder deinem Vater?" Er deutete mit dem Kinn auf Mira. „Ihn könnte es auch interessieren, nehme ich an."

„Ich dachte ... ich dachte, sie wäre ein Fischerkind", wisperte Mira. „Es tut mir leid. Ich wollte doch nicht ..." Aber das entsprach nicht der Wahrheit. Die ganze Woche schon dachte sie darüber nach, ob sie nicht im Grunde verpflichtet war, ihrem Vater von den Fischerkindern und ihren Machenschaften zu erzählen.

Ben gab ein ziemlich spöttisches Lachen von sich. „Das dürfte dir dann eine Lehre sein", meinte er eisig. „Nein, sie ist keine von uns. Allerdings glaube ich nicht, dass sie eine Gefahr für uns ist. Sie ist früher mit mir zum Unterricht gegangen."

Mira schluckte. „Ich war so sicher, dass sie dazugehört. Sie hat dich so verschwörerisch angesehen und ..."

Zu ihrer Überraschung verfärbten sich Bens Wangen feuerrot, und er hatte es plötzlich sehr eilig, das Buch entgegenzunehmen, das eine der älteren Damen ihm reichte.

„Das musst du dir eingebildet haben", wimmelte er nur noch ganz nebenbei Mira ab. „Sie ist eine ehemalige Mitschülerin, wie gesagt. Da gibt es nichts Verschwörerisches oder Geheimes zu beobachten."

An diesem Abend war Miras Vater ausgezeichneter Laune. Er hatte die Rationskarten für den kommenden Monat bekommen, einer seiner Kollegen hatte ihn unter der Hand um einen Rat gebeten, und sie standen kurz davor, einen wichtigen Fall von illegalem Lebensmittelhandel aufzudecken. Das alles erzählte er sehr zufrieden am Abendbrottisch.

„Die Unterschlagung von Lebensmitteln und anderen Gütern sollte schlichtweg härter bestraft werden. Der Meinung bin ich schon lange. Dann gäbe es in null Komma nichts keinen Schwarzhandel mehr. Solche Leute ruinieren unsere Wirtschaft. Wir versuchen, ein funktionierendes System aufzubauen, in dem jeder das hat, was er zum Leben braucht." Er schob seinen leeren Teller von sich und verschränkte die Arme vor der Brust. „Aber das kann nur gelingen, wenn alle am gleichen Strang ziehen."

Mira steckte sich den letzten Bissen in den Mund und tat es ihrem Vater gleich. „Glaubst du, die Lebensmittel würden für alle reichen, wenn der Schwarzmarkt nicht wäre?"

Gerald Robins nickte grimmig. „Aber ja. Wir haben eine gute, gesunde Wirtschaft. Aber wer weiß, wie viele Tonnen Lebensmittel uns jährlich durch solche Veruntreuung abhandenkommen!"

Mira dachte an all die Menschen in den Außenvierteln, die so arm waren, dass sie sich nicht einmal richtiges Brot leisten konnten. Sie konnte sich beim besten Willen nicht vorstellen, dass das Ende des Schwarzmarktes dieses Problem für immer beheben würde. Doch mit ihrem Vater wollte sie sich nicht anlegen – zumal sie ihm ja gar nicht erklären konnte, woher sie so genau über die Zustände in den Armenvierteln Bescheid wusste. „Aber warum tut jemand so etwas?“, fragte sie stattdessen.

„Aus Eigennutz“, entgegnete ihr Vater. „Miriam, nicht alle Menschen erkennen, wie gut sie es haben und was alles unser Staat für sie tut. Sie sind undankbar. Sie treten unsere Gesetze mit Füßen, indem sie sich bereichern, zu widerständischen Gruppen zusammenschließen oder offen rebellieren.“

„Ich kann mir nicht vorstellen, was das für Menschen sein müssen“, sagte Miras Mutter. „Die nur an ihr eigenes Wohl denken und nicht an das des Staates und ihrer Mitbürger. Wir sind doch ein Land, ein Volk!“

Mira fühlte sich mit einem Mal, als hätte sie einen Knoten in ihren Eingeweiden. Sie bereute es, so viel gegessen zu haben. Rastlos rutschte sie auf ihrem Stuhl herum und glaubte fast, den kleinen Zettel in ihrer Hosentasche knistern zu hören.

„Vielleicht ist ihnen gar nicht bewusst, dass sie anderen damit schaden.“ Die Blicke ihrer Eltern richteten sich auf sie. „Ich meine ... sie wollen vielleicht gar nichts Böses tun.“

„Dann frage ich mich, warum sie das Gesetz brechen sollten“, erwiderte ihr Vater. „Was denken sie denn, wozu Regeln da sind? Doch nur zum Schutz des Einzelnen und zum Wohle der Allgemeinheit. Nimm nur einmal die Ausgangssperre. Dank ihr ist die Kriminalitätsrate rapide gesunken, und die Überwachung in den Städten ist viel einfacher geworden.“ Er nickte zu seinen eigenen Worten. „Jemand, der das weiß, sollte keinerlei Anlass haben, diese Regel zu brechen, nicht wahr?“

Mira dachte daran, wie sie und Vera durch die nächtlichen Straßen zu „Porters Höhle“ geschlichen waren und wie Filip sie beinahe erwischt hätte. Langsam schüttelte sie den Kopf.

„Nein.“ Ihr Vater schlug mit der flachen Hand auf die Tischfläche. „Wer die Gesetze kennt und sie dennoch bricht, der ist eine Gefahr für unser Land. Wir können nicht dulden, dass diese

Leute zerstören, was unser König und die Präsidenten vor ihm so mühsam aufgebaut haben."

Ganz benommen von dieser flammenden Rede, nickte Mira. Nichts davon war neu für sie. Sie kannte die Überzeugungen ihres Vaters und teilte sie. Schon von klein auf. Er war der rechtschaffenste Mensch, den sie kannte. Sein Pflichtbewusstsein und Engagement hatten keine Grenzen. Jeder bewunderte und fürchtete ihn. Niemand wollte ihn zum Feind haben.

Auch Mira nicht. Er war ihr Vater. Das hier war ihr Land, genauso wie seines. Was dachte sie sich nur dabei, ihn so zu hintergehen?

Das Papier raschelte, als sie es aus der Hosentasche zog. „Ich muss –", setzte sie an, doch das Schrillen der Türglocke verhinderte, dass sie den Satz beendete.

„Meine Güte, es ist Abendbrotzeit", murrte Gerald Robins. „Iliona, geh und schau nach, wer es ist. Wenn es nichts Wichtiges ist, sollen sie später wiederkommen."

Doch es schien wichtig zu sein, denn kaum eine Minute später kam Iliona mit einem Wachmann zurück, der heftig um Atem rang. „Herr Robins, erstatte Meldung aus dem Justizministerium. Ein Verdächtiger wurde an einem der Tore aufgegriffen. Die Wachen vor Ort lassen anfragen, wie mit ihm zu verfahren ist."

Miras Vater erhob sich. „Wie soll schon zu verfahren sein?", blaffte er. Seine Stimme – eben noch familiär und vertraulich – hatte einen barschen Klang angenommen. „Stellt euch nicht an, als hättet ihr es noch nie mit einem Verdächtigen zu tun gehabt. Einsperren. Keine Nahrung, kein Schlaf, bis er gesteht. Und die Familie überwachen."

„Sicher, Herr Robins, selbstverständlich." Der Wachmann verschluckte sich fast, so schnell würgte er die Worte heraus. „Wir dachten nur, nachdem Sie vorhin angeordnet haben, jeder Schwarzmarkthändler –"

„Warum sagen Sie das nicht gleich?“ Miras Vater griff nach seinem Jackett, das er während des Essens an der Stuhllehne aufgehängt hatte. „Verdacht auf Landesverrat also. Da sieht die Sache schon ganz anders aus. Ich komme mit.“ Mira schloss die Faust fest um das Zettelchen in ihrer Hand. „Was habt ihr mit ihm vor?“

Ihre Mutter schüttelte kaum merklich den Kopf, doch Gerald Robins war zu beschäftigt damit, sein Jackett zuzuknöpfen, um es zu bemerken. „Sollte es sich um einen Landesverräter mit Verbindung zum Schwarzmarkt handeln, hat er Komplizen und Hintermänner. In einem solchen Fall brauchen wir ein schnelles Geständnis.“

„Und das bekommt ihr wie?“, fragte Mira, und ihre Stimme klang ein wenig zu schrill in ihren eigenen Ohren.

„Mach deine Hausaufgaben. Ich frage dich ab, wenn ich zurückkomme.“ Ihr Vater folgte dem gehetzt aussehenden Wachmann durch die Tür.

Miras Muskeln fühlten sich bleischwer an. Sie saß auf ihrem Platz und vermochte einige Sekunden nicht, sich zu rühren.

Ben hatte recht gehabt. Sie war eine Gefahr für die Fischerkinder. Erst jetzt wurden ihr die weitreichenden Folgen ihres Handelns bewusst: Dem Staat wäre es gleichgültig, dass es sich bei den meisten dieser Rebellen um Minderjährige handelte. Die Fischerkinder hatten sich gegen den Staat verschworen, und derartige Aufstände wurden mit harter Hand niedergeschlagen.

Und dabei war das Letzte, was Mira wollte, dass einem von ihnen etwas zustieß. Nicht diesen Kindern, die niemanden mehr hatten. Auch nicht Happy, die sich an die verzweifelte Hoffnung klammerte, ihre Familie eines Tages wiederzusehen, und nicht dem gutmütigen, nach süßem Pfeifentabak riechenden Edmund und dem Jungen aus dem Schatten, die die einzigen Menschen waren, die ihre Liebe zu Büchern teilten.

Wie könnte Mira sie verraten und danach je wieder in den Spiegel sehen? Die Augen einer Verräterin hatte sie an jenem Morgen nach dem Lesen von Edmund Porters verbotener Schrift in ihrem Gesicht entdeckt. Aber sie war keine Verräterin gewesen – nicht wirklich. Es war ja nur ein Buch gewesen. Und die Treffen in Klein-Ararat – was geschah dort schon Schlimmes? Die Fischerkinder sangen und lachten und redeten über ungeheure Dinge. Aber niemand kam zu Schaden. Selbst wenn Mira noch hundertmal dorthin ginge, tat es niemandem weh. Doch wenn sie die Fischerkinder verriet, dann wurde sie schuldig. Schuldig an all den grässlichen Dingen, die ihr eigener Vater und seine Kollegen ihnen antun würden. Vielleicht schuldig an ihrem Tod.

Was überlegte sie eigentlich noch? Mira schob den Zettel behutsam in ihre Hosentasche zurück. Lieber wollte sie eine Verräterin an ihrem eigenen Land sein als an diesen Menschen.

Kapitel 8

Der Schleuser

„Dienstag, 18:30 Uhr“, stand auf dem Zettel, den Ben in ihrem geliehenen Buch hinterlassen hatte. Mira war noch immer nicht sicher, ob sie den Mut besaß, ein weiteres Mal zu einem Treffen der Fischerkinder zu gehen. Nur eines wusste sie mittlerweile mit Sicherheit: Sie zu verraten kam nicht infrage. Sie konnte es nicht, wollte es nicht und würde es nicht tun.

Diese neue Welt und ihre andersartigen Geschichten faszinierten sie so sehr, wie sie sie befremdeten. Mira wollte immer noch mehr wissen – über Jesus von Nazareth und seine Freunde. Und über den Gott, über den Edmund Porter gesprochen hatte. Und über die Fischerkinder. Woher nahm Happy ihre sture Hoffnung? Wie kam es, dass Kinder wie die drei Mädchen und der kleine Paul zu Vergessenen geworden waren? Und wer war der Junge im Schatten, der Junge mit dem Buch?

Außer in „Porters Höhle“ hatte Mira noch nie jemanden lesen sehen. Bücher galten als anstößig und gefährlich. Ihren Eltern wäre es ganz gewiss nie in den Sinn gekommen, zu lesen. Ja, selbst Vera, bei der weder Familie noch Auftreten, ja nicht einmal ihr Haarschnitt den Erwartungen entsprach, tat es nicht. Aber Mira schon. Sie konnte sich ein Leben ohne die abenteuerlichen Geschichten aus anderen Zeiten, anderen Welten nicht vorstellen.

Vielleicht musste sie all das, was sie hier erlebte, wie eine dieser Erzählungen betrachten. Es war immerhin nicht das erste Mal, dass sie etwas tat, das ihren Eltern missfiel. Jedes Buch, das sie gelesen hatte, hatten sie ungerne in den Händen ihrer Tochter gesehen. Das hier war nur eine weitere Geschichte. Ihre eigene. Ein Abenteuerroman, viel wirklicher, viel spannender als alle, die sie bisher gelesen hatte. Sie wusste, dass es nicht richtig war, aber wie es ihr so oft bei Büchern erging: Sie musste einfach umblättern und erfahren, wie es weiterging.

Allerdings war es dieses Mal weitaus schwieriger, eine gute Ausrede zu finden, das Abendessen ausfallen zu lassen und um eine solche Zeit das Haus zu verlassen. Mira bereitete ihr Vorhaben sehr gründlich vor, und als sie am Abendbrottisch schließlich verkündete, eine wichtige Hausaufgabe bei Vera gelassen zu haben, klang es vor allem deshalb so glaubwürdig, weil es der Wahrheit entsprach. Sie hatte den Aufsatz samt Heft eigenhändig auf dem Esstisch der Familie Petersen zurückgelassen.

„Und das fällt dir jetzt ein", raunzte ihr Vater, der schlechte Laune bekam, wenn er auf sein Essen warten musste. „Bis du wiederkommst, wird die Suppe kalt und ich verhungert sein."

„Aber es ist wichtig", erklärte Mira reichlich jämmerlich. „Wir haben den Aufsatz noch nicht einmal zu Ende geschrieben, und Vera kann sich in Staatswirtschaft keine schlechte Note mehr leisten."

„Seit wann sind ihre Zensuren dein Problem?", fragte ihr Vater ungehalten. Der Duft der heißen Suppe waberte unter dem gläsernen Topfdeckel hervor und ließ selbst Mira das Wasser im Munde zusammenlaufen. Der Magen ihres Vaters knurrte vernehmlich.

„Iliona kann die Suppe ja noch einmal aufwärmen, wenn sie wiederkommt", wandte Rose Robins ein.

Aber Mira schüttelte den Kopf. „Nein. Sie braucht sich meinetwegen wirklich keine Umstände zu –"

„Miriam, wer redet denn von Umständen? Wir bezahlen sie immerhin dafür!"

„Ich bekomme bestimmt bei Vera ein Stückchen Brot. Wir schreiben unseren Aufsatz zu Ende, und vor Anbruch der Sperrstunde bin ich wieder da."

„Das will ich dir auch geraten haben." Gerald Robins griff nach seinem Teller und schob ihn energisch zum Suppentopf. „Dann geh schon. Und lass nur ja niemanden wissen, dass ausgerechnet meine Tochter ein Hirn wie ein Sieb hat."

„Ich kann nicht glauben, dass wir noch einmal hingehen." Vera hatte die Stimme zu einem Raunen gesenkt, obwohl sie die einzigen Kunden im Lebensmittelgeschäft waren. Die Verkäuferin war im Lager verschwunden, um geräucherten Schinken für sie zu holen, und ein Junge, der nicht älter als Mira und Vera sein konnte, räumte geräuschvoll Dosen und Flaschen in die schlecht gefüllten Regale neben der Tür.

„Ich meine, du hast sie doch gehört!", fuhr Vera gedämpft fort. „Das ganze Gerede von diesem Gott und davon, dass er sein Volk aus der Sklaverei befreit hat ..."

„Gerade das hat mir eigentlich ganz gut gefallen." Mira glättete die Rationskarten in ihren Händen. „Denk nur an die Arbeiter auf den Feldern, an die Leute draußen in den Armenvierteln. Die könnten auch jemanden gebrauchen, der sie befreit. Immerhin können wir ihnen auf dem Weg ein bisschen Essen mitbringen. Was übrigens", fügte sie hinzu, „genauso wenig erlaubt ist wie das Treffen."

Dem hatte Vera nichts entgegenzusetzen. Natürlich, sie wollte den Menschen in den Außenvierteln helfen, ganz gleich, ob es verboten war. Die Ungerechtigkeit brach ihr das Herz.

Die Verkäuferin, eine hagere Frau mit gelbstichiger Schürze, kehrte mit dem Schinken zurück. Mira schob ihr die Rationskarten über den Tresen und verbat sich, daran zu denken, dass ein Laib Brot und ein paar Scheiben geräucherter Schinken nicht mehr als ein Tropfen auf den heißen Stein waren. Sie würden dafür sorgen, dass eine Familie heute Abend nicht hungrig zu Bett gehen musste. Eine von hunderten. Aber immerhin eine mehr, als wenn sie es nicht täten. Daran versuchte Mira sich zu klammern.

Vielleicht, wenn sie mit der Ausbildung fertig war ... wenn ihre Noten weiterhin so gut waren wie bisher, dann könnte sie es im Staatsdienst zu etwas bringen. Nicht zur Justizstaatsbeamtin, wie ihr Vater das gerne hätte, sondern vielleicht zu einer Position in der Verwaltung. Dann könnte sie wirklich etwas gegen die Ungerechtigkeit unternehmen, wirklich etwas bewirken. Aber bis dahin blieben ihr nur der Laib Brot und der Schinken.

„Die Identifikationsnummer." Die ungeduldige Stimme der Verkäuferin riss Mira aus ihren Gedanken. Hastig hielt sie ihren linken Arm unter den silbernen Metallscanner. Das Armband, das sie seit ihrer Einschulung trug und das sie als registrierte, vollwertige, handelsfähige Bürgerin auswies, reflektierte den blauen Lichtstrahl, und mit einem Piepsen war das Scangerät zufriedengestellt.

Mira hatte nie weiter darüber nachgedacht, warum eigentlich sie sich ausweisen musste, um Lebensmittel zu kaufen. Nun aber kam sie ins Nachdenken. Der Kauf von Nahrungsmitteln wurde dazu zum Privileg registrierter Bürger. Und ein Privileg setzte immer voraus, dass es Menschen gab, denen dieses vorenthalten blieb. Die Menschen in den Armenvierteln ... hatten sie Ausweisbänder?

„Komm schon!" Vera stand bereits an der Tür und hielt sie ihr auf. Mira drückte die Papiertüte mit Brot und Schinken an sich und beeilte sich, ihr zu folgen.

Sie sprachen kein Wort, bis sie die Stadtmauer erreichten, welche die Innenstadt einschloss und von der zwielichtigen Gegend der Armenviertel abschirmte. So hatte man es ihnen jedenfalls beigebracht.

„Eigentlich", keuchte Vera hinter ihr, „ist dieses Monstrum von einer Mauer gar nicht dazu da, uns zu beschützen. Sie wollen ja nur nicht, dass wir sehen, wie es dort draußen zugeht."

„Das alles macht dich wirklich wütend, was?“

„Wütend? Fuchsteufelswild macht es mich, das kann ich dir sagen.“

„Immerhin einen kleinen Beitrag können wir leisten.“ Mira drückte die Papiertüte aus dem Lebensmittelladen fester an sich.

„Stehen bleiben, im Namen der Verfassung!“

Erschrocken ließen sie ihre hastigen Schritte austraben und hielten inne. Sie hatten das Tor zu den Armenvierteln zur Hälfte durchquert, und Mira hatte schon fast geglaubt, dass man sie dieses Mal passieren lassen würde.

Heute war es eine Wachfrau, die sie aufhielt. Unter der Uniform konnte man die weibliche Figur kaum erkennen, doch ihre Züge waren eindeutig feminin: schmale Brauen, hohe Wangenknochen und geschwungene Lippen, die sich jetzt zu einem strengen Strich verzogen.

„Wo soll es hingehen, wenn ich fragen darf?“ Sie ließ den Blick misstrauisch über Mira und die Tüte in ihren Armen wandern. Mira wäre der leicht nervöse junge Wachmann von vergangener Woche deutlich lieber gewesen. Obwohl sogar schon in der Schule dafür geworben wurde, entschieden sich nach wie vor reichlich wenige Frauen für eine Karriere als Wachposten. Und diejenigen, die es taten, waren besonders ehrgeizig und erpicht darauf, zu beweisen, dass sie mit ihren männlichen Kollegen mithalten konnten.

„Ähm ...“, machte Vera, und die ungewohnte Hitzigkeit war verschwunden. „Jemanden besuchen?“, versuchte sie es kläglich.

„Othmar. Auf den Feldern.“ Wie immer war es Mira, die Ruhe behielt. Sie hatte schon am Vortag beschlossen, dass sie es wieder mit der gleichen Geschichte probieren würde, sollte man sie aufhalten. „Wir bereiten ein Referat für Herrn Professor Winkelbauer vor und wollten aus Recherchegründen –“

„Das könnte euch so passen", fiel die Frau ihr ins Wort. Im Gegensatz zu den Lehrern und den meisten anderen Leuten schienen Miras wohlgewählte Worte auf sie wenig Einfluss zu haben. „Ihr seht zu, dass ihr nach Hause kommt, und zwar subito."

„Aber –", begehrte Mira auf, die es nicht gewohnt war, so barsch abgewiesen zu werden, doch die Wachfrau ließ ihr gar keine Gelegenheit für Widerworte. „Ihr verschwindet, oder ich bringe euch auf die Wache. Eure Eltern können dann das Bußgeld für Widerstand gegen die staatliche Gewalt bezahlen."

Mira hätte es vielleicht darauf ankommen lassen, aber auf Vera machte diese Drohung gewaltigen Eindruck. Sie zerrte Mira regelrecht am Ärmel vom Tor weg. „Mein Bruder ist ein Wachmann. Ich darf mir nichts zuschulden kommen lassen!"

„So einfach können wir uns ja wohl nicht geschlagen geben", schimpfte Mira den ganzen Weg an der Stadtmauer entlang. „Die hat doch gar nichts gegen uns in der Hand." Wütend riss sie sich von Vera los und blieb stehen. Sie waren ein ganzes Stückchen gelaufen, und Mira bezweifelte, dass die unfreundliche Wachfrau sie hier noch hören konnte. „Wir müssen auf die andere Seite dieser verflixten Mauer!"

Vera machte den Mund auf, um etwas zu sagen, klappte ihn aber hastig wieder zu, als eine andere Stimme sich zu Wort meldete. Eine hohe, verschmitzte Stimme, die von irgendwo unten erklang.

„Soll ich euch über die Mauer helfen?"

Mira suchte mit den Augen die Mauer ab, aus deren Richtung die Worte gekommen waren. Ihr Blick fiel auf ein kleines, schmutziges Jungengesicht, das durch ein Gitter in Kniehöhe zu ihnen hindurchlugte.

„Ari!" Vera ließ sich augenblicklich in die Hocke vor dem vergitterten Loch in der Mauer sinken. „Was machst du denn hier?"

„Na, euch helfen", erwiderte Ari. „Wenn ihr wollt."

„Meinst du, du kannst das Gitter öffnen?“, fragte Mira aufgeregt, doch Ari schüttelte den Kopf, sodass die schmutzstarren Locken nur so wippten. „Ich weiß etwas Besseres.“

Ehe sie ein Wort sagen konnten, war er verschwunden. Vera saß noch immer in der Hocke und sah verdutzt zu Mira auf.

„Ari?“, rief Mira leise, bekam aber keine Antwort. Jedenfalls keine verbale. Kaum eine Sekunde später jedoch fiel das Ende eines dicken Seils über die steinerne Mauer.

„Was ...“, hauchte Vera, doch Mira verlor keine Zeit. Sie schob die Tüte durch das Gitter in der Mauer, ergriff das Seil mit beiden Händen und zog sich daran hoch. Mit den Füßen stützte sie sich am groben Stein der Stadtmauer ab und arbeitete sich Zentimeter um Zentimeter zu deren oberem Rand vor. Knoten in regelmäßigen Abständen machten ihr das Klettern leichter.

Als sie oben ankam, war ihr der Schweiß ausgebrochen, durchtränkte ihre Bluse und lief an ihrem Hals hinab. Die kühle Abendluft und der über den Hausdächern wehende Wind waren wohltuend, und Mira hielt einen Moment inne.

Der Ausblick von hier oben war fantastisch. Die Innenstadt wirkte sauber und aufgeräumt. Kaum Menschen befanden sich auf der Straße, und hinter einigen Fenstern brannte trotz der letzten Sonnenstrahlen schon Licht. In den Armenvierteln jenseits der Mauer herrschte reges Treiben. Menschen tummelten sich in den schmalen Straßen, streunende Hunde und Katzen mischten sich unter Gruppen von spielenden Kindern oder wühlten sich durch die Mülltonnen vor den vielstöckigen Häusern.

„Komm schon, Mira!“, drängte Vera mit vor Panik erstickter Stimme. Sie hatte das Seil ergriffen und wartete darauf, dass Mira sich über die Mauer schwang. Mira warf einen Blick zu Ari, der das andere Ende des Seils um einen dicken Baumstamm geschlungen hatte und erwartungsvoll zu ihr nach oben sah, und tat dann wie ihr geheißen. Den letzten Meter sprang sie und landete neben Ari im Gras.

„Du bist mutig", sagte Ari grinsend. „Oder dumm. Da oben hängen zu bleiben, wo jeder dich sehen kann."

Mira lächelte den Jungen an und bestaunte den kunstvollen Knoten, der das Seil am Baum hielt. „Und du bist ein kleines Genie", sagte sie. „Woher kannst du das alles?"

„Ich will Schleuser werden", erwiderte Ari.

„Was ist das?" Mira sah sich zu Vera um, die weniger sanft neben ihnen auf dem Boden landete. Sie war ganz rot im Gesicht und rieb sich mit schmerzerfülltem Stöhnen die Hände.

„Alles klar?", fragte Mira, während Ari das Seil zu lösen und wieder aufzuwickeln begann. Vera nickte und rang stumm nach Luft. Trotzdem schien sie in Ordnung zu sein.

„Was ist das also nun?", wandte Mira sich wieder an Ari. „Ein Schleuser?"

„Jemand, der Leute über die Landesgrenze schleust natürlich."

Mira riss den Mund auf. „Aber die Ausreise ist verboten!" Mit klammem Gefühl dachte sie an Happys Familie, auf die man an der Grenze geschossen hatte, um sie daran zu hindern, das Land zu verlassen.

Aber Ari lachte nur. „Deswegen braucht man ja einen Schleuser." Er zuckte die Schultern und hängte sich den aufgerollten Strick über den linken Arm. Es war ganz schön viel Seil für einen so kleinen Kerl wie Ari, doch er strauchelte nicht einmal, während er sich in Bewegung setzte und gleichzeitig fortfuhr: „Damit man eben nicht entdeckt wird. Aber keine Sorge: Hier ist es nicht ganz so gefährlich."

„Verwenden die Schleuser an den Grenzen auch Seile?" Mira war neugierig geworden.

„Natürlich nicht! Sie lassen dich in Körben über die Mauer, graben Tunnel oder schmuggeln dich auf ein Schiff."

„Was für Schiffe sollen das sein? Wir haben nichts zu exportieren und der Import von Waren –"

„Kriegsschiffe", sagte Ari gleichmütig. „Sie verteidigen die Landesgrenzen von der Seeseite her."

„Aber –", setzte Mira an und wollte an den Frieden erinnern, der seit über einem Jahrhundert in ihrem Land herrschte, aber Vera war schneller.

„Meinst du, Carl Auttenberg könnte auf diesem Weg das Land verlassen haben?", fragte sie leise.

Mira sah ihre Freundin verständnislos an, doch die zuckte die Schultern. „Der Sohn des Königs. Ich meine, na ja ... er ist immerhin wie vom Erdboden verschluckt."

Nachdem sie sich diese Überlegung kurz durch den Kopf hatte gehen lassen und sich mit dem Gedanken angefreundet hatte, dass es tatsächlich Schleuser gab, die Menschen über die Landesgrenze schmuggelten, nickte Mira. „Schon möglich", überlegte sie laut. „Man hat die Leiche nie gefunden. Aber dass sein eigener Vater ihn hat hinrichten lassen – das kann ich mir auch vorstellen."

„Mira!", keuchte Vera entsetzt, tadelte sie jedoch nicht, weil Ari nur über ihre Worte lachte.

„Wenn ihr irgendwann mal wieder einen Schleuser braucht, dann pfeift einfach." Er steckte zwei Finger in den Mund und ließ einen schrillen Pfiff ertönen. „Zunge zurückfalten und kräftig pusten."

Mira versuchte es, und ein klägliches Wimmern erklang.

„Das wird schon", tröstete Ari. „Was macht ihr eigentlich hier draußen?"

Vera öffnete den Mund, doch Mira ließ sie nicht zu Wort kommen. Auch wenn Ari ihnen geholfen hatte, konnten sie ihm nicht von den Fischerkindern erzählen. Ben hatte recht: Sie konnten niemandem trauen. Auch nicht einem Brot stehlenden kleinen Jungen.

Das erinnerte Mira an etwas anderes: Die Lebensmittel lagen immer noch in einer Papiertüte am Fuß der Mauer. „Wir haben etwas für dich", sagte sie. Sie hob die Tüte auf und hielt sie Ari hin, damit er einen Blick hineinwerfen konnte. Seine dunklen Augen weiteten sich ungläubig.

„Brot", sagte er leise und sog den Duft so tief ein, dass sein kleiner Bauch sich dick aufblähte. „Richtiges Brot aus richtigem Mehl."

Mira musste einen dicken Kloß in ihrem Hals hinunterschlucken. Um die seltsame Mischung aus Betroffenheit und Rührung, die ihr in der Kehle steckte, zu überspielen, fragte sie betont munter: „Möchtest du uns zeigen, wo du wohnst? Dann können wir deiner Mutter das Brot geben."

Einen Moment lang schien Ari darüber nachzudenken – vielleicht rechnete er sich insgeheim aus, wie viel des köstlich duftenden Gebäcks noch für ihn übrig bleiben würde, wenn alle seine Geschwister etwas davon abbekommen sollten –, aber dann nickt er.

Mira und Vera folgten ihm durch die Gassen der Armenviertel. Dicht drängten sich die Häuser, eines wie das andere baufällig und von grauer Farbe. Dazwischen Behausungen, die den Namen Haus kaum verdienten. Sie waren aus allem errichtet, was man sich nur denken konnte, und sahen aus, als könne jeder Windstoß sie wieder in das verwandeln, was sie ursprünglich waren: ein Haufen Holz und Gerümpel.

Mira versuchte vergeblich, sich den Weg einzuprägen, damit sie später wieder zurückfand, aber in der Tat kannte Ari so viele Abkürzungen, Gässchen und Durchgänge, dass sie bald hoffnungslos verloren war.

Die Straße, in der Ari schließlich auf ein schmales, einstöckiges Gebäude mit offener Tür zuging, war überfüllt. Ein zerlumpt aussehender Mann hing bis zur Hüfte in einem großen Müllcontainer und wühlte in dessen übel riechendem Inhalt. Eine zahnlose Frau verkaufte Gemüse, das sie auf einer Decke in der prallen Sonne ausgebreitet hatte, und eine Gruppe Kleinkinder in Unterwäsche spielte auf der Straße ein Fangspiel.

„Ari!" Die Frau, der sie schon begegnet waren, als Ari das Brot gestohlen hatte, trat aus dem Hausinneren. Wieder hatte sie den Säugling in einem Tuch umgebunden. In den Händen hielt sie einen triefenden Lumpen. „Wo warst du wieder? Was ..." Sie verstummte, als sie Mira und Vera hinter ihrem Sohn erblickte. Erst jetzt wurde Mira sich bewusst, dass auch die anderen Menschen in der Straße sie anstarrten. Die Kinder hatten sogar in ihrem Spiel innegehalten, und es war seltsam still geworden. Zum ersten Mal in ihrem Leben fühlte Mira sich schäbig. Schäbig, weil sie ordentliche Kleidung – eine Bluse ohne Flecken, gebügelte Hosen und dazu Schuhe – trug.

„Entschuldigen Sie ... dass wir hier so eindringen." Sie streckte die Hände mit der Papiertüte aus. „Wir wollten ... also, wir –"

Leben kam in die unangenehm gewordene Stille, als ein zotteliger, brauner Hund hinter den Mülltonnen hervorschoss und sich auf die Tüte in Miras Händen stürzte. Sie glitt ihr aus den Händen, und Brot und der nur lose verpackte Schinken ergossen sich auf den schmutzigen Asphalt.

„Oh nein, das wirst du nicht tun!", schrie Mira, aber es war schon zu spät. Der Hund hatte sich den Schinken geschnappt und schlang ihn gierig hinunter.

Während Mira noch schimpfte, las Vera das Brot vom Boden auf, klopfte es sorgfältig ab und hielt es Aris Mutter entgegen. „Wir wollten Ihnen das hier bringen."

„Uns?", formte die Frau mit den Lippen, aber kein Ton drang darüber.

„Eigentlich sollte noch Schinken dabei sein", sagte Mira entschuldigend. Der Hund leckte sich zu ihren Füßen das Maul und verschwand dann in Richtung der Mülltonnen, um sich einen Nachtisch zu seinem Festmahl zu suchen.

Als ihr Blick wieder auf Aris Mutter fiel, hatten sich in deren Augen Tränen gesammelt. „Ach was." Ihre Stimme zitterte. „Wir hatten noch nie Schinken. Keiner wird ihn vermissen." Behutsam nahm sie das Brot aus Veras Händen. „Ari, lauf und hol deine Brüder. Sag ihnen, es gibt frisches Brot zum Abendessen."

Ari warf das Seil zu Boden und rannte los wie ihm geheißen. Seine kurzen Beinchen trugen ihn erstaunlich schnell. Als er um die Ecke verschwunden war, fand Mira sich unversehens alleine mit Vera und Aris Mutter wieder.

„Ich dachte, alle Innenstädter wären gleich." Aris Mutter hielt das Brot in der einen, den nassen Lumpen in der anderen Hand. „Ich hätte nie ... Ihr bleibt zum Abendessen, nicht wahr?"

Obwohl Mira und Vera vehement verneinten, wurden sie ins Innere des baufälligen Hauses komplementiert. Es schien größtenteils aus einem einzigen Raum zu bestehen. Nur eine schmale Tür deutete auf ein weiteres, vermutlich bedeutend kleineres Zimmer hin, und eine hölzerne Leiter führte auf eine zweite Ebene, die so knapp unter der Decke verlief, dass man darauf unmöglich mehr als kriechen konnte. Ein Sammelsurium an Decken ließ Mira vermuten, dass Aris Familie dort oben schlief.

„Ihr wart dabei, als Ari das Brot gestohlen hat", stellte Aris Mutter fest, während sie sich daranmachte, dünne Scheiben von dem duftenden Brotlaib zu schneiden. Ohne aufzusehen, setzte sie hinzu: „Er ist ein guter Junge, mein Ari. Ein Wildfang, aber kein Dieb. Aber er hatte Hunger."

Mira wollte nicht, dass sie sich rechtfertigte oder Ari in Schutz nehmen musste. „Othmar und seine Frau haben mehr als genug Brot", sagte sie deshalb, und Vera knurrte: „Sie sind ohnehin Sklaventreiber."

„Nein", widersprach Aris Mutter zu ihrer Überraschung. „Othmar ist ein guter Mensch. Für einen Innenstädter. Er ist besser als die Fabrikbesitzer. Und er hat meinem Mann die Schuld erlassen." Sie wandte den Blick wieder ab, nahm einen schrumpeligen Apfel aus einem Tonkrug und teilte ihn in ebenso hauchdünne Scheibchen wie das Brot. „Ich weiß nicht, wie wir es sonst geschafft hätten. Mit fünf –"

Sie kam nicht dazu, den Satz zu beenden, weil in diesem Moment eine Meute Kinder hereinstürmte.

„Ari hat schon wieder gelogen", rief ein Junge mit genauso dunklen Locken wie Ari. „Er sagt, du hast Brot gekauft."

„Nicht gekauft!", widersprach Ari. „Bekommen. Und nicht sie, sondern ich!"

„Na klar, Zwergenkönig. *Du* hast Brot bekommen", spottete ein weiterer dunkelgelockter Junge, aber sie verstummten allesamt, als sie Vera und Mira gewahr wurden, die still und ein wenig betreten mitten in ihrem Zuhause standen.

„Schämt euch", schimpfte ihre Mutter. „Hier hereinzustürmen wie die Wilden und euch nicht einmal vorzustellen!" An Mira und Vera gewandt, erklärte sie: „Das sind Lev, Shay und Tam, Aris ältere Brüder. Und das sind ..." Fragend hielt sie inne und sah ihre ungewöhnlichen Gäste an.

„Das *ist* Brot", unterbrach der größte Junge. „Schaut doch."

„Hinsetzen", befahl ihre Mutter streng. „Dann gibt es Brot."

Innerhalb von Sekunden kam Ruhe in das Chaos, und nachdem sie die ersten Scheiben verteilt hatte, hörte man für eine kleine Weile nur noch das geräuschvolle Kauen von Ari und seinen Brüdern.

Aris Mutter ließ nicht zu, dass Vera und Mira den Brotkorb an sich vorbeigehen ließen, also teilten sie sich eine der dünnen Scheiben.

„Ihr seid aus der Innenstadt", stellte einer der Jungen nach der zweiten oder dritten Scheibe fest. „Ihr tragt Innenstadtkleidung."

Mira war nicht sicher, ob das als Kritik gemeint war. Vera jedenfalls kaute besonders sorgfältig auf einem Bissen Brot herum und überließ ihr das Antworten. „Ja", setzte sie an, doch da krähte Ari mit vollem Mund dazwischen: „*Ich* hab sie in die Außenviertel geschleust. Ohne mich hätten sie es nie über die Mauer geschafft."

„Du bist ein ganz ausgezeichneter Schleuser." Mira konnte regelrecht zusehen, wie Ari sich um einige Zentimeter aufrichtete. Seine Brüder tauschten Blicke.

„Das müsst ihr nicht sagen", wandte einer ein. „Der Zwerg will sich doch nur wichtigmachen."

„Wie ist es in der Innenstadt?", fragte einer der Mittleren – nach Ari war er der Kleinste, aber er überragte ihn dennoch um mindestens einen Kopf. „Sind die Straßen wirklich mit Gold gepflastert?"

Bei dieser Frage fiel die Anspannung auch von Vera, und sie konnte nur mit Mühe und nicht sehr unauffällig ihr Lachen unterdrücken. „Nein ... natürlich nicht!"

Mira konnte nicht lachen. „Warst du noch nie in der Innenstadt?", fragte sie leise, doch als sie die Mienen der Jungen sah, fügte sie hinzu: „Ich meine, mit einem Schleuser als Bruder ..."

„Ach, der macht sich doch nur wichtig."

„Schleuser, ach was!"

Ari beachtete sie gar nicht. „Ich schleuse doch niemanden in die Innenstadt!", rief er empört. „An der Landesgrenze schleusen sie die Leute immerhin auch nicht ins Land *hinein!*"

„Warum eigentlich nicht?"

Aller Augen richteten sich auf Mira. „Warum nicht?", echote einer von Aris Brüdern ungläubig. „Na hör mal, Schleuser wollen

Menschen retten und nicht in Gefahr bringen. Es will ja wohl niemand freiwillig hier rein!"

Mira schluckte trocken. Bei den Fischerkindern, inmitten einer konspirativen Rebellengruppe, hätte sie solch staatsfeindliche Äußerungen erwartet. Aber sie wäre nie auf die Idee gekommen, dass es auch hier in der Stadt Menschen gab, die dem Staat kritisch gegenüberstanden. So kritisch, dass selbst die Kinder schon solche Bemerkungen von sich gaben, weil sie es von klein auf so hörten.

Betreten sah Mira sich in der einfachen Behausung um. Die offene Kochstelle, die unverputzten Wände – alles hier war ärmlich. Sie hatten die Arbeiter auf den Feldern gesehen, und sie hatten Othmar reden hören. Kein Wunder, dass die Menschen hier draußen nicht an König Auttenbergs paradiesische Zukunft in einem Land ohne Abhängigkeiten glaubten. Sie waren es, die für diesen Traum bezahlten. Während Mira und die anderen Innenstädter vielleicht nicht in Reichtum, aber doch in bequemem Wohlstand lebten, kämpften sie hier ums Überleben.

Mira schämte sich. Nicht einmal so sehr dafür, dass sie aus der Innenstadt kam und all das hatte, was den Menschen hier draußen fehlte, sondern vor allem, weil sie es immer für selbstverständlich gehalten hatte. Sie hatte gewusst, dass die Lebensmittel durch das Importverbot knapp waren, dass es noch ein weiter Weg war, bis sie sich wirklich vollständig selbst versorgen konnten. Aber an die Not, die das für einen Großteil der Bevölkerung bedeutete, hatte sie keinen Gedanken verschwendet.

Kapitel 9

Unerwiderte Liebe

Es war schon reichlich spät, als Mira und Vera schließlich aufbrachen, und nachdem sie sich gründlich in den verzweigten Gassen der Außenviertel verlaufen hatten, mussten sie einen Großteil des Weges rennend zurücklegen. Sie erreichten die Falltür nach Klein-Ararat in letzter Sekunde. Ben Porter war der Letzte in der Hütte und der Teppich bereits halb aufgerollt, als er sie hereinließ. Mira hatte die fremd klingenden Worte auf dem Nachhauseweg nach dem letzten Treffen der Fischerkinder mit Bens Hilfe memoriert und sie im Laufe der Woche wieder und wieder in Gedanken aufgesagt. Dennoch zitterte ihre Stimme, und sie verhaspelte sich, als sie das Gelernte nun aufsagte.

„Es heißt: ‚Et in unum Dominum Jesum Christum' und nicht: ‚Ätinunu Domino'", hieß Ben sie willkommen. „Wenn ich es ganz genau nehmen würde, hätte ich euch draußen stehen lassen müssen."

„Danke für deine große Nachsichtigkeit", keuchte Mira, aber weil sie noch immer um Atem rang, klang es nicht halb so sarkastisch wie geplant. Ben nickte nur gönnerhaft und sprach kein Wort mehr, während sie ihm durch den Tunnel ins Innere des Berges folgten.

Dieses Mal erwartete Mira den kühlen Windhauch bereits, und als er sich endlich wohltuend auf ihr erhitztes Gesicht legte, schlug ihr Herz augenblicklich ein paar Takte schneller. Wieder schien ihr die Dämmerung im Inneren des Berges weiter fortgeschritten als draußen. Der Feuerschein in der Ferne und die erleuchteten Fenster des Hüttendorfs schimmerten heimelig durch das Geäst jenseits der Lichtung. Alles war friedlich.

Auch wenn sie nach dem heutigen Abend beschließen sollte, fortan nicht mehr nach Klein-Ararat zu kommen, würde Mira diese Eindrücke sicher nie vergessen. Aber schon in wenigen Wochen würde ihr das Innere des Berges vermutlich vorkommen wie ein Abenteuer aus einem der zahlreichen Bücher, die sie gelesen hatte. Seltsam real und doch nicht wirklich.

Schon auf halbem Weg zum Treffplatz eilte ihnen die rundliche Lia – abgesehen von Edmund die einzige Erwachsene unter den Fischerkindern – entgegen. Sie kam direkt vor ihnen zum Stehen, stemmte die Hände in ihre breiten Hüften und musterte Ben auf eine Weise, die, obwohl sie etwa die gleiche Größe hatten, sehr herablassend wirkte.

„So. Bequemst du dich also auch endlich hierher." Lias füllige Wangen waren ganz rot. „Dein armer Vater. Was er sich wohl alles ausgemalt hat, als du nicht rechtzeitig aufgetaucht bist!"

Mira, obgleich gar nicht angesprochen, wäre am liebsten im Erdboden versunken. Unter Lias Blick hätte sie sich an Bens Stelle für jedes vorgeworfene Vergehen entschuldigt, egal, ob sie es begangen hatte oder nicht. Aber Ben Porter reckte nur das Kinn vor und sagte unwirsch: „Schon gut, Lia", ehe er sich an ihr vorbeischob und in Richtung Lagerfeuer davonmarschierte.

„Umbringen will er seinen armen Vater wohl. Als hätte er nicht genug Sorgen!", brummte Lia, während sie Ben nachsah, der sich kein einziges Mal umwandte.

„Entschuldigen Sie", meldete Mira sich so zaghaft zu Wort, dass Lia sie hätte überhören können. Doch sie fuhr herum und sah Mira an. „E... es ist unsere Schuld. Dass Ben so lange weg war, meine ich. Wir kamen zu spät zur Hütte, weil –"

„Aber nicht doch", wischte Lia ihren Einwand zur Seite. „Macht euch keine Vorwürfe. Ben Porter kommt regelmäßig zu spät. Muss immer alles doppelt und dreifach überprüfen und macht damit alle wahnsinnig."

Mira konnte sich das bei Ben durchaus vorstellen, doch aus Lias Mund klang es sehr gehässig und unversöhnlich. „Er ist ein wichtigtuerischer Bengel, wie man es auch dreht und wendet", fuhr sie kopfschüttelnd fort. „Von seinem Vater hat er das gewiss nicht. Aber ihr verpasst ja das Treffen, während ich hier rede. Nun, seht, dass ihr wegkommt, Vera und ... Miriam, richtig?"

„Mira", korrigierte diese automatisch und stutzte, als so etwas wie ein Lächeln auf Lias erhitztes Gesicht trat. „Edmund hat schon erwähnt, dass du auf diesen Spitznamen bestehst. Nun aber ..." Sie machte eine scheuchende Handbewegung, damit die beiden Mädchen sich in Bewegung setzten. Sie kamen gerade am Lagerfeuer an, als Edmund Porter das Wort ergriff.

„Wieder einmal: Willkommen! Es ist gut, euch alle wohlbehalten hier zu sehen." Kurz wanderte sein Blick zu Ben zu seiner Rechten, dann suchte er mit den Augen die Gruppe ab und nickte kaum merklich. Neugierig drehte Mira sich um und sah in die gleiche Richtung wie er. Ein Stückchen hinter ihr saß der Junge, der mit dem Buch im Schatten gekauert und gelesen hatte. Er erwiderte Edmund Porters Blick nicht, sondern sah geradewegs Mira an. Instinktiv wollte sie wegsehen, weil sein Blick ihr unangenehm war. Für den goldenen Karamellton seiner Iris waren seine Augen erstaunlich kühl. Das schwarze Haar fiel ihm in die Stirn und schirmte sein Gesicht vom Schein des Feuers ab.

„Was?", fragte er, als hätte Mira ihn angestarrt und nicht umgekehrt, und obwohl sie sich keiner Schuld bewusst war, fuhr sie zusammen und wandte sich hastig wieder Edmund Porter zu.

„Die verbotene Schrift", sagte er gerade, „erzählt von einem Mann, der gewissermaßen das erste Fischerkind war. Sein Name war Petrus, und er war ein guter Freund von Jesus."

Auch wenn Mira nach wie vor Angst hatte, Edmund Porters aufhetzende Reden könnten ihre Gedanken vergiften, musste sie ihm eines lassen: Er konnte mit Worten malen wie Vera mit Bleistift und Farben. Schon bald dachte Mira kaum noch an den Jungen hinter sich und an seinen durchdringenden Blick. Sie hätte auch nicht ihre blühende Fantasie gebraucht, um den gewaltigen See, die Fischerboote und vielfach geflickten Netze vor sich zu sehen. Das Knacken und Knistern des Lagerfeuers und sein rauchiger Duft taten ihr Übriges. Edmund Porter erzählte davon, wie Petrus und seine Freunde erfolg- und fischlos ans Ufer zurückkehrten. Nur weil Jesus es sagte, fuhren sie noch einmal hinaus auf den See.

Mira hatte Petrus sofort gern gehabt, schon in der Nacht, in der sie das Buch gestohlen hatte, und sie freute sich diebisch für ihn, wie er mit einem Boot zurückkam, das zum Bersten voll mit Fischen war. Gespannt beobachtete sie Vera aus dem Augenwinkel. Es überraschte sie nicht, dass ihre Augen sich erstaunt weiteten.

„Natürlich konnte Petrus es nicht fassen", sagte Edmund. „Er war erschüttert. Die ganze Nacht hatten sie gefischt und nichts gefangen. Und nun schickte Jesus sie mitten am Tag hinaus, wo doch jeder Fischer wusste, dass da nichts zu holen war, und er machte den Fang seines Lebens!" Edmund begegnete Miras Blick und lächelte ihr leicht zu. „Aber Jesus hatte noch einen anderen Auftrag für Petrus. Komm mit mir, sagte er, und du sollst Menschenfischer werden. Und weil Petrus bereits am eigenen Leib erfahren hatte, dass er den Anweisungen von Jesus blind vertrauen konnte, ließ er den Fang seines Lebens liegen und ging mit ihm."

„All die Fische?", wisperte Vera.

Gleichzeitig fuhr Edmund fort: „Wenn Jesus uns heute sagt, wir sollen mit ihm kommen, dann haben wir die Wahl. Genau wie Petrus. Wir können bleiben, wo wir sind, weil es das ist, was uns vertraut ist. Oder wir können es wagen, alles stehen und liegen zu lassen und mit ihm zu gehen."

Die Seite umblättern. Mira konnte alles Vertraute und Sichere zurücklassen und sich auf diese Geschichte einlassen. Oder sie konnte davonlaufen und würde nie erfahren, wie sie weiterging. Aber Feigheit wiederstrebte Mira. Keiner der Helden in den Abenteuerromanen, die sie gelesen hatte, war feige. Und nur deshalb, erlebten sie das Abenteuer überhaupt.

„Und wenn wir mit ihm gehen ..." Mira hörte nicht, was dann geschähe, denn gleichzeitig fragte Vera neben ihr: „Wohin gehen?" Sie flüsterte so laut, dass auch ein paar Jugendliche neben ihnen es hörten und sich irritiert umdrehten. „Er meint nicht aus dem Land heraus, oder? Sie würden jeden erschießen, der das versucht."

„Ich glaube nicht, dass er ein anderes Land meint", wisperte Mira zur Antwort. Ihre eigenen Gedanken überschlugen sich. „Nicht unbedingt jedenfalls." Wenn die Freiheit, von der er vergangene Woche gesprochen hatte, im Herzen stattfand, dann musste man sich vielleicht auch zuallererst dort drinnen auf den Weg machen. „Ich glaube, es geht vielmehr darum, dass wir wie Petrus bereit sind, Jesus zu vertrauen."

Vera nickte, aber ihre Augen waren weit und ungläubig. „Woher weißt du das alles?"

„Ich ...", setzte Mira an, zuckte dann jedoch die Schultern. Edmund, der immer noch sprach, Veras fragender Blick, die Anwesenheit all der anderen – das alles war ihr plötzlich zu viel, während schon in ihrem eigenen Kopf ein Chaos und reges Treiben von Gedanken und Überlegungen herrschte. „Ich glaube, ich brauche einen Moment für mich", flüsterte sie und erhob sich so leise und unauffällig wie in einer Gruppe von Menschen nur möglich. Sie spürte Edmund Porters Blick im Rücken und gab sich alle Mühe, sich nicht zu ihm umzuwenden. Der Schattenjunge immerhin war verschwunden, nur die anderen Jugendlichen sahen ihr irritiert nach, aber keiner hielt sie auf. Keiner außer Vera.

„Na hör mal!“ Sie holte Mira keuchend am Rand der Gruppe ein. „Du kannst mich ja wohl hier nicht alleine lassen!“

„Dann komm eben mit“ Mira musste eine ordentliche Distanz zwischen sich und die Gruppe bringen, um ihre Gedanken zu sortieren. Ihr war, als schnüre all das Neue und Unbekannte ihr die Luft zum Atmen ab. Doch Veras Anwesenheit war in Ordnung. Sie störte sie nicht. Im Gegenteil: Vera kannte sie nun schon so lange, dass sie selbst in dieser fremden Welt beruhigend vertraut und unverändert war.

Gemeinsam und ohne ein Wort zu sprechen gingen sie einige Schritte, bis die Stimmen hinter ihnen immer leiser wurden. Mira sog die abendliche Kühle tief in ihre Lungen, und ihre Kehle brannte ob der Entscheidung, die sie treffen musste.

Edmund Porters Worte waren heute genauso ungeheuerlich wie vergangene Woche. Er war ein selbstgewählter Anführer, ein Rebellenkönig, und dieser Jesus, der Mira so fasziniert hatte, war auch nichts anderes gewesen. Ja, war es immer noch, wenn sie es sich recht überlegte, denn um ihn und nicht um Edmund Porter schien sich hier alles zu drehen. Die Gruppe, die Treffen, die Geschichten ... all das kam ihr diese Woche nicht minder verboten vor als bisher. Aber das Bild von der Seite, die darauf wartete, umgeblättert zu werden, wollte ihr nicht aus dem Kopf gehen.

„Ich muss immer an ein Buch denken“, sagte Mira leise. „Wenn es ein Buch wäre, würde ich wissen wollen, wie es weitergeht.“

Vera sah sie verständnislos an. Wie so oft machte sie einen verschreckten Eindruck, aber Mira konnte es ihr gar nicht verdenken. Ihr eigenes Herz klopfte noch immer schneller, wenn sie sich umsah und sich bewusst machte, wo sie sich befanden.

Bemüht gleichmütig zuckte sie die Schultern. „Das, was wir hier erleben ... Wenn es ein Buch wäre, würde ich es nicht zuschlagen.“

„In einem Buch kann dir aber auch nichts passieren", gab Vera zu bedenken.

„Dann willst du nicht wiederkommen? Willst du nicht wissen, wie es weitergeht?"

Veras Augen weiteten sich ein wenig. „Willst du denn?"

Mira konnte nicht antworten. Sie wusste nicht, wie. Einerseits wollte sie verneinen; es war gefährlich und verboten – all die offensichtlichen Gründe musste sie Vera nicht erst darlegen. Aber unter dieser Oberfläche war mehr, waren Dinge, die es ihr unmöglich machten, einfach zu gehen und nicht wiederzukommen.

Ein Geräusch riss Mira jäh aus den Gedanken. Es kam nicht von der Menschenansammlung hinter ihnen, sondern aus Richtung des Hüttendorfes. Offenbar waren sie nicht die Einzigen, die sich frühzeitig von der Gruppe entfernt hatten. Dort, gar nicht weit entfernt von ihnen, war der Junge aus dem Schatten. Zwischen Hüttendorf und Wäldchen hatte er innegehalten und sah zu ihnen hinüber.

Mira hatte einen Moment lang die alberne Idee, grüßend die Hand zu heben, dann beschloss sie, dass es das Beste war, ihm schnell den Rücken zuzukehren und in die andere Richtung zu gehen. Als sie sich umwandte, stieß sie beinahe mit Vera zusammen, die wie versteinert zum Lagerfeuer starrte.

Von dort näherte sich ihnen jemand im Laufschritt. „Stopp", brüllte Ben so laut, dass sich einige Köpfe am Lagerfeuer zu ihnen umdrehten. „Stehen bleiben!"

Mira wollte Vera neben sich einen fragenden Blick zuwerfen, doch die hatte schon einen Satz zur Seite gemacht. „Komm, weg hier", zischte sie. „Der sieht ja mächtig wütend aus."

„Wir können doch nicht einfach –", setzte Mira an, aber Vera war bereits behände zwischen den Sträuchern und Bäumen des Wäldchens verschwunden. Schon kam Ben keuchend und schnaubend neben ihr zum Stehen.

„Wo soll's denn hingehen?", schnappte er. Zu mehr reichte seine Luft vorerst nicht aus. Noch zu überrumpelt von Veras Verschwinden, stammelte Mira nur: „Ich wollte nur ... wir haben nur ... ich musste einen Moment ..." Sie ärgerte sich, dass sie Bens Atemlosigkeit nicht besser zu nutzen wusste. Sie konnte sich schon denken, welchen Eindruck sie machte. Den eines auf frischer Tat beim Lügen erwischten Kindes.

„Nicht gerade vertrauenerweckend, wenn du mich fragst", sagte Ben, dessen Atmung sich wieder normalisiert hatte. „Ich dachte, ihr wärt hier, um etwas über die verbotenen Schriften zu hören. Dann frage ich mich, was ihr auf dem Weg zum Ausgang –"

„Sie sind mit mir hier", unterbrach ihn unvermittelt eine Stimme hinter Mira. Sie musste sich nicht umwenden, um zu wissen, wer es war.

Ben starrte den Schattenjungen mit zusammengekniffenen Augen an, und es kostete Mira alle Mühe, sich nicht fassungslos zu ihm umzuwenden.

„Mit ihm?"

„Mit ...", krächzte Mira überrumpelt. „Vera und ich ..."

„Vera", knurrte Ben. „Halt sie fest", gab er dann noch Anweisung und stürzte zu dem kleinen Dickicht zu Miras Rechten. „Ich geh sie suchen."

Mira starrte ihm einen Moment lang nach, dann wirbelte sie zu dem Jungen hinter ihr herum. Ohne das Licht des Feuers waren seine Augen dunkel, und seine Miene strahlte Entschlossenheit und Unnachgiebigkeit aus.

„Vertrau mir einfach", sagte er gedämpft. „Sonst bringst du uns beide in Schwierigkeiten."

„Ich ... okay." Mira hatte tausend Fragen. Warum sollte sie ihm vertrauen? Sie kannte noch nicht einmal seinen Namen. Und warum um alles in der Welt half er ihr? Was hatte er überhaupt selbst hier zu suchen? Aber sie hatte den unguten Eindruck, dass er nicht gewillt war, ihr irgendwelche Antworten zu geben.

„Und jetzt halt die Klappe und überlass mir das Reden", wies er sie mit einem Blick zum Gesträuch an, aus dem in diesem Augenblick ein zufrieden dreinsehender Ben mit Vera im Schlepptau zurückkehrte. Er hielt sie nicht fest, aber Vera hätte nicht ertappter aussehen können, wenn er sie am Kragen zu ihnen geschleift hätte.

„Ich wüsste nicht, was ihr während des Treffens hier zu suchen habt", schnauzte er, als sie neben Mira und dem Jungen aus dem Schatten zum Stehen kamen. Vera flüchtete sich sofort an Miras Seite. „Keiner von euch."

„Ich sage doch: Sie sind mit mir hier."

„Na wunderbar. Dann passt also ausgerechnet du auf sie auf. Wie beruhigend. Weißt du eigentlich, wer die da ist?" Ben machte eine unwillige Kopfbewegung in ihre Richtung, wandte den Blick aber nicht von seinem Gegenüber ab.

Dieser musterte Mira und verneinte. „Keine Ahnung", sagte er. „Spielt es irgendeine Rolle?"

Mira hätte am liebsten empört protestiert. Warum in aller Welt ging er dazwischen, um sie vor Ben in Schutz zu nehmen, wenn er sich dann so gleichgültig gab? Sie hatte ihn nie gebeten, ihnen zu helfen. Das war alleine seine Entscheidung gewesen.

„Wenn du wüsstest, wer ihr Vater ist –" Ben klappte mitten im Satz den Mund zu, als der andere ihn unterbrach: „Wo wir gerade von Vater sprechen: Deiner vertraut den beiden."

„Was weißt du schon von meinem Vater?", fauchte Ben. „Glaubst du, du stehst ihm näher als ich, ja?"

„Mach dich nicht lächerlich." Eine Kälte lag nun in seiner Stimme, die Mira innerlich frösteln ließ. „Was soll überhaupt das ganze Theater um die beiden? Später gehen sie sowieso hinaus, auch wenn du dich noch so sehr als Wachhund aufspielst."

Bens Augen verengten sich. „Und darum beneidest du sie doch am meisten. Wenn du nicht –"

„Wag es ja nicht." Obgleich nur ein Flüstern, brachte es Ben augenblicklich zum Verstummen. Mira sah von ihm zum Gesicht des anderen Jungen. Er war blass geworden, und sein ganzer Körper schien unter Spannung zu stehen. Selbst seine Hände hatte er zu Fäusten geballt, als wolle er jeden Moment auf Ben losgehen.

Er tat es aber nicht. Stattdessen wandte er sich ohne einen einzigen weiteren Blick zu Mira oder Vera von Ben ab und marschierte in Richtung des Hüttendorfes davon.

„He", wollte Mira rufen. Wozu hatte er ihnen geholfen, wenn er sie nun doch mit Ben zurückließ. Aber alles an seiner Flucht – die Wortlosigkeit, seine Körperhaltung, die Kälte in seinem Gesicht – ließ sie schweigen.

Mit grimmiger Zufriedenheit nickte Ben in Richtung Feuer. Es war offensichtlich, dass seine Worte genau das bezweckt hatten, was er gewollt hatte. „Los jetzt. Ihr kommt mit zurück."

Sie setzten sich in Bewegung, und während Ben Drohungen murmelte und versicherte, er werde mit seinem Vater ein Wörtchen über sie beide reden, sah Mira dem Schattenjungen, der ihnen so unerwartet zur Hilfe gekommen war, nach.

Am Feuer hatten die Fischerkinder mittlerweile zum Klang der Gitarre und einer einzelnen Trommel zu singen begonnen. Einige beobachteten, wie Ben sie zurück zur Gruppe bugsierte und sich direkt hinter ihnen niederließ, aber die meisten beachteten die Störung gar nicht weiter.

Mira warf noch einen Blick zum Hüttendorf, doch der Junge war verschwunden. Bens Worte mussten einen wunden Punkt getroffen haben, auch wenn sie nicht genau wusste, warum. Hatte Ben schlichtweg die Tatsache gegen ihn verwendet, dass er ein Vergessener war, der niemals in die Gesellschaft dort draußen zurückkehren konnte? Das war nicht nett, aber doch sicher kein

Grund, so wutentbrannt davonzustürmen. Oder traf es ihn etwa so tief, hier im Inneren des Berges festzusitzen?

Mira ließ den Blick über die singende Gruppe schweifen. Kurz blieb er an Edmund hängen, dann wanderte er wieder zum Hüttendorf, wo nun in einem Fenster ein kleines Lichtlein brannte. Sie jedenfalls wollte widerkommen. Sie wollte mehr erfahren – mehr über den Jungen aus dem Schatten und die anderen Fischerkinder und mehr über diesen Jesus. Sie wollte den Rest der Geschichte hören.

Kaum waren die letzten Lieder verklungen, tauchte Happy im Feuerschein vor ihnen auf und ließ sich im Schneidersitz ihnen gegenüber im Gras nieder. Sie trug den gleichen bunten Rock wie in der vergangenen Woche, und einige Perlen schienen zu ihrer wilden, klimpernden Frisur hinzugekommen zu sein.

„Ich hätte euch früher begrüßt", sagte sie. „Aber Lia und Ben waren bei euch, und wenn die beiden zusammen irgendwo sind, ist es für die meisten anderen Menschen ratsam, nicht in die Nähe zu kommen."

„Es ist überhaupt nicht ratsam, in Bens Nähe zu kommen", flüsterte Vera und warf einen ängstlichen Blick in dessen Richtung. Er war beinahe augenblicklich zu Edmund Porter gestürmt und redete nun auf ihn ein, aber Mira war sich fast sicher, dass er bei seinem Vater auf Granit biss. Der Junge aus dem Schatten hatte recht: Edmund Porter vertraute ihnen.

„Warum hasst Lia ihn so?", fragte sie stattdessen. Vorhin, als Lia ihn so zurechtgestutzt hatte, hatte Ben ihr beinahe leidgetan, auch wenn er das mit seinem Auftreten am Waldrand mühelos wieder wettgemacht hatte.

„Es ist ein altbekanntes Geheimnis, dass Lia auf seinen Vater steht." Happy zuckte die Schultern. „Aber Eddie ist verheiratet, und Ben ist die wandelnde Erinnerung daran, dass er Lia nicht wollte."

„Oh", machten Vera und Mira wie aus einem Munde. Miras Blick fiel über Happys Schulter hinweg auf Lia, die bei Edmund Porter stand. In der Tat war ihr schon in der vergangenen Woche aufgefallen, wie sanft und umgänglich sie in seiner Nähe war. Und das, obwohl Eloise, Stella und Luna sie einen Drachen genannt hatten – wenn auch einen liebenswürdigen.

„Gut für seine Frau, dass sie nicht im Geheimbund ist", fuhr Happy mit gedämpfter Stimme fort. „Lia würde ihr das Leben schwer machen, das könnt ihr mir glauben. Tja, so bleibt ihr eben nur Ben. He, Skive", rief sie mit einem Mal, steckte sich zwei Finger in den Mund und pfiff laut. „Komm her, Junge!"

Mira folgte ihrem Blick und sah zu, wie Skive widerwillig den Ast, den er jemandem vor die Füße gelegt hatte, ins Maul nahm und zu ihnen herübertrottete.

„Brav, Skive. Gib mir den Stock. Chas will nicht spielen."

Mira sah noch einmal auf und blickte in das Gesicht des Jungen, der sich unbemerkt wieder genähert hatte und nun einige Meter weiter weg auf einem Stein saß. Chas hieß er also, der Junge aus dem Schatten.

„Wenn er so guckt, mag Chas keine Leute um sich", erklärte Happy beschwingt. „Auch keine Hunde." Sie warf den Stock in die entgegengesetzte Richtung, damit Skive ihm nachjagen konnte. „Das Problem ist: Er guckt meistens so."

Nach diesem zweiten Besuch in Klein-Ararat mussten Mira und Vera sich selbst auf den Weg nach Hause machen. In der vergangenen Woche hatte Edmund ihnen Ben mitgeschickt, der – wenn auch keine angenehme Gesellschaft – doch ein beruhigender Begleiter gewesen war. Er kannte kleine Gassen und Nebenstraßen und hatte Ohren wie ein Luchs.

Heute war Ben derjenige, der die Gehenden in kleinen Gruppen durch die während der Treffen fest verschlossene Falltür nach oben schlüpfen ließ, damit sie sich auf den Weg machen konnten. Mira und Vera bedachte er mit einer besonders großen Portion Misstrauen, aber er erwähnte den Zwischenfall von vorhin mit keinem Wort mehr. Mira war fast sicher, dass sein Vater ihn in die Schranken gewiesen hatte. Seine üble Laune mussten alle Gehenden ausbaden. Niemals ließ er mehr als drei Leute innerhalb von zehn Minuten passieren. „Ich bin ja nicht lebensmüde", kommentierte er. „Wenn die halbe Versammlung auf einmal losmarschiert, steht keine Viertelstunde später der gesamte Staatsschutz von Leonardsburg vor der Tür."

„Kann einem ganz schön Angst machen, was?", fragte Mira, als sie und Vera endlich an der Reihe waren, die kleine Hütte zu verlassen, und in die kühle Nacht traten. Ben hatte ihnen noch eine ganze Reihe Mahnungen mit auf den Weg gegeben: „Bleibt auf den Wegen, die ihr kennt", „Quasselt nicht zu viel", und: „Trödelt um alles in der Welt nicht herum."

Vera war ganz still geworden. Auf Miras Frage hin zuckte sie unbehaglich die Schultern. In der bleiernen Dunkelheit außerhalb der Stadt konnte Mira die Bewegung nur erahnen.

„Du hast doch gehört, was die anderen sagen: Ben ist übervorsichtig", machte Mira einen Versuch, ihnen beiden Mut zu machen. „Er traut uns nicht – na und? Sieht nicht so aus, als würde er irgendjemandem vertrauen."

„Glaubst du, jemand würde sie verraten?", fragte Vera schließlich sehr leise. Nur weil die Nacht so still und die Stadt noch ein Stückchen entfernt war, konnte Mira sie überhaupt verstehen.

„Sie stecken doch alle selbst mit drin", erwiderte Mira ebenso leise. „Aber ich ... ich hab darüber nachgedacht. Dass wir sie eigentlich melden müssten."

Vera sog scharf die Luft ein und schwieg.

„Aber ich könnte nicht ...“, fuhr Mira daher fort. Nun schämte sie sich für ihre Überlegungen. „Wirst du wieder hingehen?“, fragte sie, um das unangenehme Schweigen zu beenden. Die Lichter der Stadt erhellten jetzt ihre Gesichter. In den Armenvierteln waren nur wenige Fenster erleuchtet. Kerzen brannten hinter stumpfem, staubigem Glas. Strom schien es hier nicht zu geben. Je weiter sie jedoch in den Stadtkern kamen, desto heller wurden die Straßen. Die Tore waren auch an diesem Abend wieder unbewacht. Eine Nachlässigkeit, wie Mira jetzt feststellen musste. Eigentlich hätte sie ihren Vater darauf hinweisen müssen. Aber sie hatte ihre Entscheidung getroffen und würde diesen Weg selbst noch oft genug in Anspruch nehmen müssen.

„Ich weiß nicht“, antwortete Vera. „Ist es das Risiko wert? Wir bringen uns und unsere Familien in Lebensgefahr.“

Mira nickte. „Wir dürften ihnen kein Wort von alldem sagen. Auch Filip nicht.“ Immerhin stand Vera ihrem Bruder fast näher als ihren Eltern. Er hatte sich stets um sie gekümmert, wo ihre kranke Mutter und ihr zerstreuter Vater versagt hatten.

„Ich weiß.“ Vera schluckte. „Meinst du, man würde ihm glauben, dass er nichts damit zu tun hat, falls sie uns erwischen?“

Eigentlich wollte Mira nicht weiter über diese Möglichkeit nachdenken. Sie würden alles daransetzen, dass es erst gar nicht so weit kam. Aber Vera musste es wissen; sie musste wissen, ob Filip in Sicherheit war.

„Ich schwöre es notfalls unter Eid“, sagte Mira. „Aber du musst zusehen, dass er wirklich nichts davon mitbekommt.“

Vera nickte beklommen.

Über der Innenstadt hallten die Schläge der Rathausuhr wider, und Miras Herz zog sich ruckartig zusammen. „Am besten fangen wir damit an, nicht nach Ausgangssperre draußen erwischt zu werden“, sagte sie mit trocken gewordener Kehle. „Es ist schon neun.“

Kapitel 10

Schwarz auf weiß

Gerald Robins tobte. Er drohte mit Gefängnis, Hausarrest und allem, was ihm sonst noch einfiel, nannte Veras Familie eine verlotterte, gleichgültige Bande und zerrte Mira eigenhändig am Arm die Treppe hinauf und in ihr Zimmer. Natürlich änderte das alles nichts mehr daran, dass sie fast zehn Minuten zu spät nach Hause gekommen war, und das auch noch ohne das Aufsatzheft, wegen dem sie angeblich zu Vera gegangen war.

Mira hatte die Missgunst ihres Vaters bisher nur in Bezug auf ihre fragwürdige Liebe zu Büchern zu spüren bekommen – in allem anderen hatte sie es ihm stets recht gemacht. Sie war eine vorbildliche Schülerin mit ausgezeichneten Noten, ganz besonders im Staatsgeschichtsunterricht. Vielleicht hatte sie sich nicht ganz mit den Mitschülern angefreundet, die ihr Vater an ihrer Stelle ausgewählt hätte – er hätte es begrüßt, wenn sie und Daphné Baron dicke Freundinnen geworden wären. Aber im Großen und Ganzen hatte sie immer das Gefühl gehabt, dass er zufrieden mit ihr war und stolz auf sie. Und vor allem, dass er ihr vertraute.

Das Letzte, was sie nun, da sie zum ersten Mal etwas wirklich Verbotenes tat, gebrauchen konnte, war sein Misstrauen. Wenn er Miras Kommen und Gehen von nun an mit Argwohn beobachten würde, dann brächte sie nicht nur sich selbst in Gefahr, sondern auch Vera und alle Fischerkinder. Nie, niemals durfte Gerald Robins erfahren, wohin seine Tochter einmal die Woche verschwand.

Für die folgenden Treffen erfand sie eine Vielzahl von gut durchdachten Ausreden und achtete darauf, mehr als pünktlich nach Hause zu kommen. Edmund Porter persönlich trug Sorge, dass Vera und sie stets die erste Gruppe waren, die durch die Falltür nach oben kletterte und die Hütte in Richtung Stadt verließ.

Trotzdem war ihr Vater aufmerksam wie ein ausgehungerter Jagdhund. Seine regelmäßigen Befragungen über Miras Verbleib, ihre Gesellschaft und all ihre Aktivitäten versetzten sie in Sorge. Es half auch nicht besonders, dass Ben Porter sie regelmäßig daran erinnerte, was der Staat mit Leuten machte, die bei der Zusammenarbeit mit konspirativen Kleinstgruppen erwischt wurden.

Dennoch konnte nichts – nicht einmal Bens beständige Warnungen oder das Misstrauen von Miras Vater – sie davon abhalten, an den Treffen teilzunehmen. Es war sonderbar: Je mehr sie hörte, desto größer wurde ihre Neugier. So wie man bei einem guten Buch, je weiter man gelesen hat, immer mehr in das Abenteuer hineingezogen wird und es immer schwerer fällt, es aus der Hand zu legen. Mit jeder Woche lernte Mira mehr über Jesus und die verbotenen Schriften, und mit jedem Treffen konnte sie sich weniger vorstellen, dass es einmal eine Zeit gegeben hatte, in der sie nichts von alledem gewusst hatte.

Auch die anderen Jugendlichen wuchsen ihr ans Herz. Besonders Happy tauchte oft in ihren Gedanken auf, wenn Mira beispielsweise über einem Essay für Frau Dr. Steinlein brütete, in dem es um den Grenzschluss und das Ausreiseverbot gehen sollte. Und aus irgendeinem Grund konnte sie auch den Jungen aus dem Schatten – Chas – nicht aus dem Kopf bekommen. Sie sah ihn jede Woche beim Treffen, hatte aber, seitdem er sie vor Ben in Schutz genommen hatte, kein Wort mehr mit ihm gewechselt. Es schien, als habe Happy recht und er blieb lieber für sich. Jedenfalls kam er meist so spät zu den Treffen, dass keiner ein Wort mit ihm sprechen konnte, und gab sich – wenn überhaupt – mit

Skive ab, der manchmal während Edmund Porters Predigten neben ihm im Gras hockte und sich die Ohren kraulen ließ.

Vera hatte die Fischerkinder, insbesondere die Vergessenen, ebenfalls ins Herz geschlossen. Mira wusste das, auch ohne dass Vera es sagen musste. Sie sah es an den Zeichnungen, die sie von ihnen anfertigte. Zu dem Bild von Eloise, Stella und Luna kamen in den folgenden Wochen Skizzen von Happy und Skive, die im Gras umhertobten, von Lia, wie sie den kleinsten Vergessenen, Paul, auf den Knien schaukelte, von Edmund und Ben Porter, deren Ähnlichkeit sie trotz ihrer unterschiedlichen Charaktere auf dem Papier einfing, und von Chas, wie er abseits von allen auf einem Stein saß, während das Feuer sein Gesicht erhellte.

Mira fand es äußerst leichtsinnig, diese Zeichnungen in der Schule anzufertigen und sie zwischen den Seiten der Hefte zu verstecken, vor allem, wenn man einen so zweifelhaften Ruf wie Vera genoss. Aber sie sah ihrer Freundin trotzdem gerne beim Zeichnen zu, beobachtete, wie aus feinen Bleistiftlinien die vertrauten Gesichter entstanden, und staunte über die Präzision, mit der Vera den Stift führte. Die exakten Linien trafen das Wesen der Dargestellten auf eine Art, wie Worte es nur schwerlich konnten. Selbst auf dem Papier verursachte Chas' durchdringender Blick Mira ein Kribbeln im Nacken.

Und wenn sie ehrlich war, fand sie Veras Bilder auch bei Weitem spannender als den Unterricht. Staatsgeschichte, Staatswirtschaft, Staatsgeografie – nie zuvor war ihr all das so belanglos erschienen. Wenn sie sich nun über die Karte von Leonardsburg beugte, schweiften ihre Augen fast automatisch zu den Feldern am westlichen Stadtrand, wo in winziger Schrift, kaum nennenswert, der Klippenberg eingezeichnet war. Und während sie mit Vera am Esstisch ihrer Familie über den Hausaufgaben saß, fiel es ihr schwer, sich auf den Unterrichtsstoff zu konzentrieren.

So auch an diesem Nachmittag: Mira starrte seit geraumer Zeit auf den schriftlichen Entwurf von Veras Referat, und Vera hatte die Nase in einem Buch stecken und wiederholte laut die Namen bedeutender Orte und ihrer ersten Bürgermeister nach der Staatsgründung, nach denen sie umbenannt worden waren. Um sie sich besser merken zu können, verlieh sie ihnen jeweils eine Eigenschaft mit dem gleichen Anfangsbuchstaben.

„Konrad, der Kluge von Konradsacker. Walter, der Winzige von Waltershausen", rezitierte sie so laut, dass Mira sich dabei ertappte, wie sie ein und denselben Satz zum wiederholten Male zu lesen versuchte. „Erhard, der Einfältige von Erhardsbach. Torvald, der ... der ..."

„... der Tyrannische", sagte Mira, ohne von ihren Korrekturen aufzusehen.

„Wer ist tyrannisch?"

Vera ließ vor Schreck das Buch fallen, als Filip plötzlich mitten im Raum stand. Er trug noch die schweren Stiefel und die blaue Uniformjacke. Auf seinem Gesicht spiegelte sich Erschöpfung.

Mira entschied, dass es besser war, Filips Frage nicht zu beantworten. Sie hatte die vage Vermutung, dass das Wort „tyrannisch" in seinem Beisein besser nicht im gleichen Satz mit dem Namen eines Staatsbeamten ausgesprochen werden sollte.

Vera schien das ähnlich zu sehen. Jedenfalls antwortete auch sie nicht, entriss Mira stattdessen ihr Heft und hielt es Filip unter die Nase. „Würdest du einen Blick auf mein Referat werfen?"

Offenbar hielt auch Vera es für das Beste, ihm nichts von Torvald, dem Tyrannischen, zu erzählen. Normalerweise hasste sie es, wenn ihr Bruder ihre Hausaufgaben durchsah.

Seufzend streifte er die Stiefel ab und ließ sich mit Veras Heft auf einen freien Stuhl fallen. Mira, die nun nichts mehr zu tun hatte, weil Filip ihre Arbeit übernahm, sah ihm zu, wie er beim Lesen mal zustimmend nickte, mal kritisch die Brauen hochzog.

Vera hatte sich wirklich Mühe gegeben, und mit Miras Hilfe war ein recht ansehnlicher Text aus dem entstanden, was Othmar ihnen erzählt hatte. Freilich ein stark geschönter. Vera hatte darüber gemurrt, aber schon immer war Mira die Durchsetzungsfähigere von ihnen beiden gewesen. Deshalb befanden sich in dem Text, den Filip las, keine Formulierungen wie „menschenunwürdige Bedingungen“, „mangelhafte Bezahlung“ oder „Versklavung“.

„Recht gut“, fand Filip, als er stirnrunzelnd zu Ende gelesen hatte. „Hier und da ein wenig reißerisch, aber doch im Großen und Ganzen ...“ Er hatte begonnen, Veras Heft mit dem Daumen im Schnelldurchlauf durchzublättern, und unterbrach sowohl diese Tätigkeit als auch den angefangenen Satz, als ein Blatt Papier aus dem Heft heraus auf die Tischplatte segelte. Direkt vor Filip blieb es liegen.

„Was ist das?“ Verdutzt griff er nach dem Blatt, doch Vera war schneller. „Nur eine Zeichnung.“ Sie grapschte das Papier grob vom Tisch und presste es an sich.

„Bei der Verfassung“, sagte Filip und klang dabei so sehr nach Miras Vater, dass diese unwillkürlich zusammenzuckte. „Das hast du gezeichnet?“ Filip angelte nach Veras Hand und entrang ihr die Zeichnung. „Es ist ausgezeichnet. So realistisch und ... wer soll das sein?“ Stirnrunzelnd breitete er das Papier auf der Tischplatte aus und strich es glatt. Mira blieb fast das Herz stehen: Es war das Bild von Chas.

„Wo hast du diesen Jungen gesehen?“

„Ähm“, machte Vera. „In meinem Kopf. Ich ... natürlich ist er erfunden.“

Filip musterte die Zeichnung noch einen Augenblick. „Ja“, sagte er dann und schnaubte kurz, als lache er über sich selbst. „Natürlich ist er das. Wo solltest du auch jemandem mit solch nachlässiger Kleidung und einer so ungestümen Frisur begegnet sein?“

Vera stimmte in sein Lachen ein, und Mira hoffte, dass es nur in ihren Ohren unnatürlich hoch klang.

„Ich dachte nur einen Moment lang ..." Filip zögerte. „Einen Moment lang kam er mir bekannt vor." Er erhob sich und tätschelte die zerknitterte Zeichnung. „Was natürlich ganz und gar unmöglich ist. Wie ich schon sagte: Kein anständiger Mensch läuft so herum, und ich will doch meinen, dass wir uns mit durchaus anständigen Menschen umgeben."

Mira lehnte sich vor, um ihrerseits einen Blick auf die erstaunlich realistische Zeichnung zu werfen. Auch ihr kamen die steinernen Züge, die bar jedes Lächelns waren, vertraut vor. Natürlich. Bei jedem Treffen sah sie ihn im Zwielicht am Rande des Lichtkegels sitzen und fragte sich, ob der eisige Blick, den Happy als sicheres Zeichen dafür deutete, dass Chas alleine sein wollte, je einem Lachen wie an ihrem ersten Abend in Klein-Ararat weichen würde.

Mira und Filip hatten sich alle Mühe gegeben, dafür zu sorgen, dass Vera das Referat in Winkelbauers Unterricht unbeschadet überlebte. Vera hatte über manche Korrekturen gemurrt, aber als Winkelbauer sie eines Freitagmorgens tatsächlich mit einem garstigen kleinen Lächeln vor die Klasse bat, straffte sie sichtlich die Schultern, raffte ihre sorgfältigen Notizen zusammen und trat vor. Sie zitterte nicht einmal, und sie wich Winkelbauers durchbohrendem Blick auch nicht aus, als sie ansetzte: „Unser Staat ist auf drei Grundpfeilern errichtet: auf der Gleichberechtigung, der Neutralität und der Unabhängigkeit", sagte sie, ohne mit der Wimper zu zucken. Zu Hause, als Mira diese sensationslüsterne Einleitung vorgeschlagen hatte, war sie gar nicht begeistert gewesen. „Gleichberechtigung?", hatte sie in ihr Wasserglas geschnaubt. „Dass ich nicht lache. Othmar und seine Sklaven wissen doch nicht mal, was dieses Wort bedeutet."

„Unabdingbar für eine dauerhafte Gewährleistung dieser Unabhängigkeit sind die Erträge und Fortschritte unserer Landwirtschaft“, fuhr sie nun fort, als käme es ihr gar nicht in den Sinn, zu hinterfragen, was sie eben gesagt hatte.

Auch Winkelbauer konnte daran nicht zweifeln. Und sollte er es doch tun, so hatte Mira größten Wert darauf gelegt, die Informationen in Veras Vortrag so dicht anzuordnen, dass ihm nicht viel Gelegenheit blieb, Vera zu unterbrechen. Es dauerte tatsächlich über zehn Minuten, bis er zum ersten Mal zu Wort kam.

„Sie sprachen eben vom Import“, nutzte er eine kleine Atempause seitens Vera, die bisher wie ein Wasserfall geredet hatte. „Sicher ist Ihnen bekannt, über wie viele Jahrhunderte hinweg man auch hierzulande auf Importware angewiesen war. Wie konnte die heutige Landwirtschaft Ihrer Meinung nach dafür sorgen, dass dies mit einem Mal überflüssig ist?“

Unter ihrem Tisch ballte Mira die Hände zu Fäusten. Winkelbauer erinnerte sich genau daran, dass Vera schon einmal an seinen bohrenden Fragen zum Thema Ersatzwaren gescheitert war. Ihre ängstlich gestammelte Antwort „Ersatzschokoladenkekse“ hallte Mira noch in den Ohren.

Aber Vera reckte nur das Kinn vor und umklammerte ihre Notizen wie eine Waffe. „Viele Lebensmittel, die man früher importiert hat, können mittlerweile nahezu gleichwertig ersetzt oder sogar in unserem Land angebaut werden.“

Winkelbauer war sichtlich enttäuscht von einer so zufriedenstellenden Antwort. Bis Vera fortfuhr: „Aber natürlich gibt es nicht für alles einen Ersatz. Ich glaube sogar, dass die Landwirtschaft, egal wie fortgeschritten sie ist, nie all die Dinge ersetzen kann, die durch Import angeboten werden könnten.“

Man hätte eine Stecknadel im Klassenzimmer fallen hören können. Alle Anwesenden hielten den Atem an und warteten auf Winkelbauers Reaktion. Daphnés Augen waren ganz groß geworden. Eine solche Äußerung hatte mit Einfältigkeit nichts mehr zu tun; sie grenzte an eine Frechheit, die gerade Vera eigentlich nie besessen hatte.

„Das ist ja hochinteressant, Frau Petersen." Nun war Winkelbauer wieder in seinem Element. Es lag ihm viel besser, gehässig zu Vera zu sein, als hinzunehmen, dass sie eine gute Antwort gegeben hatte. Die Enttäuschung auf seinem Gesicht war wie weggewischt. „Es gibt ja durchaus einige aufrührerische Gruppen, die wie Sie der Meinung sind, wir täten gut daran, den Import wieder einzuführen und unsere Unabhängigkeit für Luxuswaren wie Kakao zu opfern."

Vera blinzelte. „Ich glaube nicht, dass ich das gesagt habe", meinte sie kühl. „Ich sagte, ich kann mir nicht vorstellen, dass unsere Landwirtschaft jede Art von Importware ersetzen kann. Eben haben Sie selbst zugegeben, dass es Dinge gibt, die hier nicht angebaut werden können. Kakao zum Beispiel."

Neben Mira schnappte eine Schülerin nach Luft, und Mira konnte es ihr gut nachfühlen. Niemand von ihnen – vielleicht noch nicht einmal Mira selbst – hatte es jemals gewagt, so mit Winkelbauer zu sprechen. Und dem bekam es auch keineswegs gut: Er lief rot an, und für einen Moment schien es ihm die Sprache verschlagen zu haben.

Das war gut für Vera, denn sie war noch nicht fertig. Sie starrte auf ihre Notizen, als spräche sie mehr zu diesen als zu Winkelbauer: „Auch Erdöl werden wir ohne Import nie haben. Um zu Ihrer Ausgangsfrage zurückzukommen: Das Problem besteht nicht darin, die Landwirtschaft dazu zu bringen, alle Produkte, die die Bevölkerung sich wünscht, anbieten zu können, sondern darin, die Bevölkerung mit dem zufriedenzustellen, was die Landwirtschaft bieten kann. Es handelt sich also mehr um eine politische als um eine wirtschaftliche Fragestellung."

Vera schien über ihren Mut so schockiert, dass sie einige Sekunden brauchte, ehe sie die Nase in ihre Unterlagen steckte und mit ihrem Referat fortfuhr. Während der gesamten Zeit wartete Mira darauf, dass Winkelbauer wieder zur Besinnung kam, doch er schwieg beharrlich. Volle fünf Minuten ließ er Vera fortfahren. Allerdings ahnte Mira, dass er die Zeit nutzte, um sich eine neue Gemeinheit auszudenken, mit der er Vera aus dem Konzept bringen konnte. Eine kleine pulsierende Ader pochte verräterisch an seiner Schläfe. Das konnte nichts Gutes bedeuten.

„Nun haben Sie uns ausgesprochen viel über die Errungenschaften der Landwirtschaft kundgetan, Frau Petersen", schnarrte er, als Vera schließlich zum Ende kam. „Wie könnte man, Ihrer bescheidenen Meinung nach, die Erträge noch steigern?"

Mira atmete insgeheim auf. Sie hatten mit einer Frage dieser Art gerechnet und eine sorgfältige Antwort für Vera formuliert, welche diese auch sogleich herunterhaspelte: „Zum einen ist es unerlässlich, die nächste Generation für die ungeheure Wichtigkeit der Landwirtschaft für unseren Staat zu sensibilisieren. Außerdem –"

„Immer langsam, Frau Petersen." Winkelbauer schien es jetzt ganz egal zu sein, ob Vera ihren Satz beendet hatte oder nicht. „Lassen Sie uns diese wichtige Fragestellung in einer kleinen Diskussionsrunde erörtern. Sie und eine Mitschülerin verhandeln das Für und Wider Ihrer sicher grandiosen Vorschläge." Mira musste sich anstrengen, die zur Faust geballte Hand zu lockern und sie in die Luft zu strecken.

Winkelbauer kniff die Brauen zusammen. „Frau Robins?"

„Ich melde mich freiwillig. Ich würde gerne mit Vera diskutieren."

„Sehr freundlich, Frau Robins", erwiderte Winkelbauer, ohne sie weiter anzusehen. „Aber ich dachte eher an ..." Sein Blick wanderte über die Reihen von Schülern, von denen die meisten angestrengt auf die Tischplatte oder in ihre Mitschrift starrten. „Frau Baron, hätten Sie nicht Lust auf eine kleine Diskussion?“

Vera, die immer noch vor der Klasse stand, versteifte sich sichtlich. Neben Daphné, die mit federndem Gang und süßlichem Lächeln zu ihr trat, wirkte sie wie ein Brett.

„Sie eröffnen das Gespräch, Frau Petersen.“ Winkelbauer hatte Daphnés Platz zwischen den Schülern eingenommen und verfolgte die Szene mit erwartungsvoller Miene.

„Es ist ...“, stammelte Vera, „... zum einen ist es unerlässlich, die nächste Generation für die ungeheure Wichtigkeit der Landwirtschaft für unseren Staat zu sensibilisieren ...“

„Schön und gut.“ Daphné fuhr sich durch den perfekten Kurzhaarschnitt. Mit einem Vater im Staatsdienst hatte sie nicht nur die nötigen Argumente für eine solche Diskussion, sondern war es gewohnt, der Mittelpunkt jedes Gesprächs zu sein. „In fünf oder zehn Jahren mag uns das etwas bringen. Aber die Frage ist: Was können wir jetzt tun? Wäre es nicht sinnvoller ...“

„Auf der anderen Seite ...“, versuchte Vera fortzufahren und erhob die Stimme ein wenig, um Daphnés Ausführungen zu übertönen.

Ohne Erfolg: „... nach einer Möglichkeit zu suchen, dieses faule Gesindel aus den Armenvierteln dazu zu bringen, unserem Staat den Einsatz zu zollen, den sie ihm schuldig sind?“

„Auf der anderen Seite können wir ...“ Vera klammerte sich an ihre Unterlagen, bis ihre Fingerknöchel ganz weiß wurden. Mira und Filip hatten sie darauf vorbereitet, das Referat mithilfe sorgfältig formulierter Notizen durchzustehen. Eine offene Diskussion war in diesem Plan nicht vorgesehen gewesen.

„Diese Leute“, fuhr Daphné unbeirrt fort, „sind primitiv. Sie haben kein Ehrgefühl, und von sich aus arbeiten sie nicht zufriedenstellend. Aber wenn ihr Überleben davon abhängt, wenn man ihre Rationen kürzt –“

„Welche Rationen?“, brüllte Vera, die offenbar vergessen hatte, dass sie sich an die zurechtgelegten Standpunkte und Informationen in ihren Unterlagen halten wollte. „Welche Rationen soll man ihnen kürzen? Sie bekommen keine! Alles, was sie bekommen, ist ein Hungerlohn, von dem sie ihre Familien nicht ernähren können. Sie schuften auf diesen Feldern –“

„Und offenbar haben sie noch ausreichend Zeit und Energie, sich zu beschweren“, sagte Daphné, von Veras Ausbruch völlig ungerührt.

„Ich war dort.“ Auch Veras Gesicht war jetzt weiß wie ihre Fingerknöchel. „Ich habe die Zustände gesehen, unter denen sie arbeiten, und ich habe nicht ein Widerwort von ihnen gehört. Aber einen Jungen ein Brot stehlen sehen, das habe ich. Weil sein Vater auf den Feldern nicht einmal genug verdient, um –“

„Es reicht!“ Winkelbauer erhob sich und trat zwischen die beiden. „Niemand hier will Ihre Erlebnisse in den Außenvierteln zu Ohren bekommen.“

„Aber nein, Professor“, meldete Daphné sich zu Wort. Natürlich. Immer noch wirkte sie sortiert, und ihre Stimme hatte den gewohnten süßlichen Klang. Als hätte sie überhaupt keine Emotionen, die jemals mit ihr hätten durchgehen können.

„Mich interessiert es sehr“, erklärte sie. „Die Petersens haben doch seit jeher Verbindung zu den Außenvierteln. Es würde mich nicht verwundern, wenn sie eines Tages dorthin ziehen würden.“

„Du grässliche –“, setzte Vera an, aber Daphné lachte nur glockenhell.

„Hast du eben gehört, was ich über primitive Menschen gesagt habe?“, fragte sie. „Man muss sie beschäftigt halten, ihnen Arbeit anschaffen, damit sie zu etwas nütze sind. Ansonsten beschweren sie sich nur den lieben langen Tag darüber, wie schlecht es ihnen doch geht, und wie unfähig unser Staat ist, für ihr Wohlergehen zu sorgen.“ Sie warf einen Blick zu Winkelbauer, wie um zu prüfen, ob sie zu weit gegangen war, aber der machte keine Anstalten einzuschreiten, obwohl er immer noch zwischen den beiden Mädchen stand, die unterschiedlicher nicht hätten sein können: Daphné mit kurzem, glattem Haar und makelloser Kleidung; selbst jetzt hatte sie noch ein geziertes Lächeln im Gesicht. Vera neben ihr bebte vor unterdrücktem Zorn. Die Bluse war ihr auf einer Seite aus der Hose gerutscht, und ihr Haar war wie eh und je zu lang.

„Dein Vater ist genau wie die Leute da draußen. Er wäre jetzt nicht da, wo er ist, wenn er klare Prioritäten gesetzt hätte", flüsterte Daphné, doch mittlerweile war es so atemlos still, dass man jedes Wort verstehen konnte. „Er hatte die Wahl."

„Was meinst du damit?", fragte Vera, die es vor fassungsloser Wut am ganzen Leib schüttelte.

Über Daphnés Gesicht ging ein Strahlen. „Du weißt es nicht einmal? Er hat dir nie gesagt, warum er seinen Job verloren hat?"

Mühsam unterdrückte Mira den Impuls, aufzuspringen und dazwischenzugehen. Vera indessen konnte nicht antworten. Sie biss die Zähne fest zusammen, und Mira war nicht sicher, ob sie, wenn sie irgendwann doch den Mund aufmachte, etwas sagen würde, das sie in Schwierigkeiten brächte, oder ob sie sich einfach übergeben würde. Ihr Gesicht war weiß wie die Wand.

Winkelbauer stand immer noch nutzlos zwischen den beiden Mädchen und tat nichts. Erst als Mira sich aus der Erstarrung löste und sich erhob, ergriff er das Wort. „Ich denke, das reicht", sagte er leise. „Es war sehr aufschlussreich, will ich meinen. Sowohl was Ihr durchaus interessantes Familienleben angeht als auch Ihre Referatsnote betreffend." Er trat einen Schritt zurück. „Setzen", blaffte er Vera an. „Und Sie ebenfalls, Frau Baron, Frau Robins. Ich denke, wir haben genug Unterrichtszeit vergeudet."

Kapitel 11

Eine komische Art

„Aber du musst doch wissen, warum dein Vater entlassen wurde!“ Mira und Vera hatten die meiste Zeit geschwiegen, während sie durch die Armenviertel und über die Felder zum Berg Klein-Ararat liefen. Aber nun, in der Dunkelheit und Enge des unterirdischen Ganges, der Mira mittlerweile fast ein Gefühl von heimeliger Sicherheit gab, konnte Mira nicht mehr an sich halten.

Seit Veras Referat und Daphnés Andeutungen über Herrn Petersen hatten sie dieses Thema schon etwa ein Dutzend Mal diskutiert, und Vera hatte immer versichert, absolut nichts zu wissen. Aber Mira ließ nicht locker.

„Ich sage dir doch, ich habe keine Ahnung“, antwortete Veras Stimme aus der Dunkelheit. Die Worte hallten an den Steinwänden wider, und Mira zuckte zusammen, weil es klang, als sprächen gleich drei Veras mit ärgerlichem Unterton zu ihr.

„Aber Daphnés Vater muss ihr irgendetwas gesagt haben“, beharrte Mira. „Sie weiß etwas!“

„Oder sie tut nur so. Die macht sich gerne wichtig. Vielleicht war mein Vater nur ein Vorwand, um mich fertigzumachen.“

„Jaah“, sagte Mira in die Dunkelheit hinein. „Kann schon sein.“ Aber in Wahrheit glaubte sie nicht daran. Wie kam es, dass Herr Petersen nicht einmal seiner eigenen Tochter erzählt hatte, was damals geschehen war? Und seinem Sohn ... ob Filip wohl mehr wusste? Er hatte nie ein Wort darüber gesagt, wohl auch zu Vera nicht. Was war so schrecklich, dass Herr Petersen es sogar vor seinen Kindern verbarg? Oder wollte er sie nur schützen? Immerhin war Filip dabei, selbst Karriere im Staatsdienst zu machen, und Vera ... nun, Vera hatte schon genug Probleme in der Schule.

Schweigend gingen sie weiter durch den finsteren Gang, über die Lichtung und schließlich durch das Wäldchen.

Noch immer staunte Mira jedes Mal über diese wundersame Welt, die sich im Inneren des Berges verbarg, genau wie an ihrem ersten Abend in Klein-Ararat. Aber da war auch ein neues Gefühl. Es erinnerte sie an die Erleichterung, wenn sie im letzten Moment vor Beginn der Ausgangssperre die Sicherheit ihres Zuhauses erreichte.

Nun, da sie ins abendliche Sonnenlicht getreten waren, konnte sie Veras Gesicht sehen, das sehr verbissen und abweisend dreinschaute. Mira war drauf und dran, sich für ihr Drängen zu entschuldigen, als etwas anderes ihre Aufmerksamkeit auf sich zog. Etwas, das sie in Klein-Ararat erst ein einziges Mal gehört hatte.

Ihr Blick flog über die langen Schatten, die von den Felswänden auf den überwucherten Boden geworfen wurden. Über das Hüttendorf und das Lagerfeuer in der Ferne. Nicht weit von den dort sitzenden Jugendlichen und Edmund Porter, der bei ihnen stand, fegte ein schwarzbrauner Fellball durch das Gras und sprang an einer Gestalt hoch, die mit rauer Stimme über die ungestümen Versuche des Hundes, an das zu kommen, was sie in der Hand hielt, lachte. Dieses Lachen war es, das Mira aufhorchen ließ. Sie hatte es bisher nur einmal gehört: als sie an ihrem ersten Abend von Skive zu Boden geworfen worden war.

Der Mischling setzte erneut zum Sprung an, dieses Mal so übermütig, dass er gegen den ausgestreckten Arm über ihm prallte. Chas und er gingen zu Boden, versanken lachend und bellend im weichen Gras und verschwanden aus Miras Blickfeld.

„Bist du okay?“ Vera stand neben ihr. Sie war Miras Blick zu dem seltsamen Paar aus Einzelgänger und Hund gefolgt, fand es aber offenbar nicht weiter spannend. Jedenfalls sah Mira auf Veras Gesicht keine Gefühlsregung, wie sie selbst sie empfand. Dass der eigenbrötlerische Chas so unbefangen lachte und mit Happys ungestümem Hund durch das hohe Gras tollte, gab ihr mehr denn je ein Gefühl des Zuhauseseins in Klein-Ararat.

Aber Mira sprach nichts dergleichen aus. Vermutlich hätte es nur peinlich geklungen, denn das Einzige, das ihr dazu in den Sinn kam, war ein Vergleich aus einem der alten Bücher, die sie aus „Porters Höhle" geliehen und im Schein der Taschenlampe verschlungen hatte: das Bild von Fuchs und Hase, die friedlich nebeneinanderlagen.

Dieser Frieden war in Klein-Ararat so greifbar. Wie ein Zelt schien er sich über sie alle zu spannen, als sie schließlich um das Lagerfeuer saßen.

Natürlich wusste jeder von ihnen sehr genau um die Gefahr, in der sie alle schwebten. Sie durften nicht hier sein, ja manche von ihnen – Mira sah sich verstohlen nach Eloise, Stella und Luna um, nach der fröhlichen Happy, dem kleinen Paul auf Lias breitem Schoß und nach Chas und Skive, die in friedlichem Schweigen am Rand der Gruppe im Gras lagen –, manche von ihnen durften eigentlich noch nicht einmal existieren.

Und doch war Mira so froh, dass sie es taten. Sie konnte sich eine Welt, in der Klein-Ararat und die Fischerkinder nicht existierten, nicht einmal mehr vorstellen. Eine Welt, in der sie nichts von Jesus von Nazareth wusste, eine Welt, in der sie sich sehnlichst in eines ihrer Bücher wünschte, weil sie ihr manchmal erstrebenswerter schienen als die Realität.

Urs, ein Junge aus den Armenvierteln, begann, Gitarre zu spielen. Mit seinen großen Händen, die aussahen, als wären sie bestenfalls für grobe Arbeit geschaffen, entlockte er dem Instrument ein Klingen und Summen, das sich nahtlos in die Geräusche der Natur um sie herum einzufügen schien.

„Groß ist unser Gott", sangen sie, und mehr und mehr begriff Mira, was diese Worte eigentlich bedeuteten. „Du allein regierst über Raum und Zeit." Was hatten Staat und König nicht alles unternommen, um sie diesen Gott vergessen zu lassen, um sie daran zu hindern, von ihm zu erzählen! Und doch konnten sie nichts, rein gar nichts dagegen unternehmen, dass im Inneren eines unscheinbaren Berges außerhalb der Stadt rund zwanzig Menschen um ein knisterndes Feuer saßen und ihm aus voller Kehle Lieder sangen.

Vielleicht hatten sie die Gebäude niedergerissen und die Bibeln beschlagnahmt. Vielleicht hatten sie ihnen Treffen wie dieses unter Androhung der abscheulichsten Strafen verboten. Aber sie waren doch machtlos gegen einen Gott, der sich gegen das Vergessen wehrte. Dass sie, Mira, Tochter eines hohen Staatsbeamten, von ihm erfahren hatte, bewies gründlich, dass er überall war. Auch dort, wo er am allerverbotensten, am allerunerwünschtesten war.

An diesem Abend fiel es Mira zum ersten Mal schwer, sich auf Edmund Porters Worte zu konzentrieren. Nicht weil sie wie bei ihren ersten Besuchen in Klein-Ararat entsetzt über das war, was er da von sich gab, sondern weil unzählige Gedanken ihr durch den Kopf gingen. Während Edmund Porter von Frieden sprach, ließ sie den Blick über die Menschen um sich herum schweifen und sog das Gefühl, ganz genau zu verstehen, was dieses Wort bedeutete, tief in sich auf.

Die Fischerkinder waren nicht immer einer Meinung. Sie waren nicht gleichförmig, einer wie der andere. Mira hatte Ben und Chas aneinandergeraten sehen, hatte gehört, wie Lia über Edmunds Sohn sprach, und hatte mitbekommen, wie die beiden Brüder, Theodore und Nathaniel Tau, streiten konnten. Und trotzdem herrschte Frieden. Die unterschiedlichen Persönlichkeiten rieben sich aneinander, aber sie waren dennoch miteinander verbunden. So verbunden, dass sie einander Treffen für Treffen ihr Leben anvertrauten.

Was, wenn ihrem Staat das fehlte? Hundert Jahre ohne Kriege – was, wenn das nicht das Gleiche war wie hundert Jahre Frieden? Sie hatten alle Bündnisse gelöst und alle Abhängigkeiten ausgeräumt. Sie hatten niemanden, mit dem sie aneinandergeraten konnten. Und niemanden, der ihnen aushalf, wenn Hunger und Katastrophen und innere Spannungen ihr Land heimsuchten.

Edmund hatte begonnen, vor dem Feuer auf und ab zu gehen. „... und sagt, *seinen* Frieden gibt er uns. Nicht –"

„Hier."

Mira fuhr heftig zusammen. „Es ist unhöflich, sich derartig anzuschleichen!", entfuhr es ihr in ihrem Schrecken. Vera und ein paar andere wandten sich zu ihr um, aber sie schüttelte nur den Kopf und wandten sich Chas zu, der neben ihr in die Hocke gesunken war und ihr ein Buch hinhielt.

Zu überrumpelt und mit zu wild klopfendem Herzen, um einen klaren Gedanken zu fassen, nahm sie es entgegen. Es war ein dickes, abgenutztes Buch, und als sie es aufschlug, klappten die Seiten von ganz alleine auseinander. Alt, viel gelesen und innig geliebt, lag es auf ihrem Schoß.

Sie sah auf und erwartete, in Chas' Gesicht zu sehen. Doch er hatte sich erhoben und war bereits im Begriff, wieder zu gehen.

„Warte!" Sie verschwendete keine Zeit damit, sich umzusehen, aber sie ahnte, dass erneut einige Umsitzende die Hälse reckten, um die Quelle der Störung auszumachen.

Chas hielt in der Bewegung inne und sah zu ihr herab.

„Was ist das?", wisperte sie.

„Ein Buch." Er stand immer noch einen halben Meter von ihr entfernt, als wolle er jeden Moment davonlaufen.

„Was ... natürlich." Mira zog die Augenbrauen hoch. Sie sah auf das Buch, dann zu Chas und schließlich zu Edmund Porter, der vor dem Feuer stehen geblieben war und beim Sprechen in ihre Richtung sah.

„Und ... warum?", fragte sie gedämpft.

Zögerlich sank Chas wieder in die Hocke. „Du liest gerne", stellte er fest, erklärte aber nicht, woher er das wusste. „Und es ist sehr gut."

„Oh ... danke." Sie blickte auf das aufgeschlagen daliegende Buch hinab. „Außer dir und Edmund kenne ich niemanden, der gerne liest", sprudelte es bei diesem Anblick aus ihr heraus.

„Ja." Chas starrte auf seine nun leeren Hände, die unablässig über die Seitennähte seiner Hose strichen. Auf und ab, auf und ab.

Mira senkte den Blick wieder auf das offene Buch vor ihr, und weil sie nicht wusste, was sie noch hätte sagen sollen, las sie einige Sätze. „Denn das konnte er – vielleicht war es das Einzige, was er wirklich konnte: sich etwas vorstellen, so deutlich, dass er es fast sah und hörte."

Beinahe musste Mira lachen. Das konnte sie auch – ganz hervorragend sogar –, und allein seine Liebe zu diesem speziellen Buch ließ Mira erahnen, dass es Chas genauso ging.

Wieder und wieder las sie die Worte, während er stumm neben ihr saß, und fragte sich, warum um alles in der Welt er ihr das Buch gebracht hatte. Ein Versuch, mit ihr ins Gespräch zu kommen, konnte es wohl kaum gewesen sein. Dann hätte er nicht ausgerechnet Edmunds Predigt als Zeitpunkt gewählt und würde nun vermutlich auch nicht schweigen.

Dieser Chas neben ihr hatte nur wenig mit dem ausgelassen lachenden Exemplar seiner selbst zu tun, das sie vorhin im Spiel mit Skive beobachtet hatte. Aber wenn sie es sich recht überlegte, dann war der Weg, den er überwunden hatte, und die Geste, ihr das Buch zu geben, für einen solchen Einzelgänger wie Chas schon außergewöhnlich genug.

Nach seiner Predigt forderte Edmund Porter sie auf, sich zu kleinen Gruppen zusammenzuschließen, um miteinander zu beten. Mira sah zu, wie rund um sie herum Hände gefasst und Köpfe gesenkt wurden. Urs und seine Freundin Biene saßen Stirn an Stirn, Lia scharte die Jüngeren um sich, Eloise, Stella und Luna nahmen eine sichtlich befangene Vera in ihren Kreis auf.

Mira hätte gerne mitgemacht, doch der Gedanke, Chas an den Händen zu fassen und mit ihm zu beten, war geradezu lächerlich. Hier sitzen lassen wollte sie ihn, nachdem er zu ihr gekommen war, dennoch nicht. Und überhaupt: Was hätte sie denn sagen sollen? Sie hatte Edmund so oft beten gehört, es aber nie selbst getan.

„Schon okay. Du musst nicht mitmachen." Auch Chas machte keinerlei Anstalten, den Kopf zu senken und zu beten. Mira hätte gerne gefragt, warum. Immerhin war er schon viel länger dabei als sie. Oder etwa nicht?

„Ich würde gerne", sagte sie jedoch, weil sie nicht wagte, eine Frage zu stellen. „Aber um ehrlich zu sein, weiß ich nicht, wie."

Chas zuckte die Schultern. „Da musst du jemand anderen fragen. Edmund zum Beispiel. Der ist hier der Experte im Beten."

Mira wusste nicht, warum, aber seine Worte klangen bitter. Als sie einen vorsichtigen Blick zu ihm warf, stellte sie fest, dass Chas die Augen fest auf Edmund gerichtet hatte, der neben ein paar Jugendlichen niedergekniet war und mit gesenktem Kopf sprach.

„Meinst du, ich kann ihn fragen?"

Nun sah Chas sie an. „Warum willst du das?"

„Ich ... warum willst du es nicht?“, fragte sie verteidigend zurück. Er war doch einer von ihnen. Warum sonst hätte er hier sein sollen?

„Am Anfang warst du dir nicht so sicher“, sagte Chas anstelle einer Antwort leise. „Du warst dir überhaupt nicht sicher.“

Bildete sie es sich nur ein, oder klang Chas enttäuscht? Aus seiner Miene wurde sie nicht schlau. Es war nicht jener abweisende Blick, den Happy als sicheres Zeichen dafür wertete, dass Chas alleine sein wollte. Es war auch nicht der feindselige Blick, mit dem er Ben bedacht hatte, als er ihm eiskalt ins Gesicht gelogen und behauptet hatte, Vera und Mira hätten sich seinetwegen vom Lagerfeuer entfernt. Fast wäre Mira einer dieser Blicke lieber gewesen; wenigstens hätte sie dann gewusst, woran sie war.

„Warum bist du eigentlich hier, wenn du dir selbst nicht sicher bist?“, fragte sie herausfordernd, bereute es aber fast im gleichen Augenblick. Im Grunde wollte sie nicht, dass Chas sie so ansah. Sie wünschte sich, seine Miene würde wieder etwas von der Zufriedenheit spiegeln, die sie vorhin im Spiel mit Skive bei ihm beobachtet hatte.

„Darf ich mich euch beiden anschließen?“

Mira sah nach oben und blickte in Edmund Porters bärtiges Gesicht.

Weil Chas nichts erwiderte, nickte Mira, und Edmund ließ sich – behände für sein Alter und seine Statur – neben ihnen im Gras nieder. Ein Lächeln stahl sich auf seine Lippen, als sein Blick auf das Buch in Miras Schoß fiel.

„Großartige Geschichte.“ Er zwinkerte Chas zu. „Und eindeutig des Teilens wert.“

Chas wandte das Gesicht ab und schnalzte mit der Zunge, um Skive anzulocken, der unweit von ihnen durchs Gras pirschte. Der Mischling spitzte die Ohren und kam bereitwillig angetrottet, um sich den Kopf kraulen zu lassen.

„Was ist mit dir?“, fragte Edmund, nachdem er Chas eine Weile dabei zugesehen hatte.

Dieser zuckte unwillig die Schultern. „Ich bete nicht. Das weißt du.“

Hatte die Antwort Edmund verletzt, so verbarg er es gut. Er richtete den Blick wieder auf Mira und blinzelte ihr zu.

„Und ich“, sagte sie hastig, „kann es nicht. Aber ... kann ich Sie etwas fragen?“

Chas saß immer noch neben ihnen und hörte jedes Wort. Sie kannte ihn kaum, aber wenn sie eines über ihn begriffen hatte, dann dass er Dinge für sich behalten konnte. Er sprach ja kaum jemals mit einem Menschen.

„Aber sicher“, sagte Edmund Porter. „Was bedrückt dich?“ Sein Lächeln grub zahllose Fältchen in die Haut rund um seine Augen.

„Ich habe mich gefragt ... Ich bin nun eine Weile hier. Nun, also eigentlich sind es nur ein paar Wochen, aber es fühlt sich an wie eine halbe Ewigkeit.“

Edmund Porter nickte lächelnd.

„Sie wollten, dass ich hierherkomme, nicht wahr? Sie haben die Bibel absichtlich auf der Sessellehne liegen lassen, damit ich sie lese.“

„Du durchschaust mich.“

„Warum ich?“, platzte Mira heraus. „Woher wussten Sie, dass ich mitmachen würde? Dass ich Sie nicht verraten würde?“

„Du warst auf der Suche, Mira. Das habe ich gespürt. Gott hat mich dazu benutzt, dir beim Finden zu helfen.“

„Aber was, wenn ich Sie verraten hätte?“, beharrte Mira. Wie hatte er sich so sicher sein können, wo sie es doch am Anfang selbst nicht gewesen war? Er hatte sich so in ihr getäuscht. „Ich wollte Sie verraten“, flüsterte sie und umklammerte ganz fest Chas’ Buch mit beiden Händen. Als sie den Kopf hob und vorsichtig in seine Richtung sah, begegnete sie seinem überraschten Blick.

„Aber das hast du nicht", sagte Edmund Porter ruhig. „Ich habe Gott vertraut, dass er seine schützende Hand über uns hält, und das hat er."

Mira konnte ihm nicht länger ins Gesicht sehen. Sie ließ den Blick über die am Lagerfeuer schwatzenden Menschen schweifen, zum Hüttendorf, zum Zackenrand der Klippen über ihnen. „Ich würde es nicht mehr tun." Sie hatte das Gefühl, das sagen zu müssen, aber Edmund schüttelte nur den Kopf, als wäre das keine große Neuigkeit für ihn.

„Ich würde die Fischerkinder nie verraten", sagte Mira dennoch mit Nachdruck. „Es fühlt sich an, als gehöre ich hierher."

„Wir alle haben in Klein-Ararat eine Heimat gefunden", bestätigte Edmund Porter. Mira war froh, dass er sie nicht verurteilte, weil sie daran gedacht hatte, die Fischerkinder auszuliefern. Auch lachte er nicht über die sentimentale Äußerung, sie habe das Gefühl, irgendwie hierher zu gehören. Diesen Gedanken hatte sie bisher nicht einmal Vera anvertraut. Fast hatte sie sogar vergessen, dass auch Chas sie noch hören konnte.

„Ich will dazugehören", sagte Mira. „Ein Fischerkind sein. Am liebsten würde ich einfach hier in Klein-Ararat bleiben. Aber trotzdem fühlt es sich so an, als fehle etwas ..."

Skives Jaulen ließ sie zusammenschrecken. Als sie zu ihm sah, drückte er den Kopf in Chas' Handfläche und bettelte darum, dass dieser ihn weiterkraulte. Doch Chas saß da wie erstarrt.

„Für dich ist das hier nicht der richtige Ort", erwiderte Edmund Porter sanft und lenkte Miras Aufmerksamkeit zurück auf sich. „Doch glaube ich, dich beinahe so gut zu durchschauen wie du mich im Bezug auf meinen Trick mit der Bibel. Vielleicht verstehe ich dich in diesem Punkt sogar besser als du dich selbst."

„Wie meinen Sie das?"

„Ich meine deinen Wunsch, dazuzugehören. Zur Gruppe hast du gehört, kaum hattest du den Berg zum ersten Mal betreten. Ja", bestätigte er, als er Miras Blick begegnete, „obwohl du an einen Verrat dachtest. Du warst eine von uns, weil du unser Geheimnis von da an teiltest. Aber ich glaube, wonach du dich wirklich sehnst, das ist das, was uns alle hier verbindet. Kannst du dir vorstellen, was das ist?"

Mira schüttelte den Kopf. Sie warf einen kurzen Blick zu Chas, der regungs- und wortlos im Gras saß und ihnen zuhörte. Im Hintergrund tanzte Happy mit ausgebreiteten Armen wie ein großer, bunter Vogel zu einem Lied, das Eloise, Stella und Luna angestimmt hatten. Die beiden dunkelhäutigen Brüder, Nathaniel und Theodore, drängten sich um Urs, der näher am Feuer auf seiner Gitarre klimperte.

Was verband sie? Sie waren so verschieden und doch jeder auf seine Art so anders als die Menschen, die Mira gekannt hatte, bevor sie Klein-Ararat zum ersten Mal betreten hatte. Sie sahen nicht nur anders aus – mit der selbst gemachten Kleidung und dem teilweise zu langen Haar. Das allein war es nicht. In ihnen war etwas anders als bei den Menschen dort draußen. Als hätten sie ein anderes Herz, wären ganz andere Wesen. Aber was war es, das sie so anders machte, das sie verband?

„Jesus", beantwortete Edmund Porter seine eigene Frage. „Wir gehören zusammen, weil wir zu ihm gehören. Und du bist ganz und gar eine von uns, wenn du ganz und gar sein bist."

Mira blickte dem freundlichen Buchhändler in die hellblauen, faltenumrahmten Augen. „Wie geht das?", fragte sie leise und verbat es sich, zu Chas zu sehen. Er machte sie langsam nervös, wie er sie und Edmund so fixierte und dabei die Zähne zusammenbiss, dass sie sich fast einbildete, sie bis zu ihnen herüber knirschen zu hören.

„Nun, für den Anfang, indem du es ihm einfach sagst: Jesus, ich bin dein. Oder wie immer du es formulieren magst. Finde deine eigenen Worte. Du musst es nur tatsächlich von ganzem Herzen so meinen. Zu Jesus zu gehören kann dein Leben gründlich auf den Kopf stellen. Aber wem sage ich das?" Edmund Porter lachte. „Vermutlich schlägt es schon die tollsten Purzelbäume, seitdem du meine Bibel mitgenommen hast."

Mira lachte ein bisschen mit, weil das ihrer Meinung nach noch eine Untertreibung war. Wie viel mehr konnten die Worte „Ich gehöre zu dir" in ihrem Leben schon noch durcheinanderbringen? Sie hatte ohnehin längst das Gefühl, dass all ihr Denken sich um Jesus und die Fischerkinder drehte. Ihr ganzes Leben war aus den Fugen geraten und an ganz neuer Stelle wieder eingerastet. Wie ein Zug, bei dem man die Weichen neu gestellt hatte. Mira hatte das freilich noch nie gesehen; jedenfalls nicht außerhalb ihres Staatsgeografiebuches. Die meisten Zugstrecken lagen seit Jahren lahm, weil man sie nicht mehr unterhalten konnte. Nur die wichtigsten Verbindungen bestanden weiterhin.

„Ich will es trotzdem machen", erklärte sie Edmund entschlossen. „Es Jesus sagen, so richtig offiziell, meine ich." Die Weichen waren gestellt. Jetzt hieß es: mit voller Kraft voraus in diese neue Richtung ihres Lebens!

„Soll ich mit dir beten?", bot Edmund Porter an.

Mira warf Chas einen Blick zu, von dem sie hoffte, dass er ihn dazu brächte, endlich wegzugehen. Edmund Porter schien sich nun ebenfalls an ihn zu erinnern. „Bitte entschuldige uns, Chas", sagte er, und seine Stimme nahm einen ganz anderen Klang an. Mira konnte nicht sagen, ob es Kummer oder Ärger war, den sie darin hörte. Sie bemerkte nur, dass Edmunds Blick nicht zum Klang seiner Worte passen wollte: Er sah Chas an, wie er sonst vielleicht nur Ben ansah.

„Es würde mir viel bedeuten, wenn du auf mich warten könntest."

„Von mir aus", knurrte Chas, als hätte er Edmunds väterlichen Blick gar nicht bemerkt. Aber dass er zu Boden starrte, ohne auch nur einmal aufzusehen, verriet Mira, dass er es sehr wohl mitbekommen hatte.

Sie hatte keine Zeit, sich weiter den Kopf über Chas zu zerbrechen – das konnte bis später warten. Zuerst einmal erhob sie sich, drückte das Buch fest an sich und folgte Edmund Porter in Richtung des kleinen Hüttendorfes.

An einer Hütte, auf deren Veranda Wäsche an einer Leine baumelte, hielt er an und setzte sich auf die hölzernen Stufen. „Lia wird es uns verzeihen, dass wir es uns hier gemütlich machen." Er bedeutete Mira, sich zu ihm zu setzen.

Mira hätte sich vielleicht vor Edmund Porter geschämt, mit einem unsichtbaren Zuhörer zu sprechen, wenn sie es nicht schon so oft bei ihm beobachtet hätte.

Zuerst redete Edmund Porter, dann ließ er Mira Zeit, das Wort zu ergreifen. Sie sagte nicht viel. In den einfachsten Worten dankte sie Jesus, dass er sie zu den Fischerkindern geführt hatte, und sagte ihm, dass sie zu ihm gehörte. Keinen Tag wollte sie mehr ohne seine Begleitung sein. Sie wollte mit ihm gehen, so wie Petrus, und es war ihr in diesem Moment ganz egal, ob sie dabei vielleicht alles Vertraute zurücklassen musste. Alles, was sie zuvor gekannt hatte – der Staat, die Schule, die Welt dort draußen, ja sogar die Bücher –, erschien ihr von diesem neuen Standpunkt betrachtet seltsam leer.

„Amen", sagte Edmund Porter feierlich, als sie zu Ende gesprochen hatte. Dann umarmte er Mira auf eine Art, die eher ein kräftiges Schulterklopfen war, und erhob sich zügig. „Wenn es dir nichts ausmacht, werde ich jetzt nach Chas sehen", erklärte er entschuldigend. „Der Junge macht mir Sorgen."

Am liebsten hätte Mira ihn gefragt, warum. Aber natürlich ging es sie gar nichts an, und sie wollte lieber nicht wissen, wie Chas reagieren würde, wenn jemand sich in seine Angelegenheiten einmischte. Selbst Edmund hatte er äußerst barsch behandelt.

Also nickte sie stattdessen und fragte: „Kann ich noch ein wenig hier sitzen bleiben?"

„Ich bin sicher, Lia wird nichts dagegen haben", versicherte Edmund Porter, ehe er sich auf den Weg zu Chas machte.

Mira sah ihm nach. Dann saß sie noch eine ganze Weile in der Dunkelheit, streichelte gedankenversunken den rauen Einband von Chas' Buch und dachte über alles nach, was sie erlebt hatte, seitdem sie an einem eigentlich ganz gewöhnlichen Abend „Porters Höhle" betreten und als Diebin mit einer verbotenen Schrift wieder herausgekommen war. Sie fragte sich, ob ein Mensch, dem all das geschehen war, überhaupt noch der Gleiche sein konnte wie zuvor. Sie jedenfalls fühlte sich wie völlig neugeboren. Nun, nach ihrem ersten Gespräch mit Jesus, erst recht.

Als sie eine ganze Weile später zum Feuer zurückkehrte, war es schon ordentlich heruntergebrannt. Ben war gerade dabei, die Glut zu löschen, und außer ihm tummelten sich nur noch wenige Leute am Treffplatz. Die meisten waren eindeutig Vergessene.

„Hast du Vera gesehen?", fragte sie Ben.

Der hielt unwillig in seiner Arbeit inne. „Sie ist verschwunden?", fragte er mit zusammengekniffenen Augen.

„Nein, nein", wehrte Mira ab. Das hätte sie sich ja denken können, dass der argwöhnische Ben sich sofort die fürchterlichsten Szenarien ausmalen würde. „Ich dachte nur, sie würde hier auf mich warten", fügte sie hastig hinzu. „Vielleicht hat sie gedacht, ich wäre ohne sie losgegangen."

„Wann und wo hast du sie zuletzt gesehen?", fragte Ben in einem Ton, der ihrem Vater Konkurrenz gemacht hätte. „Glaubst du, sie könnte uns verraten?"

„Was ... Unsinn!“ Mira schüttelte den Kopf. „Ich wollte ja nur wissen, ob du sie gesehen hast.“

„Du bist zu vertrauensselig. Freundin hin oder her ...“

„Er meint es nicht so“, sagte da eine viel nettere Stimme. Urs war neben Mira getreten. Er überragte sie um mehr als einen Kopf, und seine ganze Statur war kräftig. Trotzdem wirkte er eher beruhigend als einschüchternd. Wahrscheinlich lag das an der freundlichen Miene und der sanften Stimme. „Die Innenstädter sind vor ein paar Minuten zum Ausgang aufgebrochen. Bestimmt war deine Freundin bei ihnen.“

Ben betrachtete Mira noch einen Moment, dann wandte er sich schulterzuckend wieder seiner Arbeit zu und überließ es Urs, sich um Mira zu kümmern.

„Soll ich dich hinbringen?“, bot dieser an.

„Danke“, sagte Mira, die schon im Begriff war, loszurennen. „Das schaffe ich schon alleine!“ Sie durfte keine Zeit verlieren, wenn sie nicht ganz alleine durch die Dunkelheit zurücklaufen wollte. Davor graute ihr wirklich.

Rennend schlug sie sich einen Weg durch das Gestrüpp, das zwischen ihr und dem Weg nach draußen wucherte. In der Dunkelheit musste sie den Pfad verpasst haben. Jedenfalls zerkratzten Zweige und Dornen ihr die Arme, die sie fest um Chas‘ Buch geschlungen hatte, das sie immer noch bei sich trug. Sie war nicht sicher, ob sie noch in die richtige Richtung unterwegs war. Ohne den Schein des Lagerfeuers oder wenigstens einer Taschenlampe schien ihr das Wäldchen viel größer als sonst.

Doch da hörte sie Stimmen. Sie korrigierte die Richtung, in die sie lief, ein wenig und folgte dem Geräusch. Nun war sie schon sehr nahe dran.

„Du weißt genau, was ich meine.“ Das war Chas, und er klang noch immer genauso schroff wie vorhin, als er mit Edmund gesprochen hatte. „Jetzt ist sie unwiderruflich eine von euch.“

Erstaunt drosselte Mira ihr Tempo. War sie verrückt geworden, oder sprach er tatsächlich über sie?

„Warum willst *du* keiner von uns sein?", hörte sie Edmund entgegnen. Also war er es, mit dem Chas aneinandergeraten war. „Sprich mit mir, Chas. Was hast du zu verlieren? Dein dunkelstes Geheimnis kenne ich ja nun doch schon –"

„Hör auf", wehrte Chas ab. „Ich bin nicht hier, um mir deine Predigten anzuhören."

Mira war jetzt schon ganz nahe an den Stimmen. Jeden Moment mussten die beiden auf sie aufmerksam werden. Am liebsten wäre sie stehen geblieben, um mehr zu hören. Warum um alles in der Welt lebte Chas in Klein-Ararat, wenn er offensichtlich gar kein Fischerkind war?

„Ich bin immer noch hier", entgegnete Chas auf etwas, das Mira nicht verstanden hatte. „Reicht dir das nicht?"

„Und was hältst du für so falsch daran, dass Mira auch hier ist?", fragte Edmund. Mira bewunderte die Ruhe, mit der er sprach.

„Ihr seid eine wandelnde Gefahr", fauchte Chas. „Sie ist hier nicht sicher. Keiner ist das! Eure Treffen sind Selbstmord. Je mehr ihr seid, desto gefährlicher wird es. Und dass ihr mich hier verst-"

Ein Zweig zerbarst knackend unter Miras Schuh und brachte Chas schlagartig zum Verstummen. Es waren nur noch wenige Schritte, ehe Mira direkt neben den beiden aus dem Gestrüpp stolperte.

„Mira", sagte Edmund Porter überrascht, und wenn Mira nicht alles täuschte, warf er Chas einen warnenden Blick zu. „Nun wird es aber Zeit."

„Sind die anderen schon weg?", keuchte Mira und vermied es dabei tunlichst, Chas anzusehen. Ahnte er, wie viel sie von ihrem Gespräch gehört hatte? Und was hatte das alles überhaupt zu bedeuten? Was war nur in Chas gefahren? Er hatte doch nicht das Geringste mit ihr zu tun!

Ob er genau wie Ben nur Angst hatte, sie könne die Fischerkinder verraten, weil ihr Vater ein bedeutender Staatsbeamter war? Aber nein, es hatte eigentlich nicht danach geklungen, als misstraue er ihr.

„Chas." Edmund legte Mira die Hand auf die Schulter, um sie in Richtung des unterirdischen Ganges auf der anderen Seite der Lichtung zu schieben. „Sei so freundlich und bring Mira zu den anderen, während ich nach Ben sehe. Sie soll nach Möglichkeit mit der nächsten Gruppe hinausgeschickt werden."

Chas klappte den Mund auf, um zu widersprechen, sagte aber kein Wort. So hielt er es auch, als er eine Minute später tatsächlich neben Mira durch den unterirdischen Gang trottete. Schweigsam war er auch gewesen, als er ihr vorhin das Buch gebracht hatte. Doch da hatte sein Schweigen nichts von der Kälte gehabt, die ihn nun umgab. In der Dunkelheit konnte Mira ihn nicht sehen, sondern nur seine widerhallenden Schritte neben sich hören. Das war fast schlimmer, als alleine unterwegs zu sein.

„Du kannst gerne umkehren", bot sie an. Meine Güte, was hatte sie ihm denn getan? Dass sie ein Fischerkind sein wollte, konnte ihn doch umnmöglich so gegen sie aufbringen! „Ich glaube nicht, dass ich mich hier drin verlaufen kann."

„Edmund will, dass ich dich zu den anderen bringe", sagte Chas' Stimme ein Stückchen vor ihr.

„Klang ja nicht gerade so, als würdest du immer tun, was er von dir verlangt", erwiderte Mira. Sie ahnte, dass es unklug war, Öl ins Feuer zu gießen, doch seine barsche Art forderte sie regelrecht heraus. „Dabei klingt es so, als würde ihm wirklich was an dir liegen."

Sie prallte gegen Chas' Rücken, als dieser abrupt stehen blieb. Das Buch fiel mit einem widerhallenden Klatschen auf den

Steinboden. „Was weißt du denn schon?", fragte er mit dem gleichen ruppigen Tonfall, in dem er mit Edmund geredet hatte.

Einmal ausgesprochen, konnte sie ihre angriffslustigen Worte nun nicht mehr zurücknehmen. Aber Mira war auch nicht gerade auf den Mund gefallen. „Na ja, alle haben Edmund gerne. Nur du scheinst nicht mit ihm klarzukommen."

Trotz der Dunkelheit wusste sie, dass Chas sich zu ihr umdrehte. Sie hörte die Bewegung und spürte mit einem Mal seinen warmen Atem an ihrer Stirn. Intuitiv wich sie einen Schritt zurück.

„Das ist doch Unsinn", wischte er ihre Bemerkung zur Seite. „Du weißt nicht, was er mir bedeutet."

Eine sehr unbequeme Stille senkte sich über sie. Mira fragte sich, ob Chas die Worte, die ihm so herausgerutscht waren, bereute. Jedenfalls war sie ziemlich sicher, dass er nicht vorgehabt hatte, sie auszusprechen.

„Los jetzt." So plötzlich, wie er stehen geblieben war, setzte Chas sich auch wieder in Bewegung.

Mira tastete im Dunkeln den Boden nach dem Buch ab, und als sie es endlich gefunden hatte, hatte sie Mühe, Chas einzuholen. „Dann hast du eine komische Art, das zu zeigen", sagte sie leiser.

„Lass es meine Sorge sein", erwiderte Chas, dieses Mal, ohne sich umzudrehen, „wie ich jemandem zeige, dass mir etwas an ihm liegt. Nicht jeder kann sein Herz so auf der Zunge tragen wie du."

„Ich trage mein Herz nicht auf der –", setzte Mira an, doch Chas lachte. Er lachte tatsächlich, und das schon zum zweiten Mal an diesem Abend und obwohl er eben noch verärgert gewesen war. Zumindest hatte Mira das geglaubt.

„Du bist ein offenes Buch, Mira. Zumindest, wenn man lesen kann."

„Ach, und du kannst es?", fragte Mira sarkastisch, wurde aber das unangenehme Gefühl nicht los, dass Chas vielleicht die Wahrheit sagte. Dass sie aus ihm nicht schlau wurde, musste ja noch lange nicht bedeuten, dass es ihm bei ihr ebenso ging. Im Gegenteil: Wahrscheinlich hatte jemand, der so einzelgängerisch und still wie Chas war, eine Menge Übung darin, andere Menschen zu beobachten und zu studieren. Nur war sie ungern Gegenstand seiner Analysen.

„Es ist nicht gerade schwer."

Mira konnte hören, wie er seine Schritte beschleunigte, und tat es ihm gleich. Wenig später stießen sie auf die Leiter, die zur Hütte hinaufführte. Zu Miras Überraschung kletterte Chas ihr voraus, und offenbar war er flink wie ein Affe, denn schon nach wenigen Sekunden klopfte er hart gegen die Falltür. Als sie sich öffnete, fiel von hoch über ihrem Kopf Licht in die unterirdische Finsternis.

Bis auch sie es endlich ins Innere der Hütte geschafft hatte, hatte Chas sich bereits um alles gekümmert. „Ihr könnt sofort aufbrechen."

Miras Blick fiel auf Vera, die ziemlich verschreckt neben dem schlaksigen Jungen stand, der heute für das Losschicken der Gruppen verantwortlich war. Wahrscheinlich hatte sie wirklich geglaubt, Mira sei ohne sie losgegangen.

Chas wartete, bis Mira durch die Falltür geklettert war, dann schob er sich an ihr vorbei und machte sich selbst wieder an den Abstieg. „Edmund und Ben sind noch drinnen", setzte er noch hinzu, als er schon zur Hälfte darin verschwunden war. „Sie können sich um den Rest kümmern. Sieh du zu, dass die Mädchen sicher nach Hause kommen."

Für jemanden, der sich normalerweise so in Schweigen hüllte, war Chas nicht schlecht darin, Befehle zu erteilen, fand Mira. In seiner Stimme hatte eine solche Autorität gelegen, dass der schlaksige Junge nicht einmal nachhakte. Kaum war die Falltür wieder ins Schloss gefallen, griff er nach der Türklinke und drängte: „Dann nichts wie los. Wir müssen uns sputen, wenn wir vor Beginn der Ausgangssperre in der Innenstadt sein wollen."

Unterwegs bestürmte Vera Mira zunächst mit einer Flut von Fragen über ihren Verbleib, das Buch und ihre sonderbare Begleitung, doch der Junge ermahnte sie zur Stille. Offenbar nahm er Chas' Befehl, sie sicher nach Hause zu bringen, sehr ernst.

So hatte Mira eine Menge Zeit zum Nachdenken. Die meisten ihrer wirren Überlegungen drehten sich um Chas. Was lag da zwischen ihm und Edmund in der Luft? Und warum um alles in der Welt regte es ihn so furchtbar auf, dass Mira zu den Fischerkindern gehören wollte?

Sie wurde das Gefühl nicht los, dass es nicht an ihr lag. Dass Chas sie nicht von den Fischerkindern fernhalten wollte, weil sie und ihre Familie eine Gefahr für sie darstellten. Nein, fast schien es, als wäre es genau andersherum. Als sorge Chas sich aus irgendeinem Grund um *sie*.

Mira schüttelte den Kopf. Sie wünschte, Chas wäre auch ein wenig mehr ein offenes Buch, in dem sie lesen konnte. Dann hätte sie vielleicht verstanden, was es mit alldem auf sich hatte. So konnte sie sich nur mit flauem Gefühl ins Gedächtnis rufen, was er ihr im dunklen Gang zwischen Klein-Ararat und der Außenwelt gesagt hatte. Womöglich, überlegte Mira, hatte Chas tatsächlich eine komische Art, Menschen zu zeigen, wenn ihm etwas an ihnen lag. Und vielleicht verwirrte sie sein Verhalten ganz besonders, weil sie weder damit gerechnet hatte noch sicher war, dass er sie mochte.

Kapitel 12

In Alarmbereitschaft

Mira las das Buch, das Chas ihr gegeben hatte, noch in der gleichen Nacht, im verräterischen Lichtkegel ihrer Taschenlampe in ihrem ansonsten dunklen Zimmer. Sie versuchte dabei, sich vorzustellen, wie es Chas beim Lesen ergangen war, was er gefühlt hatte. Ob er über die gleichen Dinge gelacht und gestaunt hatte wie sie, ob er geweint und den Atem angehalten hatte und welche Erinnerungen die Geschichte in seinem Herzen geweckt hatte. Aber sie konnte es nicht. Es mochte wahr sein, dass sie ein offenes Buch für Chas war – mit seinen Einschätzungen hatte er bisher immer den Nagel auf den Kopf getroffen. Aus ihm andersherum jedoch wurde sie einfach nicht schlau.

Irgendwie war sie davon ausgegangen, dass Chas sie von nun an nicht mehr wie Luft behandeln würde. Sie brannte darauf, ihm zu erzählen, wie ihr das Buch gefallen hatte, doch sie bekam schlichtweg nie die Gelegenheit dazu. Wohl nickte Chas ihr das ein oder andere Mal flüchtig zu, wenn ihr Blick in seine Richtung fiel. Nach den Treffen jedoch verschwand er in seiner Hütte, und während er da war, schien er sie die meiste Zeit genauso wenig zu bemerken wie die meisten anderen Menschen um sich herum. Am besten kam er nach wie vor mit Skive aus. Mira glaubte, Chas wenigstens in diesem einen Punkt durchschaut zu haben: Hunde stellten keine Fragen. Und wenn es eines gab, das Chas scheinbar nicht ausstehen konnte, dann wenn sich jemand, so wie Edmund Porter es von Zeit zu Zeit tat, nach seinem Befinden erkundigte.

Aber auch wenn Chas' Distanziertheit sie ein wenig kränkte, konnte sich Mira bei den Treffen in Klein-Ararat keineswegs über einen Mangel an Gesellschaft beklagen. Während Eloise,

Stella und Luna einen Narren an Vera gefressen hatten und man sie mittlerweile fast nur noch im Viererpack antraf, hatte Mira in Happy eine mitteilsame Gefährtin gefunden, die ihr nur zu gerne all die Fragen beantwortete, die Edmunds Predigten bei ihr aufwarfen. Immer öfter gesellten sich auch Urs und seine Freundin Biene zu ihnen. Sie waren beide in Miras Alter. Weil sie jedoch in den Armenvierteln lebten, war sie ihnen bisher nicht begegnet. Die Innenstadt hatten sie nie betreten, und als angesehener Städter trieb man sich natürlich nicht in den Außenvierteln herum. Jedenfalls hatten Miras Eltern ihr das stets eingeschärft.

Was die Überzeugungen ihrer Familie anging, ertappte sich Mira immer öfter dabei, wie sich in ihr ein Widerspruch formte. Wenn ihr Vater sich wieder einmal über die glorreiche Geschichte ihres Staates ausließ, hatte sie Mühe, ihm zu folgen, weil in ihrem Kopf ein Film dessen ablief, was ihr mittlerweile nicht mehr so glorreich erschien: die Arbeit auf den Feldern, die Armut in den Außenvierteln, die unterschwellige Angst, in der die Fischerkinder leben mussten.

Natürlich sprach sie nichts davon aus. Mit einem einzigen Widerwort dieser Art hätte sie eine Katastrophe von erschütterndem Ausmaß hervorrufen können. War ihr Vater doch einer der Beamten, die aus ganzem Herzen hinter diesem Staat standen.

Ihre Gedanken zu Hause nicht aussprechen zu können machte Mira einsam. Sie hätte sich zu gerne wenigstens ihrer Mutter anvertraut, und manchmal, wenn diese am Samstag, nachdem Miras Vater das Haus verlassen hatte, mit einem Lied auf den Lippen den roten Lippenstift auftrug, saß Mira in ihrem Zimmer und spielte mit dem Gedanken, es einfach zu tun. Immerhin war sie ihre Mutter!

Aber Mira wusste es besser. Blut war zwar angeblich dicker als Wasser, jedoch keineswegs ausreichend, um über ein schwerwiegendes Vergehen wie Landesverrat hinweg zusammenzuschweißen. Obwohl Mira wusste, dass ihre Mutter keine andere Wahl hätte, schmerzte allein der Gedanke, sie könne Mira verraten, zutiefst. Wie hatte es nur so weit kommen können, dass sie einer Gruppe von Menschen, die sie vor wenigen Monaten nicht einmal gekannt hatte, mehr vertraute als ihren eigenen Eltern? Treffen für Treffen legte sie ihr Leben in die Hände der anderen Fischerkinder. Und in Gottes Hände. Vielleicht fiel es ihr deshalb so leicht.

Wahrscheinlich war es auch dieses Misstrauen gegenüber ihren Eltern, das Mira so schrecklich einsam machte. Bei jedem Gespräch hatte sie Angst, ein falsches Wort könne ihre Eltern stutzig machen. Gott und die Fischerkinder spielten mittlerweile eine so große Rolle in ihrem Leben, dass es nur natürlich gewesen wäre, sie ganz beiläufig zu erwähnen. Ein Fehler, der fatale Folgen hätte.

Erst kürzlich war ihr im Beisein ihres Vaters ein Satz herausgerutscht, den sie bei Edmund Porter des Öfteren gehört hatte. Sie hatte den Ausführungen ihres Vaters über einen heiklen Zwischenfall bei der Arbeit zugehört und sich dabei alle Mühe gegeben, ihn durch gelegentliche Zwischenkommentare bei Laune zu halten. Je mehr er sprach, desto weniger fragte er Mira nach ihrem Verbleib und ihren Unternehmungen.

„Ach du meine Güte", empörte sie sich also an rechter Stelle oder schüttelte ungläubig den Kopf, wenn es ihr angemessen schien. In Gedanken war sie eigentlich nicht ganz bei der Sache. Chas und sein neuerliches Schweigen, Edmunds jüngste Predigt und Veras anhaltendes Drängen, mehr für die Menschen in den Armenvierteln tun zu wollen, gingen ihr durch den Kopf.

„Jedenfalls stellte sich schlussendlich heraus", endete ihr Vater, „dass die Urkunde sich die ganze Zeit in seinem Besitz befunden hatte."

„Na, Gott sei Dank", murmelte Mira zustimmend.

Es folgte ein Moment der Stille. Lange genug für ihren Vater, um gänzlich blass zu werden, und für Mira, um zu begreifen, was sie da gesagt hatte.

„Wie bitte?“, brachte ihr Vater schließlich heraus.

Eine unerträgliche Hitze stieg in Miras Hals auf und schien ihren Kopf mit Nebel zu füllen, sodass sie kaum einen klaren Gedanken fassen konnte. „Nun ... gut, dass man es fand“, presste sie über ihre plötzlich trockenen Lippen.

Die steinerne Miene ihres Vaters entgleiste für einen Augenblick zu einer Grimasse grenzenloser Erleichterung. „Ja“, sagte er, als er sich wieder gefangen hatte. „In der Tat ausgesprochen gut.“

Miras Herz klopfte noch für eine ganze Weile wie wild, und während des gesamten Abendessens rechnete sie fest damit, dass ihr Vater noch einmal auf ihre Worte zu sprechen kommen würde. Doch er tat es nicht. Entweder weil er ihr die fadenscheinige Ausrede tatsächlich abgenommen hatte und glaubte, sich verhört zu haben. Oder weil er ihre eigentlichen Worte in Wahrheit nicht einmal verstanden hatte. So jedenfalls wäre es Mira vor wenigen Monaten gegangen, hätte jemand Gott erwähnt. Sie hätte nicht einmal gewusst, wovon die Rede war.

Klar war jedoch eines: Ein Fehler wie dieser durfte Mira nie wieder unterlaufen. Viel zu viel stand dabei auf dem Spiel. Zu viele Leben, die eine unbedachte Äußerung wie diese zerstören oder gar auslöschen konnte. Mira musste die Vorsicht gegenüber ihren eigenen Eltern noch verdoppeln.

Früher hatte sie an den Abenden gerne bei ihrer Mutter im Wohnzimmer gesessen. Nach der Arbeit hatte diese sich dort die wenigen Erledigungen im Haushalt vorgenommen, um die Iliona sich nicht kümmerte; etwa die Einteilung der Rationskarten oder das Sortieren von Unterlagen. Irgendwann war dann auch ihr Vater zu ihnen gestoßen, und dann hatten sie über die Ereignisse des Tages, den Unterricht oder über das Lieblingsthema ihres Vaters – Politik – gesprochen.

Nun saß Mira an den Abenden immer häufiger alleine in ihrem Zimmer, und auch die Bücher, die sie allwöchentlich aus „Porters Höhle“ lieh, waren ihr keine rechte Freude. Eigentlich interessierten sie Mira gar nicht mehr so sehr wie früher. Sie nahm sie vor allem der Zettel wegen mit, die Edmund oder Ben zwischen den Seiten versteckten und die ihr Tag und Uhrzeit des nächsten Treffens verrieten.

Eines Abends allerdings, als Mira mehr vorgab zu lesen, als es wirklich zu tun, hörte sie ihren Vater aus dem Arbeitszimmer im Erdgeschoss nach ihr rufen.

„Miriam! Ich bräuchte dich einen Augenblick hier.“

Einige Sekunden verstrichen, ehe Mira sich von ihrem Bett erhob und noch einmal lauschte, ob sie sich nicht verhört hatte. Sie konnte sich nicht erinnern, wann ihr Vater sie zum letzten Mal in sein Büro gerufen hatte, aber wenn sie nicht alles täuschte, hatte sie in Schwierigkeiten gesteckt. Vielleicht war es gewesen, als sie Frau Dr. Steinlein gefragt hatte, wann sie sich im Staatsgeschichtsunterricht mit der Zeit vor dem Jahr 0 beschäftigen würden.

Jedenfalls konnte es nichts Gutes bedeuten, dass er sie nun zu sich zitierte. Obwohl seine Stimme recht freundlich geklungen hatte, packte Mira ein Zittern. Ihr leichtsinniger Ausruf lag erst ein paar Tage zurück. Was, wenn ihr Vater doch nicht beruhigt war? Vielleicht hatte er recherchiert, ihr nachspioniert ... vielleicht wusste er, wo sie erst gestern Abend wieder gewesen war, während sie behauptet hatte, mit Vera an einer Hausaufgabe zu arbeiten.

Was, wenn er alles über die Fischerkinder herausgefunden hatte und nur darauf wartete, sie zur Rede zu stellen und dann an Ort und Stelle zu verhaften? Wenn er sie zwang, den Weg zum

Versteck preiszugeben, ihm die Namen der anderen zu nennen? Nein, das würde Mira nicht tun. Lieber nahm sie alle Konsequenzen in Kauf, als die Fischerkinder zu verraten.

Mit Mühe konnte sie ihre Beine überzeugen, sich in Bewegung zu setzen. Die wenigen Schritte von ihrem Zimmer zum Büro ihres Vaters schienen eine Ewigkeit zu dauern, und als sie endlich vor seinem Schreibtisch stand, musste sie die Panik mit einem kräftigen Schlucken zurückzwingen. Ihr Vater saß in seinem breiten Drehstuhl. Neben ihm stand kein anderer als Filip. Filip in blauer Wachpostenuniform und mit steinerner Miene. Es schien ihn größte Anstrengung zu kosten, Mira anzulächeln.

„Miriam, du weißt nicht etwa, wo ich meinen staatlichen Siegelstempel habe?", fragte ihr Vater.

Mira wäre der Unterkiefer nach unten geklappt, wenn sie nicht die Zähne so fest zusammengebissen hätte, um das Zittern zu unterdrücken. Ihr Vater war der ordentlichste Mensch, dem sie jemals begegnet war. Sein Anzug war stets frisch gebügelt, die Orden glänzend poliert, auf seinem Schreibtisch fand man nicht einen Fetzen Papier dort, wo er nicht hingehörte, und nie – gewiss noch niemals – hatte Mira ihn nach dem Verbleib von etwas fragen hören, das mit seiner Arbeit zu tun hatte.

„Ähm ... ich weiß nicht", antwortete sie mechanisch. „Vielleicht in einer der Schubladen?"

„Ah, danke", sagte ihr Vater, als hätte Miras vage Antwort ihm weitergeholfen. „Da fällt mir ein, dass er wohl auf meinem Schreibtisch im Gerichtsgebäude steht. Nun, Filip, da diese Sache keinen Aufschub duldet, wirst du gewiss auf mich warten wollen. Miriam kann bei dir bleiben. Ich bin sicher, ihr werdet euch gut unterhalten, bis ich zurück bin."

Mit nun doch offenem Mund starrte Mira ihrem Vater nach, wie er das Büro verließ und im Flur in sein schwarzes Jackett schlüpfte. Erst als sie die Haustür hinter ihm zufallen hörte, brachte sie wieder einen Ton heraus: „Was um alles in der Welt ...“, murmelte sie.

Filip, der immer noch hinter dem Schreibtisch stand und zwei Finger auf die Tischplatte presste, wie um sich selbst zu stützen, räusperte sich verlegen und zog damit ihre Aufmerksamkeit auf sich. Er stand kerzengerade wie eine Straßenlaterne, und sein Kopf war passend dazu leuchtend rot geworden. „Nun, ähm ... Mira“, setzte er an. „Dein Vater hielt es wohl für klug, wenn du und ich ein wenig miteinander ins Gespräch kommen.“

„Ach ja?“

„Ja. Nun ... du bist schließlich die beste Freundin meiner Schwester, und, nun, nicht zuletzt ist dein Vater mein Vorgesetzter.“

„Und ... was hat das jetzt mit uns zu tun?“ Mira zog die Augenbrauen hoch, als es ihr langsam dämmerte. „Das ist ja wohl nicht sein Ernst!“, rutschte es ihr heraus, ehe sie es verhindern konnte. „Ich meine ... wir kennen uns seit unserer Kindheit. Wenn wir je den Wunsch verspürt hätten, Zeit miteinander zu verbringen, dann hätte er das mittlerweile mitbekommen.“

Filip machte in der Tat einen etwas gekränkten Eindruck. Er straffte die Schultern noch ein bisschen mehr, sodass er nun fast im Hohlkreuz stand, und meinte würdevoll: „Was nicht ist, das kann ja bekanntlich immer noch werden.“

Nun konnte Mira keine Rücksicht mehr auf seine Gefühle nehmen. Dass sie eben noch gedacht hatte, ihr Vater wolle sie vielleicht verhaften lassen, und dass sie jetzt nichts weiter als einem leicht eingeschnappten jungen Mann gegenüberstand, war einfach zu viel für sie: Sie brach in Lachen aus.

„Filip ... entschuldige“, prustete sie schließlich, als ihr vor lauter Lachen die Brust schon ganz eng wurde. „Es ist nur ... du kannst mich nicht einmal leiden.“

Filip reckte den Hals. „Ich habe durchaus nichts gegen dich. Du bist die Tochter meines Vorgesetzten!“

„Und das ist auch die einzige Qualität, die ich in deinen Augen zu bieten habe", entgegnete Mira.

Filip wollte es abstreiten – wahrscheinlich nicht, weil es nicht wahr war, sondern weil Miras Vater hätte herausfinden können, dass sein treu ergebener Angestellter nicht ausreichend angetan von der Vorzeigestaatsbeamtentochter Miriam Robins war.

Aber Mira ließ ihn nicht zu Wort kommen: „Hör zu, es macht mir nichts aus. Du musst mich nicht mögen. Und du musst dich um alles in der Welt nicht mit mir abgeben, nur weil mein Vater das für eine gute Idee hält. Du bekommst deine Beförderung garantiert auch so."

„Es geht mir doch nicht um eine Bef-"

„Hör zu", unterbrach Mira ihn, ehe Filip sich allzu tief in Ausreden und Halbwahrheiten verstricken konnte. „Mein Vater zieht gern die Fäden, das weiß ich. Aber mit wem du dich triffst, ist deine Angelegenheit und nicht seine."

Filip ließ die eben noch straffen Schultern nach vorne sinken. „Seit Monaten äußert er wieder und wieder, wie wünschenswert eine Freundschaft zwischen dir und mir doch wäre. Was hätte ich bei seinem Drängen denn tun sollen?" Er sah Mira beim Sprechen nicht an. Natürlich, diese ganze Geschichte war ihm sicher unendlich peinlich. Und obendrein die Angst, seinem Chef beibringen zu müssen, dass Mira gar nicht daran dachte, sich mit ihm anzufreunden oder gar mit ihm auszugehen.

„Mein Vater hält viel von dir", versuchte Mira unbeholfen, Filip zu trösten. „Sonst wäre er doch nie auf diese wahnwitzige Idee gekommen, dass du eine gute Partie für mich sein könntest. Wahrscheinlich denkt er, du hättest einen guten Einfluss auf mich ..." Sie hielt inne. Ein guter Einfluss?

Das Letzte, was Mira brauchen konnte, war ein Verehrer mit gutem Einfluss. Ein Freund allerdings, der nach einem guten Einfluss aussah und der ihren Vater von den Dingen ablenkte, die Mira wirklich beschäftigten und die ihn misstrauisch machen könnten ... das wäre in der Tat ein großer Vorteil. Zumal es sich in Filips Fall um einen Freund handeln würde, bei dem Mira sich keine Gedanken machen musste, dass er tatsächlich Gefühle für sie entwickeln würde. Ja einen, den es wahrscheinlich noch nicht einmal kümmerte, dass sie nur so tat, als ob. Solange er nur seinen Vorgesetzten zufriedenstellen und seine Beförderung sichern konnte.

„Filip ...", setzte sie an. „Wir beide wissen, dass du und ich im Leben nicht zusammenpassen würden."

Offenbar war Filip sich nicht sicher, ob er nicken oder abwehren sollte, weshalb er nur undefinierbar mit dem Kopf ruckte.

„Leider scheint mein Vater das nicht zu wissen, und wahrscheinlich wird er keine Ruhe geben, ehe wir es nicht zumindest versucht haben." Mira schluckte. Sie musste Filip von dieser Idee überzeugen. Es würde ihnen beiden nutzen!

„Also tun wir ihm doch den Gefallen und treffen uns. Er wird deinen guten Willen sehen. Und wenn wir dann in ein paar Wochen oder Monaten feststellen, dass es mit uns einfach nicht funktioniert, dann wird das in Ordnung für ihn sein."

„Glaubst du?"

Mira zuckte die Schultern. „Na ja, jedenfalls wird er darüber hinwegkommen."

„Also willst du, dass wir ihn anlügen?", fragte Filip ungläubig. Daran hatte Mira gar nicht gedacht. Filip war natürlich viel zu korrekt und pflichtbewusst, um seinem Vorgesetzten ins Gesicht zu lügen. Das erinnerte Mira einmal mehr an das komplizierte Lügennetz, das sie bereits gesponnen hatte, um ihre Treffen mit den Fischerkindern zu vertuschen. Wenn es doch nur einen anderen Weg gäbe!

„Nein", sagte sie gedehnt. „Wir müssen noch nicht einmal etwas erfinden." Sie nickte, während diese Überlegungen in ihr

Gestalt annahmen. „Wir sagen ihm nichts als die Wahrheit: dass wir uns treffen oder miteinander ausgehen oder weiß der Geier, was. Er wird uns schon nicht gleich nach etwaigen Heiratsplänen fragen."

Filips Ohren verfärbten sich abermals rosa, doch langsam und vorsichtig nickte er. „Das scheint mir ein guter Ausweg aus dieser prekären Lage zu sein", befand er. „Sagen wir also: am Freitag."

„Was am Freitag?", fragte Mira ein wenig erschrocken.

„Ein Abendspaziergang." Filip wirkte wieder recht gefasst, jetzt wo diese Sache geklärt war. „Ich hole dich um sieben ab und bringe dich pünktlich vor Anbruch der Ausgangssperre wieder nach Hause."

„Überpünktlich", dachte Mira mit einem Blick auf Filips ordenbesetzte Uniformjacke, sprach diesen Gedanken aber nicht aus. Sie war damit beschäftigt, sich nicht anmerken zu lassen, dass der Gedanke an einen Abendspaziergang mit Filip sie in leichte Panik versetzte. Worüber um alles in der Welt sollten sie sprechen? Und wie sollte sie es Vera beibringen?

Aber wenn das der Preis dafür war, ihren Vater noch eine Weile länger bei Laune zu halten, dann musste sie ihn wohl zahlen. Hauptsache, er war besänftigt und zu beschäftigt, um zu bemerken, wie verdächtig Mira sich verhielt. Womöglich würde er von nun an all ihre Zerstreutheit und Aufregung für reine Verliebtheit halten. Und das käme ihr doch sehr entgegen, auch wenn die Vorstellung, sich ausgerechnet in Filip zu verlieben, geradezu lächerlich war.

Dennoch kam ihr die Ausrede gelegen. Nur einen Gedanken bekam Mira nicht aus dem Kopf: dass es ihr bei Chas weitaus weniger ausmachen würde, wenn er – und sei es nur zum Vorwand – mehr Zeit mit ihr verbringen wollte.

„Du tust was?" Vera starrte sie an, als hätte sie den Verstand verloren. „Das ist ja wohl hoffentlich ein schlechter Witz."

Es war Freitagnachmittag nach dem Unterricht, und sie waren schon fast zu Hause angekommen. Den ganzen Morgen über hatte Mira es nicht über sich gebracht, Vera von der Verabredung mit ihrem Bruder zu erzählen. Erst als Vera auf dem Nachhauseweg darauf bestanden hatte, zu erfahren, warum Mira am Abend keine Zeit für sie hatte, und sogar schon geargwöhnt hatte, sie wolle vielleicht ohne sie zu einem Treffen der Fischerkinder gehen, war sie mit der Sprache herausgerückt. Vera war – gelinde ausgedrückt – nicht begeistert.

„Ihr beide wart bisher ja nicht gerade ein Herz und eine Seele", gab sie zu bedenken.

Mira wollte ihre Freundin nicht anlügen und ihr die großen Gefühle für Filip vorspielen. Aber wenigstens versuchte sie, die Wahrheit in etwas schöner klingende Worte zu verpacken: „Wir tun uns gegenseitig einen Gefallen. Uns ist beiden damit gedient, wenn mein Vater zufrieden ist. Filip bekommt seine Beförderung, und ich kann weiterhin zu den Fischerkindern gehen."

Vera ging einige Sekunden schweigend neben ihr her. „Was ist mit meinem Bruder?", fragte sie schließlich. „Was ist mit seinen Gefühlen?"

„Vera!" Beinahe hätte Mira gelacht. „Filip ist weit davon entfernt, Gefühle für mich zu haben. Wir wissen beide, woran wir sind."

„Wenn dein Vater von Filip erwartet, Gefühle für dich zu entwickeln, dann wird Filip sein Bestes geben, das auch zu tun." Vera vergrub die Hände in den Hosentaschen. „Wenn es um deinen Vater geht, ist er so was von beeinflussbar."

„Dein Bruder ist ein erwachsener Mann", wehrte Mira ab. „Du musst ihn nicht beschützen. Schon gar nicht vor mir. Eigentlich solltest du mir dankbar sein: Ich helfe ihm aus der Klemme. Dabei kann ich mir durchaus etwas Schöneres vorstellen, als heute Abend mit ihm um den Block zu marschieren."

Wie ungern sie wirklich mit Filip spazieren gehen wollte, wurde Mira erst bewusst, als sieben Uhr tickend und unaufhaltsam immer näher kam. Besonders lästig war, dass ihr Vater mit einer so zufriedenen Miene am Abendbrottisch saß und die letzten Krümel seines Vollkornbrotes vom Teller sammelte, dass Mira der ohnehin mangelnde Appetit restlos verging. Vor ihr lag immer noch eine nur angeknabberte Scheibe Brot mit Frischkäse.

„Kind, du musst essen", drängte ihre Mutter wie üblich, aber im Gegensatz zu ihr störte sich ihr Vater rein gar nicht daran, dass Mira wie ein Spatz gegessen hatte und auch keine Anstalten machte, das vor sieben Uhr noch zu ändern.

„So lass sie doch in Frieden, Rose", verteidigte er seine Tochter. „Sie ist aufgeregt, wer könnte es ihr denn verdenken! Vor unserer ersten Verabredung wirst du auch keinen Appetit gehabt haben."

Um nicht sehen zu müssen, wie ihr Vater ihr einen stolzen und ihre Mutter einen skeptischen Blick zuwarfen, beobachtete Mira Iliona, die still und unauffällig wie immer im Hintergrund putzte und hantierte. Heute, zum ersten Mal in ihrem Leben, hätte Mira liebend gerne mit ihr getauscht. Viel lieber hätte sie die Küche auf Hochglanz poliert, als sich mit dem steifen Bruder ihrer besten Freundin zu treffen, nur weil ihr Vater es so wollte.

Das Schlimmste daran war, dass sie den zahlreichen Lügen gegenüber ihren Eltern eine weitere, noch haarsträubendere hinzufügte. Es nagte innerlich an ihr, dass ihre Mutter sich um sie sorgte, und mehr noch, dass ihr Vater so enthusiastisch wegen der Verabredung mit Filip war. Als Mira ihm davon erzählt hatte – und sie hatte keine Sekunde gezögert, es ihm auf die Nase zu binden, kaum hatte Filip am Vorabend das Haus verlassen –, hatte er sich geradezu überschlagen vor Begeisterung. Heute war er schon den ganzen Tag bester Laune und wurde nicht müde, Mira Tipps für gute Gesprächsthemen während ihres Spaziergangs zu geben.

„Politik ist stets ein geeigneter Stoff", fand er. „Jedoch hielte ich es für unklug, bei einer Verabredung allzu viel darüber zu fachsimpeln."

Mira bezweifelte, dass Filip und ihr viel anderes übrig blieb, als über Politik oder Wirtschaft zu reden. Ihr fiel beim besten Willen nichts anderes ein, das sie ihn hätte fragen können. Andererseits war gerade Politik ein heikles Thema, wenn sie sich nicht verplappern wollte. Und gegenüber Filip wäre das ebenso folgenschwer gewesen wie gegenüber ihrem Vater. Mit Schrecken dachte sie an ihren unüberlegten Ausruf „Gott sei Dank".

„Vielleicht", setzte ihr Vater von Neuem an, „kannst du gelegentlich eine ..."

Die Türklingel erlöste Mira vom Rest seines Vortrags und auch von ihrem Frischkäsebrot. Sie sprang eilends auf, um Filip zu öffnen. Als sie ihm dann jedoch gegenüberstand, fragte sie sich, ob ihr Vater und das Brot nicht vielleicht doch die angenehmere Gesellschaft gewesen wären.

„Hallo, Mira." Filip besaß tatsächlich die Nerven, in seiner Wachpostenuniform zu einer Verabredung zu erscheinen. Die Orden blitzten an seiner Brust, und Mira zählte hastig nach, weil ihr der Verdacht kam, dass ihre Zahl unlängst gestiegen war. „Guten Abend", korrigierte sich Filip sogleich, und Mira musste sich nicht umdrehen, um zu wissen, dass ihr Vater hinter sie getreten war.

Filip nickte ihm so demütig zu, dass es an eine Verbeugung erinnerte. „Herr Robins, ich möchte mich ausgesprochen für das Vertrauen bedanken, das sie in mich legen, indem sie mir ihre Tochter anvertrauen."

Mira drehte sich beinahe der Magen um. Meine Güte, aus Filips Mund klang das ja jetzt schon so, als stünden sie vor dem Standesbeamten.

„Wir freuen uns beide überaus auf den Abend", setzte er noch hinzu, weil Gerald Robins nur nickte.

„Übertreib doch um alles in der Welt nicht so", stutzte Mira ihn zurecht, kaum waren sie alleine. „So kommt mein Vater ja sofort auf die Idee, dass da etwas faul ist." In ihrer Angst war ihr Tonfall schärfer als beabsichtigt.

Sie musste unwillkürlich daran denken, wie sie Chas auf ähnlich grobe Weise kritisiert hatte und wie er völlig ungerührt gekontert hatte. Filip reagierte ganz anders: Er zupfte an seiner Uniform herum und bekam rote Ohren.

„Natürlich müssen wir uns beide anstrengen, wenn er uns abnehmen soll, dass wir einander plötzlich ausgesprochen gerne haben", lenkte Mira versöhnlicher ein. „Aber wenn wir so übertreiben, glaubt er uns das doch nie."

„Ich tue mein Bestes", beteuerte Filip, während er im Marschschritt die Straße hinabeilte, sodass Mira Mühe hatte, neben ihm zu gehen.

„Wie wäre es, wenn du damit anfängst, langsamer zu laufen?" Sie griff nach Filips Arm und drosselte damit sein Tempo. „Wenn man eine Verabredung hat, genießt man die Gesellschaft des anderen und rennt ihm nicht davon."

„Das Problem ist", sagte Filip, verfiel aber tatsächlich in ein gemütlicheres Tempo, „dass ich nicht lügen kann."

Mira, der es nun doch ein wenig unbehaglich wurde, Filips Arm zu halten, ließ die Hände sinken. Am liebsten hätte sie die Fäuste in den Hosentaschen vergraben. Aber das tat man wahrscheinlich auch nicht bei einer Verabredung.

„Mir fällt es auch nicht leicht", gab Mira zu. Die ganze Lügerei, um sich und die Fischerkinder zu decken, war ermüdend und zerfraß Mira manchmal innerlich. Nicht nur, weil sie in der ständigen Angst lebte, ihre zahlreichen Ausreden könnten auffliegen, sondern auch, weil es sich falsch anfühlte, ihre eigenen Eltern so hinters Licht zu führen. Aber das ganze Dilemma begann ja schon damit, dass sie überhaupt ein solches Geheimnis vor ihnen haben musste. Sie wünschte sich sehnlichst, ihnen einfach alles erzählen zu können. Von den Fischerkindern bis hin zu ihrem Glauben an Gott.

„Ich bin ein schlechter Lügner", holte Filip sie ins Hier und Jetzt ihres abendlichen Spaziergangs zurück. Sie waren mittlerweile am Marktplatz angelangt. Die Luft war mild, an den Abenden blieb es nun länger hell, und mit noch fast zwei Stunden bis zur Ausgangssperre war hier einiges los. Immer wieder grüßten andere Staatsbeamte sie höflich. Dass so viele seiner Kollegen sie sahen, musste ganz im Sinne ihres Vaters sein. Und in dem von Filip. Wahrscheinlich hatte er deshalb diesen Weg gewählt.

Ganz angenehm schien ihm das rege Treiben um sie herum nun aber nicht zu sein. Er dämpfte seine Stimme, ehe er fortfuhr: „Zudem ist mir nicht wohl dabei, meinen Vorgesetzten so zu hintergehen. Lügen richten Schaden an, und wer einmal damit beginnt, verstrickt sich nur immer tiefer darin."

Mira hätte das bestätigen können, sagte aber kein Wort. Sie wäre auch nicht dazu gekommen, weil in diesem Moment ein Trommelfell zerfetzendes Läuten anschlug. „Was ...", setzte Mira an, doch Filip sah sich bereits nach allen Seiten um.

„Die Feuerglocke", sagte er. „Ich muss sofort zum –"

„Feuer!", kreischte da auch schon jemand von der anderen Seite des Marktplatzes. „Feuer in den Armenvierteln!"

Etwas Eiskaltes, das gar nicht zum Gedanken an lodernde Flammen passen wollte, schloss sich um Miras Herz. Sie dachte an die Straßen, deren Anblick ihr mittlerweile fast vertraut geworden war. Enge Gassen, dicht an dicht gedrängte Häuser.

Nein, Hütten; baufällige Unterschlupfe, nur teilweise aus Stein, oftmals aus Holz, Wellblech und Unrat, allem, was die Menschen dort draußen eben hatten. Allzu leicht entflammbares Material und dazwischen kein Raum, um das Feuer aufzuhalten, ehe es auf das nächste Haus – das nächste Zuhause – übergreifen konnte.

Um sie her brach sofort das reinste Durcheinander aus. Die Leute wussten offenbar nicht recht, ob sie nach Hause oder zur Hilfe eilen sollten. Die einen rannten los, während die anderen sich noch streckten oder nach etwaigem Brandgeruch schnupperten.

Filip reagierte sofort. Er ergriff Miras Arm und zog sie mit sich zu einem der Staatsgebäude. Auch hier herrschte Chaos. Befehle wurden gebrüllt, das Läuten übertönte alles andere. Filip schob den steifen Ärmel seiner Uniform zurück, hielt das Band an seinem Arm unter den Scanner neben der Drehtür und schob Mira kurzerhand gleichzeitig mit sich selbst hindurch.

„He!", rief er einem jungen Mann mit der gleichen blauen Uniform zu, der gerade einen wüsten Stoß zerfledderter Unterlagen zusammenraffte und damit die Treppe hinaufstürzen wollte. „Was ist passiert?"

„Feuer in den Armenvierteln. Ganze Blocks brennen lichterloh." Er schnappte nach Luft. „Alle Kräfte werden gebraucht, um das Feuer an der Stadtmauer aufzuhalten. Wir können die Innenstadt noch vor den Flammen schützen."

Filip nickte grimmig, doch Mira rief dazwischen: „Die Innenstadt? Was ist mit den Armenvierteln? Es muss eine Abordnung geschickt werden, die dort das Feuer bekämpft."

Der Wachmann sah Mira an, als hätte er sie eben erst bemerkt, und legte die Stirn in Falten. „Ist das nicht Gerald Robins Tochter?", fragte er Filip schließlich, als hätte er Miras Frage gar nicht gehört.

„Ich bringe sie nach Hause und komme mit ihm zurück", erwiderte Filip, statt eine Antwort zu geben. „Sag den anderen, dass es nur ein paar Minuten dauern wird. Ihr könnt auf mich zählen."

„Aber Filip!" Mira ließ zu, dass er sie durch die Drehtür zurück nach draußen bugsierte, doch sie dachte gar nicht daran, sich von ihm nach Hause bringen zu lassen. „Was ist mit den Armenvierteln? Ihr könnt das Feuer nicht einfach wüten lassen!"

„Es wäre viel zu gefährlich, unsere Leute dort hinauszuschicken", widersprach Filip und zog das Tempo noch ein wenig an. „Unsere Verantwortung gilt der Innenstadt und ihren Bewohnern."

„Hörst du dich eigentlich selbst reden?" Sie blieb wie angewurzelt stehen. „Das sind Menschen da draußen!"

Menschen mit einem Namen und einer Geschichte, mit Angehörigen und Freunden, Wünschen und Hoffnungen. Der sanfte Riese Urs, dessen Stärke nicht zu seinem Wesen passen wollte. Mira hatte ihn noch nie ohne die zarte Biene an seiner Seite gesehen. Sie war klein neben ihm, zierlich und so schön, dass andere junge Männer vielleicht ein Auge auf sie geworfen hätten, wenn ihr Freund nicht ein Bär von einem Kerl gewesen wäre. Waren sie jetzt zusammen? Trotzten sie dort draußen gemeinsam den gierigen Flammen?

Und die vielen Kinder! Ari und seine Brüder, einer ungestümer als der andere. Sicher waren sie irgendwo in den Straßen unterwegs gewesen, als das Feuer ausgebrochen war. Vielleicht weit weg von ihrem Zuhause und ihrer Mutter.

Ein heftiges Zittern schüttelte Miras Körper. Nicht einmal Filip, der ihre Arme packte und sie festhielt, konnte es unterdrücken.

„Wir müssen ihnen helfen!", fuhr sie ihn an. „Du und die anderen Wachmänner – ich dachte, ihr sollt die Menschen beschützen! Wir müssen etwas tun!"

„Du musst jetzt vor allem eines, und das ist nach Hause gehen, wo du in Sicherheit bist."

„Ich will helfen!" Mira wollte sich losreißen, doch Filip mit seinen sehnigen Oberarmen war kräftiger als gedacht. Er schien kaum zu bemerken, wie sie sich zu befreien versuchte.

„Das ist viel zu gefährlich", beharrte er. Nicht weit von ihnen tönte immer noch das Läuten der Feuerglocke, und wieder und wieder sah Filip sich hektisch um. Wie Mira war er völlig rastlos, solange er nicht helfen konnte. Nur dass seine Sorge den Innenstädtern galt, die im Moment gar nicht unmittelbar in Gefahr schwebten. Aber an wen sollte er auch sonst denken? Jeder, der ihm nahestand, befand sich in der Innenstadt. Ihm traten nicht wie Mira die Gesichter der Außenstädter vor Augen, die dort draußen vielleicht um ihr Leben kämpften.

Sie hatten so wenig; baufällig Hütten und Häuser, die das Feuer mit Leichtigkeit verschlingen konnte. Und mit ihnen alles, was diese Menschen besaßen. Sie hätten nichts mehr, selbst wenn sie überlebten. Falls. Mira bäumte sich abermals gegen Filips grobe Umklammerung auf.

„Dein Vater und ich werden uns den anderen anschließen und uns um alles kümmern", versuchte dieser sie zu beschwichtigen. „Das Wichtigste ist, dass du in Sicherheit bist."

„Was ist mit der angeblichen Gleichberechtigung?", brüllte Mira in ihrer Ohnmacht. Sie zog und zerrte vergeblich, um aus Filips Griff loszukommen. „Ich will helfen!"

„Du bist noch ein Kind!", schrie Filip zurück. „Du bist minderjährig! Und dein Vater bringt mich um, wenn dir etwas geschieht!"

„Das ist alles, worum du dich sorgst!" Mira hatte es geschafft, eine ihrer Hände zu befreien, und versuchte Filip von sich zu stoßen. „Deine blödsinnige Beförderung! Aber die Menschen dort draußen –"

„Was geht hier vor?“ Mira hatte noch nicht einmal realisiert, wie nahe sie ihrem Zuhause schon waren, als ihr Vater mit einem Mal die Treppe vor der Haustür hinunter und zu ihnen stürzte. Hinter ihm auf dem Treppenabsatz erschienen Miras Mutter und die erschrockene Iliona. Wenigstens sie war in Sicherheit.

„Es brennt in den Armenvierteln“, brach es aus Filip heraus, und Iliona entfuhr ein spitzer Schrei.

„Sie brauchen jeden, der mit anpacken kann, um die Innenstadt zu schützen.“ Vor Schreck über das Auftauchen von Gerald Robins hatte er Mira losgelassen. Ohne nachzudenken, stürzte diese zu ihrem Vater. „Du musst etwas tun!“, schrie sie wie von Sinnen. „Du musst deine Leute in die Armenviertel schicken, damit sie das Feuer löschen.“

„Sie ist aufgebracht“, versuchte Filip, Miras Verhalten zu entschuldigen. „Seit sie gehört hat, dass –“

„Bring sie ins Haus, und komm so schnell es geht nach.“ Miras Vater ergriff ihre Schultern und schob sie zurück in Filips starke Arme, die sie dieses Mal noch schraubstockartiger umfingen. Sie wehrte sich mit Händen und Füßen, aber es war aussichtslos. Filip trug sie mehr ins Haus, als dass sie selbst ging. Mit vor den Mund geschlagenen Händen sah Miras Mutter zu, wie er sie die Treppe nach oben und in ihr Zimmer zerrte. Iliona hatte sich die Schürze heruntergerissen und schien unsicher zu sein, ob sie weglaufen und nach ihrer Familie sehen durfte oder ob sie Filip helfen sollte, Mira zu bändigen.

„Nein!“, brüllte Mira, so laut sie konnte. „Ihr könnt mich nicht hier einsperren! Ich muss helfen! Nein!“ Sie trat Filip gegen das Schienbein, bezweckte damit aber nur, dass er sie noch fester umgriff und schließlich auf die Bettkante zwang und vor ihr in die Hocke ging.

„Beruhige dich, Mira“, beschwor er sie. „Bitte!“

„Du musst ihnen helfen, Filip!“ Urs, Biene, Ari und seine Brüder. Sie durften nicht sterben. Vor Tränen, die Mira bisher kaum bemerkt hatte, war Filip vor ihren Augen ganz verschwommen. „Bitte hilf ihnen! Man muss eine Abordnung in die Außenviertel schicken. Sie müssen das Feuer löschen.“

Filip hielt immer noch ihre Handgelenke umklammert. So fest, dass Mira sicher war, dass sie am nächsten Tag blaue Flecken davon haben würde. „Ich tue, was ich kann“, versprach er leise. „Beruhige dich, und ich gehe und schaue, was ich ausrichten kann.“

„Wirklich?“ Die Tränen liefen jetzt ungehindert über Miras Wangen. Sie konnte sie nicht einmal wegwischen, weil ihre Hände ja immer noch in Filips Griff gefangen waren.

„Ich kann nicht lügen“, erinnerte Filip mit Nachdruck. „Schon vergessen?“

Kapitel 13

Betäubt

Es half alles nichts. Nachdem Filip gegangen war, schrie Mira nach ihrer Mutter und flehte sie durch die verschlossene Tür an, sie doch herauszulassen. Sie hämmerte gegen das unnachgiebige Holz, drohte, bettelte und weinte.

Rose Robins verweigerte beides: Mira herauszulassen und von der Tür, hinter der ihre Tochter rebellierte, zu weichen. Sicher erwartete man auch von ihr, dass sie zur Verteidigung der Innenstadt an die Stadtmauer eilte. Doch sie ließ Mira nicht alleine.

Als ihre Stimme irgendwann zu heiser war, um weiter zu schreien, ließ Mira sich neben der Tür auf den Boden sinken, vergrub das Gesicht in den verschränkten Armen und betete. Es war ihr sogar gleichgültig, ob ihre Mutter ihr Murmeln vielleicht hören konnte. Sie hoffte mit aller Kraft und von ganzem Herzen, dass Gott für ihr Flehen nicht ebenso taub war wie ihre Eltern. „Du musst ihnen helfen, bitte", schluchzte sie. Urs und seine Freundin Biene. „Lass sie in Sicherheit sein, bitte. Und Ari ..." Das kleine Häuschen, in dem sie mit ihm und seiner Familie zu Abend gegessen hatten, stand ihr vor Augen. Immerhin war es aus Stein und nicht aus Holz und Gerümpel. Aber was half das, wenn niemand Anstalten machte, das Feuer zu löschen? Dann würden die Flammen über kurz oder lang alles überrollen, auf alles übergreifen, was ihnen im Wege stand, egal aus welchem Material.

„Bitte, Gott. Oh bitte!" Mira schlang die Arme um ihren eigenen bebenden Körper. „Lieber Gott, leg deine Hand über ihn." Gottes Hand stellte sie sich enorm groß und kräftig vor. Kräftig genug, um Ari von Feuer und Hitze, vor Trümmern, Rauch und Zerstörung abschirmen zu können. „Bitte ... schließ deine Hände um ihn, und beschütze ihn."

Mira wusste nicht, wie lange sie so dagesessen und mit Gott gesprochen hatte, als ihre Mutter die Tür ein Stückchen öffnete. Durch den Spalt konnte sie ihr bleiches Gesicht und die sorgenvollen Augen sehen.

„Hier." Sie schob ein Wasserglas zu Mira hinein. „Trink ein paar Schlucke. Dann geht es dir besser."

Weil ihre Mutter sie so kummervoll ansah und weil ihr Hals vom Schreien und Flehen ohnehin schmerzte, nahm Mira das Glas ohne Widerworte und führte es zum Mund.

Die Nässe tat gut auf Miras trockenen Lippen, doch sie hinterließ einen sonderbaren Geschmack auf ihrer Zunge. Obwohl die Bitterkeit sie abstieß, trank sie das Glas leer.

„Wo ist Iliona?", fragte sie mit rauer Stimme, während ihre Mutter ihr das leere Glas abnahm. Das Sprechen fiel ihr seltsam schwer.

„Ich habe sie gehen lassen, damit sie nach ihrer Familie sehen kann", erwiderte ihre Mutter. Es kostete Mira große Anstrengung, ihre Worte zu verstehen. „Ich hoffe, sie bringt sich dort draußen nicht in Gefahr. Es ist nicht leicht, eine vertrauenswürdige Hilfskraft zu finden."

Etwas an ihren Worten stieß Mira ab, aber sie bekam nicht recht zu fassen, was es war. Wie durch Nebel nahm sie wahr, wie ihre Mutter die Tür wieder zuzog, und sie ließ sich mit dem Rücken dagegensinken.

„Du musst ihnen helfen", flüsterte sie abermals. Mit einem Mal fühlte sie sich unendlich erschöpft, und jede Bewegung fiel ihr schwer. Allein die Augen offen zu halten kostete sie große Mühe. „Du musst ihnen helfen", wiederholte sie leise. „... musst ... ihnen helfen ..."

Mira erwachte davon, dass jemand sie von ihrem harten Lager auf dem Fußboden aufhob und hinüber in ihr Bett trug. Die Arme ihres Vaters hätten ihr Sicherheit vermittelt, wäre da nicht der durchdringende Rauchgeruch gewesen, der von seiner Kleidung ausging.

„Sie ist auf dem Boden eingeschlafen“, flüsterte ihr Vater rau.

Mira bemühte sich, die Augen zu öffnen, schaffte es aber nicht. Der Nebel, der sich mitten in ihrem verzweifelten Gebet über sie gelegt hatte, drückte ihr auf die Lider und machte ihr das Denken schwer. Nur vage konnte sie sich in Erinnerung rufen, was geschehen war.

„Ich habe ihr Schlaftabletten gegeben“, wisperte die Stimme von Miras Mutter zurück. „Ich wusste mir nicht anders zu helfen. Sie hat geweint und mit sich selbst gesprochen.“

Ihr Vater erwiderte zuerst nichts. Mira spürte, wie die Decke ihr bis zum Hals gezogen wurde. Nun wollte sie die Augen gar nicht mehr öffnen. Ihr Vater lehnte sich wohl über sie und musterte sie sorgenvoll. Sie wollte nicht, dass er Fragen stellte. Viel zu müde war sie, um auch nur eine einzige zu beantworten. Eigentlich wollte sie nur wieder schlafen.

„Was ist nur in das Kind gefahren?“ Ihr Vater gab sich nun nicht mehr ganz so große Mühe mit dem Flüstern. „Sie war völlig außer sich.“

„Glaubst du ...“ Die Stimme ihrer Mutter war nicht lauter geworden. Im Gegenteil, sie sprach so leise, dass Mira sie kaum noch hören konnte. „Du glaubst doch nicht, sie könnte Freunde draußen in den Armenvierteln gefunden haben?“

Obwohl die bleierne Müdigkeit Mira in die Kissen drückte, begann ihr Herz bei diesen Worten schneller zu schlagen.

„Unsinn“, wischte ihr Vater die Vermutung jedoch zur Seite. „Woher sollte sie denn jemanden von dort draußen kennen?“ Er seufzte. „Nein, das Mädchen ist einfach zu sensibel. Womöglich kommt das von den vielen Büchern, wer weiß."

„Sie liest in letzter Zeit viel weniger", gab ihre Mutter zu bedenken, doch ihr Vater ging gar nicht darauf ein.

„Mehr Zeit mit Filip zu verbringen wird ihr guttun", fand er. „Er ist ein guter Junge, und ihm muss viel an ihr liegen."

„Bist du dir da sicher?", fragte Miras Mutter zaghaft.

„Du hättest sehen sollen, wie sehr ihr Zusammenbruch ihn mitgenommen hat." Etwas Neues schwang in seiner Stimme mit. Mira war zu schläfrig, um festzustellen, ob es Unglaube, Verwirrung oder gar Zufriedenheit war. Vielleicht etwas von allem. „Er hat ein halbes Dutzend Leute überredet, bei den Löscharbeiten in den Außenvierteln mit anzupacken. Ein sinnloses Unterfangen, wenn du mich fragst. Wobei es ihnen in der Tat gelungen ist, ein paar Bettlerkinder aus einem brennenden Verschlag zu befreien, ehe er zusammenbrach."

Mira erinnerte sich dämmerig an Filips Versprechen, zu tun, was in seiner Macht stand, um den Leuten in den Armenvierteln zu helfen. Vera wäre sehr zufrieden mit ihm, wenn sie das gewusst hätte. Und Mira ... Mira glaubte nicht, dass seine Heldentaten etwas mit Gefühlen für sie zu tun hatten. Dennoch: Filip hatte sein Versprechen gehalten. Das sprach für ihn, dachte sie noch, ehe sie wieder einschlief.

„Sie kommt mir schon seit einer ganzen Weile merkwürdig vor." Die Stimme von Miras Mutter drang gedämpft durch die Küchentür. Fast klang es, als würde sie weinen.

Mira hatte weder die Nerven noch die Geduld, dieses vertrauliche Gespräch ihrer Eltern zu belauschen. Sie konnte sich schon denken, dass sie sich nach dem gestrigen Abend sorgten. Alles, was sie jetzt tun konnte, war, den Schaden so gut wie möglich zu begrenzen und dann auf schnellstem Wege zu Vera zu gehen.

Zügig, aber bewusst nicht so, dass es hätte hektisch wirken können, schob sie die Tür auf.

„Miriam!“ Ihre Mutter sprang auf. Sie hatte ihrem Vater gegenüber am Tisch gesessen, ein noch kaum angerührtes Frühstück vor sich.

„Guten Morgen“, sagte Mira beherrscht und ließ sich neben ihrem Vater nieder. Sie war bereits fertig angezogen, gewaschen und gekämmt und hoffte, dass man ihr die Aufgewühltheit nicht anmerkte.

„Du hast sicher Hunger.“ Ihre Mutter wirkte weniger gelassen. Mir fahrigen Bewegungen holte sie einen weiteren Teller aus dem Schrank und schaufelte Ei und ein paar schmale Streifen Speck aus der Pfanne darauf und daneben. Beim Einschenken des dünnen Kräutertees tränkte sie die Tischdecke.

Mira tat so, als hätte sie es nicht bemerkt. „Danke“, sagte sie aufgeräumt. Sie hatte nicht den geringsten Hunger. Allein der Brandgeruch, der nach wie vor von ihrem Vater auszugehen schien – wahrscheinlich war es nichts weiter als Einbildung –, ließ ihr übel werden.

Auf ihrer Zunge fühlte sich das erste Stückchen Speck wie ein fettiges, versalzenes Stück Gummi an.

„Konntet ihr die Innenstadt vor dem Feuer bewahren?“, fragte sie, als sie den Bissen hinuntergewürgt hatte. „Ich meine ... es ist doch alles noch einmal gut gegangen, oder?“

Ihr Vater betrachtete sie, während er eine große Gabelladung voller Ei zwischen seinen Zähnen zermalmte. Vielleicht versuchte er, herauszufinden, ob sie sich tatsächlich beruhigt hatte oder ob hinter der abgeklärten Fassade ein neuerlicher Panikausbruch lauerte.

„Die Innenstadt ist vollkommen außer Gefahr“, versicherte er schließlich. „Es besteht absolut kein Grund zur Sorge. Das Feuer konnte die Innenstadtmauer nicht überwinden.“

„Ist es ...“ Mira schluckte, obwohl sie noch nicht gewagt hatte, einen neuen Bissen zu nehmen. Von dieser Frage hing es ab, ob sie überhaupt etwas hinunterbringen würde. „Brennt es noch in den Außenvierteln?“

Ihr Vater – wieder mit einem großen Bissen Ei zwischen den Zähnen – schüttelte den Kopf. „In den frühen Morgenstunden“, antwortete er, nachdem er endlich hinuntergeschluckt hatte, „haben sie die letzten Ausläufer zum Verlöschen gebracht.“

Anstandshalber nahm auch Mira einen großen Bissen. Das Schlucken fiel ihr nun ein wenig leichter. Gott musste ihr Flehen gehört haben.

„Die Wachen an den Toren zur Innenstadt wurden verdoppelt“, fuhr ihr Vater kauend fort. Offenbar war er recht zufrieden mit Miras ruhiger Reaktion und wiegte sich langsam in Sicherheit vor einem erneuten Gefühlsausbruch. „Ein regelrechter Mob aus den Armenvierteln hat bereits versucht, in die Innenstadt einzudringen, aber auch diese Gefahr ist gebannt.“

„Was wollen diese Leute denn hier drinnen bei uns?“, mischte Miras Mutter sich ein, die noch immer kaum einen Bissen angerührt hatte.

„Sie werden Hilfe brauchen, ihre Häuser wieder aufzubauen“, erwiderte Mira anstelle ihres Vaters, der schon wieder kaute. „Und Essen. Vermutlich haben viele alles, was sie hatten, an das Feuer verloren.“

„Möglich, dass es das ist, was sie wollen“, lenkte ihr Vater ein. „Aber die Gefahr eines Vergeltungsschlages ist viel zu hoch.“

„Vergeltungsschlag?“, echote Mira und konnte das Schauspiel nicht länger aufrechterhalten. Sie ließ die Gabel sinken und starrte ihren Vater an.

„In den Außenvierteln kursieren Gerüchte, dass Innenstädter das Feuer gelegt haben“, erwiderte er widerwillig. „Unfug, wenn du mich fragst. Kein anständiger Städter treibt sich dort draußen herum. Die Wachen lassen ohnehin so gut wie niemanden passieren. Wahrscheinlich suchen sie nur einen Vorwand, um sich unsere Lebensmittel und Güter unter den Nagel zu reißen, weil die Regierung ihnen Hilfe verweigert."

„Warum verweigert sie ihnen die Hilfe?"

„Miriam, weißt du, wie es dort draußen zugeht? Die Leute sind aufgebracht. Sie suchen in den Trümmern nach Verwandten und Freunden, und sie kämpfen wie die Hunde um das Wenige, das sie noch haben. Jede Hilfe an einem Einzelnen wird einen Aufstand hervorrufen. Und ein flächendeckendes Eingreifen können wir uns nicht leisten."

Mira konnte nicht glauben, was sie da hörte. Und das aus dem Munde ihres eigenen Vaters. „Was, wenn ich es wäre, die ohne Heim und ohne Essen dort draußen stünde?", flüsterte sie mit belegter Stimme. „Würdest du dann auch sagen, du könntest es dir nicht leisten, mir zu helfen?"

Nun ließ auch ihr Vater die Gabel sinken. „Miriam, was für ein Unsinn", wehrte er mit gefährlich ruhiger Stimme ab. „Du bist eine Innenstädterin und keine –"

„Wenn alle mit anpacken und ihre Rationen teilen, könnten wir es schaffen!", rief Mira aus. „Wir können doch nicht einfach hier sitzen und nichts tun."

„Junges Fräulein, das Erste, was du tust, ist, dich zu beruhigen. Einen Aufstand wie gestern kann ich nicht gebrauchen. Wir legen mitnichten die Hände in den Schoß. Wir werden alles daransetzen, die Innenstadt vor etwaigen Unruhen zu schützen."

„Aber die Leute da draußen! Was ist mit ..."

Mira verstummte, als ihre Mutter gabelklappernd aufsprang und ein Glas mit Wasser zu füllen begann.

„Nein, Rose", donnerte Miras Vater. „Lass das sein!"

Verwirrt drehte Mira sich zu ihrer Mutter um. Sie hatte ein winziges Päckchen aus durchsichtigem Plastik aus einer Schublade gezogen. Es war mit weißem Pulver gefüllt. Beruhigungsmittel, schoss es ihr durch den Kopf. Ihre Mutter musste sie schon am Vorabend mit diesem Medikament ruhig gestellt haben.

„Meine Tochter", wies Gerald Robins sie jedoch zurecht, „wird nicht enden wie Simon Petersens Frau. Auf keinen Fall!"

„Was soll das heißen?", fuhr Mira auf. „Was ist mit Veras Mutter?"

„Nichts ist mit ihr, Liebes." Rose Robins legte Mira ihre schmale Hand auf die Schulter und drückte sie kurz und fest. „Du musst dich beruhigen, verstehst du?" Sie sprach langsam und deutlich, wie mit einem Kind oder vielleicht so, als wäre Mira verrückt geworden.

Ähnlich langsam nickte Mira. „Ich muss Vera sehen", sagte sie. Aus dem Augenwinkel sah sie, wie ihr Vater seine Gabel wie eine Waffe umklammerte und das Nein mit jeder Faser seines Körpers ausstrahlte. „Und Filip", fügte sie deshalb das Zauberwort hinzu. „Ich muss mit Vera und Filip sprechen. Ich muss sehen, ob es ihm gut geht."

Gerald Robins ließ die Gabel sinken.

„Womöglich ist es eine gute Idee", sagte seine Frau leise. „Filip kann ... er ist ein guter Junge."

Ihr Vater erwiderte nichts. Er pflichtete noch nicht einmal bei. Vielleicht, weil er daran dachte, dass Filip sich in der vergangenen Nacht zum ersten Mal seinem Befehl widersetzt hatte, indem er hinaus in die Armenviertel gegangen war. Doch er nickte wortlos und widerwillig, und das reichte Mira. Sie nahm sich kaum Zeit, ihren Teller abzuräumen und in Schuhe und Jacke zu schlüpfen, ehe sie aus dem Haus hastete.

Mira hatte das Haus der Petersens noch nicht erreicht, als eine ziemlich zerzaust aussehende Vera ihr entgegenrannte. Sie hatte ihre Bluse nicht in den Hosenbund gesteckt, das Haar war ungekämmt und sah deshalb besonders herausgewachsen aus, und einer ihrer Schuhe war offen.

„Mira! Oh, Gott sei D...“ Sie verstumme, als sie sich ihrer Worte bewusst wurde, und senkte die Stimme. „Ich dachte schon, ich muss dir vielleicht helfen, durch das Fenster zu entkommen“, sprudelte es aus ihr heraus. „Filip hat erzählt, dass sie dich eingesperrt haben, weil du ...“ Sie verstummte peinlich berührt, und Mira fragte sich, was genau Filip ihr erzählt hatte.

„Ari ist da draußen“, sagte Mira wie zur Entschuldigung.

„Dann willst du hinaus in die Armenviertel gehen und helfen?“

„Was denkst du denn?“

Vera nahm sich die Zeit, ihren Schuh zu binden, doch dann hatten sie keine Geduld mehr, still zu stehen. Gemeinsam machten sie sich auf den Weg zur Innenstadtmauer. Hier herrschte reges Treiben. Pfützenweise stand das Wasser auf der Straße, Wachmänner und -frauen eilten hin und her, und ein Tor hatte man mit einem Gitter versperrt. Wie gut, dass sie auf diesen Durchgang nicht angewiesen waren!

An der Stelle, an der Ari ihnen für gewöhnlich das Seil zuwarf, war es ruhiger. Zwar kamen auch hier hin und wieder Wachposten vorbei, und es würde nicht ungefährlich sein, die Mauer zu erklimmen, doch dieses Risiko mussten sie in Kauf nehmen.

Mira steckte sich zwei Finger in den Mund und pustete kräftig – mittlerweile hatte sie Übung darin. Ein gellender Pfiff ertönte.

Dann hieß es warten. Mira hatte keine Uhr, doch viele Minuten schienen zu verstreichen. Mehrmals hastete ein Wachposten an ihnen vorbei, nickte ihnen vielleicht zu oder bemerkte sie gar nicht richtig. Irgendwann schlossen Veras Finger sich um Miras Arm. Ihre Hand war eiskalt.

„Mira, was, wenn ...“ Sie verstummte, aber Mira hatte schon verstanden. Was, wenn Ari nicht kommen konnte? Wenn er ihren Pfiff gar nicht gehört hatte? Wenn er ihnen nie wieder helfen konnte, weil der aufgeweckte, lockige Junge das Feuer vielleicht gar nicht überlebt hatte?

Mira pfiff erneut, und weitere Minuten verstrichen ungezählt, ohne dass etwas geschah. Irgendwann wischte Mira sich zornig die Tränen aus dem Gesicht, die seit ihrem zweiten Pfiff ungehindert geflossen waren. „Wir müssen auf die andere Seite", stellte sie bitter fest. „Mit oder ohne Hilfe. Sonst können wir nichts tun. Weder ... weder für Ari noch für irgendjemand anderen."

Auch Vera strömten Tränen über die Wangen. „Glaubst du, er ist am Leben?"

Mira hätte gerne ja gesagt. „Ich bete darum", erwiderte sie stattdessen. „Lass uns nach einer Schwachstelle in der Bewachung suchen. Wir müssen dort hinüber."

Veras eisige Finger, die immer noch Miras Handgelenk umklammerten, griffen fester zu. „Eine Schwachstelle!", hauchte sie. „Filip hat sich gestern Nacht eine üble Wunde zugezogen, als ein Teil der Innenstadtmauer eingestürzt ist."

„Filip ist verletzt?", horchte Mira auf. Sie ahnte, dass Vera eigentlich auf etwas anderes hinausgewollt hatte, doch spätestens seitdem sie gestern Nacht erfahren hatte, wie Filip sich für sie eingesetzt hatte, fühlte sie sich ihm auf sonderbare Art verbunden. Dass er verletzt worden war – vielleicht ihretwegen, weil sie ihn angefleht hatte, in den Außenvierteln zu helfen –, ging ihr näher, als Vera ahnen konnte.

„Ich hab die Wunde verbunden, und er ist heute am frühen Morgen bereits wieder zur Arbeit gehumpelt. Wir können also davon ausgehen, dass er es überleben wird." Vera schluckte. „Aber es sah schlimm aus, Mira. Mutter hat völlig die Nerven verloren."

„Wie geht es ..." Mira schluckte. „Wie geht es deiner Mutter?"

Vera sah sie sonderbar an, und Mira spielte für einen Moment mit dem Gedanken, Vera zu fragen, was ihrer Mutter eigentlich fehlte. Vielleicht würde sie es ihr dieses Mal anvertrauen – jetzt, da sie schon so sehr in Geheimnisse verstrickt waren, die nur sie beide kannten. Aber dafür blieb keine Zeit.

„Das Loch in der Stadtmauer“, sagte Mira schnell, ohne eine Antwort abzuwarten. „Weißt du, wo es ist?“

„Noch ein bisschen weiter außerhalb, nehme ich an. Filip muss ziemlich weit nördlich mit angepackt haben.“

Filip. Etwas gleichermaßen Warmes wie Kaltes breitete sich in Miras Bauch aus. Sie hätte nie gedacht, dass Filip zu solch einer Heldentat fähig wäre. Er war nie wagemutig gewesen. Sein Pflichtbewusstsein ließ Heldenmut gar nicht zu. Aber letzte Nacht hatte er sich über alle Vorschriften und Anweisungen hinweggesetzt und hatte den Menschen dort draußen geholfen. Und war dabei selbst verletzt worden. Armer Filip – hoffentlich übertrieb er es heute mit der Arbeit nicht, sondern achtete auch auf sich selbst.

Mira und Vera marschierten direkt an der Innenstadtmauer entlang. Hin und wieder begegneten sie Wachposten, doch die meisten beachteten sie nicht weiter. Nur einmal ermahnte eine junge Frau sie, sich von der Mauer fernzuhalten. „Wir wissen noch nicht, ob sie sicher ist“, sagte sie. „Und ihr wollt sicher nicht unter den Trümmern begraben werden.“

Sie schüttelten brav die Köpfe, aber Mira konnte nichts dagegen tun, dass ihr bei dieser Vorstellung übel wurde. Wie vielen Menschen dort draußen war es in der vergangenen Nacht so ergangen? Und wie viele waren nicht so glimpflich davongekommen wie Filip?

Sie sahen das Loch in der Stadtmauer erst, als sie schon fast davorstanden. Es war nicht groß und auch nicht sonderlich gut bewacht. Ein einziger Wachmann spazierte an der Mauer auf und ab und deckte ein viel größeres Gebiet ab, als er überschauen konnte.

Mira zog Vera in eine nahe Gasse. „Ich schätze, wir haben eine gute Minute, sobald er uns den Rücken zudreht", sagte sie lapidar. „Willst du zuerst, oder soll ich?"

„Wir müssen an der Mauer nach oben und durch das Loch klettern." Vera schüttelte den Kopf. „Das schaffen wir unmöglich beide in einer Minute."

„Dann gehen wir nacheinander." Es hatte keinen Sinn, über Alternativen zu verhandeln. Sie mussten auf die andere Seite, und das hier war der einzige Weg, der ihnen im Augenblick zur Verfügung stand.

„Du gehst zuerst", bestimmte Mira. Über Veras entsetzten Protest hinweg erklärte sie: „Wenn der Wachposten irgendetwas mitbekommt, wird er es eher auf diejenige von uns abgesehen haben, die noch auf dieser Seite der Mauer ist. Im Leben klettert er nicht durch das Loch, um dir zu folgen."

„Aber –", setzte Vera kläglich an, nickte jedoch schließlich tapfer. Sie ballte die Hände zu Fäusten – vermutlich um das Zittern zu unterdrücken, das sie schüttelte –, starrte hinaus zu dem patrouillierenden Wachposten, und noch ehe Mira ihr ein Zeichen geben konnte, jagte sie los.

Mira betete und zählte gleichzeitig lautlos die Sekunden, während Vera sich erstaunlich geschickt an der zerstörten Mauer nach oben zog. Oben angekommen, zögerte sie. Mira wusste nicht, ob wegen des Anblicks, der sich ihr bot, oder wegen der Höhe, in der sie sich befand. Doch schon einen Moment später sprang sie. Gerade noch rechtzeitig, ehe der Wachmann kehrtmachte.

Nun spätestens wünschte Mira sich, sie hätte Vera nicht zuerst losgeschickt. Dann hätte sie es nun schon hinter sich. Mit klopfendem Herzen wartete sie darauf, dass der Wachmann sich wieder abwandte. Es wäre ein Wunder, wenn auch sie es unentdeckt auf die andere Seite schaffen würde, dachte sie angespannt und rannte los.

Jeden Moment rechnete sie mit dem erbosten Ruf des Wachmanns hinter sich. Sie lauschte so angestrengt darauf, dass sie das Durcheinander auf der anderen Mauerseite erst bemerkte, als es schon zu spät war.

Zwei Paar schwieliger Hände packten sie und zerrten sie von der Mauer. Ihr Blick flog zu Vera, die sich im Klammergriff einer zerlumpt aussehenden, strohblonden Frau wand, deren Arme und Gesicht zerkratzt und rußbeschmiert waren.

„Ich konnte dich nicht warnen!“, schrie Vera, ehe ihr eine schmutzige Hand auf den Mund gedrückt wurde. Sie prustete und versuchte weiter, sich zu befreien, brachte aber keinen Mucks mehr heraus.

„Still, Mädchen“, schnarrte die Frau, die Vera festhielt. „Hübsch still. Du willst doch nicht, dass dir etwas geschieht. Kommen da noch mehr, Rune?“

Rune schien einer der Männer zu sein, die Mira von der Mauer gezerrt hatten. Während der andere ihr die Arme auf den Rücken drehte, lugte Rune durch das Loch in der Mauer. „Sieht nicht so aus“, grunzte er. „Haltet die Gören fest. Ich hab ein Wörtchen mit ihnen zu reden.“

„Was wollt ihr feinen Innenstädter wohl hier draußen, he?“, fragte die Frau und zerrte die sich sträubende Vera zu sich herum, damit sie ihr ins Gesicht sehen konnte. „Ist mächtig gefährlich hier draußen, weißt du? Besonders, wenn jemand unser Zuhause in Brand steckt.“

„Wir haben nicht –“, wehrte sich Vera und versuchte, Abstand zwischen ihr Gesicht und das der blut- und rußbeschmierten Frau zu bringen, was gar nicht so einfach war, weil diese sich beim Sprechen dicht zu Vera lehnte.

„Wir wollten nur helfen!“, platzte Mira heraus. Der Mann drehte ihren Arm in eine noch schmerzhaftere Position und lachte freudlos auf.

„Aber sicher. Zwei fein herausgeputzte Innenstadtgören wollen sich hier draußen die Hände schmutzig machen“, spottete er zur Belustigung seiner Freunde.

„Da wären sie nicht die Ersten, nicht wahr?“

Mira zuckte beim Klang der vertrauten Stimme zusammen. Die Bewegung ließ einen scharfen Stich durch ihren verdrehten Arm fahren, doch ihre Aufmerksamkeit war nur auf den Neuankömmling gerichtet. Noch nie zuvor war sie so froh gewesen, Ben zu sehen.

„Gehören die zu dir?“

Ben wischte sich über die vor Schweiß glänzende Stirn und hinterließ einen dunklen Schmutzstreifen in seinem Gesicht. „Jedenfalls glaube ich es ihnen aufs Wort, wenn sie sagen, dass sie gekommen sind, um zu helfen.“

„Du vielleicht“, fauchte die Frau, die immer noch Vera an ihren hageren Körper drückte. „Aber wir hier draußen trauen niemandem.“

Wenn ihre Situation nicht so ernst gewesen wäre, hätte Mira gelacht. Ausgerechnet Ben konnte wohl niemand zu große Vertrauensseligkeit vorwerfen. Selbst die gutmütige Happy hatte ihn misstrauisch genannt, Lia obendrein wichtigtuerisch. Mira hallten die regelmäßigen Ermahnungsreden, die er schwang, ehe er sie Klein-Ararat verlassen ließ, noch in den Ohren.

„Lasst sie los“, sagte Ben jedoch mit fester Stimme. „Rune, sag deinen Leuten, dass sie meine Freunde gehen lassen sollen, oder ich tue hier keinen Handstreich mehr.“

Die Frau hinter Vera äugte argwöhnisch zu Rune hinüber, und dem Schmerz in Miras Arm nach zu urteilen, drehte auch ihr Peiniger sich zu diesem um.

„Lasst sie schon los“, knurrte Rune, und Mira fühlte mit Erleichterung, wie ihr mittlerweile brennender Arm freigegeben wurde.

Mit einem schnellen Blick vergewisserte sie sich, dass Vera in Ordnung war. Auch sie rieb sich die Arme, und ihre Augen huschten schreckensweit von einem zum anderen. Mira kannte Vera und hätte es ihr nicht verdenken können, wenn sie auf direktem Wege zurück in die Innenstadt gegangen wäre.

Doch sie schluckte nur geräuschvoll und fragte: „Was jetzt?"

„Wie?", knurrte Ben. „Was jetzt?"

„Was können wir machen?", fragte Mira angriffslustiger, als sie sich fühlte. Ihr Arm brannte, und ihr Herzschlag war noch nicht wieder ganz zur Ruhe gekommen.

Sie hätte schwören können, dass Ben seufzte. „Na los, dann kommt eben mit", brummte er jedoch, ehe er auf dem Absatz kehrtmachte.

Ben dirigierte Mira und Vera durch die Straßen und Gassen der Außenviertel. Oder vielmehr durch das, was von ihnen übrig war. Viele Gebäude waren bis auf die Grundmauern ausgebrannt. Schwarz starrten die glaslosen Fenster aus den Überresten. Bewohner und Nachbarn, die mehr Glück gehabt hatten, versuchten zu retten, was noch zu retten war. Hier und da wurde ein nur angesengtes Möbelstück herausgetragen, dort Asche und verbrannte Überbleibsel ehemaliger Habseligkeiten herausgekehrt. Andere Leute hatten nicht das Glück, wenigstens noch eine Ruine zu haben, die sie wieder bewohnbar machen konnten. Von vielen Behausungen – insbesondere von den Hütten aus Holz, Wellblech und Planen – war nicht viel übrig geblieben, und auch einige der aus Stein erbauten Häuser hatten dem Wüten des Feuers nicht standgehalten und waren in sich zusammengebrochen. Trümmer und Schutt bedeckten die Straßen, und Mira, Ben und Vera mussten darüberklettern, um ihr Ziel zu erreichen.

Das Schlimmste jedoch waren die Menschen. Mira wusste gar nicht, was schwerer zu ertragen war: die Verbissenheit, mit der die einen arbeiteten, die Leere in den Gesichtern der anderen oder die Verzweiflung derer, die auf der Suche nach Angehörigen durch die Straßen eilten, hier und dort jemanden nach der gesuchten Person fragten und noch ein Stückchen weiter in sich zusammensanken, wenn sie nur Kopfschütteln ernteten.

Ben ließ nicht zu, dass jemand Mira oder Vera ansprach. Er führte sie auf direktem Weg in eine Seitenstraße, in der kaum mehr ein Stein auf dem anderen stand. Mira spürte Mutlosigkeit in sich aufsteigen, wenn sie darüber nachdachte, wo sie beginnen sollten. Ihre zwei Hände und nicht wirklich kräftigen Arme schienen ihr ein Tropfen auf den heißen Stein zu sein.

Nicht nur sie, sondern auch Vera atmete sichtlich auf, als sie Edmund Porter erblickten. Er arbeitete Seite an Seite mit einer hübschen, zierlichen Frau, die Mira ein- oder zweimal in „Porters Höhle" gesehen hatte. Obwohl sie gut und gerne ein Jahrzehnt jünger als Edmund Porter aussah, konnte sie nur seine Frau sein. Unter seiner Anleitung und mit versteinerter Miene kümmerte sie sich um Verletzte, verband Wunden und verteilte Wasser und Schmerzmittel. Mira beschloss, lieber nicht nachzufragen, woher sie die Tabletten und das Verbandsmaterial hatten.

Sie waren nicht die einzigen Fischerkinder, die gekommen waren, um zu helfen. Auch Urs und Biene waren wohlauf. Der breitschultrige Urs schleppte verkohlte Trümmer, bis Schweiß und Ruß wie eine zweite Schicht Haut auf seinem Körper klebten und er dunkler war als die beiden Brüder, Nathaniel und Theodore, die unter Bienes Anleitung Brot und eine wässerige Suppe an eine lange Schlange wartender Menschen ausgaben.

Mira und Vera halfen den dreien, bis auch der letzte Tropfen Suppe und jeder noch so winzige Brotkrümel verteilt waren. Dann schickte Ben Vera zu seinen Eltern, damit sie ihnen bei der Versorgung der Verletzten zur Hand gehen konnte, während

Mira Biene zu Urs folgte, der unermüdlich Bruchstücke von Hütten und Häusern von hier nach dort schleppte.

Er gab Biene einen rußigen Kuss auf die Wange und nickte Mira zu. Erst als er wieder zu Atem kam, wagte sie, ihn anzusprechen. „Können wir dir helfen? Wir können nicht so schwere Trümmer heben wie du, aber allzu schwächlich sind wir auch nicht."

„Nein, meine Freundin ist kein Schwächling", erwiderte Urs, und ein Grinsen legte sich auf sein gutmütiges, breites Gesicht. „Wartet hier. Ich sehe nach, ob ihr mir dort drüben zur Hand gehen könnt." Er nickte über seine Schulter. „Das Haus muss schon ganz zu Beginn eingestürzt sein. Am frühen Abend wahrscheinlich. Hatten weder Geld noch Zeit, etwas Stabileres zu bauen. Fünf Kinder, das Kleinste noch ein Säugling."

Mira schluckte, weil sie an Ari und seine Mutter denken musste. Auch sie hatte stets einen Säugling getragen, Aris jüngsten Bruder. Mira wurde bewusst, dass sie nicht einmal seinen Namen kannten. Aris Mutter hatte nur die Älteren – Lev, Shay und Tam – vorgestellt, als sie bei ihnen zu Hause gewesen waren. War das hier irgendwo gewesen? Die Außenviertel waren dem Erdboden gleich. Schon vor dem Feuer hatte Mira sich nicht zurechtgefunden, doch nun konnte sie unmöglich sagen, ob sie sich in einer Gegend befanden, die sie kannte. Hatte Aris Familie hier irgendwo gewohnt? Und wenn ja, wo waren sie dann jetzt? Wo waren überhaupt all die Menschen, denen die zerstörten Häuser gehört hatten? Wohin waren die Überlebenden geflohen?

Urs bedeutete ihnen zu warten und kletterte behände über das Trümmerfeld hinweg. Von dem Haus, zu dem er ging, war nicht viel übrig. Eine einzige Außenwand ragte empor. Putz und Fenster waren rußgeschwärzt. Hatte es Vorhänge gegeben, so waren sie von den Flammen verschlungen worden. Das Haus direkt daneben stand noch, schien aber völlig ausgebrannt zu sein. Hier musste das Feuer schlimm gewütet haben.

Weder Biene noch Mira sprachen ein Wort, während sie auf Urs' Rückkehr warteten. Er brauchte lange, und als er schließlich über die Trümmer zurückgestapft kam, sahen sie schon von Weitem, dass das warme Lächeln aus seinem Gesicht verschwunden war.

Biene wollte zu ihm eilen, doch er schüttelte den Kopf. „Lauft und holt Ben und Edmund", rief er. „Ich möchte nicht, dass ihr beiden mitkommt."

Biene setzte sich sofort in Bewegung, doch Mira war wie erstarrt. „Warum nicht? Ich dachte, wir können dir helfen."

Wieder schüttelte Urs den Kopf. Schweiß und Tränen zogen ihre Spuren in seinem schmutzigen Gesicht.

Mira hatte sich noch nicht dazu durchringen können, sich auch nur einen Zentimeter zu bewegen, als Biene mit einem keuchenden Edmund zurückgetrabt kam. „Noch mehr?", rief er Urs mit trotz Keuchen belegter Stimme zu, und Urs nickte. „Es sind Kinder dabei."

„Sind sie tot?" Miras eigene Stimme hallte wie von fern in ihren Ohren. Sie spürte Bienes Hände auf ihren Schultern, wollte sie jedoch abschütteln und Edmund Porter über die Trümmer folgen. „Sind sie tot?", schrie sie, während eine eisige Kälte in ihr aufstieg.

Biene antwortete nicht, sondern zwang Mira nur sanft, sich auf ein Stück Mauerrest zu setzen. Es scherte Mira nicht, ob ihre Kleidung schmutzig wurde und am Abend ein nur zu deutliches Zeugnis davon geben würde, wo sie gewesen war. Sie hatte eine grausige Vorahnung, auch wenn sie nichts wiedererkannte. Tief in sich wusste sie, dass es Aris Zuhause gewesen war, das dort in Schutt und Asche lag und all seine Bewohner unter sich begraben hatte.

Biene setzte sich dicht neben Mira. Ein eigenartiger Geruch ging von ihr aus: eine Mischung aus Rauch, frischem Brot und Schweiß. Sie weinte nicht, aber in ihren Augen stand das Entsetzen.

Mira, ganz steif vor Bestürzung und Angst, rührte sich nicht. Irgendein tauber, bewegungsunfähiger Teil von ihr hätte gerne einen Arm um Biene gelegt. Biene, die am Leben war, die auch Urs hatte, aber deren Leben vor ihnen, unter ihren Füßen in Trümmern lag. Die Außenviertel waren ihr Zuhause, die Menschen hier ihre Familie, ihre Nachbarn und Freunde. Wie viele Menschen, die sie gekannt hatte, waren in der vergangenen Nacht ums Leben gekommen? Und wie viele hätte man retten können, wenn Mira und die anderen Innenstädter eingegriffen hätten?

Mit einem Mal hob ein solches Geschrei an, dass Mira – eben noch einem Zusammenbruch nahe – vor Schreck von der Mauer sprang. „Schnell!", polterte Edmund Porter. „Wir brauchen Hilfe! Schnell!"

Biene war flinker als Mira. Die Trümmer, über die sie so leichtfertig hinwegsprang, stellten sich als nur mit Mühe überwindbare Hindernisse für Mira heraus.

Als sie endlich bei ihnen ankam, stemmten sich bereits alle drei – Edmund, Urs und Biene – gegen einen gewaltigen Brocken Hauswand oder Decke, unter dem zu Miras Entsetzen eine kleine, rußige Hand hervorlugte. Eine Hand, die sich darüber hinaus sachte bewegte.

Kapitel 14

Aus dem Feuer

„Guter Gott, steh uns bei", fand Edmund Luft und Kraft, zwischen zusammengebissenen Zähnen hervorzustoßen, während er sich mit aller Macht gegen den Stein lehnte.

Mira fand ein freies Stück Wand und legte die Handflächen daran, drückte und schob mit den anderen, doch sie hatte das Gefühl, nichts auszurichten. Irgendwie waren auch Ben, Vera und Edmunds Frau zu ihnen gelangt. Und schließlich bewegte sich das steinerne Trümmerstück. Wahrscheinlich war es in erster Linie Urs, Ben und Edmund zu verdanken, deren vereinte Kraft das gewaltige Gewicht von dem Arm stemmte, der zu der kleinen Hand darunter gehörte.

Mira machte sich auf das Schlimmste gefasst. Auf Blut und unnatürlich verdrehte Gliedmaßen. Es war ihr ohnehin unbegreiflich, wie jemand, der unter einem solchen Steinbrocken begraben war, überhaupt noch am Leben sein konnte und darüber hinaus fähig, sich durch eine Bewegung bemerkbar zu machen.

Doch was sie sah, kam dem, was sie erwartet hatte, in nichts gleich. Tränen stiegen ihr in die brennenden Augen, Vera entwich ein Aufschrei – jedoch vor Erleichterung.

„Ari!" Mira fiel auf die Knie und wäre beinahe von einer Rückwärtsbewegung des Steins eingequetscht worden, den Urs und Ben nun endlich neben Ari zum Liegen brachten. Der Junge kauerte, halb liegend und mit in einem Spalt eingezwängten Beinen, in einer Mulde, gerade groß genug für seinen mageren Körper.

Mira streckte die Arme nach ihm aus, um ihm herauszuhelfen. Ben protestierte, redete etwas davon, dass man einen Verletzten nicht bewegen dürfe, verstummte aber, als Ari Miras Hände ergriff und mit ihrer Hilfe aus dem Loch kletterte. Er blutete an der Schläfe, und an seinem rechten Arm klaffte eine Wunde, bei deren Anblick Vera ein Keuchen entfuhr. Doch er war am Leben.

„Bring ihn hier weg", bat Edmund Porter seine Frau und schirmte die Überbleibsel von Aris Zuhause mit seinem massigen Körper vor den Blicken des Jungen ab. Der sah ohnehin weder links noch rechts, sondern klammerte sich so fest an Mira, dass Frau Porter Veras Hilfe benötigte, um ihn von ihr zu lösen und auf den Arm zu nehmen.

„Ist schon gut", plapperte Mira, um ihn zu beruhigen. „Alles ist gut. Ich komme mit."

Mira wollte ihnen folgen, doch ihr Blick war im Gegensatz zu Aris auf das gefallen, was Edmund Porter mit seinem breiten Rücken zu verbergen versuchte. Noch mehr Trümmer, Überreste von dem, was einmal ein Haus gewesen war, und menschliche Körper.

„Geh, Mira!" Jemand schob sie unsanft herum, und sie stolperte mehr hinter Frau Porter und Ari her, als dass sie kletterte. Mehr noch als auf dem Weg zu Urs erschienen ihr die Trümmer unüberwindlich. Sie strauchelte, fiel auf Knie und Handflächen und erbrach mit einem Mal das mühsam hinuntergewürgte Frühstück.

Menschliche Körper, genau wie Ari vergraben unter Schutt. Es konnte nicht das Feuer gewesen sein, das Aris Familie getötet hatte. Nein, sie waren unter den Trümmern ihres eigenen Zuhauses lebendig begraben, von ihnen erschlagen oder erstickt worden.

Wie, wie um alles in der Welt hatte Ari das überleben können?

„Komm mit." Plötzlich stand Vera neben ihr, umfasste ihre Arme und zog sie auf die Beine. Mira würgte noch einmal und strich sich mit staubigen Händen das Haar aus der Stirn. Sie konnte sich kaum rühren, als Vera ihr um den Hals fiel und sich so fest an sie klammerte wie zuvor Ari. „Ich will hier weg", flüsterte sie an Miras Schulter. „Nur noch weg."

„Wir müssen zu Ari", hörte Mira sich selbst sagen, während ein Teil von ihr Vera energisch zustimmen und davonlaufen wollte, so schnell ihre Beine sie trugen. „Er ist am Leben. Er lebt! Dabei müsste er tot sein."

Vera ließ sie los. „Seine Familie ..." Ihre Stimme versagte, doch Mira wusste auch so, dass Vera die toten Körper ebenfalls gesehen hatte. Das gleiche Grauen, das sich in Miras Innerem ausgebreitet hatte, brannte in ihren Augen.

Als sie an diesem Morgen die Innenstadt verlassen hatten, hatte der blinde Tatendrang sie angetrieben und sie gar nicht an die Grässlichkeiten denken lassen, denen sie sich hier gegenübersehen würden. Aber selbst wenn Mira darüber nachgedacht hätte, wäre ihre Fantasie doch niemals fähig gewesen, sie auf die Realität vorzubereiten.

„Pass auf, das brennt jetzt ein bisschen." Wie im Nebel bewegte Mira sich auf die anderen zu. Ari hockte auf einem Trümmerblock, während Frau Porter die Wunde an seinem Arm desinfizierte. „Du bist ja ein tapferer kleiner Kerl", sagte sie, während sie eine frische Packung weißer Verbände aufriss.

Es war das erste Mal, das Mira Frau Porters Stimme hörte. Die Sanftheit darin überraschte sie. Mit dieser Stimme passte sie viel besser zu Edmund Porter, als Mira insgeheim gedacht hatte. Bisher hatte sie Frau Porter nur als hübsch, zu jung und offenbar nicht interessiert an den Fischerkindern wahrgenommen. Immerhin hatte Mira sie nie bei einem der Treffen in Klein-Ararat gesehen. Und auch in der Buchhandlung traf man Edmund fast ausschließlich alleine – ohne Frau und Sohn – an.

„So, fast fertig." Frau Porter erhob sich, um in einer Tasche nach einem Tuch zu kramen. Während sie es mit Wasser aus einer halb leeren Plastikflasche tränkte, trat Mira vorsichtig zu ihr.

„Ist er in Ordnung?“, flüsterte sie und gab vor, Edmunds Frau zur Hand gehen zu wollen. Vera war ihr gefolgt, stand jetzt aber wie erstarrt neben Ari und konnte sich erst Sekunden später dazu durchringen, sich langsam und nahezu lautlos zu ihm zu setzen.

„Er müsste tot sein“, erwiderte Frau Porter so leise, dass nur Mira neben ihr es hören konnte. „Wenn nicht wegen des Einsturzes, dann wegen einer Rauchvergiftung. Ich kann mir nicht erklären, was dafür gesorgt hat, dass er noch am Leben ist.“

„Gott“, sagte Mira, ohne nachzudenken. Wie hatte sie am Vorabend darum gefleht, dass Gott auf Ari aufpassen möge, dass er seine mächtige Hand über ihn legen und ihn beschützen würde. Wie sonst hätte Ari überleben sollen, wenn nicht geborgen unter Gottes Hand?

Frau Porter schraubte ihre Wasserflasche zu, sah dabei aber unentwegt Mira an. „Du gehörst auch zu ihnen, nicht wahr? Zur Gruppe meines Mannes.“

Mira hatte das unangenehme Gefühl, einen wunden Punkt getroffen zu haben. Warum eigentlich war Edmund Porters Frau kein Mitglied der Fischerkinder? Wenn sie nun darüber nachdachte, war es doch reichlich sonderbar, dass sie Mann und Sohn alleine dorthin gehen ließ und sich ihnen weder anschloss noch sie verriet.

„Ich halte nicht viel davon“, sagte Frau Porter, als hätte sie Miras Gedanken gelesen. „Aber in diesem Fall weiß auch ich keine bessere Erklärung als die, dass euer Gott den Jungen bewahrt hat.“

Sie legte die Flasche weg und machte sich schon auf den Weg zurück zu Ari, als Mira sich einen Ruck gab: „Warum halten sie nichts davon, Frau Porter?“

Einen Augenblick sah es so aus, als wolle Frau Porter die Schultern zucken, dann jedoch sagte sie: „Mein Mann ist sich seiner Sache so sicher, dass er Leib und Leben riskiert. Ich bin es nun einmal nicht."

„Aber sogar Ben ... sogar Ihr Sohn ist dabei!"

Frau Porter lächelte, doch es war ein sehr trauriges, resigniertes Lächeln. „Ich hätte ihn gerne davor beschützt. Aber mein Sohn hat seinen eigenen Kopf." Sie seufzte, und ehe Mira noch etwas sagen oder fragen konnte, wandte sie sich ab. „Es ist verboten, das weißt du, oder?"

„Heute hier zu sein und Verletzte zu versorgen ist auch verboten", erwiderte Mira. „Aber das macht es nicht weniger richtig."

Frau Porter hielt inne. Mira fragte sich bereits, ob diese Äußerung zu kühn gewesen war, doch Edmunds Frau schüttelte den Kopf, sah über die Schulter zu Mira zurück und hob einen Mundwinkel zu einem entwaffneten, zögerlichen Lächeln.

Mira blieb bei Ari, während Edmund, Ben und Urs unter den Trümmern seines Zuhauses nach Überlebenden suchten. Er saß auf ihrem Schoß, und sie erzählte ihm Geschichten, wobei sie Teile aus Büchern, die sie gelesen hatte, wahllos mit ihren eigenen Ideen zusammenwarf. Ari war kein anspruchsvoller Zuhörer. Eigentlich war Mira sich nicht einmal sicher, ob er überhaupt zuhörte. Er sprach nicht, und irgendwann schlief er in ihren Armen ein.

Als Edmund schmutzig und mit steinerner Miene zurückkehrte, setzte Vera, die bisher Frau Porter zur Hand gegangen war, sich zu ihr. Zögerlich streckte sie die Hand aus, um Ari über die Locken zu streicheln, doch sie zog sie bald wieder zurück – vielleicht aus Angst, ihn aufzuwecken.

„Und?" Frau Porter war mit ängstlicher Miene zu ihrem Mann getreten. Sie schloss die Augen, als er matt den Kopf schüttelte.

„Also sind sie alle ...“, setzte sie an, vermochte den Satz aber nicht zu beenden. Edmund nahm sie in die Arme und drückte sie an sich, kurz, aber fest.

„Was wird aus dem Jungen?“, fragte sie zaghaft, als er sie wieder losließ. Vielleicht war er in den wenigen Minuten, in denen sie ihn verarztet hatte, auch ihr ans Herz gewachsen. Sie war ja selbst eine Mutter.

„Wir bringen ihn in Klein-Ararat unter. Lia wird sich um ihn kümmern“, erwiderte Edmund Porter mit schwerer Stimme.

„Edmund“, flüsterte seine Frau. „Das ist ein Todesurteil. Du sprichst von Klein-Ararat, als wäre der Berg eine uneinnehmbare Festung. Aber ihr seid schon einmal verraten worden.“

Mira verlagerte Aris Gewicht auf ihrem Arm und tat beflissentlich so, als wäre sie viel zu beschäftigt, um dem Gespräch der beiden zu lauschen. Waren sie sich überhaupt bewusst, dass Vera und sie alles mitbekamen? Es machte nicht den Anschein.

„Gibt es denn keine andere Möglichkeit?“, fragte Frau Porter.

„Keine bessere“, entgegnete Edmund, und seine Stimme hatte an Schärfe gewonnen. „Oder willst du ihn bei uns zu Hause verstecken?“

„Du weißt, dass das nicht geht.“ Mira sah aus dem Augenwinkel, wie Frau Porter die Arme vor der Brust verschränkte. „Die Innenstadt ist abgeschottet. Wenn man ihn fände, wäre nicht nur er in Schwierigkeiten.“

„Dann müssen wir uns mit den Möglichkeiten anfreunden, die wir haben.“

„Und die Menschen, die du in Gefahr bringst?“, flüsterte Frau Porter. „Die ganzen Kinder. Deinen Sohn. Und auch mich.“

Edmund Porter trat näher zu ihr. Mira wagte nicht, allzu auffällig in ihre Richtung zu sehen, doch sie glaubte, dass er erneut die Arme um sie legte oder es zumindest versuchte. Sie war nicht sicher, ob seine Frau es zuließ, denn seine Worte wollten nicht zu der Geste passen: „Du hast deine Entscheidung getroffen, als du zu mir zurückgekommen bist."

„Für Ben", wisperte Frau Porter. „Er braucht seinen Vater. Ich hätte ihn sonst niemals der Gefahr ausgesetzt ..."

„Ich bin froh, dass du es getan hast", erwiderte Edmund. „Euch beide wiederzuhaben ... ich habe Gott lange um dieses Wunder gebeten."

Spätestens jetzt löste Frau Porter sich aus der Umarmung ihres Mannes. Mira sah, wie sie einen Schritt zurücktrat. „Dann pass auf dich auf, Edmund", sagte sie leise. „Um unseretwillen."

Edmund Porter seufzte. „Das tue ich doch", versicherte er. „Ich weiß wohl, dass Klein-Ararat keine Festung ist. Aber es ist doch der sicherste Ort, den ich kenne. Gott hat es bisher immer gut mit uns gemeint, und solange wir fest zusammenhalten –"

„Du bist vertrauensselig, Edmund!" Das hätte eine Beleidigung sein können, doch ihre flehentliche Tonlage gab ihren Worten eher den Klang einer Klage.

Vielleicht, schoss es Mira durch den Kopf, hatte Edmunds Frau einfach nur Angst. Ihr Mann und ihr Sohn steckten in einer Geheimorganisation, die dafür sorgen konnte, dass es ihr ebenso wie Ari erging und sie niemanden mehr hätte.

„Das sind Kinder, in die du dein Vertrauen legst", erinnerte sie ihn leise. „Kinder bewahren ein Geheimnis für eine Weile, aber wenn es nicht mehr spannend genug ist oder wenn sie jemand unter Druck setzt, plaudern sie es aus. Sogar diesem Mädchen vertraust du, obwohl du weißt, dass ihr Vater –"

„Genug jetzt", unterbrach Edmund sie. Offenbar war er sich Miras und Veras Anwesenheit doch noch gewahr.

Frau Porters Blick flackerte in ihre Richtung, aber Mira schlug hastig die Augen nieder. Vorhin hatte sie ihr so verschwörerisch zugelächelt, nachdem sie sich gemeinsam um Ari gekümmert hatten, und jetzt das. Offenbar misstraute nicht nur Ben ihr.

Dabei war es doch Frau Porter, die ihren eigenen Mann zurückgelassen hatte, nur um sich und ihren Sohn zu schützen! Kein Wunder, dass Mira Ben in der Buchhandlung nie gesehen hatte; seine Mutter hatte ihn von dort ferngehalten. Und ausgerechnet diese Frau glaubte, dass Mira die anderen verraten würde? Mira war nicht feige. Sie würde zu denen halten, die ihr am Herzen lagen. Die Fischerkinder waren ihre Freunde, fast wie eine Familie. Wie sollte sie selbst weiterleben, wenn sie die anderen ans Messer lieferte?

„Geh nach Hause", sagte Edmund leiser. „Ich bringe den Jungen in Sicherheit, und dann komme ich auch. Sicher und wohlbehalten, so Gott will."

Seine Frau nickte und wandte sich ab. Vermutlich, um ihre Tränen vor ihrem Mann zu verbergen, wenn Mira nicht alles täuschte.

Auch Edmund wirkte aufgewühlt. „Dann wollen wir mal." Er schenkte Mira ein trauriges Lächeln und beugte sich hinunter, um ihr Ari aus den Armen zu nehmen, dessen unverletzte Hand sich an ihrer Bluse festgekrallt hatte. Selbst im Schlaf ließ er nicht locker.

„Kann ich mitkommen?", fragte Mira, ohne vorher darüber nachgedacht zu haben. „Vielleicht müssen wir ihn dann gar nicht aufwecken."

Vera neben ihr protestierte, doch Edmund meinte nur: „Ich wüsste nicht, was dagegen spricht."

„Was ist mit mir?", fragte Vera mit leichter Panik in der Stimme. „Soll ich etwa alleine in die Stadt zurückgehen? Was ist, wenn dieser Rune und seine Leute –"

„Du kannst mit uns kommen." Frau Porter war neben sie getreten. „Ben kennt einen sicheren Weg und die Leute hier draußen. Und er ist sehr vorsichtig."

Genau so hatte Mira ihn erlebt. Allerdings war seine übertriebene Achtsamkeit ihr bisher immer eher lästig gewesen. Auch

Vera verzog das Gesicht. Vermutlich konnte sie sich Schöneres vorstellen, als sich dem übervorsichtigen Ben und seiner beinahe noch misstrauischeren Mutter anzuschließen. Immerhin hatte auch Vera mitbekommen, was Frau Porter eben über Mira gesagt hatte. Es war Ehrensache, dass sie es genauso persönlich nahm.

Dennoch folgte sie den beiden, ohne zu murren, als sie Richtung Innenstadt aufbrachen, während Mira mit Edmund durch die verwüsteten Außenviertel zum Stadtrand ging.

„Soll ich den Jungen nehmen?", bot er an, als Mira ihr Tempo immer mehr drosselte, weil sie unter Aris Gewicht zu straucheln begann. Aber sie spürte dessen festen, verzweifelten Griff um ihre Bluse und brachte es nicht übers Herz, ihn loszulassen. Deshalb schüttelte sie den Kopf, biss die Zähne zusammen und betete bei jedem Schritt um die übermenschliche Kraft, die sie bräuchte, um bis nach Klein-Ararat durchzuhalten.

Sie wusste nicht, wie, aber sie schaffte es. Das Blut rauschte ihr in den Ohren, während sie hinter Edmund die Hütte am Fuß des Berges betrat. Das wild hämmernde Herz sank ihr in die Hose, als Edmund die Falltür aufschloss. Wie sollte sie es unter Aris Gewicht jemals schaffen, dort hinunterzuklettern? Selbst ohne die zusätzliche Last auf ihren Armen und ohne das Bemühen, den Jungen nicht aufzuwecken, fühlte sie sich von ihrem Fußmarsch zu schwach und zu zittrig, um in den unterirdischen Gang hinabzusteigen.

„Komm schon." Edmund kletterte ein Stückchen hinab und streckte dann die Hände nach Ari aus, wobei er sich mit den Ellbogen an den Rändern der Falltür abstützte.

Mira löste Aris Hand vorsichtig von ihrer Bluse, aber es brauchte schon ein wenig mehr als sanfte Gewalt, um seinen Griff zu lockern. Ari schreckte aus dem Schlaf und bäumte sich mit erstaunlicher Kraft auf. Sie war nicht sicher, ob sie ihn hätte halten können, wäre Edmund nicht gewesen.

Er umfing ihn mit seinen kräftigen Händen. Ari war so klein und dürr, dass Edmund ihn mit Leichtigkeit mit einem Arm halten konnte, während er sich mit der freien Hand an der Leiter festhielt.

„Nein!" Die Dunkelheit des unterirdischen Ganges, die ihn und Edmund zu verschlucken drohte, schien Ari in Panik zu versetzen. Mit klammem Gefühl in Bauch dachte Mira an das erste Mal zurück, als sie dort hinuntergestiegen war. Damals, als sie noch keine Ahnung gehabt hatte, dass die Dunkelheit nur von kurzer Dauer war und dass der Tunnel am Tageslicht im Kessel des Berges endete.

Auch Ari konnte das nicht ahnen. Alles, woran er vermutlich dachte, war das finstere Gefängnis, in dem er nach dem schrecklichen Einsturz seines Zuhauses gefangen gewesen und aus dem er nur wie durch ein Wunder freigekommen war, während es seine Familie für immer verschluckt hatte.

Mira wollte etwas Beruhigendes sagen, Ari tröstende Worte nachrufen, doch die Kehle schnürte sich ihr zu, sodass sie keinen Ton herausbrachte.

Ari schrie den ganzen Weg hinunter wie am Spieß, und Mira konnte nichts tun, als ihm und Edmund so schnell wie möglich hinterherzuklettern. Am Fuß der Leiter wollte sie Edmund den Jungen abnehmen, aber der ließ es nicht zu.

„Es geht schneller, wenn ich ihn trage." Er hatte Mühe, ihn überhaupt festzuhalten. Wie von Sinnen schlug Ari um sich, traf Edmunds Gesicht, traf die Felswand und schien nichts davon auch nur zu bemerken.

Noch nie – nicht einmal bei ihrem ersten Besuch in Klein-Ararat – war ihr der Weg so lang vorgekommen wie an diesem Abend. Endlos lange stolperten sie durch die Dunkelheit, während Aris Schreien ihr in den Ohren dröhnte und der Geschmack von Galle ihr in der Kehle brannte.

Als sie endlich aus dem unterirdischen Gang ins Freie traten, hatte ihre Ankunft offenbar bereits Aufsehen im Inneren des Berges erregt. Lia, Happy und Chas kamen auf sie zu. Skives aufgeregtes Bellen vermischte sich mit Aris Weinen.

„Es ist okay", krächzte Mira gegen den Kloß in ihrem Hals an und streckte die Hände nach dem Kind aus. Endlich ließen Edmunds starke Arme ihn los. Er setzte Ari auf dem Boden ab und schnappte keuchend nach Luft. Mira sank in die Hocke, um Ari in die Arme zu ziehen, doch sie hatte die Auswirkungen des anstrengenden Weges nach Klein-Ararat unterschätzt. Die Beine knickten ihr ein, und sie landete unsanft im Gras.

„Lass mich!", brüllte Ari, machte sich mit Leichtigkeit von ihr los und rannte, als ginge es um sein Leben. Sie hätte ihm nachlaufen müssen, aber die Erschöpfung drückte sie nieder, und nun sprudelte auch das ganze Grauen über alles, was sie heute gesehen hatte, aus ihr heraus.

Wie durch einen Schleier sah sie, wie Edmund und Lia Ari einfingen und zu beruhigen versuchten, doch sie hatte nicht die Kraft, ihnen zu folgen. Skive bellte, Happy hielt ihn am Halsband zurück, und jemand ließ sich wortlos neben Mira ins Gras sinken, saß neben ihr und strich ihr beruhigend über das Haar.

Die Stimmen von Aris Brüdern hallten Mira in den Ohren.

„Ihr seid aus der Innenstadt."

„Sind die Straßen wirklich mit Gold gepflastert?"

Sie würden es nie herausfinden. Diese Jungen würden die Innenstadt nie zu Gesicht bekommen. Sie würden niemals sehen können, ob ihre kühnen Träume Wirklichkeit waren. Sie waren tot. Erschlagen von den Überresten ihres eigenen Zuhauses, weil Mira und ihresgleichen, weil sämtliche Innenstädter die Hände in den Schoß gelegt und nichts unternommen hatten, aus Angst um ihr eigenes Leben. Mira hätte mehr tun müssen, viel mehr. Sie hätte sich heftiger gegen ihre Eltern auflehnen und entkommen müssen. Dann wäre Aris Familie vielleicht noch am Leben.

In der Ferne verebbte Aris Schreien zu einem Schluchzen. Das Geräusch brach Mira das Herz. Sie wollte Ari trösten und halten und brauchte doch selbst so dringend Trost, dass sie sich nicht wehrte, als die Hand, die ihr Haar gestreichelt hatte, ihren Kopf behutsam gegen eine starke Schulter drückte. Erst jetzt wurde ihr bewusst, dass es Chas war, der neben ihr im Gras hockte und sie festhielt. So wenig sie die Fürsorge ausgerechnet von ihm erwartet hätte, so gut passten die Wortlosigkeit und Selbstverständlichkeit, mit der er das alles tat, zu ihm.

Er ließ Mira einfach an seiner Seite lehnen und sie den Duft nach Moos, Pfefferminz und dem würzigen Rauchgeruch des Lagerfeuers einatmen, der ihn umfing. Das war besser als alles, was er oder ein anderer hätten sagen können.

An diesem Abend schlich Mira sich wie ein Einbrecher in ihr eigenes Zuhause und wusch alles, was sie am Leib trug, mit Handseife im Waschbecken. Ruß, Blut, Schmutz – alles schrubbte sie aus den Fasern ihrer Kleidung und ließ es im Abfluss verschwinden. Aber das dumpfe Gefühl der Hilflosigkeit ließ sich nicht abwaschen. Sie fühlte sich ganz taub von all dem, was sie heute gesehen hatte.

Beim Gedanken an all das Elend in den Armenvierteln hätte sie sich am liebsten in ihrem Bett verkrochen und stundenlang nur geweint. Fast fühlte sich die Freude über Aris Rettung wie ein Fremdkörper in ihrem Herzen an. Sie schien ihr so egoistisch, so unpassend, so ... falsch. Wie konnte sie sich freuen, dass Ari überlebt hatte, wenn doch so viele andere gestorben waren, ja wenn sogar seine eigene Familie den Flammen zum Opfer gefallen war?

Ari hatte niemanden mehr. Sie hatten die Leichen aus den Trümmern des Hauses geborgen: Aris Vater und Mutter, seine Geschwister, sogar den Säugling.

Heute Nacht würde der Junge in einem fremden Bett einschlafen und an einem fremden Ort aus seinen Albträumen schrecken. Lias fremde Arme würden ihn beruhigend umschließen, aber es wäre ein schwacher Trost, weil es nicht die seiner Mutter waren.

Mira war so in Gedanken, dass sie erst nach einigen Sekunden realisierte, dass jemand zaghaft an die Tür klopfte. „Miriam? Bist du da drinnen?", fragte die Stimme ihrer Mutter von draußen.

„Ja", erwiderte Mira nur und wischte sich über die Augen, um die Tränen wegzuwischen, die erneut überzufließen drohten. Und dieses Mal war niemand da, der ihr übers Haar strich und ihr das Gefühl gab, dass sie nicht alleine war in diesem Schmerz.

„Ich wusste nicht, dass du wieder da bist."

„Doch. Ich war bei Vera." Mira hoffte, dass ihre Stimme normal klang. Sich jäh an den angeblichen Grund ihres Gehens erinnernd, fügte sie hinzu: „Filip arbeitet bereits wieder. Er ist in Ordnung."

„Das ist gut", sagte ihre Mutter vor der Tür, offenbar von der Situation überfordert. „Du kannst mir helfen, das Abendessen vorzubereiten. Iliona ist heute nicht aufgetaucht, und dein Vater wird jeden Moment nach Hause kommen."

„Klar", rief Mira betont fröhlich. „Fang schon mal an, ich komme, sobald ich fertig bin."

Sie sprachen nicht viel, während sie Brot schnitten und mit dünnen Käsescheiben belegten. Mira dachte die meiste Zeit darüber nach, ob sie nicht eine Scheibe Brot oder ein kleines Stückchen Käse in ihrer Tasche verschwinden lassen könnte, um es am nächsten Tag mit in die Außenviertel zu nehmen. Aber was war schon eine Scheibe Brot oder ein Bissen Käse? Außerdem beobachtete ihre Mutter sie nach dem Vorfall am Morgen mit Argusaugen.

Ihr Vater jedoch, als er schließlich nach Hause kam, war ausgesprochen versöhnlich gestimmt. Er summte, während er sein Jackett im Flur abnahm und ordentlich auf einen Kleiderbügel hängte, damit es keine Falten bekam.

„Sie war tatsächlich bei Vera Petersen", verkündete er. „Es besteht also kein Grund zur Sor-" Er verstummte, als er in die Küche trat und Mira neben ihrer Mutter an der Anrichte stehen sah.

„Woher weißt du das?", fragte Rose Robins mit hochgezogenen Brauen.

Mit einem Blick auf Mira erwiderte ihr Vater gemessen: „Ich war dort und habe mit ihr und ihrem Vater gesprochen. Ich habe Sorge geäußert, unsere Tochter treibe sich womöglich in den Armenvierteln herum."

Miras Herz wollte einen Schlag aussetzen, doch ihr Vater fuhr schon fort: „Sie haben beide bestätigt, dass Mira den ganzen Tag mit Vera verbracht hat. Aber das Mädchen – Rose, du kannst dir nicht vorstellen, wie verlottert sie herumläuft. Schmutzig und mit zerrissener Bluse. Warum der Staat da nicht eingreift, ist mir ein Rätsel."

Hinter Miras Stirn ratterten regelrecht die Gedanken. Sie dachte an die tropfnasse Kleidung, die oben in ihrem Zimmer – hoffentlich unentdeckt – trocknete, und an den Schmutz, der mitsamt Seife und Wasser im Abfluss verschwunden war.

Dass Vera für sie log, überraschte sie nicht weiter. Sie war ihre Freundin, und jede von ihnen beiden hätte ohne zu zögern für die andere den Hals hingehalten. Aber warum – warum um alles in der Welt – sollte Herr Petersen sie decken?

Beinahe jeden Nachmittag der darauf folgenden Woche verbrachten Vera und Mira in den Außenvierteln. Zwar drängte Miras Vater darauf, ein Treffen mit Filip würde ihr guttun, doch zu Miras unaussprechlicher Erleichterung war dieser mit den

Zusatzschichten an der Stadtmauer vollends ausgelastet und selten zu Hause. Ansonsten schien sich niemand in Veras Familie zu scheren, wohin die beiden nach der Schule gingen.

Manchmal war der Anblick der vielen Arbeit, die in den Armenvierteln noch getan werden musste, geradezu frustrierend, und manchmal ging Mira das Herz auf, wenn sie sah, wie das Leben der Menschen dort draußen langsam weiterging. Zuerst holpernd und unstet, dann mit wachsender Zuversicht.

Etliche Helfer – Arme, Fischerkinder und einige wenige rebellische Innenstädter, die Mira nicht kannte – schufteten Tag für Tag, befreiten Straßen und Grundstücke von Schutt und bauten behelfsmäßige Hütten, um obdachlos gewordenen Familien ein Dach über dem Kopf zu schaffen.

Auch die Vergessenen in Klein-Ararat hätten gerne mit angefasst. Mira bekam den allgemeinen Tatendrang mit, als sie zwei Tage nach dem großen Feuer in Klein-Ararat saßen und für Überlebende und noch Verschollene beteten. Urs war derjenige, der die Idee ins Leben rief.

„Es gibt noch so viel zu tun", sagte er, während er mit einem Stock im Feuer herumstocherte, das, nun da die Tage länger und die Abende heller wurden, seltsam blass wirkte. „Viele Fischerkinder aus der Innenstadt packen mit an und auch einige Wid... eine andere Kleinstgruppe versucht den Leuten zu helfen." Der Stock hatte Feuer gefangen. Urs ließ ihn fallen und sah in die Runde. „Wenn wir alle zusammen helfen ..."

„Auf jeden Fall!" Happy nickte lebhaft zu seinen Worten. „Wäre ja noch schöner, wenn wir hier drinnen faul auf unseren Hintern sitzen, während wir da draußen gebraucht werden!"

Zu Miras Erstaunen pflichtete ausgerechnet Chas ihr bei. Sie wusste nicht einmal, warum es sie so überraschte. Vielleicht weil Chas mit seiner eigenbrötlerischen Art nicht gerade den Eindruck machte, als schere er sich großartig um andere Menschen.

Auch Edmund schien nicht mit Chas' Zuspruch gerechnet zu haben. Mit gerunzelter Stirn sah er von ihm zu Happy und schließlich zu den Übrigen, die bereits in eifriges Murmeln ausgebrochen waren. „Ich will euch nur ungern den Spaß verderben. Aber ich halte es für ausgesprochen unklug, Klein-Ararat zu verlassen."

„Aber wir wollen helfen!", protestierte Stella. Eloise und Luna nickten lebhaft dazu.

„Wir können doch nicht tatenlos hier herumsitzen!"

„Überhaupt, was soll schon passieren?"

„Ihr seid ohnehin noch zu jung", erinnerte Edmund die drei Mädchen mit sanfter Bestimmtheit. „Momentan sind die Armenviertel weiß Gott kein geeigneter Ort für Kinder."

„Ich bin volljährig", knurrte Chas, und auch Happy schüttelte den perlenverzierten Schopf. „Niemand wird uns auch nur beachten."

„Ihr habt keine Ausweise", beharrte Edmund. „Keine Identität. Offiziell existiert ihr überhaupt nicht mehr."

„Du glaubst doch nicht ernsthaft, dass jemand uns nach dem Ausweis fragen wird. Wenn es so ein Chaos ist, wie Urs gesagt hat –"

„Ich habe nein gesagt", sagte Edmund so scharf, dass Happy verstummte. Ähnlich wie Mira schien auch sie erst jetzt zu bemerken, wie wenig Edmund Porter zum Scherzen aufgelegt war.

„Keiner der Vergessenen verlässt diesen Berg", bestimmte er mit Nachdruck und ließ seinen Blick über erschrockene und enttäuschte Gesichter wandern. An Chas blieb er hängen. Als Mira sich zu diesem umwandte, brauchte sie nicht zu fragen, warum. Chas sah aus, als hätte Edmund ihm ins Gesicht geschlagen: Mit zusammengebissenen Zähnen und glasigem Blick starrte er geradewegs durch ihn hindurch. „Wie ein Tier in der Falle", schoss es Mira durch den Kopf.

Ohne Edmund noch einmal anzusehen, erhob Chas sich und verschwand so stürmisch in Richtung Hüttendorf, dass er beinahe Paul und Ari umrannte, die zu Lias Füßen saßen.

Edmund sah ihm nach, und falls Bedauern in seinem Blick aufflackerte, dann nur ganz kurz, ehe er grimmig nickte, als wolle er sich selbst in seiner Entscheidung bestärken. Obwohl sie wieder einmal Chas gegen ihn aufgebracht hatte.

Kapitel 15

Der Beschützer

Körperlich erholte Ari sich schnell von dem, was mit ihm geschehen war. Lia nahm ihn bei sich in der Hütte auf. Sie kümmerte sich bereits um den dreijährigen Paul, der genau wie Ari eine Waise war und in Klein-Ararat aufwuchs.

Schon eine knappe Woche später, als Mira und Vera recht zeitig das Versteck im Inneren von Klein-Ararat betraten, sahen sie Ari Seite an Seite mit Theodore und Nathaniel einem Ball aus fest zusammengebundenem Stoff nachjagen.

„Willst du nicht zu ihm gehen?" Vera hatte dem Spiel der Jungen genau wie Mira eine Weile zugesehen.

Mira schüttelte den Kopf. „Lassen wir ihn spielen." Sie musste lächeln, als Ari den Ball mit enormer Kraft an Theodore vorbeischoss, der ihn um mindestens einen Kopf überragte.

Tatsächlich waren Aris Wunden erstaunlich schnell verheilt. Selbst sein übel zugerichteter Arm schien bereits wieder mehr oder minder brauchbar zu sein. Wovon Ari sich weitaus langsamer erholte, war der Schrecken, den er durchgemacht hatte. Das Feuer, der Einsturz, der Verlust seines Zuhauses und seiner Familie – das hätte selbst einen ausgewachsenen Mann aus der Bahn geworfen. Und Ari war noch ein Kind.

Seit sie ihn aus dem Schlupfloch gezogen hatten, in dem er auf wundersame Weise überlebt hatte, hatte Mira ihn kaum mehr als zwei zusammenhängende Sätze sprechen hören. Und das, wo man ihn zuvor nur mit Mühe zum Schweigen hatte bringen können.

Sie sahen den Jungen eine Weile beim Spielen zu, bis Vera schließlich verkündete, dass sie nach Eloise, Stella und Luna sehen wolle.

Unschlüssig, was sie alleine tun sollte, sah Mira sich um. Happy diskutierte erhitzt mit Edmund – vermutlich immer noch über seine Weigerung, die Vergessenen in den Armenvierteln helfen zu lassen –, während Skive offenbar um Futter oder Streicheleinheiten bettelte und ihr fortwährend die Hand leckte. Urs und Biene saßen eng umschlungen am fast leeren Treffplatz und sahen nicht so aus, als wünschten sie sich Gesellschaft. Chas hockte lesend und mit angewinkelten Beinen auf dem Geländer seiner Veranda, und Lia ließ auf den Stufen ihrer Hütte, nicht weit von seiner, den kleinen Paul auf ihren Knien hüpfen. Er kreischte ausgelassen und stürzte sich immer wieder kopfüber nach hinten, vollkommen sicher, dass Lia ihn fangen würde.

Mira hatte sich gerade entschlossen, sich zu den beiden zu gesellen, als ein lautes Geschrei direkt vor ihr ausbrach.

„Das war abseits! Hast du Tomaten auf den Augen? Er stand noch da vorne!" Nathaniel deutete anklagend auf Ari, der dem Geschehen mit großen Augen folgte.

„So ein Quatsch", wehrte Theodore ab. „Seit wann gibt es denn bei drei Spielern ein Abseits?"

„Seit wann", äffte Nathaniel ihn nach, „gelten für drei Spieler andere Regeln?"

„Lass ihn doch stehen, wo er mag!", brüllte Theodore, wieder auf Ari deutend, dem sichtlich unbehaglich zumute war. Sogar auf die Entfernung konnte Mira sehen, wie er mit sich selbst rang, ob er sich wehren oder lieber weglaufen sollte.

„Jetzt geht es aber los!" Lia war aufgesprungen, hatte den protestierenden Paul auf den Treppenstufen abgesetzt und stürmte so energischen Schrittes auf die zwei Streithähne zu, dass beide einen Satz rückwärts machten.

„Lauf zu Paul, Schätzchen", wies Lia Ari im Vorbeigehen an, zwar durchaus freundlich, aber immer noch in dem herrischen Ton, den sie für Nathaniel und Theodore angeschlagen hatte.

Ari sah zu, wie sie sich vor den beiden aufbaute, dann lief er los. Mira folgte ihm, zögerte jedoch, als ihr klar wurde, dass er keineswegs wie ihm geheißen zu Paul ging, der das Geschehen neugierig aus der Ferne beobachtete, sondern geradewegs zu Chas.

„Dass ihr euch nicht schämt“, stutzte Lia unterdessen die zwei anderen zurecht. „Einen traumatisierten Jungen so zu verschrecken! Da lässt er sich einmal zu einem Spiel mit euch überreden, und ihr habt nichts Besseres zu tun –“

Mira drosselte ihre Schritte, doch Chas hatte sie schon bemerkt. Er war vom Geländer geglitten und stand nun in der offenen Tür seiner Hütte, in der Ari bereits verschwunden war. Mira konnte gerade noch seinen Lockenkopf dahinter sehen.

Chas nickte ihr zu. Mit einem Anflug von Scham erinnerte sie sich daran, wie sie zusammengebrochen war und wie er sie festgehalten und wortlos ihr Haar gestreichelt hatte. Sie wollte nicht, dass er sie für schwach hielt. Ja, aus irgendeinem Grund wollte sie noch nicht einmal, dass er ahnte, wie gut seine Nähe ihr an diesem Tag getan hatte, wie sehr sie ihn gebraucht hatte.

Hastig brach Mira den Blickkontakt zu ihm ab. Chas konnte Menschen scheinbar unbegrenzt lange in die Augen sehen, und wenn er es tat, dann hatte sie das unangenehme Gefühl, dass er sie durchschaute. Er hatte selbst gesagt, sie sei wie ein offenes Buch – entschlüsselbar für jeden, der lesen konnte.

„Willst du mit reinkommen?“

Mira war von dieser Frage zu überrascht, um zu bejahen. Sie hob den Kopf und starrte Chas an, um herauszufinden, ob sie sich vielleicht verhört hatte. Chas‘ Blick, wenn sie es sich recht überlegte, war nicht wirklich einladend, selbst wenn seine Worte diesen Eindruck Lügen straften.

„Ich wollte nur nach Ari sehen.“ Direkt vor den Stufen zu Chas’ Hütte blieb sie stehen. Weil deren Eigentümer sie nur musterte und kein Wort sagte, fügte sie hinzu: „Ich wollte nur wissen, ob er in Ordnung ist. Die zwei haben ihn ganz schön erschreckt."

„Er ist nicht schreckhaft", wehrte Chas, heftiger als nötig, ab. Als müsse er Ari in Schutz nehmen. „Nur vorsichtig."

„Ich weiß. Er ist der mutigste kleine Kerl, den ich kenne. Aber nach dem, was passiert ist ..."

Chas warf ihr einen warnenden Blick zu, drehte sich zu Ari um und sagte so leise etwas zu ihm, dass Mira es über Lias Standpauke im Hintergrund nicht hören konnte. Ari verschwand gänzlich im Inneren der Hütte, und Chas zog die Tür zu.

„War wirklich seine ganze Familie in diesem Haus?", fragte er schließlich mit gesenkter Stimme.

Mira nickte beklommen. Sie hatte keine Ahnung, wie viel Chas wusste, und hatte keine große Lust, alles zu erzählen und sich damit den grausigen Anblick von Aris zerstörtem Zuhause wieder in Erinnerung zu rufen. Erst letzte Nacht war sie im Traum dorthin zurückgekehrt – das hatte ihr gereicht.

„Noch einer, der niemanden mehr hat", sagte Chas so bitter, dass Mira nicht zu fragen wagte, ob er sich auf die übrigen Fischerkinder im Allgemeinen oder auf sich ganz persönlich bezog. Was war eigentlich mit Chas' Familie geschehen? Waren sie Flüchtige wie Happys Eltern? Verschwunden wie die von Theodore und Nathaniel? Oder tot wie Pauls Familie?

Mira hätte das nie zu fragen gewagt. Chas strahlte eine Kälte aus, die ihr gebot, sich, so weit es ging, auf Abstand zu halten. Unter anderen Umständen hätte der Schmerz, der über sein Gesicht zuckte, sie vielleicht dazu gebracht, einen Schritt auf ihn zuzugehen oder ihn gar in einer tröstenden Geste zu berühren. Aber nicht bei Chas.

Kurze Zeit schwiegen sie, und Chas' Miene wurde wieder glatt und emotionslos. Über ihren Köpfen schlugen die Stäbe des Windspiels leise aneinander.

„Wenn wir doch nur wüssten“, wechselte Mira schließlich das Thema, „wie er überlebt hat. Ich meine, ich verstehe, dass es schrecklich gewesen sein muss ...“

„Er wurde in den Spalt gedrückt.“

„... und dass er nicht so leicht darüber sprechen ... woher weißt du das?“ Mira sah zu Chas auf, der nach wie vor auf der Veranda und damit einige Stufen über ihr stand.

„Die Trümmer schlossen ihn ein, konnten ihn aber nicht treffen. Das hat er mir erzählt.“ Chas zuckte die Achseln. Er starrte über Miras Schulter hinweg an ihr vorbei. Als sie sich umdrehte, sah sie gerade noch, wie Lia kopfschüttelnd zu ihrer Hütte zurückstürmte und zwei ziemlich kleinlaute Jungen mit ihrem Ball und ohne dritten Spieler zurückließ.

„Er hat es dir ...“ Mira verstummte. Sie wandte sich wieder Chas zu und sah ihn stirnrunzelnd an. Ausgerechnet ihm sollte Ari alles erzählt haben? Wo er doch sonst kaum noch sprach?

„Er sagt, es hat sich angefühlt wie eine große Hand, die ihn dort hinunterdrückte, kurz bevor das Haus endgültig zusammenbrach.“

Mira starrte Chas an und sah dabei mit ihren weit aufgerissenen Augen wahrscheinlich ein bisschen der stets verschreckt wirkenden Vera ähnlich.

Chas lachte trocken auf. Es war kein ehrliches Lachen – und es klang nicht im Entferntesten so angenehm wie die beiden Male, die Mira ihn bisher hatte lachen hören. „Edmund wäre ganz begeistert“, meinte er mit zynischem Unterton. Mira fragte sich, woher diese Bitterkeit so plötzlich kam. Fast klang es, als wäre Chas eifersüchtig. Nur warum, und vor allem auf wen, war ihr nicht ganz klar. „Er erzählt so oft von Gottes mächtiger Hand, in der wir alle geborgen sind, dass man sie ja schon fast an jeder Straßenecke sehen *muss*. Kein Wunder, dass Ari sich so etwas einbildet.“

In Miras Kopf ratterten die Gedanken und rasteten schließlich ein. „Aber ... Ari hat noch nie von Gott gehört."

Einen Moment lang schien Chas zu verdutzt, um etwas zu erwidern. Seine Augenbrauen zogen sich zu einer einzigen schwarzen Linie zusammen, und Mira war fast, als werfe sie einen Blick hinter den Vorhang, der Chas' wahre Gedanken und Gefühle stets so sorgfältig verbarg.

„Dann hat er sich die Sache mit der Hand wohl nicht ausgedacht", murmelte er mit einem Blick über die Schulter. Ari schien immer noch brav im Innenraum der Hütte zu warten. Warum er sich ausgerechnet Chas als Beschützer ausgesucht hatte, war Mira ein Rätsel.

„Ich sehe dann mal besser nach ihm", sagte Chas und ließ ihr Gespräch einfach fallen. Mira war enttäuscht, zuckte aber nur die Schultern.

„Was ist jetzt? Kommst du mit rein?", fragte er unvermittelt und für Miras Geschmack ein wenig zu barsch für eine Einladung. Allerdings hatte sie mittlerweile den Eindruck gewonnen, dass Chas gar nicht darauf aus war, andere mit seiner Art und dem, was er sagte, vor den Kopf zu stoßen. Er mochte es lediglich nicht, wenn ihm jemand in irgendeiner Weise zu nahe kam. Am wohlsten schien er sich zu fühlen, wenn er für sich sein konnte. Und wenn überhaupt, dann war er es selbst, der diese Distanz überwinden durfte. Als er Mira das Buch gegeben hatte zum Beispiel. Als er sie getröstet und gehalten hatte; auch da war er zu ihr gekommen – viel näher, als sie sich jemals an ihn herangewagt hätte.

Oder jetzt. Dass er nach ihrem Zögern ein zweites Mal fragen würde, ob sie hereinkommen wollte, hatte Mira nicht erwartet. Umso weniger hätte sie die Einladung ausschlagen können – selbst wenn sie nicht neugierig gewesen wäre.

Die Hütte der drei Mädchen – Eloise, Stella und Luna – war bislang die einzige, die Mira je von innen gesehen hatte. Chas'

Zuhause war ein ebenso quadratischer Raum mit ebenso spärlicher Möblierung. Aber damit hatte sich die Ähnlichkeit auch schon erschöpft. Soweit Mira sehen konnte, gab es hier keine Öllampe. Nur das abendliche Sonnenlicht fiel durch einen Spalt im zugezogenen Vorhang, und ein gutes Dutzend kleiner Lichtpünktchen lenkte ihren Blick nach oben.

Chas hatte eine offenbar batteriebetriebene Lichterkette um einen der Deckenbalken gewickelt. Ihr Schein war von einem fast blendendem Weiß, doch die einzelnen Lichtpunkte waren so klein, dass es trotzdem kaum ausreichte, den Raum richtig auszuleuchten. Im schummerigen Zwielicht konnte Mira ein zerwühltes Nachtlager auf einer Matratze in der Ecke ausmachen. Ein paar Kleidungsstücke lagen davor auf dem Boden verteilt. Es gab keinen Schrank, also schloss Mira, dass es, abgesehen von dem, was er am Leib trug, alles war, was Chas besaß.

Mira drehte sich um ihre eigene Achse, um den Rest des Raums in Augenschein zu nehmen. Ari hatte sich im Schneidersitz auf dem Boden niedergelassen und spielte mit ein paar grob geschnitzten hölzernen Figuren – ein Pferd samt Reiter, ein Löwe mit kantiger Holzmähne, eine Eule mit ausgebreiteten Flügeln. Mira wollte Chas soeben fragen, ob er sie etwa selbst geschnitzt hatte, da fiel ihr Blick auf zwei Regalbretter hinter Ari. Dicht an dicht standen darauf bis zu ihren Rändern die Bücher. Alte Bücher mit Leineneinbänden, neue Bücher mit glänzenden Rücken, große Wälzer und kleine Bändchen.

„Woher hast du die?"

„Edmund", sagte Chas nur.

Mira streckte die Hand aus und ließ sie über die Buchrücken auf den Regalen gleiten. „Ich habe es übrigens gelesen. Das Buch, das du mir gegeben hast. Noch in der gleichen Nacht."

„Hat es dir gefallen?" Chas trat hinter sie. Mira konnte seinen Atem in ihrem Nacken spüren und musste sich sehr anstrengen, sich nicht zu ihm umzudrehen. Mit ihm so dicht hinter ihr, war es schwer, sich auch nur an den Inhalt des gelesenen Buches zu erinnern, geschweige denn, eine sinnvolle Antwort herauszubringen.

„Das hier kenne ich", sagte sie stattdessen und zog, ohne um Erlaubnis zu fragen, ein schwarzes, papiergebundenes Buch mit glänzendem Titel aus den Reihen. Sie hatte es vor Jahren in „Porters Höhle" entdeckt und gelesen. Manchmal hatte sie noch an seine wundersame Geschichte gedacht und es in den Regalen der Buchhandlung gesucht, um es erneut auszuleihen. Doch es war wie vom Erdboden verschluckt gewesen. Jetzt wusste Mira auch, warum.

„Es ist eines meiner Lieblingsbücher", entgegnete Chas und griff nach dem Buch. Mira blieb nichts anderes übrig, als es loszulassen. Sie gab sich alle Mühe, das Gefühl des Verlusts zu verbergen, das sie aus „Porters Höhle" so gut kannte.

Hastig sah sie weg, und ihr Blick fiel auf Ari, der lautlos aufgestanden und zu ihnen getreten war. Mit seiner unverletzten Hand umklammerte er den hölzernen Löwen. Mit großen Augen starrte er auf das Buch in Chas' Händen. „Kannst du es mir vorlesen?"

„Ich ..." Für einen Moment schien Chas um eine Antwort verlegen. Vielleicht weil Mria auch noch da war und weil er sich schämte, Aris Wunsch vor ihr nachzugeben und ihm vorzulesen. Er sah auf das Buch hinab und wieder zu Ari. In seinen Augen spiegelten sich die Lichtpunkte und ließen sie noch goldener wirken als ohnehin schon.

Ein Ruck ging durch Chas' ganzen Körper. Er wandte sich ab, ging zu seinem Schlafplatz und setzte sich mit weit ausgestreckten Beinen auf die Kante der Matratze. „Na, dann kommt", sagte er, indem er das Buch aufschlug.

Ari gehorchte der Aufforderung sofort. Er kletterte auf Chas' Schoß und starrte wie gebannt auf die aufgeschlagenen Seiten.

Keiner von beiden schien Miras Unsicherheit zu bemerken. Sie stand immer noch vor dem Bücherregal, als Chas zu lesen begann: „Diese Geschichte handelt von Ereignissen, die sich vor langer, langer Zeit zutrugen." Er schluckte hörbar, und kurz flackerte sein Blick hinauf zu Mira. Weil sie ihn nicht verunsichern wollte, ließ sie sich mit ein wenig Abstand neben ihm nieder und lauschte, wie er zuerst stockend und dann mit wachsender Sicherheit fortfuhr.

Von allen Menschen auf der Welt hatte Edmund Miras Lieblingsstimme. Der tiefe Bass, die Leidenschaft, mit der er erzählte – Mira hatte ihm schon immer gerne zugehört. Aber Edmunds Stimme hatte niemals einen solch wohligen Schauer über ihren Rücken gejagt oder dafür gesorgt, dass ihre Eingeweide sich mit solch einem Kribbeln zusammenzogen.

Chas' Stimme war tief – tiefer, als sie es bisher wahrgenommen hatte – und weich. Für gewöhnlich verbarg er das hinter barschen Worten und einer abweisenden Miene. Doch jetzt, da er las und ganz in der Geschichte versank, schien er das völlig zu vergessen. Samten wie ein abendlicher Wind erweckte seine Stimme die Worte zum Leben.

„In jenen Tagen wohnte Sherlock Holmes noch in der Baker Street in London, als Junge musste man jeden Tag einen steifen Kragen tragen, und die Schulen waren –"

„Kannst du es mir beibringen?", platzte Ari heraus, der bisher jedes von Chas' Worten gierig in sich aufgesogen hatte.

„Was beibringen?", fragte Chas irritiert. Es schien Mira fast, als wäre er während der wenigen gelesenen Zeilen schon völlig in die Geschichte eingetaucht.

„Lesen!", sagte Ari atemlos und drehte sich, so gut es ging, zu Chas um. „Bringst du es mir bei?"

Chas ließ das Buch sinken. „Du kannst nicht ..." Er verstummte, und die unvollendete Frage hing für eine Weile in der Luft.

Es brauchte nicht viel Fantasie, um sich auszumalen, was er hatte fragen wollen. Natürlich konnte Ari nicht lesen. Bis vor wenigen Tagen war das Leben in den Armenvierteln seine Realität gewesen. Ein Leben ohne Erziehungshäuser oder Schulen, ohne Bücher oder auch nur anständige Mahlzeiten.

Mira ließ den Blick über Chas' zerschlissene Kleidung schweifen. Über das lange Haar, die Unordnung auf dem Boden, die geschnitzten Holzfiguren. Woher kam er? Wer war er gewesen, bevor er ein Vergessener geworden war? Er konnte – im Gegensatz zu Ari – nicht nur lesen, sondern es schien ihn auch zu überraschen, dass es Menschen geben sollte, die es nicht konnten. Eigentlich konnte das nur heißen, dass er aus ähnlich privilegierten Verhältnissen wie Mira stammte.

Ari schien von Chas' Reaktion nicht viel mitbekommen zu haben. Er wartete mit aufgerissenen Augen auf eine Antwort.

„Klar", sagte Chas irgendwann mit seltsam belegter und immer noch ungewohnt weicher Stimme. „Ich kann es zumindest versuchen."

Sie kamen spät zum Lagerfeuer. Edmund Porter hatte bereits zu sprechen begonnen, weshalb Mira nichts anderes übrig blieb, als sich mit Chas auf dessen gewohnten Platz weit außerhalb der Gruppe zu setzen. Vera hielt nach ihr Ausschau, und sie nickte ihr zu, beflissentlich deren überraschten Blick beim Anblick von Miras Begleitung ignorierend.

Edmund Porter hatte sich eine besonders unerhörte Geschichte für diesen Abend aufgehoben – vielleicht um die wegen des Verbots, Klein-Ararat zu verlassen, immer noch erhitzten Gemüter zu beruhigen. Happy hatte offenbar mit ihren Argumenten keinen Erfolg gehabt und war jedes Mal, wenn Edmund in ihre Richtung blickte, plötzlich sehr beschäftigt damit, Skive zu streicheln, und Eloise, Stella und Luna unterbrachen ihr verschwörerisches Flüstern erst eine ganze Weile, nachdem Edmund zu sprechen begonnen hatte.

Mira war sich Chas' Anwesenheit dicht neben ihr mit jeder Faser ihres Körpers bewusst. Beinahe fühlte es sich an, als ginge eine seltsame Wärme von ihm aus, besonders dort, wo ihre Arme sich fast berührten. Immer wenn Ari, der auch jetzt auf Chas' Schoß saß, sich bewegte, stieß Chas kaum merklich an sie, und Mira konnte spüren, wie sich die feinen Härchen an ihren Armen bei der Berührung aufstellten. Sie richtete die Augen fest auf Edmund, um sich nichts anmerken zu lassen, und bald hatte seine Geschichte sie so in ihren Bann gezogen, dass nur noch die gelegentliche Berührung von Chas' Arm an ihrem sie abzulenken vermochte.

Trotzdem ließen Edmunds leise, fast träge gesprochene Worte Mira in eine Traumwelt abdriften, die ihr das Geschehen vor Augen malte, als fände es gerade um sie her statt.

„Paulus und Silas hatten Jesus nicht kennengelernt, bevor er zurück zu seinem Vater in den Himmel ging, doch wie wir hatten sie von ihm gehört und glaubten an ihn. Sie gehörten zu den ersten Fischerkindern, und ihnen ging es damals nicht so anders als uns heute: Man hatte ihnen verboten, über Jesus zu sprechen. Und genau wie wir" – Edmund Porter zwinkerte ihnen zu – „hielten sie sich nicht an dieses Verbot. Sie reisten herum und erzählten den Leuten von Jesus."

Mira schloss die Augen und stellte sich mit einem schalen Geschmack im Mund vor, wie es wäre, den sicheren Berg Klein-Ararat zu verlassen und auf offener Straße von dem zu erzählen, was sie hier drinnen erfahren hatte. Der Gedanke war gleichermaßen beängstigend wie lächerlich: Natürlich konnten sie nichts dergleichen tun. Man würde sie innerhalb kürzester Zeit melden, aufgreifen und einsperren lassen – wenn nicht Schlimmeres!

Genau so, berichtete Edmund, erging es Paulus und Silas. Man brachte sie zu den obersten Beamten, ließ sie foltern und ins Gefängnis werfen. Mira war bei dieser Vorstellung ganz beklommen zumute. Sie hatte Edmunds bisherigen Erzählungen entnommen, dass es den Fischerkindern früher anders ergangen war. Dass sie offen über ihren Glauben sprechen und sich sogar versammeln durften. Dieser Gedanke war irgendwie tröstlich gewesen.

„Man könnte meinen, sie hätten sich von Jesus abgewandt, nicht wahr?", fragte Edmund leise über das Knistern des Feuers hinweg. Mittlerweile waren alle Gespräche restlos verstummt. Eloise, Stella und Luna lauschten begierig, Happy hatte aufgehört, Skive zu streicheln, und kraulte ihn nur noch geistesabwesend hinter den Ohren, wenn er den Kopf gegen ihre Hand stieß. Vorsichtig wagte Mira auch, einen Blick zu Chas zu werfen, der nahezu regungslos neben ihr saß. Feuer und Abendlicht schimmerten rötlich auf seinem Haar und in den braunen Augen.

„Sie waren eingesperrt" – nun warf auch Edmund einen Blick zu Chas, der unverwandt zurückfunkelte –, „sie hatten Schmerzen, sie fragten sich, was mit ihnen geschehen würde. Aber Paulus und Silas ließen die Köpfe nicht hängen. Sie lobten Gott. Sie sangen ihm Lieder – um Mitternacht, im Gefängnis, im Finstern und Trostlosen."

Mira hielt die zaghaften Töne zuerst für einen Auswuchs ihrer lebhaften Fantasie. Sie verwoben sich zu einer Melodie und vibrierten in der Stille, bis mehr und mehr Köpfe sich umwandten. Sie kamen von Urs, der nach seiner Gitarre gegriffen und zu spielen begonnen hatte. Auch Edmund hatte überrascht innegehalten, sprach nun aber weiter, und seine Worte vermischten sich mit der Musik.

„Da begann der Boden zu beben und die Wände zu wackeln, die Türen zerbarsten. Paulus und Silas fielen die Ketten ab, und der Wachmann, der sie beaufsichtigen sollte, brach zitternd zusammen und wollte sich das Leben nehmen, weil er dachte, die Gefangenen wären geflohen."

„Das sind sie doch auch, oder?", rutschte es Mira heraus. Chas neben ihr entfuhr ein ungläubiges Schnauben, aber Edmund lächelte nur.

„Nein", sagte er schlicht. „Sie blieben. Manchmal gibt es gute Gründe, um zu bleiben, obwohl man lieber gehen möchte." Wieder flackerten seine Augen kurz weg von der Gruppe am Lagerfeuer und hinüber zu Chas, Mira und Ari. „Der Wachmann war ebenso überrascht wie ihr. Er fiel vor Paulus und Silas nieder und wollte alles über den wissen, den sie in ihren Liedern gelobt hatten. Und der mächtig genug war, Mauern zum Einsturz und Türen zum Bersten zu bringen."

Edmund sprach noch weiter, doch Miras Gedanken schweiften ab. Wenn Gott wegen der Lieder zweier Männer ein Erdbeben schickte und ein Gefängnis dem Erdboden gleichmachte, konnte ihn dann vielleicht auch das Gebet eines Mädchens dazu bewegen, einen kleinen Jungen in einen Spalt zu stoßen, wo er sicher vor den Trümmern seines zusammenstürzenden Zuhauses war? Konnte Gott ihr verzweifeltes Gebet erhört und Ari eigenhändig in Sicherheit gebracht haben?

Mira ahnte, dass es Chas nicht gefallen würde, wenn sie Edmund von dem berichtete, was er ihr über Ari und die mächtige Hand gesagt hatte. Sie wollte sein eben zaghaft gewonnenes Vertrauen nicht zerstören, doch sie verlangte nach Antworten, und wer hätte ihr diese besser geben können als Edmund Porter?

Sie bekam die Gelegenheit, ihn alleine zu sprechen, als die ersten Innenstädter sich unter Bens Führung auf den Weg zum unterirdischen Gang machten. Die Dämmerung war hereingebrochen, und die Ausgangssperre rückte näher. Ohne zu zögern, trat sie zu Edmund, der seine Bibel verstaute und dann eine große Wasserflasche hervorholte, um das heruntergebrannte Feuer zu löschen.

„Kann ich Sie etwas fragen?"

Edmund sah auf und lächelte Mira an. „Aber sicher", sagte er und warf einen Blick über die Schulter zu den letzten Fischerkindern, die noch am verlöschenden Feuer saßen. Lia war dabei, mit lauter Stimme die jüngeren Vergessenen in die Betten zu scheuchen. Paul schien auf ihrem Arm eingeschlafen zu sein, doch die drei Mädchen machten nicht gerade den Eindruck, als wären sie besonders müde.

Ari, der sich tunlichst von Nathaniel und Theodore ferngehalten hatte, ging folgsam mit ihr, suchte aber mit seinen dunklen Augen den Treffplatz ab. Unsicher, ob er vielleicht nach ihr Ausschau hielt, winkte Mira ihm zu und überlegte gerade, ob sie Edmund warten lassen und zu Ari gehen sollte, als Chas sich nahezu lautlos heranpirschte und Ari die Hand entgegenstreckte. Er sagte etwas zu Lia, das sie offenbar zufriedenstellte, denn sie ließ die beiden gehen.

„Ausgerechnet", murmelte Mira unwillkürlich. Edmund neben ihr entfuhr ein belustigtes Schnauben. Mira hatte für einen Moment ganz vergessen, dass er eigentlich darauf wartete, dass sie ihre Frage stellte.

„Eine ungewöhnliche Mischung, nicht wahr?" Offenbar war er ihrem Blick gefolgt, und aus irgendeinem Grund schien er äußerst zufrieden mit dem, was er gesehen hatte. „Aber manchmal können wir uns wohl wirklich nicht aussuchen, an wen wir unsere Zuneigung verschenken."

„Wissen Sie ... genau darüber wollte ich mit Ihnen sprechen." Mühsam riss Mira den Blick von Ari los, der mit Chas in Richtung der Hütten verschwand. Keiner von beiden hatte sich von ihr verabschiedet. Angestrengt versuchte Mira, das flaue Gefühl in ihrem Bauch beiseitezuschieben und sich ganz auf Edmund Porter zu konzentrieren.

„So?" Sie fühlte sich regelrecht durchleuchtet von Edmunds Blick, der ihr für dieses eine Mal ein wenig zu forschend war. So als versuche er, etwas zu verstehen, das weit hinter dem Offensichtlichen lag.

„Er ... Ari hat ihm erzählt, wie er den Einsturz überlebt hat", sprudelte es dennoch aus Mira heraus. „Ich weiß nicht, warum er sich ausgerechnet Chas anvertraut hat, aber ... Ari sagt, eine große Hand habe ihn in den Spalt gedrückt."

Edmund Porter sah überrascht aus, doch dann nickte er nachdenklich. „Ja", sagte er langsam. „Ja, das macht Sinn, nicht wahr?"

Mira fand überhaupt nicht, dass diese Aussage per se Sinn machte. Hätte sie irgendeinem anderen Menschen als Edmund Porter, ausgenommen vielleicht die ein wenig eigenwillige Happy, davon erzählt, so hätte man sie für ein wenig verrückt, wenn nicht gar für gefährlich gehalten.

„Entschuldigen Sie", sagte Mira und hoffte, dass sie nicht allzu unhöflich klang. „Aber was macht Ihrer Meinung nach Sinn? Dass Ari ausgerechnet Chas davon erzählt hat oder dass er behauptet, eine gewaltige Hand habe ihn gerettet?"

Edmund lächelte immer noch. „Nun, beides, wenn du mich fragst", erwiderte er nahezu vergnügt. Er schien Gefallen an diesem Gespräch zu finden. „Es besteht kein Zweifel daran, dass dein Freund Ari ohne Gottes Zutun nicht hätte überleben können. Und dass er sich einen verschwiegenen Zuhörer wie Chas gesucht hat, halte ich für nur verständlich, wenn es um etwas gleichermaßen so Dramatisches wie Wundersames geht. Nur bei ihm konnte er sicher sein, dass er es für sich behalten würde, nicht wahr?" Edmund rückte seine Brille zurecht und zwinkerte Mira zu. „Wobei er sich in diesem Punkt geirrt hat. Immerhin hat Chas wiederum beschlossen, sich *dir* anzuvertrauen."

„Aber warum?“, schoss es Mira durch den Kopf, doch sie schob den Gedanken an Chas beiseite. Sie war nicht gekommen, um mit Edmund Porter über ihn zu sprechen. Stattdessen fragte sie: „Dann glauben Sie, es war Gottes Hand, die Ari gerettet hat?“

„Ich zweifle nicht daran.“

„Glauben Sie ...“ Mira schluckte. „Glauben Sie, er hat es getan, weil ich ihn darum gebeten habe?“

„Das“, sagte Edmund leiser, „kann ich dir nicht sagen. Gewiss sind es nicht unsere Gebete selbst, die fähig sind, ein solches Wunder zu bewirken. Sie sind keine Zaubersprüche, und nicht immer werden sie erhört.“ Etwas Trauriges mischte sich in das Lächeln, das auf Edmund Porters bärtiges Gesicht zurückkehrte. „Doch ich glaube, wir tun gut daran, so zu beten, wie du in dieser Nacht für deinen kleinen Freund gebetet hast. Wie du siehst, geschehen die unglaublichsten Dinge, wenn wir es tun.“

Kapitel 16

Auf der Spur

In der Woche darauf schließlich gingen Mira die Ausreden aus, warum sie keine Zeit für ein Treffen mit Filip hatte. Ihr Vater freilich war äußerst zufrieden damit. Er war ohnehin guter Laune: Iliona war zurückgekehrt, und er war einer von nur wenigen unter seinen Kollegen, die noch eine Angestellte hatten, die sich tagtäglich um Haus und Mahlzeiten kümmerte. Die meisten überlebenden Außenstädter wollten seit der Katastrophe nichts mehr mit jedweden Innenstädtern zu tun haben, egal wie gut sie bezahlten.

Miras geplantes Treffen mit Filip tat das Übrige, um ihren Vater in Hochstimmung zu versetzen. Er brachte ihr, als er am Donnerstagabend, kurz vor Miras Aufbruch, nach Hause kam, tatsächlich eine nagelneue Bluse mit, viel weißer und viel weicher als die schon etwas betagteren Kleidungsstücke, die Mira besaß.

Sie strich mit den Händen über den samtigen Stoff und wusste nicht, ob der Kloß in ihrem Hals mehr Dankbarkeit oder mehr schlechtes Gewissen war. Ihrem Vater in Bezug auf ihre Gefühle für Filip etwas vorzumachen fiel ihr viel schwerer als all die Lügen, in die sie sich verstrickt hatte, um die Fischerkinder zu schützen. Vielleicht, weil sie keine andere Wahl hatte, als ihm die Existenz und ihr Mitwirken bei dieser Gruppe zu verschweigen. Was die Treffen mit Filip anging jedoch, war es Miras freie und nicht zuletzt ziemlich eigennützige Entscheidung gewesen, sie als Maskerade einzusetzen, um ihren Vater hinters Licht zu führen.

Entsprechend unbehaglich fühlte sie sich daher, als sie in ihrer hübschen, neuen Bluse in einen erstaunlich warmen Abend hinaustrat. Auch Filip hatte sich herausgeputzt: frisch gebügelte Uniform, blitzende Orden. Wie gut, dass die anderen Fischerkinder sie nicht mit einem blau uniformierten Wachmann durch die Straßen schlendern sahen.

„Also ... ähm ...", stammelte Mira, die das Schweigen schon nach wenigen Metern unerträglich fand. „Hattest du in letzter Zeit viel zu tun?"

Filip, der bisher auf ihrer beider Füße gestarrt hatte, warf ihr einen kurzen Blick zu. „Oh", machte er, als überrasche es ihn, dass seine Begleitung ihn tatsächlich ansprach, „Ja, doch. Es gab viel zu tun. Das Feuer hat für eine Menge Durcheinander gesorgt."

„In den Armenvierteln auch." Die Worte rutschten ihr einfach heraus und ließen sich nicht mehr zurücknehmen. Aber Filip nickte nur zaghaft. „Ja ... nun, dort vor allem, kann ich mir vorstellen."

Mit einem Anflug von schlechtem Gewissen für ihren forschen Umgangston stellte Mira fest, das Filip immer noch leicht hinkte. Ihre Kehle fühlte sich mit einem Mal sehr eng an.

„Wie ... ähm ... wie geht es deinem Bein?"

„Ach, so gut wie neu", winkte Filip augenblicklich ab. „Ich war ja selbst schuld."

„Weil du in die Außenviertel gegangen bist", murmelte Mira düster. Genau genommen war es wohl ihre Schuld gewesen, aber das wollte sie nicht laut sagen, weil es sie ärgerte, dass Filip seinen mutigen Einsatz offenbar schon bereute.

„Weil ich alles besser wusste", lachte er jedoch ein bisschen beschämt. „Die anderen haben mir gesagt, dass der Verschlag jeden Moment zusammenbricht. Aber ich wollte ja nicht hören."

„Oh ... und konntest du jemanden retten?"

Mira sah Filip von der Seite an. Unter ihrem Blick nahmen seine Ohren einen leuchtenden Rotton an.

„Ich ... jaah“, sagte er gedehnt. „Wir haben die ganze Familie fast unverletzt aus dem Haus bekommen. Drei Kleinkinder.“ Und ohne Luft zu holen, sprudelte es aus ihm heraus: „Weißt du, es war irgendwie befriedigend, dort draußen zu helfen. Richtig zu helfen, meine ich. Nicht die Mauer von innen mit Wasser zu besprenkeln, während draußen das Feuer wütet.“ Seine Ohren hatten sich noch dunkler verfärbt.

Mira beschloss, seinen kleinen, äußerst unfiliphaften Ausbruch unkommentiert zu lassen. Er schien auch so schon verlegen genug. So grinste sie nur still in sich hinein. Es tat Filip sichtlich gut, sich gelegentlich über die Anweisungen von Miras Vater hinwegzusetzen. Etwas Verbotenes und zugleich so Gutes getan zu haben ließ ihn regelrecht aufblühen, und das stand ihm gut. Mira mochte diesen ein wenig überschwänglichen, aufgedrehten Filip viel lieber als den pflichtbewussten und steifen jungen Mann, als den sie ihn bisher empfunden hatte.

Ja, dafür, dass sie sich so gesträubt hatte, noch einmal mit Filip auszugehen, war es nun eigentlich gar nicht so schlecht, hier mit ihm durch die Innenstadt zu schlendern und sich auszutauschen. Mira sah sich um und bewunderte die alten Häuser des Stadtkerns. Leonardsburg war von den Kriegen vor Gründung des neuen Staates und Manifestierung des nun fast hundertjährigen Friedens weitestgehend verschont geblieben. Viele andere Städte hatte es schlimmer getroffen, und es gab kaum solch hübsche alte Häuser wie hier.

Direkt vor ihnen erhob sich die Fassade des einzigen Restaurants in ganz Leonardsburg. Soweit Mira wusste, gingen nur höhere Staatsbeamte zuweilen dort zum Essen. Die meisten Gebäude, die früher Gasthäuser und dergleichen gewesen waren, standen mittlerweile leer oder wurden anderweitig genutzt. Von gelegentlichen Besuchen weniger Beamter konnte kaum ein Gastronomieunternehmen bestehen.

„Also ... wohin wollen wir gehen?“ Mira ärgerte sich, dass sie in Filips Gegenwart fast ununterbrochen am Stottern war. Nicht dass er sie nervös machte; es waren eher ihre Gesprächsthemen, die es ihr unbehaglich zumute werden ließen.

„Ich dachte, wir können hier etwas zu Abend essen“, sagte Filip steif.

„Red keinen Unsinn“, entfuhr es Mira. Vor Jahren war sie einmal mit ihrem Vater hier gewesen, um seine erste richtig große Beförderung zu feiern. Ansonsten wusste er bessere Verwendung für seine Sonderrationen – und sei es, dass er sie einfach nur seiner Tochter überließ –, und von Tauschhandeln hielt er nichts.

„Das kannst du dir gar nicht leisten“, sagte Mira und bemerkte zu spät, dass Filip keinesfalls Witze machte. Ein wenig gekränkt machte er einen Schritt auf die Tür zu, war aber noch Gentleman genug, sie ihr aufzuhalten.

„Ich bin ein Wachmann. Ich bekomme Sonderrationen“, sagte er mit gedämpfter Stimme, während er Mira in den ein wenig zu warmen Innenraum folgte und sie dabei vor sich herschob. Essensgeruch lag in der Luft. Eine Mischung aus Gewürzen, die Mira nicht kannte – wer konnte sich schon Gewürze leisten? –, und gekochtem Gemüse.

„Was ist mit deiner Mutter?“, sträubte sie sich ebenso leise. Mit wachsender Panik stellte sie fest, dass alle Anwesenden schwarze Anzüge und reichlich Orden trugen. Deutlich mehr als Filip. Nur an einem einzigen Tisch saß eine Beamtin mit ihrer Familie. Ansonsten sah Mira nur ganze Gruppen von Staatsbeamten, offenbar in dienstliche Gespräche vertieft. Niemand außer Filip trug die blaue Uniform und die klobigen Stiefel eines Wachmanns.

„Du brauchst die Sonderrationen für ihre Tabletten“, wisperte Mira, doch Filip ignorierte sie. Er strahlte den Kellner an, der eben hinter einer Bar hervorgetreten war, um sie zu begrüßen.

„Wirklich, Filip, ich finde –"

„Ein Tisch für zwei Personen, finde *ich*", sagte Filip laut genug, um Mira zu übertönen. Der lächelnde Kellner ließ seinen Blick nur kurz zu Filips blauer Uniform flackern, dann nickte er und führte sie zu einem Tisch, der exponierter nicht hätte stehen können: Er befand sich in der Mitte des Raumes. Mit flauem Gefühl in der Magengrube ließ Mira sich nieder; die Beamtenfamilie im Rücken und mit Blick auf einige Staatsbeamte mit Abzeichen der Regierung. Sie mussten ganz oben in der Verwaltung arbeiten. Vielleicht kamen sie sogar aus der Hauptstadt und waren nur auf der Durchreise.

„Das hier sollte in deinem Interesse sein", flüsterte Filip über die blank polierte Tischfläche hinweg. „Eine Menge Kollegen deines Vaters werden uns sehen."

„Das ist wohl eher in deinem Interesse", fauchte Mira und sah nicht auf, um zu überprüfen, ob sie Filip damit getroffen hatte. Es war ihr egal. Sie wünschte sich nur sehnlichst, dass dieser Abend vorbeigehen würde.

„Also ... ähm ..." Filip beugte sich über die Speisekarte, sodass Mira von seinem Gesicht nicht viel mehr sehen konnte als Haaransatz und helle Augenbrauen. Schnell senkte auch sie den Kopf über den winzigen Bildschirm, der auf ihrer Tischseite in die Platte eingelassen war. Eine lange Liste an exotisch klingenden Gerichten war darauf zu lesen, und wenn Mira das Display berührte, wurden es sogar noch mehr. Allein um die Worte vorbeisausen und immer wieder neue am unteren Ende der Liste auftauchen zu sehen, hätte sie unablässig mit dem Finger darauftippen können.

Mira hatte nie zuvor einen Computer bedient. Die Staatsgebäude waren mit ihnen ausgestattet, aber in Privathaushalten waren sie ein unbezahlbarer Luxus. Seit man den Import eingestellt hatte, waren alle Computer Qualitätsware aus dem Inland. Das Problem war nur, dass sie mit der Produktion absolut nicht nachkamen. Die großen Städte, allen voran die Hauptstadt Vacabunite, wurden zuerst versorgt. Eine Kleinstadt wie Leonardsburg, die zu siebzig Prozent aus landwirtschaftlicher Fläche und Armenvierteln bestand, kam ziemlich weit unten auf der Dringlichkeitsliste.

„Ich habe drei Sonderrationskarten", erzählte Filip dem Bildschirm vor sich. „Es wäre gut, wenn wir ... im Rahmen bleiben." Das bisschen Gesicht, das Mira sehen konnte, nahm den gleichen rötlichen Ton wie Filips Haar an, und schnell beugten beide sich wieder über das Menüangebot. Mira war es mehr als unangenehm, Filips so dringend benötigte Sonderrationen für einen völlig unnötigen Restaurantbesuch zu verschwenden, und Filip, wie es schien, schämte sich für den schlechten sozialen Status seiner Familie und die deshalb knapp bemessenen Rationskarten.

Aber nun waren sie hier und wählten per Druck auf den Bildschirm die ausgefallensten Speisen, von denen Mira je gehört hatte. Möhren mit Sesam und Honig, Forellenfilet in Kräuterpanade und zum Nachtisch Eis.

Mira hatte furchtbare Angst, dass sie Filip in die Verlegenheit bringen würde, am Ende nicht bezahlen zu können, doch er machte einen sehr zufriedenen Eindruck und verfiel, kaum hatten sie per Computer bestellt, in ausgesprochene Plauderstimmung.

Es dauerte nicht lange, da wurde ihr Essen gebracht. Auf vorgewärmten, weißen Tellern verströmte es einen so verlockenden Duft, dass Mira fast vergaß, sich unwohl zu fühlen. Und der Duft war noch nichts gegen den Geschmack. Die Möhren zergingen ihr auf der Zunge, und die Kräuter sorgten für kleine Geschmacksexplosionen in ihrem Mund. Noch nie hatte Mira etwas so Intensives und Leckeres gekostet.

Zwar trugen die neugierigen Blicke der Leute um sie herum und das schlechte Gewissen nicht gerade dazu bei, dass Mira sich hier im Restaurant sonderlich wohlfühlte, doch als sie sich schließlich zur Krönung einen kleinen Eisbecher teilten, hatte sie sich fast ein wenig entspannt. Ja, mittlerweile genoss sie es sogar, mit Filip hier zu sitzen und so zu tun, als wären sie nicht nur zwei unvermögende junge Leute.

Als ein Staatsbeamter in tiefschwarzem Anzug, auf dem die silbernen Abzeichen nur so schimmerten, zu ihnen trat, blieb ihr der zweite Bissen des süßen, kalten Desserts allerdings beinahe im Halse stecken. Er sah so aus, als äße er regelmäßig hier oder zumindest sehr reichlich. Die Knöpfe seines Jacketts spannten sich über seiner kräftigen Statur. Mira hatte ihn zuvor schon gesehen, konnte sein Bild aber nirgendwo zuordnen, ehe Filip sagte: „Herr Baron, was für eine angenehme Überraschung."

Er sprang so hastig auf, dass sein Stuhl mit lautem Gepolter an den Nebentisch stieß. Außer dass Filips Kopf eine neue Intensität von Rotfärbung annahm, beachtete er den Zwischenfall gar nicht weiter, sondern sagte mit einer lächerlich tiefen Verbeugung: „Sicher kennen Sie Gerald Robins' Tochter Mira ..." Er zögerte. „Miriam", setzte er dann hinzu, und Mira spürte eine jähe Abneigung gegen Herrn Baron. Nicht weil er der Vater ihrer Erzfeindin Daphné war oder weil er aufgeblasen und wichtigtuerisch wirkte, sondern einfach nur deshalb, weil Filip sie noch niemals zuvor Miriam genannt hatte.

„Sicherlich." Baron nickte Mira flüchtig zu. „Nun, Petersen, ich störe nur ungern das ...", er warf Mira, die immer noch mit dem Löffel in der Hand dasaß, einen weiteren kurzen Blick zu, „... unbeschwerte Beisammensein mit Ihrer Freundin."

Mira war sich beinahe sicher, dass es ihm im Grunde kein bisschen leidtat. Wahrscheinlich hatte er sich nur aus der Nähe vergewissern wollen, dass seine Augen ihn nicht getäuscht hatten und Gerald Robins' Tochter hier tatsächlich mit Filip Petersen in einem Restaurant saß und sich mit ihm einen überteuerten Eisbecher teilte. Miras Blick wanderte zum Jackett seines schwarzen Staatsbeamtenanzugs: Neben dem Abzeichen des Gerichts trug er auch das der Stadtverwaltung und einen Ehrenorden. Mit Sicherheit war er nicht nur ein Kollege ihres Vaters, sondern auch sein Rivale.

„Aber es trifft sich so ausgezeichnet, dass ich Sie hier sehe. Könnten Sie wohl morgen vor Dienstbeginn in mein Büro kommen? Ich weiß, dass Sie eigentlich für Herrn Robins arbeiten." Wieder warf er einen Seitenblick zu Mira, die seinen Blick dieses Mal erwiderte. Eindeutig auch Rivale.

„Aber", fuhr er fort, „ich rekrutiere eine Sondereinheit für eine äußerst dringende Operation. Im Erfolgsfall steht mit Sicherheit die ein oder andere ... nun, Beförderung in Aussicht."

„Worum geht es?" Obwohl immer noch höflich, klang Filips Stimme skeptisch.

Baron senkte die Stimme und neigte den Kopf ein wenig näher. „Wir sind einer konspirativen Kleinstgruppe auf der Spur", flüsterte er.

„Einer ... was?" Miras Kehle und Bauch fühlten sich an, als hätte sie das restliche Eis mit einem einzigen Bissen hinuntergeschlungen.

„Kein Grund zur Beunruhigung." Es war das erste Mal, dass der schwarz gewandete Staatsbeamte sich Mira ganz zuwandte, und er setzte dazu einen dermaßen väterlichen Blick auf, dass der Eisklumpen in Miras Innerem noch um einige Grade kälter wurde. „Die kriegen wir schon, früher oder später. Allerdings" – und damit wandte er sich wieder an Filip – „brauchen wir dazu die besten Einsatzkräfte, die wir aufweisen können. Bisher sind unsere Informationen noch reichlich spärlich." Er lehnte sich ein wenig näher zu Filip hinab, sodass selbst Mira Mühe hatte, ihn zu verstehen. „Wir haben Grund zur Annahme, dass sie beim Wiederaufbau in den Armenvierteln aktiv waren."

„Innenstädter, meinen Sie?", vergewisserte sich Filip.

Mira zwang sich dazu, Baron direkt anzusehen, um dessen Blick nicht auf Filips zitternde Hände zu lenken. Sicher war ihm klar, dass Baron nie von seinem nächtlichen Einsatz in den Außenvierteln erfahren durfte.

„Unter anderem", erwiderte Baron gedämpft. „Doch wir vermuten, dass sie sich auch darüber hinaus versammeln. Sie variieren Tag und Zeit, aber sie scheinen sich immer am gleichen Ort zu treffen. Außerhalb der Stadt oder am westlichen Stadtrand. Genaueres wird herauszufinden sein. Ich kann mich doch auf Sie verlassen?"

Ein sirrendes Rauschen füllte Miras Ohren; sie war sich nicht sicher, ob Filip schon geantwortet hatte oder noch schwieg. Wie in Zeitlupe erhob sie sich. „Nein, Filip." Sie musste mit einer Hand die Tischfläche umklammern, um das Schwindelgefühl zurückzudrängen.

„Aber, aber, Frau Robins! Nun sorgen Sie sich nicht." Baron tätschelte seinen dicken Bauch direkt unter den Orden. „Ich werde Ihren Freund nicht über Gebühr in Gefahr bringen."

Seine Worte drangen durch das Dröhnen in Miras Ohren, und Mira spürte einen vagen Anflug von Erleichterung, dass Baron ihre Reaktion für Sorge um Filip hielt. Offenbar hatten sie ein sehr glaubwürdiges Liebespaar abgegeben. Ihr Aufatmen hielt jedoch nicht lange an, denn Baron lachte: „Wahrscheinlich sind wir ihnen ohnehin drei zu eins überlegen!"

„Haha", machte Mira, verstummte aber schlagartig, als sie Filips irritiertem Blick begegnete. Ihr Hals fühlte sich seltsam ausgetrocknet an.

„Morgen vor Dienstbeginn also. Ich verlasse mich auf Sie." Baron legte eine prankenhafte Hand auf Filips Schulter. An einem Finger steckte der hässlichste Ring, den Mira je gesehen hatte. Er war groß und golden und mit einem rauchfarbenen Stein bestückt.

Mühsam riss sie den Blick von Barons beringter Hand los und sah ihm in das bärtige Gesicht. Er war ihnen auf der Spur. Den Fischerkindern, ihren Freunden. Und er zog Filip mit in diese Sache hinein. Er sorgte dafür, dass Miras zuverlässigstes Alibi, die perfekte Ablenkung für ihren Vater, nicht nur unbrauchbar, sondern geradezu gefährlich für sie wurde.

„Du meinst, sie wissen von uns?“ Vera hatte während Miras geflüstertem Bericht alle Farbe verloren. Mit um sich selbst geschlungenen Armen und kalkweißem Gesicht reihte sie sich in die Schlange vor dem staatlichen Unterrichtsgebäude ein.

„Dass es uns gibt“, erwiderte Mira bitter. Obwohl die anderen Jugendlichen in der Schlange vollauf mit ihren eigenen Gesprächen beschäftigt waren, hatte sie die Stimme zu einem kaum hörbaren Flüstern gesenkt. „Nicht von uns. Ich glaube, sie tappen noch völlig im Dunkeln.“ Immerhin diese Ahnung erfüllte sie mit einer Mischung aus Erleichterung und grimmiger Genugtuung. „Aber dieser Baron wird alles daransetzen, das zu ändern. Darauf kannst du Gift nehmen.“

„Was sollen wir tun?“, wisperte Vera. „Was sollen wir tun?“ Sie war an der Reihe, die Drehtür zu durchqueren. Mit mechanischen Bewegungen schob sie den Ärmel zurück. Mit ihren zitternden Fingern wollte es ihr nicht gelingen, den Knick in ihrem Ausweisband glatt zu ziehen. Immer wieder entglitt es ihr. „Wir können nicht mehr dorthin!“, sagte sie und gab ihre Versuche, ihr Bändchen zu scannen, auf.

„Unsinn!“ Mira hielt ihren eigenen Arm unter den Scanner. Als sie sich mit ihrer Freundin durch die Schranke schob, lehnte sie sich besonders nahe zu ihr, damit niemand sonst ihre Worte hören konnte: „Wir können doch nicht einfach aufhören, Fischerkinder zu sein!"

„Ich will nicht sterben", wimmerte Vera so leise, dass Mira zuerst glaubte, sich verhört zu haben. Sie stolperten aus der Drehtür und zur Seite, um dem Strom ankommender Mitschüler auszuweichen.

„Nun mach aber mal halblang!" Die eisige Furcht in ihrem Inneren ließ sie heftiger reagieren, als sie es andernfalls getan hätte. Doch Veras ängstliches Winseln ließ die Worte ihres Vaters erneut in ihren Ohren dröhnen, als hätte er sie angeschrien und nicht völlig ruhig und diplomatisch am Frühstückstisch darüber gesprochen.

„Für Heimlichkeiten", hatte er gesagt, „hat Baron eine Nase wie ein Spürhund. Er wird diese Gruppe innerhalb kürzester Zeit zu fassen bekommen und dann seine Beförderung in Empfang nehmen."

„Er hat Filip für seine Sondereinheit angeworben", hatte Mira genuschelt, doch ihr Vater hatte nur die Schultern gezuckt.

„Baron hat sich diese Beförderung in den Kopf gesetzt", hatte er erklärt, „und damit wird er sie bekommen. Und nichts ist für Leonardsburg momentan wichtiger, als diese Aufständischen zur Strecke zu bringen. Konspirative Kleinstgruppen sind eine Gefahr für uns alle. Und warum ist das so, Miriam?"

Mira war zusammengezuckt, und noch jetzt schmeckte sie die schale Bitterkeit ihrer eigenen Worte auf der Zunge: „Weil sie die Macht des Königs untergraben und die Gedanken der Menschen, die mit ihnen in Kontakt kommen, vergiften. Sie ... sie folgen ihrem Anführer anstelle von König Auttenberg und den Idealen unseres Staates, und deshalb ... deshalb müssen sie ... vernichtet werden."

Ihr Vater hatte ihr den Arm getätschelt. Offenbar hatte er ihr Zögern keinesfalls für Zweifel an den brav heruntergeleierten Worten gehalten, sondern für Sorge.

„Ich schätze", hatte er hastig versucht, Mira zu beruhigen, „Baron wird keine zwei Wochen brauchen, um sie aufzuspüren. Die neuen Sicherheitsvorkehrungen treten heute in Kraft, und dann ist es nur eine Frage der Zeit, bis einer von ihnen ihm in die Falle geht."

„Es wird kein Durchkommen mehr nach Klein-Ararat geben", holte Vera Mira ins Hier und Jetzt zurück. Sie hatte sich wieder einigermaßen gefasst, umklammerte den Träger ihrer Tasche und ließ sich an Miras Seite von der Menge verschlucken und in Richtung Klassenraum treiben.

„Es muss", wehrte Mira ab. „Schwachstellen gibt es immer. Sie verdoppeln die Wachen erst bei Einbruch der Dunkelheit. Das ist, lange nachdem wir die Stadt verlassen haben."

„Und lange bevor wir zurückkommen!" Veras Stimme überschlug sich. „Wie kommen wir wieder rein, wenn wir erst einmal draußen sind? Du bist so was von kurzsichtig, Mira! Du kannst nicht dein Leben riskieren, um ..."

„Um was?" Die Menge zerstreute sich. An jeder Tür lösten sich einige aus der schwarz-weiß gekleideten Masse, bis fast nur noch Vera, Mira und ihre Altersgenossen übrig waren. „Unsere Freunde zu sehen? Die Wahrheit zu hören? Was davon ist das Risiko deiner Meinung nach nicht wert?"

„Das Risiko?", erinnerte eine vertraute Stimme Mira daran, dass sie sich immer noch in einem öffentlichen Gebäude befanden. „Sorgst du dich um deinen Freund?" Daphné Baron, die Unterlagen in den verschränkten Armen an den Körper gedrückt, betrat mit ihnen das Klassenzimmer. Sie sah ihrem Vater überhaupt nicht ähnlich. Blond, puppenhaft und gertenschlank. Nur das süßliche Lächeln erinnerte Mira unangenehm an den väterlich verständnisvollen Blick, den Baron ihr zugeworfen hatte.

„Ich wusste nicht ...", fuhr Daphné fort, als sie sich Miras Aufmerksamkeit gewiss war. Auch die Umstehenden verfolgten das

Gespräch neugierig. „... dass du dich für einfache Wachmänner interessierst. Aber wer weiß ... wenn die Sondereinheit meines Vaters erfolgreich ist, wird vielleicht eines Tages doch noch ein Staatsbeamter aus ihm. Trotz seiner" – sie warf Vera einen flüchtigen Blick zu –, „eher zweifelhaften Herkunft."

Daphné blinzelte Mira zu und stieß sie mit dem Ellbogen in die Seite, als wären sie die guten Freundinnen, die ihre Väter gerne aus ihnen gemacht hätten. Seit dem ersten Schultag hatte Daphné Baron sich nicht mehr zu einem solchen Annäherungsversuch herabgelassen. Damals hatte sie es sich in den Kopf gesetzt, im Staatsunterricht neben Mira, der einzigen anderen Staatsbeamtentochter in ihrem Jahrgang, zu sitzen. Sie musste der Meinung gewesen sein, dass nur Mira ein angemessener Umgang für ihresgleichen wäre. Diesen Fehlschluss hatte sie allerdings schnell berichtigt – zum einen wegen Vera, zum anderen wegen Miras, kaum hatte sie lesen gelernt, aufkeimender Leidenschaft für Bücher.

Wenn Daphné Baron nach all den Jahren einen weiteren Versuch der Verbrüderung mit Mira startete, dann musste daran etwas faul sein.

„Was willst du?" Mira machte einen Schritt zurück, weil Daphné ihr entschieden zu nahe gekommen war.

„Ist es wahr?", fragte Daphné, ohne auch nur Anstalten zu machen, die Stimme zu senken, damit nicht die halbe Klasse mitbekam, welches Geheimnis sie da aufgetan hatte. „Du und Filip Petersen?"

Mira hörte Vera hinter sich nach Luft schnappen, aber sie gab ihr keine Gelegenheit, einzuschreiten. „Ich wüsste nicht, was es dich angeht", sagte sie kühl und schob sich an Daphné vorbei zu ihrem Platz.

„Mein Vater hat euch gesehen."

Mira musste sich nicht einmal umwenden, um zu wissen, dass Daphné ihr auf dem Schritt folgte. „Wie schön für ihn", kommentierte sie. „Will er es in die Zeitung setzen lassen? Vielleicht lenkt es die Leute von ihm und seiner Sondereinheit ab, sollten sie keinen Erfolg haben."

„Mein Vater hat seine Aufgaben immer zufriedenstellend erledigt", schnappte Daphné, und für einen Moment verschwand sogar der süßliche Unterton aus ihrer Stimme. „Jedenfalls solange sich ihm niemand in den Weg gestellt hat." Sie wandte sich an Vera: „Ist mächtig nett von meinem Vater, deinen Bruder in seine Sondereinheit aufzunehmen, wenn du mich fragst. Nach dem, was dein Vater gemacht hat."

Sie wartete einen Moment, aber Vera ließ sich dieses Mal nicht anmerken, dass sie keine Ahnung hatte, wovon Daphné sprach. Um genau zu sein, reagierte sie überhaupt nicht auf deren Worte. Mira bemühte sich, es ihr gleichzutun, und begann, Stifte und Unterlagen auszupacken.

„Aber sollte dein lieber Bruder in irgendeiner Weise versuchen, den Einsatz zu sabotieren ... ich fürchte, dann wird er nicht so glimpflich davonkommen wie dein Vater. Ich habe gehört, in der Hauptstadt gibt es Hochsicherheitszellen für Verräter. Vierzig Meter unter der Erde. Sie sehen darin nie wieder das Tagesl-"

Mira knallte ihre Unterlagen auf die Tischfläche vor sich. „Bist du jetzt fertig?"

Daphné verstummte und sah sie erwartungsvoll an. Eigentlich hätte Mira es besser wissen müssen, aber sie konnte nicht an sich halten. Daphnés, wenn auch noch so leere, Drohungen hatten einen Schalter in ihr umgelegt, und sie konnte die Worte nicht zurückhalten: „Du willst dich doch nur wichtigmachen. Genau wie dein Vater, der die Wachposten meines Vaters für seine Sondereinheit abbeordert. Ihr könnt es einfach nicht ertragen, nicht immer und überall die Nummer eins zu sein."

Daphnés Miene hatte rein gar nichts Süßes oder Zartes mehr. Sie kniff die Augen zusammen und funkelte Mira nicht minder zornig an als damals am ersten Schultag, als Mira ihr erklärt hatte, neben ihr sitze bereits Vera. Sie lehnte sich vor, sodass dieses Mal nur Mira sie hören konnte. „An deiner Stelle“, zischte sie, „würde ich mich ein bisschen mehr zurückhalten. Sonst rutscht mir vielleicht etwas gegenüber meinem Vater heraus. Etwas, das Filips Integrität betrifft.“

Mira schnaubte. „Filip ist wahrscheinlich der pflichtbewussteste Wachmann der ganzen Einheit. Du hast rein gar nichts gegen ihn in der Hand.“

Daphné rückte noch ein wenig näher. So nah, dass ihr Atem Miras Ohr kitzelte. Nur mühsam widerstand sie dem Drang, sich von ihr wegzulehnen „Dann willst du mir also erzählen, er weiß gar nicht, wo seine Freundin und seine Schwester sich an den Nachmittagen herumtreiben?“

Vage nahm Mira wahr, wie Frau Dr. Steinlein den Raum betrat und ihre Tasche auf das Pult stellte. Daphné richtete sich auf und strich unnötigerweise ihre makellose Bluse glatt. Ihre Miene spiegelte wieder die gleiche künstliche Freundlichkeit wie eh und je.

Doch ehe sie sich abwandte, um wie all die Schaulustigen auf ihren Platz zu gehen, flüsterte sie durch das allgemeine Stühlerücken noch leise: „Ohohoh, das könnte aber leicht so aussehen, als würde er eure kleinen Ausflüge in die Armenviertel decken.“

Natürlich war Vera nach dieser Auseinandersetzung mit Daphné Baron erst recht nicht mehr zu überzeugen, dass ein weiterer Ausflug nach Klein-Ararat nicht nennenswert gefährlicher war als bisher. Selbst Mira hegte mittlerweile Zweifel an dieser Behauptung. Ja, um genau zu sein, standen sie schon die ganze Zeit auf Messers Schneide, wenn Daphné wirklich so viel wusste, wie sie vorgab.

„Du bringst sie alle in Gefahr, wenn du dich nach Einbruch der Dunkelheit draußen herumtreibst." Vera hockte auf der Bettkante in ihrem Zimmer. An Hausaufgaben war natürlich gar nicht zu denken. „Filip am meisten. Aber auch deine eigene Familie. Und die Fischerkinder. Wenn sie dich erwischen, werden sie dich foltern, bis du ihnen verrätst, wo das Versteck ist."

„Ich werde niemanden verraten!", erwiderte Mira ruppig. „Egal, was sie mit mir machen. Ich verrate die anderen nicht, und wenn ich –"

„Sei still!" Vera war aufgesprungen und hastete zur Zimmertür, um in den Flur hinauszulauschen. „Das ist Filip."

Mira hatte noch ein gutes Dutzend aufgebrachter Bemerkungen und hitziger Argumente auf der Zunge, doch Veras Blick sorgte dafür, dass sie sie widerwillig hinunterschluckte.

„Daphné und ihr Vater haben es auf ihn abgesehen", flüsterte Vera. „Vielleicht kümmert es dich nicht – immerhin ist er nur dein Alibifreund. Aber er ist mein Bruder!"

„Er ist mir nicht egal", sagte Mira mit Nachdruck. „Allein schon, *weil* er dein Bruder ist." Plötzlich kam ihr ein Gedanke: „Warum gehen wir nicht und sagen ihm hallo? Vielleicht weiß er mehr über die neuen Sicherheitsvorkehrungen."

Vera brummte nur. Vermutlich hielt sie Miras Interesse an den Informationen, die ihnen Filip geben konnte, für einen weiteren Beweis ihrer Gleichgültigkeit ihm gegenüber, doch natürlich brannte auch sie darauf, mehr zu erfahren.

Filip war noch damit beschäftigt, seine Uniform abzulegen, als die beiden auf Zehenspitzen die Treppe ins Wohnzimmer herunterkamen. Wegen Veras und Filips Mutter war das im Hause Petersen eine normale Art, sich fortzubewegen.

Filip sah vergrämt aus. Er blickte nicht einmal auf, während er die Stiefel abstreifte und erschöpft etwas Längliches, das er über der Schulter getragen hatte, an den Kleiderhaken hängte.

„Was ist das?", durchriss Veras Stimme die Stille. Erschrocken sah Filip auf, und ein flüchtiges Lächeln huschte bei ihrem Anblick über sein müdes Gesicht.

„Ihr seid das", sagte er mit einem Blick zur geschlossenen Schlafzimmertür seiner Mutter. „Schleicht euch nur nie derartig an einen anderen Wachmann heran." Sein Lächeln fror ein, als er hinzufügte: „Vor allem nicht in nächster Zeit."

„Filip, was ist das da?", fragte Vera, ohne auf Filips halbherzigen Scherz einzugehen. Ihre Augen waren durch die offene Tür zum Flur hindurch auf etwas hinter seinem Rücken gerichtet. Mira machte den letzten Schritt die Treppe hinunter, und nun sah sie es auch: Am Kleiderhaken hinter Filip hing ein silbern glänzendes Gewehr.

Filips festgefrorenes Grinsen erstarb. „Wir sollen auf jeden schießen, der nach Ausgangssperre draußen unterwegs ist", sagte er leise. „Ohne Ausnahme."

„Du ... du bist ein Wachmann!", flüsterte Vera aufgebracht. „Kein Soldat. Wir sind hier nicht im Krieg, wir ..."

„Sch", machte Filip. „Schon okay. Ich glaube nicht, dass ich es je benutzen muss." In Strümpfen und Uniformjacke trat er zu ihnen und tätschelte Vera unbeholfen die Schulter. „Niemand, der noch ganz bei Verstand ist, wird draußen herumstreunen, wenn wir diese Dinger tragen. Wahrscheinlich dienen sie mehr der Abschreckung als irgendetwas anderem."

„Ist das Ding geladen?" Filip sah auf, als Mira so unerwartet das Wort an ihn richtete. Kaum merklich nickte er.

„Dann würde ich mich nicht der Illusion hingeben, dass Baron nicht erwartet, dass ihr sie auch benutzt." Mira kroch ein eisiges Gefühl durch die Glieder; ein Gefühl, das weniger mit dem Gedanken zu tun hatte, auf dem Weg nach Klein-Ararat plötzlich in die schwarze Mündung eines solchen Gewehrs zu sehen, als mit der Vorstellung einer tödlichen Handfeuerwaffe in den Händen des gutmütigen und manchmal so unbeholfenen Filips.

Aus der Ferne betrachtete sie das Ding am Garderobenhaken. Sein Lauf war unnatürlich schmal, und das ganze Gewehr war aus blitzendem Metall gefertigt. Es erinnerte Mira an die silbernen Ausweisscanner, die an den Eingängen zu den Staatsgebäuden hingen. Seltsam funkelnd und modern in einer Umgebung, die ansonsten fast gänzlich ohne technische Gerätschaften auskam.

„Sie haben es ganz neu entwickelt." Filip war ihrem Blick gefolgt. „Lichtschusswaffen. Heute früh haben wir mit ihnen geübt." Ein Schaudern ging durch seinen Körper. „Unsere Ziele hatten üble Brandschäden."

„Und damit sollst du auf Menschen schießen?", würgte Vera hervor. Mira war dankbar, dass sie nicht „auf uns" gesagt hatte, obwohl es ihr wahrscheinlich durch den Kopf gegangen war.

„Was soll ich denn machen?", fragte Filip und sackte zu Miras Schrecken in sich zusammen. Mit hängenden Schultern, gesenktem Kopf und zudem in Strümpfen wirkten die blaue Uniform und die Abzeichen geradezu lächerlich an ihm. „Ich habe meine Befehle, und ich kann sie nicht missachten. Und wer weiß, ob nicht auch diese Aufständischen bewaffnet sind!" Trotzig hob er den Kopf, um zu sehen, ob Vera oder Mira sein verzweifeltes Argument entkräften wollten. Sie hätten es gekonnt, sie hätten ihm sagen können, dass es sich bei den Aufständischen um eine Gruppe von Minderjährigen handelte, die in ihrem Leben noch keine Waffe in der Hand gehabt hatten – aber das konnte Filip natürlich nicht ahnen.

„Alles, was ich tun kann, ist, zu hoffen, dass niemand draußen herumschleicht, wenn ich im Dienst bin", sagte er kläglich. „Dann muss ich auch nicht ... dann wird niemand ..." Er verstummte und wandte sich mit einem Mal ruckartig ab, um seine Uniformjacke auszuziehen und zu seinem Gewehr zu hängen.

Keiner sagte mehr ein Wort. Vera sah aus, als kämpfe sie bei Filips Anblick mit den Tränen, und Filip vermied es beflissentlich, sie oder Mira anzusehen.

Sie standen noch genauso da, als Herr Petersen nach Hause kam und mit einem Blick auf den Kleiderhaken im Flur feststellte: „Also ist es wahr."

Filip schien die Kraft, darüber zu streiten, bei dem Gespräch mit Vera und Mira verloren zu haben. Er zuckte nur die Schultern.

Herr Petersen fuhr sich über die Halbglatze, zog sich die Brille am Mittelsteg von der Nase und drehte sie unschlüssig in den Händen. „Ich hatte gehofft, es würde nicht so weit kommen", sagte er bedauernd. „Aber es war abzusehen, in der Tat, es war abzusehen."

„Dann wussten Sie, dass Baron einer Gruppe von ..." Das Wort „Aufständische" wollte nicht über Miras Lippen kommen, und sie musste sich räuspern, ehe sie weitersprechen konnte, „... einer konspirativen Kleinstgruppe auf der Spur ist?"

Nun sah auch Filip auf und seinen Vater an, der langsam nickte und dabei den Fußboden betrachtete. „Ja. Ich fürchte, ja."

„Aber nicht einmal wir wussten es!", fuhr Filip auf. „Man sollte doch meinen, dass die Wachposten es zuerst erfahren sollten, damit sie ein Auge auf die Leute haben können!"

Herr Petersen lächelte gequält und verlegen. „Ich habe eher unfreiwillig davon erfahren", sagte er leise. „Aber ich will nicht leugnen, dass ich wohl einer der Ersten war, die man ... nun, denen man es gesagt hat."

Plötzlich kam Bewegung in den heute besonders gedrungen aussehenden Mann. Energischen Schrittes ging er zur Garderobe, warf Filips Lichtschussgewehr einen kummervollen Blick zu und hängte Jacke, Weste und eine scheinbar mit Akten gefüllte Stofftasche an den Haken.

„Ich lege mich aufs Ohr", murmelte Filip, der ihrer Gesellschaft offenbar müde war. „Das wird eine lange, arbeitsame Nacht." Auch sein Blick flackerte kurz zu seiner neuen Waffe, und er verließ so überstürzt den Raum, dass es an eine Flucht erinnerte. Herr Petersen schüttelte betrübt den Kopf, und Vera starrte noch immer auf das Gewehr, das unheilvoll neben der Stofftasche am Kleiderhaken baumelte. Mira sah Filip nach.

Vera wollte Filip stets beschützen; ihr missfiel der Gedanke, dass man ihren Bruder mit einer tödlichen Waffe ausstattete und ihm befahl, damit auf Menschen zu schießen. Mira sagte sich, dass der Widerwillen, den sie selbst empfand, nur Veras spürbarer Sorge zuzuschreiben war. Dass sie sich nur um Filip und sein Lichtschussgewehr sorgte, weil er Veras Bruder war, und weil es ausgerechnet sie waren, auf die er es unwissend abgesehen hatte. Aber sie nahm es sich selbst nicht ganz ab, dass das der einzige Grund war, warum ihre Eingeweide sich plötzlich anfühlten, als wären sie mit Eiswasser gefüllt.

Das Gewehr hing nicht lange am Garderobenhaken. Filip verließ das Haus schon knapp zwei Stunden später und nahm es so behutsam mit, als wäre es aus Glas oder könne jeden Moment losgehen. Vera war nun natürlich erst recht nicht mehr zu überzeugen, Mira zum Treffen der Fischerkinder zu begleiten. Mira hatte alles versucht: Sie provozierte Vera, indem sie ihre Freundin feige nannte, sie redete die Gefahr, die von den bewaffneten Wachposten ausging, klein und überlegte sogar laut, dass es eigentlich von großem Vorteil war, dass ausgerechnet Filip dort draußen Streife ging, weil er gewiss niemals auf sie schießen würde.

Dieses Argument machte Vera derart wütend, dass sie sich für den Rest des Nachmittags in eisernes Schweigen hüllte und sich weigerte, auch nur ein einziges weiteres Wort zu diesem Thema beizutragen.

Also ließ Mira es schließlich gut sein. Vera hatte einfach Angst, und das, auch wenn Mira es ungern zugab, zu Recht. Was sollten sie sagen, wenn man sie nach ihrem Ziel fragte? Was, wenn jemand sie beim Überqueren der Mauer erwischte? Was, wenn sie es nicht rechtzeitig zur Sperrstunde zurückschafften? Die Wachposten hatten die klare Anweisung, zuerst zu schießen und dann Fragen zu stellen – und sie würden es tun. Mit Ausnahme von Filip vielleicht. Aber was wäre damit gewonnen? Wenn er sie entkommen ließ, brachten sie stattdessen ihn in Schwierigkeiten. Mira wusste nicht, welche Strafe auf Befehlsverweigerung stand, doch sie war nicht sonderlich erpicht darauf, es an Filips Beispiel herauszufinden. Er hatte mit der ganzen Angelegenheit nichts zu tun. Im Gegensatz zu Vera und Mira hatte er vermutlich nie ein Gesetz gebrochen, und es war töricht und egoistisch, zu hoffen, dass er den Hals für sie hinhalten würde.

„Kann ich mich wenigstens darauf verlassen, dass du mich deckst?“, fragte Mira schließlich, als es Zeit zum Aufbruch wurde. Noch war es hell draußen. Der Frühsommer hatte lange Abende mit sich gebracht, und beim Anblick der hoch am Himmel stehenden Sonne war es geradezu lächerlich, sich vorzustellen, dass ihr Vorhaben gefährlich war.

Vera schwieg verbissen und tat so, als wäre sie sehr beschäftigt damit, ihre Bluse wieder ordentlich in ihren Hosenbund zu stecken.

„Meine Eltern glauben, ich bin bei dir“, erinnerte Mira sie leise. „Wenn sie nachfragen ... wirst du ihnen dann verraten, dass ich früher gegangen bin?“

Einen Moment lang rang Vera sichtlich mit sich selbst. Dann hob sie den Kopf und sah Mira in die Augen. „Natürlich nicht. Was denkst du denn von mir?“

Mira nickte grimmig und ließ die Frage unbeantwortet. Ja, was dachte sie eigentlich von Vera? Sie war ängstlich – immer gewesen, auch wenn sie in letzter Zeit über sich hinausgewachsen war. Aber sie war trotzdem ihre beste Freundin und hatte immer zu ihr gehalten. Sie war mitgekommen, als Mira so dringend das Ende der Geschichte hatte erfahren wollen.

Damals war ihr der Weg zu „Porters Höhle" gefährlich vorgekommen. Immerhin war es Nacht gewesen, und sie hatten das Haus noch nie während der Sperrstunde verlassen. Jetzt hätte Mira fast gelacht, wenn sie daran dachte, wie ihr Herz damals geklopft hatte, wie panisch sie gewesen waren. Sie waren Filip begegnet, Veras überaus gutmütigem und herrlich unbewaffnetem Bruder.

„Du willst also wirklich gehen?" Vera warf einen nervösen Blick zur Tür. Filip war längst aufgebrochen, ihre Mutter schlief wieder einmal, und Herrn Petersen hatten sie seit einer ganzen Weile nicht mehr zu Gesicht bekommen. „Wie willst du später zurückkommen?"

Mira zuckte mit den Schultern, und Vera zog beide Augenbrauen hoch. „Das ist kein besonders ausgereifter Plan."

Mira schüttelte ärgerlich den Kopf. „Ich werde schon einen Weg finden. Bisher hat es auch immer geklappt."

„Bisher sind keine bewaffneten Sondereinheiten durch die Straßen patrouilliert."

„Du musst nicht mitkommen", sagte Mira zwischen zusammengebissenen Zähnen. „Aber ich gehe, ob es dir passt oder nicht." Sie wandte sich zur Tür und stieß sie nicht gerade geräuschlos auf. Vera zuckte hinter ihrem Rücken wahrscheinlich erschrocken zusammen, doch Mira drehte sich nicht noch einmal um, ehe sie in den Flur und zur Haustür trat.

Am Garderobenhaken baumelte nach wie vor die Stofftasche von Veras Vater, nur die Stelle, an der das Lichtschussgewehr gehangen hatte, war leer. Die kahle Wand kam Mira unheilvoll vor, wenn sie daran dachte, wo die Waffe sich nun befand.

„Mira!“, wisperte Vera, die ihr panisch gefolgt war. „Du kannst doch nicht ... was, wenn sie dich erwischen?“

Mira hielt inne und drehte der Haustür den Rücken zu. Wohlwissend, dass das Krankenzimmer von Veras Mutter gleich nebenan war, flüsterte sie: „Dann sollten sie das hier nicht unbedingt in meiner Tasche finden.“

Veras Augen weiteten sich vor Schreck, als Mira den jüngsten Zettel von Edmund Porter aus ihrer Hosentasche zog und ihr hinhielt.

„Freitag, 18 Uhr“, stand auf dem zerknitterten Papier.

„Vernichte ihn, damit er keinen von uns verrät“, bat Mira. Sie fügte nicht hinzu: „Das ist das Mindeste, was du tun kannst“, und hielt Vera auch in keiner anderen Weise mehr vor, dass sie nicht mitkommen wollte. Trotzdem zögerte Vera sichtlich.

„Ich würde ja ... ich meine, ich will nicht aufhören, ein Fischerkind zu sein“, stammelte sie. Der Zettel knisterte, als sie die Finger fest darum schloss. „Wenn wir erwischt werden ...“

Sie verstummte, als die Fußbodendielen hinter ihnen ein Knarren von sich gaben. Vor Schreck ließ sie den Zettel mit Tag und Uhrzeit fallen, und Mira machte einen Schritt rückwärts, sodass sich die Türklinke schmerzhaft in ihren Rücken presste. Am Fuß der Treppe stand Herr Petersen.

Kapitel 17

Simon Petersen

„Ich könnte schwören, dass ich meine Unterlagen irgendwo hier gelassen habe", sagte Herr Petersen mit entschuldigendem Lächeln, während er an seiner vor Schreck erstarrten Tochter vorbei zum Garderobenhaken ging. „Ah ja, richtig."

Mira vergrub ihre Hand in der Hosentasche, um sich selbst davon abzuhalten, den zu Boden gefallenen Zettel aufzuheben, und auch Vera zuckte verräterisch.

Herr Petersen nahm die Tasche vom Kleiderhaken, schob seine Brille zurecht und wandte sich ihnen wieder zu. „Du gehst schon?", fragte er Mira zerstreut wie eh und je. „Und du begleitest sie?"

„Ich ..." Vera verstummte.

„Sie bleibt hier", sagte Mira rasch. Ihr wasserdichtes Alibi war soeben den Bach hinuntergegangen – sie hatte nur die Wahl, nach Hause zu gehen oder es trotz allem zu riskieren. Jedenfalls hatte es keinen Sinn, Vera mit in die Sache hineinzuziehen.

„Tatsächlich?", fragte Veras Vater, und Mira fand, dass er beinahe ein wenig enttäuscht klang, auch wenn sie sich nicht erklären konnte, weshalb.

Zu ihrem Entsetzen bückte Herr Petersen sich und streckte die Hand nach dem kleinen Zettel aus, den Vera hatte fallen lassen. „Dann gehört das hier wohl dir."

Mira überlegte einen Moment, ob sie alles abstreiten und behaupten sollte, den Zettel mit Tag und Zeit noch nie gesehen zu haben, aber da hatte Herr Petersen ihn ihr schon in die Hand gesteckt, und die Chance, sich unwissend zu geben, war vorüber.

„Ich glaube, ihr Mädchen schuldet mir einige Antworten", stellte Herr Petersen fest. „Jedenfalls stelle ich mir viele Fragen. Warum meine Tochter zum Beispiel mit ruß- und blutbeschmierter Kleidung nach Hause kommt. Oder warum Gerald Robins vor meiner Tür steht und wissen will, ob seine Tochter in den vergangenen Stunden in meinem Haus war – obwohl ich genau zu wissen glaube, dass sie und meine eigene Tochter bei ihm zu Hause waren."

„Wir waren in den Armenvierteln", platzte Vera heraus. Das war mutig und – wie Mira fand – geschickt, denn es war ein so großer Teil der Wahrheit, dass Herr Petersen unmöglich ahnen konnte, dass mehr dahintersteckte. Jedenfalls glaubte Mira das.

Er fuhr sich mit der Hand über das schüttere Haar und beschloss: „Ich bin sicher, ihr habt noch ein wenig mehr zu erzählen. Aber, wenn es euch recht ist" – er warf einen Blick zu der verschlossenen Tür zum Refugium seiner Frau – „dann lieber nicht hier, sondern in meinem Büro."

Mira war noch nie in Herrn Petersens Büro gewesen. Ähnlich wie das Büro ihres Vaters strahlte dieser Ort eine gewisse Erhabenheit aus, die ihr das Gefühl gab, dass sie etwas Verbotenes tat und eigentlich gar nicht hier sein sollte.

Damit allerdings erschöpften sich die Ähnlichkeiten auch schon. Während in Gerald Robins' Büro jede Büroklammer ihren festen Platz hatte, war das Arbeitszimmer von Veras Vater der unordentlichste Ort, den Mira je gesehen hatte. Stöße von Papier türmten sich nicht nur auf dem Schreibtisch, sondern auch auf den Regalen und auf dem Fußboden. Die dünnen Regalböden bogen sich unter der Last von Unterlagen und Büchern. In der Tat: Büchern. Mira hatte die Petersens immer für arm gehalten. Arm und sehr vorsichtig, keine weitere Aufmerksamkeit auf sich zu ziehen. Ihr Haus war der letzte Ort, an dem sie eine ganze

Sammlung der kostbaren, aber verdächtigen Schätze erwartet hätte.

Herr Petersen bat sie, sich zu setzen, überließ Vera seinen Schreibtischstuhl und nahm selbst auf einem dreibeinigen Hocker Platz. Für Mira blieb nur noch der polsterbezogene Sessel in der Zimmerecke, in dem sie sich äußerst fehl am Platz fühlte.

Während Herr Petersen einen Papierstoß zur Seite schob, um die Beine bequem ausstrecken zu können, wagte Mira, einen Blick zu Vera zu werfen, die aufrecht und wie versteinert am Schreibtisch saß und scheinbar nicht wusste, wo sie hinsehen sollte. Nur kurz begegnete sie Miras Blick, ehe ihre Augen wieder herumirrten, als suchten sie einen etwaigen Fluchtweg.

„Aus meinen Beobachtungen schließe ich", ergriff schließlich Herr Petersen das Wort, während Vera es immer noch vermied, ihn anzusehen, „dass ihr euch eben aus dem Haus schleichen wolltet. Und" – er ließ keinen Widerspruch zu – „das nicht zum ersten Mal."

Mira ahnte, dass sie auf Vera nicht zu warten brauchte. „Wie Vera bereits sagte: Wir waren in letzter Zeit oft in den Armenvierteln." Ihre Stimme klang mutiger, als sie sich fühlte. Noch nie waren sie so gefährlich nahe dran gewesen, dass ihr Geheimnis aufflog. „Die Leute dort draußen brauchen nach dem Feuer Hilfe, die ihnen die Stadt verweigert hat."

Herr Petersen nickte nachdenklich und zog sich die Brille von der Nase. „Dann frage ich mich nur eines: Wie kommen zwei Mädchen, denen es eigentlich verboten ist, die Innenstadt zu verlassen, über die bewachte Stadtmauer? Hattet ihr Hilfe? Steckt Filip mit unter der Decke?"

„Filip?" Trotz oder vielleicht gerade wegen der Anspannung musste Mira beinahe lachen. „Filip würde uns lieber verhaften, als uns zu helfen, die Innenstadt zu verlassen." Jedenfalls hätte der Filip, den Mira bis vor Kurzem zu kennen geglaubt hatte, das getan. Zu der teils beunruhigend, teils erfreulich neuen Seite von Filip, die sie bei ihren Treffen kennengelernt hatte, passte solch blindes Pflichtgefühl vielleicht nicht mehr so gut. Aber das sagte sie nicht laut.

Zu ihrer Überraschung lächelte Herr Petersen. „Wie habt ihr es dann angestellt?“ Zwar erkundigte er sich freundlich, doch ließ seine Frage keinerlei Ausweichen mehr zu.

So erklärte Mira resigniert und wohl wissend, dass sie ihnen damit möglicherweise den einzigen Weg nach Klein-Ararat versperrte: „Es gibt ein Loch in der Stadtmauer.“

„Ein Loch in der Mauer?“, echote Herr Petersen. „Ein schlichtes Loch in der Mauer, und man hat euch nie erwischt?“

Mira schüttelte den Kopf. Es klang fast so, als wäre Herr Petersen einfach nur besorgt. Besorgt um seine Tochter und deren Freundin, dass sie einem Wachposten in die Arme laufen und verhaftet werden könnten – nicht besorgt, weil er erfahren hatte, dass sie beide Gesetzesbrecher waren.

„Aber ihr hattet doch wohl um alles in der Welt nicht vor, dieses Loch auch heute Abend zu benutzen?“, fragte er mit gerunzelter Stirn. Die Brille lag jetzt auf seinem Schoß, denn er benötigte beide Hände, um sich die Halbglatze zu reiben, als bereite die ganze Angelegenheit ihm üble Kopfschmerzen.

„Also ... doch“, erwiderte Mira. Warum klang er so besorgt um ihre Sicherheit? Sollte er sich nicht viel mehr Gedanken darüber machen, dass sie das Gesetz und den Staat mit dem, was sie taten, mit Füßen traten? Aber, rief sie sich in Erinnerung, das hier war Herr Petersen, ein Mann, der selbst ganz eindeutig die eine oder andere Leiche im Keller hatte. Nicht umsonst hatte er schon vor Jahren seine Stelle verloren.

Mira beschloss, dass sie ebenso gut alle Fakten auf den Tisch legen konnte. Nun war es ohnehin zu spät. „Wir ... das heißt ich ... ich wollte durch das Loch in der Mauer klettern.“

„Himmel", sagte Herr Petersen entsetzt. „Wie gut, dass ich euch aufgehalten habe. Habt ihr nicht verstanden, dass sie die Wachmänner mit Waffen ausgestattet haben?"

Mit flauem Gefühl in der Magengrube dachte Mira an die Verachtung, die ihre Familie Herrn Petersen entgegenbrachte, und sie schämte sich dafür. Ihr Vater hätte sie ohne großes Federlesen gemeldet oder eigenhändig verhaftet, anstatt dieses Gespräch auch nur zu führen. Und schon gar nicht hätte er sich um ihre Sicherheit bei ihrem verbotenen Vorhaben gesorgt.

Herr Petersen lehnte sich nach vorne, und seine Brille fiel mit einem hässlichen Knirschen zu Boden. Er zuckte zusammen, machte aber keine Anstalten, sie aufzuheben. „Es gibt", sagte er gedämpft, „bessere Wege auf die andere Seite der Mauer. Sicherere Wege."

Mira glaubte, sich verhört zu haben, doch als ihr Blick auf Veras entsetztes Gesicht fiel, blieb ihr das „Wie bitte?" im Halse stecken.

„Nehmt euch einen Keks", forderte Herr Petersen sie auf, und abermals glaubte Mira, dass sie ihn falsch verstanden haben musste. Aber Herr Petersen schob ihnen nur mit müdem Blick eine winzige Dose mit noch winzigeren Plätzchen zu, die auf seinem überfüllten Schreibtisch stand.

„Nein, danke", sagte Mira perplex. Vera reagierte überhaupt nicht.

„Nun nehmt schon einen. Meine Geschichte dauert ein wenig länger."

Gehorsam griffen sie beide in die Dose, und Mira kaute auf dem trockenen Gebäck herum, während Herr Petersen an den Fußboden gewandt zu sprechen begann.

„Deine Mutter und ich ..." Nur für einen Sekundenbruchteil nickte er in Veras Richtung. „Bevor ... als Filip und du ... als ihr noch sehr klein wart, da gehörten wir einer geheimen Gruppe an.

Einer konspirativen Kleinstgruppe", fügte er als kaum verständliches Murmeln hinzu. „Wir trafen uns außerhalb der Stadt, in einem Berg."

Vera, die ihren Vater mit aufgerissenen Augen betrachtet hatte, purzelten die Worte „Du warst ein Fischerkind" über die Lippen, ehe Mira sie aufhalten konnte.

Zum ersten Mal hob Herr Petersen den Kopf, und ein erschöpftes Lächeln lag auf seinem Gesicht, das Mira plötzlich sehr alt vorkam. Tiefe Furchen hatten sich in seine Stirn gegraben. „Dann ist es also wahr", sagte er leise, „Edmund hat euch in sein sinkendes Schiff geholt. Wie hat er es angestellt? Über seine Buchhandlung?", fragte er, wartete jedoch keine Antwort ab. „Du liest gerne, nicht wahr, Mira? Aber dass er auch Vera aufgenommen hat ... nun, er ist immerhin Edmund Porter, nicht wahr? Er war nie besonders vorsichtig."

„Ich finde", unterbrach Mira sein Selbstgespräch, „er ist ein sehr freundlicher Mann, und er führt die Gruppe mit großer Umsicht."

Herr Petersen, der es scheinbar aufgegeben hatte, zum Fußboden oder sich selbst zu sprechen, sah ihr geradewegs in die Augen. Seine hatten, trotz Falten und buschigen Brauen, große Ähnlichkeit zu Veras. „Er ist einnehmend", bestätigte er. „Das war er schon damals. Er und Dave waren die geborenen Anführer. Sie konnten einem ein Gefühl völliger Sicherheit geben. Aber es war eben doch nicht mehr als das – ein Gefühl."

„Was ist passiert?" Vera schien endlich ihre Stimme wiedergefunden zu haben. Das angebissene Plätzchen hielt sie in der Hand und verteilte mit jeder Bewegung Krümel auf dem Fußboden.

„Sie wurden verraten", sagte Mira. „Jemand hat sie verraten. Happy hat es an unserem ersten Abend erwähnt."

Etwas flackerte in Herrn Petersens grünen Augen. „Nicht verraten", widersprach er leise. „Sie sind uns auf die Schliche gekommen. Es hat im Grunde nicht viel anders angefangen als jetzt. Sie haben die Sicherheitsvorkehrungen verschärft, bis ein paar von uns ihnen in die Falle gingen."

Für einige Sekunden hätte man eine Stecknadel fallen hören können, so still war es geworden. Dann wisperte Vera: „Was ist mit ihnen geschehen?"

„Einer kam davon." Herr Petersen schluckte. „Aber von Dave und seiner Frau fehlt jede Spur."

Das grauenhafte Bild zugezogener Vorhänge schoss Mira durch den Kopf. Irgendwo in Leonardsburg hatte ein Mann namens Dave ein Haus mit zugezogenen Vorhängen zurückgelassen, weil er ein Fischerkind gewesen war.

„Unsere Gruppe löste sich auf. Keiner fühlte sich mehr recht sicher", fuhr Herr Petersen fort. „Aber ich wusste immer, dass es Edmund keine Ruhe lassen würde." Er lachte, doch es klang angespannt. „Nicht Edmund. Nicht solange es hier draußen noch Leute gibt, die nie von Jesus gehört haben."

Vera klappte der Mund auf. Wahrscheinlich, weil dieser Name aus dem Munde ihres Vaters etwa so absurd für sie klingen musste wie ein Lob aus dem von Winkelbauer.

Herr Petersen schien davon nichts mitzubekommen. „Möglicherweise ist das seine Art, mit dem, was passiert ist, zu leben", überlegte er laut. „Immerhin mussten wir alle irgendwie weiterleben. Den meisten fiel es sehr schwer. Manchen ..." Er schluckte geräuschvoll. „... manchen bis heute."

Es war nicht schwierig zu erraten, dass er dabei von sich selbst sprach. Unverhohlen musterte Mira den Mann, der zusammengesunken vor ihnen saß und nicht zerbrochener hätte aussehen können. Das alles musste ihn viel gekostet haben; die Freunde, die er in der Gruppe gewonnen hatte, das Vertrauen in die anderen Fischerkinder. Und seine Stelle als Staatsbeamter.

Die Puzzlestücke fielen an die richtigen Stellen. Mira hatte nicht die leiseste Ahnung gehabt, warum Herr Petersen damals so sang- und klanglos entlassen worden war. Ihr Vater sprach nicht darüber, und Vera behauptete, es selbst nicht zu wissen. Aber jetzt machte alles Sinn: Wenn er im Verdacht gestanden hatte, gemeinsame Sache mit einer konspirativen Kleinstgruppe zu machen, dann war es schon ein Wunder, dass er nur seine Stelle verloren hatte und ihm nicht Schlimmeres zugestoßen war.

„Deine Mutter ..." Herrn Petersens Stimme zitterte gefährlich. „Sie ist daran zerbrochen. Sie ist nie darüber hinweggekommen, dass ... was geschehen ist."

„Deswegen?" Vera ballte die Hände zu Fäusten. Der Keksrest fiel zu Boden, aber keiner achtete darauf. „Deswegen verkriecht sie sich seit Jahren in ihrem Bett und hat keine Kraft, uns eine Mutter zu sein?"

„Sie ist krank, Vera!" Herr Petersen packte seine Tochter an den Schultern, als wolle er sie schütteln, wartete jedoch nur mit bleichem Gesicht ab, bis sie aufschaute und ihm in die Augen sah.

Vera tat ihm den Gefallen, doch ihr Blick war angriffslustig. „Sie ist tablettenabhängig", spuckte sie aus, und das Wort klang besonders hässlich, wie es sich so gewaltsam einen Weg über ihre Lippen bahnte.

Frau Petersen tablettenabhängig? In Miras Kopf spielten sich Szenen aus der Vergangenheit ab. Filip, der seiner Mutter ihre Medizin einflößte, Vera, die auf Zehenspitzen durch das Haus schlich, und Herr Petersen, der mit sorgenvoll gerunzelter Stirn aus ihrem Zimmer kam. Frau Petersen, die sich zittrig an Veras Schulter klammerte, weil ihre Beine sie nicht tragen wollten. Sie war krank. Sie war es die ganze Zeit gewesen, solange Mira denken konnte. Deshalb arbeitete sie nicht, wie es sonst jede Frau und jeder Mann tat. Deshalb vernachlässigte sie ihren Haushalt und kümmerte sich nicht um ihre Kinder. Nur deshalb.

Aber auch die Worte ihrer eigenen Eltern kamen ihr in den Sinn. „Es ist traurig, was diese Frau aus Simon Petersen gemacht hat“, hatte ihre Mutter gesagt. Und ihrem Vater war fast der Kragen geplatzt, als ihre Mutter ihr am Morgen nach dem Brand Beruhigungsmittel hatte geben wollen. „Meine Tochter“, hatte er gewütet, „wird nicht enden wie Simon Petersens Frau.“

„Sie kann nichts dafür“, flüsterte Herr Petersen. Er hatte Vera losgelassen, als hätte er sich an ihr verbrannt. „Du verstehst nicht ... sie wollte nie ... es ist nicht ihre Schuld!“

„Wir hätten sie gebraucht!“ Vera sprang auf und trat dabei auf den zerbröselten Keksrest. „Filip hätte sie gebraucht! Und ich auch! Ich hätte meine Mutter gebraucht. Dann wäre ich vielleicht nie“ – Tränen strömten ihr mit einem Mal in Sturzbächen über die Wangen – „nie in diese ganze Sache hineingeraten. Und dir“, brüllte sie ihrem Vater aufgebracht entgegen, „dir macht es nicht einmal etwas aus! Du willst uns noch einen sicheren Weg anbieten, wie wir das Gesetz brechen können! Während Filip mit einem Gewehr dort draußen steht!“

„Filip würde niemals –“

„Und was machen sie mit ihm, wenn er es nicht tut?“, schrie Vera. „Ihr macht mich alle krank! Um Filip und mich schert sich doch keiner von euch!“

Unwillkürlich war auch Mira aufgesprungen und streckte die Hand nach Vera aus. „Wir werden Filip nicht in Schwierigkeiten bringen“, versuchte sie, ihre Freundin zu beschwichtigen. „Er ist sicher, solange er nichts von alldem weiß.“

„Sicher?“, spuckte Vera ihr entgegen und schüttelte Miras Hand ab wie eine lästige Fliege. „Du hast Daphné doch gehört! Sie weiß es! Sie weiß, dass wir uns in die Außenviertel hinausschleichen. Und sie wird dafür sorgen, dass Filip dafür den Kopf hinhalten muss.“

„Warum sollte sie das tun?", fragte Herr Petersen, gutgläubig, wie es nur jemand sein konnte, der nie Bekanntschaft mit Daphné Baron gemacht hatte.

Vera wirbelte zu ihm herum. „Sag du es mir", forderte sie. „Was hat Barons Tochter gegen dich, dass sie Filip und mich so hasst?"

Die Farbe wich aus Herrn Petersens Gesicht. Mira kannte diesen Ausdruck; nicht weil sie ihn je bei ihm gesehen hatte, sondern weil er genauso aussah wie Vera, wenn sie sich fürchtete – wie ein in die Enge getriebenes Tier mit schreckensweiten, glasigen Augen. „Barons Tochter", echote er, während er sich auf seinen Platz zurücksinken ließ.

„Was hast du mit ihm zu schaffen?", verlangte Vera zu wissen. „Was hat er gegen dich? Du kannst es mir wenigstens sagen. Wenigstens das!"

Simon Petersen rieb sich die Stirn. Er sah nicht auf, als er zu sprechen ansetzte: „Baron macht nicht zum ersten Mal Jagd auf die Fischerkinder." Er stieß zittrig die Luft aus. „Damals war er auch schon mit der Aufgabe betraut, die konspirative Kleinstgruppe dingfest zu machen. Es wäre sein Ticket in die Hauptstadt gewesen. Jeder wusste, dass er im Gespräch für einen Posten am Hof des Königs war."

„Aber was hast du damit zu tun?" Vera stand immer noch mitten im Raum, zu angespannt, um sich zu setzen und still den Ausführungen ihres Vaters zu lauschen.

„Als sie uns erwischten ... das heißt Dave, seine Frau Asha und mich ... da war er fast am Ziel."

„Dich?", fragte Vera. „Sie haben *dich* erwischt?" Sie starrte ihn mit unverhohlenem Unglauben an. Mira konnte es ihr gut nachempfinden: Wie konnte Herr Petersen hier vor ihnen sitzen und seine Geschichte erzählen, wenn man ihn der Zusammenarbeit mit einer konspirativen Kleinstgruppe überführt hatte? Sie hätten ihn niemals laufen lassen.

Herr Petersens Blick hüpfte voller Anspannung zwischen ihnen hin und her. Offenbar fühlte er sich unwohl, so im Rampenlicht zu stehen. „Mir konnte man nichts nachweisen", flüsterte er schließlich rau. „Sie hatten keine Beweise. Ich war ein Staatsbeamter, jahrelang schon. Den Rest der Fischerkinder haben sie nie erwischt – sie konnten nicht einmal beweisen, dass es diese Gruppe überhaupt wirklich gab. Sie mussten mich laufen lassen", sagte er mit Nachdruck, als könne er die Worte so belegen. „Nur Baron hat nie an meine Unschuld geglaubt. Er hat seitdem ein besonders wachsames Auge auf mich. Ihm habe ich auch meine Versetzung zu verdanken. Er hat es nie verwunden, dass aus seiner Beförderung nichts wurde."

„Und das ist alles?", fragte Mira, als Herr Petersen keine Anstalten machte, weiterzusprechen.

Er nickte nur matt und streckte die Hand nach Vera aus, die jedoch weiter Distanz wahrte. „Und jetzt soll Filip dafür bezahlen", sagte sie bitter. „Und ich spiele ihnen noch in die Hände, wenn ich mich draußen in den Armenvierteln erwischen lasse."

„Wir lassen uns nicht erwischen." Mira wusste selbst, dass es nur leere Worte waren, und Vera wusste es auch, denn sie warf Mira nur einen Seitenblick zu und schüttelte müde den Kopf.

„Nein", sagte sie. „Ich will nichts mehr mit der Sache zu tun haben. Nicht solange Daphné und ihr Vater nur darauf warten, dass einer von uns sich einen Fehler erlaubt. Du kannst ja gehen." Sie wandte sich an Mira. „Aber zwing mich nicht. Wenn du einen Bruder hättest, dann würdest du es verstehen."

Mira verstand es, auch ohne einen Bruder zu haben. Sie verstand es, weil es um Filip ging und weil er auch ihr etwas bedeutete. Weil sie selbst nicht mehr sicher war, ob sie sich guten Gewissens auf den Weg nach Klein-Ararat machen konnte, wohl wissend, dass sie nicht nur sich selbst in Schwierigkeiten brachte, wenn sie erwischt wurde. Vera hätte es ihr vielleicht nicht geglaubt, aber die Angst, Filip in Gefahr zu bringen, war das einzige Argument, das Mira beinahe in der Sicherheit der Innenstadt gehalten hätte.

Doch letzten Endes ging sie. Herr Petersen erklärte ihr den Weg zu einem geheimen Durchgang in der Stadtmauer, den sie seinerzeit genutzt hatten und der, wie er versicherte, nie entdeckt worden war, auch nicht, als man sie damals aufgegriffen hatte.

Durch den von Gesträuch verborgenen Spalt gelangte Mira tatsächlich schneller und unkomplizierter denn je hinaus in die Armenviertel, und sie konnte es kaum erwarten, Ari davon zu erzählen. Als angehender Schleuser war es mit Sicherheit von Vorteil, möglichst viele ungefährliche Wege aus der Innenstadt heraus zu kennen. Sie lächelte beim Gedanken an Aris verschmitztes Grinsen, doch dann fiel ihr ein, dass Ari Klein-Ararat gar nicht mehr verlassen und Menschen aus der Innenstadt in die Außenviertel schmuggeln konnte. Und ein Lächeln hatte sie in seinem Gesicht schon seit einer ganzen Weile nicht mehr gesehen.

Es waren noch über drei Stunden bis zur Ausgangssperre, und nur langsam senkte sich die Dämmerung über Leonardsburg. In den Straßen der Außenviertel herrschte reges Treiben, aber Mira konnte gar nicht übersehen, dass ungewöhnlich viele Blauuniformierte dort unterwegs waren. Sie standen entlang der Innenstadtmauer, patrouillierten die Hauptstraße auf und ab und hielten scheinbar willkürlich Leute an. Allesamt trugen sie Lichtschusswaffen.

In der Innenstadt waren Ausweiskontrollen an der Tagesordnung. Mira musste den Code auf ihrem Bändchen scannen, wenn sie die Schule betrat oder Rationskarten eintauschte, und wann immer ein Wachmann sie dazu aufforderte, musste sie ihm erlauben, das Band zu kontrollieren.

So wenig die Armen hatten, auch sie mussten, selbst wenn sie sonst nichts besaßen als die Kleider an ihrem Leib, ein Ausweisbändchen tragen. Allerdings hatte Mira in den Armenvierteln nie solcherlei Kontrollen gesehen. In der Tat schienen viele Menschen hier draußen von der barschen Frage der Wachposten überrumpelt. Mira beobachtete, wie eine alte, zahnlose Frau vergeblich ihr eindeutig leeres Handgelenk nach dem Band abtastete und dem Wachmann verständlich zu machen versuchte, dass sie sich nicht erklären konnte, wo es geblieben war.

„Er war immer da. Immer da. Vor dem Feuer ... ich habe einen Ausweis!“ Sie gab ein erschrockenes Krächzen von sich, als der Uniformierte ihr unvermittelt und grob die Arme auf den Rücken drehte.

„Nein!“, entfuhr es Mira, und ungeachtet der Tatsache, dass sie auch ohne das Vorzeigen ihres Ausweises sehr offensichtlich als Innenstädterin zu erkennen war, wollte sie zu den beiden stürzen.

„Lass gut sein“, sagte jedoch eine Stimme so dicht neben ihr, dass Mira wie versteinert stehen blieb. Eine strohblonde Frau mit ausgemergeltem Gesicht hatte sich an sie herangepirscht. Es dauerte einen Moment, ehe Mira sie wiedererkannte. Ihr Gesicht war nicht mehr rußbeschmiert, Kleidung und Haar allerdings genauso zerlumpt und schmutzig wie bei ihrer letzten Begegnung, bei der sie Vera mit ihren knochigen Händen in einem unerbittlichen Schraubstockgriff gehalten hatte, bis Ben ihnen zur Hilfe gekommen war.

„Sie brauchen keinen guten Grund, dich auch mitzunehmen. Du wärst heute nicht die Erste. Den ganzen Tag lang verhaften sie schon Leute.“

Miras Magen zog sich zusammen wie eine geballte Faust. Sie konnte nicht sagen, ob wegen der Worte der Frau oder wegen ihres fauligen Atems. Tatenlos sahen sie zu, wie man der anderen Frau Handschellen anlegte und sie mitnahm. Sie stolperte hinter dem Wachmann her, weil sie mit seinem Tempo nicht mithalten konnte. Indessen durchsuchte eine Wachfrau nicht weit von ihnen den Karren eines Händlers. Töpfe und Pfannen klirrten, und etwas Gläsernes ging geräuschvoll zu Bruch.

„Das könnt ihr doch nicht mit euch machen lassen!", schrie Mira die schmutzige Frau an ihrer Seite an, und ein paar Leute drehten sich zu ihnen um. Die alte Frau im Griff des Wachmanns sah auf und kniff die Augen zusammen, um Mira auf die Entfernung besser sehen zu können. Mira in verräterisch ordentlicher Innenstadtkleidung.

„Schau, dass du hier wegkommst!" Die strohblonde Frau verschwand so hastig von ihrer Seite, wie sie aufgetaucht war. Natürlich – in dieser Gesellschaft wollte sie nicht aufgegriffen werden.

Mittlerweile war auch der Wachmann aufmerksam geworden und sah sich nach der Quelle der Unruhe um. Die alte Frau indes stolperte über eine rostige Pfanne, die die Wachfrau während ihrer harschen Inspektion vom Karren des Händlers gefegt hatte. Ihre Augen weiteten sich, und Mira machte einen Satz, obwohl sie niemals rechtzeitig bei der Frau hätte sein können.

Ein Paar blasshäutiger, sauberer Hände jedoch fingen die Frau auf und zogen sie wieder auf die Beine – Hände, die in blauen Uniformärmeln steckten. Ein zweiter Wachmann war hinzugekommen. Über der Schulter trug er ein schmalläufiges, silbernes Gewehr wie alle anderen, was ein absurdes Bild abgab, als er sich jetzt zu der kleinen, alten Frau hinunterbeugte, als vergewissere er sich, ob sie in Ordnung war.

Doch diese starrte bereits wieder in Miras Richtung, und erst als auch der Wachmann sich zu ihr umwandte, fiel Mira die beißend rotblonde Farbe seines Haars auf.

„Mira", flüsterte Filip. Sie sah mehr, wie seine Lippen das Wort formten, als dass sie die Laute wirklich hörte. Einen Moment noch war sie wie erstarrt, dann rannte sie los.

Während sie rannte, sah Mira alle paar Schritte über die Schulter zurück, um sich zu vergewissern, dass keiner – vor allem nicht Filip – ihr nachlief.

Aber niemand hatte ihre Verfolgung aufgenommen. So erleichtert sie bei jedem Blick nach hinten war, so sehr irritierte diese Tatsache sie. Warum verfolgte man sie nicht? Auch ohne ihre Innenstädterkleidung, und selbst wenn Filip sie nicht erkannt hätte, wäre ihre überstürzte Flucht inmitten eines Dutzends von Wachleuten verdächtig gewesen. Wenn sie es sich recht überlegte, konnte sie von Glück reden, dass man nicht ohne großes Federlesen auf sie geschossen hatte.

Obwohl es keinen Verfolger abzuschütteln gab, rannte Mira den ganzen Weg bis zur Hütte am Fuß des Klippenberges. Keuchend und mit galoppierendem Herzen beugte sie sich schließlich nach vorne und sog Luft in ihre brennenden Lungen.

Was – oder wer – hatte die Wachleute davon abgehalten, sie zu verfolgen? Filip? Das eisige Gefühl kroch wieder durch ihre Eingeweide. Nein, Filip ging nichts über seinen beruflichen Erfolg. Er wäre doch nicht so dumm, sie zu decken. Oder?

Was konnte eine Gruppe von Wachleuten, die nicht davor zurückschreckte, eine alte, gebrechliche Frau in Handschellen abzuführen, nur weil sie ihren Ausweis nicht vorzeigen konnte, davon abbringen, einer flüchtenden Innenstädterin nachzusetzen, die sich verbotenerweise in den Außenvierteln herumtrieb? Hatte Filip so viel Einfluss? Und sollte er ihn wirklich genutzt haben, um sie zu schützen?

Der gutherzige, viel zu fürsorgliche Filip – Vera würde es ihr nie verzeihen, wenn er ihretwegen Schwierigkeiten bekäme. Was würden diese Tyrannen mit jemandem tun, der sich gegen sie wandte und eine Aufständische deckte? Würden sie auch ihn verhaften?

„Et in unum Dominum Jesum Christum." Miras Stimme überschlug sich, und sie hatte kaum zu Ende gesprochen, als Urs schon von innen die Tür aufriss.

„Bist du in Ordnung?", fragte er. „Komm rein, komm schon. Hier drinnen bist du in Sicherheit."

Im Innenraum der Hütte war es heute besonders eng, weil Biene nicht von Urs' Seite wich. Sie hatte offensichtlich geweint – ihr Gesicht war fleckig und ihre Augen gerötet –, aber Mira kam nicht dazu, nachzufragen, weil Urs schneller war: „Warum bist du alleine? Haben sie Vera ..."

Mira schüttelte den Kopf. „Sie wollte nicht mitkommen."

Urs zog die Augenbrauen hoch, kommentierte Miras Antwort aber nicht. „Dann schau mal, dass du in den Berg kommst", sagte er munter. „Du bist abgesehen von Edmund und Ben die erste Innenstädterin, die es durch die Armenviertel geschafft hat." Die Heiterkeit in seiner Stimme verebbte. „Theodore und Nathaniel wollten unbedingt kommen. Aber sie sind noch nicht aufgetaucht."

Mira schluckte das flaue Gefühl hinunter und ließ sich von Urs zu der mittlerweile geöffneten Falltür schieben. Biene hatte stumm den Teppich aufgerollt und machte Mira jetzt Platz. „Bist du okay?", fragte Mira, als Biene ihr als Hilfestellung den Arm anbot.

„Ich ...", setzte sie an, brach jedoch zu Miras Schrecken in Tränen aus.

Beide gleichzeitig versuchten sie, sich zu entschuldigen. Mira für ihre Taktlosigkeit und Biene für den Gefühlsausbruch, doch Urs unterbrach sie mit ruhiger Stimme: „Sie haben ihren Vater verhaftet. Er hat in den Außenvierteln mit Medikamenten gehandelt." Er legte den Arm um seine Freundin.

Mira hätte gerne noch etwas Tröstliches gesagt, aber es erschien ihr alles mehr als lasch. Ihr Vater war ein hoher Staatsbeamter und vermutlich einer der letzten Menschen in Leonardsburg, die in Gefahr waren, verhaftet zu werden.

Kein Wunder, dass Ben und Frau Porter ihr nicht trauten. Mira fühlte sich mit einem Mal so abgesondert von den übrigen Fischerkindern, dass sie Urs' und Bienes Anwesenheit nicht länger ertrug. Hastig ließ sie sich in die Dunkelheit unter der Falltür gleiten und kletterte in den stillen, modrig riechenden Gang hinab.

Was war das für ein grässlicher Staat, für den ihr Vater da arbeitete? Ein Staat, der die Armen in den Außenvierteln verbrennen ließ, der Kinder dazu zwang, Brot zu stehlen, Väter und alte Frauen verhaftete? Die Abscheu gegen jeden Menschen, der mit diesem Staat unter einer Decke steckte, tobte in Mira. Die Beamten, allesamt, waren Totengräber. Und Nicholas Auttenberg, ihr König – er war der Tod selbst. Er hatte den Import lahmgelegt. Auf seinen Befehl hin unterdrückten die Staatsbeamten die Menschen, beuteten sie aus und schossen jetzt sogar auf sie, wenn sie ihnen in den Weg gerieten. Noch nie hatte Mira jemandem ein so hässliches Gefühl entgegengebracht. Nicht einmal Winkelbauer, wenn er Vera vor versammelter Klasse schikaniert hatte.

Dass es ausgerechnet heute beim Treffen der Fischerkinder um Liebe ging, wollte so gar nicht zu diesem Brodeln in Mira passen. Sie saßen singend um das Lagerfeuer, das im sommerlichen Abendlicht viel seines Zaubers verlor, und Mira glaubte, die leeren Plätze zwischen den Anwesenden geradezu sehen zu können. Nathaniel und Theodore waren nicht die Einzigen, die fehlten. Nicht einmal aus den Armenvierteln waren alle eingetroffen. Wer wusste schon, was mit ihnen geschehen war. Vielleicht saßen sie Seite an Seite mit Bienes Vater und der gebrechlichen alten Frau in einer dunklen Gefängniszelle.

Mira brachte es nicht über sich, davon zu singen, wie sehr sie alle doch von Gott geliebt waren. Der Gedanke war zwar tröstlich, aber zu diesem wärmenden Funken tief in ihrem Inneren konnte sie durch all die Wut über die Umstände und all den Hass auf die, deren Schuld es war, nicht durchdringen.

„Ich weiß, ihr alle seid heute zutiefst erschüttert über das, was in der Stadt vorgeht", behauptete Edmund, machte diese Worte jedoch kaum zwei Sätze später zunichte, indem er sagte: „Jesus hat seine Freunde dazu aufgefordert, sich nicht vom Hass verzehren zu lassen. Er hat gesagt, sie sollen ihre Feinde lieben. Sie sollen für sie beten und ihnen Gutes tun."

Mira spürte, wie ihre Eingeweide sich zu einem festen Klumpen zusammenzogen. Den Reaktionen der anderen nach zu urteilen, war sie nicht die Einzige, der Edmunds Worte sauer aufstießen. Happy schüttelte ungläubig den Kopf, Biene vergrub das Gesicht an Urs' starker Schulter, und Chas entfuhr ein Schnauben.

„Ich glaube, es ist nicht abwegig, anzunehmen, dass es Jesu Freunden ähnlich ging wie euch." Zu Miras Überraschung lag ein leichtes Glucksen in Edmund Porters ansonsten ernster Stimme. „Sie hatten weiß Gott genügend Feinde. Todfeinde, wie wir uns denken können. Immerhin töteten sie später den, der so friedfertig zur Feindesliebe aufgerufen hatte."

„Tja, da wird er es sich dann wohl anders überlegt haben mit der Liebt-eure-Feinde-Idee", brummte Chas so laut, dass nicht nur Mira unmittelbar vor ihm es hörte, sondern auch Edmund. Noch nie zuvor hatte Mira erlebt, dass Edmund auf so rüde Weise unterbrochen wurde. Es schien ihn allerdings keineswegs aus dem Konzept zu bringen. Im Gegenteil, es machte fast den Eindruck, als hätte er auf diesen Einwand gewartet.

„Ich denke nicht", sagte er. „Nachdem sie ihn ans Kreuz genagelt hatten, betete Jesus für diejenigen, die ihm so Grausames antaten. Er betete darum, dass Gott ihnen vergab."

Mira konnte es Chas, der abermals skeptisch schnaubte, gut nachempfinden. Sie hätte es auch nicht getan. Im Leben nicht.

Allein der Gedanke! Für die Blauuniformierten dort draußen, die wahllos Leute verhafteten, Händlerstände umwarfen und wehrlose Menschen herumstießen – für die sollte sie beten? Vielleicht darum, dass Gott sie von einer Feuerbrunst wie der in den Armenvierteln verschlingen ließ, allesamt. Nun, alle außer Filip.

„Ich sage nicht", fuhr Edmund Porter fort, „dass es einfach ist. Das hat Jesus auch niemals behauptet. Im Gegenteil, wenn es einfach wäre, hätte er seine Freunde nicht dazu auffordern müssen."

Mira warf einen verstohlenen Blick zu Chas, dessen Miene ausgesprochen hart und spöttisch war. Wie er Edmund musterte, hatte es fast etwas Mitleidiges. So als glaube er, der alte Mann verliere langsam, aber sicher den Verstand.

„Auch ich bin gewiss kein Meister in Sachen Feindesliebe", gestand dieser leise. „Ich verabscheue die, die unseren Staat führen. Doch mit Hass verändern wir die Umstände nicht."

„Mit Liebe aber auch nicht", murmelte Chas, diesmal leiser, und Mira war nicht sicher, ob Edmund es gehört hatte. Jedenfalls fuhr er unbeirrt fort: „Wenn wir so hassen wie sie, verdoppeln wir nur den Hass auf dieser Welt. Es ist für den Anfang vielleicht viel verlangt, sie zu lieben, doch ich denke, wenn wir für sie beten, sind wir auf dem richtigen Weg."

Es war das erste Mal, dass Mira nicht mit Edmund beten konnte. Während die meisten anderen gehorsam die Köpfe senkten, saß sie stocksteif da. Ihre Gedanken überschlugen sich. Für die Wachleute beten? Für die Beamten und den König? Am besten noch für die, die damals die Fischerkinder verraten und dafür gesorgt hatten, dass zwei von ihnen verschleppt worden waren!

Mira reckte das Kinn ein wenig höher und ließ den Blick über die Versammelten streifen. Happy streichelte gedankenverloren ihren Hund. Chas starrte feindselig ins Leere. Als ihre Augen sich trafen, zuckte er die Schultern.

Anschließend, während die Dämmerung anbrach und es langsam Zeit für die Rückkehr in die Stadt wurde, schloss Mira sich Happy und Chas an, die ungewöhnlich gesprächig beieinandersaßen. Vielleicht wählte sie sich die beiden zur Gesellschaft, weil Ari bei ihnen war – er folgte Chas wie ein kleiner, flinker Schatten. Vielleicht hatte es auch mit Chas selbst zu tun, nach dessen Trost sich ein Teil von ihr insgeheim sehnte. Vielleicht hatte sie aber auch einfach an den Gesichtern von Chas und Happy abgelesen, dass es ihnen mit Edmunds Predigt ähnlich ging wie ihr.

Sie sprachen über Edmunds Worte, bis es für Mira Zeit wurde zu gehen, und in einem waren sie sich alle einig: Das, was Edmund heute gesagt hatte, war das Einfältigste, das sie je gehört hatten.

Kapitel 18

Fluchtpläne

Edmund erklärte an diesem Abend, dass er Mira persönlich nach Hause bringen würde. Abgesehen von Ben und ihm war sie die einzige Innenstädterin, die gekommen war. Die Außenstädter waren schon eine gute Viertelstunde vor ihnen geschlossen aufgebrochen.

Auch wenn sie nicht gerne mit Ben unterwegs war, musste Mira sich doch eingestehen, dass sie sehr dankbar für die Gesellschaft der beiden war, während sie durch die Dämmerung Richtung Stadt marschierten.

Es war noch nicht ganz dunkel. Der Sommer hatte lange, orangerote Abendstunden mit sich gebracht, und zudem waren sie besonders zeitig aufgebrochen, um ja nicht während der Sperrstunde draußen erwischt zu werden. Trotzdem war es Mira ein Rätsel, wie sie durch die Außenviertel kommen sollten. Schon am Nachmittag hatte es dort von Wachleuten nur so gewimmelt.

Mira war vor Anspannung ganz flau im Bauch, und Ben machte es nicht besser. Er versuchte den ganzen Weg von Klein-Ararat bis zum Stadtrand, ihr Tipps zu geben, was sie am besten tun sollte, falls sie geschnappt wurden.

„Verweigere ihnen bloß dein Ausweisband nicht! Wenn du keine nachprüfbare Identität hast, stecken sie dich ins Gefängnis und lassen dich dort verschimmeln. Und wenn sie –"

„Still!" Edmund war stehen geblieben wie ein Kaninchen, das Gefahr witterte. Seine Augen suchten den Horizont ab, an dem sie schon die Häuser der Armenviertel sehen konnten. Die Fensterläden, sofern vorhanden, waren geschlossen, und die Straßen wirkten, soweit Mira das von hier erkennen konnte, wie ausgestorben.

Aber Ben schien auch gesehen zu haben, was Edmund hatte zögern lassen. Er packte Mira so überraschend im Nacken, dass diese einen Schrei ausstieß. Von Ben nach unten gedrückt, fiel sie auf alle viere.

„Schrei noch einmal so, und ich –“, setzte Ben an, doch Edmund unterbrach ihn mit einem entsetzten Wispern: „Sie bewachen die Ortseingänge.“

Immer noch Bens Hand in ihrem Nacken, hob Mira so weit den Kopf, dass sie die Straße sehen konnte, die vor ihnen zwischen den Häusern der Außenviertel verschwand. Zu beiden Seiten wucherten Gras und blühende Wegwarten. Die kräftigen Farben der Natur hoben sich vom Grau der Armenviertel ab. Und noch etwas bildete einen deutlichen Kontrast. Mira konnte kaum glauben, dass sie es vorher nicht bemerkt hatte. Zwei Menschen in blauen Uniformen mit langen, unförmigen Schatten über den Schultern.

„Was jetzt?“, flüsterte sie, aber die Erkenntnis fiel ihr bereits wie ein Stein in den Magen. Sie konnten nicht mehr nach Leonardsburg. Und vermutlich war es ihre Schuld. Sie war wie von der Tarantel gestochen durch die Armenviertel aus der Stadt hinausgerannt, nachdem Filip sie erkannt hatte. Und das mit einem halben Dutzend Wachposten als Zeugen.

Mira rang noch mit sich selbst, Edmund und Ben zu gestehen, dass sie diese unerfreuliche Wendung der Dinge ihr verdankten, als Edmund auch schon ihre längst vergessene Frage beantwortete: „Wir gehen zurück.“

„Wir tun was?“, entfuhr es Mira panisch, und Ben warf ihr einen Blick zu, der keinen Zweifel daran ließ, dass er sie liebend gerne erwürgt hätte und es vielleicht versucht hätte, wenn sein Vater nicht dabei gewesen wäre.

„Ich ... ich kann nicht zurück!“ Sie bemühte sich, ihre Stimme leise zu halten, was bei der aufsteigenden Hysterie in ihrer Kehle nicht so einfach war. „Mein Vater wird völlig die Nerven verlieren, wenn ich nicht nach Hause komme.“

Ben schnaubte. „Er wird nicht begeistert sein, aber umbringen wird er dich schon nicht. Die da tun's allerdings ziemlich sicher, wenn wir noch ein bisschen länger hier herumstehen.“

Stehen war schön gesagt; in der Tat kauerten sie alle drei auf Knien und Händen auf dem Schotter. Ohne nach Bens beunruhigender Ankündigung lange weiterzudiskutieren, krochen sie in eben dieser Haltung rückwärts, bis Miras Knie und Handflächen sich ganz wund anfühlten.

Edmund war der Erste von ihnen, der es wagte, sich, gegen Bens Proteste, wieder aufzurichten. Mira tat es ihm gleich, und Ben kam sich nach wenigen weiteren Schritten auf allen vieren wohl zu dämlich vor und stand ebenfalls auf. „Was ist mit Mutter?“, fragte er Edmund, während sie weitergingen und dabei so häufig über die Schultern nach hinten sahen, dass Mira ganz schwindlig davon wurde. „Sie wird denken, dass sie uns erwischt haben, so wie sie es uns seit Jahren ankündigt.“

Daher hatte Ben also seinen überfließenden Optimismus. Mira verspürte unwillkürlich einen Funken Sympathie für ihn. Zumal auch sie an nichts anderes denken konnte als an die Frage, was ihre Eltern tun würden, wenn sie nicht nach Hause käme. Frau Porter wusste immerhin, wo ihr Mann und ihr Sohn steckten. Miras Eltern dagegen – ja, was würden sie denken? Sie würden zu Veras Familie gehen. Aber Vera hatte versprochen, sie zu decken. Und Herr Petersen ... er würde sie doch niemals verraten, nachdem er selbst ein Fischerkind gewesen war. Aber dennoch, wenn Mira nicht nach Hause kam, just in der ersten Nacht, in der bewaffnete Wachleute eine konspirative Kleinstgruppe zu fassen versuchten, dann würde ihr Vater nur eins und eins zusammenzählen müssen.

„Ich kann nicht zurück nach Hause, wenn ich die Nacht über fortbleibe", sagte Mira in die plötzliche Stille hinein.

Edmund Porter, der bisher ungewöhnlich schweigsam gewesen war, legte ihr eine große, kräftige Hand auf die Schulter. „Es gibt immer eine Lösung, Mira. Immer. Ich bete unablässig darum, dass Gott sie uns zeigt."

„Dann aber schnell", dachte Mira mit einem neuerlichen Anflug von Panik. „Gott, du musst sie uns schnell zeigen!" Die Ausgangssperre rückte näher, und statt zurückzukehren, wie sie es eigentlich sollte, war Mira dabei, sich weiter und weiter von der Stadt zu entfernen.

Edmund hatte die Schlüssel zu Tür und Falltür jener Hütte, durch die sie noch keine Stunde zuvor ins Freie getreten waren und die jetzt aufs Neue ihr Weg ins Innere des Berges war. Als sie den unterirdischen Tunnel verließen, hatte die Dämmerung begonnen, sich tief über das Land zu senken. Vielleicht lag es auch nur daran, dass die Wände des Berges die letzten Sonnenstrahlen abschirmten, aber Mira hatte das Gefühl, die Nacht war drauf und dran, hereinzubrechen.

„Hat die Sperrstunde schon begonnen?", fragte sie beklommen, und mit einem Blick auf seine Armbanduhr schüttelte Edmund Porter den Kopf.

„Es ist zwanzig vor neun", sagte er, während er durch das kleine Wäldchen voranging, das auch den Rest Sonnenlicht schluckte und Miras Panik noch mehr Nahrung gab.

Zwanzig vor neun. Obwohl etwas in ihr sich dagegen aufbäumte, sich damit abzufinden, wusste sie, dass es zu spät war. Sie würde es nicht mehr rechtzeitig nach Hause schaffen, selbst wenn sie sofort losginge und wenn die Wachen an den Ortseingängen sie auf wundersame Weise übersehen würden.

Ob Filip einer von ihnen war? Harrte er mit einem seiner Kollegen dort aus und ermunterte ihn, dass es nur eine Frage der

Zeit sein konnte, bis Mira und die anderen auftauchten? Etwas Kaltes, Hässliches klammerte sich um Miras Herz. Sie konnte den Gedanken nicht ertragen, dass Filip sie so verraten sollte. Auch wenn ihre Treffen nur Mittel zum Zweck gewesen waren, hatte er sich immer wie ein Freund verhalten. So sehr, dass er Mira unlängst einer geworden war, ob sie wollte oder nicht. Vielleicht deshalb hasste sie die Vorstellung von Filip mit einer Schusswaffe. Vielleicht deshalb quälte sie der Gedanke so, sie könnte ihn in Schwierigkeiten gebracht haben.

Das Lagerfeuer war verloschen, und offenbar waren die Vergessenen zeitig zu Bett gegangen. Die Geschehnisse dieses Tages hatten eine bedrückte Stimmung über die Versammlung gelegt, der sie vermutlich nur zu gerne entkommen waren. Nur eine wohlvertraute Gestalt mit langem Rock und Haar hockte barfuß auf einem Stein, während ihr großer Hund sich im Gras rollte und Grillen aufscheuchte, die erschrocken aufhörten zu zirpen, nur um Sekunden später wieder einzusetzen.

„Eddie?" Happy starrte sie einen Moment lang stumm an, ehe sie aufstand und auf sie zuging. Sie sah Edmund an, als traue sie ihren Augen nicht. „Ist etwas passiert?" Sie versuchte es mit einem Lachen, das allerdings so gründlich fehl am Platz wirkte, dass sie es schnell sein ließ.

„Sie bewachen die Ortseingänge", wiederholte Edmund nur einen der wenigen Sätze, die er seit ihrer erschreckenden Entdeckung von sich gegeben hatte.

„Aber ... dann könnt ihr ja gar nicht zurück."

Ben schnaubte, dass es Chas Konkurrenz gemacht hätte.

„Sieht so aus, als wollten sie uns unbedingt kriegen, was?"

„Ist sonst noch jemand zurückgekommen?", fragte Edmund. „Urs und Biene oder andere Außenstädter?"

Happy schüttelte den Kopf und starrte Edmund bestürzt ins Gesicht. An ihrer Seite winselte Skive. „Heißt das, sie sind ..."

„Vielleicht sind sie durchgekommen“, beschwichtigte Edmund. „Biene kennt Wege, auf die unsereins noch nie einen Fuß gesetzt hat. Sie und die anderen sind dort draußen aufgewachsen.“

„Was ist, wenn man sie erwischt hat?“, sprach jedoch Ben aus, was Happy nicht über die Lippen gebracht und auch Edmund zu sagen vermieden hatte. „Dann stehen innerhalb einer halben Stunde sämtliche Wachen hier vor der Tür.“

„Aber sie würden uns doch nie verraten!“, protestierte Mira und erntete prompt einen sehr mitleidigen Blick von Ben.

„Die haben ihre Möglichkeiten, jemanden zum Sprechen zu bringen, das kannst du mir –“

„Happy“, sagte Edmund laut und als hätte er Ben gar nicht gehört. „Kann Mira bei dir schlafen? Ben und ich machen es uns für diese eine Nacht in der leeren Hütte gemütlich.“

Happy brauchte noch einen Moment, um sich vom Anblick von Bens finsterem Gesicht loszureißen. Dann jedoch gewann sie schnell ihre übliche Unbekümmertheit zurück. „Klar“, sagte sie munter. „Skive und ich freuen uns über Gesellschaft.“

Mira hatte insgeheim oft darüber nachgedacht, wie es wäre, eine Vergessene zu sein und in Klein-Ararat zu leben. Die Vergessenen ... sie waren so anders als die Menschen draußen. Anders sogar als die restlichen Fischerkinder, die sich auch schon so sehr von den Übrigen unterschieden.

Es war nicht nur ihr Aussehen – die abgenutzten, umgenähten oder selbst gemachten Kleidungsstücke, das zu lange Haar, das formlose Auftreten. Etwas Eigentümliches umgab sie. Happy, die alles viel zu leicht nahm, Chas, in etwa das Gegenteil von ihr. Die drei Mädchen, die Mira nicht auseinanderhalten konnte und die noch nicht einmal Schwestern waren, die verbitterte Lia, der kleine Paul. Sie alle waren Mira ein Rätsel geblieben, obwohl sie

sie nun schon eine gute Weile kannte. Selbst Ari schien ihr zu entgleiten, seit er in Klein-Ararat lebte. Er hing an Chas wie ein Schatten und war ansonsten äußerst menschenscheu geworden.

Ja, genau wie Vera, die Bleistiftskizzen der Vergessenen gezeichnet hatte, war Mira fasziniert von diesen von der Gesellschaft Verstoßenen, diesen Untergetauchten gewesen. Heimlich hatte sie mehr als einmal davon geträumt, zu ihnen zu gehören und den Berg nicht mehr zu verlassen. Sich das Haar wachsen zu lassen wie eine der Heldinnen in den Abenteuerromanen und sich nie wieder darum zu sorgen, was die Nachbarn dachten oder dass sie dort draußen mit einem falschen Wort alle in Gefahr bringen konnte.

Aber nun an Happys Seite zu deren Hütte zu marschieren, über deren Veranda duftende Kräuter zum Trocknen hingen, kam Miras heimlichen Träumen in nichts gleich. Sie hatte Angst, und trotz ihres Zorns auf den Staat und alle, die wie ihr Vater für ihn arbeiteten, hatte sie sich noch nie so nach ihrem Zuhause gesehnt. Nach der gemütlichen Küche, in der Iliona aus den Rationen ein anständiges Essen zu zaubern versuchte, nach dem warmen Licht der Lampen, ehe der Strom für die Nacht abgeschaltet wurde, nach ihrem weichen, vertrauten Bett.

Das Kerzenlicht, das Mira sonst heimelig erschienen war, vermochte den Innenraum von Happys Hütte nicht wirklich zu erhellen. Die Ecken blieben im Zwielicht. Die Einrichtung war praktisch und spärlich, und obwohl Happy dem Raum mit getrockneten Blumen und Kräutern ihre eigene Note verliehen hatte, wirkte er leer.

Happy drängte Mira dazu, auf ihrer durchgelegenen Matratze zu schlafen, während sie ihr Lager mit einer Wolldecke und Skive als Kopfkissen auf dem Fußboden aufschlug.

Befangen schlüpfte Mira aus ihren Schuhen und kroch vollständig angezogen unter die Bettdecke. Sie sah Happy schweigend dabei zu, wie sie Skive Wasser gab, ihr langes Haar zu einem Zopf flocht und schließlich das Windlicht löschte.

Mira steckte die Nase unter die Decke und starrte in die Dunkelheit. Ihr eigener Atem schlug ihr unter der Decke entgegen und wärmte ihr kalt gewordenes Gesicht. Sie zitterte.

„Glaubst du", flüsterte sie in die Finsternis, „glaubst du, sie werden uns finden?"

So lange blieb es still, dass Mira schon glaubte, Happy sei bereits eingeschlafen. Als sie sprach, klang ihre Stimme so gedämpft, als habe sie das Gesicht in Skives struppigem Fell vergraben. „Eddie macht sich Sorgen. Ich hab ihn noch nie so bedrückt gesehen."

Mira fiel auf, dass Happy ihrer Frage ausgewichen war, doch ihre gemurmelte Bemerkung sagte fast mehr aus, als eine direkte Antwort es getan hätte.

„Wenn sie die Hütte finden", überlegte Mira laut, „dann sitzen wir hier drinnen in der Falle."

„Es gibt noch einen anderen Ausgang. Er ist blockiert, damit man ihn von außen nicht ..." Happy unterbrach sich. „Aber sie finden die Hütte nicht. Und selbst wenn, dann werden sie wohl kaum auf die Idee kommen, den Teppich aufzurollen."

Mira war sich da nicht so sicher, aber das behielt sie lieber für sich. „Meinst du, ich kann hierbleiben?", fragte sie stattdessen leise.

„In Klein-Ararat?" Happy wälzte sich geräuschvoll auf dem harten Fußboden herum. „Ich dachte, du machst dir Sorgen, dass es hier nicht sicher ist."

„Sicherer als nach Hause zu gehen. Ich kann nicht zurück, nachdem ich die ganze Nacht fortgeblieben bin."

„Ach was", wiegelte Happy zu ihrer Überraschung ab. „Meinst du nicht, deine Eltern wären froh, dass dir nichts passiert ist?"

„Nein", sagte Mira wahrheitsgemäß. „Mein Vater ist ein Staatsbeamter. Er liebt das Gesetz."

„Aber du bist seine Tochter! Wenn du nicht zurückkommst, denken sie vielleicht, du wärst tot. Das kannst du ihnen doch nicht antun!"

Unbehaglich dachte Mira an Happys Familie, die versucht hatte, über die Landesgrenze zu gelangen. Glaubte Happy tief in ihrem Inneren auch, dass sie tot waren? Oder war sie tatsächlich so optimistisch, wie sie behauptete?

„Mein Vater wüsste mich lieber tot als hier", sagte Mira jedoch, weil es die reine Wahrheit war. Happy konnte das nicht verstehen – ihre Eltern waren ja selbst Landesverräter, wenn sie versucht hatten, über die Grenze zu kommen. Auf Landesflucht stand die Todesstrafe. Wenn sie am Leben waren und erfuhren, dass Happy Teil einer konspirativen Kleinstgruppe war, wären sie vermutlich auch noch stolz auf sie.

„Ich hoffe, dass du sie falsch einschätzt", flüsterte Happy nach einer Weile des Schweigens in Skives Fell. „Familien sollten zusammenhalten. Ich meine ... wir dürfen doch nicht zulassen, dass der Staat sich so zwischen uns drängt."

Mira fragte sich, ob Happy damit auch sich einschloss. Hegte sie immer noch den Wunsch, ihren Eltern nach Dänemark zu folgen? Und wenn es ihr tatsächlich gelang, wie gut standen die Chancen, dass sie sie fand, dass sie überhaupt am Leben waren?

Mira drehte sich unter ihrer Decke zur Wand. Die Wahrscheinlichkeit, dass Happy ihre Familie je wiedersah, war in etwa so groß wie die, dass Miras Eltern sich freuten, wenn sie morgen zurückkam.

In den vielen Stunden des Wachliegens, während sie nur immer wieder für kurze Zeit einnickte und dann wieder hochschreckte, um sich zu fragen, wo sie sich befand, reifte ein Plan in Mira heran.

Wenn sie nur früh genug aufbrach, wenn die Wachen in den Morgenstunden nur schon reduziert worden waren, wenn es ihr gelang, sich ins Haus zu schleichen, ihr Bett zu zerwühlen und sich umzuziehen ... Immerhin war Samstag und deshalb kein Unterricht. Hätte sie dort gefehlt, hätten alle Ausreden nichts mehr genützt. So jedoch konnte sie ihre Eltern vielleicht Glauben machen, sie sei am Abend doch noch nach Hause gekommen und hätte die Nacht in ihrem Bett verbracht.

Es war ein Strohhalm, an den sie sich da klammerte, aber es war die einzige Hoffnung, die sie hatte. Ihre einzige Hoffnung, nach Hause zurückkehren zu können. Sie war nicht bereit, alles aufzugeben, was sie hatte. Sie wollte ihre Familie, die Welt, die sie kannte, nicht verlieren. Aber mindestens genauso wenig wollte sie das Neue, das sie bei den Fischerkindern gefunden hatte, aufgeben. Den Glauben, die Gemeinschaft mit den anderen, die ihr so ans Herz gewachsen waren. Das Singen am Lagerfeuer und das Sprechen mit Gott. Die Geschichten, die Edmund am Feuer erzählte, und die Wiedersehensfreude, jedes Mal, wenn sie alle nach Klein-Ararat zurückkehrten.

Und nur das Gelingen ihres verzweifelten Plans konnte dafür sorgen, dass sie keines von beiden – weder ihre Familie noch die Fischerkinder – zurücklassen musste.

So leise wie möglich schälte Mira sich noch vor Sonnenaufgang aus Happys Bett, tastete im Halbdunkel nach ihren Schuhen und schlüpfte hinein. Die Tür knarrte, und Skive hob träge ein Augenlid. Doch als Wachhund eignete er sich nicht: Mit einem zufriedenen Brummen schloss er das Auge wieder. Happy, deren Kopf von seinem struppigen Rücken gerutscht war, regte sich nicht.

Das Schwarz des Nachthimmels war zu einem verwaschenen Tintenfarbton verblasst. Der Mond hob sich deutlich davon ab, aber im Osten kroch bereits ein pfirsichfarbenes Leuchten herauf. Der Tau benetzte Miras Schuhe, als sie sich vom Hüttendorf entfernte. Hier war sie Happy an ihrem ersten Abend begegnet. Skive hatte sie zu Boden geworfen, und im Schatten hatte Chas über sie gelacht. Damals hatte sie noch nicht gewusst, wie selten dieses Lachen, das sie als so beschämend empfunden hatte, war. Ja, jetzt fand sie beinahe, dass Chas' Lachen einen solch peinlichen Auftritt fast wert war. Sie wusste nicht, ob sie ihn jemals wieder würde lachen hören. Ob sie ihn und die anderen überhaupt je wiedersehen würde. Vielleicht würde sie Klein-Ararat in wenigen Minuten zum letzten Mal verlassen.

Das Herz wurde ihr schwer, als sie den unterirdischen Gang betrat, und sie wandte sich um, um noch einen Blick zurückzuwerfen. Das Wäldchen versperrte ihr die Sicht auf das Hüttendorf, und nur mühsam widerstand sie der Versuchung, zurückzugehen und einen letzten Blick zu riskieren.

Nein, es war gut, dass die Bäume das Hüttendorf abschirmten; sie verbargen auch Mira vor eventuellen Frühaufstehern. Aber die friedliche Stille, die über allem lag, stimmte Mira traurig. Was, wenn sie wirklich nicht zurückkehrte? Selbst wenn man sie nicht verhaftete, wenn ihre Eltern ihr Fehlen nicht meldeten oder schon gemeldet hatten, war es sehr wahrscheinlich, dass sie von nun an unter ständiger Beobachtung stünde.

Im Gang zur Eingangshütte hallten Miras Schritte unnatürlich laut wieder. Schlagartig wurde ihr bewusst, dass sie diesen Weg noch nie zuvor ganz alleine gegangen war. Auch in die Stadt zurück hatte sie stets Vera oder Ben als Begleiter gehabt. Dabei war es nie ein so gefährliches Unterfangen gewesen wie an diesem Morgen.

Mira hatte befürchtet, die Falltür wäre verschlossen. Doch als sie von innen dagegendrückte, ließ sie sich leicht öffnen. Zu leicht, wenn Mira es sich recht überlegte. Nicht so, als läge ein Teppich darüber.

Als sie aus dem Augenwinkel eine Bewegung wahrnahm, duckte sie sich so hastig, dass sie beinahe die Leiter hinabstürzte. Die Falltür knallte ihr mit einem enormen Schlag auf den Kopf.

Nur mit Mühe konnte Mira sich an der obersten Leitersprosse festhalten. Mit pochendem Schädel baumelte sie da, vor Schwindel bewegungsunfähig und ganz benebelt. Ihre Augen tränten vor Schmerz, und sie konnte kaum einen klaren Gedanken fassen.

Nur langsam und wirr begannen sich in Miras Gehirn Überlegungen zu formen. Schnell wegrennen vor demjenigen, der in die Hütte eingedrungen war. Die Falltür verriegeln, etwas in den Gang schaffen, das ihn aufhielte.

In diesem Moment wurde die Falltür von oben geöffnet.

„Was machst du denn hier?", entfuhr es ihr fassungslos. Sie blickte geradewegs in Chas' Gesicht.

„Das wollte ich dich auch gerade fragen", entgegnete Chas widerborstig, streckte ihr aber die Hand entgegen, um sie durch die Falltür nach oben zu ziehen. „Wo willst du hin?", verlangte er jedoch zu wissen, kaum hatte sie festen Boden unter den Füßen. „Und was machst du überhaupt um diese Zeit da drinnen?"

„Sie bewachen die Ortseingänge", sagte Mira. „Wir mussten gestern Abend umkehren. Edmund meinte, es wäre sicherer, die Nacht in Klein-Ararat zu verbringen."

„Edmund ist auch hier?" Chas wirkte alarmiert. Sein Gesicht, das meist bar jeder Emotion war, spiegelte Entsetzen wider. „Er ist im Berg?"

„Ja, er hat –"

Mira starrte Chas an, und langsam war ihr immer noch schmerzender Kopf wieder in der Lage, die Gedanken in eine sinnvolle Reihenfolge zu bringen. Chas in der Hütte. Seine panische Reaktion auf die Neuigkeit, dass Edmund hier war. Edmund! Ihn träfe der Schlag, wenn er wüsste, was Chas da tat. Er war die ganze Zeit dagegen gewesen, dass die Vergessenen Klein-Ararat verließen. Und Chas – seinen besonderen Schützling, wie es Mira schien – wüsste er ganz sicher nicht gerne dort draußen. Erst recht nicht jetzt, wo alle Welt verrücktspielte.

„Was glaubst du eigentlich, was du da tust?", blaffte sie Chas an. „Da draußen wimmelt es nur so von Wachen!"

Chas lachte. Eben noch hatte Mira sich gefragt, ob sie dieses Lachen jemals wieder hören würde, und jetzt hätte sie Chas am liebsten vor die Brust gestoßen, wenn er nicht ein ganzes Stückchen größer und kräftiger als sie gewesen wäre.

„Was ist daran bitte lustig?", fauchte sie.

„Ausgerechnet du willst mich vor den Wachen warnen?", fragte Chas ruhig. „Während du ihnen selbst in die Arme rennst?"

„Ich habe ein Ausweisband."

„Das wird dir sicher viel nutzen, wenn du im Morgengrauen von hier draußen kommst", entgegnete Chas.

„Du verstehst das nicht! Wenn ich jetzt nicht nach Hause gehe, kann ich niemals zurückkehren."

Chas' Mundwinkel bebten, aber Mira wurde das Gefühl nicht los, dass es kein Lächeln war, das Chas so mühsam unterdrückte. Einen Moment lang sah es so aus, als wolle er etwas sagen, doch dann zuckte er nur die Schultern und wandte sich ab. Sorgfältig verschloss er die Falltür und breitete den schäbigen Teppich darüber.

Mira sah ihm misstrauisch dabei zu. „Du schickst mich nicht zurück hinein?" Sie konnte sich lebhaft ausmalen, wie Edmund, Ben und jedes andere Fischerkind reagiert hätte, wenn sie Mira beim Verlassen des Berges bemerkt hätten, und Chas' so unerwartet gegensätzliche Reaktion brachte sie ganz durcheinander.

„Ich denke ja nicht dran", sagte Chas kühl. „Ich halte dich nicht auf, und du hältst mich nicht auf. So ist keiner irgendwem im Wege."

Das hätte in Miras Ohren nach einem perfekten Plan klingen müssen. Aber etwas in ihr sträubte sich widerspenstig dagegen. Sie hatte gar kein gutes Gefühl dabei, Chas dort hinausgehen zu lassen. Edmund würde wollen, dass sie sich ihm in den Weg stellte. Ihn zwang, zurück in den sicheren Berg zu gehen, oder zumindest so lange in der Hütte aufhielt, bis jemand sein Fehlen bemerkte. Oder war Edmund nur ein Vorwand, um sich nicht eingestehen zu müssen, dass sie all das im Grunde selbst wollte, weil sie – Mira, nicht Edmund – Chas in Sicherheit wissen wollte?

Aber es war Teil des vorgeschlagenen Deals, ihn gehen zu lassen. Wenn sie ihn aufhalten wollte, dann musste sie selbst bleiben, und sie wären beide gegen ihren Willen Gefangene. Wollte sie das für sich? Und für ihn? Wenn Chas gehen wollte, mit welchem Recht hielt sie ihn dann zurück?

„Gut", sagte Mira, und so schnell, dass keine Zeit für ein schlechtes Gewissen blieb, wandte sie sich zur Hüttentür und wollte sie öffnen. Sie ließ sich nicht bewegen.

„Abgeschlossen", sagte Chas hinter ihr. Etwas klapperte blechern, und als Mira sich zu ihm umdrehte, hielt er ihr einen kleinen, metallenen Schlüssel an einem Ring entgegen.

„Du bist gut vorbereitet." Sie zögerte, den Schlüssel entgegenzunehmen. „Wohin willst du eigentlich?"

Chas schüttelte den Kopf, und einen Moment lang war Mira sicher, er würde sich weigern, es ihr zu verraten. „Amerika", antwortete er dann achselzuckend, und weil Mira ihn nur verständnislos ansah, fügte er hinzu: „Ich will das Land verlassen."

„Das Land ... aber du kannst das Land nicht verlassen!"

Chas zog die Augenbrauen hoch, als wolle er so etwas wie „Ach ja?" sagen, machte sich aber nicht die Mühe. Er schob Mira zur Seite, steckte den Schlüssel ins Schloss und drehte ihn bis zum Anschlag nach links.

In Miras Kopf jagte ein Gedanke den nächsten. Sie könnte jetzt mit Chas nach draußen und in Richtung Leonardsburg gehen. Sie könnte wenigstens versuchen, in die Stadt und nach Hause zu gelangen. Und Chas hätte das, was er die ganze Zeit gewollt hatte: Er wäre frei. Das Gefangensein in Klein-Ararat hatte ihm doch nie wirklich behagt.

Aber alles Schönreden half nichts. Es änderte nichts an den Tatsachen. „Dann willst du sang- und klanglos abhauen?", rutschte es ihr heraus. Chas hielt, die Klinke in der Hand, inne, verschwendete jedoch keine Zeit damit, sich nochmals zu Mira umzuwenden. „Wie willst du es überhaupt über die Grenze schaffen?", setzte Mira nach.

Mit einem entnervten Augenrollen wandte Chas sich ihr nun doch zu. „Es gibt Möglichkeiten. Aber ich wüsste nicht, was es dich interessiert. Hast du auch vor, das Land zu verlassen?"

„Ich ... nein, natürlich nicht!"

„Gut", sagte Chas beherrscht. „Dann mach die Sache nicht unnötig kompliziert, ja?"

Mira unterdrückte den Impuls, zu schmollen. Chas' Umgangston war sie mittlerweile einigermaßen gewohnt und wusste, dass seine Grobheit nicht allzu viel zu bedeuten hatte. Auch Edmund gegenüber gab er sich nie sonderlich umgänglich, und das, obwohl Edmund immer ausgesprochen behutsam mit Chas war; nicht so angriffslustig und mitunter patzig wie Mira.

Edmund zuliebe schluckte sie ihren Ärger hinunter und fragte betont wissbegierig: „Also ... wo liegt denn das? Amerika?"

Nur noch ein Weilchen, nur ein kleines bisschen musste Chas reden, dann würde schon jemand auftauchen. Happy, die Miras Fehlen bemerkt hatte, oder Edmund, um zu überprüfen, ob die Luft rein war.

Chas seufzte, als könne er nicht fassen, dass er sich von dieser Frage aufhalten ließ. „Hinter dem Meer", sagte er knapp. „Du musst es immer darauf anlegen, mich davon abzuhalten, nicht wahr?"

Mira war irritiert. Zweifellos war ihre List leicht zu durchschauen gewesen. Aber in Chas' Worten lag noch etwas anderes. Es klang fast so, als hätte sie ihn schon öfter aufgehalten.

„Ich weiß nicht, was du meinst", sagte sie. „Natürlich will ich nicht, dass du gehst."

Chas kniff die Brauen ein wenig zusammen, und seine Augen verengten sich argwöhnisch. „Warum?", fragte er.

„Weil du ... na, weil es gefährlich ist." Sie wollte nicht bevormundend klingen, weil sie wusste, wie Chas bei Edmund auf solche unerwünschte Fürsorglichkeit reagierte. Schon setzte sie an, etwas hinzuzufügen, das die Worte entkräftete, da sagte Chas leise: „Ich wollte schon länger gehen."

Mira konnte nicht sagen, was die plötzliche Offenheit bewirkt hatte, aber sie beschloss, erst einmal den Mund zu halten und abzuwarten, ob Chas noch mehr zu sagen hatte.

„An dem Abend, an dem du zum zweiten Mal hier aufgetaucht bist", erklärte er schließlich beinahe widerwillig, obwohl Mira gar nicht gefragt hatte.

Seinen Worten folgte ein ungemütliches Schweigen. Mira wollte die naheliegendste Frage stellen, wusste aber nicht, wie.

Chas ließ sich allerdings auch so zu einer Erklärung herab. „Zuerst musste ich dir wegen Ben helfen. Und dann war ich einfach neugierig", sagte er. „Ich wollte wissen, wer du bist."

Chas' Geständnis ließ den kleinen Innenraum der Hütte plötzlich sehr eng wirken. Ein Teil von Mira wünschte sich, er würde doch endlich die Tür aufreißen und die kühle Morgenluft hereinlassen. Ein anderer Teil wollte die Anspannung auf andere Art lösen, etwa indem sie die zwei Schritte Distanz zwischen ihnen überwandt und sich an ihn lehnte, den Kopf an seiner Schulter, die Arme um seine Taille, in der Hoffnung, dass er die Umarmung erwiderte. Aber sie rührte sich nicht, und auch Chas stand nur da. Außer dem Heben und Senken seines Brustkorbs und einem gelegentlichen Abtasten der Hütte mit den Augen war er so regungslos wie eine Statue.

„Ich habe mir gesagt, dass ich ein andermal gehen kann", sagte er schließlich. „Morgen oder am Tag danach."

Das Unausgesprochene hing in der Luft: Chas war immer noch hier. Selbst jetzt, da er der Freiheit näher denn je war, den Schlüssel besaß und die Tür schon entriegelt hatte, war er noch nicht gegangen.

„Ich wollte nicht ...", setzte Mira betreten an, schalt sich insgeheim jedoch sogleich einen Dummkopf. Natürlich wollte sie Chas aufhalten! Und nun, da er ihr gestanden hatte, dass sie die Macht dazu hatte, dass sie es unwissentlich schon einmal getan hatte, war es da nicht sogar ihre Pflicht, ihn zurückzuhalten?

Edmund und die anderen würden wollen, dass sie es tat. Und sie ... wollte sie ihn nicht auch lieber in der Sicherheit des Berges wissen als dort draußen?

„Nein", sagte eine sehr leise Stimme in ihrem Kopf. Chas war unglücklich in Klein-Ararat. Er wollte keiner von ihnen sein. Das wusste sie schon lange. Jetzt, da sie seine Fluchtpläne kannte, verwunderte sie seine Bitterkeit kaum noch – er war die ganze Zeit über kein Fischerkind, sondern ein Gefangener gewesen.

„Lass uns gehen." Miras Lippen formten die Worte, ehe sie weiter darüber nachdenken konnte. Ein inneres Gefühl sagte ihr, dass es das Richtige war, auch wenn alle Vernunft und Logik dagegen sprach.

Ehe der Mut sie verlassen konnte, schob sie ihre Hand in Chas', zog ihn zur Tür und wollte die Klinke ergreifen. Doch Chas bewegte sich nicht. Zuerst dachte Mira, dass sie vielleicht zu weit gegangen war, indem sie seine Hand ergriffen hatte, aber als sie sich erneut zu ihm umwandte, wurde ihr klar, was ihn wirklich aufgehalten hatte.

„Warum habe ich mir das die ganze Zeit gedacht?“, sagte Ben, während er aus der Luke kletterte, sich im Teppich verfing und beinahe Mira umwarf, als er stolperte. Kaum hatte er sich wieder gefangen, wanderte sein Blick zu Miras und Chas’ verschlungenen Händen, und seine Augen weiteten sich vor Überraschung. Doch auch diese überwand er schnell. „Die anderen suchen im ganzen Berg. Komisch, dass ich der Einzige bin, der auf die Idee gekommen ist, hier draußen nachzusehen.“

Mira wollte einen Hilfe suchenden Blick zu Chas werfen – plötzlich waren sie Verbündete, gemeinsam bei etwas Verbotenem ertappt. Aber Chas starrte unverwandt Ben an.

„Mein Vater wollte die ganze Zeit über nichts davon hören, dass man dir nicht trauen kann“, sagte Ben.

Obwohl er mit seiner übervorsichtigen Art von Anfang an nicht besonders nett zu ihnen gewesen war, traf seine offensichtliche Feindseligkeit sie. Selbst seine Mutter hatte auf ihren Mann eingeredet, dass man Mira mit dem Beamtenvater nicht trauen könne – und da platzte Mira der Kragen.

„Du bist der misstrauischste Kerl, dem ich je begegnet bin“, fuhr sie Ben an. „Wir haben alle Angst. Aber du ... du lässt dich von deiner Furcht regelrecht auffressen und verbreitest Misstrauen, wo du nur kannst!“

Nicht nur Ben, auch Chas sahen sie irritiert an. „Lass gut sein“, versuchte es Chas und drückte Miras Hand fester, doch Mira war gerade richtig in Fahrt gekommen. Sie ließ Chas’ Hand los und ballte ihre zu Fäusten.

„Gar nichts lasse ich gut sein! Seit meinem ersten Abend in Klein-Ararat behandelt er mich, als würde ich euch alle jeden Moment verraten. Als wäre ich so blöd! Nur weil mein Vater für den Staat arbeitet, heißt das noch lange nicht –“

„Er meint nicht dich", sagte Chas ruhig. Dass er so besonnen klang und dass ein Hauch Belustigung in seiner Stimme mitschwang, trug nicht gerade zu Miras Besänftigung bei.

„Hör auf, ihn zu verteidigen! Natürlich meint er mich!", rief sie.

„Tue ich nicht."

Eine unbehagliche Stille entstand. Ben betrachtete Mira und Chas mit unverhohlener Missgunst, zu der die Worte, zu denen er sich schließlich durchrang, nicht passen wollten: „Ich hatte nie etwas gegen dich. Du bist wie Dave Tau – jemand, der so Feuer und Flamme ist, verrät niemanden."

„Aber du hast doch gesagt, mein Vater ..."

„Veras Vater." Ben schnaubte. „Es ging um Veras Verrätervater, nicht um deinen."

„Verrätervater? Aber Herr Petersen war einer von euch!", widersprach Mira verwirrt und aufgebracht zugleich. Sie verstand die Welt nicht mehr. Sollte Ben die Wahrheit sagen, und all das Misstrauen, auf das sie gestoßen waren, hatte nie ihr gegolten? War es ihm immer um Vera gegangen? „Er hat es uns erzählt! Dass er ein Fischerkind war!"

„Oh ja, er war Feuer und Flamme", sagte Ben sarkastisch. „Hat er euch auch erzählt, wie er gekniffen hat, als sie ihn und Dave erwischt haben?"

„Ich ... er ...", setzte Mira kläglich an. „Er hat uns erzählt, dass sie ihn erwischt haben."

„Ach ja? Und die spannende Geschichte, wie er davongekommen ist? Hat er die für sich behalten? Wie er Dave und Asha verkauft hat, um sein eigenes Leben zu retten?"

„Das ist nicht wahr", flüsterte Mira, aber Ben schnaubte nur.

„Leider doch. Deswegen habe ich Vera nie getraut. Du bist nur eine durchschnittliche Beamtentochter und warst viel zu leicht zu begeistern, um eine Gefahr für irgendjemanden zu sein."

„Aber jetzt ..." In Miras Kopf drehte sich alles. „Wen hast du dann gemeint? Du hast eben gesagt, du wusstest, dass –"

„... dass man diesem Kerl da nicht trauen kann." Ben nickte in Chas' Richtung als wäre dieser etwas äußerst Widerwärtiges und Übelkeiterregendes. „Du kennst die Bedingungen, unter denen du hier drinnen untertauchen durftest. Für meinen Vater bist du so was wie ein zweiter Sohn. Aber besonders dankbar warst du ja noch nie, richtig? Du interessierst dich nur für dich selbst und dein –"

„Er ist auch für mich wie ein Vater!" Obwohl angriffslustig gesprochen, hallte dieses Geständnis in der Stille nach. Chas wandte den Kopf ruckartig zur Seite, als schäme er sich seiner Worte.

Bens Gesicht war versteinert. „Er ist aber nicht dein Vater", sagte er kalt. „Du hast ja schon einen. Aber dem bist du ja auch davongelaufen. Was meinst du, was machen sie mit dir, wenn du wieder auftauchst?"

Chas machte einen Schritt vorwärts, und eine Schrecksekunde lang glaubte Mira, er würde Ben an die Gurgel gehen. Ben jedoch schien von dieser Gefahr nichts zu wittern. „Vielleicht hast du Glück, und sie machen eine große Versöhnungsgeschichte daraus", spuckte er. „Verschollener Kronprinz endlich zurückgekehrt."

Chas' Hände schnellten nach vorne, um Ben zu packen, erstarrten aber mitten in der Bewegung. Mechanisch drehte Chas den Kopf in Miras Richtung, als erinnere er sich plötzlich, dass sie auch noch da war und zuhörte. Sie starrten einander an; das Gefühl der Verbundenheit in ihrer verbotenen Flucht war jäh zersplittert.

Nur mit Mühe konnte Mira den Blick von Chas' goldbraunen Augen losreißen, in denen sie alles Mögliche lesen konnte. Scham, Schuld, Schmerz und Zorn, alles gleichzeitig.

„Nein", sagte sie und suchte Bens Blick. Ben war blass geworden. Die Wut war wie weggewischt, und da wurde Mira klar, dass er das alles eigentlich nie hatte sagen wollen. Dass er Chas vielleicht nicht einmal wirklich misstraute. Sein Ärger über Chas' Flucht rührte nicht daher, dass er einen Verrat fürchtete. Es hatte schlicht und einfach mit Eifersucht zu tun. Hatte er nicht selbst zugegeben, dass Edmund in Chas so etwas wie einen zweiten Sohn sah? Einen zweiten Sohn, als wäre er – Ben – nicht genug.

Chas neben ihr atmete geräuschvoll ein, aber Mira brachte es nicht über sich, ihn auch nur anzusehen. Sie starrte weiter Ben an, während hinter ihrer Stirn die Gedanken rotierten.

Carl Auttenberg war seit über zehn Jahren wie vom Erdboden verschluckt. Keiner wusste, wohin er verschwunden und ob er überhaupt am Leben war. Immerhin war er noch ein Kind gewesen! Chas lebte seit wer weiß wie lange im Untergrund. Nie sprach er darüber, warum er eigentlich in Klein-Ararat blieb, obwohl er offenkundig gar kein Fischerkind sein wollte. Er war Mira von Anfang an bekannt vorgekommen, seltsam vertraut wie von einem alten Foto. Schlicht und einfach deshalb, weil sie ihn genau davon kannte: von einer kleinen Schwarz-Weiß-Aufnahme im Staatsgeschichtsbuch. Der Junge mit dem harten Zug seines Vaters um den Mund. Carl Auttenberg. Chas.

Und Filip hatte ihn ebenfalls wiedererkannt! Veras Zeichnung hatte ihn völlig aus der Bahn geworfen. Natürlich, weil er tatsächlich den verschollenen Kronprinzen darin erkannt hatte.

Der laute Knall einer zuschlagenden Tür hallte durch Miras sich überschlagende Gedanken. Chas musste die Hütte verlassen haben. Mira starrte nach wie vor Ben an. Er erwiderte ihren Blick nicht, sondern sah zur Tür, als fühle er sich eigentlich verpflichtet, Chas nachzugehen, brächte es aber nicht über sich.

„Chas ist ..." Alles passte zusammen. Der Name. Das Alter. Das Aussehen.

Endlich riss Mira den Blick von dem erstarrten Ben los, der sich immer noch nicht entschlossen hatte, ob er Chas nachrennen wollte oder nicht.

Chas war der Feind, der Sohn des Tyrannen. Ein Teil von Mira war angewidert, angststarr, wollte davonlaufen oder weinen. Ein anderer Teil beharrte stur, dass er trotzdem Chas war. Chas, der verschlossene junge Mann, der an Miras erstem Abend in Klein-Ararat aus dem Schatten heraus über ihre stürmische Begegnung mit Skive gelacht hatte. Der ihr verlegen und unbeholfen das Buch gebracht und der sie getröstet hatte. Chas, der seit Monaten, vielleicht Jahren in Klein-Ararat lebte und die anderen nie verraten hatte. Chas, dem Edmund vertraute. Warum sonst sollte er ihn in Klein-Ararat, mitten unter den ahnungslosen Fischerkindern, verstecken?

Edmund war nicht gutgläubig. Chas stand ihm – sogar Ben sagte das – fast so nahe wie sein eigener Sohn. Und das, obwohl er offenbar die ganze Zeit gewusst hatte, wer Chas wirklich war. Nur dass Chas in diesem Moment drauf und dran war, die Sicherheit des Berges zu verlassen, das ahnte Edmund wahrscheinlich immer noch nicht.

Ein Wort schoss Mira durch den Kopf: Feindesliebe. Edmund hatte davon gesprochen, erst vor wenigen Stunden. Aber wie hätte Mira zu diesem Zeitpunkt ahnen können, wie genau er wusste, was er da von ihnen verlangte, dass er selbst den Sohn des Feindes unter seinem Schutz leben ließ. Wie hätte sie ahnen können, wie nahe der Feind ihnen die ganze Zeit gewesen war und wie sehr sie ihn schon ins Herz geschlossen hatte.

„Chas!"

Ben rührte sich immer noch nicht. Nicht um Chas nachzulaufen, noch um Mira davon abzuhalten, es zu tun.

Vor der Hütte war die Sonne aufgegangen. Der Horizont war honigfarben, und ein verschwommener Dunst zeichnete alle

Konturen weich und unförmig. Chas war nicht weit gekommen. Mit dem Rücken zu Mira marschierte er in Richtung Stadt.

„Bleib stehen!", rief sie ihm nach, ohne einen Gedanken an etwaige Wachen in ihrer Nähe zu verschwenden. Schnell hatte sie Chas eingeholt, der natürlich gar nicht daran dachte, innezuhalten oder sich Mira zuzuwenden. Sie musste mit großen Schritten neben ihm hergehen, um nicht sofort wieder zurückzufallen.

„Wo willst du hin?", verlangte sie zu wissen.

„Nach Amerika", gab Chas ebenso bereitwillig wie barsch Auskunft.

„Du kannst nicht in die Stadt gehen. Sie verhaften dich. Sie sperren dich ein. Sie foltern dich!" Sie klang wie Ben, aber das war ihr egal.

Chas fand das wohl auch, denn er schnaubte. „Hast du nicht zugehört? Hast du begriffen, wer ich bin?"

Chas' Miene spiegelte eine schmerzvolle Mischung aus Scham und Ekel ob dieser ans Licht gekommenen Wahrheit wider. Wie hatte Mira ihn auch nur eine Sekunde für den Feind halten können, egal, wer er war? Carl Auttenberg – Chas – war untergetaucht. Sicher nicht, weil er seinem Vater so unglaublich ähnlich war und einverstanden mit dem, was dieser tat.

„Es ist mir so was von gleichgültig, wer du bist! Für Carl Auttenberg ist es sogar noch gefährlicher als für jeden anderen, Leonardsburg zu betreten!"

Beim Klang seines Namens aus ihrem Mund wirbelte Chas so abrupt herum, dass Mira ins Straucheln geriet. Das Herz hämmerte ihr in der Brust. „Hörst du? Es spielt keine Rolle, wer du bist!" Sie schwankte immer noch, und unwillkürlich streckte sie eine Hand nach Chas aus.

Sie stolperte über ihre eigenen Füße, als Chas reflexartig eine abwehrende Handbewegung machte und die Berührung abblockte.

Mira fiel seitwärts und konnte den Aufschlag im letzten Moment mit den Händen abfangen. Ellbogen und Handflächen schrammten über den felsigen Grund, und die Luft wurde aus ihrem Körper gepresst.

Aus Angst, was Chas als Nächstes tun würde, rollte sie sich auf den Rücken und sah zu ihm hoch. Doch Chas war erstarrt. Entsetzt starrte er auf Mira hinunter, und ein Zucken, als kämpfe er gegen den Reflex, davonzulaufen, ging durch seinen angespannten Körper.

„Ich wollte nicht ..." Er beendete den Satz nicht. Seine Augen huschten zur Hütte, in Richtung der von hier aus noch unsichtbaren Stadt und zurück zu Mira, die sich in eine sitzende Position brachte und die Wunden an ihren Händen begutachtete. Chas' Blick folgte ihrem, und als sie gereizt aufsah, war sie erschrocken, Bestürzung in seinen Augen zu sehen.

Vorsichtig wischte sie sich Erde und Steinchen von der aufgeschürften Haut. Aus dem Augenwinkel sah sie, wie Chas einen Schritt näher trat und vor ihr in die Hocke sank. Er bewegte sich so behutsam, als wäre er selbst verletzt, und obwohl er es nicht sagte, konnte Mira ihm ansehen, dass es ihm leidtat. Ungewöhnlich stark stand die Gefühlsregung in Chas' meist steinernes Gesicht geschrieben.

„Komm schon." Er streckte nun seinerseits die Hand nach ihr aus.

Es war unerträglich typisch für Chas: Lieber stieß er sie von sich und ließ sich dann fürsorglich zu ihr herab, als zuzulassen, dass sie sich andersherum ihm näherte. Welche Schwäche, von jemandem angenommen zu werden, der eben sein finsteres Geheimnis ans Licht gebracht hatte. Kein Wunder, dass er Edmund tagein, tagaus mit dieser Kälte begegnete.

Am liebsten hätte Mira sich seinen Händen entzogen, als er ihre Arme fasste, um ihr aufzuhelfen. Aber sie hatte Chas gründlich genug beobachtet, um zu ahnen, dass der kurze Moment, in dem er die Tür zu seinem Innersten öffnete, dann unwiderruflich verloren wäre. Und mit ihm die Chance, Chas am Gehen in seinen sicheren Tod zu hindern.

So ließ sie es zu, dass er an ihr zerrte – sie in eine aufrechte Position zog, nein, sie zu sich zog.

Mira saß immer noch auf der Erde, Hände und Arme schmutzig und aufgeschürft. Aber sie spürte es kaum. Chas' Griff um ihre Oberarme brannte. In seinem Blick hatte sich etwas verändert. Mira konnte nicht sagen, was. Sie wollte sich aus seiner Umklammerung befreien, da wurde ihr klar, dass es schlichtweg das erste Mal war, dass Chas ihr so unglaublich nahe war.

„Stimmt es?“, fragte sie klamm vor Anspannung, und ihre Stimme war ein lächerlich ängstliches Piepsen. Sie wollte sich räuspern und die Frage gleichgültiger wiederholen, damit Chas nicht dachte, sie ließe sich davon einschüchtern, wenn er wirklich Carl Auttenberg war.

Aber Chas' Augen huschten nur über ihr Gesicht, und sie wusste, dass er ihre wahren Gefühle darin lesen konnte wie in einem offenen Buch. Das hatte er selbst einmal gesagt. Er öffnete die Lippen zu einer Antwort, doch statt etwas zu sagen, presste er sie unverwandt auf ihre. Warm, weich und verzweifelt.

Kapitel 19

Carl Auttenberg

Für einen Sekundenbruchteil war Mira zu erschrocken, um sich überhaupt zu rühren, und auch dann dauerte es eine endlos lange Sekunde, ehe sie zurückwich und nach Luft schnappte.

Chas' Augen funkelten golden. Mira hatte sie noch nie so hell gesehen, nie so offen, als könne sie in ihnen lesen wie er in ihren. Wärme schmiegte sich um ihr Gesicht, als Chas die Hände an ihre Wangen legte. Dieses Mal erwiderte sie den Kuss. Das Herz klopfte ihr so kräftig und schnell in der Brust, dass es in ihrem ganzen Körper nachzuvibrieren schien. Oder war es Chas' Herzschlag? Es machte keinen Unterschied mehr.

Es war beängstigend: Chas, der alle stets so auf Distanz hielt, war ihr so nahe, dass sie nicht wusste, wo ihr Körper und ihre Gefühle aufhörten und wo seine begannen. Ging der Kuss von ihm aus oder von ihr? Seit wann war sie überhaupt zu solchen Emotionen fähig? Und warum ausgerechnet jetzt, kurz bevor Chas für immer verschwinden wollte?

„Nein", stieß Mira atemlos hervor, als sie sich einen Moment voneinander lösten. Nur das eine Wort. Aber es reichte aus, um Chas zurückweichen zu lassen. Er ließ sie los, und ohne seine warme Haut auf ihrer brannte die Kälte dort, wo er sie berührt hatte. Auch auf ihren Lippen.

In seinem Zurückweichen konnte Mira körperlich spüren, wie er sich wieder verschloss, und sie wollte es nicht zulassen. Sie glaubte, es nicht ertragen zu können, wenn er sie jetzt aussperrte. Zumal ihr Herz schmerzhaft klopfte und sie am liebsten all die wirren Gedanken aus sich heraussprudeln lassen wollte, die ihr durch den Kopf gingen.

„Chas“, sagte sie jedoch ruhig. Wieder nur ein Wort, doch etwas regte sich in seinen Augen, als sie seinen selbst gewählten Namen gebrauchte. Den Namen, der seine wahre Identität so zuverlässig verschleiert hatte.

„Wir ... ich ... du musst hier weg.“ Sie fragte sich, warum sie das sagte.

Auch Chas' Miene spiegelte Irritation. „*Jetzt* willst du, dass ich gehe?“ In seiner Stimme schwang etwas mit, das wie Sarkasmus klang, aber Mira war sich fast sicher, dass sie Chas verletzt hatte und er nur keinen besseren Weg wusste, das zu zeigen.

„Weil du mir nicht gleichgültig bist!“, hätte Mira ihn am liebsten angeschrien. Sie wollte, dass er ging, damit er frei war. Frei und sicher. Doch wo wäre jemand, der ein so düsteres Geheimnis wie Chas hütete, schon wirklich sicher?

„Du musst nach Amareka.“

„Amerika“, korrigierte Chas halbherzig. Er erhob sich und reichte Mira die Hand, um sie auf die Beine zu ziehen. Die Schürfwunden schmerzten unter seinem Griff, und trotzdem war sie enttäuscht, als er sie, kaum stand sie sicher, wieder losließ.

„Du musst gehen“, würgte sie hervor, auch wenn es ihr heftig widerstrebte. „Ist es dort sicher für dich? Ich meine, obwohl du ...“

„... Carl Auttenberg bist“, hatte sie sagen wollen, aber sie biss sich auf die Unterlippe, ehe ihr der Name herausrutschen konnte.

Chas schnaubte. „In Amerika interessiert es keinen Menschen, wer ich bin. Das Land ist mehr als zwei Dutzend Mal so groß wie unseres.“

„Und wo willst du hin, wenn du erst einmal dort bist?“ Eine Mischung aus Staunen und Furcht hatte Mira bei seinen Worten befallen.

„Zu meinem Onkel und meiner Tante“, antwortete Chas widerwillig. „Onkel Aleksi ist Finne. Ich schätze, er hat geahnt, dass die Dinge hier aus dem Ruder laufen würden. Jedenfalls hat er Tante Phoebe überredet, auszuwandern, und meine Mutter hat es ihnen nie verziehen."

Mira nickte und sagte nichts, weil sie hoffte, dass Chas früher oder später weitersprechen würde. In der Hütte war es jetzt verdächtig still. Ben hatte keinerlei Anstalten gemacht, ihnen zu folgen. Aber Mira hatte nicht das Gefühl, dass dieser Umstand unbedingt etwas Gutes bedeuten musste.

Schon ertönten Stimmen aus dem Inneren der Hütte. Ben vermutlich und, dem tiefen Bass nach zu urteilen, wahrscheinlich Edmund. Chas' Blick huschte noch einmal in die Ferne, in Richtung Stadt, und es schien, als mache er Anstalten, sich aus dem Staub zu machen, ehe Edmund auftauchte.

Doch auch Mira hatte ihre Entscheidungen getroffen. „Hör zu", sagte sie so hastig, dass ihre Stimme sich überschlug. „Ich helfe dir, hier wegzukommen. Ich kann dir Reiseproviant besorgen, eine Landkarte. Ich kann herausfinden, wo sie am wenigsten Wachleute positioniert haben. Versprich mir nur, nicht zu gehen, bis ich es schaffe, wiederzukommen und dir zu helfen."

Chas schien ihr nicht der Typ zu sein, solche Versprechungen zu machen, doch mit einem hastigen Blick zur Hütte nickte er kaum merklich. „In Ordnung. Ich gehe wieder hinein", sagte er. „Mach, dass du nach Hause kommst. Aber vergiss unsere Abmachung nicht."

„Tu ich nicht", versprach Mira, und gerade als die Hüttentür von innen geöffnet wurde, machte sie auf dem Absatz kehrt und rannte los.

Es erschien Mira falsch, vor Edmund davonzurennen und geradewegs in die von Wachen besetzte Stadt. Als hätte sie vergessen, wer in Wirklichkeit der Feind war. Aber für den Moment war es das Wichtigste, dass niemand sie aufhielt. Sie musste nach Hause.

Chas wusste das, deshalb hatte er ihr geholfen. Nicht nur im Gegenzug, weil sie ihm Unterstützung versprochen hatte. Er wusste es wie kein anderer, was es für Mira bedeuten würde, nie wieder zu ihrer Familie zurückkehren zu können. Verstoßen zu sein, auf der Flucht, vergessen. Bestenfalls! Wenn nicht sogar als Verräter gesucht.

Während sie rannte, verbat Mira sich, weiter darüber nachzudenken, wer Chas wirklich war. Auch den völlig unerwarteten Kuss verbannte sie aus ihren Gedanken. Sie hatte keine Zeit für solch verworrene Überlegungen. Wenn sie lebend und unentdeckt in die Innenstadt gelangen wollte, brauchte sie alle Konzentration dafür.

Es standen keine Wachen am Stadtrand. Mira kam es verdächtig vor, genau wie die Tatsache, dass sie am Vortag so leicht entkommen war, obwohl Filip sie erkannt hatte. Aber sie rannte nur weiter. Durch morgendlich verlassene Straßen, durch noch halbdunkle Gassen. Die Bewegung in einem der Hauseingänge bemerkte sie erst, als es schon zu spät war. Was war es? Ein flüchtendes Tier, ein Schatten ... zwei kräftige Hände packten sie im Laufen und zogen sie ins Dunkel.

Mira schlug um sich. Ihr verletzter Ellbogen traf auf etwas Hartes, und jemand stöhnte vor Schmerz auf. Auch durch Miras Arm zuckte ein Stechen, aber sie ließ nicht locker. Obwohl sie spürte, dass sie schwächer war als ihr Angreifer, konnte sie nicht kampflos aufgeben. Sie wollte ihm wenigstens so viel Schmerz wie möglich bereiten. Und so viele Scherereien. Sie setzte zu einem lauten Schrei an, doch eine große Hand presste sich auf ihren Mund.

Mira schmeckte Staub und Schweiß – es war eine schmutzige, schwielige Hand. Die Hand eines Arbeiters, nicht eines Wachpostens aus der gemütlichen Innenstadt. Jetzt, da sie aufhörte, Widerstand zu leisten, sah sie, dass der Ärmel ihres Gegners von einem gelblichen Weiß war. Keine Spur des förmlichen Blaus.

„Du schlägst dich tapfer." Urs nahm die Hand von Miras Mund und drehte sie zu sich um, ohne aber ihre Oberarme loszulassen. Fast als befürchte er, sie könne jeden Moment wieder beginnen, gegen ihn zu kämpfen.

„Nur dass es dir nicht viel gebracht hätte, wenn ich ein Wachposten gewesen wäre", fügte er hinzu. „So nahe, dass du ihn mit den Fäusten erreichst, kommst du an die gar nicht heran. Nicht seit sie bewaffnet sind."

„Warum hast du mich aufgehalten?", fauchte Mira, der der Schreck noch in den Knochen saß. Ihr Herz raste, und sie musste ihre schweißnassen Hände an ihrer Hose abwischen.

„Machst du Witze?" Endlich ließ Urs sie los. „Weil du ihnen direkt in die Arme gelaufen wärst. Sie sind überall. Irgendwie müssen sie herausgefunden haben, dass Leute von der anderen Mauerseite hier draußen unterwegs sind."

„Das war ich", sagte Mira. „Sie haben mich gestern wegrennen sehen."

Urs runzelte die Stirn. „Bist du sicher?"

„Natürlich bin ich sicher."

„Dann wundert es mich, dass du noch hier vor mir stehst. Sie haben jetzt Gewehre, weißt du?"

„Oh", machte Mira, so als wäre diese Mitteilung eine Neuigkeit für sie. Filip, dachte sie, Filip musste sie gedeckt haben. Die Frage war nur: Warum? Warum um alles in der Welt sollte er ihr helfen?

Doch sie hatte keine Zeit, Urs das alles zu erklären. „Wie komme ich in die Innenstadt?", fragte sie ihn geradeheraus. Sie erwartete im Grunde, dass er sagen würde, es wäre unmöglich. Aber Urs schloss kurz die Augen und dachte nach.

„Komm mit", sagte er dann, schaute links und rechts und sprang behände für seine Größe aus dem Hauseingang. Mira hatte Mühe, ihm zu folgen. Sie huschte, ihm auf den Fersen, durch noch dunklere Gassen, durch Straßen, in denen die Zerstörung durch das Feuer noch deutlich sichtbar war, als hätte sich keiner die Mühe gemacht, auch nur die gröbsten Trümmer zu entfernen.

Mira wollte Urs gerade zu verstehen geben, dass sie nicht mehr konnte und dass er langsamer laufen musste, als er sie hinter einigen übel riechenden Mülltonnen in einen weiteren Hauseingang zog.

„Rune?", rief er und klopfte an die verwitterte Tür des zweistöckigen Hauses, das vom Wüten des Feuers weitgehend verschont geblieben war. Es überragte die übrigen baufälligen Baracken hier in Stadtmauernähe um einiges.

Obwohl Mira keinen besonderen Rhythmus in Urs' Klopfen hatte erkennen können, wurde ein weiteres Klopfzeichen von innen erwidert, auf das wiederum Urs antwortete.

„Zu keinem ein Wort über diesen Ort", wies er sie an, ehe die Tür von innen geöffnet wurde.

Der Mann, dem Mira sich gegenübersah, kam ihr bekannt vor. Er hatte dunkle Bartstoppeln und stechend blaue Augen. Sein muskulöser Oberkörper steckte in einem ärmellosen Hemd, und an seinem linken Handgelenk hatte er eine ausgefranst aussehende, etwa drei Zentimeter lange Narbe, die sich deutlich von seiner sonst gebräunten Haut abhob.

„Was will die hier?", fragte er unwirsch, und da erkannte Mira die Stimme wieder. Rune war der Anführer der Außenstädter, die Vera und Mira abgefangen hatten, als sie zum ersten Mal nach dem Feuer nach hier draußen gekommen waren. Auf Runes Befehl hin hatte man sie festgehalten und auf seine Anweisung hin ziehen lassen.

„Sie braucht Hilfe." Urs wollte Mira an Rune vorbei ins Innere des Hauses schieben. Doch Rune versperrte ihnen den Weg.

„Sie ist keine von uns“, sagte er kühl.

„Sie steht auf unserer Seite“, entgegnete Urs. „Sie gehört zu Edmund Porter.“

Rune musterte Mira abschätzig. Dann wischte er sich über die geschürzten Lippen und knurrte: „Der war noch nie wählerisch, was? Na los, dann kommt halt rein.“

Mira folgte ihm und Urs in einen finsteren Flur. Das Herz schlug ihr bis zum Hals – sie wusste nicht, ob wegen des Rennens oder vor Angst. Sie vertraute Urs, aber Rune war ihr nicht geheuer.

Er führte sie in eine schäbige kleine Küche, in der sich schmutziges Geschirr, Krimskrams und Müll stapelten. Unter einem Haufen Lumpen zog er eine angeschlagene Tasse hervor und fragte: „Was zu trinken?“

Sowohl Urs als auch Mira lehnten dankend ab.

Rune schnaubte, kramte ein weißes, nach Tabak riechendes Papierröhrchen hervor und steckte es sich in den Mund. „Ist verdammt unhöflich, als Gast nichts zu trinken“, bemerkte er mit dem Röhrchen im Mundwinkel. „Also, was wollt ihr dann? Sieht nicht so aus, als hätte sie was für den Schwarzmarkt zu bieten.“ Er zückte ein Streichholz und wollte es entzünden.

„Sie muss zurück in die Innenstadt.“

„Das ist alles?“ Rune ließ das Streichholz sinken und kniff die Augen zusammen. „Sie will nur zurück in die Innenstadt?“

„Sie muss schnell zurück“, sagte Urs mit Nachdruck. „Wir sind nicht sicher, ob sie gesucht wird.“

Rune lachte. „Also doch keine feine, unbescholtene Innenstadtgöre, was? Was springt für uns dabei raus?“

Urs stieß die Luft durch die Nase aus. „Edmund ist einer eurer regelmäßigsten Abnehmer. Sieh es als Freundschaftsdienst!“

„Porter“, gluckste Rune abfällig. „Sind ihm wichtig, die lieben Kleinen, nicht? Wenn ich dran denke, wie viel er jede Woche zahlt, um seine Kinderlein zu ernähren.“

„Edmund kauft auf dem Schwarzmarkt?", rutschte es Mira heraus. Bisher hatte sie dem Gespräch der beiden nur gebannt zugehört.

„Schau an." Rune wandte sich ihr zu. „Sie kann ja sprechen. Natürlich kauft er bei uns. Wo dachtest du denn, hat er das Essen her? Von seinen privaten Rationen könnte er so viele Mäuler sicher nicht stopfen."

„Er kauft nur Lebensmittel", beschwichtigte Urs. „Und seinen Tabak. Mit Runes krummen Geschäften hat er nichts zu tun." Er warf Rune einen finsteren Blick zu, doch der lachte nur. „Was ist jetzt? Bringst du sie hinüber?"

„Dann los." Rune scheuchte sie aus der Küche und wieder in den Flur hinaus. „Hab ja auch noch was anderes zu tun, als kleine Mädchen über die Mauer zu schmuggeln. Die Leute rennen mir die Türen ein, seit die Blauen mit ihren Gewehren durchs Viertel marschieren. Lichtschusswaffen! Und da wollen sie uns erzählen, der Import läge lahm. Also, los jetzt!"

Mira wollte intuitiv zurück zur Tür gehen, doch Rune drängte sie in die entgegengesetzte Richtung und eine schmale Holztreppe hinauf. „Gibt keinen sichereren Weg als den hier", sagte er. „Aber wenn du pfeifst, Vögelchen, hat es sich ausgeflattert, verstanden? Deine kleinen Freunde bei Porter werden auf diesem Weg genauso versorgt wie ich."

„Ich sag keinem etwas", erwiderte Mira so würdevoll wie möglich. Warum eigentlich machten sich immer alle Gedanken, dass sie jemanden verraten könnte?

Nun, wenn sie recht darüber nachdachte, war Rune tatsächlich der Erste. Ben und Frau Porter in der Tat hatten sie nie im Verdacht gehabt, auch wenn Mira es bisher angenommen hatte.

„Du gehst auf direktem Weg nach Hause, ja?", fragte Urs, während Rune sich an den Fensterläden am Ende des Flurs im oberen Stockwerk zu schaffen machte.

„Ich muss zuerst zu Vera", erwiderte jedoch Mira. „Es ist wichtig."

Urs runzelte die Stirn. Er machte keinen besonders zufriedenen Eindruck, schien aber einzusehen, dass es keinen Sinn hatte, Mira zu widersprechen. Ihre Entscheidung war gefallen. Ehe sie sich nach Hause wagen konnte, musste sie herausfinden, wie viel ihre Eltern möglicherweise schon wussten. Bestimmt waren sie längst bei Veras Familie gewesen, hatten nach ihr gesucht und Vera zur Rede gestellt.

„Los jetzt", drängte Rune am Fenster. „Die Luft ist rein, aber wer weiß, wie lange noch. Sind in letzter Zeit wie die Ameisen, diese Dreckswächter – krabbeln überall herum, wo man sie nicht gebrauchen kann."

„Urs", sagte Mira hastig. Sie wusste, dass es vielleicht ihre letzte Gelegenheit war. „Es kann sein, dass ich eine Weile lang nicht mehr nach Klein-A... dass ich nicht mehr zu den Treffen komme. Sag den anderen, ich hab sie nicht vergessen. Sag es vor allem Chas. Ich komme, sobald ich kann."

Urs sah sie verwirrt an, aber Mira wandte sich schon ab, um zu Rune zu gehen. Sie hatte sich gefragt, wie er es bewerkstelligen wollte, sie über die Mauer zu bringen, doch nun sah sie, dass sein Plan simpel, aber brilliant war. Das Fenster befand sich über der Mauer, und es war fast lächerlich einfach für Mira, direkt auf die äußerste Innenstadtstraße hinunterzuklettern. Jedenfalls war es nicht schwerer, als sich an Aris Seil über die Mauer zu ziehen.

Sie landete beinahe lautlos auf dem Pflaster, strich ihre schmutzigen und an den Ellbogen zerrissenen Klamotten so gut es ging glatt und wandte sich noch einmal nach oben. Doch das Fenster war bereits wieder geschlossen. Ja, von hier sah es so aus, als wäre es sogar mit Brettern vernagelt und nie offen gewesen. Als Weg zurück nach Klein-Ararat jedenfalls würde es nicht funktionieren. Aber vorerst war das Miras geringste Sorge.

Bens Worte gingen Mira durch den Kopf, als sie vor der Haustür der Petersens stand. Wenn Veras Vater die Fischerkinder so eiskalt verraten haben sollte, dann war dies der letzte Ort, an den sie sich nun begeben sollte. Aber was für ein Unsinn! Herr Petersen hatte sie wochenlang gedeckt, als er längst geahnt haben musste, was sie und Vera taten, wenn sie sich heimlich davonschlichen. Und erst gestern hatte er dafür gesorgt, dass Mira sicher nach Klein-Ararat gelangte. Von ihm ging keine Gefahr aus.

Aber dennoch hatte Mira ein flaues Gefühl im Bauch, während sie so auf der Türschwelle der Petersens stand und wartete. Sie wurde die ungute Vorahnung nicht los, dass etwas nicht in Ordnung war, dass sie die Dinge in der Innenstadt nicht mehr so vorfinden würde, wie sie sie am Vortag zurückgelassen hatte. Zuerst herrschte drückende Stille hinter der Tür, dann hallten die Schritte schwerer Stiefel dahinter wider.

Filip öffnete die Tür. „Mira", sagte er erschrocken. Sein Blick huschte die Straße hinauf und hinunter, als befürchte er, sie wäre nicht alleine gekommen. Dann gab er sich einen deutlich sichtbaren Ruck. „Los, komm rein!"

Aber Mira starrte Filip nur an. Das blasse, spitze Gesicht, der wachsame Blick, der sie heute so an Veras ängstlich geweitete Augen erinnerte. Seine Unterlippe war aufgeplatzt. Die Wunde war noch frisch; dunkel glänzte das Blut darauf.

„Was ist passiert?", fragte Mira, die fühlte, wie Übelkeit in ihr aufstieg. Filip setzte zu einer Antwort an, schnappte jedoch nur wie ein Fisch auf dem Trockenen nach Luft. Abermals wanderte sein Blick die Straße entlang.

„Komm jetzt rein", sagte er dann mit mehr Autorität, als Mira je bei ihm gehört hatte – und das, obwohl seine Stimme zitterte.

Mira gehorchte, wandte sich aber Filip sogleich wieder zu und wiederholte – nun ebenfalls heftiger: „Was ist mit dir passiert?"

„Mach dir keine Gedanken", wischte Filip ihre Frage unbeantwortet beiseite. Mehr schob er Mira aus dem Flur ins Wohnzimmer, als dass er sie hereinbat. Jemand war mit lautem Gepolter in der Küche zu Gange, doch Mira hatte den Blick immer noch fest auf Filips blutige Unterlippe geheftet. Ehe sie ihn jedoch zwingen konnte, ihre Nachfragen zu beantworten, rief Veras zittrige Stimme aus der Küche: „Wer ist gekommen?" Sie steckte den Kopf durch die Tür, und ein Laut der Erleichterung entfuhr ihr, als sie Mira erblickte. „Du bist es. Hier, nimm das!" Sie hielt Mira einen Beutel Eis und ein Geschirrtuch hin und hastete weiter ins Badezimmer, während sie Filip über die Schulter anwies: „Und du setzt dich endlich hin!"

Unschlüssig, was sie nun tun sollte, stand Mira mit Eisbeutel und Tuch mitten im Wohnzimmer. Filip leistete Veras Befehl widerspruchslos Folge und ließ sich auf dem durchgesessenen Sofa nieder. Natürlich war das Eis für seine Verletzung. Aber Mira wagte nicht, einfach zu ihm zu gehen und ihn zu verarzten, als wäre sie ... ja, als wäre sie was? Die Freundin, die sie zu sein vorgab?

„Schon okay", beschwichtigte jedoch Filip, der ihr Unbehagen bemerkt zu haben schien. „Vera übertreibt ein bisschen. Mir geht es –"

„Ich übertreibe, ja?", schnappte Vera, die mit einigen Tüchern und einer Flasche Desinfektionsmittel hereingestürmt kam. „Ich weiß nicht: Welche Reaktion erwartest du von mir, wenn mein Bruder nach Hause kommt, mit einem Gesicht, als hätte man ihn durch einen Fleischwolf gedreht?"

„Jetzt mach –"

„Mund zu", wies Vera ihn an und begann, Filips Unterlippe mit einem der Tücher zu betupfen. So kannte Mira sie nicht – fürsorglich, ja, aber dabei so barsch? Sie betrachtete ihre Freundin von der Seite. Vera schwieg nun verbissen, doch ihre Augen schimmerten verdächtig. Natürlich: Ihre Wut war nur Fassade, sie diente nur dem Zweck, sich selbst dazu zu bringen, zu tun, was getan werden musste, ohne zusammenzubrechen oder davonzulaufen, wie es normalerweise Veras Art war. Ihren Bruder verletzt zu sehen brach ihr das Herz.

„Also", sagte sie irgendwann sanfter. „Was ist passiert?"

„Eine Unachtsamkeit", wich Filip aus und winselte, als Vera sich mit dem Desinfektionsmittel über seine Verletzung hermachte. „Ich habe gestern Abend meinen Posten unbeaufsichtigt gelassen und ... jemand ist entkommen." Mit jedem Wort wurden seine Ohren röter, und Mira, die fühlte, wie bei seiner Erklärung Übelkeit über sie schwappte, fragte sich, wie Vera, die Filip doch immerhin am besten kannte, übersehen sollte, dass er log.

Aber Vera war ganz damit beschäftigt, Filips Wunde zu versorgen. „Einen Fehler kann jeder machen", sagte sie. „Du bist überarbeitet. Kein Wunder, bei all den Doppelschichten. Da würde jeder unaufmerksam werden."

„Na ja, Herr Baron hat das anders gesehen", murmelte Filip. „Er ist total ausgeflippt, als er heute Morgen zum Wachwechsel kam und wir ihm Bericht erstattet haben."

„Das war Baron?", fragte Mira, und während sie zusah, wie Vera ein blutiges Tuch zur Seite legte und ein frisches zur Hand nahm, wuchs ihr Hass auf diesen Mann mit seinen fleischigen Prankenhänden und dem hässlichen Goldring ins Unermessliche.

Aber eigentlich war es ihre Schuld. Sie war es, die in den Außenvierteln entkommen war. Nicht durch eine Unachtsamkeit Filips, sondern weil er sie hatte laufen lassen. Immerhin davon schien Baron nichts zu ahnen. Andernfalls wäre Filip niemals mit nicht mehr als einer blutigen Lippe davongekommen.

„Filip", flüsterte Vera. „Vor ihm musst du dich in Acht nehmen. Du darfst ihm auf keinen Fall mehr einen Grund geben ..." Sie verstummte, als sie Miras Blick begegnete.

Wenn Vera so weitermachte, dann redete sie sich um Kopf und Kragen. Sie konnten Filip weder erzählen, was Baron so gegen Herrn Petersen aufgebracht hatte, noch, dass seine Tochter Daphné ihnen gedroht hatte, es so aussehen zu lassen, als stecke Filip mit ihnen unter einer Decke. Dann hätten sie ihm sagen müssen, dass Mira gestern Abend beileibe nicht zum ersten Mal in den Außenvierteln gewesen war.

Auch Vera schien das einzusehen, denn sie stammelte: „Er ... seine Tochter ... Daphné Baron geht mit uns zum Unterricht. Sie ... sie mag mich nicht besonders und ... Filip, ich will nicht, dass du meinetwegen in Schwierigkeiten gerätst!"

Zu Miras Überraschung lachte Filip. „Ach, Dummkopf", schalt er seine Schwester. „Gib dir nicht die Schuld an Dingen, für die du nichts kannst. Deine Streitigkeiten mit Daphné Baron haben doch nichts damit zu tun. Herr Baron war einzig und alleine verärgert über meine Nachlässigkeit. Sonst nichts."

Vera nickte mit zusammengepressten Lippen. „Also", sagte sie mit belegter Stimme und offensichtlich erpicht darauf, das Thema zu wechseln. „Wer ist dir entwischt? Nicht etwa jemand von dieser konspirativen Gruppe, oder?"

„Ich ... nein." Seine Augen huschten zu Mira und dann hastig durch den Raum, nur um letzten Endes doch wieder an ihr hängen zu bleiben.

Vera hatte inzwischen das Versorgen seiner Wunde eingestellt und war deshalb auch nicht mehr zu beschäftigt, um Filips sonderbare Reaktion zu bemerken. Sie runzelte die Stirn und musterte ihn misstrauisch. „Wer?", fragte sie noch einmal, diesmal leiser.

„Ich", antwortete Mira an Filips statt. Sie konnte es nicht länger mit ansehen, wie er sich innerlich wand und abzuwägen versuchte, ob er seine Schwester anlügen sollte oder nicht. Filip war sehr deutlich gewesen, was seine Fähigkeit und Bereitschaft zu lügen anging – und er hatte nicht übertrieben. Er war in der Tat ein miserabler Lügner.

„Du?", echote Vera und behauptete im gleichen Atemzug: „Das kann doch gar nicht sein!"

Eines musste man Vera lassen: Sie log viel glaubwürdiger als ihr Bruder. Allerdings nicht glaubwürdig genug; Filip zog die Augenbrauen hoch. „Du steckst also auch mit drinnen, ja?"

„Mit drinnen?" Die unverkennbare Panik in Veras Stimme nahm ihr endgültig jede Glaubhaftigkeit. „Wir haben nichts mit der kons-"

„Wir waren in den Außenvierteln", sagte Mira laut, und Vera verstummte schlagartig. „Regelmäßig. Seit dem Feuer herrscht Chaos. Die Menschen dort draußen brauchen jede Hilfe, die sie bekommen können."

Ihr glaubte er. Vielleicht weil er sie nicht so gut kannte wie Vera, vielleicht weil sie die Wahrheit sagte. Jedenfalls einen kleinen Teil davon.

Filip schwieg. Er nahm Mira den Eisbeutel aus der Hand, drückte ihn sich an die Lippe und betrachtete Mira darüber hinweg. Ihr Magen zog sich vor Schreck zusammen, als sie die plötzliche Zärtlichkeit in Filips Blick sah.

„Mira ..." Er räusperte sich. „Ich verstehe, dass ihr helfen wolltet. Nachdem ich in der Nacht des Feuers ... nach allem, was ich dort gesehen habe, wollte ich auch am liebsten ... ich verstehe euch. Aber die Lage hat sich drastisch verändert. Da draußen patrouillieren jetzt bewaffnete Wachposten", erinnerte er so unbeteiligt, als hätte er vergessen, dass er einer von ihnen war.

Mira sagte nichts. Sie konnte nicht. Während die Gedanken hinter ihrer Stirn Purzelbäume schlugen, starrte sie Vera an, um herauszufinden, ob sie mit der Halbwahrheit einverstanden war, die sie Filip aufgetischt hatte, um sie beide zu decken. Aber Vera vermied es tunlichst, auch nur in ihre Richtung zu sehen.

„Hast du verstanden, Mira?“, forderte Filip ihre Aufmerksamkeit zurück. „Wenn sie euch dort draußen erwischen, denken sie, ihr steckt mit dieser konspirativen Kleinstgruppe unter einer Decke.“

In Mira bäumte sich eine Sekunde lang der Drang auf, zu lachen. Filip zweifelte nicht an der Wahrheit dessen, was sie ihm erzählt hatte. Ja, er redete, als wäre nichts abwegiger, als dass Mira und Vera tatsächlich mit der verbotenen Gruppe zu tun hatten.

„Ich kann euch nicht weiter dort hinauslassen“, sagte Filip und ließ den Eisbeutel sinken. „Ich müsste ... Ich werde euch melden, wenn ich mitbekomme, dass ihr euch weiter da draußen herumtreibt.“

„Das würdest du nicht“, widersprach Mira angriffslustig. „Das würdest du weder ihr noch mir antun.“

Filip machte einen gequälten Eindruck. Er drückte den Kühlbeutel in seinen Händen so fest, dass die Eiswürfel darin nur so knirschten. Vielleicht hätte er Mira gerne recht gegeben und gestanden, dass er nicht den Skrupel besaß, sie ans Messer zu liefern. Doch dann schweifte sein Blick zur offenen Garderobentür, und sein Gesicht wurde hart. „Ich will nicht, dass euch etwas geschieht“, sagte er. Unwillkürlich schnellte seine Hand zu seiner blutenden Lippe, und Mira zuckte innerlich zusammen.

Dass er sich um Vera sorgte, war nur nachvollziehbar – immerhin war sie seine Schwester. Mira dagegen war zeitlebens ohne einen großen Bruder als Beschützer ausgekommen und wusste nicht, wie sie mit seiner Sorge umgehen sollte. Was kümmerte es ihn überhaupt, wenn sie sich in Gefahr brachte? Sie waren im Grunde doch nur aus praktischen Gründen befreundet, ja taten sogar eigentlich nur so. Jedenfalls war es am Anfang so gewesen. Vielleicht konnte man auf die Dauer gar nicht so tun, als ob, ohne einander zumindest ein wenig ins Herz zu schließen.

Miras Blick fiel auf Filip, doch sie hatte keine Zeit, ihn zu mustern oder zu versuchen, aus seiner Miene schlau zu werden, weil es in diesem Moment kurz und kräftig an der Haustür klopfte.

Mira warf Vera einen Blick zu und musste sie nicht erst auf ihre ängstliche Vermutung hinweisen, wen sie auf dem Treppenabsatz vorfinden würden. Aber Filip war schon in den Flur hinausgeeilt, und Mira hielt es für keine gute Idee, ihm nachzurufen.

„Ich bin auf der Suche nach meiner Tochter", sagte die unverkennbare Stimme von Miras Vater, kaum dass Filip die Tür weit genug geöffnet hatte, dass Herr Robins einen Blick auf ihn erhaschen konnte. Dass er das so direkt sagte, machte Mira mehr als das Gewehr am Haken, mehr als Veras Hysterie, mehr als Filips aufgesprungene Lippe bewusst, wie ernst ihre Lage war. So wie er es sagte, machte er keinen Hehl daraus, dass er keine Ahnung hatte, wo seine eigene Tochter steckte, dass er alle Kontrolle verloren hatte. Und Gerald Robins hatte sich noch niemals einen Kontrollverlust über irgendetwas oder irgendjemanden zuschulden kommen lassen.

Filip antwortete nicht, und einen Moment lang fragte Mira sich, ob der sonst immer anständige, pflichtbewusste Filip mit dem Gedanken spielte, seinem Vorgesetzten frech ins Gesicht zu lügen, um Mira zu decken. Aber Filip – der liebe, gutgläubige Filip – hatte ja keine Ahnung, dass Mira die Nacht über fortgeblieben war, geschweige denn, wo sie gewesen war. Und selbst wenn er so kühn gewesen wäre, es zu versuchen, hätte Miras Vater Filip mit seinen roten Ohren und dem schuldbewussten Gesicht ohnehin kein Wort geglaubt.

Gerald Robins schob sich an Filip vorbei in den Flur, und sein Blick fiel durch die offene Wohnzimmertür auf Mira, die wie angewurzelt dastand.

„Miriam", sagte er dumpf. Fast wünschte Mira, er wäre wütend, würde vielleicht schreien und sie nach Hause schleifen. Aber er stand nur völlig erschüttert da.

Eine Idee, ihren Hals zu retten, jagte die andere. Sie konnte wegrennen – das war freilich ein unsinniger Einfall. Sie konnte behaupten, dass sie die ganze Nacht hier bei Vera gewesen war. Dann würde ihr Vater anmerken, dass er davon nichts wusste, und Mira würde so tun, als hätte sie es ihm selbstredend gesagt, und er habe es nur vergessen. Nein, das würde er nicht glauben. Sie könnte sagen, *sie* hätte vergessen, es ihm mitzuteilen. Das war schlimm, aber bei Weitem nicht so schlimm wie die Wahrheit.

Doch letzten Endes sagte Mira gar nichts. Filip, Vera, ja sogar Herr Petersen hatten genug für sie gelogen. Mehr als genug.

Weil Mira nichts zu ihrer Verteidigung vorbrachte, geschah alles Weitere in eisigem Schweigen. Erst als ein immer noch sprachloser Gerald Robins sich mit ihr auf den Weg nach draußen machen wollte, ergriff Filip das Wort.

„Warte, Mira." Seine Stimme durchschnitt die Stille wie ein Gewehrschuss, und unwillkürlich gehorchten alle der Aufforderung – selbst Miras Vater.

Mira wandte sich zu Filip um. Hinter ihm stand Vera und folgte der Szene mit ihren großen, schreckensstarren Augen.

„Du musst auf dich aufpassen", sagte Filip, und es dauerte eine ganze Weile, bis die Worte zu Mira durchdrangen.

Sie starrte Filip an und fragte sich, welchen Zweck er mit dieser Äußerung verfolgte. Wozu hatte er sie aufgehalten, wozu riskierte er es, Miras Vater noch mehr zu verärgern? Doch sicher nicht, um ihr einen so nutzlosen Ratschlag mit auf den Weg zu geben.

Nervös flackerte Miras Blick zu ihrem Vater. Er schien nicht ungeduldig. Wenn überhaupt, dann lag etwas Qualvolles in seiner Miene. Als mache das, was er sah, ihn irgendwie traurig.

„Filip", schoss es Mira durch den Kopf. Natürlich. An Filip hatte ihr Vater seit jeher einen Narren gefressen. Die gefühlsduselige Abschiedsszene galt nicht ihr, sondern musste für die Augen und Ohren ihres Vaters bestimmt sein.

„Ich pass auf mich auf", versprach sie feierlich. „Keine Angst."

Filip blinzelte überrascht, doch er fasste sich gleich wieder, machte einen Schritt nach vorne und schloss sehr behutsam und nur für einen ganz kurzen Moment die Arme um Mira. Die Rolle des verliebten Jungen spielte er – das musste Mira ihm lassen – ausgezeichnet.

„Bis bald", sagte sie, als er sie losgelassen hatte. Filip nickte nur, aber er sah ihr an der Tür nach, als zerreiße ihr Gehen ihm das Herz. Mira musste sich zusammenreißen, nicht über die Schulter zurückzuschauen, um sicherzugehen, dass er endlich wieder im Haus verschwunden war. Ein einziger Gedanke hatte sich in ihr Gehirn eingebrannt: Wann um alles in der Welt hatte Filip es gelernt, zu lügen?

Kapitel 20

Die Flucht

Mira schwieg. Ihr Vater wütete und drohte und stellte unablässig die gleichen Fragen, und Mira schwieg so beharrlich, dass sie sich irgendwann nicht sicher war, ob ihre Stimme ihr nicht den Dienst versagen würde, wenn sie nun beschließen sollte, doch etwas zu erwidern.

„War es Vera Petersens Idee?" Gerald Robins stützte die Hände auf die Tischplatte und beugte sich dicht zu Mira herunter, die regungslos auf einem Küchenstuhl saß. Sie hatte die Antwort auf die gleiche Frage schon mindestens dreimal verweigert.

„War es ihre Idee?", wiederholte ihr Vater. „Denn wenn, dann hast du nichts zu befürchten. Ich bin ein Justizstaatsbeamter. Ich kann ihnen sagen, dass du nur verleitet worden bist und nicht wusstest, was du da tust. Was" – er holte tief Luft – „habt ihr überhaupt getan? Sag es mir! Wo warst du heute Nacht? Hat es etwas mit diesen Rebellen zu tun? Haben sie dich verführt?"

„Gerald." Mira hatte nicht einmal bemerkt, dass ihre Mutter den Raum betreten hatte. Ihre Augen waren blutunterlaufen, die Wangen aschfahl. Behutsam, als berühre sie eine gefährliche Waffe, legte sie ihrem Mann die Hand auf den Unterarm. „Gerald, lass es gut sein. Sie wird dir heute keine Antworten mehr geben."

Weit gefehlt, dachte Mira bitter. Sie würde ihm nicht nur heute, sondern, wenn es sein musste, für den Rest ihres Lebens die Antworten verweigern.

Ihr Vater warf ihr einen vernichtenden Blick zu, ehe er sich zu seiner Frau umwandte. „Sie muss", bellte er. „Wie soll ich die Sache sonst noch hinbiegen? Ich muss sie melden, Rose. Und wenn wir nichts zu ihrer Entlastung vorzubringen haben, dann ..."

Er verstummte. Die Augen von Miras Mutter füllten sich mit Tränen. „Gerald, wenn sie wirklich etwas mit den Aufständischen zu schaffen hat, wird keine entlastende Information mehr nützen. Dann lieferst du sie ans Messer."

„Rose." Miras Vater hatte die Stimme zu einem keuchenden Flüstern gesenkt. „Was ist die Alternative? Dass ich selbst schuldig werde an unserem Staat, indem ich sie decke?"

„Du weißt nicht, ob sie wirklich in Kontakt zu den Aufständischen steht", wisperte Miras Mutter. „Du hast keinen Beweis. Keiner hat den."

Ihr Mann machte einen Schritt zurück, ohne den Blick von ihr abzuwenden. „Lass das niemanden hören, Rose", sagte er leise. „Niemanden, verstehst du? Wir *sind* der Staat. Jeder von uns. Wenn wir nicht funktionieren, dann bricht bald alles zusammen."

Rose Robins entgegnete nichts. Mira hätte es auch nicht erwartet. Ihre Mutter hatte sich bereits mehr als genug für sie eingesetzt, und sie wusste, dass nichts – auch nicht die Worte ihrer Mutter – ihren Vater umstimmen würden.

Sie dachte an die beiden Fischerkinder, die wie vom Erdboden verschluckt waren – Dave und Asha. Wohin hatte man sie wohl gebracht, und was hatte man ihnen angetan? Waren sie am Leben?

Wohin verschwanden die Menschen, die keiner je wiedersah, über die man noch nicht einmal mehr sprach? Die Nachbarn aus ihrer Kindheit, Dave und Asha. Nun, da sie bald herausfinden sollte, wo dieses Nirgendwo war, in das man sie verschwinden ließ, bereute sie es, sich nicht mehr Gedanken darüber gemacht zu haben.

„Ich gehe", sagte Gerald Robins schließlich, ohne die Diskussion zu Ende ausgetragen zu haben. „Wenn ich nicht auf der Arbeit erscheine, ist ohnehin alles verloren. Sie werden sich mittlerweile längst fragen, wo ich bleibe."

Also ging er zu seiner Schicht im Justizministerium. Ihre Mutter trug keinen roten Lippenstift auf, wie sie es sonst an Samstagen zu tun gepflegt hatte, und sie sprach nicht viel.

Sie erlaubte Mira, in ihr Zimmer zu gehen, und dort saß sie dann und fragte sich, wann ihr Vater zurückkommen würde und ob Wachmänner ihn begleiten würden. Sie überlegte, ob sie aus dem Fenster klettern sollte, aber die Fassade war glatt und ohne jeden Halt. Und selbst wenn er ihr gelungen wäre, so hätte es am Ende nur so ausgesehen, als wäre ihre Mutter unaufmerksam gewesen und hätte Mira entwischen lassen. Mira wollte nicht auch noch sie in Schwierigkeiten bringen.

Es war spät, als Gerald Robins nach Hause kam. Mira und ihre Mutter saßen bereits am Abendbrottisch, auch wenn Mira nicht den geringsten Appetit hatte. Ihr Vater kam ohne Wachmänner, mit zerzaustem Haar, offenem Jackett und entschlossenem Blick. „Wir können nicht zulassen, dass sie noch einmal das Haus verlässt", stellte er fest, ohne Mira eines Blickes zu würdigen. „Meiner Tochter soll niemand nachsagen, dass sie mit diesen Verschwörern unter einer Decke steckt."

Rose Robins betrachtete ihn eingehend, ehe sie leise fragte: „Dann glaubst du es nicht?"

Nun fiel sein Blick doch auf Mira – oder durch sie hindurch, wie man es nahm. Seine glasigen Augen schienen sie nicht wirklich wahrzunehmen, doch Mira konnte sich lebhaft vorstellen, was er stattdessen sah. Seine Tochter, mit der er über Politik fachsimpelte, die er in Staatsgeschichte abfragte und die ihm stets die richtigen Antworten nennen konnte. Die Tochter, die zwar in seinen Augen die falsche Freundin und das falsche Hobby hatte, die ihn aber nie enttäuscht hatte. Die Tochter, auf die er stolz war.

Ruckartig wandte er sich von Mira ab. „Sie bleibt hier, bis man diese Rebellen dingfest gemacht hat."

Noch am gleichen Abend brachte Gerald Robins Mira in ihr Zimmer, verschloss eigenhändig die Tür und gab seiner Frau Anweisung, sie nur in seinem Beisein zu öffnen.

Mira hätte am liebsten gegen die verschlossene Tür gehämmert und geschrien, dass sie doch ihre Tochter war. Eine unbewaffnete Siebzehnjährige, von der keinerlei Gefahr ausging, ja die noch nicht einmal hätte fliehen können, auch nicht bei offener Tür.

Aber die Blöße, zu betteln und zu toben, wollte sie sich nicht geben. Sie stand eine Weile bebend vor Fassungslosigkeit und Verzweiflung mitten in ihrem Zimmer, das ihr jetzt seltsam leer vorkam. Es gab keine Bücher, keine nennenswerten persönlichen Gegenstände. Eigentlich gab es überhaupt nichts, außer einem gemachten Bett, einem Schrank voller identischer Kleidungsstücke und einem Schreibtisch mit nichts als Schulunterlagen darauf. Nichts, womit Mira sich die Zeit hätte vertreiben können. Nichts, das sie von ihrer elenden Situation abgelenkt hätte.

So legte sie sich auf ihr Bett und starrte an die Decke. Ihr Vater hatte sie nicht gemeldet. Er ahnte, wo Mira wirklich gewesen war, doch anstatt sie auszuliefern, sperrte er sie ein. Bis Baron seine Mission beendet hatte, wollte er sie hierbehalten. Aber Baron würde die Fischerkinder nicht erwischen. Er tappte im Dunkeln. Am Stadtrand oder außerhalb der Stadt vermutete er die Treffen – aber sicher nicht in einem Berg.

Sie wollte nicht darüber nachdenken, was ihr Vater tun würde, wenn Baron keine Fortschritte machte. Also dachte sie an Filip und an Vera, an Chas und seine Fluchtpläne, an Urs und an Rune vom Schwarzmarkt und an Edmund Porter, der sich dort herumtrieb, um die Vergessenen zu ernähren. Sie dachte an die Treffen am Lagerfeuer, an den dämmrigen Abendhimmel über

Klein-Ararat, und sie fühlte sich, als wäre sie schon sehr lange hier eingeschlossen. Sie versuchte zu beten, fand aber keine Worte, und so begann sie wieder, die Decke anzustarren und dachte an reichlich wenig.

Auf diese Weise vergingen der Rest des Samstags und der gesamte Sonntag. Iliona brachte ihr Essen und achtete dabei beflissentlich darauf, Mira nicht anzusehen. Als ob ihr bloßer Anblick sie mit etwas Gefährlichem, Giftigem infizieren könnte. Vielleicht hatten ihre Eltern ihr das sogar weisgemacht, wer weiß.

Montagmorgen wurde Mira von einem Tumult auf dem Flur hellhörig. Sie hatte nicht mehr geschlafen – ihr Schlafrhythmus war durch die zwei Tage der Untätigkeit bereits völlig durcheinandergeraten. Sie nickte mitten am Tag ein und lag in der Nacht wach und wünschte sich, sie hätte eine Taschenlampe, deren Lichtkegel sie über die Decke wandern lassen konnte, und sei es nur, um die Nachbarn aufmerksam zu machen.

„Sie muss zum Unterricht gehen!" Das war die Stimme ihrer Mutter, und sie klang erstickt, als hätte sie kurz zuvor geweint.

„Dann kommt sie nicht zurück", donnerte ihr Vater. Er musste sich seiner Frau in den Weg gestellt haben.

In Anwesenheit ihres Mannes zeigte Rose Robins normalerweise nicht die Anzeichen von Rebellion, die nur für ihre eigenen und Miras Augen bestimmt waren. Sie versteckte den roten Lippenstift, sie hinterfragte nichts, und sie widersprach auch nicht. Immerhin war er ein hoher Staatsbeamter, dem selbst ein Wildfremder auf offener Straße hätte gehorchen müssen.

Aber jetzt tat sie es: „Wenn sie nicht im Unterricht erscheint, wissen sie, dass etwas nicht stimmt. Sie werden denken, sie ist davongelaufen."

„Sollen sie es denken", sträubte sich Gerald Robins.

„Was ist mit deiner Arbeit? Sie werden es noch vor dem Abend herausfinden."

„Besser eine spurlos verschwundene Tochter als eine, die in den Armenvierteln verhaftet oder erschossen wird. Dann beileibe lieber verschwunden! Das kommt in den besten Familien vor."

„Du meinst den König?", fragte Miras Mutter mit zittriger Stimme. Vielleicht glaubte sie, ihr Mann sei dabei, den Verstand zu verlieren. „Du bist nicht der König. Bei dir werden sie nicht so nachsichtig sein. Wir müssen sie zum Unterricht gehen lassen."

Doch Gerald Robins gab nicht nach. „Wir melden sie krank. Ich finde einen Arzt, der herkommt und sie sich ansieht."

„Aber er wird nichts an ihr finden", rief Miras Mutter. „Was soll er ihr bescheinigen? Das Unvermögen, ihr Zimmer zu verlassen? Gerald, das ist jetzt nicht dein Ernst!"

Scharren und Rascheln wurde laut, eine Weile sagte keiner von beiden etwas, dann hauchte Rose Robins: „Das ist Bestechung."

„Fünf Sonderrationskarten dürften wohl eine Bescheinigung über den labilen Gesundheitszustand meiner Tochter wert sein."

Mira lag starr auf ihrem Bett und fragte sich, ob sie richtig gehört hatte. Ihr Vater, ihr mustergültiger, gesetzestreuer Vater wollte einen Arzt mit Rationskarten bezahlen, um zu vertuschen, dass er Mira als Gefangene hielt?

Auch Rose Robins – normalerweise die rebellischer Veranlagte der beiden – protestierte. Doch am Ende blieb es dabei: Miras Vater verließ das Haus, um eine Bescheinigung zu beschaffen, die es ihm ermöglichen würde, seine eigene Tochter für immer, oder zumindest für lange Zeit, einzusperren.

Mira hatte sich noch nie so leer und hoffnungslos gefühlt wie an diesem Morgen. Sie lag auf ihrem Bett, wie so oft und so lange in den vergangenen Tagen, und fand nicht die Energie, sich aufzurichten. Vera und die anderen saßen jetzt im Unterricht. Bei Winkelbauer vielleicht oder Frau Dr. Steinlein – Mira wusste es nicht. Sie hatte jedes Zeitgefühl verloren.

Ob ihr Vater wohl schon für eine Krankheitsbescheinigung für sie gesorgt hatte? Mittlerweile musste ihr Fehlen bemerkt worden sein. Von den Lehrern, aber auch von Vera und ihren Mitschülern. Sie dachte an Daphné, wie sie feixend die Rolle der Musterschülerin übernahm und Winkelbauers kniffligste Fragen beantwortete, jetzt, wo Mira nicht da war. Wie sie auf Vera herumhackte, weil niemand hier war, um sie in Schutz zu nehmen.

Vera! Ja, daran hatte ihr Vater nicht gedacht. Vera würde stutzig werden, wenn Mira nicht zum Unterricht kam. Sie würde es Filip erzählen und dann ... dann was? Was konnten die beiden schon ausrichten?

Diese Überlegungen schickten Wellen von ungefilterter Energie durch Miras Körper, sodass sie es mit einem Mal doch nicht mehr ertragen konnte, tatenlos herumzuliegen, und in ihrem Zimmer auf und ab zu tigern begann.

Als am frühen Abend, nach vielen Stunden des Herumliegens und Auf-und-ab-Rennens, jemand an der Haustür klopfte, verharrte Mira ganz still. Sie wagte kaum zu atmen, während sie auf die Geräusche im Treppenhaus lauschte.

Durch ihre verschlossene Zimmertür konnte sie hören, wie ihre Mutter erklärte, Miras Krankheit sei ansteckend und sie könne niemanden zu ihr lassen. Es war Filips Stimme, die antwortete – höflich, aber bestimmt – und darum bat, sie dennoch sehen zu dürfen. Doch letzten Endes gab er sich geschlagen, und Mira blieb nichts anderes übrig, als weiter Gedanken vor- und zurück-, hin und her zu wälzen und sich zu fragen, ob Filip von ihrem Vater von Miras angeblicher Krankheit wusste oder ob Vera es ihm nach der Schule erzählt hatte und ob er der Lüge glaubte.

Jemand, der selbst nicht lügen konnte, traute seinem zutiefst verehrten Vorgesetzten sicher nicht zu, so kaltschnäuzig zu sein. Aber Filips verzweifelter Blick, mit dem er ihr nachgesehen hatte, ging ihr nicht aus dem Kopf. Sie hätte ihn nie für einen so guten Schauspieler gehalten, und sie wusste nicht, was sie mehr beunruhigte: die Erkenntnis, dass er es doch war, oder die andere Erklärung, an die sie gar nicht denken mochte. Die, dass er nach wie vor nicht lügen und nicht schauspielern konnte ... und es auch bei ihrem rührseligen Abschied nicht getan hatte.

Zeit verging. In großen Brocken schien sie abzubrechen und zu verrinnen. Jedenfalls, wenn Mira sie an den Mahlzeiten maß, die Iliona ihr brachte. Manchmal war das Frühstück noch gänzlich unberührt, da balancierte sie schon wieder einen Teller Suppe als Mittagessen herein. Zwischen den Mahlzeiten blieb Mira nichts anderes übrig, als auf das ferne Schlagen der Rathausuhr von Leonardsburg zu lauschen. Dann kam es ihr nicht mehr so vor, als verginge die Zeit ihrer Gefangenschaft schnell. Elend langsam kroch sie dahin, und zwischen den Schlägen der Uhr schienen Stunden, wenn nicht Tage zu liegen.

Unter ihrer Matratze fand sie das Buch, das Chas ihr gegeben hatte. Sie las es zweimal, und wenn ihr über der Lektüre die Augen zuzufallen drohten, bettete sie ihren Kopf auf den offenen Seiten und versuchte, sich das Gefühl von Chas' warmen Lippen auf ihren in Erinnerung zu rufen.

Was würde Chas tun, wenn sie nicht zurückkam, vom nächsten Treffen einfach fernblieb? Es war schwer, ihn einzuschätzen, aber sie wurde das ungute Gefühl nicht los, dass er sich nach geraumer Zeit sagen würde, er habe genug guten Willen gezeigt. Dann würde er auf eigene Faust losziehen, ohne Vorräte, ohne Kenntnis der Umgebung und mit einem Gesicht, das jedermann auf der Straße wiedererkennen würde. Sie konnte sich nicht der Illusion hingeben, jedem erginge es wie ihr, die nie Verdacht geschöpft hatte. Selbst dann nicht, als Filip Chas auf Veras Zeichnung erkannt hatte. Trotz langem Haar und nachlässiger Kleidung.

Was würden sie mit ihm tun, wenn sie ihn zu fassen bekamen? Allein die Vorstellung tat ihr weh.

Mira wusste nicht, wie viele Stunden, Tage und Nächte vergangen waren, als sie es nicht mehr aushielt. Ihr Vater war auf der Arbeit, um nach außen hin den Anschein zu wahren, im Hause Robins verliefe alles ganz normal. Seit Tagen beobachtete sie, wie ihre Mutter nachlässig wurde, weil sie um Miras Antriebslosigkeit wusste, in der sie meist auf dem Bett lag, wenn jemand die Tür öffnete, um ihr Essen zu bringen oder sie ins Badezimmer zu begleiten. Auch heute hatte sie Iliona alleine mit dem Mittagessen zu ihr geschickt.

Mira lag auf ihrem zerwühlten Bett. Die Anspannung machte ihr das Stillliegen beinahe unmöglich, doch sie wollte um jeden Preis einen ruhigen, ungefährlichen Eindruck machen. Wer wusste schon, was ihr Vater Iliona erzählt hatte.

„Stell das Tablett auf den Nachtschrank, ja?", bat sie Iliona, ohne den Blick von der Decke über ihr zu wenden. Den Geräuschen nach gehorchte Iliona. Geschirr und Besteck klapperten, und Mira fühlte die Bewegung unmittelbar neben sich.

„Warte!" Sie spreizte die Finger und schloss sie im Klammergriff um Ilionas Handgelenk. Dem Mädchen entfuhr ein ersticktes Schrei, und einen Augenblick lang lauschten sie beide, ob Miras Mutter vielleicht schon auf der Treppe zu hören war. Doch es blieb ganz ruhig.

„Was geschieht in den Außenvierteln?", raunte Mira und wagte endlich, den Kopf zu Iliona zu drehen. „Sind die Wachposten noch dort draußen?"

Iliona nickte mit schreckensstarrem Gesicht. „Sie verhaften jeden, der ihnen in die Quere kommt. Und wenn sie jemanden verdächtigen, mit der geheimen Gruppe unter einer Decke zu stecken, dringen sie in sein Haus ein und schlagen alles kurz und klein. Durchsuchungen nennen sie das."

„Als hätten die Menschen dort draußen durch das Feuer nicht genug verloren", murmelte Mira.

Iliona sah sie mit geweiteten Augen an. Eine Mischung aus Angst und Ehrfurcht lag auf ihrem Gesicht. „Ich weiß, dass Sie und Ihre Freunde geholfen haben", flüsterte sie. „Sie hätten es nicht tun dürfen. Aber es war ... sehr gütig von Ihnen."

Mira hielt sich nicht damit auf, Iliona die Gründe ihres Handelns darzulegen oder zu behaupten, es sei selbstverständlich gewesen und das, was alle Innenstädter hätten tun sollen. Stattdessen nutzte sie den Moment, um flüsternd herauszuplatzen: „Jetzt brauche ich deine Hilfe."

„Meine?", formte Iliona mit den Lippen, als hoffe sie, sich verhört zu haben. Sie zog ihren Arm aus Miras Griff, machte aber keine Anstalten, sich aufzurichten und davonzulaufen.

„Niemand sonst kann es tun", wisperte Mira schnell. Sie musste Iliona mitteilen, was sie zu sagen hatte, ehe ihre Mutter misstrauisch wurde und nach ihnen sah. „Du musst zur Buchhandlung ‚Porters Höhle' gehen und ein Buch für mich holen."

„Ein ... ein ... was für ein Buch?"

Im Haus regte sich etwas. Waren das nicht Schritte auf den Treppenstufen? Mira drohte das Herz aus der Brust zu springen. „Irgendeines! Aber du musst sagen, dass das Buch für Mira Robins ist." Nun hörte sie die Schritte ganz deutlich. „Das ist wichtig, hörst du? Das Buch ist für Mira Robins."

„Das Buch ist für Mira Robins", wiederholte Iliona, und ihre Stimme überschlug sich.

„Und jetzt geh!"

Iliona machte bei Miras barschem Befehl einen Satz rückwärts. Es hätte ihr vielleicht leidgetan, sie erschreckt zu haben, wenn nicht in diesem Moment die Tür aufgestoßen worden wäre. Nur einen Moment zu spät, um Zeuge der verdächtigen Szene zu werden, trat ihre Mutter ein.

„Alles in Ordnung?", fragte sie – vielleicht an Mira, vielleicht an Iliona gewandt. Beide nickten. Iliona wagte keinen Blick zurück zu Mira. Obwohl das gut war, hätte Mira sich gerne noch für ihre Ruppigkeit entschuldigt. Sie hatte Iliona nicht erschrecken wollen. Es war nur die Furcht vor dem Entdecktwerden gewesen, die sie so schroff hatte reagieren lassen.

Sie musste an Chas denken. Schon wieder an ihn. Wie oft war er ähnlich grob zu Edmund oder ihr gewesen, und wie hatte sie es ihm insgeheim vorgehalten! Dabei war es doch kaum zu übersehen: Auch aus Chas' Reaktionen hatte die Angst gesprochen.

Zwei volle Tage vergingen, ohne dass Mira Gelegenheit bekam, mit Iliona zu sprechen. Stets war ihre Mutter zu nahe, als dass sie es riskieren konnte, sie nach dem erbetenen Buch zu fragen. So blieb Mira nichts anderes übrig, als lethargisch abzuwarten und sich mit der Frage zu quälen, ob ihr verzweifelter Versuch der Kontaktaufnahme nicht vergebliche Mühe gewesen war. Würde Edmund Porter es wagen, einen Zettel in das Buch zu legen, wenn es auf solchen Umwegen zu Mira gelangte? Konnte Iliona es überhaupt schaffen, ein Buch an Miras Mutter vorbei ins Haus zu schmuggeln, oder brachte Mira nun auch noch sie in Schwierigkeiten?

Vielleicht, so sagte Mira sich, wäre es besser, sie schlüge es sich aus dem Kopf, jemals wieder zu den Fischerkindern zurückzukehren. Selbst wenn Iliona ihr das Buch samt Tag und Zeit des nächsten Treffens brächte, blieb sie eine Gefangene in ihrem eigenen Zuhause. Wie sollte sie es nach Klein-Ararat schaffen? Iliona konnte sie nicht auch noch um diesen Gefallen bitten.

Aber abgesehen davon, dass sie den Rest ihres Lebens nicht in dieser Streichholzschachtel von einem Zimmer verbringen wollte, war ihr der Gedanke unerträglich, Chas so im Stich zu lassen. Sie hatte ihm ihr Wort gegeben. Im Gegenzug hatte er ihr geholfen, zu entkommen. Entkommen! Dabei war sie geradewegs in die Falle getappt, in der sie nun steckte.

Während sie auch an diesem weiteren trostlosen Abend untätig auf ihrem Bett lag, ertappte sie sich bei den verrücktesten Gedanken. Vielleicht würde Chas kommen und sie befreien. Natürlich würde er nachher betonen, er habe es nicht für sie getan, sondern nur damit sie endlich ihr Versprechen einlösen könne ... aber nichtsdestotrotz würde er ihr zur Hilfe kommen.

Sie sprang auf, als könne sie die Gedanken so abschütteln. Wie unsinnig das alles doch war! Niemand würde kommen, um ihr zu helfen. Noch nicht einmal Iliona. Zweimal hatte sie ihr heute Essen gebracht, ohne dabei ein kleines Büchlein unter dem Suppenteller in Miras Zimmer zu schmuggeln. Nicht dass sie nicht nachgesehen hätte! Nun war Iliona längst gegangen, und das Haus war still. Nur Miras Mutter war hier – seit Tagen war sie nicht auf der Arbeit gewesen. Offiziell vermutlich, um sich um ihre kranke Tochter zu kümmern.

Jäh wurde die Tür aufgeschlossen, und Rose Robins lugte herein. Sie sah kränklich aus: spröde Haut und blasse Lippen. Roten Lippenstift hatte Mira lange nicht mehr an ihr gesehen.

„Du kannst duschen", sagte sie. „Im Augenblick haben wir sogar warmes Wasser."

Was früher vielleicht ein Grund zur Freude gewesen war, entlockte Mira nun lediglich ein sachliches Nicken. Sie folgte ihrer Mutter wortlos ins Badezimmer und versuchte, so zu tun, als wäre dies ein ganz normaler Abend, an dem sie sich ganz normal vom Schmutz der vergangenen Tage säuberte. Als wäre der einzige Schmutz an ihrem müden Körper nicht der Staub ihres eigenen Zimmers und als wäre die Badezimmertür nicht von außen statt von innen verriegelt.

Kaum hatte Mira geduscht, schlüpfte sie wieder in ihre auf dem Boden liegenden Kleidungsstücke. Ihr Körper war erhitzt, aber sie fühlte sich genauso erschöpft und träge wie zuvor. Noch bevor sie klopfen konnte, schloss ihre Mutter von außen die Tür auf. Sie sagte kein Wort, drückte Mira jedoch etwas in die Hand, das sich auf ihrer aufgeheizten Haut eiskalt anfühlte. Im ersten Moment dachte sie irrsinnigerweise an das silbern glänzende Metall der Lichtschusswaffen. Aber dieser Gegenstand war viel kleiner. Als sie die Hand anhob und öffnete, lag ein Schlüssel darin.

„Was ...", setzte Mira an, doch ihre Mutter hob einen Finger an die farblosen Lippen.

„Sperr mich ein", wisperte sie.

„Ich ... nein. Warum sollte ich dich –"

„Sperr mich ins Badezimmer", beharrte Rose Robins und schob sich an Mira vorbei in den dampfigen, engen Raum. „Dein Vater lässt mich heraus. Er kommt bald nach Hause. Aber bis dahin bist du weg."

Mira konnte ihre Mutter nur fassungslos anstarren. Meinte sie das ernst? Sie hatte immer eine kleine, scheue Neigung zur Rebellion gehabt. Der Lippenstift. Die Kritik an den staatlichen Erziehungshäusern. Aber Mira entkommen zu lassen war kein unbedeutender Akt des Aufbegehrens gegen sinnlose Regelungen. Ihr Vater würde es als Verrat, als Meuterei in den eigenen Reihen werten.

„Ich sage ihm, du hast mich eiskalt erwischt", sagte ihre Mutter, als hätte sie Miras Gedanken gelesen. „Du hast mich überwältigt und eingeschlossen."

Zuerst die Lüge ihres Vaters bezüglich ihrer gesundheitlichen Verfassung und nun das. „Aber du kannst doch nicht –"

„Du bist meine Tochter." Sie drängte Mira zur Tür hinaus in den Flur. In der viel kühleren Luft dort draußen fröstelte Mira. „Du bist meine Tochter, und ich liebe dich, egal welche Entscheidungen du triffst. Hier bist du nicht mehr sicher. Und ich will, dass du sicher bist. Ich will nichts mehr als das."

Zu Miras Schrecken sammelten sich Tränen in den Augen ihrer Mutter. Sie begriff es nicht: Warum tat sie das? Warum verriet sie alles, woran sie selbst glaubte und wofür sie und ihre ganze Familie standen? Warum ließ sie Mira gehen, wenn es ihr selbst so zusetzte?

Aber da verstand sie. Ihre Mutter schmerzte nicht der eigene Verrat an ihrem Mann und am Staat. Es schmerzte sie, dass das hier ein Abschied war. Vermutlich für immer.

Nun selbst mit brennenden Augen, fiel Mira ihr um den Hals. Sie umarmten sich lange – wahrscheinlich viel zu lange. Als sie einander endlich losließen, waren die Tränen verschwunden, und Furcht war in die Augen ihrer Mutter getreten. „Du musst gehen", flüsterte sie. „Sofort. Bring dich in Sicherheit, bevor es zu spät ist."

Also rannte Mira. Sie verschloss die Tür, stürzte durch den Flur, die Treppe hinab und aus dem Haus und wandte sich nicht um. Sie wusste auch so, dass ihre Mutter ihr vom Badezimmerfenster aus nachsah. Dass sie vermutlich sogar noch die Straße hinabstarrte, als Mira längst verschwunden war. Auf und davon, in eine völlig ungewisse Zukunft.

Mira hatte eigentlich vorgehabt, auf direktem Weg zu „Porters Höhle" zu gehen und sich ein Buch mit den versteckten Informationen über Tag und Zeit zu holen. Doch daraus wurde nichts. Sie ahnte schon von Weitem, dass etwas nicht stimmte. Die Innenstadt war wie ausgestorben. Niemand trieb sich in den Straßen herum. Niemand, abgesehen von den bewaffneten Wachmännern, die nahezu bewegungslos vor jedem noch so kleinen Lebensmittelladen und vor allen Staatsgebäuden standen. Auch zu beiden Seiten der Tür des Buchladens waren sie positioniert.

Mira hatte kein gutes Gefühl bei dieser Sache. Was, wenn man sie aufforderte, ihr Ausweisbändchen zu scannen? Wie lange würde es dauern, bis ihr Vater ihres Fehlens gewahr wurde und sie vermisst meldete? Wie schnell würde die Information in die Datensätze der städtischen Ausweisscanner gelangen? Sie konnte nicht riskieren, dass ihr Identifikationscode eine verräterische Spur ihres Fluchtweges hinterließ.

So gemächlich, wie sie es nur über sich brachte, bog sie in eine Seitenstraße ab und ging mit einem gehörigen Umweg zurück zur Hauptstraße. Wenn sowohl „Porters Höhle", als auch ihr Zuhause nicht mehr sicher waren, gab es nur einen einzigen Ort, an den sie gehen konnte. Es war kein sonderlich gutes Versteck – ihr Vater hatte sie immerhin schon einmal dort aufgelesen. Aber es war der einzige sichere Ort, der Mira noch einfiel.

Vera selbst war es, die ihr öffnete.

„Mira!" Vera wich einen Schritt zurück. Mit flauem Gefühl im Bauch fiel Mira ein, dass die offizielle Version ihres Fehlens im Unterricht eine angebliche ansteckende Krankheit war. Sie fragte sich, ob Vera daran geglaubt hatte, und die Ahnung, dass Vera es besser gewusst und trotzdem nichts getan hatte, versetzte ihr einen Stich.

Doch jetzt reagierte Vera sofort. Sie zog Mira vom Treppenabsatz in den Flur, warf die Haustür ins Schloss und presste für einen kurzen Moment die Nase an das kleine Milchglasfensterchen in der Tür, um die Straße hinabzuspähen, ob jemand sie gesehen hatte.

„Wie bist du herausgekommen?", fragte sie.

„Meine Mutter", antwortete Mira knapp. Sie fühlte sich nicht bereit, zu erzählen, was ihre Mutter für sie getan hatte. Auf keinen Fall wollte sie jetzt in Tränen ausbrechen.

„Sie haben gesagt, du wärst krank. Filip und ich ... wir haben ihnen nicht geglaubt." Ihre Hände krallten sich in Miras Arme, als sie ihre Freundin ins Wohnzimmer zog. „Filip war bei euch zu Hause. Er fand, so sei es weniger verdächtig, als wenn ich komme.

Aber wir wussten nicht, wie wir ..." Sie verstummte, und Mira schüttelte matt den Kopf. Sie war nicht enttäuscht, dass Vera nicht mehr getan hatte, und wollte nicht, dass sie sich rechtfertigte. Vera war nicht mutig, doch sie hatte das Herz am rechten Fleck. Sie hatte der Lüge nicht geglaubt, und sie hatte sich – auch wenn sie keinen Versuch gewagt hatte – Gedanken gemacht, wie sie Mira da herausbekommen konnten.

„Kann ich heute Nacht hierbleiben?", fragte Mira. Sie wurde sich bewusst, dass sie nichts bei sich hatte. Keine Kleidung zum Wechseln, keinen Schlafanzug, nicht einmal eine Zahnbürste. Ja sogar Chas' Buch hatte sie bei ihrer überstürzten Flucht zurückgelassen, und das schmerzte sie am meisten.

Alles, was sie besaß, trug sie am Leib: makellose Innenstädterkleidung und ein nutzloses Plastikbändchen, das sie, sollte sie es je wieder verwenden, als Ausreißerin und Verräterin brandmarkte. „Nur eine Nacht ... oder zwei. So lange, wie es dauert, bis ich an Edmund Porter herankomme und nach Klein-Ararat gehen kann."

Vera starrte sie mit großen Augen an. „Dann willst du eine Vergessene werden?"

„Wo soll ich denn sonst hin?" Mira schluckte die erneut bedrohlich aufsteigenden Tränen hinunter.

„Aber ... aber es ist nicht mehr sicher! Sie suchen euch!"

„Uns", wollte Mira sie korrigieren. „Sie suchen uns." Doch sie tat es nicht. Vera hatte ihre Entscheidung getroffen, und es hatte keinen Sinn, sie dafür zu verurteilen. „Dann ... dann kommst du nicht mehr zu den Treffen, nicht wahr?"

„Mira ..." Zu ihrem Schrecken füllten sich nun Veras Augen mit Tränen. „Ich kann nicht. Du ... du hast keine Ahnung, was in den letzten Tagen los war. Daphné ... ich kann mir keinen einzigen Fehltritt mehr erlauben. Schon dass du hier bist ..." Sie schluckte hörbar.

„Dann sollte ich vielleicht besser gehen“, sagte Mira kühler als beabsichtigt.

Aber Vera grub die Nägel nur tiefer in ihre Arme und rief: „Nein! Nein, das habe ich nicht gemeint. Es ist nur ... ich habe Angst. Filip ist bereits in Verdacht geraten, und Daphné weiß, dass ich mich in den Außenvierteln herumgetrieben habe. Mit jedem Tag, den die Mission ihres Vaters keine Fortschritte macht, wird sie streitlustiger.“

„Dann tappen sie also immer noch im Dunkeln?“

„Daphnés Laune nach zu schließen, könnten sie nicht erfolgloser sein“, bestätigte Vera. „Ich ... sie droht mir, Mira. Mit Filip. Er hätte dieser Spezialeinheit nie beitreten dürfen. Jetzt ist er Baron völlig ausgeliefert. Wer weiß, was er ihm anhängt, wenn sie nicht bald Erfolg haben.“

„Aber wenn sie Erfolg haben ...“

„... dann sind wir alle dran. Filip auch. Dann ist endgültig erwiesen, dass er aus einer Familie von Landesverrätern kommt.“ Vera wischte sich mit dem Handrücken über die Augen, aber es half nicht viel. Die Tränen rollten ihr dennoch über das blasse Gesicht. „Ich weiß nicht, wie ich ihn retten kann.“

Miras Eingeweide hatten sich zu einem harten Klumpen zusammengezogen. Sie hatte nie gewollt, dass jemand, der gar nichts mit der ganzen Sache zu tun hatte, ihretwegen in Schwierigkeiten geriet. Schon gar nicht Filip. Ganz besonders nicht er! Filip war der sanfteste, unbedarfteste und ehrenhafteste Mensch, den sie kannte. Jemand musste ihn beschützen. Aber Mira wusste so gut wie Vera, dass ihnen die Hände gebunden waren. Zugeben konnte sie das jedoch nicht. Es auszusprechen hätte ihnen beiden vor Augen geführt, wie hilflos sie wirklich waren.

„Früher oder später“, behauptete sie, „wird Baron aufgeben. Filip hat sich nichts zuschulden kommen lassen. Er wird davonkommen.“

In den Abenteuerromanen, die sie stets so geliebt hatte, waren die Guten immer davongekommen. Auch in Chas' Buch. Und Filip gehörte zu den Guten. Er war unschuldig, er gehörte keiner rebellischen Kleinstgruppe an, und er besaß noch nicht einmal den Argwohn, seine Schwester oder Mira dessen zu verdächtigen. Aber Mira wusste so gut wie Vera, dass ihre Worte nur leeres Geschwätz waren: Das hier war kein Abenteuerroman. Und Baron würde nicht aufgeben.

Mira lauschte auf das Ticken der großen Wanduhr über dem Wohnzimmerschrank der Petersens. Sie wusste nicht, wie lange sie schon hier im Dunkeln auf dem Sofa lag und versuchte einzuschlafen. Die tickenden Sekunden verrieten ihr nur, dass Zeit verstrich, aber ihr jagten zu viele andere Dinge durch den Kopf, als dass sie auch nur eine Minute die Ruhe gehabt hätte, sie zu zählen.

Vera hatte sie bereitwillig aufgenommen. Sie hatte Mira einen Schlafplatz gerichtet, und am Abend hatten sie noch eine ganze Weile über alles geredet, was in den letzten Tagen geschehen war.

Morgen würde Mira in den frühen Morgenstunden zu „Porters Höhle" aufbrechen. Hierzubleiben war zu gefährlich. Für sie selbst, nachdem ihr Vater sie schon einmal hier vermutet und gefunden hatte, und für Vera und ihre Familie, die auch so schon genug Ärger hatten.

Wenn der Buchladen wieder ungewohnt stark bewacht war, bliebe ihr nichts anderes übrig, als sich auf Verdacht auf den Weg hinaus nach Klein-Ararat zu machen. Vielleicht hatte sie Glück, und das Treffen war just an diesem Abend. Und wenn nicht, dann musste sie versuchen, sich den Bergbewohnern irgendwie bemerkbar zu machen, damit man sie einließ. Irgendwer würde sicher einen Schlüssel für Falltür und Hütte haben. Hatte Happy nicht etwas von einem zweiten Ausgang gesagt? Wo es hinausging, da musste es doch – egal, wie versteckt er lag – wohl oder übel auch hineingehen. Vielleicht konnte sie ...

Mira erstarrte, als die Treppenstufen vernehmlich knarzten. Außer Vera hatte sie am Abend niemanden mehr zu Gesicht bekommen. Veras Mutter schlief, ihr Vater hatte sein Arbeitszimmer nicht verlassen, und Filip schob wie immer Wachdienst. Wenigstens hatte man ihn nach dem Vorfall in den Außenvierteln nicht entlassen. Sie mussten wirklich glauben, er sei nur nachlässig gewesen. Oder gehörte das alles zu Barons Plan? Hatte er Filip in seiner Sondereinheit behalten, weil er etwas gegen Herrn Petersen in der Hand haben wollte, weil er ihn vielleicht insgeheim immer noch verdächtigte, mit der konspirativen Gruppe unter einer Decke zu stecken?

Bens Worte schossen Mira durch den Kopf. Einen Verräter hatte er Herrn Petersen genannt. Aber konnte ein derart kauziger, zerstreuter Mann wie Herr Petersen dazu fähig sein, auf Kosten seiner Freunde seinen eigenen Hals zu retten? Er war doch einer von ihnen gewesen! Und Vera und Mira hatte er auch nicht verraten, als er herausgefunden hatte, dass sie Fischerkinder waren. Ja, er hatte Mira sogar einen sicheren Weg aus der Innenstadt hinaus gezeigt.

Er war es, der auf Socken die Treppe hinunterschlich. Seine Schritte waren fast nicht zu hören, nur die losen Holzstufen verrieten ihn. Er schaltete das Licht nicht ein; wie ein Einbrecher stahl er sich durch sein eigenes Haus. Im Dunkel konnte Mira nur seine Silhouette an ihr vorbei und zum Schlafzimmer neben der Haustür tappen sehen.

Sie wagte kaum, zu atmen. Wusste er, dass Mira hier war? Schaltete er deshalb das Licht nicht an? Oder hatte Vera es ihm gar nicht gesagt?

Herr Petersen öffnete nahezu lautlos die Schlafzimmertür und huschte hinein. Ein schwaches Licht fiel durch die offene

Tür. Es flackerte – vielleicht eine Kerze. Der Strom war vermutlich längst abgeschaltet worden.

Mira rührte sich immer noch nicht. Sie überlegte, ob sie ein paar Minuten warten sollte, bis Herr Petersen eingeschlafen war. Dann konnte sie sich hinüberschleichen und die Türe schließen. So fühlte sie sich entsetzlich wie ein Eindringling.

„Es tut mir so leid." Das war Simon Petersens Stimme. Miras Körper versteifte sich. Sie wollte auf keinen Fall ein vertrauliches Gespräch zwischen Veras Eltern belauschen. Zumal Herr Petersen fast klang, als würde er weinen.

„Du musst mir vergeben", wimmerte er. Das Kerzenlicht flackerte stärker. Mira nahm an, dass er sich auf die Bettkante zu seiner Frau gesetzt hatte oder gar neben ihr niedergekniet war. Sie zog vorsichtig die Hände unter der Wolldecke hervor, um sich die Ohren zuzuhalten.

„Du *musst* mir vergeben, Delilah! Wie soll ich mir sonst je selbst vergeben?" Er gab ein gequältes Keuchen von sich.

Seine Frau schien keine Reaktion zu zeigen. Wahrscheinlich war sie von ihren Tabletten gänzlich außer Gefecht gesetzt und schlief. Mira wusste seit der Nacht des Feuers, wie tief der Schlaf einer Betäubten war.

„Ich wollte nie, dass das alles passiert. Dir nicht und Dave und Asha nicht. Sie ... sie hatten doch selbst eine Familie."

Mitten in der Bewegung hielt Mira inne. Dann hatten Dave und Asha also Kinder gehabt, als sie aufgegriffen worden waren. „Du bist wie Dave Tau", hatte Ben ihr in der Hütte am Fuß des Berges entgegengespuckt. Dave Tau – er musste der Vater der Tau-Brüder sein, der Vater von Nathaniel und Theodore. Ihre Eltern waren spurlos verschwunden. Das hatte Happy gesagt. Nun wusste Mira auch, warum.

„Ich hatte doch nur Angst. Deinetwegen und wegen der Kinder. Ich musste euch doch beschützen. Ich wollte nie ... nie, dass ... Delilah, ich habe es doch versprochen! Weißt du noch? Als wir geheiratet haben. Der Staatsbeamte hat gefragt, ob wir einander lieben und schützen werden, und wir haben es versprochen. Aber ich konnte es nicht." Ein grässlicher Laut drang über seine Lippen. Mehr erinnerte er an ein verwundetes Tier als an einen Menschen. Mira wand sich innerlich vor Mitleid und Grauen.

„Ich hab Dave im Stich gelassen", flüsterte Herr Petersen erstickt. „Es ist meine Schuld, dass sie ihn umgebracht haben. Das wird Gott mir nie verzeihen. Aber du, Delilah, du ... du musst. Ich hab es doch für dich getan. Für dich und die Kinder."

Trotz der warmen Wolldecke kroch eine Gänsehaut über Miras regungslosen Körper. Dann hatte Ben am Ende also recht gehabt. Simon Petersen, zerstreut und nachlässig, wie er war, hatte seine Freunde verkauft, um sich selbst zu retten. Sie hatten ihn erwischt, und er hatte dafür bezahlt, dass er gemeinsame Sache mit einer konspirativen Gruppe gemacht hatte. Aber dann hatte er seine Position im Staatsdienst ausgespielt, um andere an seiner Stelle zu opfern. Irgendetwas musste er gegen Dave und Asha in der Hand gehabt haben. Etwas, das es so hatte aussehen lassen, als ob sie alleine schuldig und er zu Unrecht belastet war.

Und Daphné wusste es. Sie hatte es die ganze Zeit über gewusst. Sie hatte Vera damit verspottet, dass sie keine Ahnung hatte, warum ihr Vater seine Stelle im Staatsdienst verloren hatte.

Mira schlang in der Dunkelheit die Arme um ihren Körper, um das plötzliche Frösteln zu unterdrücken. Wenn Daphné wusste, dass Simon Petersen nie bewiesen hatte, nicht Mitglied der konspirativen Kleinstgruppe zu sein, dass er nur davongekommen war, weil er kooperiert und andere ausgeliefert hatte, dann waren ihre Drohungen in der Tat kein leeres Geschwätz. Dann war Filip vielleicht wirklich in Gefahr.

Kapitel 21

Filip

Mira machte in dieser Nacht kaum mehr ein Auge zu. Auch nachdem Herr Petersen schwer atmend zurück nach oben – vermutlich in die vertraute Sicherheit seines Arbeitszimmers – geschlichen war, war an Schlaf nicht mehr zu denken.

Früh – viel zu früh, um zum Unterricht zu gehen – schlich Vera zu ihr herunter. Unter ihren Augen lagen tiefe Schatten, so als hätte auch sie die halbe Nacht wach gelegen.

Mira legte die Decke zusammen. Auf den Beinen war sie schon seit einer ganzen Weile. „Ich bin sofort aufbruchsbereit", erklärte sie und strich die Wolldecke unnötig sorgfältig glatt. Ihr graute vor dem Abschied, der mit jeder Minute näher rückte, und sie hörte immer noch Herrn Petersens Worte in ihren Ohren widerhallen. Vielleicht sollte sie Vera darauf ansprechen, ihr erzählen, was ihr Vater getan hatte. Aber zu welchem Zweck? Wozu sollte sie diese letzten Minuten mit ihrer besten Freundin mit solchen – wenn auch noch so berechtigten – Anschuldigungen verschwenden? Damit wäre niemandem geholfen.

So schwiegen sie, bis schließlich Vera das Wort ergriff: „Ich hab nachgedacht." Sie nahm Mira die zusammengefaltete Decke ab. „Willst du wirklich nach Klein-Ararat gehen? Der Berg ist nicht mehr sicher. Es ist nur noch eine Frage der Zeit ..."

„... bis Baron uns kriegt?" Mira schnaubte, um ihre eigene Anspannung zu überspielen. Das belauschte Gespräch von letzter Nacht war ihr an die Nieren gegangen. Den Fischerkindern war es schon einmal passiert, dass man ihrem Geheimnis gefährlich nahegekommen war. Zwei von ihnen – Dave und Asha Tau – hatte es vermutlich das Leben gekostet.

„Ich ... ich habe Angst vor ihm." Vera schlang die Arme fest um das Deckenknäuel. „Er hat es auf meine Familie abgesehen. Was, wenn er Filip dafür bezahlen lässt, dass er meinem Vater damals nichts nachweisen konnte?"

„Und wenn Filip die Sondereinheit verlässt? Mein Vater könnte ..." Mira verstummte. Ihr einflussreicher Vater, auf den sie sich ihr Leben lang verlassen hatte, brachte ihr nun nichts mehr. Sie konnte nicht zu ihm gehen und ihn bitten, Filip zu schützen oder ihm einen guten Vorwand zu geben, in den regulären Wachdienst zurückzukehren, statt weiter für Baron zu arbeiten.

„Ich werde Filip alles erzählen", wisperte Vera so leise, dass Mira zuerst glaubte – ja hoffte –, sie falsch verstanden zu haben. „Er kommt jeden Moment von der Nachtschicht nach Hause. Ich muss ihn warnen, sonst rennt er ins offene Messer."

„Vera ... nein! Nichts ist so gefährlich für Filip wie die Wahrheit!" Wenn Baron ihn wirklich als Druckmittel einsetzen wollte, dann war es das Beste, wenn Filip so wenig wie nur möglich wusste. „Du weißt, dass –"

„Ich weiß überhaupt nichts mehr!", fiel Vera ihr ins Wort, und schon wieder flossen die Tränen. „Nur dass Daphné und ihr fürchterlicher Vater zu allem fähig sind. Ich muss Filip –" Sie unterbrach sich, als es an der Tür klopfte. So zaghaft, dass sie es wahrscheinlich nicht gehört hätten, wären sie nicht so nahe gewesen.

Vera warf die Decke auf das Sofa und bedeutete Mira, zur Seite zu gehen, damit man sie vom Hausflur aus nicht sehen konnte. Obwohl Mira sogar einen Schritt in den Durchgang zur angrenzenden Küche machte, klopfte ihr das Herz bis zum Hals. Vielleicht war es dumm gewesen, ausgerechnet im Haus der Petersens Schutz zu suchen. Immerhin hatte ihr Vater sie schon einmal hier aufgelesen. Aber die Stimme hinter der Tür war die eines Mädchens – dünn und verängstigt. „Ich bin auf der Suche nach Frau Robins. Frau Miriam Robins."

Iliona sog scharf die Luft ein, als Mira aus ihrer Deckung hinaus in den Flur trat. „Weiß mein Vater, dass ich hier bin?“, fragte sie ohne Umschweife.

Iliona schüttelte stumm den Kopf. „Ich glaube nicht. Er hat mich weggeschickt, als ich heute Morgen zum Putzen kam. Aber Ihre Mutter –“

„Geht es ihr gut?“, platzte Mira dazwischen.

„Sie sah traurig aus“, erwiderte Iliona. „Ich werde ihr ausrichten, dass Sie wohlauf sind.“ Sie schluckte hart. „Vorausgesetzt, sie erlauben es mir, weiter für sie zu arbeiten.“

Von der Seite spürte Mira Veras vorwurfsvollen Blick. „Es tut mir leid, falls du meinetwegen deinen Job verlierst“, sagte sie leise. „Er will nur vertuschen, dass ich weg bin. Aber früher oder später ... er wird mich als vermisst melden, und dann kannst du sicher zurückkehren.“

Iliona nickte nur und vermied es, ihr in die Augen zu sehen.

Befangen fragte Mira: „Hast du ein Buch für mich?“

Nun hob Iliona den Kopf. „Deshalb bin ich gekommen.“ Sie nestelte an ihrer schmutzigen Bluse herum und zog ein winziges, papiernes Heftchen hervor. „Der Mann war nicht sehr freundlich, weil ich nicht bezahlen konnte.“ Röte kroch auf ihre blassen Wangen, während sie Mira das Büchlein reichte.

Ben also. Mira seufzte. Ob er es gewagt hatte, einer Fremden den Zettel für Mira mitzugeben?

Vorsichtig klappte Mira die erste Seite des Büchleins auf. Titel und Autor standen darauf. Ein Verlagshaus. Aber kein Zettel lag darin. Die Enttäuschung schwappte über Mira wie eine schäumende Welle. Dieser misstrauische Kerl, dieser Angsthase! Nun stand sie hier, ohne Tag und Zeit, nur weil Ben immer auf Nummer sicher gehen musste.

„Hast du ihm gesagt, dass das Buch für mich ist?“, fragte Mira.

Iliona nickte. „Aber es hat ihn nicht besonders interessiert", sagte sie behutsam. Sie schien Miras Unzufriedenheit zu spüren, und die Jahre der Arbeit im Haus von Miras Familie hatten sie gelehrt, es ihren Arbeitgebern um jeden Preis recht machen zu wollen. „Er war sehr abgelenkt. Ein Mädchen war bei ihm. Mit dunklen Locken und Katzenaugen."

Die dunkelhaarige Schönheit, Bens ehemalige Mitschülerin, die ihn so eifersüchtig beobachtet hatte. Dass er bei ihr nicht mehr Bedenken hatte, wo er doch sonst alles und jeden mit solchem Misstrauen bedachte. Sie lungerte immerhin mit gefährlich gespitzten Ohren in der Buchhandlung herum, obwohl sie gar kein Fischerkind war!

„Kann ich ... kann ich dann gehen, Frau Robins?", riss Iliona sie mit ihrer zaghaften Stimme aus den Gedanken. Abwesend nickte Mira, und erst in letzter Sekunde dachte sie noch daran, Iliona ein „Und danke" hinterherzurufen. Der Dank schmeckte schal auf ihrer Zunge, wenn sie daran dachte, wie sinnlos sie Iliona in Gefahr gebracht hatte. Für ein Buch, das ihr nun doch gar nichts nützte.

„Dann werde ich wohl einfach zum Berg gehen und warten", murmelte Mira. In der Ferne schlug die Rathausuhr und erinnerte Mira daran, wo sie sich befanden. Sie wollte Vera zurück ins Hau schieben und die Tür hinter ihnen zuziehen, doch Vera machte sich von ihr los und starrte die Straße hinab, dorthin, wo Iliona verschwunden war.

„Was ist?", fragte Mira irritiert und zwängte das Büchlein, das Iliona ihr gebracht hatte, in ihre hintere Hosentasche.

„Filip", erwiderte Vera mit fahlem Gesicht. „Er müsste längst hier sein."

Sie warteten im Wohnzimmer und sprachen dabei nicht viel. Sie warteten so lange, bis Vera aufbrechen musste, um nicht zu spät zum Unterricht zu kommen. Sie beteuerte, dass es ihr egal war, aber Mira drängte sie dazu, zu gehen. In dieser Situation durfte Vera keinesfalls auch noch Aufmerksamkeit auf ihre Familie lenken.

„Ich bleibe hier", bot Mira deshalb an. „Sobald er auftaucht, lasse ich dir irgendwie eine Nachricht zukommen."

„Du kannst nicht einfach in ein staatliches Gebäude stürmen und mir Bericht erstatten. Offiziell bist du entsetzlich krank. Wenn nicht mittlerweile als Flüchtige gesucht."

„Dann schicke ich ihn dir persönlich vorbei." Mira schob Vera in Richtung Haustür. „Mir wird schon etwas einfallen. Aber du musst gehen!"

Vera sträubte sich noch ein wenig, doch letzten Endes ging sie, und Mira blieb alleine im Wohnzimmer der Petersens zurück.

Eine Weile ging sie rastlos auf und ab, faltete die zerknautschte Decke neu und betrachtete Kinderbilder von Vera und Filip, die an der Wand über dem Sofa hingen. An Vera hatte sich – abgesehen natürlich von ihrem Alter – nicht viel verändert. Ihr Haar war damals schon zu lang gewesen, die Bluse nicht in die Hose gesteckt und knittrig. Filip dagegen war kaum wiederzuerkennen. Der Anblick von ihm in blauer Uniform hatte sich so in Miras Gehirn eingebrannt, dass sie ganz vergessen hatte, wie er als Junge ausgesehen hatte. Zerzaustes rotblondes Haar, Ärmel und Hosenbeine ein wenig zu kurz, als wäre er in kurzer Zeit ein ganzes Stückchen gewachsen, und eine Zahnlücke.

Mira sah sich vorsichtig um. Am liebsten hätte sie das Bild aus dem Rahmen genommen und eingesteckt. Als Erinnerung an Vera und Filip, die sie in ihrem neuen Leben in Klein-Ararat hervornehmen und betrachten konnte. Aber sie konnte nicht einfach etwas aus dem Haus der Petersens mitnehmen. Sie war kein Dieb und ein Foto noch nicht einmal besonders gutes Diebesgut. Wenn überhaupt, dann brauchte sie für ihr Vorhaben Proviant.

Wer wusste schon, wie lange sie am Klippenberg würde warten müssen, ehe sie hineingelangen konnte. Vielleicht war das Treffen diese Woche bereits gewesen.

Der Gedanke an Proviant erinnerte sie an etwas anderes. Chas hatte sie ein Versprechen gegeben. Sie hatte ihn gebeten, zu warten, bis sie wiederkam und ihm Proviant und Informationen für einen sicheren Fluchtweg brachte.

Mira durchwühlte ihre Hosentaschen. Abgesehen von dem Buch, das Iliona ihr gegeben hatte, fand sie darin tatsächlich zwei zerknautschte Rationskarten, die ihr Vater ihr irgendwann gegeben haben musste, damit sie Edmund Porter für die Bücher bezahlen konnte. Das schien ihr in einem anderen Leben gewesen zu sein.

„Porters Höhle“ konnte sie nun nicht mehr betreten, und auch ein Einkauf in einem Lebensmittelladen kam nicht infrage. Ihr Bändchen konnte sie nicht mehr scannen, und ohne Ausweis waren die Karten nutzlos.

Aber sicher hatten die Petersens nichts gegen einen Tausch. Eine der Rationskarten legte Mira auf den Küchentisch, die andere steckte sie wieder in die Hosentasche. Wer wusste schon, wozu sie vielleicht noch gut wäre? Man konnte nie wissen. Und für eine Rationskarte konnten die Petersens leicht die wenigen Dinge ersetzen, die Mira für Chas benötigte.

In einem Schrank fand sie Haferflocken und Brot und nahm von beidem ein wenig. Die meisten anderen Dinge waren für den Transport nicht geeignet: Milch, Marmelade und Joghurt in einem offenen Glas. Viel hatten die Petersens ohnehin nicht, und das, obwohl Filip Tag und Nacht schuftete und Herr Petersen zusätzlich verdiente.

„Findet heute kein Unterricht statt?“

Mira fuhr herum. Die Tüte mit den Lebensmitteln fiel zu Boden, und ein paar Haferflocken spritzten in alle Richtungen.

„Mira." Frau Petersen hielt sich am Türrahmen fest und starrte Mira mit aufgerissenen Augen an, die in ihrem schmalen, blassen Gesicht besonders groß wirkten. „Ich dachte ... ist Vera ... wo ist sie?"

„Vera ist in der Schule." Die Augen hielt sie unverwandt auf Frau Petersen gerichtet.

„Oh", machte diese. „Natürlich." Nun musste sie fragen, was Mira dann hier zu suchen hatte, warum sie in ihrer Küche stand und ihre Vorräte stahl. Aber sie tat es nicht.

„Ich brauche ein Glas Wasser", erklärte sie stattdessen. Mit kleinen, unsicheren Schritten machte sie sich auf den Weg von der Tür zur Spüle.

„Warten Sie!" Mira schnappte sich die Tüte vom Fußboden und knotete sie an ihre Gürtelschlaufe, weil sie nicht in die Hosentasche passte. „Ich helfe Ihnen." Sie nahm ein frisches Glas aus dem Schrank, ließ das Wasser laufen, bis es kalt war, und füllte es bis zum Rand.

„Danke." Frau Petersen nahm das Glas entgegen, machte aber keine Anstalten zu trinken. Stattdessen öffnete sie eine Schublade und zog einen halb leeren Tablettenblister heraus. „Es geht nicht ohne", entschuldigte sie sich. Mira fragte sich, ob sie ihr sagen sollte, dass sie um die wahre Natur ihrer Krankheit wusste, entschied sich aber dagegen. Stumm sah sie Veras Mutter beim Einnehmen der Tabletten zu.

„Mein Mann hat es schon lange geahnt", sagte Frau Petersen, kaum hatte sie geschluckt. „Dass Edmund euch aufgenommen hat."

Mira starrte auf das Glas in Frau Petersens Hand. Der Rest Wasser darin schwappte hin und her. Was hatte sie zu verlieren? Frau Petersen schien Bescheid zu wissen. „Sie waren auch ein Fischerkind, nicht wahr?" Sie hob den Blick und sah Frau Petersen kaum merklich nicken.

„Edmund und Dave konnten die Leute begeistern", flüsterte sie rau. „Ich hatte nie so gute Freunde. Nie zuvor. Nie wieder danach." Sie umklammerte das Glas fester, aber das Wasser schwappte nun beinahe über dessen Rand. „Ich hätte mein Leben für sie gegeben. Und sie für mich. Ich ..." Sie brach ab und sog stattdessen zittrig die Luft ein.

„Sie haben Ihren Mann erwischt, nicht wahr?", fragte Mira leise. War das taktlos? Es kümmerte sie nicht. Sie wollte endlich die Wahrheit erfahren.

„Er hat sie nicht verraten!" Frau Petersen stellte das Glas so ruckartig auf der Arbeitsfläche ab, das ein Teil seines Inhalts sich darüber ergoss. „Er wollte nicht sterben. Niemand kann ihm das vorwerfen. Wir hatten Kinder. Sie brauchten ihn. Ich brauchte ihn!"

Aber Dave und Asha hatten auch Kinder gehabt. Nathaniel und Theodore wuchsen in einem Erziehungshaus auf; das gleiche Schicksal hätte Filip und Vera gedroht. „Warum dann?", fragte Mira leise. „Warum haben sie ihn dann laufen lassen?" Sie war nicht sicher, ob sie damit nicht zu weit gegangen war.

Veras Mutter stand eine Weile zitternd und schwankend vor ihr und umklammerte mit einer Hand die Arbeitsfläche. „Dave und Asha haben gestanden", sagte sie. „Aber er nicht. Sie haben zugegeben, dass sie Fischerkinder waren, und er nicht."

„Und das haben sie ihm abgenommen?"

„Sie hatten schon zwei Schuldige." Ihr Gesicht verzog sich vor innerer Qual. „Und keiner von ihnen hat je bestätigt, dass mein Mann auch zu ihnen gehört hat."

„Aber dann haben sie ihm das Leben gerettet", flüsterte Mira. Nicht er hatte sie ausgeliefert, sondern sie hatten sich für ihn geopfert. Es klang plausibel – mit einem eindeutigen Haken. „Warum nennt Ben ihn dann einen Verräter?"

„Ben Porter?“ Sie stieß die Luft aus. „Sein Vater ... Edmund und die anderen“, presste sie hervor, „sie wollten, dass mein Mann seine Verbindung zum Staat nutzt, um auch sie aus dem Gefängnis zu holen.“ Mit zittrigen Fingern griff sie wieder nach dem Blister und drückte eine weitere kleine, weiße Tablette heraus. Sie entglitt ihren Händen und fiel zu Boden. „Was haben sie denn erwartet? Er ist ja selbst nur haarscharf mit dem Leben davongekommen!“

„Also hat er was getan?“ Miras Stimme klang hohl. Sie ahnte es bereits.

Frau Petersen zwang eine neue Tablette auf ihre Handfläche und warf sie sich in den Mund. Sie machte sich nicht die Mühe, einen Schluck Wasser zu trinken, sondern schluckte sie einfach trocken.

„Nichts“, vermutete Mira leise. „Er hat gar nichts getan, oder?“

Herr Petersen war feige gewesen. Ein furchtsamer Duckmäuser, der die Hände in den Schoß gelegt und zugesehen hatte, wie man seine Freunde verhaftet und verschleppt hatte. Und damit musste er leben. Für den Rest seines Lebens musste er in den Spiegel sehen und sich eingestehen, dass er als Freund versagt hatte. Und als Ehemann. Denn wenn es das war, was seine Frau nie verwunden hatte, dann hatte seine eigene Feigheit sie in die Tablettensucht getrieben.

Nun, da die Wahrheit heraus war, wünschte Mira fast, sie hätte niemals nachgefragt. Was für eine hässliche Geschichte, bei der es nichts als Verlierer gab. Dave und Asha Tau, Veras Eltern, ja selbst die Fischerkinder – sie hatten alle verloren. Da war es nicht einmal ein rechter Trost, dass auch Baron nicht gewonnen hatte, dass er die anderen Fischerkinder nie gefunden hatte. Dave und Asha mussten im Gegensatz zu Herrn Petersen wahrhaft mutig gewesen sein. Sie hatten die anderen nicht verraten.

„Er hatte keine Wahl“, murmelte Frau Petersen. Mittlerweile brauchte sie beide Hände, um sich aufrecht zu halten. „Er hatte gar keine Wahl. Gar keine Wahl. Er hat es für die Kinder getan.“

Mira erwiderte nichts. Sie ergriff Frau Petersens Arm, ehe die Frau vor ihr zusammenbrechen konnte, und brachte sie, wie sie es mehr als einmal bei Vera gesehen hatte, in ihr Schlafzimmer. Filip ging ihr dabei unablässig durch den Kopf. Wenn Filip etwas zustieß, dann wäre das zu viel für Frau Petersen. Das würde sie nicht durchstehen.

Filip kam nicht nach Hause. Mira versuchte sich mit Veras Staatsgeografiebuch abzulenken, das diese auf dem Esstisch zurückgelassen hatte, aber ihr Blick huschte alle paar Sekunden in Richtung Tür zum Flur. Und wenn sie gerade nicht hinsah, dann lauschte sie angestrengt auf etwaige Schritte schwerer Stiefel vor der Haustür.

Sie fand eine Landkarte mit sämtlichen Straßen, Städten und Flüssen und trennte sie sorgfältig aus dem Buch, um sie Chas zu geben. Sie wollte ihm bei der Flucht helfen und wollte es andererseits auch wieder nicht. Jetzt, wo sie im Begriff war, eine Vergessene zu werden, hoffte sie fast ein wenig, er würde sich doch noch zum Bleiben entschließen. Dann würde sie ihn von nun an jeden Tag sehen.

Mira ließ das Buch sinken und lauschte angestrengt. Es waren eindeutig Stimmen und dann das Geräusch des Schlüssels im Türschloss.

„Du kannst draußen warten.“ Das war Veras Stimme, mittlerweile im Hausflur. Mira erhob sich und legte das Buch auf das Sofa, auf dem sie bis eben gesessen hatte.

Beim Klang der zweiten Stimme erstarrte sie. „Professor Winkelbauer hat gesagt, ich soll dich begleiten.“

„Ich hole nur schnell das Buch", fauchte Vera, aber ein Zittern lag in ihrer Stimme.

„Ich bin den ganzen Weg mitgekommen", erwiderte Daphné Baron. „Da werde ich jetzt nicht im Flur warten."

„Es ist sowieso niemand da." Vera hatte die Stimme deutlich angehoben. Das galt ihr, Mira; das war eindeutig. Sie musste verschwinden. „Filips Stiefel sind nicht da", fuhr Vera fort. „Ich gehe nur –"

„Das ist doch der eigentliche Grund, warum du nach Hause gehen wolltest." Daphné lachte leise. „Du wolltest sehen, ob er wieder da ist."

Also wusste sie etwas über Filips Verbleib. Mira wurde bewusst, dass sie noch immer wie angewurzelt mitten im Wohnzimmer stand. Sie musste verschwinden, wenn sie Vera nicht noch mehr in Schwierigkeiten bringen wollte. Aber wohin? Vor der Wohnzimmertür lauerte Daphné Baron, und die Küche erschien ihr ein schlechtes Versteck. Vielleicht, wenn sie die Treppe hinauf...

„Er ist nicht da", sagte Vera laut. „Es sei denn, er hat die Hintertür genommen. Die ist immer offen."

Die Klinke bewegte sich, und Mira stürzte los. In die Küche und zur Hintertür an deren anderem Ende, die tatsächlich unverschlossen war. Miras Eltern wäre eine solche Nachlässigkeit nie in den Sinn gekommen. Aber nun war es ihre Rettung.

„Deine Familie hat sich mit den falschen Leuten angelegt", hörte sie Daphné Baron gefährlich nahe sagen. „Dein Bruder hätte das wissen müssen."

Mira wollte kehrtmachen und Daphné an die Gurgel gehen und sie schütteln, bis sie ihr verriet, wo Filip war. Aber sie konnte nicht. Wenn Daphné sie sah, dann würde sie für Vera und Filip alles nur noch schlimmer machen. Also rannte Mira und ließ ihre Freundin alleine mit dieser bösen Hexe zurück.

Kapitel 22

Feindesliebe

Mira lehnte sich erschöpft gegen einen krumm gewachsenen Baumstamm und starrte am Klippenberg empor. Sie hatte dieses Monument der Natur völlig unterschätzt. Nach ihrer ersten Wanderung um den Berg war sie noch ganz zuversichtlich gewesen, dass sie den versteckten Notausgang schon entdecken würde, wenn sie nur genauer hinsah. Während der zweiten Runde war sie zornig geworden, aber auch die Wut war schnell verraucht, während sie den ermüdend langen Marsch fortgesetzt hatte.

Der Berg war viel größer, als sie geglaubt hatte. Mira wusste nicht, wie lange sie für eine komplette Runde um den steinernen Koloss gebraucht hatte. Sie hatte keine Uhr, und das Schlagen der Rathausglocke hörte man hier draußen nicht. Aber die Sonne hatte ihren Zenit längst überschritten. Ihr Licht fiel auf die rückwärtige Seite des Klippenberges, die von der Stadt abgewandt war, und malte tausend Schatten auf die zerklüftete Felswand.

Der Stein war von einem bleiernen Grau, nur an wenigen Stellen wuchsen Pflanzen. Es gab kaum erdigen Grund, auf dem ihre Wurzeln sich hätten halten können. Nur dort oben in einer Felsspalte, gut drei Meter über Miras Kopf, wucherte ein kleines Gebüsch. Was für ein Wunder der Natur, dass es an dieser Stelle hatte wachsen können, an einem Ort, der für einen lebenden Organismus eigentlich denkbar ungünstig war.

Mira stutzte. Sie stieß sich von dem Baum hinter ihrem Rücken ab und trat näher an die Felswand. Oder war das Wunder von Menschenhand gemacht? Das Gesträuch sah trocken aus. Blätter hingen daran, aber sie waren nicht grün wie die der Bäume hier unten auf dem Boden. Wie kamen ganze Bündel trockener Zweige in einen Felsspalt, es sei denn, jemand hatte sie absichtlich dort hingelegt? Als Schutz vor neugierigen Blicken etwa.

Mit beiden Händen griff Mira in die raue Felswand und versuchte, sich daran hochzuziehen. Sie schaffte es keinen Meter weit, ehe sie abrutschte und auf den Boden zurückfiel. Ihre Hände schmerzten vom Schrammen über den Fels, doch sie nahm einen zweiten Versuch in Angriff. Dann einen dritten und vierten, bis ihre Handflächen bluteten und sie vor Anstrengung schnaufte und hustete. Mit einem zornigen Schrei trat sie gegen den Felsen, biss sich aber sogleich auf die Lippe. Was, wenn jemand sie hörte? Die Vergessenen im Inneren des Berges würden sich zu Tode ängstigen. Wie sollte sie ihnen auch begreiflich machen, dass sie es war?

Da fiel es ihr wie Schuppen von den Augen. Es gab jemanden im Berginneren, dem sie ein unmissverständliches Zeichen schicken konnte. Verärgert, dass sie nicht gleich daran gedacht hatte, steckte sie zwei ihrer zerkratzten Finger in den Mund und stieß einen gellenden Pfiff aus.

Mira war sich nicht im Geringsten sicher, ob Ari ihr Zeichen gehört und erkannt hatte. Sie wartete eine Weile und beobachtete, ob sich dort oben im Gestrüpp nicht vielleicht etwas regte, dann machte sie sich auf den Weg zur Hütte. Nur für den Fall, dass das Treffen heute war – und die Chancen standen immerhin eins zu sechs –, sollte sie in Sichtweite des Eingangs bleiben. Wenn niemand kam, würde sie sich etwas anderes einfallen lassen müssen. Einen Ort finden, an dem sie warten konnte, bis das Treffen stattfand und die Fischerkinder aus der Stadt kämen und die Tür nach Klein-Ararat öffneten. Mit einem Mal erschien es ihr äußerst nachlässig, so unvorbereitet hierhergekommen zu sein – mit nichts als ein wenig Proviant und noch nicht einmal Wasser.

Die Hütte stand verlassen und verwittert wie eh und je am Fuß des Berges, und nichts rührte sich. Mira beschloss, sich neben der Tür niederzulassen und abzuwarten. Mit dem Rücken an der Hüttenwand ließ sie sich ins Gras sinken und war schon fast unten, als die Tür sich öffnete und sie ins Taumeln brachte.

Eine Hand griff nach ihrem Unterarm und hielt sie fest. Erschrocken wandte Mira den Kopf und sah geradewegs in Chas' Gesicht. Er grinste und zog sie auf die Beine zurück. Ihren Arm ließ er nicht los. „Dann hatte mein kleiner Freund also recht", verkündete er verschmitzt.

Hinter seinem Rücken, aus dem Dunkel der Hütte lugte Ari hervor, und auch auf seinem Gesicht lag ein schalkhaftes Lächeln.

„Du hast Ohren wie ein Luchs, Ari", staunte Mira.

Chas wuschelte dem Jungen durch die ungestümen Locken. „Ja, aus ihm wird noch mal ein ausgezeichneter Schleuser. Also ... was ist?", fragte er schließlich, und Mira wurde sich gewahr, dass er mit der einen Hand immer noch ihren Arm umklammert hielt. „Willst du nicht einen Augenblick reinkommen?"

„Gerne." Befreit lachte Mira auf und ließ sich von Chas ins Hütteninnere ziehen. Ihre Haut fühlte sich kühl an, als er sie losließ, und aus irgendeinem idiotischen Grund musste sie sich zusammenreißen, um nicht auf seine Lippen zu starren.

Chas schien von alledem nichts mitzubekommen. Er war neben der offenen Falltür vor Ari in die Hocke gegangen. „Hör zu, Zwerg", sagte er leise. „Geh doch schon mal wieder rein, damit ich mich mit Mira unterhalten kann." Er klopfte ihm auf die Schulter, und die Geste machte den Anschein einer ziemlich verkorksten Umarmung. „Als waschechter Schleuser findest du den Weg doch, oder?"

„Klar." Ari schwellte die Brust, und noch ehe Mira dagegen protestieren konnte, den Jungen alleine in den finsteren Gang hinabklettern zu lassen, war er schon flink durch die Falltür nach unten geglitten.

„Du bist früh dran", stellte Chas an sie gewandt fest. „Das Treffen ist erst in zwei Stunden."

„Also ist es heute? Ich habe keinen Zettel bekommen können."

Chas kniff die Brauen zusammen. „Und was willst du dann hier?"

„Ich ..." Mira holte tief Luft, aber nichts konnte sie für das wappnen, was sie aussprechen musste. „Ich kann nicht mehr zurück. Klein-Ararat ist jetzt auch mein Zuhase."

In Chas' goldenen Augen regte sich etwas. Mira fragte sich, ob es Zufriedenheit mit dieser Wendung der Dinge war. Gefiel es ihm, dass sie von nun an hier leben würde? Oder war es doch eher Mitleid gewesen? Aus seiner Miene wurde sie nicht schlau.

„Außerdem", setzte sie betont munter hinzu, „hatten wir eine Abmachung. Schon vergessen?"

„Wohl kaum", entgegnete Chas. „Wenn ich es nicht versprochen hätte, wäre ich längst weg." Er nickte in Richtung der Falltür. „Du findest den Weg ebenfalls, hoffe ich."

„Was ..." Eigentlich wollte Mira sich von Chas nicht mehr derart vor den Kopf stoßen lassen. Aber das hier war zu viel. Er verhielt sich, als müsse er die Schwäche, die er durch seine anfängliche Freundlichkeit gezeigt hatte, wieder wettmachen.

„Warum hast du überhaupt auf mich gewartet, wenn du es so unglaublich eilig hattest?", fragte sie giftig.

Chas starrte sie überrascht an, und einen winzigen Moment lang hatte sie die wahnwitzige Idee, er würde sich vielleicht für seine Ruppigkeit entschuldigen. Doch schließlich sagte er: „Ich dachte, du würdest dir dann vielleicht Vorwürfe machen, weil du es nicht schneller geschafft hast." Er zuckte die Schultern. „Du machst dir viel zu viele Gedanken um andere."

„Und du zu wenige!“, platzte Mira heraus. „Denkst du eigentlich überhaupt an irgendjemanden außer dich selbst? Was ist mit Ari? Du hast ihm nicht mal gesagt, dass du gehst!“

„Ich hab mich auf meine Art verabschiedet“, erwiderte Chas gefährlich leise.

Mira wusste nicht, was er tun würde, wenn sie ihn weiter provozierte, aber sie konnte nicht anders. „Ja, sehr tröstlich, ehrlich. Er hat ja auch noch so viele andere Menschen, denen er vertrauen kann!“

In Chas' Augen flackerte etwas auf. Zuerst hielt Mira es für Zorn, doch dafür war seine sonst ausdruckslose Miene zu weich geworden. „Ich hab es mir nicht ausgesucht“, sagte er ruhig. „Ich wollte Aris Zuneigung nicht. Ich wollte niemandes Zuneigung.“ Er atmete tief und ein bisschen zittrig ein. „Ich glaube nicht, dass du mir vorwerfen kannst, ich hätte mich zu sehr um irgendjemanden bemüht.“

„Nein.“ Es sollte sarkastisch klingen, aber bei Chas' Anblick gelang es ihr nicht. Genauso verloren wie Ari am Tag seiner Rettung sah er aus; wie ein kleiner Junge, der nichts und niemanden mehr hatte. „Nein“, wiederholte Mira leiser. „Eigentlich kann man es nur solchen Leuten wie Edmund vorwerfen, dass sie dich gern haben, obwohl du sie behandelst wie den letzten Dreck.“ Sie schluckte. Ihr war es mit Chas genauso ergangen. Aber lieber hätte sie sich auf die Zunge gebissen, als das laut zu sagen.

„Ich hab's für ihn getan“, knurrte Chas, als müsse er sich verteidigen. „Für Edmund. Ich wusste die ganze Zeit, dass ich gehen würde. Sobald der richtige Moment gekommen war.“

„Deshalb hast du ihn auf Distanz gehalten?“ Mira zog die Augenbrauen hoch.

„Edmund fühlt sich verantwortlich für die Fischerkinder. Und er hat Frau und Sohn. Er wäre nie mitgekommen. Eigentlich ist er sogar noch viel gefangener hier als ich." Chas ballte die Hände zu Fäusten.

„Also willst du damit sagen ... du wolltest ihn nur schützen?"

Ein Zittern jagte durch Chas' Körper. „Nein, mich!", schleuderte er ihr schließlich entgegen. „Mich wollte ich schützen. Ich hab meinen Vater an seinen Fanatismus für diesen Staat verloren. Ich will nicht noch einen Vater verlieren."

Seinen Worten folgte ein ohrenbetäubendes Schweigen. Mehrere Male öffnete Mira den Mund, um etwas zu sagen, tat es aber nicht. Chas indessen starrte über ihre Schulter auf die Tür, und die Situation erinnerte sie fast schmerzhaft an das letzte Mal, als sie ihm im Weg gestanden hatte.

„Ich halte dich nicht wieder auf", sagte sie schließlich und trat zur Seite. Er sollte ihr nur nicht vorwerfen, sie hätte ihn abermals am Gehen gehindert.

Chas nickte leicht. „Kommst du ein Stückchen mit?"

Mira zögerte und dachte nach, was Chas gemeint haben könnte, abgesehen von dem, was sie verstanden hatte.

„Du bist zurück, ehe das Treffen beginnt. Edmund wird nicht mal erfahren, dass du mir geholfen hast", fügte er jedoch hinzu und räumte damit jeden Zweifel aus. Er hatte sie gebeten, mit ihm zu kommen.

Mira tat es. Es war albern, aber sie konnte Chas keine solche Bitte abschlagen. Vielleicht, weil sie ahnte, wie viel es ihn kostete, sie auszusprechen. Vermutlich tat er es auch nur, weil er schon bald auf und davon wäre, viel zu weit weg von Mira und all den anderen, um sich noch für eine möglicherweise durch seinen Wunsch nach Begleitung gezeigte Schwäche zu schämen.

Sie verschlossen die Falltür und die Hütte und machten sich auf den Weg. „In der Stadt gibt es jetzt bewaffnete Wachmänner. Ich glaube nicht, dass es sinnvoll ist, da durchzugehen", plapperte Mira, um ein Gespräch am Laufen zu halten. „Aber du könntest den Weg durch Markt Bernard nehmen. Der Ort ist kleiner als Leonardsburg, aber nicht so klein, dass ein Fremder zwangsläufig auffallen muss."

Von Chas kam ein schnaubendes Husten, und als sie den Kopf zu ihm drehte, sah sie, dass ein seltenes Schmunzeln auf sein Gesicht getreten war. „Willst du nicht einfach mitkommen?", fragte er, nur eine Spur spöttisch.

„Was ... ich ... nein", stammelte Mira und hätte sich im nächsten Moment am liebsten auf die Zunge gebissen. Natürlich zog Chas sie nur auf, seine ganze Miene verriet, dass er die Frage keineswegs ernst meinte. Andererseits ... würde Chas wirklich riskieren, sie am Hals zu haben, indem er Witze riss? Er war nicht einmal der Typ für solche Späße.

„Nein", sagte Mira fester und blickte nun wieder stur geradeaus. Sie hatten mittlerweile einen Feldweg erreicht und folgten ihm Seite an Seite. „Das geht nicht. Die Fischerkinder ... sie sind jetzt alles, was ich noch habe. Alles, was ich kenne. Meine Familie ... hier kann ich in ihrer Nähe bleiben, obwohl ich nicht zurückkehren kann. Auch in Veras Nähe und ... na hör mal, jemand muss sich doch um Ari kümmern!"

„Stimmt. Dafür bist du genau die Richtige." Chas lachte leise auf. Seitdem er den Berg – sein Gefängnis Klein-Ararat – verlassen hatte, war er ungewohnt guter Laune. Mira spürte, wie sie sich in seiner Gegenwart mehr und mehr entspannte.

„Meinst du, es ist noch sicher?", fragte sie in die Vertrautheit hinein. „In Klein-Ararat, meine ich. Sie suchen uns. Und immerhin wurden die Fischerkinder schon einmal verraten."

Zu ihrer Überraschung widersprach Chas. „Niemand hat sie damals verraten."

„Aber Simon Petersen ..."

„... hat gar nichts getan", erwiderte er. „Das ist das Einzige, das sie ihm vorwerfen können. Ben und die meisten anderen sind der

Meinung, dass er seine Position in der Stadt hätte nutzen müssen, um Dave und seine Frau Asha zu schützen."

„Edmund würde das tun", wagte Mira einzuwenden, doch Chas schnaubte.

„Ja, Edmund wäre hoffnungslos heldenhaft", brummte er unwillig. „Aber er würde es von niemand anderem verlangen. Simon Petersen hat doch genug riskiert, indem er sich geweigert hat, gegen sie auszusagen. Soweit ich weiß, hat er deshalb seinen Job verloren."

Das war also der Grund gewesen. Und das war es auch, was Baron ihm bis heute vorhielt: Die konspirative Kleinstgruppe war ihm schon einmal durch die Lappen gegangen, weil Herr Petersen sich geweigert hatte, den Mund aufzumachen.

Sie gelangten an die Weggabelung kurz vor Leonardsburg, und Chas ließ zu, dass Mira die Führung übernahm und in Richtung Markt Bernard abbog.

„Ich war damals nicht dabei", lenkte Chas ein. „Aber ich glaube nicht, dass irgendjemand sich anmaßen kann, Simon Petersen einen Verräter zu nennen. Wenn überhaupt, dann hat er die Fischerkinder verleugnet."

„Aber das ist doch schlimm genug! Dave und Asha –"

„Ich hätte das Gleiche getan", sagte er entschieden. „Er wollte für die Fischerkinder nicht den Kopf hinhalten. Wer kann ihm das vorwerfen? Er hat Familie." Chas war stehen geblieben und wandte sich ihr zu. „Jetzt lass uns nicht darüber streiten", sagte er versöhnlicher.

Mira starrte zum Horizont. Nichts als Felder waren zu sehen, aber irgendwo dort in der Ferne lag Markt Bernard.

„Wie willst du deinen Onkel und deine Tante in einem so großen Land eigentlich finden?", wechselte sie bereitwillig das Thema. Auch sie hatte keine Lust, mit Chas zu streiten. Nicht während ihr Abschied mit jedem Schritt näher rückte.

„Ich war schon einmal dort", erwiderte Chas einsilbig.

Mira starrte ihn an. „Aber das Ausreiseverbot!", protestierte sie.

„In der Zeit des politischen Umst- ... als mein Vater und seine Verschwörerbande die Macht an sich gerissen haben, wollten meine Eltern mich in Sicherheit wissen und haben mich zu Onkel und Tante geschickt."

Mira erwiderte nichts, sondern starrte Chas nur weiter an. Er hatte das Land schon einmal verlassen? Die Ausreise war schon verboten worden, bevor Mira auch nur geboren war. Niemand, den sie kannte, hatte jemals die Grenze überquert. Sie konnte sich nicht einmal vorstellen, was sich jenseits der Landesgrenzen befand. Genau wie über die Zeit vor dem Jahr 0 schwiegen die Schulbücher beharrlich darüber.

Chas seufzte. „Ich bin der Sohn des Königs, schon vergessen?" Es war das erste Mal, dass Chas es so offen aussprach, und Mira wagte kaum zu atmen, während sie darauf wartete, dass er seine Worte bereute und wieder dichtmachte, so wie sie es von ihm kannte. Aber das tat er nicht. „Mein Vater wollte nicht, dass ich während der Unruhen zwischen die Fronten gerate. Ich dachte, aus väterlicher Fürsorge. Da wusste ich ja noch nicht, dass er mich für seine Erbmonarchie brauchte."

Mira dachte an ihre eigenen Eltern. An ihren Vater, der gelogen und sie eingesperrt, aber sie doch nicht ausgeliefert hatte, obwohl es seine Pflicht gewesen wäre. Und an ihre Mutter, die sie hatte entkommen lassen, aus nichts anderem als Liebe zu ihrer Tochter. Konnte Chas' Vater wirklich so kalt und berechnend sein?

Sie betrachtete Chas von der Seite. Das schwarze Haar, die goldenen Augen, die kantigen Züge, in denen sie – nun, da sie um seine wahre Identität wusste – Nicholas Auttenberg erahnen konnte. Den König, in dessen Namen man Jagd auf die Fischerkinder gemacht hatte und auf dessen Geheiß die Menschen in den Außenvierteln auf der Schwelle zum Hungertod balancierten, weil ihm das lieber war, als sich vom Import abhängig zu machen. Natürlich war er kalt und berechnend. Warum nicht auch gegenüber seinem eigenen Sohn?

„Mir hat es in Amerika gefallen. Ich wollte bleiben. Aber er hat mich zurückgeholt und wollte einen Kronprinzen aus mir machen." Ein Schatten huschte über sein Gesicht. „Von dem Tag an, an dem er König wurde, hatte ich keinen Vater mehr."

Mira zog sich das Herz zusammen, doch sie sagte kein Wort, weil sie Chas' Schmerz nicht noch mit unnützen Floskeln oder der Behauptung, sie verstehe ihn, verschlimmern wollte. Die Wahrheit war, dass sie es nicht verstehen konnte. Sie hatte ihre Familie verlassen müssen, genau wie er. Aber sie war sich der Liebe ihrer Eltern – trotz der Entscheidungen, die sie getroffen hatte – voll und ganz bewusst. Sie hatten sie nur zu deutlich gezeigt. Ihr Vater, indem er sie nicht ausgeliefert, und ihre Mutter, indem sie Mira hatte gehen lassen. Und sie war älter, als Chas damals gewesen sein konnte.

Im Kopf rechnete sie nach. Krönungsjahr: 98. Wie alt konnte Chas schon sein? Zwanzig vielleicht, sicher nicht mehr. „Damals warst du erst ...", setzte sie leise an, aber Chas vollendete den Satz für sie: „... elf Jahre. Ich dachte, ich könne mich alleine nach Amerika durchschlagen. Mich unbemerkt auf ein Schiff schleichen. Wenn Edmund nicht gewesen wäre ..."

„Edmund?", rutschte es Mira heraus, obwohl sie Chas eigentlich nicht hatte unterbrechen wollen. „Was hatte Edmund auf einem Schiff zu suchen?"

Chas warf ihr einen Seitenblick und so etwas wie ein leichtes Lächeln zu. „Was könnte Edmund wohl Illegales zu schmuggeln haben?", fragte er. „Es ist nicht so schwer zu erraten, oder?"

„Bücher", stellte Mira kopfschüttelnd fest. Vielleicht sogar Bibeln, verbotene Schriften. Es sähe Edmund ähnlich, seinen Kopf dafür zu riskieren. Und es sah ihm auch ähnlich, einen elfjährigen Jungen, der in Schwierigkeiten steckte, zu retten und ihn mitzunehmen, wenn er sonst niemanden hatte. Egal wer er war.

„Wusste er, dass du ... wer du bist?"

„Vom ersten Tag an", erwiderte Chas mit belegter Stimme. Ihm schien noch mehr auf der Zunge zu liegen, aber er behielt es für sich. Wahrscheinlich war es zu schmerzhaft, über Edmund zu sprechen, den er doch eben erst zurückgelassen hatte.

Intuitiv wusste Mira, dass sie nicht weiter nachhaken durfte. Chas war nicht der Typ, der seine Lebensgeschichte vor jedem einfach so ausbreitete. Auch ihr öffnete er sich vermutlich nur, weil er wusste, dass sie sich in wenigen Minuten für immer verabschieden würden.

„Dein Buch", sagte sie stattdessen. „Ich musste es zurücklassen." Sie versuchte, nicht an die Einzelheiten ihrer Flucht zu denken, daran, wie ihre Mutter sie angewiesen hatte, sie einzusperren, damit es so aussah, als hätte Mira sie überwältigt. Sie verdankte ihr so viel.

„Macht nichts." Chas blieb stehen und musterte ihr Gesicht. „Ich kann mir vorstellen, dass du mehr zurücklassen musstest als nur das Buch."

Seine Worte spiegelten ihr Inneres auf so treffende Weise wieder, dass Mira nur nicken konnte. Sie hatte keine Familie mehr, keine beste Freundin. Und nun musste sie auch Chas Lebewohl sagen.

„Ich wünsche dir viel Glück." Ihre Kehle war ganz eng geworden. „Für die Landesflucht. Pass auf dich auf, ja?"

„Klar", sagte Chas. „Du auch, wenn es sich einrichten lässt."

Sie lachte, aber nur um die Traurigkeit zu überspielen, die sie plötzlich zu überwältigen drohte. Zuerst ihre Mutter, dann Vera und jetzt Chas. Für Miras Geschmack waren das deutlich zu viele Abschiede in viel zu kurzer Zeit.

Chas zog einen klirrenden Schlüsselbund aus seiner Hosentasche. „Die gehören Lia", erklärte er, und seine Hand streifte ihre, als er ihr die Schlüssel reichte. „Damit kommst du in die Hütte und durch die Falltür. Leg sie unter ihr Kopfkissen zurück. Sie hat wahrscheinlich nicht mal bemerkt, dass sie gefehlt haben."

Mira nickte. Da fiel ihr plötzlich ein, dass auch sie etwas hatte, das sie Chas geben musste. „Es ist nicht viel", sagte sie entschuldigend, als sie ihm die Karte und die Tüte mit dem Proviant reichte. „Aber ich glaube, es wäre bescheuert, das hier noch zu verwenden, nachdem ich von zu Hause abgehauen bin." Sie hob den Arm, und das Plastik ihres Ausweisbändchens rieb vertraut gegen ihre Haut. Wenn sie es abnähme, würde sich ihr Arm ungewohnt nackt anfühlen. Sie trug es schon so lange.

Chas bedankte sich für das Essen und die Landkarte, und schließlich blieb ihnen rein gar nichts mehr, was sie noch hätten sagen können. Fast war es eine Erlösung, als Chas sie fest und irgendwie unbeholfen an sich drückte und sich schlussendlich abwandte.

„Mach's gut!", wollte sie ihm nachrufen, doch die Worte kamen nur als raues Flüstern über ihre Lippen. War sie das nun, die Feindesliebe? Sie verhalf dem Sohn des Tyrannen zur Flucht. So fühlte es sich aber nicht an. Eher als tue sie einem langjährigen Freund einen letzten Gefallen. Dabei war Chas gar nicht ihr Freund. Schon gar kein langjähriger. Aber nahezu jeden, den sie länger kannte als Chas und die übrigen Fischerkinder, würde sie genauso wenig jemals wiedersehen wie ihn. Und das schmerzte sie am meisten.

Alleine legte Mira den Rückweg langsamer als an Chas' Seite und mit einem flauen Gefühl im Bauch zurück. Alles, was ihr vertraut war, gehörte nun der Vergangenheit an. Leonardsburg, ihre Eltern, Vera, ja sogar das Doppelleben, das sie geführt hatte, seitdem sie Edmund Porters Bibel gestohlen und gelesen hatte, gehörten nicht mehr zu ihr. Wer war sie, jetzt, wo alles Bekannte und Gewohnte verschwunden war? Nur noch eine Vergessene, die nie wieder zurückkehren konnte.

Sie packte das Plastikband an ihrem linken Handgelenk und zog daran. Ebenso gut konnte sie es gleich abnehmen. Es gab ohnehin keinen Weg zurück, keinen Ausweg mehr aus dem Ganzen. Einmal in Gang gesetzt, konnte sie ihre Flucht nicht mehr abbrechen oder rückgängig machen.

Plötzlich drohte die Leere in ihrer Brust sie zu ersticken. Sie blieb stehen, um tief Luft zu holen, und warf einen flüchtigen Blick über die Schulter. Sie hatte die Weggabelung fast erreicht, und in der Ferne konnte sie den Stadtrand ihrer Heimatstadt Leonardsburg sehen. Zuerst erinnerte das Blau sie an die Wegwarten, die vor den Ortseingängen wuchsen. Aber natürlich konnte man die kleinen Blümchen aus dieser Entfernung gar nicht sehen.

Nein, die blaue Flut, die sich aus der Stadt ergoss, war ein Aufmarsch von ausrückenden Wachleuten.

Irgendwo, tief unter einem wabernden, dicken Nebel, der sich in ihrem Kopf ausbreitete, war ihr bewusst, dass die Blauuniformierten, wenn sie nur in ihre Richtung sähen, sie genauso gut im Blick haben mussten wie Mira andersherum sie. Aber sie konnte sich nicht rühren. Sie umklammerte nur weiter ihr weißes Plastikarmband und starrte auf die nahende Armee von Wachen, als müssten diese wie eine optische Täuschung verschwinden, wenn sie nur lange genug hinsah. Erst als der Schmerz des in ihre Haut schneidenden Plastiks zu ihr durchdrang, kam wieder Leben in ihre steifen Gliedmaßen. Zuerst ein Zittern, dann drohten ihre Beine nachzugeben. Sie ließ das Armband los – ihre ganze Hand fühlte sich taub an –, wandte sich um und wollte losrennen.

Aber wohin? Ob geradewegs dahin zurück, woher sie gekommen war, oder in Richtung Klippenberg, man würde sie sehen. Wenn sie Hals über Kopf losrannte, würde die Bewegung die Blicke der Wachmänner auf sie lenken. Wie bei einem Kaninchen, das sicher war, solange es starr und witternd dasaß, das jedoch von der Kugel des Jägers durchbohrt wurde, kaum wollte es sich Haken schlagend aus dem Staub machen.

Vielleicht, wenn sie sich duckte. Wenn sie davonkroch, wie an dem Abend, an dem sie die Wachen an den Ortseingängen vorgefunden hatten und umgekehrt waren. Dann könnte sie es vielleicht zum Klippenberg schaffen. Der Klippenberg! Was, abgesehen vom Klippenberg, war denn schon dort draußen?

Etwas glühend Heißes bohrte sich in Miras Brust. Nein, das konnte nicht sein! Diese Armee von Uniformierten konnte unmöglich auf dem Weg nach Klein-Ararat sein.

Viel zu lange stand sie wie erstarrt da. Dann tat sie das Einzige, das ihr beim Anblick der nahenden Wachen einfiel: Sie stürzte sich bäuchlings in den Graben neben dem Feldweg. Auf der Suche nach etwas, womit sie sich vor den Blicken der vorbeiziehenden Armee schützen konnte, kroch sie durch das Gras, geradewegs auf die Weggabelung zu. Doch sie fand nur ein wenig feuchtes Stroh und ein paar Kornblumen, deren Blau sie dazu brachte, sich panisch umzudrehen. Sie konnte die Wachen von hier unten nicht sehen, aber mittlerweile konnte sie ihre gleichmäßigen Schritte hören. Jemand gab Befehle, und Dutzende von Fußpaaren leisteten Gehorsam.

Fieberhaft krabbelte Mira weiter. Am Ende des Feldes verschwand der Graben in einem Rohr, direkt unter dem Weg, den die Armee entlangmarschierte. Sie müsste sich ihnen nähern, um dort hineinzukriechen, aber es war ihre einzige Chance. Hier im Graben würde man sie gewiss entdecken. Es war nur noch eine Frage der Zeit.

Je näher sie dem Rohr kam, desto feuchter wurde der Grund unter ihr. Schon bald versanken Miras Knie im Morast, doch die nahenden Schläge zahlreicher Stiefel auf steinigem Untergrund trieben sie vorwärts. Das Rohr war schmal, aber groß genug für einen menschlichen Körper, wenn man sich flach auf den schlammigen Boden presste. Keuchend zog Mira sich gänzlich in das feuchte Dunkel und wartete.

Es dauerte nicht lange, bis sie die Schritte direkt über sich hören konnte, und das Rohr verstärkte das Geräusch in ihren Ohren zu einem gewaltigen Donnergrollen. Eine Stimme bellte eine Anweisung, dann herrschte Stille. Der Zug von Wachmännern war stehen geblieben.

„Nein", dachte Mira. „Bitte nicht. Bitte, bitte nicht." Sie konnten sie nicht gesehen haben. Sie durften nicht. Wussten sie, wohin sie sich verkrochen hatte? Vorsichtig hob sie den Kopf und erwartete, Stiefel oder ein Gesicht oder die Mündung eines Lichtschussgewehres am Ende des Rohres zu erblicken. Doch sie konnte sich gar nicht weit genug rühren, um überhaupt etwas zu sehen.

„Ich sage, wir ziehen sofort weiter", sagte eine Stimme über ihr. Sie kam ihr vage bekannt vor. „Wenn wir auf die Verstärkung aus Markt Bernard warten, riskieren wir, dass sie uns entwischen."

„Ich weiß nicht, ob das klug ist", widersprach eine zweite Stimme. „Wir wissen nicht, wie viele es sind und welche Waffen sie in ihrem Versteck haben."

Die Mehrheit der Wachmänner lauschte stumm dem Dialog, doch eine Unruhe ging durch die Menge dort oben. Mira hörte das Füßescharren und das Rascheln der Uniformen, bis die ihr bekannte Stimme bellte: „Stillgestanden!" Sofort kehrte Ruhe ein.

Nur noch ein Paar Stiefel bewegte sich. Es mussten die des Inhabers der Stimme sein, der knirschend auf und ab ging. Mira unter der Straße hörte jeden Schritt. Er ging geradewegs über sie hinweg in Richtung der Straße nach Markt Bernard. Mit klopfendem Herzen stützte sie sich auf beide Unterarme und versuchte, ihren Körper in der Enge des unterirdischen Rohres umzudrehen, um über ihre eigenen Beine hinweg einen Blick nach draußen zu riskieren.

Tatsächlich, eine kräftige Gestalt war in ihrem Blickfeld aufgetaucht. Sie konnte nur die Beine und den Ansatz eines gewaltigen Rumpfes sehen, der trotz schwerer Wachpostenstiefel in einem schwarzen Anzug steckte. Kein Wunder, dass dieser Mann hier die Befehle gab.

„Sie treffen sich um 18:15 Uhr", knurrte er, und eine Kälte, die nichts mit der Feuchtigkeit des Untergrundes zu tun hatte, kroch durch Miras ganzen Körper. „Wenn einer frühzeitig aus Richtung der Stadt kommt und uns sieht, kann er alle Übrigen warnen. Noch einmal entkommen sie mir nicht!"

Eine Hand mit dicken Fingern und dem hässlichsten Ring, den Mira je gesehen hatte, griff nach der Lichtschusswaffe, die vom Gürtel des Anzugträgers baumelte. Da wusste Mira, wo sie die Stimme schon einmal gehört hatte.

Baron nahm die Waffe nicht auf und entsicherte sie auch nicht. Aber er strich über ihren Lauf wie über das Fell eines Tieres, das es zu beruhigen galt.

„Aber die Verstärkung ...", setzte die zweite Stimme kläglich an, wurde jedoch von Baron unterbrochen. „Ich gebe hier die Befehle." Mit zwei Schritten war er aus ihrem Blickfeld verschwunden. „Weiter geht's!", brüllte er, und falls sein Kollege ihm zu widersprechen wagte, so konnte Mira es nicht hören. Das einsetzende Trampeln schwerer Stiefel und das Hämmern ihres eigenen Herzens betäubten ihre Ohren.

Eine ganze Weile lag sie regungslos im Schlamm und lauschte den sich entfernenden Schritten von Barons Armee. Der faulige

Geruch der Pfütze unter ihr stieg ihr in die Nase. Auch die Nässe, die kalt und klebrig ihre Kleidung durchtränkte, drang erst jetzt richtig zu ihr durch. Und ein Gedanke: Sie musste etwas tun. Sie musste Barons Armee folgen und sie irgendwie aufhalten. Aber sie alleine gegen mindestens fünf Dutzend von ihnen ... wie sollte sie das schaffen? Vielleicht konnte sie Chas einholen und zur Umkehr bewegen.

Chas! Mira schob sich rückwärts aus dem matschigen Rohr, so schnell ihre klammen Glieder es zuließen. Chas hatte keine Ahnung, was vor sich ging. Er lief der Verstärkung aus Markt Bernard, von der Baron gesprochen hatte, geradewegs in die Arme.

Ihre durchnässten Kleider klebten ihr am Körper und machten ihr das Laufen schwer. Trotzdem rannte sie, als hinge ihr Leben davon ab. Sie sah sich nicht einmal um, sondern hielt den Blick fest auf den Horizont gerichtet, erfüllt von der Angst davor, was sie zuerst erblicken würde: Chas oder die Abordnung aus Markt Bernard, die ihn vor ihr gefunden hatte.

Dort, das Blaue in der Ferne – bildete sie es sich nur ein, oder waren sie das schon? Sie brachte es nicht über sich, ihr Tempo zu drosseln. Vielleicht hatten sie Chas noch nicht gefasst. Vielleicht konnte sie ihn noch –

Sie strauchelte, als ihr ohne Vorwarnung eine Gestalt in den Weg sprang. Ungebremst knallten sie aufeinander und landeten mit einem hässlichen Knirschen am Wegrand auf dem Boden. Arme umgriffen sie schraubstockartig und zerrten sie in den Straßengraben.

„Bist du wahnsinnig?", keuchte Chas, der genau wie sie im Schmutz gelandet war. Ein frischer, blutiger Kratzer zog sich über seine Stirn. „Du musst die Augen aufmachen, wenn du hier durch die Gegend rennst! Da vorne macht ein gutes Dutzend Wachmänner Marschübungen."

„Das ist keine Übung", platzte Mira heraus. Der Schreck über Chas' überfallartige Rettung war nicht so groß wie der über Barons drohenden Triumph. Das Blut rauschte ihr in den Ohren, und ihre Brust zog sich bei jedem Atemzug so fest zusammen, dass es wehtat. „Das ist die Verstärkung für Barons Armee. Sie sind auf dem Weg nach Klein-Ararat."

Chas stieß einen Fluch aus, wie sie ihn noch nie gehört hatte. Schmutz und Blut ließen sein entsetztes Gesicht unnatürlich bleich wirken. „Das heißt, die kommen gleich hier vorbei?"

Mira nickte und ließ zu, dass Chas sie fast im gleichen Augenblick auf die Beine zog. Sie blieben im Graben und gingen geduckt, aber dennoch hatte Mira das Gefühl, dass sie lächerlich einfach zu erspähen waren. Ob die Wachen in Markt Bernard auch Gewehre trugen? Sie wagte nicht, sich nach hinten umzusehen.

„Wo willst du hin?"

Sie hatten die Stelle erreicht, an der Mira zuvor aus ihrem feuchten Versteck heraus das Gespräch zwischen Baron und seinem Kollegen belauscht hatte – die Weggabelung zwischen Leonardsburg, Klein-Ararat und Markt Bernard.

„Es ist jetzt nirgendwo so sicher wie in der Stadt", erwiderte Chas. „Du hast gesagt, die Wachen sind allesamt ausgerückt."

Mira biss sich vor Fassungslosigkeit beinahe auf die Zunge. „Allerdings!" Der Sarkasmus wollte ihr nicht recht gelingen. „Sie sind nämlich allesamt draußen am Klippenberg, um Klein-Ararat zu stürmen. Du weißt schon, den Berg, in dem ..." Sie brach ab, weil ihr mit einem Mal die Tränen zu kommen drohten, und diese Blöße wollte sie sich vor Chas nicht geben. „Ari ist da drinnen. Und Happy. Vielleicht auch Edmund."

Chas fluchte erneut. Er warf einen Blick in Richtung Markt Bernard – in Richtung der Freiheit, die er schon wieder hatte aufgeben müssen. Dann nach Leonardsburg in der Ferne, wo sie zumindest sicher wären.

„Also los", knurrte er, und Mira musste sich beeilen, mit ihm Schritt zu halten, so schnell setzte er sich in Bewegung.

Chas bewegte sich leise und geschmeidig wie eine Katze. Während Mira sich abmühte, ihm ebenso lautlos zu folgen, zweifelte sie plötzlich nicht mehr daran, dass Chas es über die Landesgrenze geschafft hätte. Wenn überhaupt jemand, dann er.

Barons Armee war zielstrebig nach rechts abgebogen, um sich dem Berg von Norden zu nähern. Hatte es in Mira noch irgendeinen Zweifel daran gegeben, dass Baron nicht auf gut Glück ausgerückt war, so war er nun beseitigt. Er wusste, wo die Hütte lag, vielleicht sogar, dass sie nur der Eingang war, und die einzige Frage, die sich noch stellte, war: Woher? Woher wusste er es? Und wie um alles in der Welt hatte er es herausgefunden?

Mira und Chas nahmen den längeren Weg um den Berg herum. Das war weise, kostete aber wertvolle Zeit. Sie erreichten die Westseite des Berges, die in goldenes Abendlicht getaucht war. Hier, auf der stadtabgewandten Seite, ließ Chas die Vorsicht bald fallen. Er ging aufrecht und legte den Kopf in den Nacken, als suche er etwas an der nackten Felswand des Klippenberges.

Mira teilte das Gefühl von Sicherheit nicht, das ihn für den Moment ergriffen hatte. Im Gegenteil, sie fühlte sich gefährlich isoliert von dem, was auf der anderen Seite des Berges vorging.

Chas drosselte sein Tempo und trat noch näher an die Felswand. Er legte die Handflächen an das steinerne Hindernis.

„Suchst du den geheimen Eingang?", wagte Mira ihn in seiner Konzentration zu stören, als sie es vor Anspannung nicht mehr aushielt, länger still zu warten. Vielleicht stürmten die Wachmänner in diesem Moment die Hütte am Fuß des Berges!

„Es ist ein Ausgang", erwiderte Chas, ohne sich zu ihr umzuwenden. „Ich weiß nicht, ob er als Eingang taugt, und bisher habe ich ihn nur von innen gesehen."

„Er ist ziemlich weit oben", gab Mira zu bedenken, aber ihr Herz begann schneller zu schlagen. Möglicherweise gab es einen Weg hinein, einen Weg, auf dem sie die Fischerkinder noch retten konnten!

„Ich sage doch, es ist ein Ausgang." Chas ging einige Schritte weiter und studierte immer noch die Felswand über sich.

„Aber zu zweit schaffen wir es vielleicht hinein." Miras Stimme überschlug sich.

„Ja." Chas würdigte sie keines Blickes.

„Er ist da drüben." Ohne drüber nachzudenken, packte sie seinen Arm und zerrte ihn mit sich. „Da oben."

Chas folgte ihrer Geste und stieß die Luft aus. „Verflixt, jetzt weiß ich, warum Edmund es Ausgang und nicht Eingang nennt."

„Aber es ist der einzige Weg. Wenn du mir hinaufhilfst –"

„Vielleicht tappen wir ihnen geradewegs in die Falle", unterbrach Chas sie.

„Du musst ja nicht hinein", entgegnete Mira. Pures Adrenalin trieb sie an und ließ sie so forsch klingen, als fürchte sie nichts und niemanden. Dabei drohte ihr Herz in ihrer Brust zu zerspringen. „Hilf mir einfach ein Stückchen die Wand hinauf."

„Nein", sagte Chas. Nur das eine Wort, aber mit so viel Nachdruck, dass Mira der Kragen platzte.

„Das sind unsere Freunde da drinnen!", brüllte sie ihn an. „Jetzt ist es sogar meine Familie, und deine war es auch. Weil nämlich jeder, der weiß, dass du überhaupt am Leben bist, in diesem Berg in der Falle sitzt. Abgesehen von mir."

„Eben", sagte Chas. „Abgesehen von dir. Deshalb gehe *ich* hinein. Und du bist ein bisschen leiser, wenn du nicht willst, dass die Wachmänner dich hören." Chas bedeutete ihr, eine Räuberleiter zu machen, was ihr mehr schlecht als recht gelang. „Ich bin ohnehin der bessere Kletterer."

Immerhin damit hatte er eindeutig recht. Mira hatte noch in reger Erinnerung, wie undankbar die Felswand zum Haltfinden war. Ihre aufgeschürften Hände zeugten deutlich davon. Aber Chas fand irgendwie die richtigen Kluften und Vorsprünge, um sich nach oben zu ziehen.

Es war noch gut ein halber Meter bis zu der von totem Gehölz versperrten Einbuchtung, als zu ihrer Linken Stimmen laut wurden.

„Da ist wer!"

„Die erwischen wir."

Chas, in luftiger Höhe an der Felswand hängend, riss erschrocken den Kopf herum und verlor beinahe den Halt. „Lauf!", knurrte er, aber Mira dachte gar nicht daran. Sie würde nicht ohne ihn fliehen, und nicht, ohne die Fischerkinder zu warnen.

„Spring!", verlangte sie stur, doch als er es nicht tat, übernahm die Panik die Kontrolle über ihr Denken und Handeln. Sie warf einen Blick zu den heraneilenden Wachleuten, führte zwei Finger zum Mund, klemmte sie zwischen die Lippen, faltete die Zunge zurück und pfiff.

Für einen Moment hallte nur ihr eigener gellender Pfiff in ihren Ohren. Dann brüllte Chas: „Bist du verrückt? Was glaubst du, was Ari tut, wenn er dich pfeifen hört? Er wird ihnen die Tür –"

Gleichzeitig schrie einer der Wachmänner: „Die warnen die anderen! Knallt sie ab!" Sie waren zu dritt und rannten direkt auf Mira und Chas zu.

Mira hörte es nicht, doch sie sah es. Einen nur etwa faustgroßen Blitz, der so rasend schnell auf sie zukam, dass sie gar nicht rechtzeitig begreifen konnte, was geschah. Bis ihr klar wurde, dass der Schuss Chas gegolten hatte und nicht ihr, war es zu spät, um ihm eine Warnung zuzurufen oder irgendetwas anderes zu tun. Die glühende Kugel traf seinen an der Felswand festgekrallten Körper, und er fiel mit einem mehr verblüfften als entsetzten Laut zu Boden.

Als Filip ihnen von den Lichtschusswaffen und ihren Übungen mit diesen erzählt hatte, hatte Mira sich die grässlichsten Dinge ausgemalt. Lichtstrahlen, die den Getroffenen meterweit durch die Luft katapultierten, sengende Hitze, die von den Geschossen ausging, blendende Helligkeit. Die Wirklichkeit war anders. Sie war hässlicher.

Sie stank nach verbranntem Fleisch. Sie ließ Miras Ohren taub werden für die Rufe der Wachleute, die sie fast erreicht hatten.

Chas war kaum einen Meter neben ihr auf dem Boden aufgeschlagen und dort liegen geblieben. Schmutzige Kleidung, schwarzes Haar – das alles lag in einem wirren, kläglichen Haufen im Gras und rührte sich nicht, ja machte nicht einmal den Anschein, ein menschliches Wesen zu sein.

Mira wusste nicht, wie sie an Chas' Seite gekommen war, aber sie kniete über ihm, schüttelte ihn, tastete nach einem Puls, nach menschlicher Wärme, nach irgendetwas, bis ihre Finger heiße, klebrige, Blasen schlagende, verbrannte Haut berührten. Entsetzt zog Mira die Hände zurück. An Chas' Arm klaffte wie ein Loch eine dunkelrote Brandwunde.

„Herzschlag", murmelte Mira. „Puls. Bitte hab einen Puls." Es kostete sie schier unmenschliche Überwindung, noch einmal nach Chas' schlaffem Körper zu greifen. Weil sie dem Arm nicht zu nahe kommen wollte, schob sie die Hand unter sein zerzaustes, schweißnasses Haar und legte die Finger an seinen Hals. Am liebsten hätte sie geweint, als sie das feste, stetige Hüpfen unter seiner Haut spürte.

„Weg von ihm!", blaffte eine der jetzt ankommenden Wachen. Es war eine Frau mit zierlicher Figur und spitzen Zügen. Die Wachpostenuniform sah geradezu befremdlich an ihr aus.

Noch befremdlicher als an Filip, der gemeinsam mit einem weiteren Wachmann kurz nach der Frau zum Stehen kam.

Er starrte unverwandt Mira an, die wie befohlen von Chas zurückgewichen war, jedoch immer noch auf dem Boden hockte. Sie starrte zurück. Es war idiotisch, aber sie war erleichtert, ihn zu sehen. Sie wünschte, er wäre nicht hier – mit einem Gewehr und zwei Kollegen, die auf Chas geschossen hatten und das Gleiche mit Mira tun würden, wenn sie auch nur einen falschen Schritt wagte. Doch sie konnte mit eigenen Augen sehen, dass er am Leben und wohlauf war. Ihre Angst war unbegründet gewesen; Baron hatte ihm nichts angetan.

Mira wollte aufstehen, aber der fremde Wachmann richtete sein Gewehr auf sie. „Keine Bewegung", bellte er.

Der Lauf der Waffe zitterte, und in das Gesicht des jungen Wachmanns stand eine Mischung aus Panik und Wahnsinn geschrieben. Wahrscheinlich konnte er es selbst nicht fassen, dass er gerade zum ersten Mal in seinem Leben auf ein menschliches Ziel geschossen – und es getroffen – hatte. Aber das machte ihn nicht weniger gefährlich. Im Gegenteil: Mira fürchtete fast, dass alleine das unkontrollierte Zittern des Mannes ein zweites Blitzgeschoss auslösen könnte.

„Schau nach, ob er tot ist", wies er Filip an. „Und du geh und hol Herrn Baron." Das galt der Frau. „Sag ihm, wir haben zwei der Verräter und halten sie in Schach."

Keiner von beiden reagierte. Filip starrte immer noch Mira an, als könne er nicht fassen, sie hier zu sehen. War er wirklich so gutgläubig, oder hatte er es nur nicht wahrhaben wollen? Warum entsetzte es ihn so, dass Mira Teil der konspirativen Gruppe war? Weil es bedeutete, dass seine Schwester ebenfalls mit drinsteckte?

Auch die Frau rührte sich nicht „Warum gehst du nicht selbst?", fragte sie forsch. „Du fällst doch sowieso in Ohnmacht, wenn du noch mal schießen musst."

Für einen Sekundenbruchteil zuckte der Lauf der Waffe in ihre Richtung, dann richtete er sie wieder auf Mira. „Macht, was ich sage", knurrte der Wachmann. „Das hier gibt eine Beförderung. Mindestens. Vielleicht ist auch ein Orden drin. Das lasse ich mir von euch nicht ruinieren." Das Lichtschussgewehr bebte in seinem Griff.

„Nimm die Waffe runter, Jeff!" Endlich hatte Filip den Blick von Mira abgewandt. „Sonst erschießt du sie noch versehentlich, und dann kann sie nicht mehr aussagen."

„Filip", wisperte Mira unhörbar. Sie wusste, dass er sich nicht anmerken lassen konnte, sie zu kennen. Aber seine Kälte traf sie bis ins Mark. Seit Jahren kannte sie ihn, und in den letzten Wochen war er ihr ans Herz gewachsen, wie sie es nie für möglich gehalten hätte. „Wir dürfen doch nicht zulassen, dass der Staat sich so zwischen uns drängt", hatte Happy in jener Nacht in Neu-Bethel gesagt, als sie Mira von ihrer Familie erzählt hatte.

Aber der Staat war alles. Nicht nur des Bändchens wegen, das Mira nach wie vor am Handgelenk trug, gehörte sie ihm mit Haut und Haar, sondern vor allem, weil er dafür sorgte, dass jeder, der einst auf ihrer Seite gewesen war, sich gegen sie wenden musste. Zuerst ihre Eltern und jetzt Filip.

Sie hatte tatsächlich nur noch Chas und die Fischerkinder. Und die befanden sich allesamt in tödlicher Gefahr. Es stellte sich eigentlich nur noch die Frage, was zuerst zu hören sein würde: der Jubel der Armee, wenn sie den Eingang nach Klein-Ararat entdeckten, oder Filips erschrockenes Keuchen, wenn er Chas erkannte.

Er war mittlerweile doch wie geheißen neben diesem in die Hocke gegangen, um seine Lebensfunktionen zu überprüfen. Mira wagte nicht, sich zu ihm umzuwenden. Sie starrte nur weiter in die Mündung des Lichtschussgewehrs vor ihr. Nun, da er seine Befehle befolgt sah, gewann der Wachmann langsam wieder die Kontrolle über sich. Das Zittern ließ nach, und er brüllte der sich entfernenden Frau noch einige Anweisungen hinterher.

„Und?“, raunzte er dann Filip an.

Auch Mira wagte einen vorsichtigen Blick in dessen Richtung. Er hatte Chas gänzlich auf den Rücken gedreht, das Haar klebte ihm an der Stirn, verbarg aber nur einen Teil seines verräterischen Gesichts.

„Lebt“, antwortete Filip mit belegter Stimme. Er vermied es, seinen Kollegen anzusehen. Hatte er Chas als König Auttenbergs Sohn erkannt? Oder war ihm nur die Ähnlichkeit zu dem Bild aufgefallen, das Vera vor Wochen oder Monaten gezeichnet hatte?

Von Chas kam ein benommenes Stöhnen. Sein unverletzter Arm zuckte, und Filip griff unwillkürlich nach seinem Gewehr.

„Nein!“, stieß Mira hervor, und der Wachmann, der die Waffe auf sie gerichtet hatte, trat einen drohenden Schritt näher.

„Der muss aus den Armenvierteln kommen“, sagte er mit einem Blick auf Chas. „Schau dir nur seine Haare an.“ Er spuckte dicht neben Mira aus. „Ekelhaft. Hat er ein Armband?“

Filip antwortete nicht. Er beobachtete starr, wie Chas zu sich kam und sich aufzurichten versuchte. „Bleib liegen“, blaffte der andere Wachmann ihn an, und seine Waffe schnellte herum, sodass sie nun auf Chas gerichtet war. Für einen Augenblick überlegte Mira, die Chance zu nutzen und sich auf den Uniformierten zu stürzen. Aber das Risiko, dass Chas dabei noch schlimmer verletzt wurde, war zu groß. Und dann war da ja auch noch Filip, der ebenfalls ein Gewehr trug.

Der unbekannte Wachmann allerdings schien Mira gänzlich vergessen zu haben. Er beugte sich zu Chas hinunter. „Schau mich an“, forderte er. Die Faszination in seiner Stimme ließ Mira übel werden. Sie konnte eigentlich nur eines heißen. „Ich glaube, wir haben hier zwei Hochverräter“, flüsterte er.

Den Worten folgte ein Knall. Es ging so schnell, dass Mira nicht einmal sicher sagen konnte, was passiert war. Zuerst glaubte sie, Chas habe blitzschnell reagiert und den Wachmann überwältigt. Aber Chas lag noch immer völlig benommen auf dem Boden und rappelte sich nur mit Mühe hoch. Neben ihm lag der Wachmann. Das Rot einer klaffenden Stirnwunde biss sich mit dem strahlenden Blau seiner Uniform. Filip starrte entsetzt über sich selbst auf sein Lichtschussgewehr, das er partout nicht hatte abfeuern wollen und das er trotzdem als Waffe gegen jemanden gewendet hatte. Am Schaft klebte Blut.

„Er ist doch nicht ...", krächzte Mira, während Filip sich über seinen Kollegen beugte.

„Nur ohnmächtig", stellte er fest. „Viel Zeit bleibt euch nicht. Entweder Jeff wacht auf, oder die anderen kommen."

„Filip ...", wisperte Mira. „Warum?"

Filip antwortete nicht, aber Mira wurde ohnehin von Chas abgelenkt, der sich mühsam hinzustellen versuchte. Automatisch streckte sie die Hand nach ihm aus, und er nahm die Hilfe an. „Weil er dich liebt", sagte Chas, als er endlich keuchend neben Mira und Filip stand. Obwohl die Schwäche sein Gesicht weicher wirken ließ als sonst, war seine Stimme kühl. „Ihm sind jedenfalls die Sicherungen durchgebrannt, als der da" – er deutete auf den bewusstlosen Wachmann neben sich – „dir meinetwegen einen Hochverrat anhängen wollte."

Mira schüttelte wortlos den Kopf. Filip starrte ebenso wortlos zurück. Seine Lippen waren schmal geworden, und das Rot der Verletzung an seiner Unterlippe ließ ihn blasser wirken als sonst.

„Wir haben nur so getan", flüsterte Mira schließlich.

„Und alle haben es uns abgenommen", erwiderte Filip. „Wir waren gute Schauspieler."

Mira schüttelte den Kopf. Nein, Filip war kein Lügner und kein Schauspieler. Seine Darbietungen waren nur deshalb mit einem Mal so glaubwürdig gewesen, weil er sich keine Mühe mehr gegeben hatte, etwas vorzuspielen, das er gar nicht empfand.

„Seit wann?", fragte Mira nahezu lautlos. Wie hatte sie nur so blind sein können? Wann hatte Filip begonnen, sie so anzusehen? Erst bei der rührenden Abschiedsszene vor ihrem Vater? Oder schon lange zuvor, bei ihrem Restaurantbesuch oder gar in der Nacht des Feuers, in der er sich ihretwegen in Lebensgefahr begeben hatte?

Wie hatte sie all die kleinen Andeutungen und Hinweise nur so gründlich übersehen können? Sie hatte wohl gemerkt, wie Filips Darbietungen mit der Zeit immer glaubwürdiger geworden waren. Vielleicht hätte sie ahnen müssen, dass mehr als wachsendes Schauspieltalent dahintersteckte. Ja, vielleicht hatte sie es sogar insgeheim geahnt und nur nicht wahrhaben wollen. Denn wenn sie sich eingestanden hätte, dass Filip etwas für sie empfand, wenn sie zugegeben hätte, dass es ihr auch irgendwie gefiel und dass sie selbst begann, ihn liebzugewinnen, dann hätten sie ihr kleines Täuschungsspiel aufgeben müssen. „Es tut mir ...", setzte Mira an, aber Filip schüttelte den Kopf. „Das spielt jetzt keine Rolle mehr. Du wirst mit ihm gehen." Er sah Chas nicht an, und falls er ihn noch nicht erkannt haben sollte, war das gut so.

„Aber das wusstest du!", rief Mira. „Warum bist du deinem Komplizen in den Rücken gefallen, wenn du nicht wolltest, dass ich mit ihm gehe?"

„Weil ich will, dass du lebst!" Filip machte einen Schritt auf sie zu, als wolle er sie packen und schütteln, doch die einzigen Hände, die Miras Arme umschlossen, waren die von Chas. „Wir müssen weg." Seine Stimme klang sanft. „Sie werden jeden Augenblick hier sein."

„Ich hatte keine Ahnung", sagte Mira. Sie hatte das Gefühl, ihr rücksichtsloses Verhalten gegenüber Filip wenigstens entschuldigen zu müssen, auch wenn ihre Worte nichts änderten, wenn sie noch nicht einmal der vollen Wahrheit entsprachen. Vielleicht hatte sie eine vage Ahnung gehabt, eine vorsichtige Vermutung, die den Schrecken über die Offenbarung von Filips Gefühlen jedoch nicht linderte. Die Worte drangen auch nicht zu ihm durch. Jedenfalls regte sich auf seinem blassen Gesicht rein gar nichts.

„Geht jetzt", blaffte er nur. „Haut ab, bevor ich es mir anders überlege!"

Chas zerrte an ihr, und da rannte auch Mira. Sie rannte, bis ihre Lungen stachen und es in ihren Ohren rauschte. Chas gab die Richtung an, und das war gut. Denn Mira war nicht sicher, ob sie nicht vielleicht kehrtgemacht und zu Filip zurückgelaufen wäre. Filip, der viel besser als sie verstanden hatte, was Feindesliebe bedeutete. Obwohl er Edmunds Predigt gar nicht gehört hatte.

Kapitel 23

Der Verrat

Mira war noch nie so gerannt. Ihre Waden verkrampften sich, ihre Lunge schien sich bei jedem Atemzug zusammenzuziehen, und ein stechender Schmerz unter ihrer Schädeldecke hielt sie davon ab, an irgendetwas anderes als immer nur an den nächsten Schritt zu denken. Chas zog sie unerbittlich voran, bis auch er nicht mehr konnte – vermutlich nur, weil er angeschossen und geschwächt war. Mira hatte den Verdacht, dass er unter anderen Umständen erst innegehalten hätte, wenn sie mehr, viel mehr Distanz zwischen sich und die schrecklichen Geschehnisse am Klippenberg gebracht hätten.

Doch so blieb er im Schatten eines windschiefen Außenstadthauses stehen, stützte die Hände auf die Oberschenkel und lehnte sich nach vorne. Für eine ganze Weile war nur ihrer beider Atemringen zu hören.

„Was jetzt?", fragte er schließlich, und Mira war froh, dass er das Schweigen brach und nicht sie.

Ein paar Mal noch holte sie tief Luft, ehe sie sagte: „Jetzt verstecken wir uns, bis die Gegend wieder sicher ist. Und dann ... du wirst wahrscheinlich nach Amerika gehen. Und ich ... ich ..." Sie rang nach Atem, und Tränen drohten sie zu überwältigen. Sie war allein. Sie war ganz und gar auf sich gestellt.

„Komm mit." Chas streckte die Hände nach ihr aus, zögerte und umgriff – höchstwahrscheinlich aus Mangel an einer anderen Erklärung für die plötzliche Bewegung – ihre Handgelenke. „Verlass mit mir das Land."

Mira wollte ihn nicht ansehen. Das gefährlich vertraute Gesicht, welches der blutige Kratzer, Schweiß und Schmutz noch härter wirken ließen. Aber sie tat es doch, und zum ersten Mal hatte sie das Gefühl, Chas' Miene so lesen zu können wie er ihre: wie ein offenes Buch. Es lag nicht an seiner Mimik. Eigentlich waren es nur seine Augen. In ihnen lag die Angst vor einem Nein, die Angst vor dem Alleinsein, die auch Mira verspürte.

„Du hast keinen Grund, länger hierzubleiben", sagte Chas leise und holte Mira aus dem Bann seiner karamellfarbenen Augen ins Hier und Jetzt eines grauenhaften Sommerabends in den Außenvierteln von Leonardsburg zurück.

„Sie sind nicht tot", presste sie hervor und schüttelte Chas' Hände ab.

„Woher willst du das wissen?"

„Filip und die anderen ... sie sind keine Mörder! Das sind junge Männer und Frauen, die man mit Waffen ausgestattet hat, obwohl sie in ihrem Leben niemals jemandem etwas zuleide tun wollten. Sie sind Wachleute geworden, um die Menschen zu schützen, nicht um sie zu erschießen!"

Chas' Blick verhärtete sich. „Du redest von deinem Freund", bemerkte er kühl. „Für die anderen kannst du nicht sprechen." Er schüttelte den Kopf, als wolle er sich selbst zur Besinnung bringen. „Mira", sagte er weicher. „Selbst wenn sie am Leben sind ... was willst du machen? Du kannst nicht das Stadtgefängnis stürmen und sie alle befreien."

„Aber ich kann auch nicht weglaufen und meinen eigenen Hals retten! Ich ..." Sie hatte keine Kraft mehr, einen verzweifelten Plan zu schmieden oder sonst etwas zu tun. Eigentlich wollte sie sich am liebsten genau hier auf dem Boden zu einer Kugel zusammenrollen und weinen. „Können wir bitte einfach beten?"

„Was?" Chas sah sie an, als hätte sie den Verstand verloren. Er rieb sich die Stirn und trat einen Schritt zurück. Zwar war er wieder zu Atem gekommen, doch seine Haut sah unnatürlich bleich und wächsern aus. Den verletzten Arm presste er an seinen Körper. Schließlich seufzte er. „Dann bete."

Mira ließ sich an der Hauswand entlang auf den Boden sinken, und trotz seiner abwehrenden Reaktion kauerte Chas sich an ihrer Seite in den Schatten und drückte ihre Hände, während sie nach Worten rang.

Sie betete, dass die anderen hatten flüchten können und dass Edmund und die übrigen Städter rechtzeitig bemerkt hatten, dass etwas nicht stimmte und dem Berg gar nicht erst zu nahe gekommen waren. Dass Edmund in der Sicherheit seiner ...

„Die Buchhandlung!", unterbrach Chas sie mit einem Mal. Mira hatte noch gar nicht richtig begriffen, was vor sich ging, da war er schon auf den Beinen und zerrte auch sie mit der unverletzten Hand in eine aufrechte Position. „Vielleicht hat er sie gar nicht verlassen. Komm mit!"

Schon wieder rannten sie, langsamer allerdings dieses Mal. Mira hatte das Gefühl, zusehen zu können, wie Chas' Kräfte schwanden. Kein Wunder, an seinem Arm klaffte immer noch die Brandwunde, und zudem hatte er einen Sturz aus über zwei Meter Höhe mitgemacht.

Als sie „Porters Höhle" erreichten, fiel er regelrecht gegen die Tür und in den Innenraum, als Edmund diese von innen aufriss.

„Dem Himmel sei Dank!" Edmund zog sie beide hinein und Chas in eine Umarmung, die dieser vermutlich nur zuließ, weil er keine Kraft mehr hatte, sich dagegen zu wehren. „Gott im Himmel ... wie soll ich dir je danken."

Mira hatte noch nie einen Menschen so erleichtert gesehen wie Edmund Porter. Sie musste sich abwenden, um nicht schlussendlich den Tränen nachzugeben, und ihr Blick fiel auf Ben, der ebenso beflissentlich in eine andere Richtung starrte. Doch auch ihm stand die Anspannung ins Gesicht geschrieben.

„Was ist mit den anderen?", fragte er Mira.

Sie holte tief Luft und wollte antworten, aber sie brachte kein Wort über die Lippen.

„Wir wissen es nicht", sagte schließlich Chas, der irgendwie aus Edmunds Umarmung freigekommen war und nun wankend vor ihm stand.

„Sie wussten es!", platzte es aus Mira heraus, obwohl ihre Stimme ihr noch Sekunden zuvor den Dienst verweigert hatte. „Die Wachen wussten, wo der Eingang zum Berg liegt. Wie konnten sie das wissen?"

Niemand antwortete, und einen Augenblick später geriet Miras unheilvoll im Raum schwebende Frage in Vergessenheit, als es zaghaft an der Tür klopfte. Edmund Porter stürzte los, um sie zu öffnen.

Biene war der Neuankömmling, und scheinbar war sie sehr weit gerannt, denn es dauerte eine ganze Weile, bis sie genug Luft bekam, um auf Edmund und Ben Porters drängende Fragen zu antworten.

„Wir haben die Wachen am Berg gesehen und sind umgekehrt", keuchte sie schließlich. „Aber Urs ... er hat gesagt, ich soll zur Buchhandlung laufen und mich in Sicherheit bringen." Tränen traten ihr in die hellen Augen.

„Wo ist er?", fragte Edmund Porter sanft, aber Mira konnte sehen, dass es unter der ruhigen Oberfläche brodelte.

„Er hat behauptet, er hätte ein paar der anderen gesehen", schluchzte Biene. „Vergessene. Happy und die Mädchen. Er glaubt, sie sind irgendwie entkommen, und wollte ihnen helfen."

Edmund und Ben Porter sahen sich wortlos an und stürzten schließlich ohne Absprache zur Tür. „Jemand muss hier die Stellung halten, falls sie es zur Buchhandlung schaffen", sagte Edmund Porter.

Ben schüttelte den Kopf. „Die anderen können bleiben. Ich komme mit dir."

Wenn nur Vera da gewesen wäre! Mira hätte sie nur ansehen müssen, um sich stumm mit ihr auszutauschen, wie überrascht sie über dieses Verhalten seitens Ben waren. Stattdessen warf sie einen verstohlenen Blick zu Chas, doch den schien Bens plötzlicher Heldenmut weder zu schockieren noch überhaupt zu kümmern. Er war gegen ein Bücherregal gesunken und hatte Mühe, sich auf den Beinen zu halten. Auf seinem Gesicht glänzte der Schweiß.

„Hilf mir“, wies Mira Biene an. Gemeinsam machten sie Anstalten, ihn zu stützen, und Furcht kochte in Mira auf, als Chas es ohne Weiteres zuließ. Nur am Rande bekam sie mit, wie Edmund und Ben die Buchhandlung verließen.

Obwohl sehnig und höchstens einen halben Kopf größer als sie, war Chas schwer. Mit Mühe schleiften sie ihn die Treppe hinauf in Edmunds Wohnung und ins Badezimmer. Sie ließen ihn auf den Badewannenrand sinken, wo er sich schwankend in einer sitzenden Position zu halten vermochte. Mit zitternden Fingern durchwühlte Mira die Schränke nach Verbandsmaterial, während Biene scheinbar beruhigend auf Chas einredete.

Auch Mira tat die Ruhe, die Biene trotz allem ausstrahlte, gut. Als es unten im Buchladen abermals klopfte und Mira alleine mit Chas zurückblieb, war ihr im ersten Moment zum Weglaufen zumute. Sie wollte die Wunde nicht ansehen müssen. Überhaupt keine hässliche, Blasen werfende Brandwunde. Und schon gar nicht an Chas. Allein der Gedanke an seine verbrannte Haut presste ihr das Herz schmerzhaft zusammen.

Mittlerweile hatte sie ein paar Rollen Verband gefunden, doch im Gegensatz zu Biene war sie heillos überfordert. Wie benommen kniete sie sich neben Chas und tat einfach das Naheliegendste: desinfizieren, locker verbinden, freundliche Dinge sagen. Irgendein Teil ihres Gehirns hatte die Führung übernommen, während ein anderer angespannt den Stimmen in der

Buchhandlung unter ihnen lauschte. Es waren mehrere, aber Mira konnte nicht zuordnen, wem sie gehörten.

„Jemand muss uns verraten haben“, brach Chas das Schweigen zwischen ihnen. Während sie die Wunde versorgt hatte, hatte er nur die Zähne zusammengebissen und keinen Laut über seine Lippen dringen lassen. Jetzt, da Mira ihm in kleinen Schlucken Wasser verabreichte, kam wieder Leben in ihn. Eine Hand hatte sie in seinen Nacken gelegt. Kragen und Haar waren schweißgetränkt, die schwarzen Strähnen kringelten sich an den Spitzen.

Mira ließ die Hand hinab auf seine Schulter sinken, als er ihr den Plastikbecher abnahm und fragte: „Woher sonst kannten sie den Eingang?“

Sie reagierte nicht sofort. Stattdessen hielt sie ein Tuch unter fließendes Wasser und machte sich daran, das angetrocknete Blut von Chas' Stirn zu tupfen. Es beruhigte sie, dass er das Gesicht verzog und Anstalten machte, sie davon abzuhalten. Sein gewohnter Starrsinn schien langsam zurückzukehren.

„Sie wussten sogar die Zeit des Treffens“, sagte sie leise. „Ich habe Baron darüber sprechen hören.“

„Sie hatten einen Informanten.“

Mira konnte nichts dagegen tun, dass verschiedene Menschen ihr in den Sinn kamen. Nathaniel und Theodore, die immerhin in einem staatlichen Erziehungshaus unter ständiger Überwachung lebten. Aber sie waren doch selbst viel zu sehr in die Sache verwickelt. Vera, die von Daphné so unter Druck gesetzt worden war. Aber sie war ihre Freundin, auch wenn sie kein Fischerkind mehr sein wollte. Das dunkelhaarige Mädchen aus der Buchhandlung war Mira von Anfang an verdächtig vorgekommen. Und wenn Mira sie damals mit der Bemerkung gegenüber Ben verstimmt hatte, dann hatte sie möglicherweise nur auf eine Gelegenheit gewartet, es ihnen heimzuzahlen. Hatte Iliona nicht ebenfalls erwähnt, dass sie in der Buchhandlung gewesen war –

schon wieder? Vielleicht war Ben deshalb so erpicht darauf gewesen, seinem Vater zu helfen, weil er insgeheim ein schlechtes Gewissen hatte. Und Iliona ... sie hatte Mira ohne Widerspruch das Buch aus „Porters Höhle“ überbracht. Was, wenn Ben doch einen Zettel hineingelegt und Iliona ihn an sich genommen hatte? Wenn sie eine Chance für sich und ihre arme Familie gewittert und sie ergriffen hatte? Hatte sie Mira und die anderen für ein paar Vergünstigungen ans Messer geliefert?

Mira schluckte ihre wilden Verdächtigungen hinunter. Chas musste dennoch wissen, dass sie in Gedanken war, denn er sagte nichts, ehe sie betont munter verkündete: „Na also, so gut wie neu.“

Er kniff die Augenbrauen zusammen. „Komisch“, meinte er. „Ich fühle mich gar nicht so.“

Sie half ihm auf. Aus Erfahrung erwartete sie, dass er sie nun, da er zumindest keiner Ohnmacht mehr nahe war, abschütteln würde, aber er verschränkte die Finger mit ihren und sah sie geradewegs an. „Ich hätte dich nicht gehen lassen.“

Mira wusste zuerst nicht, wovon er sprach, doch Chas war ohnehin noch nicht fertig: „Ich weiß, er hat es getan, weil er dich liebt. Aber ich hätte es andersherum nicht gemacht. Ich hätte dich nicht mit ihm abhauen lassen.“

„Er hat uns beiden damit das Leben gerettet“, erwiderte Mira. Chas’ Eingeständnis, obwohl es egoistisch klang, rührte etwas in ihr an. Sie konnte die Augen nicht von Chas’ schmerzerfülltem Gesicht losreißen.

„Und seines riskiert“, sagte er, und es schien, als mache ihn das aus irgendeinem Grund wütend. „Warum riskiert er sein Leben, wenn er weiß, dass er dich trotzdem verliert?“

Mira öffnete den Mund, wusste aber nicht, was sie sagen sollte. Sie wollte jetzt nicht über Filip sprechen. Schon gar nicht mit Chas. „Lass uns nachsehen, wer angekommen ist“, sagte sie deshalb. „Vielleicht ... vielleicht haben Edmund und Ben ein paar der Vergessenen ...“ Ihre Stimme brach. Was würden sie dort unten vorfinden? Wen?

Chas erwiderte nichts. Er bestand nicht darauf, das begonnene Gespräch weiterzuführen, und machte auch nicht ihre vorsichtig geäußerte Hoffnung, die Vergessenen wohlauf anzutreffen, zunichte. Stattdessen folgte er ihr einfach hinaus in den Flur und die Treppe hinab in den Buchladen.

Dämmerlicht fiel durch die Fenster, und die hohen Regale verdunkelten den Raum zusätzlich. Doch die zahlreichen Menschen zwischen den alten Büchern sorgten dafür, dass Mira das Gefühl hatte, nie zuvor einen so warmen und hellen Ort betreten zu haben.

Frau Porter war da. Sie hatte einen Arm um Bens Schultern gelegt und drückte ihn zu seinem sichtlichen Missfallen an sich, während er mit gedämpfter Stimme auf seinen Vater einredete. Mira konnte nicht hören, was die beiden sprachen, weil ein knappes Dutzend anderer Stimmen sie übertönte.

Skive bellte, Happy sang ein Lied, um den weinenden Paul auf ihren Knien zu beruhigen, Theodore und Nathaniel stritten selbst jetzt noch lautstark über irgendetwas. Lia drückte Luna einen Kühlbeutel an die Stirn, während Eloise und Stella sich um sie scharten, und Biene weinte in Urs' Armen.

Mira blieb wie erstarrt auf der Treppe stehen. Sie spürte, wie Chas sie leicht anrempelte, doch sie konnte sich nicht rühren. Bis eine vertraute Stimme über den Lärm hinweg Chas' Namen rief.

Mira suchte noch den Raum nach dem Inhaber der Stimme ab, als Chas sich an ihr vorbeischob, in die Hocke ging und zuließ, dass Ari sich geradewegs in seine Arme warf. Da fiel die Starre auch von Mira ab. Sie sank auf eine der untersten Treppenstufen und weinte in Aris Haar und Chas' Hemd, bis Happy zu ihr trat und ihr die Hand auf die Schulter legte.

„Ist gut. Sie sind alle hier", sagte sie mit ihrer fröhlichen, sanften Stimme. „Alle, die es in den letzten Wochen noch gewagt haben, zu kommen, sind hier."

Mira sah zu ihr auf. Blätter und Schmutz hatten sich in Happys blondem Haar verfangen, und eine schmerzhaft aussehende Schramme prangte an ihrer Wange.

„Du bist verletzt", flüsterte Mira, doch Happy machte eine wegwerfende Handbewegung. „Nur ein Kratzer. Warte, bis du Urs siehst." Als sie Miras erschrockenes Gesicht sah, sagte sie schnell: „Aber wir sind okay. Alle haben es geschafft."

„Wie?", fragte Chas, der immer noch Ari im Arm hielt. „Wie ist das möglich?"

„Eigentlich haben wir es diesem kleinen Kerl hier zu verdanken." Happy wuschelte Ari durch die unter Chas' Armen sichtbaren Locken. „Ich wusste, dass Gott noch etwas Großes mit ihm vorhatte. Er hat ihm immerhin schon einmal auf wundersame Art das Leben gerettet."

„Was ist passiert?" Mira wischte sich die Tränen aus dem Gesicht, und Chas ließ Ari los, der verschreckt in die Runde fragender – oder in Happys Fall zufriedener – Gesichter blickte.

„Ich dachte, ihr hättet gepfiffen", sagte er schließlich leise. „Also bin ich durch den Gang zurück zur Hütte gegangen."

Chas' Gesicht erstarrte zu Stein, und auch in Miras Innerem formte sich ein harter, eisiger Klumpen. „Ich hab gepfiffen", flüsterte sie. „Oh Gott, ich hätte euch alle ans Messer liefern können."

Happys Perlen klimperten, als sie den Kopf schüttelte. „Hör zu!", sagte sie fröhlich.

„Ich bin die Leiter hochgeklettert", fuhr Ari fort. „Aber ich hatte keinen Schlüssel für die Falltür. Und dann hab ich sie gehört." Der Schrecken stand ihm ins Gesicht geschrieben. „Ich ... ich glaube, sie waren dabei, die Hüttentür aufzubrechen." Er verstummte und schmiegte sich an Chas' Brust.

Happy übernahm das Weitererzählen. „Also ist er zurückgerannt und hat uns alle gewarnt, sodass wir durch den seitlichen Ausgang entkommen konnten. Wir dachten, ihr würdet dort draußen warten, aber ihr wart schon weg."

„Aber die Wachmänner", sagte Mira. Filip und der bewusstlose Jeff hätten dort sein müssen. Wenn nicht schon die Verstärkung, nach der Jeff die Wachfrau geschickt hatte.

Einen Moment lang verdüsterte sich Happys Gesicht. „Sie kamen, als die meisten von uns schon unten waren. Ich glaube, es hat sie schockiert, dass die Hälfte von uns Kinder sind. So ein fetter Kerl hat gebrüllt, dass sie schießen sollen, aber außer ihm selbst haben es nur ganz wenige versucht."

Mira schüttelte den Kopf. Der Eisklumpen in ihrem Bauch strahlte seine Kälte bis in ihre Gliedmaßen aus. Unwillkürlich schlang sie die Arme um ihren Körper, wie um sich zu wärmen. Sie hatten auf die Fischerkinder geschossen. Auf eine Gruppe wehrloser Kinder und Jugendlicher. Es war ein schwacher Trost, dass nur wenige Barons Befehl Folge geleistet hatten.

„Außer mir haben sie keinen erwischt." Urs verzog das Gesicht zu etwas, das wohl ein Lächeln sein sollte, aber es wirkte arg gequält. Immer noch klammerte Biene sich an ihn, als wolle sie ihn nie mehr loslassen. An ihrem zierlichen Körper vorbei sah Mira, dass Urs' Hose an einem Knie in Fetzen hing. Der kurze Blick, den sie auf das verbrannte, rote Fleisch darunter erhaschte, reichte, um das grässliche Surren des Blitzes, der Chas getroffen hatte, wieder in ihren Ohren klingen zu lassen.

„Das wird schon", sagte Urs tapfer. „Das Wichtigste ist, dass alle mit dem Leben davongekommen sind."

„Es war knapp", schloss Happy. „Aber sie waren zu weit weg. Und ich schätze, sie dachten, innen wären noch mehr von uns. Denn an unsere Fersen haben sich nur vier von ihnen geheftet."

„Haben sie gesehen, dass ihr in die Stadt geflüchtet seid?“, fragte Mira beklommen, doch Happy schüttelte grinsend den Kopf. „Du glaubst ja nicht, was für verrückte Umwege Urs kennt. Gott meint es gut mit uns. Er hat uns alle gerettet, obwohl es ausweglos schien. Ich finde, eigentlich sollten wir nicht verschreckt herumsitzen, sondern singen und ihm danken!“

„Ich würde dir nicht raten, jetzt auch noch zu singen“, erwiderte Ben, der nach wie vor bei seinen Eltern stand. „Das hier ist auch ohne lauten Gesang kein besonders sicherer Ort mehr.“

„Was meinst du damit?“, fragte Mira. Es war jetzt leise geworden, sodass alle sie hören konnten. Vielleicht bildete sie es sich nur ein, aber sie hatte das Gefühl, die anderen wichen ihrem Blick plötzlich aus.

„Was denkst du denn?“, schnappte jedoch Ben. „Wenn sie so genaue Informationen über das Treffen hatten, dann wissen sie wahrscheinlich auch über die Verbindung zum Buchladen Bescheid. Und wer alles mit drinsteckt.“

„Aber ...“ Mira sprang auf. „... aber dann müssen wir hier weg. Und wir müssen ... Vera.“ Ihr Herz setzte einen Schlag aus. „Sie hat keine Ahnung, was passiert ist. Wir müssen sie warnen! Wenn sie die Namen aller Beteiligten haben ...“ Sie hatte Vera mit Daphné Baron zurückgelassen; das war schon schlimm genug. Nun musste sie wenigstens tun, was in ihrer Macht stand, um sie in Sicherheit zu bringen.

„Das wird nicht nötig sein“, sagte Ben, doch ein drohender Blick von Edmund Porter brachte ihn zum Verstummen.

Biene räusperte sich. „Weißt du, Mira ...“

„Sie war es“, sagte Urs. „Vera war es, die uns verraten hat.“

Für einen Moment war es so still, dass man eine Stecknadel hätte fallen hören können. Dann keuchte Mira: „Nein! Nein, Vera würde nie ... woher wollt ihr das wissen?“

„Mira", sagte Edmund behutsam, aber mit solcher Bestimmtheit, dass sie ihn nicht zu unterbrechen wagte. „Simon Petersen war hier. Er kam, sobald er es erfahren hat. Nur deshalb sind Ben und ich ihnen nicht geradewegs in die Arme gelaufen."

„Willst du ihm jetzt auch noch dankbar sein?", knurrte Ben.

Edmund zuckte seine breiten Schultern, und Mira bemerkte zum ersten Mal seit Langem, wie klein er war. Sein eigener Sohn überragte ihn um einen ganzen Kopf. „Er ist ein gebrochener Mann. Das war er schon, ehe seine Tochter uns das antat. Wahrscheinlich schmerzt ihn ihr Verrat am allermeisten."

Ben schnaubte und vermied es, seinen Vater oder Mira anzusehen. Die restlichen Augen im Raum starrten sie an, als wäre sie es selbst gewesen. Und wer konnte es ihnen verdenken? Sie war es doch gewesen, die Vera mitgebracht hatte – zu Beginn fast gegen deren Willen. Sie hatte behauptet, für Vera würde sie ohne Bedenken die Hand ins Feuer legen. Und sie hätte es getan! Sie hatte Vera vertraut, genau wie all die anderen – abgesehen natürlich von Ben Porter.

Mira wusste nicht, was schlimmer war: der Zorn über ihre feige Freundin oder die Scham. Sie hätte sich am liebsten wie Ari in Chas' Armen verkrochen, um nur nicht mehr all die Blicke auf sich zu spüren.

„Es ist nicht deine Schuld", sagte Chas neben ihr, so nahe an ihrem Ohr, dass nur sie es hören konnte und vielleicht Ari auf seinem Schoß. Er las ihre Gefühle tatsächlich wie ein offenes Buch, und für den Moment war es nicht einmal beängstigend, sondern gut. Es war Balsam auf ihrer Seele, sich wenigstens von einem einzigen Menschen in diesem Raum verstanden zu fühlen. Am liebsten hätte sie ihren Kopf in seine warme, kräftige Hand geschmiegt, damit er ihr wieder übers Haar strich wie an jenem Abend vor scheinbar endlos langer Zeit. Vielleicht hätte sie dann das Gefühl, dass alles gut werden würde, früher oder später.

„Was passiert jetzt?", fragte irgendwann Biene. „Nach Klein-Ararat ..." Sie verstummte, und Urs drückte sie stumm an sich.

„Zurück können wir nicht", sagte Happy schlicht. „Also brauchen wir einen neuen Treffpunkt."

Endlich ergriff Edmund Porter das Wort: „Es wird vorerst keine weiteren Treffen geben." Er vermied es, dabei irgendjemanden direkt anzusehen. Wahrscheinlich hätte er Bens grimmigen Blick, die zustimmende Miene seiner Frau und die enttäuschten Gesichter der Fischerkinder nicht ertragen können. Es musste sich wie Aufgeben anfühlen. Edmund Porter hatte stets alles unter Kontrolle gehabt. Er hatte die Treffen organisiert, die Leute zusammengetrommelt und die Vergessenen versorgt. Jetzt wusste auch er nicht weiter.

„Die Vergessenen", sagte Urs in die Stille hinein. Schweißperlen standen ihm auf der Stirn. „Was passiert mit ihnen?"

„Ich gehe", sagte Chas, und alle sahen ihn an, weil keiner wirklich mit einer Antwort – schon gar nicht von ihm – gerechnet hatte. „Über die Grenze. Raus aus diesem Land."

„Ich schätze, Skive und ich werden uns auch auf den Weg machen." Happy zuckte die Schultern. „War ja eigentlich klar, dass wir nicht für immer in Klein-Ararat wohnen können. Die Mädchen können mit mir kommen, wenn sie das wollen."

„Aber sie sind noch Kinder", protestierte Lia. Sie ließ den Blick über die Gruppe schweifen, und zum ersten Mal nahm Mira sie als eine Art Mutter wahr. Die Vergessenen hatten immer unter ihrer Fürsorge und ihrem Schutz gestanden. „Paul jedenfalls bleibt bei mir."

„Und Ari können wir vorerst bei uns verstecken", meldete Edmund Porters Frau sich zaghaft zu Wort. Nicht einmal Edmund schien damit gerechnet zu haben, denn er hob den Blick und betrachtete sie, als sähe er sie zum ersten Mal.

Überall im Raum entstanden nun wieder Gespräche. Edmund tuschelte mit Frau und Sohn, Happy debattierte mit Lia. Biene holte Verbandsmaterial, brachte Urs einen Stuhl und versorgte sein Bein, während sie miteinander flüsterten.

Mira sagte nichts. Es gab nichts zu sagen. Sie wusste nicht, wohin sie gehen würde, wem sie sich hätte anschließen sollen und was sie nun tun konnte. Noch vor wenigen Wochen hatte sie zwei Leben gehabt, zwischen denen sie auf gefährliche Art hin- und hergewechselt war. Ihre Eltern und Filip auf der einen Seite, das gesetzestreue, ordentliche Leben in der Welt dort draußen. Und die Fischerkinder auf der anderen Seite, das Leben in Klein-Ararat, der fremden Welt. Die einzige Konstante zwischen den beiden war Vera gewesen. Vera, die genau wie sie sowohl zur einen als auch zur anderen Welt gehört hatte.

Jetzt waren innerhalb kürzester Zeit beide dieser Welten um Mira herum zusammengebrochen wie Kartenhäuser. Hatte sie vor ein paar Wochen noch die Wahl gehabt, so blieb ihr jetzt doch überhaupt nichts mehr, weder das eine noch das andere Leben. Und das nur ihretwegen.

„Ich halte es für das Beste", übertönte Edmund schließlich mühelos die zahlreichen Gespräche, „wenn wir diese Versammlung so schnell wie möglich auflösen. Nathaniel, Theodore, ich weiß nicht, ob ihr zurück ins Erziehungshaus gehen könnt. Wenn Vera ihnen unsere Namen verraten hat, seid ihr auch dort nicht sicher. Urs und Biene, das Beste wird sein, wenn ihr irgendwo untertaucht. Rune wird gewiss bereit sein, euch zu helfen. Urs, wenn du laufen kannst ..."

Mit Bienes Hilfe erhob Urs sich vorsichtig, belastete probehalber das verletzte Bein und nickte „Je weniger ihr hier seid, desto besser. Falls sie –"

Er verstummte. Zuerst wusste Mira nicht, warum, doch dann hörte sie es auch. Ein Klopfen. Zaghaft wie vorhin, als Biene zu ihnen gestoßen war. Nur dass sie schon vollzählig waren – die fehlenden Städter nicht mitgerechnet.

„Wer ist da?", fragte Edmund mit seiner kräftigen Bassstimme. Nichts in ihrem gemächlichen Klang deutete darauf hin, dass er Todesängste ausstehen musste. Jeder Mensch, der ihm etwas bedeutete – seine Familie, sein Ziehsohn Chas und all die anderen Fischerkinder –, befand sich in diesem Raum, während vor der Tür vielleicht schon eine ganze Armee auf sie wartete.

Aber wäre eine Armee wirklich so leise gewesen? Hätte man ihre schweren Stiefel und Barons gebrüllte Befehle nicht längst hören müssen? Stattdessen mussten sie sehr genau hinhören, um die Antwort hinter der Tür zu verstehen.

„Ich bin es", sagte eine zutiefst verängstigte Stimme. „Vera."

Nun kam Leben in die Szene. Edmund Porter streckte zögernd die Hand nach der Klinke aus, Eloise, Stella und Luna verkrochen sich hinter Lia, und Ben Porter schüttelte lautlos den Kopf.

„Ich bin allein", sagte Veras Stimme vor der Tür. „Niemand ist bei mir. Ich ... die Wachen sind immer noch außerhalb der Stadt."

Mira machte unwillkürlich einen Schritt in Edmunds Richtung. „Glaubt ihr kein Wort!", wollte sie rufen, doch Edmund hatte die Tür bereits geöffnet.

Vera sah grauenhaft aus. Ihr Haar stand in alle Richtungen ab, das Gesicht war rot und fleckig und die Augen geschwollen. Offenbar hatte sie sich heftig auf die Lippe gebissen, denn ihre Unterlippe war rot von Blut.

„Ihr müsst mir helfen!", rief sie, kaum war sie in den Raum gestürzt.

Edmund Porter, der unter anderen Umständen der Erste gewesen wäre, der ihr jede erdenkliche Hilfe zugesichert hätte, sagte gar nichts. Er schloss nur die Tür hinter ihr und wandte sich zu den anderen um. Bereit vielleicht, Vera zu beschützen, sollte jemand sich auf sie stürzen, aber sichtlich nicht gewillt zu mehr.

Vera, die sich unversehens inmitten der gesamten Gruppe fand, schlang die Arme um ihren Körper und brach in Tränen aus. Mira fühlte irgendwo in ihrem Inneren, dass der Anblick ihrer verzweifelten Freundin etwas in ihr auslösen sollte, aber die Enttäuschung und der Zorn brannten so heftig in ihrem Herzen, dass da kein Platz war für so etwas wie Mitleid.

„Bitte", schluchzte Vera. „Ich wollte doch nie ... ich musste doch meine Familie ..." Sie erblickte Mira und stürzte zu ihr. Mira stolperte beinahe über Chas auf der untersten Treppenstufe, als sie einen hastigen Schritt rückwärtsmachte.

Vera schien nichts davon zu bemerken. Sie fiel Mira um den Hals und weinte nur noch heftiger: „Sie haben Filip! Mira, sie haben Filip."

Etwas Scharfes fuhr Mira durch das Herz, als sie an Filip dachte, der sie mit Chas hatte gehen lassen und selbst am Ort des Geschehens zurückgeblieben war. Aber er war ein Wachmann; wie hätte sie ahnen können, dass auch er in Gefahr war?

Mühsam machte Mira sich von Vera los. Sie fühlte die Nässe durch ihre Bluse dringen, dort wo Vera ihr tränenüberströmtes Gesicht an sie gepresst hatte. „Filip ist einer von ihnen", sagte sie kühl. „Aber wir könnten alle tot sein. War es das, was du wolltest?"

„Nein!", schrie Vera. „Nein! Ich wollte meine Familie beschützen. Du weißt nicht, wie das ist! Daphné ... ihr Vater ... sie hat mir gedroht. Sie wollte Informationen und hat versprochen, keinem zu sagen, woher sie sie hat. Sie hat versprochen, dass meine Familie sicher ist, wenn ich ihr sage, was ich weiß." Sie schluchzte unkontrolliert. „Ich wollte nur, dass sie meinen Bruder gehen lassen. Aber jetzt ... Mira, sie bringen ihn in die Hauptstadt. Sie bringen ihn nach Vacabunite."

„Warum?", fragte Mira, bemüht, noch genauso forsch zu klingen wie eben, doch während sie spürte, wie Chas lautlos neben sie trat, kroch eine eisige Ahnung in ihr hoch.

„Er muss sie irgendwie verärgert haben.“ Mit Chas an Miras Seite wagte Vera offenbar keinen weiteren Versuch mehr, sich ihr zu nähern. Bebend stand sie in der Mitte des Raumes. „Sie wollen ihn des Hochverrats anklagen.“

„Nein“, flüsterte Mira. Wer hatte die Szene beobachtet? Baron selbst oder einer seiner Späher? Hatte der Wachmann, den Filip niedergeschlagen hatte, sich erinnert und geredet? Jedenfalls musste irgendjemand verraten haben, dass Filip ihnen die Flucht ermöglicht hatte.

„Ihr müsst mir helfen“, schluchzte Vera, während sie sich selbst mit den Armen umschlang, ohne das Zittern auch nur abschwächen zu können. „Bitte. Ihr müsst mir helfen.“

„Keiner von uns muss dir helfen“, ergriff Ben das Wort. Gedacht hatten sie es sicher alle. Die drei Mädchen, die Vera einst so nahegestanden hatten, verbargen sich immer noch hinter Lias breitem Rücken. Stella hatte zu weinen begonnen und wurde von den anderen beiden getröstet. Vera würdigten sie keines Blickes.

„Aber jemand muss Filip ...“, setzte Vera tatsächlich noch ein weiteres Mal an, doch ein Blick in die zahlreichen verschlossenen Gesichter brachte sie zum Verstummen.

„Niemand von uns muss sein Leben riskieren“, sagte Urs. Mira hatte seine sanfte Stimme noch nie so hart gehört. Er hatte den Arm um Bienes Schultern gelegt – wohl gleichermaßen um sie zu schützen wie um trotz seines verletzten Beines das Gleichgewicht zu halten. „Du kannst es von keinem hier verlangen. Nicht nach dem, was du uns heute angetan hast.“

„Aber Filip ... Filip hat nichts getan. Mira, du weißt es! Du weißt, dass er nie für Baron arbeiten wollte.“

„Er ist einer der Wachleute, die heute mit Gewehren angerückt sind, um Klein-Ararat zu stürmen“, sagte Biene. „Ich glaube nicht, dass wir ihm irgendetwas schuldig sind.“

„Ich schon“, flüsterte Mira. Sie hatte es gar nicht laut sagen wollen, doch die Wahrheit bahnte sich einen Weg über ihre trocken gewordenen Lippen. „Ich stehe in Filips Schuld.“ Aller Augen waren jetzt auf sie gerichtet.

„Warum solltest du in seiner Schuld stehen?“, fragte Ben.

Mira sog Luft in ihre Lungen, fand aber keine Kraft, zu sprechen. Ihre Kehle war wie zugeschnürt. Sie spürte, wie Chas neben ihr die Hand ausstreckte und seine Finger vorsichtig mit ihren verhakte. „Er hat uns entkommen lassen“, krächzte sie. „Chas und mich. Sie hatten uns bereits erwischt, und er hat uns die Flucht ermöglicht.“

Vera gab ein Wimmern von sich, doch Mira ignorierte sie. „Er hat sogar einen anderen Wachmann niedergeschlagen.“

„Warum?“ Biene schüttelte den Kopf. „Warum hat er das gemacht?“

Weil er mich liebt, dachte Mira, aber sie sagte es nicht.

Stattdessen ergriff Vera mit bebender Stimme das Wort: „Weil er keiner Fliege etwas zuleide tun könnte. Er wollte das alles doch nie. Ich wollte es nie ... bitte.“ Das letzte bisschen Energie schwand aus ihrem Körper. Wie ein Häufchen Elend sank Vera in sich zusammen und schluchzte hemmungslos. Mira konnte es nicht mit ansehen. Sie ließ den Blick über die anderen schweifen, die es ebenfalls vermieden, in Veras Richtung zu sehen. Die meisten von ihnen starrten stattdessen Mira an.

Und da wusste sie plötzlich, wohin sie gehen würde, was sie tun musste. „Ich muss die Stadt ohnehin verlassen“, hörte sie sich sagen. Vera schluchzte auf und wollte abermals zu ihr stürzen, doch Mira hielt sie davon ab. „Ich tue es nicht für dich. Denk nicht einmal eine Sekunde, ich würde es dir zuliebe tun. Aber ich gehe. Ich gehe nach Vacabunite.“

Der Abschied erfolgte noch am gleichen Abend. Er wäre Mira schwerer gefallen, wenn sie im Laufe der vergangenen Stunden nicht bereits so bedrohlich nahe an einem weit schlimmeren Verlust gewesen wäre. Zu gehen war schwer, aber immerhin wusste sie die anderen Fischerkinder am Leben und mehr oder weniger wohlauf. Keiner von ihnen war lebensbedrohlich verletzt oder gefangen genommen worden. Wem oder was, abgesehen von Gottes Gnade, hätten sie diesen Verdienst zuschreiben können?

„Sind Sie sicher, dass Ari bei Ihnen bleiben kann?", fragte Mira Edmund Porter zum wiederholten Male, als sie an der Reihe waren, die Buchhandlung zu verlassen. „Ich weiß, Ihre Frau ..."

„... liebt Kinder und wird sich um ihn kümmern wie um ihren eigenen Sohn", erwiderte Edmund Porter. „Alle sind in den besten Händen, und du brauchst dich um nichts zu sorgen." Er zog ein kleines Büchlein aus seiner Hosentasche und hielt es ihnen entgegen. Rissiger Ledereinband, goldene Seitenränder, abblätternder Titel – mit diesem Buch hatte alles begonnen. „Ich könnte mir denken, dass es euch auf eurer Reise ein guter Begleiter sein wird." Er zwinkerte Mira zu und legte Chas eine Hand auf die Schulter.

Sie zögerten beide, das Büchlein entgegenzunehmen, das Edmund Porter ihnen immer noch entgegenhielt. Mira war sich nicht sicher, wen von ihnen beiden er eigentlich meinte. Mira, die es damals heimlich und doch von ihm eingefädelt mitgenommen hatte, oder Chas, der wie ein Sohn für ihn war.

„Bis eure Wege sich trennen, werdet ihr schon wissen, wer es dringender braucht", schmunzelte Edmund, als hätte er ihre Gedanken gelesen.

Chas runzelte die Stirn. „Das ist, sobald wir die Stadt hinter uns gelassen haben", gab er zu bedenken, aber Edmund lächelte nur.

Mira gab sich einen Ruck und nahm die Bibel aus Edmunds Händen. Sie erinnerte sich an den süßen Schmerz, jedes Mal, wenn sie ein Buch zurück in die Buchhandlung gebracht und Edmund Porter es aus ihren Händen genommen hatte. Nun sollte ihr zum ersten Mal ein solcher papierner Schatz gehören. Und dann gleich ein so wertvoller.

„Wir sehen uns wieder." Edmund Porter drückte zuerst Mira und dann Chas kurz und kräftig an sich. Chas ließ es geschehen, und er widersprach auch nicht oder erinnerte Edmund daran, dass er auf dem Weg war, das Land so schnell wie möglich für immer zu verlassen.

Die verbleibenden Fischerkinder – Ari, Happy, Eloise, Stella und Luna – sahen ihnen nach, bis die Tür hinter ihr und Chas ins Schloss gezogen wurde. Mira selbst musste den Blick abwenden, weil sie den Abschied nicht noch schwerer machen wollte. Das schüchterne Lebewohl der Mädchen, Happys gewisperte Segenswünsche, Aris feste Umarmung – das alles hatte schon ausreichend für Tränen gesorgt.

Aber obwohl Mira noch nicht einmal wusste, wo sie in dieser Nacht schlafen sollte, geschweige denn, was sie in den nächsten Wochen und Monaten erwartete, zweifelte sie nicht an Edmunds Worten: Sie würden sich wiedersehen. Irgendwann und irgendwo, wenn es Gottes Wille war.

Chas und sie sprachen nicht viel, während sie durch die leeren Gassen der Stadt zum südlichen Stadtrand schlichen. Es war kurz vor Ausgangssperre, und die Sonne war beinahe hinter Leonardsburg versunken. Irgendwo dort in der Ferne, hinter den Armenvierteln, hinter den Feldern lag Klein-Ararat. Zum ersten Mal seit Jahren völlig verlassen. Mira fragte sich, ob die Wachmänner noch immer dort waren. Ob sie ihnen vergeblich auflauerten. Sie begegneten jedenfalls keinem von ihnen.

Außerhalb der Stadt führte eine gewundene Straße weiter bis zu einer Kreuzung, auf deren Wegweiser die vier nächsten Städte verzeichnet waren: Leonardsburg hinter ihnen, Markt Bernard zu ihrer Rechten, Erhardsbach zur Linken und Cem direkt vor ihnen.

„Also dann“, sagte Chas und blieb stehen. Er hatte die Hände in den Hosentaschen vergraben und sah unschlüssig aus.

Mira zog Edmunds Bibel aus ihrer Bluse hervor und hielt sie ihm hin.

„Oh nein“, erwiderte Chas. „Du kannst mehr damit anfangen. Für mich wäre sie nur ein Andenken an Edmund und das ...“ Er schüttelte den Kopf. „Menschen behält man im Herzen, auch ohne Erinnerungsstücke.“

Mira schloss die Hand fester um das rissige Leder und ließ das Büchlein sinken. „Also ... welchen Weg wirst du nehmen?“, fragte sie mit kratziger Stimme. Ihr Hals war ganz trocken geworden. Wenn sie an ihre Mission dachte, hätte sie sich fühlen sollen wie eine Heldin. Immerhin war sie auf dem Weg, das Gefängnis der Hauptstadt zu stürmen, um einen Freund zu befreien. Das klang doch recht heldenhaft. Aber sie wusste, offen gesagt, noch nicht einmal, wie sie nach Vacabunite kommen sollte, und besonders unerschrocken oder mutig fühlte sie sich auch nicht. Schon der Abschied von Chas überforderte sie.

In den vergangenen Monaten war er ihr trotz der störrischen, unnahbaren Fassade ans Herz gewachsen. Er mochte behaupten, er habe niemals irgendjemandes Zuneigung für sich gewinnen wollen, doch das änderte nichts daran. Wahrscheinlich hatte er andersherum auch niemanden in Klein-Ararat zu sehr ins Herz schließen wollen. Und getan hatte er es trotzdem. Mira musste Chas' Miene nicht so lesen können wie er ihre, um das zu begreifen.

Sie wusste nicht, ob er ihre oder sie seine Hände nahm, aber plötzlich hielten sie einander fest, und die Wärme von Chas' Haut war das Beste, das sie an diesem entsetzlich langen, viel zu spannenden Tag gefühlt hatte. Die Angst in ihrer Brust wurde ganz klein.

„Ach ..." Chas zuckte die Schultern, ohne auch nur für eine Sekunde den Blick von ihr abzuwenden. „Ich habe mir gedacht, ich könnte erst einmal mit dir kommen. Einen Hafen gibt es in Vacabunite auch." Seine Lippen zogen sich zu einem für ihn seltenen Lächeln. Ausgerechnet heute, am Abend eines Tages, der sie so viel gekostet hatte.

Mira spürte eine Wärme wie die am Feuer in Klein-Ararat von ihrem Herzen ausgehen. „Ehrlich gesagt, habe ich noch keinen besonders guten Plan", gestand sie.

Chas gab ein schnaubendes Lachen von sich. „Da bin ich aber beruhigt", sagte er. „Ich hatte schon befürchtet, ich wäre völlig überflüssig."

Die Wärme aus ihrem Herzen war jetzt überall. Sie spürte sie an ihrem Arm, wo Chas' Haut ihre berührte, und auf ihrem Gesicht, auf das die allerletzten Sonnenstrahlen des Tages fielen.

„Bist du sicher, dass du mit mir kommen willst?", fragte sie, in einem Versuch, selbstlos zu sein. Natürlich konnte Chas ihr am Gesicht ablesen, dass sie ihn nicht wirklich umstimmen wollte. „Ich will nicht, dass du meinetwegen nie nach Amerika kommst." Nie in Sicherheit.

Sie schluckte. Jetzt wusste sie, was Chas gemeint hatte, als er vorhin erklärt hatte, er hätte sie nicht gehen lassen, so wie Filip es getan hatte. Sosehr sie ihn in Sicherheit wissen wollte, so gut gefiel ihr der Gedanke, er würde einfach mit ihr kommen.

„Komm schon." Chas verschränkte die Finger mit ihren, und sein Lachen löschte für den Moment all ihre Zweifel aus. „Jetzt hast du mich schon so oft aufgehalten ... was schadet da das eine Mal noch?"

Danke ...

... meinem Mann Jonathan, ohne den ich diese Geschichte vielleicht nie geschrieben und ganz sicher nicht vollendet hätte.

... meinen geduldigen ersten Testlesern Katharina Schürnbrand und Anja Mäderer, die sich durch zahlreiche Versionen des Manuskripts gelesen und nie den Überblick verloren haben.

... meinen spontanen Last-Minute-Testlesern Ruth Feurer, Christina Rebelein, Judith Feurer-Loy, Steven Feurer, Anja Leberzammer, Mona Eireiner und Julia Blaßdörfer.

... Nicolas Koch und dem Team des Brendow Verlags für all ihre Zeit, Energie und Ideen.

... Titus Müller, der mir bei der Mammutaufgabe, einen Diamanten aus der Rohfassung des Manuskripts zu schleifen, geholfen hat.

... der Jury, welche die Geschichte der Fischerkinder für so vielversprechend hielt, dass sie ihr den C. S. Lewis-Preis verliehen hat, als sie noch ein unfertiges Projekt war.